Deus-dará

© Alexandra Lucas Coelho, 2019
© desta edição, Bazar do Tempo, 2019

Todos os direitos reservados e protegidos pela Lei 9.610, de 19.2.1998.
É proibida a reprodução total ou parcial sem a expressa anuência da editora.

Este livro foi revisado segundo o Acordo Ortográfico
da Língua Portuguesa de 1990, em vigor no Brasil desde 2009.

Editora Ana Cecilia Impellizieri Martins
Coordenação editorial Maria de Andrade
Copidesque Livia Deorsola
Revisão Cristiane de Andrade Reis
Projeto gráfico e capa Bloco Gráfico

Aviso
As imagens presentes na edição são utilizadas como citação da autora.
Agradecemos aos artistas e personalidades retratados, assim como aos fotógrafos,
colecionadores e acervos das fotografias.

Edição apoiada pela
Direção-Geral do Livro,
dos Arquivos e das
Bibliotecas/Portugal.

(CIP-BRASIL) CATALOGAÇÃO NA PUBLICAÇÃO SINDICATO
NACIONAL DOS EDITORES DE LIVROS, RJ

C614d
   Coelho, Alexandra Lucas [1967-]
      Deus-dará: sete dias na vida de São Sebastião do Rio
      de Janeiro, ou o apocalipse segundo Lucas, Judite, Zaca,
      Tristão, Inês, Gabriel & Noé / Alexandra Lucas Coelho
   1ª ed., Rio de Janeiro: Bazar do Tempo, 2019
   440 p.; 23 cm

   Inclui bibliografia
   ISBN 978-85-69924-48-7

   1. Romance português. I. Título.

19-56446   CDD: P869.3
                                        CDU: 82-31(469)

Vanessa Mafra Xavier Salgado, Bibliotecária – CRB-7/6644

Rua José Roberto Macedo Soares, 12/sl. 301, Gávea
22470-100 – Rio de Janeiro – RJ
contato@bazardotempo.com.br
www.bazardotempo.com.br

Alexandra
Lucas
Coelho

DEUS-DARÁ

Sete dias na vida de São Sebastião do
Rio de Janeiro, ou o apocalipse segundo Lucas,
Judite, Zaca, Tristão, Inês, Gabriel & Noé

Aos amigos, pela cidade

Para Paula Rabello e Miguel Sayad
com Preta e Bela a cada trovão

Para Daniela Moreau

Para Maria Mendes

I

Primeiro dia 11
Segundo dia 55
Terceiro dia 95

II

Quarto dia 161
Quinto dia 207
Sexto dia 273

III

Sétimo dia 352

Agradecimentos 431
Bibliografia 434

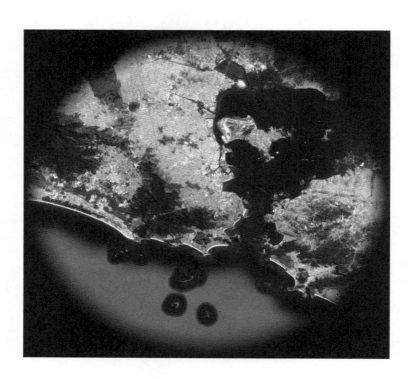

Nossos maiores conheciam desde sempre o grande lago que os brancos atravessaram. Costumavam fazer dançar sua imagem com as dos seres da tempestade e dos redemoinhos que o povoam. De modo que já falavam dos brancos muito antes de eles nos encontrarem.

DAVI KOPENAWA

Quebra o mastro
quebra a vela
quebra tudo
o que encontrar
quebra a dor
quebra a saudade
quebra tudo
até afundar

ARENA CONTA ZUMBI

I

(2012)

Existem sete céus

MBYÁ-GUARANI

PRIMEIRO DIA

Quarta-feira

A lâmina desliza na mão de Lucas: frontal, parietal, occipital, temporal. O céu no espelho muda de roxo para violeta, trinetos de escravos esperam a condução da manhã, um milhão de carros na avenida Brasil, há cem anos mangue e maré. Espelho no poste, poste na calçada, Lucas olha o crânio rapado, pensa num grafite: *Enfrenta com força a morada terrestre.*

•

— Zaca, achei meu anjo moreno — diz Judite, em frente ao irmão.
Aos pés deles cai uma pitanga, vermelho vibrante, *um toque de ira*. Será a última do ano, mas eles não têm como saber, assim parados no jardim. Acabam de se ver por acaso, ela chegando da noite, ele começando o dia, 19 de dezembro.
— E seu nome é Gabriel.
Vênia até ao chão. O cabelo cor de cobre de Judite, o pescoço alvo de Judite, o começo da coluna de Judite. Atlas, lembra Zaca, o primeiro osso da coluna é o atlas. O atlas de Judite até ao cóccix, vestido sem costas, Judite pode tudo, um metro e oitenta de Judite. Quando os cabelos voltam, a pitanga vem junto e ela canta:
— *Por que a Lua é branca? / Por que a Terra roda?/ Por que deitar agora?/ Well, well, well Gabriel...*

— Ihhh... encheu a cara.
— Deixa de ser chato, Zaca, tô indo pro céu.
Céu na terra é carnaval, Judite sambando, ponta do pé no forte da música, a música na cabeça dela.
— Isso é tudo saquê? — Zaca amarra os caracóis, negros como a barba — O anjo Gabriel vai ter de tomar umas.
— Que umas o quê, o cara é imortal. Ca-ra-lho, eu vi: sou dele.
— Sabia que é quarta-feira? Quero ver você indo trabalhar.
— Ah é? — O arco das sobrancelhas de Judite. — E vai ver, irmão. Sabia que eu não sou artista?
— Também te amo, irmã — ele voa escada abaixo, bate o portão, grita: — Tem caqui na geladeira!
Caqui é dióspiro, como tomar umas é beber, encher a cara é beber demais. Língua que vai ao mar dá nisso, o narrador será transatlântico ou não será. E pitanga no cabelo, quase no quadril, Judite continua a subir:
— *Quanto é mil trilhões/ vezes infinito?/ Quem é Jesus Cristo?/ Well, well, well Gabriel...*

Sete da manhã na selva do Cosme Velho, hora do sabiá e do bem-te-vi; do mico, do macaco, do gambá, do tucano; daquela cobra que um dia apareceu no terraço; do inseto no açúcar da jaca, da jabuticaba: cânone de zumbidos e trilados, latidos em dominó, ainda como no tempo em que além do jardim era a chácara, e Bartolomeu Souza saía com a caçula Judite no ombro, a caminho da sua biblioteca, último segredo do Rio de Janeiro:

— Vovô, por que aquele passarinho parou no ar?
— Porque ele está beijando uma flor, minha flor.

•

Ó Galeão, besta negra da Guanabara, décadas de mau serviço à classe média brasileira, segundo a classe média brasileira, e entretanto a nova classe média entrou na fila. *Pequenas felicidades*, lê Tristão na revista d'*O Globo*, enquanto espera: *Sua mala ser a primeira na esteira do aeroporto*. Alguém deixou a revista ali, e seja o que for que faz a felicidade da classe média brasileira não está a acontecer com Inês: há uma eternidade que o avião da TAP aterrou no Galeão. É a leva da manhã, 19 de dezembro de 2012, mais logo há outra. Nunca tantos portugueses voaram para o Rio de Janeiro como nesta segunda década do terceiro milênio em que o próprio governo de Lisboa incentivou a emigração. Há voos para Natal, Fortaleza, Recife, Salvador, Brasília, Belo Horizonte, São Paulo, Campinas, Porto Alegre, mas o Rio de Janeiro lidera, lançado em Copa & Olimpíada. A confiança carioca parece irreversível, o oposto de Portugal no momento. E assim, descendo o Atlântico em diagonal, a geração *mais bem preparada de sempre* vem dar frutos aqui. Por exemplo, o arquiteto neto de camponês que estagiou com um Prêmio Pritzker e agora desenha quarto de empregada, varanda-*gourmet* e academia, sabendo já que academia é ginásio e ginásio é liceu, e ainda à espera de contrato e de visto. Ó burocracia, besta negra da herança portuguesa.

Mas eis a franja de Inês. Franja e sorriso vermelho, preto e branco na câmara de Tristão. Ele abraça-a:
— Que fresca, dormiste de batom?
— E tu de camisa branca?
— Sempre.
— Nem *t-shirt*, nem calções?
— Não existem calções no Brasil — Tristão agarra as duas malas — No máximo, *um velho calção de banho / o dia pra vadiar...*

— Como é possível desafinar tanto?
— Tens de saber uma coisa.
— O quê?
— Vinicius de Moraes desafinava e era amado.
— Ah, é uma estratégia — Inês recupera a mala maior. — E os calções? Como é que se diz?
— Bermuda, shortinho. *T-shirt* é camiseta, não confundir com camisola, que serve para dormir.
— Estava a pensar dormir nua.
— Ótimo, porque o ar condicionado avariou.
— Não durmo com ar condicionado.
— Aqui vais querer dormir, garanto.

Então, depois das meninas dos táxis especiais e dos enviados dos táxis amarelinhos, a porta de vidro desliza diante de Inês e ela respira os 28 graus do Rio como se tivesse passado para o outro lado do espelho:
— Não acredito que é dezembro.
— Já compensa largares os árabes — Tristão para na fila do táxi. — Sabes que no centro do Rio há uma zona que se chama Saara?
— Alguém me falou nisso...
— Secos & molhados, arsenal de carnaval, tudo em geral. Há cem anos eram árabes, agora não sei. É o *souk* carioca.
— Já sei. Há cem anos chamava-se Pequena Turquia. Aparece em várias cartas que li.
— Quando é que vieste do Líbano?
— Anteontem. Estive vinte e quatro horas em Lisboa, nem isso. Quase só o tempo de fazer outra mala.
— Estava muito frio em Beirute?
— Como em Lisboa. Mas na montanha neva.
— Árabes com neve, difícil imaginar.
— Isso não é pacífico.
— O quê?
— Se os libaneses são todos árabes. Alguns gostam de pensar que são fenícios.
— Eu próprio gosto de pensar que sou fenício. E olha só, o nosso condutor é praticamente um cruzado. Bom dia, tudo bom?

Cruz de Malta ao peito, o taxista abre a bagageira, radiante.
— Português? Eu nasci na *terrinha*!

Encaixa as malas, bate o capô.

Inês sussurra, abrindo a porta de trás:

— Aquela cruz é o quê?
— Do Vasco da Gama.
— Como assim?
— Futebol.

Dentro do táxi está uma temperatura polar e um jogador do Vasco balança no espelho.

— O senhor é um vascaíno daqueles — começa Tristão.
— Isso aí, meu filho, eu não sou torcedor, eu sou devoto.
— Beleza. Então, a gente vai para o Humaitá. Posso só pedir que desligue o ar? A minha amiga estava sonhando com calor.

Nada é tão incompreensível para um taxista carioca. Mas em nome da *terrinha*, ele abre a janela, arranca. O vento morno dá na cara de Inês e a Europa dissipa-se.

— Dormiste no avião?
— Imenso. Entalaram-me num daqueles lugares do meio, achei melhor adormecer logo.
— Eu mal dormi, porque não se dorme no Rio de Janeiro. Se não é a obra, é o vizinho, o ônibus, o diabo.
— Mas o abraço está carioca.
— Alguma adaptação ao meio, Darwin explica.
— Darwin? Ena. Mas continuas católico e tal?
— Sabes que a gente já aceita o *big bang* e tal.
— Como é que um antropólogo acredita num só Deus? Ok, não respondas — Inês boceja. — Se calhar ainda preciso de dormir. E depois, qual é o plano?
— Vamos à praia com o Zaca?
— Esse é aquele que está a acabar um romance desde que moras no Rio?
— Mas eu nunca disse isso, ok? Pergunta-lhe antes pelos fenícios.
— Por quê?
— O bisavô dele emigrou da Síria, tipo nos anos vinte. Lembras-te de eu te falar de um músico brasileiro que tinha ido viver para Damasco?
— Que conheceste aqui.
— Exato, o Karim. É irmão do Zaca.
— Ok, não tinha relacionado.
— O interesse do Karim por Damasco vem daí, foi conhecer a cidade do bisavô.
— Já entendi. Isso pode ser interessante. Só vou tratar de quem emigrou do Líbano, mas há muito em comum.

— Aqui nem se distingue, diz-se sírio-libanês, seja cristão ou muçulmano. Acho que o bisavô deles era muçulmano.
— E quando é que o Karim deixou a Síria?
— Não deixou. A guerra começou quando?
— Vai fazer dois anos em março.
— Então, conheci-o faz agora dois anos. Ele voltou para Damasco na véspera do réveillon e nunca mais saiu de lá.

•

Cariocas falando com cariocas, portugueses falando com portugueses, e antes ainda de o papo se misturar valerá a pena repetir aquela frase que ficou lá atrás, talvez um pouco perdida, porque na presença de Judite tudo se perde um pouco: o narrador será transatlântico ou não será. Tem boas razões para isso, mas para já vai guardá-las.

•

Zaca atravessa o Aterro do Flamengo a correr e para nas traseiras do palácio onde no inverno de 1954 o presidente Getúlio Vargas deu um tiro no coração, oferecendo-se ao povo em holocausto. Qual o carioca que nunca entrou para ver o revólver com cabo de madrepérola, o sangue no pijama, a própria bala? Pelo menos este, Zacarias Souza Farah, e não vai ser desta, assim de tênis, bermuda, camiseta suada de correr desde que bateu o portão de casa, dando um tchau à irmã ainda bêbada, já apaixonada, nada que ele não tenha visto bastante, talvez não tanto à quarta-feira.

Costuma correr na Lagoa mas hoje desceu o Cosme Velho, Laranjeiras, todo o Aterro até ao Museu de Arte Moderna, porque na volta queria observar o quarteirão nos fundos do Palácio do Catete. Acordou a pensar na carta que leu ontem à noite, escrita exatamente aqui, quando ainda não existiam os prédios de doze andares, nem as doze faixas de trânsito, nem o parque de Burle Marx, nem sonho de Aterro, nem sequer o palácio. Está datada de 7 de Agosto de 1858, e o narrador que tudo vê, dentro e fora, para trás e para a frente, pode citar o trecho que Zaca tem na cabeça:

É um sítio lindíssimo, à beira-mar, três quartos de légua distante da cidade. Das minhas janelas domino toda a baía, cercada de montanhas, cheias de verdura, sobressaindo no meio delas o

Pão de Açúcar, enorme rochedo, de forma quase piramidal, e tão liso que não parece trabalhado pelo picão da natureza. Todos os navios que entram ou saem passam em frente a minha casa, e, muito perto, uma porção de barcos movidos a vapor que navegam constantemente entre a cidade e os arrabaldes, conduzindo passageiros que eu posso ver, e conhecer, da minha janela, com o simples auxílio de um binóculo. As ondas vêm quebrar-se a seis ou oito passos de distância, debaixo das minhas janelas.

O idílio longe do centro onde os esgotos corriam pela rua, quase metade da população continuava escravizada, as epidemias matavam milhares e os portugueses se esmifravam para voltarem *brasileiros*, entrarem com alarde em alguma novela de Camilo Castelo Branco. Foi ele o destinatário desta carta, de resto sobranceira quanto ao gosto carioca, o que diz algo de quem a escreveu. Mas falar do remetente agora seria todo um enredo.

E o que o narrador quer, enchendo os pulmões no fresco da manhã, é soprar aterro, carros, prédios, palácio, o pijama listrado, o revólver do presidente, tudo rodopiando num *rewind* cósmico, até se avistarem as araras-vermelhas em Uruçu-mirim, como esta praia se chamava em 20 de janeiro de 1567, quando os portugueses aqui exterminaram a resistência dos índios tamoios. Estácio de Sá fundara o Rio de Janeiro dois anos antes, com um punhado de homens, para fincar o domínio português. Mas a invasão colonial só aconteceu após o derrube das paliçadas de Uruçu-mirim, cento e sessenta aldeias queimadas, *tudo passado a fio de espada*, na cara do Pão de Açúcar.

Por outras palavras, Zaca tem os pés onde o mundo indígena da Guanabara conheceu o fim, e com ele um fluxo de dez mil anos, desde o interior dos sertões, constelações genéticas, mapas celestes, sonhos, falas. A parte curta da história é a dos europeus. A dos índios só não estava escrita.

•

— Bom dia, Gabriel.
— Bom dia, minha Noé.
— Animado, hem?
— Tá no morro, querida?
— Não, chegando na Lagoa.
— É verdade, tinha esquecido. Vai ficar de babá?

– Sim, pode me chamar de babaca. E você?
– Em casa, acabou que virei a noite.
– Trabalhando?
– Na verdade, não.
– Já vi tudo. Namorada?
– Nem sei mais o que isso é. Mas posso te falar o número de desaparecidos dos últimos vinte anos no Rio de Janeiro, quer ouvir?
– Como vai a parada?
– Dando ruim. Precisava de um ano e tenho seis meses, aliás, menos.
– E deu tempo de ver o vídeo, mesmo com dama-da-noite?
– Deu. Impressionante como tô velho, não conheço nenhum daqueles meninos.
– Normal, alguns são até mais novos do que eu, dezoito, dezanove anos.
– Mas tem poema com pegada boa, não é só clichê de favela.
– Que clichê de favela? O problema não é a favela, é o clichê. Clichê de favela é como clichê de amor. Vai deixar de falar de amor?
– É o que estou dizendo, tem favela *sem* clichê. Calma, querida, que é que há?
– Cara, enchi o saco desse negócio que cultura brasileira tem que sair da favela, falar de classe média, não sei quê lá. Cada um faz o seu. Eu é que não vou falar de classe média, com certeza. Também se ficar de babaca nunca vou fazer o meu.
– Claro que vai, Noé, você é a dona da arca.
– Fala sério...
– Olha só, achei que podia subir o morro e te buscar, mas te encontro na Lagoa.
– Na frente dos pedalinhos.
– Valeu. Te ligo de novo quando sair do Rebouças.

•

O Rebouças é o rei das trevas. Cinco mil e seiscentos metros de rocha escavada por baixo do Cristo.
Lá estava a rocha, desde muito antes dos dinossauros, quando BOOOOOOOOOM, um golpe de sol atravessou o pó, e os olhos da Humanidade, ou pelo menos de algum torcedor do Flamengo, pousaram em gnaisses nunca expostas.
Aconteceu em 1962, eram os anos dourados. Tom Jobim compunha *um cantinho / um violão*, a utopia carioca estava na praia, o governo

decidira ligá-la ao subúrbio. Daí resultou o maior túnel urbano do mundo, com duas galerias e acesso a meio no Cosme Velho. Foi então que o bairro onde Machado de Assis dera uma bela trinca à história da literatura deixou de ser um recanto bucólico, de borboletas azuis grandes como a palma da mão. Transformou-se num corredor de trânsito mal o túnel abriu, já em plena ditadura, 1967. As galerias receberam o nome de André e Antônio Rebouças, irmãos, engenheiros, de sangue negro como Machado, e como ele eminentes ainda na escravatura, sobretudo o que batiza a galeria Sul-Norte.

Abolicionista militante, André Rebouças acreditava que o imperador era o único que podia dar o passo seguinte à libertação dos escravos: reforma agrária, incluindo divisão da propriedade, pois *quem possui a terra possui o homem*. Instaurada a República em 1889, acompanhou D. Pedro II no exílio, escreveu na *Gazeta de Portugal* e no *Times* de Londres, e após uma temporada africana instalou-se no hotel Reid's do Funchal, acabado de inaugurar. Cinco anos depois foi encontrado morto ao fundo de uma falésia. Os madeirenses julgaram-no enlouquecido. Os cariocas vivem com o nome dele na boca.

•

Lucas impulsiona o skate. Impulso de negro, olho de índio, o sangue branco ele esquece.

Tinha decidido rapar a cabeça quando acabasse o mural na esquina da avenida Brasil, ali onde os fantasmas do crack se acabam e as favelas da Maré começam. É uma esquina arredondada, ele espalhou a palavra na curva, pouco antes de amanhecer.

ABANDONADOS TODOS

QUEREMOS QUE TODOS VEJAM

A TERRA QUE SE ABRE COMO FLOR

Guarani, bororo ou marubo, Lucas colhe e espalha. Não explica, nomeia; não traduz, transcreve; escreve o que os índios só cantam; e não fala, deixou de falar. Um soprador mudo, pincel em vez de zarabatana. O Rio é a sua floresta.

Na mochila, usada, dada, quase tudo é usado, dado, desde o espelho com um gancho atrás ao cortador de cabelo antigo, uma lâmina deslizando sobre a outra. Então, concluído o mural, prendera o espelho num poste, e rapara a cabeça entre os anúncios SAIA JÁ DO ALUGUEL E COMPRE SUA CASA. Pois se a nova classe média brasileira são quarenta milhões, pode ser aliciada até junto à cracolândia, no meio de jardineiros, caseiros, porteiros, motoristas, ascensoristas, manobristas, garçons, babás, cozinheiras, lavadeiras, passadeiras, faxineiras, diaristas, folguistas, todos os que servem aqueles que em linguagem da favela são os bacanas, e em linguagem marxista são os burgueses da Zona Sul.

No mesmo poste, um quadradinho de papel pautado rezava em maiúsculas laboriosas: MARAVILHOSO DEUS PAI CELESTIAL MEU CRIADOR MARA-VILHOSO JESUS CRISTO MEU ÚNICO E SUFICIENTE SENHOR PARA A VIDA ETERNA MARAVILHOSO ESPÍRITO SANTO DO SENHOR MEU DIVINO MESTRE E MEU CONSOLADOR AMÉM. Lucas contara mais cinco orações antes de guardar o cortador e o espelho.

Rapa o cabelo todos os dias desde que deixou de falar. No início usava uma gilete, sempre ficava ferido. Mas a Oca recebe os mais variados donativos, entre geladeiras e armários, e certo dia, dentro de um gavetão, veio uma caixa *made in england*, da Segunda Guerra Mundial.

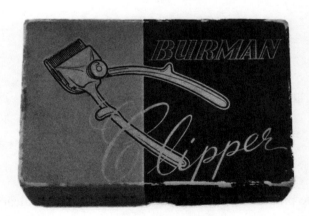

O cortador estava como novo. Os Irmãos deram-no a Lucas, que o traz sempre na mochila.

E agora arranca num slalom pelo interior da Maré. Passa a promessa de bumbuns atômicos em cada shortinho, a quimera dos búzios na parede (*trago-o-seu-amor-em-três-dias*), uma nova igreja para todo o problema (*sentimental, financeiro, vício, depressão, família, olho--grande, desemprego, desejo de suicídio*). Salta do skate antes da montanha de lixo que tapa metade da rua. A Recolha de Lixo Carioca, vulgo Re.Li.Ca, não limpa as favelas da Maré, mas jura mudar antes da Copa do Mundo, e entretanto o lixo não impede o churrasquinho.

    Os últimos barracos desaguam num baldio, erva rala, cavalos a pastar, homens de tronco nu em volta de um carro ou em cima de motos, extensões das bocas de fumo controladas pelo tráfico, com meninos correndo, de olhos no céu. Soltam pipa, a que os cariocas da idade deles já não chamam papagaio, porque o vocabulário também se soltou, ganhou nomes pelo Brasil

                  arraia
              barril bebeu
           bolacha califa
          cangula casqueta
          chambeta   curica
           estilão   jamanta
        lebreque pandorga
           pepeta pião
             piposa
              raia

              .

              .

              .

              .

              .

Fora que pipa não é só papagaio, pode ser dragão, falcão, águia, coruja, morcego, borboleta, saco de plástico, sacolinha, o que der para soltar sem custo.

    Chega dezembro, férias, e o céu da periferia enche-se de toda essa fauna ultraleve, presa a um fio, por vezes aguçado para cortar o do adversário. Passatempo de pobre, tão antigo quanto a China, tão popular quanto *playstation*, e, nos subúrbios do Rio de Janeiro, por vezes mortal.

Mas a morte é barata, aqui. Por dois reais, dá para comprar uma pedra de crack; por quatro, solvente de tinta. Mais forte do que cola de sapateiro, direto ao cérebro, ao pulmão, explode coração, muito barato morrer disso, e muito cedo. Meninos que não conhecem alegria além de soltar sacolinha, até ao dia em que alguém lhes dá algo pra cheirar, e de repente não há medo, grito, dor, fome, voam feito pipa.

Lucas desliza até aos painéis de acrílico onde a favela termina. Do lado de lá fica a Linha Vermelha, via-sacra para quem vem do Galeão e pela primeira vez avista o Corcovado.

•

— Aquilo é o Cristo? — Inês aponta o cume da cordilheira. — Parece um fósforo.

Pouco avançaram desde o Galeão, trânsito parado. À direita, painéis de acrílico contra uma massa compacta de barracas, tijolo-zinco-tijolo-zinco, até ao fim do horizonte.

— E tudo isto é uma favela?

— Várias, coladas, Complexo da Maré — Tristão ajusta a lente da câmara. — Ainda não tem UPP. Vê bem o nome: Unidade de Polícia Pacificadora. Quer dizer que a polícia ocupa, em vez de entrar e sair a partir tudo. A retórica é que o Estado retoma o território ao tráfico.

— E não retoma?

— Nunca o tomou. Tudo foi acontecendo como nos teus árabes, onde não chega o poder central manda a tribo. Agora é que o Estado está a assumir favela a favela, sobretudo no caminho da Copa, da Olimpíada. Parece que a Maré está para breve.

— É gigante — Inês abre o vidro.

— Um pouco maior do que Ipanema, e com o triplo das pessoas.

— Começou quando?

— Nos anos 40, quando foi feita a avenida Brasil, que é paralela a esta. As águas da Guanabara chegavam até aqui, tudo isto eram pântanos, manguezais, zonas alagadiças, daí o nome, Maré. Os nordestinos que vieram construir a avenida espetavam uns paus ao lado da obra e faziam um barraco. Tornou-se uma favela de palafitas. Depois a avenida trouxe indústria, mais migrantes, mais favelas. Hoje são umas 150 mil pessoas.

— Quem manda é o tráfico?

— E a milícia, consoante as zonas. Na Maré há de tudo, as várias facções do tráfico, Amigos dos Amigos, Comando Vermelho, Terceiro Comando Puro...
— Parece ficção científica.
— ... e a milícia, com ex-polícias, máfia. Ao mesmo tempo, tens movimentos sociais, gente na universidade, companhias de dança, cursos de fotografia. Este ano houve uma mostra de arte contemporânea. O Observatório de Favelas fica aqui.
— Tens andado a fotografar tudo isso?
— Nem tanto. Mais as ocupações da polícia, desde o Complexo do Alemão. Só este ano foram umas dez, a última na Rocinha. Mas a imprensa brasileira não tem muito espaço.
Agarra o banco vazio ao lado do taxista:
— E esse trânsito, amigo?
Zunzum de motos entre os carros; um velho de tronco nu parado num Volkswagen podre; calor de chapa, já. Tristão tira o telefone do bolso.
— Vais ter praia, não chove nos próximos dias. Não sei se sabes mas no Rio chovem cascatas.
— Como está Lisboa?
— Doze graus, nublado. Queres que veja Beirute?
— Não, obrigada. Que são estes relvados?
— O campus maior da UFRJ, a universidade federal. Como já não há aulas, é um bom atalho.
Quando o atalho acaba, esgoto, chaminés, favelas em morros, comboios de ferro-velho, ruínas com nome de imperatriz. A longa cauda de destroços que o Rio de Janeiro arrasta até ao maciço da Tijuca, além da qual se transforma naquela orla de espuma entre cumes luxuriantes.
E o taxista, como qualquer velho carioca nascido no Minho ou em Trás-os-Montes:
— Lá tá tendo uma crise ruim, não é mesmo?
Pelo menos não disse *lá na terrinha*, pensa Tristão.

•

A propósito de cumes luxuriantes, o Corcovado chegou a chamar-se Pináculo da Tentação. Sugestão do florentino a bordo da primeira frota portuguesa a entrar na Guanabara. Os portugueses foram mais literais e o nome deles é que pegou. Mas o tal florentino tornou-se célebre ao anunciar pela Europa que isto era o Novo Mundo.

Enquanto Colombo pensava ter chegado à outra ponta da Índia, e a *Carta* de Pêro Vaz de Caminha jazia em Lisboa, o empenhado florentino circulava em traduções, reedições, verdadeiro best-seller. Tanto que o seu nome batizou o continente: Amerigo (em latim, Americus) Vespucci. E, com tudo isto, hoje é apenas remoto no Brasil.

Já Caminha, de tão natural, virou quase indígena, lido nos trens da Central, tema de colegial. De moça, diria ele, em português de 1500, tal como meio século depois disse Camões. Aí, e não só, foi Portugal quem se afastou da origem: rapariga será lindo, mas não está na *Carta*, nem nos *Lusíadas*.

•

Na favela, toda a moça é mina. Aliás, da favela ao pop de Seu Jorge *(tô namorando aquela mina / mas não sei se ela me namora)*.

Então a mina vinha vindo, salto alto, bolsinha de pelúcia, dois caules negros saindo do *short*, nesse pedaço junto da avenida Brasil a que chamam cracolândia. Mas quando ela chegou perto, Lucas viu que o salto era engano, nem mina ainda, nove, dez anos?

Largado num cartão, catando crosta do braço, um cara disse a outro:

— Olha a putinha aí — e riu, alarve.

Lucas cerrou a mão até doer. Esmurrar quem, para quê, torrados do crack, corpo e cabeça, ali onde sem aviso um monte de criança e adolescente pode ir dentro, na operação a que a prefeitura chama *Internação Involuntária*. O Estado que joga na rua é o mesmo que declara o flagelo, investe em captura e lamenta quando foge. Dentro de algumas semanas estará capturando adultos também, um batalhão de polícias atrás de esqueletos que cambaleiam, Ave Copa, Olimpíada, Ave Maria.

Quando a menina viu o gigante, afastado, em pé, algo se acendeu: foi direita a Lucas.

— Dá dois real, tiozinho — disse.

Mesmo com salto não passava muito do umbigo dele, uma criança.

— Pra mim comer.

Aí, como Lucas não dizia nada, ela perguntou o que ele queria.

Lucas abanou a cabeça, sorriu para dizer algo, deu-lhe uma nota de dez. A cara dela abriu, olhos, boca, quase caiu quando foi abraçar a cintura dele, e saiu correndo, bolsinha, trancinhas no ar, os saltos no asfalto.

Aconteceu quase há um ano, nessa esquina que Lucas agora dobra a caminho do ônibus.

•

O taxista fecha os vidros ao entrar no Rebouças, ponto mais poluído do Rio de Janeiro. Em seis horas, os nitrocompostos atingem um nível que toda a avenida Brasil só atingirá em vinte e quatro.
— Se deixares aqui uma planta ela morre logo — diz Tristão.
— Quem vai deixar aqui uma planta? — pergunta Inês.
— Para estudar a poluição deixaram aqui coração-roxo.
— Isso é uma planta?
— Indígena do calor.
— Por falar em indígena: e o teu doutoramento?
— Essa não é a pergunta que queres fazer, tenta de novo.

•

Zaca: bíceps *al dente*; boca árabe, proeminente; caracóis ainda no carrapito, que lhe fica bem porque tudo lhe fica bem. Vem pela rua do Catete até ao Largo do Machado, onde em criança aprendeu com o maior sambista do mundo a dançar *miudinho*, quase sem levantar os pés do chão, feito um baiano. Para quem mora no Cosme Velho, Largo do Machado é extensão de casa.
— E aí, Jeremias? Me vê um pão na chapa e um café, por favor.
— PÃO NA CHAPA! BEM TORRADINHO! Vai querer o café já?
— Pode ser.
— Andou por onde?
— Tô voltando do Aterro, quente demais. TV nova? Já tão de olho na Copa?
— Gostou?
— Vai bombar. Puta que pariu, isso é a árvore do Alemão?
— Viu só? Inaugurou domingo. Estão fazendo reportagem com o pessoal lá. Até tô querendo levar minha esposa. O senhor já foi no teleférico?
— Ainda não. Grande essa árvore, hein? Tipo a da Lagoa.
— Ano passado era até maior, a Globo tá dizendo. JOSUÉ, SOBE O SOM AÍ. E seu irmão? Ainda tá na Líbia?
— Síria.
— Isso, Síria. Vai acabar quando essa guerra? E é por causa do quê mesmo?
«... TERCEIRO ANO QUE O COMPLEXO DO ALEMÃO TEM UMA ÁRVORE DE NATAL, DEPOIS DA PACIFICAÇÃO. O EVENTO

FOI APRESENTADO PELA ATRIZ REGINA CASÉ JUNTO COM A JORNALISTA ANA PAULA ARAÚJO, DA TV GLOBO...»
— E meu pão na chapa, Jeremias?
— JOSUÉ, CADÊ O PÃO NA CHAPA?! Mas esse negócio me deixa bolado.
— Que negócio?
— O cara lá na Síria.
— Meu irmão?
— Não, o presidente. O da Líbia era o Khadafi, não é mesmo? Como chama o cara da Síria?
— Assad.
— Isso aí. Porque é que esse Assad não vai embora? A Dilma tá apoiando ele?

•

Noé: mignonzinha, carapinha black power, espaço entre os dentes da frente e as sardas de quem ela não chegou a conhecer. Mãe, negra, pai, vai saber, Noé acha que louro. Chegou no Arpoador e surfou todo o arco-íris de garotas além de Ipanema. Um Apolo, no mínimo um Arduíno, hipótese do dia, pondera Noé com o *Segundo Caderno* do *Globo* aberto no colo. É que a coluna (social) do Joaquim (Ferreira dos Santos), patrimônio diário da Zona Sul, traz uma foto de Arduíno Colasanti como Apolo carioca nos anos 60, cabeça de proa dourada, prancha de surf na mão, músculos que só deus dá, seja lá deus quem for. Que cada um agarre o seu e que nenhum a agarre, é o voto de Noé.

Arduíno? Pegador do mais raro peixe, quando nas águas do Leblon ondulavam até jamantas. A casa na infância dele era *apenas* o Parque Lage, palacinho aos pés do Corcovado onde Glauber Rocha depois filmou *Terra em Transe*: Jardel Filho, Paulo Autran, Paulo Gracindo, José Lewgoy, Danuza Leão, no seu auge de Cleópatra carioca.

Agora, tanto quanto uma universitária bolsista da favela pode saber pela leitura irregular da imprensa, Danuza fala de como foi ao Centro do Rio, avistou pobres, e eles eram bons; Arduíno vive quase cego numa quase casa de pescadores em Niterói; para não falar da Garota de Ipanema, a própria, que aos 56 posou na *Playboy* com a filha de 24.

Putz, beleza é um byte, pensa Noé, batizada Noêmia, finalista de Ciência Política da Pontifícia Universidade Católica, vulgo PUC, onde os não bolsistas pagam dois mil reais por mês, e têm irmãos mais velhos que podem pagar dois mil reais a uma babá extra para as folgas de Natal.

Cá está ela, a fazer de babá extra com a bolsa pesada de Foucault, achou o *Vigiar e Punir* por dez reais num sebo do Catete, vem a calhar para a sua monografia final sobre rebelião negra e ditadura.

A bebê Guilhermina Vileroy de Almeida adormeceu voltada para os cisnes que dão a volta à Lagoa se os pedalarmos, e por isso são chamados de pedalinhos. Todos brancos menos um negro, no regaço do qual Noé já viu um modelo masculino ser fotografado de tronco nu e calça de couro, com o primeiro botão desapertado. Desde então, o cisne negro parece-lhe sempre a caminho de uma sauna gay. Mas nessa matéria, como na divina, que cada um agarre o seu precário deus.

E como a bebê continua dormindo, Noé fecha o jornal, abre o livro.

•

Gabriel: pirata crioulo, pala no olho esquerdo à Moshe Dayan, comparação que aliás ele não faria. Nunca se interessou pelos generais de Israel, e a guerra não o excita. AK-47, M16, AR-15, lança-granadas, quem vem do Complexo do Alemão viu tudo isso. Guerra por guerra, citaria alguém na terceira margem, como a repórter Marie Colvin, que este ano foi morta na Síria. Atingida por estilhaços anos antes, usava um tapa-olho com grande estilo. O olho de Gabriel também se foi num estilhaço, briga de facções cariocas, nem notícia. Ficou um buraco à espera de ser preenchido, o que não pode esperar muito. Esperou demais, talvez outra tecnologia tivesse feito diferença, ou outro lugar, não a periferia carioca em 1992. A alternativa que sobrou era um mau disfarce, mas Gabriel tinha 18 anos e soberania de nascença. Se era para disfarçar, seria pirata na cara de todo o mundo. Duas décadas depois, é o mais cortejado sociólogo do IFCS, bastião da universidade pública. E o que é a guerra comparada com o pensamento que virá? Nada tão excitante, corpo e cabeça. Mas nada mais urgente do que uma mulher.

— Esse tal de Foucault não tá com nada — sussurra na nuca de Noé.
Ela dá um salto, ele beija-lhe a mão.
— Chegou como, que não te vi? — sussurra Noé.
— Por trás.
— Ah-ah.

— Que é isso — Gabriel puxa a manga dela. — Tem de usar uniforme branco?

— Já viu que merda? Nem pensei que ia ter. Cara, completo o mês como folguista e nunca mais. E é porque estou precisando dessa grana já. Minha mãe tem de pagar o dentista.

Gabriel espreita o carrinho da bebê.

— Como dorme.

— Bem tranquila, uma graça. O problema é o resto.

— Quem contratou você?

— O irmão mais velho de um colega da PUC, bacanas da Gávea. Ele sai cedo, ela não tem horário, mas tem ioga, análise, almoço com as amigas no Garden, sacou a parada?

— Babá só entra de branco no Garden?

— E é a única negra, fora neguinho servindo gin.

— Não sei como esses clubes não acabam.

— Cara, a gente precisa de uma segunda Abolição, mas é já.

— Como foi de semestre?

— Ah. Dei mole.

— Sei. Menos que nota dez já deu mole.

— Que nada. E você, como foi de alunos?

— Nenhum tão bom quanto você. Já está escrevendo a monografia?

— Começando. Muito obrigada pelo vinil do *Zumbi*, nunca tinha tido na mão. Onde você arrumou?

— Era de uma namorada que não pegou de volta.

— Imagino porquê.

— Sério que não entendi.

— Alguma antiga namorada fala com você?

— Claro que sim.

— Quem?

— Minha ex-mulher.

— Você tem um filho com ela!

— E outras que você não conhece. Mas tenho pena, queria devolver o disco. Era dos pais dela, na verdade. Tinham visto o show nos anos 60.

— Lá no Teatro Arena? Putz, o que é que era esse tempo?! Os caras não dormiam. Fazem a estreia carioca de Bethânia no *Opinião* em cima do golpe militar, meses depois estão fazendo o *Zumbi*, e no show seguinte revelam Caetano, Gil, Gal no Rio!

— Esse é o show sobre a Bahia? Não tinha o Jards Macalé?

— E o Tom Zé! Muito foda, cara. Mas o *Zumbi?* Putz, botar em palco a maior revolta de escravizados que já teve nesse país quando os milicos acabavam de tomar o poder? Augusto Boal tinha colhão. Além de que escuto esses tambores e me arrepio. Me vejo lá no século XVII.

— Vai continuar o tema na pós-graduação?

— Tinha pensado em me focar na participação civil na ditadura, como que esse país engoliu os milicos junto com o suco doce da Globo. Mas com toda a merda acontecendo perco o foco no passado, fico querendo falar de tudo agora.

— O quê, por exemplo?

— Esses meninos morrendo nos fundos da Guanabara. Cara, a Baixada Fluminense é a lixeira da polícia militar. Limpam os morros pro Rio-Maravilha, Copa, Olimpíada, e os traficas acabam nas favelas da Baixada. Então um dia tu liga pro teu filho e atende um cara dizendo que é melhor tu fazer outro porque aquele já era. E tu vem me falar de clichê da favela? Quero que esses puxa-sacos se fodam.

— Que puxa-sacos?

— Esses antenados com o que o mundo quer da cultura brasileira. O que eles acham que o mundo quer: chega de neguinho, de favela porque o Brasil ficou maduro, tem intimidade, tem dor existencial, oba. Até o próximo arrastão. Aí vão dizer que esse país é impossível, e não se pode viver nessa violência, bla-blá.

— E o vídeo do sarau, onde é que entra?

— Ah, nenhuma relação com a PUC. Tem uma produtora fazendo um documentário sobre vozes novas na periferia, sabiam que eu tinha morado no Alemão, me contrataram. Bom pra pagar minhas contas. Obrigada por dar uma olhada, com tudo o que tem pra fazer, mais dama-da-noite. Sabia que tá com boa cara? Como é o nome dessa dama?

— Judite. Mas não vou te dizer mais nada.

— Acho que não conheço nenhuma Judite. É da Zona Sul?

— É do céu.

— Sei. Ela cai de quatro e semana que vem tu já cansou.

•

Os escarpins de Judite na calçada, nem dez metros desde o táxi, camurça azul. Ela não conduz, o que quer dizer que não dirige. O trânsito no Rio está no bom caminho para o inferno. Antes ficar parada no táxi a trabalhar no tablet e não ter de lutar por uma vaga no Centro. Claro que os colegas com motorista não têm esse problema, e mesmo no topo há o conforto do heliporto. É só descer para um dos cinco pisos logo abaixo, todos ocupados pela Barros, Gouvêa & Meyer: Judite está prestes a ser sócia do maior escritório de advogados do Rio de Janeiro, que basicamente se divide em duas latitudes, 15 níveis de advogados em baixo, 15 níveis de sócios em cima. Os escarpins dela estão no Equador.

Dormiu duas horas desde que se cruzou com Zaca no jardim. Às 9h30 já descia a rampa de casa, vestido-tubinho preto logo acima do joelho, manga logo abaixo do cotovelo, o cabelo num coque, libertando a visão da nuca. Tudo no seu corpo é longilíneo: pernas, pés, braços, mãos. Tudo na sua cara é excessivo: o arco das sobrancelhas, o movimento dos olhos, o relevo da boca. Nisso os três irmãos são iguais, têm a boca do avô sírio, que sobre ela usava um bigode à Errol Flynn; depois, Karim e Zaca são todos árabes, Judite meio celta. Aos 17, aguentou ser fotografada para uma campanha de jeans, só o cabelo cobrindo o tronco, nunca mais teve paciência. Difícil até sentá-la para uma reunião, quando um cliente dá por isso já ela passeia na sala.

Anjo moreno vem me ver, sussurra, fechando as pálpebras ligeiramente azuis, enquanto sobe para o 37º piso, depois de digitar o código. Só falta o elevador dizer bom-dia, graças-a-deus que não, e que não há mais gente.

A porta abre, vista gloriosa do Pão de Açúcar, seguida de Corcovado, Aeroporto Santos Dumont, avenidas que sonharam ser boulevards de Paris, tudo envolto na poeira luminosa de quem olha de cima para baixo, até à águia de ouro do Theatro Municipal. Porque num grande escritório nada é mais luxuoso do que a recepção. O cliente tem sempre razão e é por aqui que ele entra, tirando todo o partido de o futuro ter chegado ao Rio de Janeiro: o investidor que quer o petróleo da costa; o milionário que quer os hotéis na orla; o banqueiro que subornou o senador; o coronel que agora é deputado; comités; consórcios; câmaras de comércio; a novidade do dinheiro; o pau duro do poder.

A propósito de pau duro, melhor Judite nem lembrar. Tem um relatório para ler, dois clientes de manhã. Atravessa a colmeia de estagiários com os seus botões de punho, de costas uns para os outros até serem promovidos para uma sala colectiva: oi-oi-oi. Cruza os office-boys atulhados de pastas, as secretárias sempre solitárias, um dos sócios fundadores: bom-dia-como-vai? E abre a porta onde se lê o seu nome no meio de outros: Judite Souza Farah. Quando passar a sócia ganhará uma sala só sua. Muda depois das férias, acha que vai tarde, já fez 30. Não quer esta vida aos 50, então tem pressa, sim. E o tesão? Talvez entre os dois clientes consiga trancar-se no banheiro, com vista para o Pão de Açúcar.

•

Já correu, já tomou café, já entrou no banho, já se masturbou, já vestiu a roupa mais fresca, já folheou os três jornais que todas as manhãs são atirados da ladeira, e aterram ao acaso nos degraus, nas raízes da mangueira, sobretudo no beiral do portão, obrigando a escalar o muro cheio de musgo para empurrar o jornal com um pau, o que Zaca adora fazer descalço, memória de subir na árvore, aquele veludo do musgo na planta do pé.

Como boa parte da elite carioca, folheia *O Globo* mesmo que não o leia, ou se irrite quando o lê, mas além disso assina os jornais paulistas por causa dos cadernos de cultura, mesmo que isso seja só meia dúzia de folhas. O que acontece na maior parte dos dias é que nem chega a tirar os paulistas do plástico, e os pacotes vão se acumulando no quintal das traseiras, entre a máquina de lavar, o estendal da roupa, as casotas das cachorras, os móveis quebrados, os colchões velhos, os troços de jardinagem, a tralha dos acampamentos antropológicos do pai, e tudo o mais que não está à vista no jardim.

O primeiro Souza a nascer aqui, em 1849, foi o trisavô chamado Silvestre em agradecimento à natureza em volta. Porque nesse verão a febre-amarela chegou de navio ao Rio de Janeiro e galgou toda a cidade, então concentrada em volta do porto. Os Souza, barões do café com casa no centralíssimo Largo de São Francisco de Paula, entraram em pânico quando depois de alguns escravos lhes morreu uma filha. Sem distinguir raça, idade ou bolso, a febre adoeceu nada menos do que um terço da população, mudando radicalmente a relação com a morte: os cadáveres deixaram de ser enterrados nas igrejas, tão debaixo dos pés. Insalubre, além de que faltaria espaço. Ao todo, mais de quatro mil pessoas sucumbiram na virada de 1849 para 1850, e logo no começo da matança os Souza fugiram para a chácara do Cosme Velho, de onde vinham as laranjas e os agriões que alegravam a mesa. Também tinham casa em Petrópolis mas isso implicaria uma viagem subindo a serra, enquanto o Cosme Velho era perto sem deixar de ser silvestre, que aliás era o nome deste morro.

Na colecção de imagens antigas de Zaca, muitas compradas na feira da Praça XV, aquilo a que um lisboeta chamaria feira da ladra e um carioca chama mercado das pulgas, há um postal nunca escrito e sem data que mostra o Trenzinho do Corcovado na Ponte do «Silvestre».

Assim nasceu Silvestre Souza um pouco acima da morte ao acaso, e a partir daí a família fez da chácara a sua morada. Silvestre foi pai de Zacarias, que foi pai de Bartolomeu. Quando Zacarias morreu, em 1954, Bartolomeu e a irmã dividiram a chácara, ela ficou com o casarão original no topo e ele, engenheiro viajado, entusiasta do modernismo norte-americano, pôs em prática o plano que fervilhava desde a sua visita a Charles e Ray Eames, em Pacific Palisades. Zaca guarda a carta então enviada por vovô Bartô de Los Angeles para o Rio, descrevendo a geometria de vigas e vidro, fixo e mutante, pintura e natureza na Casa Eames.

O entusiasmo de Bartolomeu resultou num implante de ângulos, reflexos e transparências sem paralelo no romantismo tropical, quase sonâmbulo, do Cosme Velho. Mas devidamente invisível da ladeira, tal a selva de copas que cresce acima do muro. Então, no verão de 1965, com uma banda sonora que começou no *My Girl* para acabar em *Satisfaction* antes do amanhecer, aqui se casou Lígia, primogênita de Bartolomeu Souza, com Omar, primogênito do emigrante sírio Touma Farah, inaugurando essa árvore de três galhos que são os Souza Farah: Karim, Zacarias e Judite, nomes em honra dos bisavós. Se tivesse vindo outra rapariga seria Nadia, como a bisavó síria, sempre ouviram dizer.

E Zaca lembra-se vividamente do dia em que *aquilo* aconteceu, tinha ele dez anos. Uma chuva bíblica ficou de dar medo, os morros abateram, as estradas afundaram, como tantas vezes antes e depois, sempre que chove grosso no Rio de Janeiro. As mais mortais entram para a história e foi o caso desta, 26 de fevereiro de 1987, Estado de Calamidade, 292 mortos. A casa aguentou, honrando os formidáveis beirais antecipados por Bartolomeu, mas não a biblioteca, pavilhão heptagonal, semioculto no jardim. Os livros tinham sido desinfestados, a claraboia ficara aberta, para arejar, e por aí entrou uma enxurrada que devastou o espólio de várias gerações Souza, desde o século XIX. Zaca vê até hoje a cara do avô quando se lembrou da claraboia. Olhos subitamente esbugalhados, Bartolomeu correu para a porta de casa, desembestou pelo jardim, e Lígia não conseguiu impedir Zaca de o seguir, aos tropeções, pernas enterradas na lama. Era como se o mar estivesse a cair sobre a terra, nem dia, nem noite, só o troar da água dobrando plantas, bichos, homens, tudo menos o ancião furibundo que, de vara na mão, acabava de fechar a claraboia no momento em que Zaca chegou, já o chão era uma amálgama castanha com pontas coloridas aqui e ali, um livro atirado sobre outros, quase intacto, à entrada: *Machado de Assis e o Hipopótamo*. Atordoado, Zaca pegou nele, achando que era um conto juvenil.

Não era, e agora aqui está, em cima da sua mesa de trabalho, datado de setembro de 1961, com a dedicatória do autor, então célebre, hoje anônimo, a cada dia mais. Zaca leva-o para a poltrona junto à janela que ocupa toda a parede, passa o dedo nas pintas que foram pingos de lama, relê a orelha, a que os portugueses chamam badana, onde o autor é apresentado como *atualmente o maior prosador da língua, no consenso do Brasil moderno*.

Uma orelha tão delirante quanto o hipopótamo lá dentro, o que não impediu esta quinta edição de perfazer quarenta mil exemplares. Os brasileiros que conheciam o autor davam para uma torcida do Maracanã. E como muito acontece, aliás, é o que mais acontece, lá se foi a glória no trânsito do mundo.

•

Mas o narrador também não vai revelar já quem é este ex-célebre valente capaz de misturar em título Machado de Assis e um hipopótamo. O anônimo defunto fica por enquanto no bengaleiro, a fazer companhia àquele remetente da carta a Camilo, ainda mais defunto. Têm muito que conversar sobre o Rio de Janeiro: tudo o que a cidade lhes prometeu antes de assobiar para o ar, ou seja, tudo o que julgaram ouvir que ela prometia, e afinal não era mais do que o eco no oco de cada um.

•

Inês abre os olhos: vermelho-laranja-amarelo-verde-azul-violeta. Flocos de luz circulam pelo quarto. Não é Beirute. Não é Lisboa.
— Cu-cu.
Uma cabeça na porta: Tristão. Foi disso que ela acordou, ele bateu. E na janela, preso por um fio, um prisma de vidro cheio de água, atravessado pelo sol.
— Isto é o Rio de Janeiro? Ahhhhhhh... — Estica o corpo sob o lençol. — Que calorão.
— Mas repara que tens um amiguinho.
— Quem é ele?
— Tarã!
Tristão afasta toda a cortina.
— Uau. Cristo de braços abertos para mim. Não tinha percebido que era tão perto.
— O Humaitá encosta ao Corcovado.
— Que horas são?
— Meio-dia e meia. Combinei com o Zaca daqui a uma hora.
— Isso quer dizer que vou pôr um biquíni?
— Mas completo. Topless dá prisão.
— Estás a gozar.
— E cuidado para a parte de cima não sair nas ondas. É um mico.
— Um quê?
— Vexame. Tudo dentro do biquíni, please.
— Mas o biquíni brasileiro deixa tudo de fora.
— Não, só o bumbum.
— E as outras forças da natureza? Quase já nasci assim.
— E ainda vais sair da cama hoje, com as tuas forças da natureza?
— Ainda não me contaste de namoradas.
— Sou tudo o que a carioca não sonha: sem músculo, a perder cabelo antes dos 30.
— Estás a falar do único homem com quem dormi.
— Nesse tempo eu estava quase em forma.

— Em que parte?

— Nem te lembras, vês? Só olhavas para as miúdas.

— Nunca te enrolaste com a tua *roommate*? Os dois sempre juntinhos neste apartamento.

— Muitas vezes somos três porque ela também tem uma namorada.

— Também, não. Eu estou sozinha da vida. Nunca se enrolaram os três?

— Elas não estão interessadas.

— O apartamento é alugado ou dela?

— Dela, herdado. Ela não poderia pagar a renda, agora que o Rio se acha Tóquio. Por isso é que aluga um quarto, precisa do dinheiro.

— E pode passar férias na Europa?

— Vai vender fotos para pagar a viagem.

— Gosto do quarto, com estes arco-íris a rodar. Mas diz lá, tens estado na abstinência?

— O que é que queres saber?

— Qual é a diferença.

— A marca do biquíni.

— Estou a falar a sério!

— Eu também. É uma obsessão. Toda a carioca é depilada e tem marquinha branca em cima e em baixo, seja mulher-melancia ou patricinha.

— Isso é muita informação. O que é mulher-melancia?

— De bunda bombada, que injeta silicone no rabo, e provavelmente é da periferia, Zona Norte, Zona Oeste, Baixada Fluminense.

— E patricinha?

— Namorada do mauricinho. Betos da Zona Sul.

— E tu estás onde?

— À espera daquela que pegará fogo a tudo isto.

— Uhu! Que aconteceu ao meu católico?

— Nunca foi tão católico. Eu acredito no apocalipse.

•

Hora de almoço é quando Lucas pega no trabalho, lá na Lapa, mas hoje o prédio está interditado para desratização, folga extra, então ele salta do ônibus no Largo dos Leões, pousa o skate na calçada e vai deslizando.

Gosta do Humaitá, casas sem muros altos, o maciço do Corcovado sempre ao fundo da rua, meia dúzia de ruas entre Botafogo e a Lagoa. Os índios chamavam-lhe Itaoca por causa de uma gruta aqui perto, ita: pedra, oca: casa. O nome Humaitá só veio no fim do século XIX, com a maior guerra já travada na América Latina: Brasil, Uruguai e Argentina contra o Paraguai. Após a vitória, que lhe custou 50 mil homens, o Brasil rebatizou ruas, bairros e cidades com lugares do Paraguai. Humaitá era a fortaleza das tropas inimigas. Por essa altura estava a nascer o diplomata que deu nome à rua onde o skate agora entra, David Campista, um estratega da importação de emigrantes europeus depois da Abolição da escravatura: italianos, alemães, polacos, austríacos. Braços para o país branco do futuro, segundo a visão dos líderes. E hoje a David Campista é a maior concentração de psicanalistas do Rio de Janeiro.

Lucas para frente a uma buganvília, toca a campainha, alguém abre o portão.

•

Já caem mangas de tão maduras na ladeira que vovô Bartô ainda subiu a cavalo. Agora o seu neto Zaca desce chinelando atrás da mota de Mateus, que além de jardineiro da família é karateca fodão, fez até casa no Ceará com o dinheiro que juntou dando aula.

Uma da tarde, pouco movimento para os motoboys que levam quem sobe. A longa ladeira dos Souza e a íngreme ladeira da favela confluem aqui, na esquina com a rua do Cosme Velho, onde Zaca acena a um dos garotos.

— Eliã, tudo em cima?
— E aí? Quando é que tu volta com o português?
— Essa semana, eu acho.
— Se liga, tá vindo o fim do mundo.

Depois de amanhã, segundo a profecia maia.

— Quer uma carona? — grita Mateus, parado no sinal. — Tô com o capacete da namorada na bagageira.

Zaca monta na garupa. É o topo da rua do Cosme Velho, já sem borboletas mas ainda com floresta. A moto dobra na curva de acesso ao Rebouças, volta à vertical para entrar no túnel, um baque de ar sujo, tudo escuro. Mateus baixa a viseira, acelera, Zaca espera o ponto de luz que vai explodir em aparição. Um céu por cima de outro: a Lagoa.

— Como deixar o Rio de Janeiro?

Era o que Karim murmurava na véspera de partir para a Síria, ainda e sempre fulminado pela visão da Lagoa. Depois, a exasperação com o Rio voltava antes da próxima curva, entre o jeitinho e o não-tem-jeito-mesmo. Mas Zaca não é o irmão, nunca iria para a Síria, imagina-o-fanatismo-a-opressão-a-misoginia. Ao contrário de Karim, que sempre andou pelo mundo, Zaca é um carioca forjado pela imaginação. E imagina-se feminista, amante de mulheres. Depois, uma a uma, elas tendem a ser trocadas pelo Grande Romance que ele tem na cabeça, procrastinação a que certa carioca menos paciente já chamou impotência.

•

Ao chegar às margens deste antigo vulcão cheio de água, o colonizador António Salema, a quem a Coroa Portuguesa entregara a metade sul do Brasil, também foi fulminado, mas pela miragem do lucro. O futuro era um engenho de açúcar, havia só o obstáculo dos índios que restavam, depois de Uruçu-mirim: como afastá-los da Lagoa? Estávamos em 1575, tempo em que a varíola convinha à conquista das Américas, como Cortés já provara no México. Salema não deixou a epidemia ao acaso: terá espalhado na mata roupas de mortos pela doença. E os tamoios bateram talvez o recorde azteca, tendo em conta os muitos focos de contágio, camisas para aqui, ceroulas para ali. Um exemplo precoce de guerra biológica ou da brandura portuguesa, consoante o ponto de vista.

O homem engendra, o engenho nasce, ali onde hoje está o Jardim Botânico. Acabou por comprá-lo um tal Sebastião Fagundes, e a lagoa a que os índios chamavam Piraguá (do peixe), Sacopã ou Sacopenapã (das raízes chatas ou dos socós, pássaros pescadores), passou a chamar-se, sem dó, Lagoa do Fagundes. A bisneta herdeira, de sua graça Petronilha, desposou já balzaquiana um adolescente, Rodrigo de Freitas, que se imortalizou naquele céu de água. Ainda assim, ao enviuvar foi morar para Portugal, fidalgo rico à distância, que para isso servia a Colônia.

•

Tristão e Inês descem a David Campista.
— Gosto desta rua, casinhas.
— Tem imensos psicanalistas, até um que morou com índios. Sabes que todos os meus amigos fazem análise?
— O Zaca também?
— Sobretudo o Zaca.

— Ele já acabou algum livro?
— Fez a biografia do maior sambista brasileiro e ficou famoso aos trinta.
— Quem é o maior sambista brasileiro?
— Leão do Morro, pá!
— Ah, sim, tocou com o Chico Buarque, não foi?
— Com toda a gente, porque viveu quase até aos cem. Morreu sem herdeiros conhecidos, depois apareceu uma descendente, houve um conflito com a editora. Ser biógrafo no Brasil é de alto risco.
— E o Zaca meteu-se logo com o maior sambista?
— Porque o Leão nasceu junto ao Cosme Velho, a família do Zaca conheceu-o sempre.

Param na esquina da David Campista com a rua Humaitá. Tristão aponta um gradeamento no passeio em frente.
— Ali dentro há daqueles sumos de relva que vocês gostam.
— Nós, quem?
— Vocês, garotas, claro.
— Parece um parque de estacionamento.
— Daqui só dá para ver os carros, mas é uma mistura de mercado e restaurantes, a Cobal.
— Vamos a pé até à praia?
— Não, só um bocadinho, para te situares, depois apanhamos um autocarro.

Atravessam o Largo dos Leões em direção à rua São Clemente: árvores, parque infantil, quiosques de plantas.
— Tanto verde, nunca vi uma cidade assim.
— Tens de ver com chuva, parece a selva.
— O Zaca é o teu grande amigo cá?
— Agora é.
— Foi o Karim que vos apresentou?
— Não, o pai deles. É um decano dos estudos indígenas, Omar Farah. Uma figura, vive quase todo o ano na Amazônia.
— Sozinho?
— Com a Lígia, mãe deles.
— E como é que conheceste o Omar?
— Para pesquisar entre os índios eu tinha de estar ligado a uma universidade cá, então o meu orientador fez a ponte para o Museu Nacional da UFRJ, que é o baluarte carioca da antropologia. Quando o Omar veio ao Rio encontramo-nos.
— Foi teu co-orientador?

– Não, mas ajudou muito. E às vezes falava do filho que tinha ido para Damasco. Depois, o Karim veio cá, e os pais fizeram uma festa. Foi quando conheci o Zaca e a Judite. É um lugar incrível, uma casa modernista numa antiga chácara do Cosme Velho. Tem uma cascata, até.
– O Zaca é o mais velho?
– Não, do meio. O Karim tem mais uns dez anos e a Judite menos uns cinco.
– Como é a Judite?
– Um arraso, muda o ar em volta dela.
– Uau. Gosta de mulheres?
– Acho que gosta de tudo o que mexa, mas sobretudo de homens. Todas as vezes que a vi ela já tinha bebido demais. *Very demanding*.
– Estás a tentar bater o teu recorde machista?
– Além disso tem um metro e oitenta.
– Claro, uma mulher dessas é um problema.
– *All yours*. Entretanto, repara à tua esquerda.
– Este palácio? É o quê? A casa do Roberto Carlos?
– Não, do cônsul de Portugal.
Inês espreita através das grades: jardins em ascensão até ao pórtico, claustros de um lado e do outro.
– Caramba. Mas está aberto ao público?
– Em certas ocasiões festivas. Ou furtivas, não sei. Parece que já foi animado.
Atravessam para o outro lado, voltam à direita na Real Grandeza.
– Adoro esta rua, tem até uma canção – diz Tristão. – Olha o 435, vamos correr.
Estreia de Inês num ônibus carioca. Quase cai quando o motorista arranca, desenfreado, enquanto a cobradora, sentada antes do torniquete, jaz sobre a caixa dos trocos, espapaçada de calor. Não há ar condicionado, mas há tv com horóscopo, a vida das estrelas, a novela das oito (*Delzuite se surpreende ao não encontrar o corpo de seu bebê no túmulo. Stênio conversa com Creusa sobre a compulsão de Helô. Lucimar tenta explicar para Junior que Theo não é mais seu pai*).
– Já entendi aquela cena de o Rio de Janeiro não ser para principiantes – diz Inês, conseguindo sentar-se quando o ônibus para num sinal.
– Agora está fácil, dizem os cariocas. Antes tinha arrastão, sequestro.
– Nos ônibus?

— Ônibus, praia. Mas quem fala disso é mais a Zona Sul. Na favela é de guerra pra cima.

— Por falar nisso, de manhã ia perguntar e esqueci-me: o que é que o Karim fazia em Damasco antes da guerra?

— Ele é violonista e também tocava cítara árabe, foi para investigar, depois fundou um centro cultural. Em que ano foste à Síria?

— Dois mil e nove. Incrível, esse país já não existe.

•

Chegando à Lagoa, o jardineiro-motoqueiro-karateca Mateus vai continuar pela direita, rumo à Barra da Tijuca, então Zaca salta da garupa e para um táxi em sentido contrário, passando as placas que dizem NÃO ESTACIONE. Porque nesta altura do ano meio Brasil quer estacionar na Lagoa para ver a maior Árvore de Natal flutuante do mundo: 85 metros, 542 toneladas, 11 flutuadores, 3,1 milhões de microlâmpadas, 120 mil metros de mangueiras luminosas, 100 reflectores LED, 6 geradores. E hoje ainda é o sexto dia antes do Natal, mais trânsito amanhã, depois de amanhã mais ainda, a não ser que o mundo acabe. Aí será um desperdício, tanta lâmpada.

Vá que é hora de almoço, o trânsito flui. Zaca volta no Corte do Cantagalo, entra por Copacabana.

•

O morro do Cantagalo só foi cortado em 1938, então no tempo da escravatura não havia ligação entre a Lagoa e Copa. Do lado da Lagoa, uma praia de caniços; do lado de Copa, uma praia de salteadores; no meio, morros que pareciam brotar do forno como pães, pães da terra, escuros, abruptos, escalados pela floresta; e, dentro da floresta, quilombos de negros fugidos das senzalas. Conta-se que os tambores lá no alto alcançavam as margens desabitadas cá em baixo. Em caso de captura, os escravos podiam perder uma orelha, ganhar coleira, ser exibidos em fila indiana, para efeitos de dissuasão. Saía caro embarcá-los nas costas africanas, dava trabalho negociar com os escravagistas locais, e havia sempre prejuízo pelo caminho, entre os que morriam doentes e os que morriam de fome, de modo que os proprietários não queriam mais perdas. Precisavam dos vivos para sustentar a Colônia que sustentava a Metrópole, Casa-Grande & Senzala. E depois da independência, em 1822, continuaram a precisar, a Abolição só aconteceu em 1888. Como viver sem eles?

Nada que certos proprietários de hoje não perguntem, ameaçados pelas Propostas de Emenda Constitucional que vêm dar alforria a empregados domésticos, daqueles que 125 anos depois da escravatura ainda dormem no cubículo sem janela do condomínio, casa-grande ecofriendly, lixo reciclado, placa solar.

•

Rua-túnel-rua e Zaca chega ao corredor entre Copacabana e Ipanema que é um eterno point do Rio de Janeiro, três ruas de uma praia à outra, o Forte na ponta de lá, a Pedra na ponta de cá, gatos anônimos, celebridades globais, turistas, surfistas, malabaristas da arte carioca em geral, incluindo não dar a mínima para Monica Belluci e Vincent Cassel, que aqui andam à procura de casa. Numa palavra: Arpoador.

E hoje faz sol, e já são férias. O táxi fica parado entre um homem deitado na relva e uma mulher de cão e bicicleta: 31 graus no relógio de rua, palmeirinhas, calçadão, uma nuvem sobre o Dois Irmãos, esse morro de dois cumes atrás do qual o sol se põe, lá na outra ponta de Ipanema-Leblon, quatro quilômetros de praia, o metro quadrado caviar da América Latina.

A propósito de caviar, Zaca paga o táxi à porta do hotel Fasano, que já hospedou Lady Gaga em topless, com vista para o Posto 8. Os postos vêm crescendo desde a avenida Atlântica em Copacabana, antes disso são águas da Guanabara onde quem toma banho é farofeiro, ou seja, leva farofa de casa. Carioca cool, ou seja, descolado, compra na praia: biscoito Globo, mate-limão, queijo coalho, esfiha, tudo menos toalha. Carioca usa pano, ou seja, canga, e olhe lá: eles sentam na delas. Canga com Ganesh, 25 reais. Se for Índia demais tem bandeira do Brasil, calçadão de Copa, fitinha do Bonfim, Corcovado, todas a 25.

Zaca liga a Tristão, que está a sair do ônibus com Inês, combina encontrarem-se no quiosque em frente.

Coco aberto a machadinho, três golpes. Meninos pela esplanada vendendo pano de prato, a que os portugueses chamam pano da loiça. Zaca traz um coco, compra um pano enquanto espera. É uma escadinha de irmãos: Luísa, Tamiris, Caio, Bia. Moram em Queimados, perto de Nova Iguaçu, Baixada Fluminense.

— Como vocês chegam aqui?
— Pega trem pra Central, depois ônibus — diz a mais velha, já maquiada.
— Vêm todo o dia?
— Só sábado e nas férias. Quando a gente termina vai na praia.
É a mãe que borda os panos, borboletas, cobras, papais-noéis, lá em Queimados.
Queimados, matuta Zaca, e de repente cai a ficha. Foi lá que acabou a maior chacina da história do Rio de Janeiro. A caçula ainda não seria nascida mas a mais velha terá memória. Policiais militares à paisana saíram de carro por Nova Iguaçu e foram atirando até Queimados. Ao longo de 15 quilômetros mataram crianças, estudantes, comerciantes, desempregados, funcionários, marceneiros, pintores, garçons, quem andava na rua ou estava à porta de casa. Ajuste de contas, disputa de território, controle de armas e outros negócios com o tráfico. Especialidades da *Banda Podre* da PM, como todo o mundo diz, a começar pelo Ministério Público.

•

Tristão e Inês atravessam para o calçadão, até ao quiosque. Zaca levanta-se, abraça o amigo, que apresenta a amiga:
— Ela vem dos fenícios.
A transbordar do biquíni, mesmo por baixo do vestido. Tristão, segundo Zaca, já tinha dez quilos a mais. Agora Inês, segundo Zaca, tem cinco quilos a mais. Franja curta, sobrancelhas separadas, boca bem vermelha, pele bem branca.
— Tristão me falou muito de você. Não está cansada? Eu sempre chego arrasado.
— Não. Dormi no avião e em casa.
— Deu sorte à chegada. Tem semanas no Rio em que chove direto.
A nuvem sobre o Dois Irmãos mudou para um cinto de nuvens, pico a despontar. Inês desce do calçadão, caminha na areia.
— Incrível, é como chegar a Nova York.
— Exato — diz Tristão.
— Como assim? — pergunta Zaca.
— Nunca aqui estive, mas estive. Porque a gente cresce com isto, estas imagens. — Caminha até à água, verde, cheia, mansa. — E aquelas ilhas? Parecem baleias.
— São as Cagarras — diz Zaca. — Já foi lá, Tristão?

— Ainda não.
— Dá pra juntar uma turma, dividir o barco. Vamos tentar essa semana?
— Entre o fim do mundo e o Natal?
— Por falar nisso, cara, estão perguntando quando é que a gente volta no morro.
— Queres ir, Inês?
— Onde?
— A esta favela vizinha do Zaca, antes que a polícia ocupe.
— Pode ser. Consoante o fim do mundo.

Puxa o vestido pela cabeça, biquíni retrô mas nem assim contendo o peito, veiazinhas azuis. Nada carioca mesmo, conclui Zaca.

Descem para o mar.
— Que fria! — Inês com água pelos joelhos.
— Já te habituas — Tristão mergulha de barriga dois passos adiante. As braçadas de Zaca já nem se vêem.

Então ela tapa o nariz e vai.
— Ahhhh! Gelada!

Por meio minuto. Porque depois pisca os olhos, tanta gente num mar de luz, floresta cobrindo morro. Nunca mergulhou numa cidade assim. Paraíso deserto é fácil mas isto são milhões de pessoas. Massa humana e natureza. Mais que sul do mundo, outro mundo.

— O apocalipse nunca vai acontecer aqui — diz ela, quase sem pé, apoiada em Tristão.
— Ao contrário. — Os olhos dele estão vermelhos. — É aqui que vai acontecer.

•

Judite corta lâminas de gengibre na copa do 37º andar. Não conseguiu sair da sala até agora, pediu um sushi, *hot filadelfia*. *Hot filadelfia* não precisa de gengibre, mas Judite sim, sobretudo num dia como este: um dos clientes vinha de Brasília, da ala ruralista lá no Congresso.

— Ladrões do ca-ra-lho — rosna ela para a estagiária que bebe café e leva um susto. — Os caras anexam terras fodendo com todo o mundo, ameaçam, mandam matar, botam uns miseráveis pra trabalhar nas fazendas, viram deputados nessa merda de país. E depois vêm aqui porque um cara fez um doutorado que os denuncia como escravagistas, querem acabar com ele, processar.

— O que é que você fez?
— Disse que não era minha especialidade.
— Por que é que ele te procurou?
— Porque um cara lá em Brasília conhecia outro cara de um processo meu, nada a ver com terra. Não faço terra. Meu pai passou a vida estudando índio, me levou pra conhecer. Imagina se eu ia ajudar esse ladrão.
— Entendi. Aqui no Rio tem cada história, negócio de Copa, de Olimpíada, eu não tinha nem ideia.
— Faz quanto tempo que você tá aqui?
— Três meses.
— Quer um gengibre?

•

MATE-LIMÃO! MATE GELADO! LIMONADA-MATE! Pregão junto à água e atrás: OLHA A ESFIHA: CARNE, RICOTA, ESPINAFRE! Restaurante Delícia Árabe, lê Inês na mala do ambulante. Último mergulho e sai alisando a franja, pisando onde pode, no meio de tanta oferta. Como era mesmo, patricinhas e melancias? Confere a tendência do fio dental: mais coxão que perna de gazela. E os garotos numa roda, perde quem deixa cair a bola, pé, perna, cabeça, tudo menos mão. E no meio dos chapéus de sol aquele cheio de biquínis pra vender, anêmona ambulante, ondulando as alças caídas, as copas de espuma, tudo o que Inês dispensa. E os cariocas sentados, deitados, em pé, de lado, quase colados até ao muro. E por cima o calçadão, e em cima dele o que sem floresta, mar e morro seria só má arquitetura, e não seria o Rio de Janeiro.

•

O 570 não parou onde devia. Todo o dia, todo o dia, pensa Noé, antes de abrir a boca:
— Motoristaaaaa...!
O motorista abre a porta em andamento, quase fecha no pé dela, e desembesta pela rua do Cosme Velho. *Ah como é forte o gosto da farinha do desprezo / Só vou comer agora da farinha do desejo*, canta Jards Macalé no fone de ouvido, enquanto Noé entra na farmácia da esquina a pensar que daria igual saltar do ônibus antes ou depois que sempre haveria uma farmácia na esquina. Pobre morre de bala

perdida mas não morre por falta de farmácia no Rio de Janeiro. O caso de Noé ainda não é de vida ou morte, mas ela já esteve mais bem disposta, embora não lembre quando. *Rewind*: foi entregar a bebê ao Garden Club, onde afinal a mãe seguia para outro programa, pegou na filha dez minutos, devolveu.

– Querida, deixa ela pra mim em casa? A diarista saiu mas tem a empregada que dorme lá, e meu marido chega no final da tarde. Vou pedir pro Alcibíades vir te pegar.

Alcibíades veio com o carro, Noé deixou a bebê no Alto Gávea, desceu a Marquês de São Vicente a pé, entrou num ônibus para a Lagoa e esperou meia hora pelo 570, o único que vai para o Cosme Velho via Rebouças.

•

O Rio de Janeiro tem tantos morros que não os conta. Mais fácil contar túneis: vão a caminho de trinta. Um deles tenciona mesmo destronar o Rebouças até à Olimpíada. Há cem anos não havia nenhum túnel. Não admira que os cariocas sejam peritos em contornar problemas. Séculos de prática.

•

Gabriel senta-se no quintal onde em junho arde a grande fogueira do Complexo do Alemão. Nunca encontrou festa junina como a de casa. Nem a sombra dessa mangueira. Nem o suco que a mãe faz.

– Que delícia, dona Mari, geladinho.
– Tu vem pro Natal?
– Alguma vez não vim?
– Vem com meu neto?
– A noite ele passa com a mãe. Trago ele no 25.
– Já comprei o pernil, o bacalhau. Teu filho não é como você, ele gosta de bacalhau.
– Nunca entendi essa mania da senhora, família de português é que come bacalhau. Pra além de que é uma grana.
– Teu pai gostava de um bacalhau. Vem cá...
– Fala.
– Tu não tá namorando?
– Mãe...
– Moleque precisa de irmão.

●

Lucas voa ao longo da praia. *Existem sete céus,* diz o índio na cabeça dele. *Aquele que se estende com os ventos, nossos pais empurrou.* Nuvens sobre a Rocinha, no fim do horizonte.

Nunca mais voltou à favela desde as férias em que saiu de lá com a mãe. Moravam bem na base, uma rua estreita, escura, mas no topo do predinho tinha uma laje com vista para toda aquela teia; aqueles fios de luz, água, telefone, internet; aquele tijolo à vista; aquele zinco; aquele engarrafamento de gente, carro, moto; aquele coro de tv, radinho, buzina, missa, futebol.

E atrás dessa lembrança vem a de andar pelo mato denso de São Conrado, quando às vezes acompanhava a mãe até à casa dos patrões, na estrada das Canoas. Um dia, descendo entre ipês e jequitibás, avistou uma forma branca. Parecia uma ameba no meio das copas. Descendo mais, viu uma mancha de luz com uma rocha ao lado. Era uma piscina. E a ameba, afinal, um teto. Lucas nunca tinha visto uma casa assim, sem nenhuma parede reta. Fazia uma onda por baixo da ameba, a floresta refletia-se nela, e atravessava. De repente um homem dobrou uma curva e Lucas fugiu. Quando foi buscar a mãe, perguntou ao porteiro, ele respondeu que era a casa de Oscar Niemeyer. Talvez se lembre disso agora porque Niemeyer acaba de morrer, não tem duas semanas. Mas aquela manhã em São Conrado também não foi há tanto tempo, embora pareça outra vida.

Pé no skate, pé no chão, Lucas vê a cidade na praia. Há quanto tempo não desce no calçadão, pisa na areia? Saudade de uma menina, do macio, do açúcar. O pau cresce no calção. Lucas não fala mas canta (*venha, venha ventar, vento da terra-azulão*). Um dia vai falar de novo.

●

— Será que chove? — Inês já nem avista o Dois Irmãos, coberto até à Rocinha.

— Não, só não vai ter pôr do sol – diz Zaca.

Sentado na areia entre os dois, Tristão lê *O Globo*:

— Uma baleia deu à costa em Ipanema, perto do Posto 9. Tinha quatro metros, foi removida à noite.

— Putz, nunca vi uma baleia.

— Eu vi nos Açores, mas era pequena – diz Inês.

— A baleia? – pergunta Zaca.

— Não, eu.

— Entretanto, a população de rua em Copa está a aumentar, já ocupa as estruturas montadas para o réveillon — continua Tristão. — Fumam crack. Usam a água pra cozinhar. Até pra fazer a barba. Estás a ouvir, Zacarias Farah?

— Que é que tem minha barba?

— Adivinha por que é que Donald Trump Jr. dormiu no Copacabana Palace anteontem.

— Quanto é uma noite no Copacabana Palace? — pergunta Inês.

— Tipo, um mês da tua bolsa de doutoramento. Escutem só: *A Zona Portuária do Rio será a porta de entrada de negócios do bilionário americano Donald Trump no Brasil. Na manhã de ontem, o filho mais velho do executivo, Donald Trump Jr., anunciou uma parceria com investidores privados e a Caixa Econômica Federal para a construção de cinco torres comerciais, com 38 andares cada.*

— Que meeeerrrda! — Zaca sacode a cabeça, caracóis duros do sal.

— *As duas primeiras Trump Towers começam a ser erguidas no segundo semestre de 2013, com previsão de conclusão até os Jogos Olímpicos de 2016. As outras serão construídas conforme a demanda do mercado.* Imagina, vai ser só neguinho de capacete amarelo. O Rio de Janeiro é o Playmobil do Eduardo Paes.

— Esse é o prefeito? — pergunta Inês.

— Sim, reeleito há três meses com sessenta e cinco por cento dos votos. Acha-se o prefeito mais *in* do mundo.

— E bate uma só de se achar — completa Zaca. — O Paes me tira do sério. Você simpatiza com ele, Tristão.

— Simpatizo nada. Mas vai perguntar à galera de Santa Cruz que agora demora menos uma hora a chegar à Barra. Por alguma razão foi reeleito com tantos votos. Fez muita coisa mal, não fez um monte de coisas. Só não acho que seja um mafioso.

— Dá cobertura pras máfias. Ônibus, imobiliário. Porto Maravilha pra quem?

— Eu também pergunto. Só estou a dizer que não vejo o Paes como um canalha.

— São seus bons olhos.

— Ok, não vamos discutir isso agora. Inês, tens de ver o estaleiro. Cada rua é uma obra do Porto Maravilha.

— Chama-se mesmo assim?

— Nome oficial. Vai ter torres, hotéis, museus, um museu do Calatrava. Os arqueólogos andam lá a escavar canhões portugueses do século XVII. E em frente fica o morro onde nasceu o Machado de Assis, e a primeira favela do Rio. A prefeitura está a tirar moradores com o argumento de que são áreas de risco.

— Porque atrapalham a maravilha, entendeu Inês? — diz Zaca. — Incrível pensar que o Morro da Providência cresceu com desalojados de há cem anos.

— Desalojados do quê? — pergunta Inês.

— Dos cortiços onde morava o proletariado, casas divididas em muitos quartos, que eram alugados. Tem até um clássico que a gente lê no colégio, *O Cortiço*, Aluísio Azevedo.

— A personagem do dono é um português ganancioso — diz Tristão.

— Mas também tinha muito português morando em cortiço e sofrendo na mão do patrão. A ironia, Inês, é que cem anos atrás, quando o prefeito Pereira Passos arrasa os cortiços pra fazer do Rio uma Paris, empurra essa gente pro morro. As primeiras favelas nascem desses desalojados, e dos soldados que tinham voltado da Guerra de Canudos. E algumas gerações depois o morro está sendo empurrado pra fora pelo prefeito Eduardo Paes, que quer mais do que Paris, quer o centro do mundo.

— Só pra acabar a história do Trump — atalha Tristão. — É o maior investimento deles em escritórios nos BRICS: entre cinco e seis bilhões de reais. *O Globo* diz que *o terreno integra um grupo de imóveis que a prefeitura se comprometeu a adquirir para que sirvam como âncoras da Zona Portuária*. E, atenção, *apesar de o projeto prever 38 andares, a ideia é que os prédios tenham a altura máxima permitida: 150 metros, o que, na prática, corresponde a 50 andares*.

— Meu Rio de Janeiro.

— O Paes diz que isto demonstra uma *confiança fantástica* na cidade e será um incentivo para o Porto Maravilha. Tem o problema dos sambistas da Unidos da Tijuca ensaiarem nesse terreno há vinte anos, e eles ganham carnavais. Mas dizem que vão falar com o Paes pra continuarem lá.

— Putamerda. Mais ninguém diz nada?

— O Instituto dos Arquitetos. *Que cidade a gente quer construir?*, pergunta o vice-presidente.

— Cabra abusado, hein?

Tristão guarda o jornal:

— Tudo no Rio trabalha para os dois lados, a começar pela natureza.

— Ou além do bem e do mal — diz Zaca.

— Isso és tu, que és ateu, ou achas que Deus morreu.

— Não, acho que é uma criação humana.
— Eu acho que existe para além de nós, e 99 por cento dos brasileiros estão comigo. Acho, não. Acredito.
Inês enfia o vestido pela cabeça:
— Não querem discutir ao jantar?
— Falou. Tô precisando de um chope.
— Estás a ver, Inês?
— O quê?
— Porque é que o apocalipse será aqui. *Acordes dissonantes / pelos cinco mil alto-falantes*, canta o Caetano.
Zaca sacode a areia:
— Que apocalipse. Quem virá é o índio, lembra?
— *Preservado em pleno corpo físico / em todo sólido, todo gás e todo líquido* — desafina Tristão. — Mas esse já veio, é o próprio Caetano Veloso.
Zaca prende-lhe o pescoço com o braço:
— Português do ca-ra-lho.
E dá-lhe um beijo na boca.

•

Hoje 19:41

qd vc sai?

no elevador
me liga em 1

Os escarpins de Judite saindo para a avenida Rio Branco, ar quente na cara, fim do ar condicionado, celular na mão. Quando vibra, aparece na tela

Anjo Gabriel

— E aí querida?
— Tô péssima.
— O que aconteceu?
— Você não tá aqui. Isso que continua acontecendo.

— Escuta, também quero muito te ver, mas tenho que pegar meu filho. Eu tinha falado pra você.
— Você tinha.
— Noite de quarta e quinta sempre tô com ele.
— Amanhã também? Vou morrer. Quase morri hoje.
— Eu já disse pra uma amiga hoje que você não era desse mundo.
— Que amiga?
— Uma menina bolsista da PUC que conheço de criança, do Alemão.
— Bolsista? Então é bem novinha.
— É como família.
— Já não gostei. Quer dizer que a gente só se vê ano que vem?
— Sexta. Tá bom pra você?
— Sexta o mundo acaba.
— É verdade. Mas você não é desse mundo mesmo, não vai fazer diferença.
— Gabriel...
— Diga.
— Tô aqui andando de um lado pro outro na Rio Branco. Olhando a águia do Theatro Municipal. Vendo a lua já por cima da gente. Tem catador de papelão, morador de rua, fila que não acaba no ponto do ônibus.
— E daí?
— Eu não quero ir pra lugar nenhum. Quero estar com você.
— Ô gata...
— Vou pra casa morrer. Me acabar de beber. Ou pego aquele cara do meu escritório que tá saindo agora e vive me cantando? O que é que você acha?
— Acho que assim fica difícil. Não vou estar com meu filho no Natal, tenho essas noites com ele.
— É ruiiiim...
— É mesmo. Mas a gente sabe que vai estar junto.
— A gente sabe que vai estar junto?
— Claro que sabe. Eu sei. Você não sabe?
— Não sei se vou estar viva. Mas você é imortal, certo? Você me segue até o outro lado?
— Deixa comigo.
— Vai pegar teu filho onde?
— No Flamengo, aula de judô.
— A gente tá quase pertinho.
— É. Só meia cidade engarrafada entre nós. Eu ainda tô no Alemão.

— Caraca.
— Vou sair agora. Tá tudo parado, imagina sem moto.
— Gabrieeeeel...
— Fala.
— Eu quero que você vá na minha casa.
— Que bom, gata, porque eu quero ir na sua casa.
— Sexta.
— A gente decide depois.
— Você vai acabar comigo.
— Não. Você vai acabar comigo.
— Impossível. Você é o Anjo Gabriel.

•

Hora de ponta na esquina das duas ladeiras com a rua Cosme Velho. Todo o mundo voltando à favela, estudante, empregada, segurança, arrumador, mãe de sete filhos. Já formam fila para a moto dos garotos, um vaivém noturno: pega, sobe, desce; pega, sobe, desce. Dois reais cada viagem. Lucas salta do 570 com o skate debaixo do braço, dobra a esquina, acena aos motoboys, que respondem:
— Beleza, mano?
E sobe a ladeira de Zaca e Judite, porque mora bem lá no alto.

•

— Minha Noé, como foi o dia?
— Pode falar?
— Tranquilo. Vou sair agora do Alemão, vim ver minha mãe.
— Indo pra Laranjeiras?
— Primeiro vou no Flamengo pegar o filhote. E aí?
— Tá rolando uma parada aqui no morro.
— Conta.
— Os caras tão querendo a pele de um cara da prefeitura.
— Que cara?
— O cara que fez um plano pra acabar com a venda de ingressos pro Cristo aqui no Cosme Velho.
— Não me diga: a prefeitura não quer mais esse mundo de gente esperando horas pelo trenzinho, mais vans, o cacete, e atrapalhando todo o trânsito que vai pra Laranjeiras. É isso?

— A questão é que quando não tem mais ingresso pro trenzinho, ou demora muito, esses milhares pegam a van pirata, o táxi sem taxímetro, compram coco, cocada, pipoca, cachorro-quente, guarda-chuva, chapéu de palha, protetor solar.
— Vai me contar? Acabo de me mudar pra Laranjeiras.
— O que eu tô dizendo é que muita gente aqui no morro vive disso. Rola grana ali na bilheteira do trenzinho, sacou? E os traficas querem dar um susto nesse cara que fez o plano pro Paes.
— Como?
— Acho que tão planejando algo pro dia de Natal.
— Onde?
— No show do Gil com o Stevie Wonder em Copa.
— Tá brincando.
— Eles sabem que o cara vai tá lá.
— Cacete. Vai ter um milhão de pessoas nesse show.
— Talvez metade. Seja como for.
— Mas o que é que podem estar planejando?
— Não sei. Tenho uma amiga que é irmã de um desses caras, peguei o fim de uma conversa.
— Noé, os caras tão tirando onda, dizendo que fazem e acontecem.
— É, quem sabe. Vou ficar ligada.
— Vai me contando.
— Tem mais uma coisa.
— O quê?
— Tô grávida.

SEGUNDO DIA

Quinta-feira

05:42, Humaitá

Ressaca. Aliás, a maior ressaca da História. Inês olha fixamente o telefone como se ele fosse dizer alguma coisa que a salvasse. Acordou antes da hora de Lisboa, ainda na hora de Beirute, e desde então espera a manhã no Rio de Janeiro, rolando na cama, sem coragem de vomitar. Tristão avisara que a terceira caipirinha era a fronteira mas ela perdeu a conta.

Da praia tinham ido direto para Santa Teresa, pararam vários táxis até um aceitar, Inês não percebeu o problema, Tristão disse que eram os paralelepípedos, Zaca acrescentou que subida de ladeira tem até outra tarifa.

O táxi foi pela orla, Copacabana, Botafogo, Flamengo, e quando estava parado no semáforo, mesmo antes de virar para subir, apareceu a maior bunda na janela. Bunda do lado de lá, cara do lado de cá, vidro aberto no meio, Inês perguntou o que era aquilo e Tristão respondeu que era a Glória. Inês então perguntou se a glória era uma bunda daquele tamanho, Zaca disse que no Brasil com certeza, Inês disse que nunca tinha visto uma puta de minissaia tão curta, quase um cinto a meio das nádegas, Zaca disse que não era uma puta, era um travesti, ela ainda olhou mas o táxi já subia uma calçada, depois uma ladeira, como em Lisboa, elétrico-e-tudo, só mais escuro e mais verde, com menos prédios e mais casas, por cima da cidade mas fora, bifurcações e curvas, ruínas, heras, torreões. Nisso, o táxi parou num larguinho, havia cinema, lojas, freaks a que Zaca chamou ripongas, derivado de hippies, esclareceu Tristão, porque os brasileiros dizem rippies como dizem rollywood, roneybee, roneymoon.

Meteram por uma rua de bares até um que transbordava, mesas de pedra, azulejos, recorte de jornal, retratos em branco e preto: Bar do Mineiro. Minas é o mais parecido com Portugal depois do Rio de Janeiro, disse Tristão, e Inês foi ver a Tropicália na parede: Gal, Bethânia, Gil, Caetano, um sujeito de guitarra eléctrica que ela desconhecia e era Raul Seixas

*(Enquanto você
se esforça pra ser
um sujeito normal
e fazer tudo igual
eu vou ficar
ficar com certeza
maluco-beleza).*

A primeira caipirinha durou o tempo de vagar uma mesa, cachaça Dedo de Prosa, pediu Tristão. Os três já sentados, Zaca encomendou Olho de Boi para a segunda, sem açúcar, disse, porque o problema é o açúcar. Entre Brejinho, Claudionor e Supimpa, Inês elegeu Nega Fulô na terceira, e um cheirinho dela pura. A partir daqui já nem se lembra se a fruta era limão ou lima, sendo que no Brasil lima é limão, o limão é siciliano e ainda há o limão-galego, o limão-cravo, a lima-da-pérsia. Seja como for, sempre com cachaça, que o bar é mineiro, nem vodka, nem saquê, disse Tristão, enquanto Zaca mandava vir carne seca com abóbora, feijão, arroz e couve. Chegou tudo a fumegar, perfeita conjugação de cor e matéria, castanho, laranja, preto, branco, verde, depois salgado, doce, espesso, solto, cru, só faltando deitar em cima uma farinha, uma pimentinha, todo o tempero do diminutivo.

E foi algures aí que Inês perdeu a conta. Terá deixado a mesa pra enrolar um cigarro porque a imagem seguinte é lá fora, um grafite que se sobrepôs à algazarra geral: *Mesmo quando estamos juntos tua admiração é falsa*. Ao fim de tanta cachaça era uma epifania, quinhentos anos de equívocos Portugal-Brasil, ou qualquer outra relação ciclotímica. Também viu um fresco pintado no muro, *Três Graças* mais baianas do que renascentistas, mais aguarela do que fresco. Obra de Arjan Martins, pintor vizinho do Bar do Mineiro, disse Tristão à saída.

No regresso a casa, havia um táxi no larguinho e foram seguindo a linha do elétrico, parado desde que bateu contra um poste, ferindo 50, matando seis, além do turista francês que semanas antes se pendurara para fotografar e caiu quando o bondinho passava sobre os Arcos da Lapa, contou Zaca. Portanto, bondinho e não elétrico, fixou Inês, mais fácil do que os falsos-irmãos, gênero lima-limão.

Antes de a linha acabar, a estrada meteu-se pela floresta, cada vez mais floresta, como se fugissem da cidade. *Meu partido é um coração partido*, desafinava Tristão, ela perguntou de quem era aquilo, ele respondeu do Cazuza

(*Meus heróis
morreram de overdose
meus inimigos
estão no poder*).

Mas *coração cresce de todo lado*, disse Zaca, e sem esperar a pergunta respondeu que isso era do Rosa. Inês perguntou qual Rosa, ele disse que havia dois, um da cidade, outro do sertão, e que o trabalho de ambos era fazer cantar o que está mudo. Sim, disse ela, mas qual é o do coração, e ele disse João Guimarães Rosa, e ela disse ahhhh, tenho de ler, e quis saber o nome do outro, Noel Rosa, respondeu Zaca, trezentos sambas, morto antes dos trinta. Então Inês perguntou se já estavam longe do Rio de Janeiro, Zaca disse que estavam no meio do Rio de Janeiro, atalho pela Floresta da Tijuca até ao Cosme Velho, ela deixou cair a cabeça no ombro dele, e ele quase por acaso beijou-lhe a boca. Inês não se lembra quanto tempo isso durou, mas talvez Zaca beije todos os portugueses, ou o Rio no verão seja assim, talvez em qualquer estação.

Beirute também não é a Arábia Saudita, pode ser mesmo o oposto. Yasmine beijou-a logo na primeira noite, depois dormiram juntas na cama dela, na casa dos pais que tinham ido para Baalbek. Saudades do verão em Baalbek, dos figos, do azeite, do vinho, do pão, do calor nos templos onde deus nunca é um, Júpiter, Vênus, Baco. E logo hoje, neste estado de calamidade, é que vai subir ao Pão de Açúcar tão sonhado por Yasmine? Finalmente o Pão de Açúcar das cartas da família dela, desses Khoury que aqui chegaram há cem anos, quando o império otomano ruía? Em Istambul, os jovens turcos acabavam de dar o golpe, a turquisição estava em marcha, a seda do Monte Líbano perdera para a da China, Abraham Khoury fechara a fábrica, mal sustentava as amoreiras. E, numa manhã de março de 1913, o seu primogênito Salim partiu para ir atrás de um primo que já estava no Rio de Janeiro. Do Monte Líbano foi de comboio para Beirute, onde apanhou um navio para Marselha, onde tiraria um visto para o Brasil. Em Marselha roubaram-lhe tudo, como hoje acontece aos que tentam passar o Mediterrâneo, para depois, tantas vezes, morrerem.

Há cem anos acreditava-se que tudo viria a ser melhor, e afinal muito não era tão mau como veio a ser.

Salim Khoury sobreviveu ao Atlântico num porão infestado de piolhos, sempre que o sol queimava demais no convés, ou as ondas eram altas. Contou a viagem num diário, gostava de escrever, chegou a ser colunista de um dos cinquenta jornais árabes que o Rio de Janeiro teve na primeira metade do século XX, e que Inês ainda viu na Biblioteca Nacional em Damasco (quem os verá agora?). Mas naquela tarde em que o navio de Marselha entrou na baía de Guanabara, Salim era um garoto de 19 anos sem bagagem. Tudo o que possuía era o passaporte e o papel com o endereço do primo. E mantinha as mãos nos bolsos para os sentir, ter a certeza de que aquilo estava a acontecer: que ia descer do navio, e o deixariam ficar. Aí, uma nuvem afastou-se e Salim viu a montanha na sua frente, tão batida pelo sol que parecia ouro maciço. Logo depois tudo o deixou espantado, o calor, o alvoroço, os negros no porto, a selva nos morros, mas nada superou essa visão, que antes mesmo do desembarque o fez chorar, de cansaço, de alívio, de amor por tudo o que deixara, acima de tudo amor à vida. Ali, diante do Pão de Açúcar, o libanês Salim Khoury jurou que o pior já passara. E, cem anos depois, quando Inês ouviu Yasmine traduzir essa carta em Beirute, porque as cartas de Salim tinham sido guardadas como relíquias, teve a certeza de que sim, queria ver a montanha de ouro do bisavô de Yasmine.

De resto, pouco sabe do que faz no Rio de Janeiro. Como vai aprender algo sobre os libaneses do Brasil, se será um capítulo da tese, uma fuga, um fim, ou apenas o começo da ressaca, essa outra ressaca de querer alguém que já não nos quer.

Engov, caramba, Tristão deu-lhe uma carteirinha para tomar um antes e outro depois de beber. Ela leu: hidróxido de alumínio, ácido acetilsalicílico, maleato de mepiramina, e cismou que podia tomar o primeiro com a primeira caipirinha. Agora só falta achar o outro, se conseguir levantar-se antes do Natal, antes do fim do mundo, talvez mesmo hoje, antes de o sol atravessar o prisma.

08:13, Cosme Velho

Coisas que Judite sabe desde o primeiro amante: quanto mais sexo têm, mais as mulheres se masturbam. E, a propósito de amante, interrompe a entrevista que está a ler n'*O Globo* sobre o assunto para pesquisar no tablet bromélias, ciclames, helicônias, ranúnculos, o cacete. Nada que chegue aos pés do que precisa. Então cai a ficha, não vai mandar flores ao Anjo Gabriel quando tem todo o jardim para lhe mostrar.

Lá fora é hora da rega, Mateus, o jardineiro-mor, canta aquele baião de Luís Gonzaga que é a história do Nordeste, *Por farta d'água perdi meu gado/ morreu de sede meu alazão*, Judite ouve-o da cama, sorri. Saudade de babá Nenzinha, vinda lá de Quixeramobim, sertão do Ceará. Cresceram juntos pelo jardim: Mateus, o nico nordestino, filho da babá, e Judite, a pernalta, menina da casa. Partilham até a idade, ambos Escorpião.

E quando os pais foram para a Amazônia, Karim foi para a Síria e Zaca fugiu do bafafá da biografia, Judite entendeu que o protetor de todo o Cosme Velho era aquele baixinho que já tinha a natureza na mão antes de ser faixa negra de karatê: orquídeas brotando à sua passagem, cachorras em adoração atrás, mais que apóstolo caseiro, um orixá das matas, o próprio Oxóssi.

> (*Quem mora na mata
> é Oxóssi,
> Oxóssi é caçador,
> Oxóssi é caçador
> Eu vi meu pai assobiar,
> eu mandei chamar
> Vem da Aruanda ê
> Vem da Aruanda a
> Pai Pena Branca,
> vem da Aruanda,
> vem na umbanda*)

Ex-aluna de colégio de freiras, Judite dispensa qualquer espécie de *personal trainer*, na academia como na paróquia. Achou a sua trindade: saquê gelado, terreiro de umbanda e o sexo como acesso ao que será que será. O que ela queria mesmo era deixar a advocacia, ou qualquer emprego, aprender sobre estrelas, ficar fazendo mapa astral. Quem sabe poderia até viver disso, só a ideia já lhe dá prazer.

Cansou de análise. Todas as quintas-feiras troca o almoço pelos círculos do inferno, divã Corbusier, uma hora, trezentos reais, mas mil horas depois continua no limbo. Então vai ligar ao analista a dizer que está com os pais em Manaus, ou presa na neve de Nova York, em vez de neste calor do ca-ra-lho, nem um lençol por cima, top de algodão branco, calcinha velha.

A última vez que se lembra de estar tão quente às oito da manhã foi depois da peça de teatro no clube de swing de Copacabana. Quanto é pra estudante?, perguntavam patricinhas na fila da bilheteria, ao verem que o nome delas não constava da lista amiga. Nem estudante nem idosa nem amiga, tendo sobrevivido ao Hércules na porta e ao decote da recepcionista, Judite teve tempo de observar as algemas junto ao olho turco da sorte, o cartaz contemporâneo do *Stayin' Alive*, as costas nuas da mulher em frente, contemporânea da sua avó. *Nossos valores*, elencava o folheto da peça, *educação, gentileza, simpatia, proatividade, honestidade, discrição, elegância*. Então a fila desaguou no salão do bar, cenário negro de espelhos e *Let's Dance!*, foco na bunda que uma atriz apontava à plateia. Era o começo de um monólogo sem calcinha, Judite temeu. Sentada num baloiço seguro por correntes, a última coisa que escreveu no seu caderninho-género-relatório-Kinsey foi o papo sobre uma tribo em que noventa por cento das mulheres ejaculam, e o resto da peça foi conversa de trepada, sem trepada e sem cabeça.

Ainda houve a ascensão às cabines onde mais tarde rolaria o swing, ela encurralada num canto enquanto um ator provocava os presentes com perguntas, ahn, íntimas, aquilo a que uma carioca desprevenida chamaria o *ó*. Mas Judite sabe que o *ó*, hoje sinônimo de ruim do ruim, é originalmente o do borogodó, ou seja, *filet mignon*, graça que há ou não há, tem ou não tem. E se há graça que ela tem, mais bem guardada do que o colar de orixá no seu peito, é com certeza essa que o narrador ainda gostaria de alcançar, porque nem um imortal alcança o *ó* do borogodó assim no segundo dia.

Do clube de swing Judite seguiu direta até às oito da manhã, porque não estava sozinha, claro, e estava em Copacabana. Essa foi a noite em que o seu sushiman favorito lhe mostrou como quebrar a base de um espargo com o polegar, depois rolou noite branca, e a branca dita maldita. Quando enfim adormeceu agarrada ao pau de um ex-namorado, já o beija-flor se enchia de açúcar frente à janela dela no Cosme Velho, calor de nem uma brisa como hoje, 20 de dezembro de 2012.

Então, tendo decidido não enviar flores, e antes de sair para o escritório, Judite retorna à entrevista n'*O Globo* sobre a prevalência global do orgasmo clitoriano, aquele que Freud considerou imaturo, e como a história do século xx seria outra se alguém o tivesse contestado mais cedo, evitáveis danos na vida de milhões. Desde então, biólogos, zoólogos, antropólogos evolucionistas continuaram a interrogar o mistério do orgasmo feminino nos mamíferos, tentando de todas as formas ligar a origem arcaica do clitóris a qualquer necessidade reprodutiva, e até hoje concluíram nada. Que se saiba, o orgasmo feminino não tem outro fim que não o orgasmo. Uma extravagância biológica.

A entrevista: um bioquímico catalão, aperfeiçoado no MIT, tropeça certo dia numa pesquisadora que manipula o clitóris de ratinhas para estudar respostas hormonais; papo puxa papo, o cara tem um flash, vai escrever um livro de ciência sobre sexo, tudo aquilo que você sempre quis ler e a ciência nunca reuniu; ele seria o homem certo, dera o corpo onde os ratinhos já não bastam, nauseado em cápsulas sem gravidade, estimulado no córtex cerebral, masturbado sob ressonância magnética. Eis o entrevistado, um google para lhe ver a cara: hetero com pinta de gay, sempre sorridente e já a perder cabelo, mania de cachecóis. Tanta pesquisa terá mudado a cama dele?

Judite pousa o tablet, estica o braço de bailarina, agarra o caderninho-gênero-relatório-Kinsey, anota o nome do livro que sai em breve. Depois escorrega ao longo das almofadas, olha o elástico da calcinha, os mamilos escuros no algodão. Estavam macios do calor, agora estão duros de doer.

E o narrador bem que continuaria, mas ainda é cedo. Não para Judite, para ele.

10:50, Cosme Velho

A cama é o único móvel do quarto, com o lema da Oca em frente

*(UMA CIDADE EM QUE
UM SÓ HOMEM SOFRE MENOS
É UMA CIDADE MELHOR).*

Na parede há um guarda-roupa embutido, e ao lado da cama uma caixa que já carregou bananas, agora livros, fone de ouvido. Lucas está deitado, a escrever no celular. Escreve rápido, com os polegares, tudo em abreviatura, sem emendas.

Daqui a nada vai levantar, porque pega no trabalho às 13h e só o ônibus até à Lapa leva uma hora. O longo corredor Cosme Velho-Laranjeiras vive engarrafado. Em dias normais, é o trânsito dos colégios; nas férias, as filas para o Cristo; no Natal, compras, cabazes, créditos. E até ao ônibus ele ainda tem de tomar uma chuveirada, comer com os Irmãos, descer um quilômetro a pé. Ritual diário.

Todos os dias acorda no escuro e fica a olhar a manta que cobre a janela, à espera do momento em que a claridade vem, iluminando o padrão da lã como um vitral. Presente de um Irmão, mineirinho lá das serras, do inverno com geada, lareira acesa, teares. Lucas nunca esteve em Minas Gerais, mal imagina um frio assim, e a vida sem mar ou rios como na Amazônia, corrente a fazer de estrada, água a fazer de chão. O skate dele é uma canoa, não faz pirueta, nem podia: 90 kg, 1.97 m.

De onde vem tanta altura? De muitas gerações atrás, lá em África, supôs ao crescer, filho e neto de mestiços do Pará. E no seu único ano de faculdade reforçou a suposição, ao ler sobre a viagem do naturalista Alexandre Rodrigues Ferreira pela Amazônia do século XVIII. Enviado da Coroa Portuguesa, com a dupla missão de inspector colonial e coleccionador, Ferreira viu o efeito dos *terríveis contágios* de varíola e sarampo após a chegada dos brancos: a população indígena à vista, aquela que poderia ser usada para trabalhar, estava quase dizimada. Aconselhou, pois, a rainha D. Maria I a importar negros com urgência, única forma de desenvolver a colonização ali. Só ao Pará, mandou dizer, deveriam ser destinadas cerca de mil *cabeças* por ano. Ora, como os nativos do império de Oyo (hoje Nigéria, Benim) eram cobiçados por serem grandes, muitos terão vindo então, concluiu Lucas, e com eles o gene das alturas. Seu avô nagô, iorubá.

Calha que ainda há dias, num desses saraus pipocando pela periferia, ouviu um *rapper* branco improvisar contra a colonização que extirpou centenas de línguas, impedindo que o Brasil agora fale, por exemplo, iorubá. Lucas pensou que só era pena as rimas do bróder serem ruins, mas guardou o pensamento, como sempre, e voltou para casa escutando Racionais MC's

(*Sou guerreiro
e não pago pra vacilar
sou vaso ruim de quebrar
oitavo anjo do apocalipse
tenebroso como um eclipse*).

Marabá, onde nasceu, lá no Sudeste do Pará, é um nome tupi que quer dizer *filho da mistura*. O pai da sua mãe já era isso, caboclo de várias partes índias e uma parte branca; a mãe da sua mãe, igual, cabocla escura. Nos anos 1980, como tantos ribeirinhos, foram vendo o Rio Itacaiúnas cada vez mais poluído pelo garimpo na Serra Pelada: era a caça ao ouro à custa de mercúrio, peixes e populações contaminadas, malformações, cancros. Depois, como tantos outros, migraram para Marabá em plena expansão siderúrgica: acabava de inaugurar a linha de trem dos Carajás para o transporte de minério de ferro. Quanto mais fábricas, mais desmatamento, mais violência contra trabalhadores rurais, católicos da libertação, contestatários em geral. Se a democracia vinha a caminho, não se via.

Ainda estudante, a mãe de Lucas começou a participar em movimentos sociais ligados à igreja. No vaivém da paróquia conheceu o ativista com quem casou, negro arraçado de índio, bonitão. Lucas nasceu no final de 1991, índio arraçado de negro e de branco, e o pai morreu cinco anos depois, no massacre de Eldorado dos Carajás, quando a Polícia Militar do Pará atacou a manifestação dos Sem Terra que ele ajudara a organizar. As memórias que o filho guarda do pai são como película queimada, manchas, relâmpagos. Sobram duas fotografias dele posando de galã na Praia do Tucunaré, na época em que o Rio Tocantins desce e uma língua de areia emerge, em frente à orla de Marabá.

Aí cresceu Lucas, com esse sobe e desce das águas, estação seca, estação das chuvas. Se o tamanho era de negro, a pele e o olho eram de índio; e o cabelo, uma crina, lustroso como o da mãe. Ela o entrançava, tão moça ainda, não querendo nem conversa de outro homem. Até que uns parentes foram contratados para um condomínio em São Conrado, e falaram que havia trabalho num casarão vizinho. A mãe perguntou o que Lucas acharia de irem morar no Rio de Janeiro, ela não tinha feito quarenta anos, ele estava com 19, podia ser uma outra vida, tanta coisa acontecendo por conta de Copa, Olimpíada, e aquela ideia de ele largar o curso de TI e Computação, trocar por História: no Rio teria mais opção de faculdade.

Assim foi, mudaram no começo de 2011. A mãe virou assistente da dona da casa em São Conrado, uma artista budista que desenhava plantas. O filho não precisou recorrer à cota de aluno de escola pública ou não branco para entrar em História na UERJ, a universidade estadual, em frente ao Maracanã. Dividiam aluguel com os parentes no sopé da Rocinha, um piso térreo tão úmido que tudo mofava, caderno, sofá, lençol, mas logo arrumariam outro, tudo parecia possível. Lucas montou um skate, tábua bem firme. Navegava cidade e floresta descobrindo trilho, cachoeira, discotecagem, o baile black do viaduto de Madureira, os sebos onde podia ficar lendo, sair com Haroldo de Campos, feito rap, no ouvido

(ouça como canta
louve como conta
prove como dança e
não peça que eu te guie).

A imponência da Biblioteca Nacional o afastava, idem o Theatro Municipal. Já para não falar das vitrinas onde um bróder como ele disparava alarme, do Fashion Mall ao Shopping Leblon. Qualquer rolezinho no meio dos ricos podia acabar na delegacia.

Foi durante esses primeiros meses cariocas que Lucas bateu de frente com o fato de não ser branco no Brasil. Mas o mundo ficara enorme, a cada dia galáxias; isso era irreversível. Então, nas férias de Natal, faz agora um ano, mãe e filho voltaram à Amazônia para visitar os avós, mala cheia de presentes

> (*vagagem de vagamundo*
> *na virada do mundo*
> *que deus que demo*
> *te guie então*).

O eco da TRAGÉDIA NO PARÁ chegou ao Rio antes mesmo de Lucas, impressionou espectadores por um instante, desfilando em rodapé na tv. No casarão de São Conrado, a empregada atendeu o telefone no meio do almoço: Polícia Civil de Marabá. Para quem conhecia mãe e filho, difícil de encarar.

Quando Lucas aterrou, foi direto rapar o cabelo; e não dizia uma palavra. Impressionada, a família de São Conrado recorreu a assistente social, psicólogo. O primeiro a observar o órfão falou em Transtorno de Stress Pós-Traumático, o segundo em Afonia Psicogênica. Ele escreveu que apenas queria ficar um pouco calado. Alguém sugeriu então um analista argentino, também psiquiatra, que vivia há muito no Rio, conhecia o Pará e o Amazonas, o consultório era quase uma oca de índios. A família de São Conrado fez questão de tentar, pagar o tempo que fosse. Insistiram até Lucas ceder.

Foi assim que numa manhã de tempestade, daquelas em que o Rio de Janeiro volta ao gênesis, fim e começo do mundo, e do caos sai o homem, Lucas se viu a escorrer água diante da buganvília da David Campista, após dois ônibus, o primeiro, avariado.

Um velhinho de guarda-chuva veio abrir o portão, tufos de cabelo branco, sorriso a toda a largura. Tinha metade do tamanho de Lucas e desarmou-o à primeira: oi, sou Pancho, gritou, leve sotaque porteño por cima da chuva que ribombava. Se fosse mais alto teria posto a mão no ombro do rapaz para o acolher, mas dadas as possibilidades esticou o braço para ficarem os dois dentro do guarda-chuva, e assim correram até ao consultório.

Não era uma oca, mas tinha, sim, cestos de buriti, uma pluma azul, uma flauta. E, no mais, paredes brancas, mesa com livros, cadeira ergonômica para o analista, poltrona ou divã para o paciente. Ficar olhos nos olhos ou olhando o teto é escolha do paciente, e pode ir variando ao longo dos anos, consoante o momento, o assunto, o avanço, explicou Pancho, antes de perguntar a Lucas se não queria tirar o casaco que pingava. Foi o começo de uma relação contra toda a ortodoxia da consulta privada, em que o paciente sobretudo fala e o analista sobretudo escuta. Entre a poltrona e o divã, Lucas não teve angústia, sentou-se na poltrona por achar que não caberia no divã.

Pancho sabia pela família de São Conrado que aquele gigante de cabeça rapada era ligado em índio, além de escutar rap; cantava, até. Portanto, trouxe um cesto cheio de cassetes. Lucas nem nunca pegara numa assim.

Continha gravações feitas no Alto Rio Negro, cosmogonias, cosmologias. Escutaram-nas juntos por uns minutos, e Pancho foi buscar outro cesto, cadernos cheios de notas de campo, 1981!, 1978!, na Pré-História!, ele disse, oferecendo um que ficara em branco. Lucas quis ouvir mais cassetes, Pancho contou de um músico com quem se cruzara lá, um gringo de Nagra recolhendo cantos, perguntou se Lucas sabia o que era um Nagra, Lucas fez que não, Pancho explicou que era o pioneiro da gravação portátil, gravador de bobina, som nítido, recortado, a anos-luz desse purê digital de agora. Lucas nunca pensara no som que ouve como purê, e saiu pensando naquele argentino que conhecia a selva, partilhara o fumo e a mandioca, o cipó e a visão. Ao fim de umas semanas, começou a levar a Pancho coisas que escrevera, por vezes canções, relatos de sonhos. Sonha intensamente, a cores, com sons, muitas vezes grita para acordar, acorda exausto. Está nisto há quase um ano.

A morte da mãe aconteceu na noite do réveillon. Lucas aterrou no Rio a 2 de janeiro, uma segunda-feira. Nessa tarde, depois de rapar o cabelo, escreveu um SMS aos parentes na Rocinha, pedindo para guardarem as coisas dele, mais tarde buscaria. Não quis voltar a dormir lá, nem ficar em São Conrado, apesar de os ex-patrões da mãe terem dito que seria muito bem-vindo. Passou alguns dias em jardim público, debaixo de viaduto, até achar os Irmãos na cracolândia da Maré. Sabia que toda a sexta estavam ali, ouvira falar deles, pensou que seriam o tipo de igreja com que a mãe e o pai haviam trabalhado. Algo como voltar à infância. E sem perguntas, aceitando o silêncio dele, os Irmãos convidaram-no a visitar a Oca no alto do Cosme Velho, mosteiro, abrigo, um pouco de tudo. Oca em homenagem à palavra tupi para casa.

Os Irmãos acreditam em viver para os excluídos. Lucas acredita nos Irmãos mas leu Oswald de Andrade

> (*Nunca fomos catequizados. Vivemos através de um direito sonâmbulo. Fizemos Cristo nascer na Bahia. Ou em Belém do Pará*).

Quinhentos anos o separam dos caldeirões indígenas em que os tupinambás se fortaleciam, cozinhando inimigos rituais, e de caminho algum gringo recém-chegado, consternado com a selvageria, como aconteceu em 1556 ao primeiro bispo do Brasil, D. Pêro Sardinha, nome inteiramente comestível, aliás.

O índio era a ameaça canibal, o empecilho na mata, incapaz como escravo, o que não impediu cada vez mais gringos de chegarem, o que acabou com cada vez mais índios. O senhor de engenho fazia de colonizador mau: queria escravizar os índios como negros. O missionário fazia de colonizador "bom": salvaria os índios do cativeiro, e os negros seriam o custo, inevitável. Uns na cruzada do lucro, outros na das almas, todos parte da Coroa Portuguesa, serviram o mais vasto tráfico atlântico conduzido por um só país, e minúsculo. Verdadeiro sistema, desde as costas de África, onde os escravagistas locais reuniam homens, mulheres e crianças do interior, até ao machadinho que em engenhos de açúcar do Brasil serviu para separar a mão do braço, quando havia que punir os negros. Quanto aos indígenas a cargo dos jesuítas, eram *descidos* dos sertões e concentrados nas missões, apesar de isso favorecer as epidemias que os matavam. Índio ideal era índio moldado pelo branco: como quem esculpe um arbusto, comparou

Padre Antônio Vieira. Tarefa infinita porque, tal como o arbusto, o índio não fica pronto, volta ao selvagem, é preciso ir lá aparar. Visionário do Quinto Império (que haveria de ser português e cristão), e o mais brilhante antiescravagista seletivo (já que por negros não empenhou o ouro da sua língua), Vieira arguiu a inconstância dos índios como um *habeas corpus*, em nome da conversão a longo prazo. Para tal, os jesuítas aprenderam tupi-guarani, fizeram dicionários, favoreceram uma língua franca de base tupi, o que acabou por atrofiar muitas outras línguas indígenas. E quando o Marquês de Pombal enxotou jesuítas & cia, impôs o português.

Então, ao dar com os Irmãos na Maré, descalços no meio do esgoto e dos cracudos, Lucas decidiu que, sim, iria visitar a casa deles, lá no alto do Cosme Velho. Viu uma razão maior nisso, tinha a ver com a morte do pai, a morte da mãe, a infância na igreja, mas também com estes quinhentos anos que mal começara a estudar na faculdade. A Oca seria o seu caldeirão, a sua preparação, nela se fortaleceria

(Antropofagia. Absorção do inimigo sacro. Para transformá-lo em totem).

Os Irmãos, eles mesmos, coroa, hábito castanho, corda à cintura, pareciam uma espécie de totens do que mudou e do que não muda. E Lucas gostou de tudo ao subir a ladeira, a cidade sumindo na primeira curva, a mata ficando densa. Bem acima, apareceu um mural anunciando a Oca, adiante o portão, aberto para o pátio, grande mangueira ao centro, casa de um só piso com alpendre. Ao entrar, o chão rangia, as janelas abriam para o verde, moldura azul, balaustrada de pedra. Quase em cima do telhado, uma favela. E abraçando tudo, tão perto, o Cristo.

Um dos Irmãos conhecia os donos de um prédio na Lapa, contrataram Lucas como ascensorista das 13h às 19h, setecentos reais de salário, mais trinta por cento de periculosidade, mais vale-transporte. Ele trancou a matrícula na UERJ, foi ficando. Precisava de um trabalho em que pudesse não falar por um tempo. Depois, a Oca tinha livros além da teologia, muitos oferecidos aos Irmãos, alguns assinados *Bartolomeu Souza*, o patriarca que tivera uma biblioteca lá embaixo, no começo da ladeira, até milhares de volumes irem numa enxurrada. Lenda do Cosme Velho.

Quando não está a fazer murais ou a navegar de skate, ler é o que Lucas mais faz, de manhã na cama, afastando a manta, e ao longo da tarde, sentado no elevador. Um homem dentro de uma caixa, seis horas por dia. Sim, no Rio de Janeiro ainda tem isso.

12:00, Cosme Velho

Zaca assobia na rede do jardim. Sabe que é meio-dia porque lá vem a *Ave Maria* de Schubert abençoando todo o Cosme Velho, ateus, judeus, muçulmanos, evangélicos, espíritas, budistas, até os taoístas vizinhos do casarão onde Portinari pintou, fachada de varandas em ruína, ateliê projetado por Niemeyer, tudo entregue ao mofo e ao musgo do bairro mais pré-rafaelita do Rio de Janeiro. Sempre uma *Ave Maria* ao meio-dia, outra às seis da tarde, oferecimento altifalante da igreja de São Judas Tadeu, ali em frente ao Trenzinho do Corcovado.

Na sua coleção de relíquias do Cosme Velho, Zaca tem uma do tempo em que a igreja estava a ser construída. Achou-a nos papéis de vovô Bartô.

A potência dos altifalantes corresponde à escala, a que Bartolomeu se tentou opor. Mas o que Zaca está a assobiar não é a *Ave Maria*, e sim uma música de João Bosco em que Aldir Blanc encaixou versos, ou vice-versa

> (*Neguinho me vendo em Quixeramobim
> e eu andando de elefante em Bombaim*).

Ficou-lhe na cabeça desde o papo desta manhã, quando perguntou a Mateus, o jardineiro-mor, onde passaria o Natal, visto que não ia a Quixeramobim, lá no Ceará, pôr flores na campa da mãe, ver os irmãos.

Filho único de babá Nenzinha, Mateus tem 11 irmãos por parte do pai, viúvo já na meia-idade quando casou com a mãe. Casamento bem feliz, ela sempre disse, mas engravidar demorou, e ele morreu antes do parto. Foi assim que Nenzinha acabou no Cosme Velho: um amigo da família viu-a de barrigão no Ceará, soube que ficara sozinha, os Souza-Farah procuravam alguém, Nenzinha veio, prestes a dar à luz. Então, Mateus aprendeu a ler em colégio do Cosme Velho, e só o largou quando a mãe morreu, trocou pelo karatê. Além das plantas, que já eram dom.

O papo de hoje aconteceu depois da rega matinal. Zaca, que adormecera no jardim, embalado pela ressaca da noitada com Tristão e Inês, de repente abriu os olhos e o dia cintilava, flores incandescentes, folhas como tinta fresca, toda essa infusão de sol na água. Aí viu Mateus enrolando a mangueira, esfregou os olhos, perguntou pelo Natal, ele respondeu que ia passar com a namorada, ela vivia querendo ir a Búzios, as amigas falavam que era show de bola. Zaca comentou que o trânsito lá ficava ruim até à virada do ano, mas de moto melhorava, só questão de achar uma pousada. Mateus atalhou que pousada era muita grana, estavam pensando era acampar, assim rolara a casa em Quixeramobim, poupando aqui, gastando lá. E, papo puxa papo, perguntou se Zaca estava ocupado. É que tentara agendar online o exame de habilitação para dirigir carro, mas o sistema rejeitava o nome. Provavelmente, pensou Zaca, porque alguém digitara uma letra a mais ou a menos no nome dele, um clássico da burocracia. Mas como Mateus já fora pegar o laptop, combateram juntos até ao nocaute, enquanto Una e Porã arfavam enroscadas, sem outra ambição que ficar perto de Mateus, de preferência à sombra dos já trinta graus. E, matutando no próximo round, o jardineiro-mor foi à vida, com uma cachorra de cada lado, deixando Zaca voltar à rede, à vaga ressaca da noitada.

Acordara cedo para ler aquela *Breve História do Cosme Velho* emprestada há anos a um amigo da família, e ontem enfim recuperada. Edição de autor feita por um primo da sua mãe, já que Cosme Velho não é Lapa nem Ipanema, não tem roteiro de boemia, trilha sonora, novela. Nem recuando a Machado de Assis, o seu morador mais célebre, aos pés do Corcovado.

Machado, Machadinho, 24 anos num chalé ali em baixo, onde o panteão da literatura brasileira viu nascer o dia

> (*Brás Cubas*
> *Quincas Borba*
> *Dom Casmurro*)

e nem uma página de devaneio, um pingo de romance que seja no Cosme Velho, que Zaca tenha achado.

Nada de estranhar, se Machado houvesse rodado Grécias e Pérsias, ao menos o Brasil. Mas não. Apenas um salto a Minas, em certa ocasião. Nasceu, viveu e morreu carioca, ruas, praças, jardins, morros. Logo ao primeiro enredo, de resto, põe o protagonista a declarar ser aquele todo o seu universo

> (*Confesso que é monótono,*
> *mas eu acho felicidade*
> *nesta mesma monotonia*).

E os nove romances que escreveu são uma geografia do Rio oitocentista, entre bairros, arrabaldes e serra: Catumbi, Laranjeiras, Centro, Glória, Tijuca, Botafogo, Andaraí, Rio Comprido, Santa Teresa, São Cristóvão, Gamboa, Morro do Livramento, Flamengo, Catete, Largo do Machado, Engenho Novo, Lapa, Nova Friburgo, Ilha Fiscal, Morro do Castelo (entretanto derrubado), Copacabana (então desabitada).

Claro, não é o Rio das praias, porque a praia estava muito longe de ser atração. Aprazível, refrescante, era a floresta, por onde o Cosme Velho entrava, chalés, casarões, chácaras a caminho do Corcovado. Essa terá sido das paisagens que Machado de Assis mais viu na vida. E em algumas crônicas nomeia o bairro, a propósito do derrube de árvores para a instalação do *bond* elétrico, dos serões em casa do diplomata Francisco Otaviano, ou do que ouvia e via

ao acordar (*Pássaros, galo, cigarra entoam a sinfonia matutina, até que salto da cama e abro a janela. Bom dia, belo sol! Já daqui vejo as guias torcidas dos teus magníficos bigodes de ouro. Morro verde e crestado, palmeiras que recortais o céu azul, e tu, locomotiva do Corcovado, que trazes o sibilo da indústria humana ao concerto da natureza, bom dia!*). De resto, o Cosme Velho aparece fugazmente num conto, quando uma divina Quintília é pedida em casamento. Mas nos romances, o mais perto que Machado chegou foi de Laranjeiras (o bairro contíguo), ou de plantar no elenco um tio chamado Cosme (como o comerciante que deu nome ao bairro). Exuberante, aliás, a plantação machadiana de Cosmes e Quintílias, Rubiões e Bacamartes, Procópios, Melquiores, Capitolinas, Fidélias.

Fidélia é a derradeira beleza no *Memorial de Aires*, romance que Machado escreveu após a morte da mulher, e imediatamente antes de morrer. O galã pouco se distingue mas chama-se Tristão, portanto Zaca ganhou carinho por ele. Isso, claro, desde a noite em que o pai lhe apresentou certo português de camisa branca.

Dezembro de 2010, fácil de lembrar porque foi a última vez que os três irmãos Souza Farah estiveram juntos, a última viagem de Karim ao Rio, a última festa no jardim, casa acesa feito caixa de luz, gente entrando por samambaia, saindo de jabuticaba, roda de violão na beira da água, uns dentro da cascata, outros na pedra, na grama, olhando a filigrana das copas no céu do hemisfério sul, o Cristo tapado num eclipse, copinho gelado em honra de Vinicius, como se o próprio tivesse voltado, cercado de beleza, igual a sempre, pronto a casar mais nove vezes, amigos, amores, orixás, cachorros, todos morando na melhor cidade da Via Láctea, e por um instante isso fosse verdade

(*Vai! Vai! Vai! Vai!*
Amar!
Vai! Vai! Vai! Vai!
Sofrer!
Vai! Vai! Vai! Vai!
Chorar!
Vai! Vai! Vai! Vai!
Dizer!).

Seu nome é Tristão!?, perguntara Zaca, estendendo o copo que acabara de encher. É, herdei do meu avô, respondera Tristão, arregaçando as mangas, morto de calor. Zaca disse que herdara o nome do bisavô, e sempre fora zoado no colégio, porque o Zacarias que todo o mundo conhecia era o dos *Trapalhões*, programa de TV. Depois perguntou se Tristão lera o último livro de Machado de Assis, tinha lá um Tristão meio lisboeta. Tristão respondeu que nunca lera Machado de Assis, provavelmente o avô também não, nem o bisavô, o nome vinha de um navegador, longa história. E de história em história tomou o primeiro porre da sua primeira festa de verão no Rio de Janeiro. Chegara havia três meses, em plena campanha para a sucessão de Lula, era tempo: acabou dentro da cascata, puxado por Zaca, camisa branca e tudo. E mergulho aqui, samba lá, ficaram amigos.

De início, o carioca cogitava no que o atraía para aquele português quase sem malícia. Era a brecha do quase, ou o resto ser tão firme? Todo o errático aspira a um íman, diria o narrador. Mas como o desvio já vai longo, voltemos ao meio-dia de 20 de dezembro de 2012, à rede onde Zaca tenta avançar na pesquisa do seu romance, depois de borrifar pela enésima vez pernas e braços com *Off*. Estas encostas são uma pequena Amazônia, um sonho para a dengue, sobretudo no verão. Zaca já acorda a passar repelente.

Além da *Breve História do Cosme Velho*, trouxe um calhamaço que compila gerações de Souzas, muitos ainda espalhados pelo bairro (na última foto natalícia são 106 a sorrir). E em século e meio aqui, a história da família inclui vizinhos ilustres, *habituados* de muito serão, como se dizia então, em adaptação direta do francês: Machado de Assis, claro, que subia do seu chalé para vir derrubar no xadrez o trisavô Silvestre; mas também Joaquim Ramalho Ortigão, visita quase diária ao voltar do Real Gabinete Portuguez de Leitura; ou, décadas depois, Cecília Meireles lendo a sua tradução do *Orlando* de Virginia Woolf a vovô Bartô, que para estar à altura foi ler o original. Dez anos mais novo, Bartolomeu estaria um tico enamorado de Cecília. Poeta, radiosa e morando junto do Trenzinho, como não?

O Trenzinho, em si mesmo: que personagem. Zaca convive com ele desde que nasceu, impossível não o cruzar com a família, o bairro, o Rio de Janeiro, a História Universal, vá. Iniciativa de D. Pedro II, que de tanto cavalgar o Corcovado quis espalhar a maravilha. Assim inaugurou o primeiro caminho de ferro turístico do Brasil, entre pompa e lanche imperial, na primavera de 1884. Os passageiros embarcavam no Cosme Velho e subiam com uma inclinação de trinta graus até ao cume, onde um pavilhão de ferro, conhecido como Chapéu do Sol, lhes dava sombra.

Zaca ainda não concluiu nenhum capítulo do Futuro Romance Carioca, mas postais do Corcovado, comprados em muitos sábados na feira da Praça XV, é todo um álbum. Os passageiros subiam a escada

atravessavam o Chapéu

e desembocavam no mirante

O melhor point, sem dúvida, para um Cristo abraçar tudo, velho sonho carioca.

Então, em 1922 chegaram os andaimes para O instalar, e nas décadas seguintes, a Seus pés, os retirantes, os desalojados, as sobras do asfalto que foram ocupando a encosta, avós dos motoboys que agora sobem a favela, dita comunidade ou só *o morro*.

Neste quase solstício do verão de 2012, esse morro é um rasto de barracões do ponto de vista dos smartphones que sobem no Trenzinho. Para Zaca, porém, o morro é o vizinho de sempre que ele acabou a conhecer só com Tristão, ou seja, alguém que não cresceu ouvindo tiroteio, história de policial e bandido, incluindo *desova* de cadáveres nas curvas da ladeira.

Carioca da Zona Sul, em geral, entende porque é que Zaca não conheceu antes o *seu* morro, ainda hoje por *pacificar*. Nos últimos anos, foi até a festas em Santa Marta, Cantagalo, primeiras favelas a ter UPP, mas favela no Cosme Velho continua fora do holofote, imagem diária de quando subir morro não era mole, não. A geração de Zaca ainda não esqueceu a morte de Tim Lopes, repórter da Globo que trabalhava com câmara escondida no Complexo do Alemão, sequestrado, torturado e morto por traficantes faz agora dez anos. Em suma, entre Zaca e o morro de casa havia uma teia de aranha que Tristão desfez como só um forasteiro, além do mais antropólogo: um dia foi subindo a pé atrás dos motoboys, e Zaca não quis ficar atrás. Acabaram voltando mais do que uma vez.

Mas a amizade com Tristão despertou outras sombras, outros fantasmas: fez Zaca interessar-se pelos portugueses ligados ao Cosme Velho. Cecília Meireles mudou-se para junto do Trenzinho depois do suicídio do primeiro marido, o artista plástico português Fernando Correia Dias, trazendo um espólio de gravuras que talvez ainda lá esteja, na casa da Smith de Vasconcelos. E a mulher ao lado de quem Machado viveu no número 18 da rua Cosme Velho, e de cuja morte nunca se recuperou, foi a portuguesa Carolina Augusta Xavier de Novaes.

Só Machado & Carolina seriam um livro. Ainda no tempo da escravatura no Brasil, uma portuguesa da pequena burguesia do Porto casa com um carioca de sangue negro, neto de escravos. Ainda era gago e, sem que ela soubesse, epilético. Mas já ilustre, preparando-se para a glória, ao contrário da família dela, que se afundava. Viveram 35 anos juntos, numa intimidade doméstica e literária em que Carolina tanto usava os caracóis de Machado para adornar a testa, como ele, doente dos olhos, lhe ditava cartas e livros. Quando ela morreu, retratou-a doce, amorosa, maternal, com a dor única de quem não conseguiu ter filhos (a D. Carmo do *Memorial de Aires*).

Carolina partilhou com Machado as décadas em que o romance brasileiro nasceu para o mundo, e sendo uma espécie de primeira-

-dama da literatura nacional, talvez seja o seu *maior silêncio*, disse um reputado machadiano quando Zaca o consultou. É o silêncio de quem não tinha nada de interessante para dizer ou de quem teve os papéis queimados pelo marido? Seja como for, Machado destruiu quase toda a correspondência entre ambos. Tanto não se sabe, que o reputado machadiano encorajou Zaca a escrever ficção. Essa portuguesa obscura, sem obra nem sorriso, terá de ser reconstituída. O narrador duvida que seja tarefa para um diletante como Zaca. Mas ele não parece preocupado, mantém a herança portuguesa do Cosme Velho em aberto, começando pela musa.

Que mistério trazia Carolina ao desembarcar na Guanabara? E o seu trágico irmão Faustino, tão amigo de Machado, sem o qual não teria havido casamento? E o tal Cosme Velho Pereira, comerciante da rua Direita, que no século XVIII aqui teve uma grande chácara, inaugurando a moda de trabalhar na cidade e morar no vale? Que dizem eles deste estranho, estroboscópico fruto, ameríndio-afro-luso, batizado como São Sebastião do Rio de Janeiro? O romance de Zaca ainda não tem título, talvez nem tenha gênero: *Requiem tropical*?

SUPERGÁSBRÁS!, brada da ladeira o pregão, caminhonete de botijões, porque o Cosme Velho é velho mesmo, muita casa sem gás canalizado. E, quando não é o gás, é o caminhão do fumacê, letal para o *Aedes aegipty* da dengue. E quando não é picada de mosquito, é mordida de morcego, 75 espécies no Rio de Janeiro. Mas isso só à noite, que ainda vem longe.

15:00, Cosme Velho

Gonadotrofina coriônica humana, anota Noé, céu branco de onde ela o vê, quase à altura do Corcovado. Coisa de favela mesmo: chiado de rato, um calor de matar e a melhor vista do Rio de Janeiro.

Já anotara vários nomes até chegar a esse, a hormona que só um embrião gera, detectável na tirinha ensopada, uma linha, negativo, duas linhas, positivo, qual a menina que não foi na farmácia com a amiga, esperou a urina da manhã, ficou lá no banheiro, copinho na mão, todo o peso nos joelhos, 240 mil imagens na cabeça, um filme acelerado dez vezes. Filme-foda tem que ser a cabeça dessa menina, pensa Noé, ainda segurando o folheto do teste de gravidez, camiseta com versos de Leminski à altura do umbigo

> *(Isso de querer*
> *ser exatamente aquilo*
> *que a gente é*
> *ainda vai*
> *nos levar além).*

Começou a refazer todo um roteiro ontem à noite, quando a segunda linha apareceu na tirinha, nem esperou a urina da manhã.

Desde setembro que pensava na chacina daqueles seis garotos da Baixada Fluminense, Christian, Douglas, Glauber, Josias, Patrick, Victor Hugo, auxiliares de pintores e de pedreiros entre 16 e 19 anos: num sábado saem de um campeonato de pipa para uma trilha de cachoeira que além de tatus, pacas e guatiricas está cheia de traficantes; confundidos com membros de uma facção rival, são sequestrados, torturados, mortos e enterrados; os corpos aparecem nus, de mordaça na boca, enrolados em lençóis; têm cortes no pescoço, marcas de pancada com objetos, cada um levou três a cinco tiros; para o funeral são envolvidos em bandeira tricolor. Porque isso de o Flamengo ser o clube do povo é quando é, eles eram fanáticos do Fluminense e moravam em Nilópolis.

O que há de mais notório sobre Nilópolis é ser sede da Beija-Flor, a escola que ganhou o Carnaval do ano passado com Roberto Carlos de azul e branco no cimo do último carro

> *(Meu Beija-Flor chegou a hora*
> *de botar pra fora a felicidade*
> *da alegria de falar do Rei!).*

Centenas de milhões sambam com a Beija-Flor; televisões, cervejas, bancos faturam milhões; depois sambistas, passistas, porta-bandeiras, toda a bateria, umas quatro mil pessoas no total, voltam a Nilópolis para viver o resto do ano, cruzam-se na rua com os Christian, os Douglas, os Glauber, os Josias, os Patrick, os Victor Hugo: eles são os garotos do vizinho, do tio, do primo, do irmão, os próprios filhos. Onde estava no Carnaval de 2011 aquela mãe que no sábado da chacina foi procurar o filho e ouviu de um jovem trafica: *Tia, vou ser sincero, o Foca enterrou ele na mata.* Fora recém-chegados, todo o mundo se conhece num bairro de Nilópolis, nome tão brasileiro quanto Moisés ou Washington. E que garoto não gostaria de ressuscitar Sócrates Brasileiro Sampaio de Souza Vieira de Oliveira?

(O futebol é a quadratura do circo
é o biscoito fino que fabrico
é o pão e o rito o gozo o grito o gol
salve aquele que desempenhou
e entre a anemia a esperança
a loteria e o leite das crianças se jogou
com destino e elegância dançarino pensador
sócio da filosofia da cerveja e do suor
ao tocar de calcanhar o nosso fraco a nossa dor
viu um lance no vazio herói civilizador
o Doutor).

Ser bom de bola no Brasil será o grande lance contra acabar enterrado pela polícia, pela milícia, por algum tribunal do tráfico antes dos vinte. Se a violência é a grande causa de morte antes dos vinte no Brasil, a Baixada é a região mais violenta do estado do Rio de Janeiro, grupos de extermínio pagos por empresários que querem segurança, disputas de território pelo que a Olimpíada move, absorção de traficantes em fuga, tudo o que Noé tem anotado desde setembro. Mas ontem à noite apareceu essa segunda linha na tirinha do teste, e depois a aceleração de partículas que desencadeou outro filme, nem pânico nem euforia, uma clareza extrema.

Como a mãe ia dormir cedo para levantar de madrugada, Noé só contou a Gabriel, logo dizendo que não era drama nenhum, faltava um trimestre para a graduação, ele estava mudo. Aí perguntou se era isso mesmo que ela queria, ela respondeu que era a última coisa que planeara, trepada de um dia que parecia sem risco, besteira de pôr e tirar camisinha porque a menstruação mal terminara, nem ficou nervosa quando em dezembro não menstruou, comprou o teste de farmácia já com uma semana de atraso, queria descartar essa hipótese antes de ir ao médico, achou que tinha algum problema. Mas no momento em que viu a segunda linha teve a certeza, não houvera plano e não havia dúvida: ia ter esse bebê.

Gabriel quis saber se o cara era alguém que ele conhecesse, ela disse que não, galera da PUC, amigo de amigo, tinham-se conhecido numa festa mês passado, fumado uns, bebido pra caramba, acabaram de madrugada na casa do pai dele, um troço chique no meio da floresta, ela acordara com um toc-toc na varanda, quando foi ver era um tucano, caraca, nunca vira um tucano no Rio de Janeiro, um tucano batendo na porta com aquele bico cor de fogo. Parecia um intervalo no tempo, só ela e o tucano por um segundo, e ele sumiu num abrir de asas, nem um ponto negro no céu, como se tivesse vindo só para ser visto, deixar um aviso (mas qual?).

Noé ficou vendo os parapentes flutuarem desde a Pedra Bonita, apanhou a roupa no chão sem acordar o cara, quase grego, lindo demais, foi pela estrada até achar um ônibus, e nesse dia mesmo o gato achou-a no Facebook, mandou várias mensagens, ela é que dera um gelo, fazia tempo que não trepava, tinha sido até bom, mas não queria ficar trepando. Não queria ficar trepando, ou não queria ficar trepando *com ele*?, perguntou Gabriel, Noé repetiu que não queria ficar trepando, tirava muita energia dela, estava bom de vez em quando.

Gabriel disse que ela tinha que ter ouvido a conversa que ele tivera antes dessa, ela perguntou se tinha sido com a tal Judite, a dama da noite, ele disse que a dama da noite parecia nascida para trepar, ela disse maravilha, só não era sua prioridade, tanta coisa para fazer. É, disse ele, por exemplo, criar um filho aos 21 com graduação por terminar, mestrado emendando em doutorado, fora a segunda Abolição, mais a revolução.

Noé respirou fundo, perguntou se Gabriel já engravidara alguém além da mãe do filho dele, ele respondeu que sim, duas vezes que soubesse, as duas tinham decidido tirar antes mesmo de falar com ele, ela perguntou onde, ele respondeu uma no Rio e outra em Lisboa fazia pouco tempo, ela perguntou se ele tinha ido junto, ele respondeu que em Lisboa não, a moça tinha família em Portugal e o aborto era legal lá, mas no Rio sim, tinham acabado no Miguel Couto com uma hemorragia depois da abortadeira, a moça com medo que a denunciassem.

Noé disse que essa era só uma das razões para fazer uma revolução nesse país que vive ligado em sexo mas persegue mulher que aborta, e botou na presidência uma ex-guerrilheira que fica puxando o saco dos evangélicos sem coragem de dizer que aborto é questão de saúde pública.

Gabriel perguntou se não seria melhor pensar um pouco em tudo o que tinha para fazer, em como esse bebê ia ser criado, no cara com quem ainda ia ter de falar, ela não achava? Noé disse que sempre achara que nunca ia engravidar, que talvez por isso tivesse deixado pra lá a camisinha, que se agora tirasse o bebê não correria mais o risco. Portanto talvez tivesse de acontecer agora: esse era o bebê que seria para ela ter. E, sim, claro, ia falar com o cara, mas com ele ou sem ele faria tudo o que era pra fazer, faculdade, roteiro, revolução, e criar esse filho. Então vamos lá, pensa Noé, amarrotando o folheto do teste de gravidez, camiseta Leminski colada nas costas

> (*Serei teu rei teu pão tua coisa tua rocha*).

Que putacalor, Dezembro.

19:27, Baixo Gávea

No terraço da galeria, Tristão levanta a cabeça: ainda sol e já lua. Amanhã acaba o mundo mas começa o verão

> (*amanhã, ninguém sabe*
> *traga-me um violão*
> *antes que o amor acabe*).

Anteontem, no piso de baixo, dois motoqueiros rodaram dentro de Globos da Morte, fazendo trepidar 1500 objetos em volta, como um ritual de oferendas (vaso sanitário, aquário, computador, radiografia, pênis de louça, disco de vinil, copos, taças, jarras, vidros). Tristão fotografara a instalação antes da performance, hoje voltou para ver o que caíra, e depois subiu ao terraço, chão ainda quente das 13 horas e 30 minutos de sol que se completam daqui a pouco, quem sabe pela última vez

> (*quem sabe, então*
> *o Rio será*
> *alguma cidade submersa*
> *os escafandristas virão*
> *explorar sua casa*
> *seu quarto, suas coisas*
> *sua alma*).

E cadê ela, sua Alma, nesse derradeiro dia? Flanando entre os pós e os cipós do Rio Negro, experimentando cor, pigmento, textura na palma da sua mão de menina? Tristão aponta a câmara, um clique além do limite, 37ª fotografia. O cimo das pedras parece lava, linguiça assada nas esplanadas do Baixo Gávea, combinou jantar às oito com Inês, ainda zonza de cachaça, *jet lag* e Pão de Açúcar.

Antes do Brasil, os portugueses já exploravam cana na Ilha da Madeira, deitando o caldo numa forma cônica de barro, que ao arrefecer saía firme. A isso chamavam um pão de açúcar, e depois acharam o morro parecido, contara Tristão no teleférico, suspenso sobre a Urca.

Hoje a Urca é uma península mas há quinhentos anos estava separada do continente, espécie de guarita entre o Atlântico e a Guanabara. Ali ancoraram as naus da Coroa Portuguesa, prontas a combater os franceses e seus aliados indígenas, encerrando o devaneio de uma França Antártica. Estácio de Sá usou a Urca como forte natural, com a vantagem de dois morros, além do abrupto Pão de Açúcar, e nessas encostas é que fundou São Sebastião do Rio de Janeiro, em honra ao padroeiro do então rei de Portugal. A cidade nasceu, pois, sendo uma ilha. Apenas a partir do século XVII ficou ligada por um aterro, hoje a Praia Vermelha.

Quer dizer que aqui em baixo está o oceano?, perguntara Inês à saída do teleférico, enterrando os pés na areia, em todo aquele postal meio Trópico, meio Mediterrâneo. Da praia seguiram ao longo da falésia pelo Caminho do Bem-te-vi, e na volta foram à enseada do antigo Cassino onde Carmen Miranda cantava. Aí, Tristão disse que o melhor programa do mundo estava logo adiante: contornar o Pão de Açúcar, parar na esquina do Bar Urca, pedir pastel de queijo, camarão frito, cerveja gelada, levar tudo para a mureta do calçadão, e ficar com um pé no chão, o outro sobre a água, vendo a Guanabara desde o Corcovado a Niterói.

Assim foi. Voltada para Sul, Inês achou que o mundo podia até acabar na mureta, descascando camarão. E, encavalitado frente a ela, Tristão deu por si a falar do que já nem lembrava, talvez porque a conversa das naus arrastara um gigante lá do fundo da memória, o rinoceronte Ganda, herói fugaz da sua infância. Ou não tão fugaz, visto que aos sete anos chorara por ele na Torre de Belém, e com certeza nesse instante o espírito de Ganda pairou sobre as águas, abraçando aquele garoto do bairro, batizado na ermida do Restelo, habituado à missa nos Jerônimos, ali onde a sorte do mundo se armou, jogando hemisférios às metades, caravelas e naus para todas as partes, bem mais partidas do que regressos, muito mais mortos do que imortais. Como toda a gente que o conhece, Inês sabe qual é a origem do nome Tristão, ninguém se chama Tristão, pelo menos ninguém nascido em 1983, então toda a gente pergunta, e Tristão explica que o avô era Tristão por causa do navegador Tristão da Cunha. Mas Inês nunca ouvira a história de Ganda, o rinoceronte. Nem Tristão, até aos sete anos, na Torre de Belém.

Nesse dia, que devia ser fim de semana porque não havia escola, caíra uma chuva brutal em Lisboa. Quando o sol abriu, ficou aquela luz incandescente, então os pais levaram-no a passear. Desceram a travessa de casa, que há quinhentos anos era praia, e no meio do jardim da Torre o pai começou a contar a história de Ganda.

Em 1515, os donos do mundo trocavam leões, elefantes, papagaios, tudo o que pudesse ser exótico, incluindo selvagens talvez humanos, talvez não, o papa ainda não decidira. E aconteceu que certo dia um sultão enviou um rinoceronte ao governador da Índia, Afonso de Albuquerque, que o reenviou ao rei D. Manuel, em Lisboa, que pouco antes enviara Tristão da Cunha ao papa com um elefante. Em Belém, onde tantas ruas têm nomes de navegadores, Tristão aprendera cedo sobre esse seu homônimo. Com um pé no século XV, outro no XVI, Tristão da Cunha fora parar a umas ilhas remotas, a que dera o seu nome e sobrenome, e lá continuam, no meio do Atlântico Sul, já habitadas mas ainda remotas, as mais remotas do planeta, ou seja, mais longe de qualquer lugar habitado: quatro ilhas, menos de trezentas pessoas, capital, Edimburgo dos Mares. Tristão sabia tudo isso aos sete anos, mas ninguém lhe contara que o tal navegador também levara um elefante ao papa, muito menos ouvira falar de um rinoceronte.

Pois bem, embarcado lá em Goa por Afonso de Albuquerque, Ganda fez a perigosa viagem do caminho marítimo para a Europa comendo palha e arroz, acorrentado por uma pata ao convés. Dobrou o Cabo da Boa Esperança, contornou a costa ocidental de África e, ao fim de 120 dias no mar, desembarcou onde então se construía a Torre de Belém.

A sua chegada foi uma sensação. Desde o Império Romano que um rinoceronte não era avistado na Europa. E desde esse tempo que os rinocerontes eram tidos como inimigos mortais dos elefantes. Portanto, el-rei D. Manuel, já dono de todo um zoológico no Rossio (onde hoje é o Teatro Nacional D. Maria II), alojou Ganda no Terreiro do Paço, para o manter separado dos elefantes. Mas não deixou de organizar um duelo entre ele e um elefante, a ver o que dava. E o que deu, para gáudio do povo, foi que o elefante, mal viu o adversário, derrubou a cerca e disparou a correr pelas ruas de Lisboa. Posto isso, D. Manuel decidiu despachar Ganda para o papa.

Mas antes, felizmente, um sábio alemão que morava em Lisboa, Valentim Fernandes, enviou uma carta a um amigo em Nuremberg descrevendo Ganda. E tão bem o fez que Dürer conseguiu desenhá-lo a partir da descrição. Tristão não fazia ideia de quem seria esse Dürer, mas o pai prometeu mostrar-lhe o desenho quando voltassem para casa.

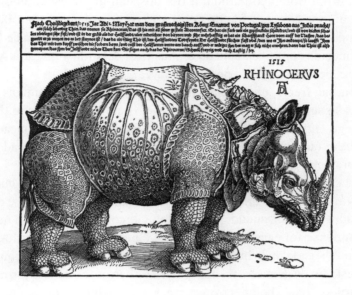

(Tem a cor de uma tartaruga salpicada, é enormemente maciço e coberto de escamas. Dizem também que é lesto alegre e manhoso.)

Com tudo isso, pai, mãe e filho já estavam diante da torre. E foi aí que a história se tornou trágica, pois a nau que levava o rinoceronte ao papa naufragou num braço do Mediterrâneo, entre Gênova e a Córsega. Ganda sabia nadar, teria nadado sabe-se lá até onde, mas como estava acorrentado afogou-se, com as suas duas toneladas, o seu colar de veludo verde, florido. E o que restou dele no baluarte do império português foi um ornamento, rematou o pai, apontando o corno do lado direito, já carcomido, voltado para ocidente.

Petrificado na Torre de Belém, praticamente reduzido a uma cabeça, Ganda estava assim condenado a ver para sempre a água onde morrera. Eis o que Tristão sentiu sem perceber, e instintivamente virou costas. Um turbilhão impossível de formular aos sete anos, que aos 29 ainda o comovia a ponto de baixar a cabeça. Encheu os copinhos de cerveja e, da enseada onde o Rio de Janeiro começou, brindaram a Ganda, o rinoceronte da História Trágico-Marítima.

Depois, ele falou da instalação que ia fotografar na galeria, Inês disse que preferia ver livros, foram andando até ao ônibus em plena hora de pico, meia hora só para atravessar Botafogo, Lagoa parada, rua Jardim Botânico parada, a fila dos sem-grana esperando *van* para a Zona Norte, a fila dos novos-ricos ao volante para a Barra. Quando enfim alcançaram o Leblon, Tristão soprou a franja de Inês, adormecida contra a janela do ônibus e foi deixá-la à Livraria Argumento, de onde seguiu a pé para a Gávea.

Na sua frente, uma mulata transbordante contava às amigas que antes só se preocupava com o prazer do cara mas agora não tinha sossego enquanto não gozava. Morava na décima nona estação de um trem que sai da Central, e dava para ver a Iemanjá tatuada na cintura dela.

Chegando ao Baixo Gávea, Tristão entrou na Tracks para buscar um vinil, saiu com um CD, e entre a esplanada do Braseiro e a do Hipódromo teve saudades de um dilúvio como na noite em que o Fluminense foi campeão ao fim de 24 anos, era ele um português recém-chegado que vinha para comer picanha com farofa de banana. Um estádio de gente corria pela praça aos berros, cascatas a jorrarem dos toldos, lixo a boiar entre as pernas, provavelmente ratos. Quando olhou para o lado tinha um tricolor de 24 anos a chorar de júbilo; aí entendeu que o único desesperado com o dilúvio era ele mesmo, camisa branca colada ao corpo.

E que faz Tristão no Rio depois de dezenas de livros sobre índios, de milhares de quilômetros de Amazônia, do doutoramento interrompido, daquela que nem disse não, porque ele nem disse nada?

(Partiu e nunca mais voltou
se eu soubesse onde ela foi
iria atrás, mas não sei mais nem direção.)

Quando ele não disse nada, estavam uma hora acima de Manaus, submersos até à cintura na água do Rio Negro, que é igual a coca--cola, uma coca-cola morna e sem gás, em que a qualquer momento pode aparecer uma sucuri, gênero jiboia aquática, teoricamente pode mas *não* vai aparecer, pelo menos enquanto os botos saltarem assim do fundo da coca-cola para abocanhar um peixinho, porque os botos devem saber quando há sucuris por perto, pensava Tristão a cada peixinho que o boto apanhava, boca de serrilha, pele de cetim.

Deus acabara de inundar a terra, metade de tudo na água, a outra metade no céu, tudo negro, verde, azul e aquela plumazinha morena, pluma punk, crista na cabeça, argola no nariz, que era ela: Alma. Só pegar-lhe na mão comovia Tristão, leve como se não tivesse ossos. Talvez toda ela não tivesse ossos porque estava só de passagem.

Tinham-se conhecido lá no Alto Rio Negro, no velho teatrinho de São Gabriel da Cachoeira, onde Alma conversava com mulheres indígenas. Também era antropóloga, estudava pinturas corporais, vinha de uma temporada no Museu Goeldi em Belém do Pará, onde Tristão estivera um mês antes, no transe de ver tudo aquilo com que só sonhara em Portugal, onça, preguiça, gavião-real, samaúma, mitos da criação. Ao fim de uma semana juntos em São Gabriel, voaram para Manaus. Seria o último dia antes de Alma voltar a Belém e Tristão ao Rio de Janeiro. Tomando uma lancha de ribeirinhos, foram pelos igarapés entre as copas, na água alta de julho, até ao lugar dos botos, esses golfinhos cor-de-rosa ou cinza que são toda uma mitologia entre os ribeirinhos, conta-se que há até registo de criança filha do boto. Aí, só os dois saíram e a lancha partiu. O sol queimava, tinham de ficar dentro de água: ficaram. Quando Tristão pegou na mão de Alma para falar, não soube o que via na cara dela, só sorriu, Alma idem. Nunca mais se viram.

E aqui está ele, câmara ao ombro. Antes de começar antropologia em Lisboa, passou três anos em Londres a estudar fotografia, é disso que vive desde que suspendeu a bolsa de doutoramento, reportagens para revistas, trabalhos com ONG. Entretanto, os 300 mil caracteres de notas sobre a percepção indígena do colonizador continuam onde os deixou, à espera de que a pesquisa seja circunscrita, que o investigador decida entre o povo tukano-tuyuca e uma aldeia onde coabitam tukano, baré, dessano, baniwa, arapaça, piratapuya. Ou talvez o buraco do investigador seja mais em baixo: ter bloqueado no quanto não sabia, porque só na bacia do Rio Negro cabem dez Portugais, oitenta milhões de hectares, 45 etnias, a região mais indígena do Brasil.

Mas tudo isso continua nos seus dias, desde o mapa no quarto ao porteiro do prédio, um velho caboclo.

E ainda esta manhã, ao sair de casa com Inês, encontrou Pancho, o analista argentino que nos anos 1970 andou pelo Rio Negro a investigar os efeitos psicoterapêuticos de plantas usadas pelos índios. Não se falavam havia meses, conversa puxa conversa ele mencionou um paciente da Amazônia, um rapaz muito interessante que deixara de falar. Não entrou em detalhes, mas Inês ficou fascinada com a ideia de alguém fazer análise sem falar, foi discutindo o assunto até ao Pão de Açúcar, dia cristalino, visibilidade 360°.

Agora, um gomo de lua no azul da Gávea. A galeria com a instalação de Nuno Ramos e Eduardo Climachauska fecha daqui a nada.

Tristão vai descer novamente ao *Globo da Morte de Tudo*, atravessar o impacto dos motoqueiros nos 1500 objetos, sair para a esquina entre o Braseiro e o Hipódromo, pedir um chope sem colarinho, conseguir uma mesa cá fora, ver Inês chegar com uma história dos *Árabes no Rio de Janeiro* debaixo do braço, pronta para curar a ressaca de cachaça com cachaça, e portanto para uma caipirinha de limão com linguiça. E, quando estiverem bem sentados, vai dar-lhe o CD que trouxe pra ela

> *(Um homem com uma dor*
> *é muito mais elegante*
> *caminha assim de lado*
> *como se chegando atrasado*
> *chegasse mais adiante)*

sem dizer que tem sido a banda sonora deste seu terceiro dezembro tropical, mês das noites brancas para o bem e para o mal.

21:15, Laranjeiras

Fila para a orgia pré-Natal em todas as caixas do Supermercado Princesa, panetones rebolando entre pontas de espumante, mais doce que bruto, cem por cento nacional. Gabriel puxa uma folha de abacaxi para ver se está maduro, nem sombra de espargos verdes no horizonte, começou a pensar em espargos porque Judite falou em espargos, mas o filho só gosta do que já gosta, além de que já está tarde, cacete, melhor uma pizza.

Ficou parado no trânsito da Árvore, era a *Noite Feliz* com zilhões de efeitos, magotes chegando para ver, mais joggers, skatistas, bicicletas, velhinhos, mães com carrinhos. Pensar que rolava medo na Lagoa, o filho já nem vai lembrar. O filho: 1.75m de apatia fora de qualquer laptop, celular, playstation, difícil ver os olhos dele, quanto mais saber o que lhe vai na cabeça.

No inverno de 1992, em plena luta pelo impeachment de Collor de Mello, um mulato escuro do Complexo do Alemão, facilmente reconhecível por usar uma pala no olho esquerdo, calouro no Instituto de Filosofia e Ciências Sociais, vulgo IFCS, cruza a maior manifestação alguma vez realizada na cidade com uma bailarina de cachos louros, túnica transparente, casaco de lã, que calha ser uma burguesa hippie do Leblon. Ele chama-se Gabriel Rocha, ela chama-se Débora Klein, *coup de foudre*, romance, casamento, ele vai com uma bolsa para Harvard, ela vai sem bolsa para Berlim, à beira da separação engravidam, acham que é um sinal, nasce Eric Klein Rocha. Foi há 14 anos, separaram-se semanas depois.

Gabriel volta atrás para ir buscar saquê, só tem aquele da garrafa azul, retoma o fim da fila, liga para encomendar uma pizza, avisa Eric que está a caminho: moram ao virar da esquina. Uma vida no Alemão, que continua sendo *a* casa, e vários anos em Santa Teresa, para ficar mais perto do IFCS, sem contar com os anos americanos.

Mas desde que Débora decidiu ir morar na rua General Glicério com o terceiro marido não parou de insistir que seria muito melhor para Eric se o pai também morasse ali. Então quando finalmente vagou um primeiro andar em cima da praça onde todo o sábado tem feira & roda de chorinho, Gabriel veio com os seus dez mil livros, e isso foi agora, começo de dezembro.

A General Glicério é história do Rio desde que, em 1880, um industrial comprou o terreno para fundar a Companhia de Fiações e Tecidos Aliança, sem rival em todo o Brasil. De acordo com as descrições da época, empregava 1800 operários *entre homens, mulheres e crianças*, abarcando toda a rua, que então se chamava Aliança. A estrutura completa incluía 152 casas operárias, dois médicos, duas escolas, uma creche, salão de baile, cinematógrafo e banda de música. No caso improvável de Gabriel algum dia ler a biografia escrita por Zaca vai achar tudo isto lá, porque o pai de Leão do Morro trabalhava num dos 1500 teares e Leão cresceu numa das casas operárias, embora estivesse sempre a fugir para o morro.

A rua de Gabriel tem, pois, no currículo o maior sambista de todos os tempos. À boa estrela desse nascimento contrapõe-se, porém, a catástrofe de 124 mortos, numa daquelas noites de chuva que derrubam terra, pedra, edifícios. Está num par de crónicas de Nelson Rodrigues porque um dos mortos foi o seu irmão Paulo. Gabriel leu-as há anos mas já nem se lembra de que tudo aconteceu aqui mesmo, os corpos saindo *esculpidos em lama*, no verão de 1967. Não costumava vir aqui antes de se mudar, é a primeira vez até que entra no supermercado, onde neste momento dois cariocas de camiseta de alças se juntam à fila atrás dele, um com todas as garrafas de vodka que lhe cabem nos braços dando esporro no outro

> *(... tu foi assaltado o caralho, tu não foi assaltado, tu quer ser malandro e só faz merda, tu fez merda com os caras e aí eles caíram em cima de tu e ainda te roubaram, não responde, eu quero te dizer: se tu não faz merda, eu vou tá do teu lado pra tudo, mas se tu faz merda, eu não te conheço, eu não vou na delegacia, eu não vou no hospital, eu não te seguro, tu tá me escutando?, tu não pensa, tu não é racional, eu penso cada coisa que faço, e ó como tu tá, celular velho, na merda...).*

Gabriel olha instintivamente o próprio celular, velho de quatro anos, então vê que Noé ligou, liga de volta, ela conta que a parada na favela está avançando, que a tal amiga, irmã de um trafica, diz que eles estão a planear um arrastão no meio do show de Copacabana para pressionar o cara da secretaria de transportes. Ele pergunta se ela conhece os caras, ela diz que sim, dois meninos, gerentes de boca de fumo, um não para de dar em cima dela. Gabriel propõe ir lá avaliar, cresceu com meninos que viraram gerente de boca, viu eles no Alemão começarem como *foguete*, avisando quando a polícia vinha, passarem a *aviãozinho*, levando o bagulho, eram os meninos com quem soltara pipa, jogara bolinha de gude. Claro que não diz tudo isso ao telefone, está na fila do supermercado, lembra só que cresceu com meninos *assim*, porque Noé só tem idade para lembrar dele já acadêmico. Ela pergunta onde estão esses meninos agora, Gabriel responde que não estão *mais*, Noé diz que vai pensar, que os caras não podem sacar que eles sabem. Ele diz que tudo tranquilo, não vai ter confusão e ainda vão abrir um champanhe para celebrar as decisões das meninas que são donas da arca e do seu nariz. A propósito, pergunta como está essa outra parada, se ela já ligou ao gato da casa chique na floresta. Ela diz que falará com ele na manhã seguinte, ele disse que podia vir encontrá-la, combinaram no Largo do Boticário pra dar um passeio, talvez subir no morro, vai depender da conversa.

Nisto, o caixa fica livre, Gabriel desliga, paga as compras, apanha a moto, dobra à direita para a General Glicério, estaciona na praça no momento em que o delivery está chegando, abre o portão de serviço porque a porta da frente não funciona, sobe a escada dos fundos com as compras, a pizza e a chave, entra pelas traseiras, atravessa a cozinha, um oi pra Eric deitado no tapete da sala, laptop no peito, a teclar no Facebook, sala ainda cheia de caixotes de livros. Então, durante o jantar Eric conta que um garoto de 12 anos na América fez um 1080, Gabriel pergunta o que é um 1080, Eric responde que são três voltas no ar, 1080 graus, e anuncia que vai virar skatista. O pós-pizza é com o filho de novo no tapete, laptop no peito, a ver vídeos de skate, enquanto o pai, laptop na mesa, dá um google

> *A Polícia Militar vai reforçar a segurança durante o show de Stevie Wonder e Gilberto Gil em Copacabana, dia 25 de dezembro. Segundo a PM, 1300 policiais militares e 81 viaturas vão intensificar o patrulhamento, e equipes do BPChq (Batalhão de Choque) e do BAC (Batalhão de Ações com Cães) vão atuar. A expectativa da prefeitura é de reunir cerca de 500 mil no espetáculo, que terá oito torres de som e seis telões.*

Quinhentas mil pessoas. Esses meninos estão brincando, pensa Gabriel. E, do tapete, Eric pergunta se amanhã dá pra comprar um skate maneiro.

TERCEIRO DIA

Sexta-feira

Previsão do tempo para hoje: apocalipse.

•

Cabelo afro irradiante, faixa carmim, Noé vem descendo de casa, já vendo o que vai vir: sentado antes da curva, o cara que quer armar o fuzuê no show de Copa e vive dando em cima dela.
— Rainha, tu tá top.
— E aí, Capeta?
Magrelo, branquela, sempre o conheceu assim e já lhe chamavam Capeta, mas agora com corrente de ouro, tatuagem, fuzil:
— Tem baile essa noite, te vejo lá?
— Alguma vez me viu dançar?
— Não vejo a hora.
— Eu não danço, cara.
— Como não dança?
— Funk, samba, não danço nada.
— Mas tu tem ziriguidum.
— Nem um nem dois, deixa eu ir que tô atrasada.
— Posso te acompanhar?
— Que acompanhar? Não fica no meu pé, Capeta.
— Quero você.
— Fui. Um beijo no teu avô, todo o dia sem saber se o neto ainda tá vivo.
— Tu é sinistra, garota.
— Te cuida, Capeta.

•

Um casal gay entra num táxi e é expulso pelo taxista, indignado com os beijos. O taxista diz à polícia que a sua religião não permite tal comportamento. Vai ser notícia de jornal.

•

— Gosto de ver você nessa rede, sabia? — Judite saindo para o jardim, uma pasta verde na cara, só os olhos de fora, cabelo amarrado.
Zaca está mergulhado na história daquela bisavó com uma amiga tão amiga que trocavam dez cartas por dia, os criados ficavam pra cima e pra baixo, de pombo-correio. Levanta os olhos para Judite:

— Não foi trabalhar?
— Off no escritório até à virada do ano. Já disse que você é o meu irmão favorito morando no Rio de Janeiro?
— Ainda bem que não tem outro, pra não ficar com ciúme.
— Você devia morar nessa rede, eu saindo de casa, você aí, bonitinho.
— Qual é seu plano, Judite?
— Como assim?
— Puxando meu saco, e com esse troço na cara.
— Abacate com mel, bom pra pele seca. Quer?
— Me diz o que está bolando, vai.

Judite ergue o joelho como um flamingo, pousa o longo pé em cima do álbum de Zaca, cinco pitangas na ponta dos dedos, unhas perfeitamente pintadas até ao mindinho, o nome do esmalte é *Um toque de ira*. E começa a passar as páginas com os dedos.

— Você nunca vai acreditar no amor?
— Para! Tá amassando.
— Que é que tem aí de tão importante?
— Uma história gay da nossa bisa.
— Que bisa?
— Mãe de vovô Bartô. Aquela de quem você herdou o nome.
— Ficou maluco?
— Ela era apaixonada por uma amiga. Se escreviam dez vezes ao dia, se chamando de minha doçura, meu xodó.
— Fala sério! Vovô sabia?
— Todo mundo sabia sem saber, acho eu. Quem está contando isso é nosso primo Francisco, que compilou um monte de histórias da família.
— Que Francisco? Aquele dos almoços de Natal?
— Sim, supercatólico. Pelo menos não tem antigay na família.
— Também não tem gay.
— Quem disse?
— Por que é que você tá lendo tudo isso?
— Ainda não sei.
— Chega um pouquinho pra lá?

Mantendo os pés no chão, Judite deita-se na rede, voltada para Zaca, e balança.

— Não vai tocar nunca mais seu violão?
— Por quê?
— Saudade de ouvir você dando uma de Bonfá. *Vem / tão só / só meu / amor...*

— Tá apaixonadinha? Viu o tal de Gabriel ontem? A gente nem falou.
— Não vi, porque ele tem um filho.
— Que coisa, realmente. Esse cara não se enxerga.
— Você vai apanhar quando eu levantar daqui.
— Vai ver ele hoje?
— Vou. Tava pensando...
— O quê?
— Chamar ele pra jantar aqui em casa.
— Ahhh, saquei...
— O quê?
— Por isso que você tava puxando meu saco, pra ver se eu dava uma saída.
Judite pousa um pé na cabeça dele.
— Bobalhão.
— Quieta. Deixa esse pé sujo pro Anjo Gabriel.
— Qual é seu programa pra hoje, bobalhão?
— Quem sabe jantar com vocês. Quero ver quem anda ocupando minha irmã favorita.
— Aí te mato e fico a filha única no Rio de Janeiro.
— Que triste, você não quer isso.
— Portanto, hoje à noite você vai sumir, né, irmão? Tanta gostosa aí dando sopa, faz quanto tempo que você não transa mesmo?
— Sabe que pode ser interessante ficar mais do que doze horas sem transar? Você devia experimentar um dia.
— Faz mais de quarenta e oito horas que eu não transo.
— Incrível como ainda tá viva.

•

Noé curva para baixo, contornando o hospital onde a mãe está a meio do turno, limpando sujeira de doente, dando injeção na bunda, remédio na boca. Foi por esse trabalho no topo do Cosme Velho que deixaram o Alemão. Saudade do baloiço que Gabriel atava na mangueira, da fogueira de São João com canjica, curau, bolo de milho.

•

— Onde é que a tua *roommate* arranjou isto? — Inês faz oscilar a água no interior do prisma.

— Num lugar em Minas para onde ela vai — Tristão abre o computador. — Umas comunidades esotéricas instalaram-se lá e agora há lojas com estes prismas.
— Esotéricas como?
— Fazem cerimônias com ayahuasca. Sabes o que é?
— Não.
— Uma bebida ritual da Amazônia.
— Alucinógena?
— Sim. Os índios usam-na para transitar entre ancestrais e seres paralelos, espíritos, duplos.
— É ilegal?
— No Brasil não, quando usada em rituais.
— Mas essas comunidades de Minas são índias?
— Não, brancos New Age. Eles dizem Nova Era. Olha, estou a ver aqui que hoje há um show do Hermeto Pascoal no Circo Voador. O Hermeto é uma figura.
— A que horas?
— No Circo começa sempre depois da meia-noite, podemos jantar antes. Vou ligar ao Zaca a ver se ele quer ir.
— E vamos ao Centro agora?
— Vai ser a loucura pré-Natal, mas ok, vamos de metro.
— Há metro perto daqui?
— É uma caminhada, assim vês Botafogo.
— Tristão...
— Diz.
— No teu telefone é menos uma hora?
Ele levanta a cabeça do computador.
— Onde é que está o meu telefone?
— Aqui onde o deixaste. Cliquei pra ver as horas.
— Ahhh... Sim. Está na hora de Manaus.
Ela espera que ele explique, ele volta a olhar o computador. Então ela diz:
— Ok, vou calçar as sandálias.

•

Zaca desliga o celular. Judite fechou os olhos na rede mas está bem acordada.
— Eu sabia que meu santo ia tirar você de casa. Vai ver show de quem?

— Do Hermeto.
— E essa portuguesa amiga do Tristão?
— O que é que tem?
— Vai comer?
— Cabrito. Vou comer cabrito do Nova Capela.
— Péssimo, aliás.
— A gente vai no Circo Voador e ela nunca foi na Lapa, tem de ir no Nova Capela, entendeu?
— Nunca entendi essa mania. O que é que tem de bom no Nova Capela?
— Deixa pra lá.
— Mas então quer dizer que você vai chegar tarde, jura?
— Depois das duas, com certeza. Quer ouvir um segredo?
— Você é gay.
— Um segredo não sexual.
— Vai morar com os padres?
— Que padres?
— Esses lá no alto da ladeira. Sabia que tem um índio morando lá? Meio índio, meio mulato, um gigante, às vezes eu vejo ele, sempre com um skate, mas nunca me deu um oi.
— Ah, sim, já vi ele. Não quer ouvir o segredo?
— Conta.
— Aquele poema do Murilo Mendes de onde você tirou o seu anjo moreno.
— Sei...
— No *Globo* de hoje o Hermano Vianna conta que há duas versões: em 1935 era anjo sereno, em 1959 mudou pra anjo moreno.
Judite olha a copa da jabuticabeira que lhes dá sombra.
— Puxa vida. Anjo sereno é todo o anjo.
— Por isso que queria te contar. Depois virou humano.

•

O verão começou às 9h11, anota Lucas, empoleirado numa varanda, pés soltos no vazio. Em frente, muricis, urucuranas, jequitibás, cedros, toda essa opulência de verdes com brilho de embaúba-branca: Floresta da Tijuca. Nas costas, um esqueleto de cimento, musgo nas paredes, entulho na piscina, lixo no tapete vermelho, morada de cobra, de porco-espinho: a ruína do Hotel das Paineiras.

Aqui sonharam Pelé, Garrincha, a rainha de Inglaterra ou Sarah Bernhardt. Todos terão visto a floresta deste ângulo, talvez de cocktail na mão, ao som do piano-bar. Na verdade, Lucas não faz ideia se havia um piano-bar, quanto mais o que tocaria.

No seu fone de ouvido B Negão canta: *Minha mente é como um quilombo moderno*, o que no caderno de Lucas vira *Minha cabeça é meu quilombo*.

•

Vale do Cosme Velho à esquerda, enseada do Pão de Açúcar ao fundo, Noé vai entre as barracas, totalmente oblíqua de tão íngreme, travando a havaiana a cada passo, ponta do pé contra o chão, chão entrando pelo mato, volta, contravolta, floresta, morro, até desembocar na rampa que desce a pique para a rua do Cosme Velho, mundo plano, asfalto, torres. Acena aos motoboys na esquina das ladeiras e espera no sinal para atravessar.

•

O primeiro semáforo do morro não tinha luzes porque ainda não existia luz eléctrica, nem sequer código Morse, embora tenha entrado para a história como primeiro telégrafo do Brasil, o que é natural porque o país tinha só dois anos de independência. Estamos, então, em 1824. Pedro I deu o Grito do Ipiranga, derrotou os exércitos leais a Portugal e quer estar preparado para algum ataque, não vá o ex-colonizador fazer-se ao mar, em busca da arca perdida. Vigilantes rastreiam o horizonte a partir do Forte de Copacabana, da Fortaleza de Santa Cruz, do Palácio de São Cristóvão. Mas falta um ponto alto como o Corcovado, há que abrir caminho até lá, pelo menos para um cavaleiro, e o próprio imperador avança, coadjuvado por militares. *Diariamente a cavalo desde madrugada, dirige os trabalhos e, aproveitando com inteligência a natureza do solo, alcança em muito pouco tempo o objetivo que se propusera*, relata o desenhador da corte, Jean-Baptiste Debret.

A este francês deve o Brasil, além de tantas cenas da vida cotidiana, a primeira bandeira auriverde, brasão no centro em vez de globo. Pedro I espeta-a no topo do Corcovado: é o seu Pólo Sul. Depois manda erguer uma cabana com um sistema de bandeiras no telhado para os *telegrafistas*, ou seja, os súbditos que ficarão ali, dominando as águas, sinalizando a aproximação de qualquer armada.

Mas, nada, nenhum sinal de Portugal, só gente atraída pelas alturas. Em breve o Corcovado é passeio de domingo para cavaleiros locais e estrangeiros, com *deliciosas paradas* no caminho, *frequentadas por grupos numerosos que aí passam de bom grado um dia inteiro*. E, *perto da nascente mais alta*, um *acampamento provisório para os dias em que a Corte vai fazer uma refeição campestre*.

A primeira construção no cume do Corcovado foi, assim, uma espécie de manguito a Portugal, aquilo que no Brasil se chama dar uma banana. Mais uma, depois do Grito do Ipiranga, a 7 de setembro de 1822, que tão bem encaixara nas aspirações da elite brasileira, farta de prestar contas à metrópole. Ao mesmo tempo, o primeiro imperador do Brasil não deixava de ser um fora-da-caixa, alguém capaz de andar disfarçado no meio do povo, e de advogar a igualdade racial contra os proprietários do seu tempo. *Eu sei que o meu sangue é da mesma cor que o dos negros*, disse. Chegou a escrever nos jornais, recorrendo a pseudônimo: *Todo senhor de escravo desde pequeno começa a olhar o seu semelhante com desprezo*. Pedro I pesou bem o molde escravocrata alojado no DNA do Brasil desde a Colônia.

Eis o impetuoso que, menos de dez anos após declarar a independência, abdicou para ir combater o irmão em Portugal, deixando o novo país ao filho, uma criança.

•

Da varanda do antigo hotel, Lucas quase escuta a respiração de quem fugia dos cafezais nestas encostas do Corcovado, peito feito tambor. Quilombo de escravos era trincheira, e difícil de esconder porque o café devastara a floresta. O que Lucas tem a seus pés é uma segunda vida.

•

Os cafezais pediam altitude, terra intocada, acreditava o colonizador. Assim se foram muitos milhares de árvores, a partir de meados do século XVIII. Quando o filho de Pedro I chegou à adolescência, e pôde enfim ser coroado depois de vários regentes, o Rio de Janeiro estava em risco de perder os seus mananciais de água. Coube então ao segundo (e último) imperador do Brasil ressuscitar a Mata Atlântica. O plano de emergência incluiu a reflorestação de cem mil mudas, sobretudo nativas, mas também exóticas, algumas tão bem-sucedidas que viraram praga, como a jaqueira: o grande papo que brota do tronco é quase um ícone carioca, a jaca. E os 3200 hectares replantados que continuam a dividir orla e interior do Rio de Janeiro são hoje a maior massa verde urbana do mundo.

Pedro II teve tempo de a ver crescida. Era já um soberano de barbas brancas quando engendrou o Trenzinho do Corcovado, sessenta anos depois de seu pai abrir o caminho a cavalo até ao cume, ali entre a ladeira que Noé acaba de descer e a ruína do Hotel das Paineiras.

•

A primeira vez que vagueou pelos escombros do hotel, Lucas viu cinzas e paus queimados num canto. Frio, feitiço ou medo de fera: gente acoitada, em pleno século XXI. Nada que lhe fosse estranho.

•

O hotel saiu da cabeça de Pedro II junto com a fumaça do Trenzinho. *Nas Paineiras construir-se-á a terceira estação com um grande hotel anexo à mesma*, decretou o imperador. *Este estabelecimento oferecerá ao público todo o conforto e as vantagens que se encontram nos bons hotéis da Suíça e dos EUA*. Acima do calor e das epidemias, incluindo chalés para repousar e comer bem. Na inauguração, as crônicas já destacavam o lanche vindo da Casa Paschoal, *crème de la crème* da rua do Ouvidor. O Rio de Janeiro travestia-se de Paris, e o engenheiro que recebeu a concessão de trenzinho & hotel foi nada menos que Francisco Pereira Passos, futuro prefeito da cidade. Francófilo de longas estadias, testemunha das reformas parisienses de Haussmann, dito o barão demolidor, Passos preparou assim os rasgões que haviam de mudar o Centro do Rio no começo do século XX. Era ele quem estava na prefeitura quando Sarah Bernhardt feriu o joelho ao interpretar a *Tosca* (o que anos depois levou à amputação da perna). A atriz mais famosa do mundo era quase uma habitué da cidade, a cada vez que vinha os jornais publicavam um diário das suas atividades. O Rio tinha então mais ópera numa temporada do que hoje numa década, e ainda mais lazer de montanha que de praia. Até o Copacabana Palace inaugurar em 1923, janota era o Hotel das Paineiras.

Lá em cima, no Chapéu do Sol, devia avistar-se bem o hotel, branco no meio da floresta. O terraço, que funcionava como salão de jantar, sobrevive com a sua balaustrada de pedra, as colunas de ferro fundido, o piso com pequenos losangos brancos. A construção original foi sendo acrescentada ao longo de décadas, até que a floresta perdeu para a praia, há meio século. E no projeto para a fase olímpica das Paineiras, o que agora é ruína vai virar mirante, restaurante, loja de souvenir, estacionamento subterrâneo.

•

Já aconteceu a Lucas estar aqui empoleirado e aparecerem turistas vermelhos, do sol e do trekking. Alguns recuam quando avistam aquele gigante na varanda, não sabem se índio, se negro, nem uma palavra, talvez uma fera. Mas daqui a pouco a pedra da balaustrada queimará de tão quente, ele terá de sair.

De qualquer jeito teria, sexta de manhã sempre vai com os Irmãos à cracolândia, desde que os conheceu lá. Foi no mesmo dia em que aquela menina lhe pediu dois reais e o abraçou pela cintura. Os Irmãos chegaram pouco depois, contaram que o nome dela era Taís, às vezes estava por ali, às vezes sumia, não conhecera pai, a mãe se acabara no crack, ela nascera dependente, fugira de instituição, aos nove anos já se prostituía, ia em obra, subia em caminhão. Porque sempre tem um filho da puta pra isso, mas as Taíses é que vão internadas, pensou Lucas. Na semana seguinte reencontrou-a, fez um retrato dela com cocar de índio, viraram amigos. Agora, ela fica com o fone de ouvido dele enquanto ele desenha.

Se hoje estiver por lá, vai escutar: *Mudanças no eixo terrestre / escassez de água / peixes com três olhos caminham saudáveis pela baía de Guanabara*. E talvez pergunte como são esses peixes com três olhos.

•

A Barra será o futuro centro da cidade, lê Gabriel nas páginas de opinião d'*O Globo*, enquanto toma café. *Manhattan é muito bonita, mas está entre dois rios sem qualquer atrativo*. Já a Barra da Tijuca tem *18 quilômetros da praia oceânica mais longa e mais linda do mundo*. Por isso, quando o Comitê Olímpico Internacional *pela primeira vez visitou a Barra, no processo de escolha para os Jogos de 2016, nem piscou*: Rio de Janeiro. Ah, sorri Gabriel, então as Olimpíadas são no Rio graças àquilo que no Rio quer ser igual a Miami.

E o artigo segue para golo: mostrar que a cidade só pode crescer para a Barra, e portanto a Barra é o futuro centro natural, a não ser que alguém pense em aterrar a Lagoa ou arrasar o Cantagalo. *Vamos falar sério*, propõe o articulista. *Lúcio Costa, o urbanista de maior sucesso no Brasil e um dos melhores do mundo, anteviu claramente o futuro do Rio ao percorrer a Barra praticamente virgem*. Seria *não apenas um belo e moderno bairro, mas um novo rumo, um novo Rio*.

— Paiiiiêê?

Eric deitado no seu point da sala, laptop no peito.

— Fala.
— A galera acha que é melhor comprar peça separada, montar seu próprio skate, mas tô achando que isso é pra quem já tá acostumado, você não acha?
— Acho. Melhor aprender a ficar em cima do skate primeiro.
— Tem uma loja maneira sabe onde? No final da rua das Laranjeiras.
— Legal. Quer ir agora?
— Oba!
— Aí a gente passa no árabe do Largo do Machado, pega umas esfihas pro almoço.
— E vou ter que comprar um tênis.
— Que bom que é Natal, né, Eric?
— Isso que eu tava pensando, já fica de presente, com uma bermuda.
— Eric?
— Oi.
— Você tem dez bermudas.
— Mas não são de skate.
— Tá parecendo um filhinho de papai.
— Ihhh... Não vai me contar que você vivia descalço.
— Quer ir morar na Barra? Tô lendo que já tá com 600 mil moradores e na Olimpíada vai ter 700 mil.
— Paiiii...
— Oi.
— Papo cafona.
— Cafona é ter dez bermudas e querer mais. Esse cara aqui no jornal diz que *o Rio precisa rodar e a Barra é o futuro centro dessa roda*. Que é que você acha?
— Vamos lá na loja?
— Pega a tua mochila.

E no último gole de café, antes de fechar o jornal, Gabriel lê que o autor do artigo é presidente de uma empresa de construção.

•

Verde para pedestres. Noé atravessa até ao terminal de ônibus, onde é possível ver um trecho do rio Carioca afundado entre cimento.

Nascido lá no alto, junto às Paineiras, o rio que deu nome aos habitantes da cidade corre canalizado ao longo do vale Cosme Velho-
-Laranjeiras. Há quinhentos anos corria caudaloso e cheio de canoas, batizado pelos índios. Cari é o nome de um peixe que aqui abundava,

mas também significa homem branco, então *cari-oca* tanto pode querer dizer casa-do-peixe-cari como casa-do-homem-branco, em referência à casa dos primeiros portugueses na praia de Uruçu-mirim, hoje Flamengo, onde deságua o rio. E o Carioca favoreceu a colonização de todo este vale. Após a fundação da cidade, a terra foi dividida em sesmarias, que se transformaram em fazendas, irrigadas pela muita água rica em ferro. Além de que o tal peixe cari emitia um som mágico ao nadar em cardume com o seu casco duro. As águas do Carioca faziam, assim, *vozes suaves nos músicos e mimosos rostos nas damas*, escreveu um historiador do século XVII. Já nesse tempo, canção e cantada eram parte da natureza neste pedaço do mundo. Para distribuir água potável, o caudal do Carioca foi captado por uma canalização de madeira, substituída no século XVIII por um aqueduto de pedra.

Hoje, a imagem do aqueduto são os Arcos da Lapa, onde é possível avistar até o fundo da espécie humana, mas nem sombra de rio. Tudo isto para dizer como é raro um trecho do Carioca a céu aberto, igual a este que Noé espreita entre o vapt-vupt dos ônibus, num frenesi de carburante. No lugar do terminal, existiu o hotel Águas Férreas, que mais tarde virou cortiço de proletários. Se nada resta disso, quem vai e vem continua proletário, porque patrão brasileiro não anda de transporte público. E, entalado no cimento, o pequeno trecho de rio virou uma lixeira.

    Continuando a subir, Noé volta em direção ao Largo do Boticário, passando entre duas casas, das mais antigas na cidade: à esquerda, a de dona Bárbara Heliodora, que aos 89 se mantém uma leoa da crítica teatral; à direita, a que nos anos 1960 foi comprada pelo pintor Augusto Rodrigues, um dos muitos irmãos de Nelson. Entre bater papo, pintar, cantar, atuar, mais festa aberta, réveillon, aniversário, Augusto fez do Boticário uma roda-viva. Morreu pouco depois de Noé nascer. E o gato quase grego, futuro pai, já lá está, no muro onde Augusto se sentava, sobre o Rio Carioca.

•

Quem sobe ou desce o Cosme Velho passa por um casarão cor-de-rosa, fechado, grafitado, junto do acesso ao Rebouças. Tem sete varandas com abacaxis em pedra, por isso se chama Solar dos Abacaxis. O trisavô de Bárbara Heliodora mandou construí-lo, sem pensar, claro, que lhe ia cair um viaduto em cima. No começo do século XX, foi vendido e transformado em cortiço. Era o auge das fábricas no eixo Cosme Velho-Laranjeiras. A poeta Anna de Queiroz, mãe de Bárbara, comprou-o de volta e mudou-se para lá com o marido, Marcos Carneiro de Mendonça, primeiro goleiro da seleção brasileira, campeão sul-americano durante anos. Isso, no tempo em que o futebol era desporto de elite, e quem arrumava as chuteiras podia tornar-se bibliófilo, como lhe veio a acontecer. Entre a biblioteca histórica de Marcos e o Shakespeare que Anna traduzia, o Solar dos Abacaxis recebeu Vivian Leigh, John Gielgud, João Villaret. Assim se fez a futura leoa da crítica, tão ativa como sempre neste talvez último dia do mundo.

•

Voluntários da Pátria, uma rua onde os ônibus desenvolvem instintos homicidas, quatro faixas em sentido único, do Humaitá à baía de Botafogo.

– Então Botafogo é isto – diz Inês, quase levada por um ônibus, num ponto onde só dá para caminhar em fila indiana.

– Botafogo é uma nação – corrige Tristão, interpondo-se entre ela e o trânsito, quando a calçada alarga. – Todo o caos de Copacabana sem os turistas, e com grandes nomes na transversal: *Sou forte, abra, volte / veja se me entende e me ama / desde o berço conservo o mesmo endereço / moro na rua Real Grandeza.*

– De quem é isso?

– Jards Macalé, um gênio. Produziu o Caetano no exílio em Londres e depois fez dois álbuns incríveis. Não é a onda "você me deixou

e eu tô aqui sambando". O Macalé diz que é sem saída, vai fundo. Muito pé na bunda.
— O que é pé na bunda?
— Acabarem contigo.
— E eu ficar com uma hora a menos no relógio?
Tristão sorri, Inês enfia o braço no braço dele.
— Ei, superman.
— Sim.
— Vamos chegar ao metro ainda hoje?

•

Quando Lucas volta à Oca, há um caminhão no pátio e dois Irmãos descarregam abacaxis, batatas, mangas, laranjas: frei Genival nasceu no Espírito Santo, usa aparelho dentário, havaianas e canta; frei Sério nasceu no interior do Rio e vive descalço, contas do rosário enroladas no pulso. Os dois com aquele hábito grosso que os Irmãos nunca largam, apesar do calor.
— E aí, mermão?! — diz frei Sério. — Corre, que estão terminando.
Lucas pega numa saca, passa o piano vertical e os ícones da Virgem na entrada, segue pela sala de jantar, onde várias mesas de plástico se juntam na mesa de todos, padrão de limões na toalha, floresta em cada janela, cubas de bufê ao canto que se enchem de arroz, feijão, farofa, frango, reprodução da Última Ceia de um lado, Cristo e Maria do outro. Um casarão colonial com voto de pobreza: o que tem de antigo foi dado, o que foi comprado é essencial.
Chegando à copa, há um radinho ligado na Rádio Catedral e cheira a bolo quente, apesar de estar tudo aberto, porque em cima da mesa arrefecem cinco tabuleiros: coco, chocolate, baunilha, laranja, limão. Frei Aleanderson, um baiano que também vive descalço, já dividiu dois bolos em quadrados, vai no terceiro. Está tão afogueado que colou na testa um guardanapo de papel para impedir que o suor caia, então parece que acabou de partir a cabeça. Primeiro, corta o bolo em faixas, depois separa os quadrados, retira as pontas queimadas, embrulha cada quadrado e coloca-o numa caixa, onde já estão camadas, todo um método.
Lucas cata do tabuleiro um resto duro, quase biscoito, prova, aprova, e vai lavar as mãos para ajudar, como toda a sexta-feira. Dona Lurdes vem da cozinha, touca no cabelo, e senta-se em frente a Aleanderson, a descansar. Foi ela quem fez os bolos, mora em Madureira,

Zona Norte, hora e meia de transporte, no mínimo. Primeiro, caminha até ao trem, depois pega um ônibus da Central para Santa Teresa, e desce a pé para a Oca, longa caminhada. Os Irmãos fazem quase tudo, mas cozinhar deixam para quem faz melhor. Quando é comida para centenas, vem um bando de voluntárias.

Dona Lurdes mandou tatuar o nome dos filhos no braço. E hoje traz uma camiseta do Padre Pio de Pietrelcina, místico nascido no século XIX, herdeiro das chagas de Cristo. Ao longo de cinquenta anos, o sangue que correu desses estigmas cheirava a flores, crê dona Lurdes. Padre Pio tinha ainda o dom da bilocação, foi visto na praça de São Pedro, durante a canonização de Santa Teresa de Lisieux, de quem era devoto, ao mesmo tempo que nunca saiu do convento onde morava.

Lucas senta-se ao lado de frei Aleanderson, puxa um tabuleiro e começa a dividir os quadrados. Da Maré, os Irmãos seguem para o Jacarezinho, então é bolo para duas cracolândias. Levam também caixas de fruta e um latão de cinquenta litros com suco, que hoje será de abacaxi.

Frei Aleanderson acaba de voltar do Recôncavo Baiano, dois dias de ônibus para ir visitar os pais, que moram na cidadezinha do poeta Castro Alves (*Levantai-vos, heróis do Novo Mundo! / Colombo! fecha a porta dos teus mares!*).

– Você já foi em terreiro de candomblé, Aleanderson? – pergunta dona Lurdes.

– Na época em que eu era morno, eu fui em terreiro. Eu entendia que tudo leva pra Deus. Agora, se eu professo que existe um só Deus, como que eu vou pra um lugar que tem vários? Morno é quem não escolhe uma coisa nem a outra.

E esfrega os pés para afastar os mosquitos zanzando junto ao chão. Um dia, pegou Lucas olhando a sola negra, dura do seu pé, então explicou que andava descalço pra ser igual a quem anda descalço, mas também para a senhora que se condói de ver Irmão descalço olhar de outro modo todo o homem descalço, dar um chinelo sem pensar se ele vai vender pra comprar droga, porque o que ele vai fazer com o chinelo já é entre ele e Deus.

Cinco tabuleiros vazios. Lucas e Aleanderson levam a caixa do bolo para o pátio, onde a kombi da Oca já espera, com os outros dois Irmãos a bordo. Chegando ao portão, viram para cima, rumo ao atalho pela floresta. Os frades cantam *Irmão Sol com Irmã Luz / trazendo o dia pela mão!* Contornam o muro com arame farpado onde mora um misterioso cirurgião, passam por baixo do Trenzinho no ponto em que o caminho de ferro fica muito acima das árvores, e continuam a subir, mato dentro, até à antiga casa do barão do Rio Branco, onde a ladeira termina e os caminhos se bifurcam. Nenhum humano à vista, só pássaros, roçagar de folhas, floresta. Então, seguem a placa *Corcovado*, depois *Silvestre*, e aceleram rumo a Santa Teresa pelo trilho do bondinho, que não vai voltar a tempo da Copa do Mundo, é certo.

•

Lá em baixo, aos pés do morro, o gato quase grego não sabe nada do Largo do Boticário, ou tanto quanto qualquer carioca sem motivo. A não ser levar um visitante ao Corcovado, e na descida ir ao largo, o Cosme Velho é um bairro muito sem motivo. Foi buscar o nome àquele Cosme Velho Pereira, comerciante do século XVIII que todos os dias descia da sua chácara para a rua Direita, então as pessoas começaram a falar no *Caminho de Cosme Velho*. Já o boticário que deu nome ao largo, Joaquim da Silva Souto, era um oficial de Pedro I, dotado para unguentos e mezinhas, que morou aqui pelo começo da Independência. Nas redondezas descobriu uma fonte de águas férreas, mandou fazer uma bica e divulgou-a na botica, com promessas medicinais. À sua fazenda sucedeu cem anos depois uma frente de casinhas com arcos, balcões, treliças, até um muxarabi, tudo colorido de amarelo, azul, rosa, verde, pastiche engastado na floresta como numa concha: Largo do Boticário.

E, cem anos depois, o que não está oculto ou escondido foi abandonado. Noé conhece alguns dos fantasmas do lugar, mas pensando no que a espera não introduz nenhum na conversa. O gato parece-lhe mais menino do que na primeira noite, e mais ainda quando começa a falar. O nome dele é Gustavo: Guga.

•

Os Irmãos entram na avenida Brasil a debater livros outrora heréticos, adúlteros:
— Vocês nunca leram *O Primo Basílio*? — lança frei Aleanderson.
— Eu gosto.
Conforme as incursões da polícia, a cracolândia pode mover-se de quadra ou para outra favela, mas hoje não tem novidade. A kombi

avança ao longo da Maré, vira à direita, estaciona. De um lado da rua, armazéns, caminhões parados; do outro, papelões, colchões, plásticos, trapos, lixo, e gente saindo de tudo isso, a ver quem chega.

Cheira a podre, um funk brada: QUEM PODE ACABAR COM A GUERRA / NÃO QUER QUE A GUERRA ACABE. Os Irmãos abrem a porta de trás, usam o chão da kombi como apoio para a caixa do bolo, o latão do suco, as caixas de frutas. Em instantes estão cercados de corpos com ossos a saírem por todas as partes, muitos descalços, vários sem dentes, todos falando, dá um suco, dá bolo, enfiando os braços na caixa, nacos inteiros na boca, um extra no bolso, os que têm bolso.

Frei Genival fica na torneirinha do suco, enquanto frei Sério e frei Aleanderson vão e vêm descalços, pingando suor e sorrindo, pisando sujeira e urina como se não fosse nada, ajudando quem não tem força para chegar perto, sequer sair do chão.

Uma garota, corcunda de tão magra, vestígios de verde florescente nas unhas, quase sufoca com o bolo: o nome dela é Zulmira. Um homem que parece sugado vomita o que acaba de comer: o nome dele é Laurinho. Há quem traga garrafas para encher de suco: Paco, Gerson. Ao longo do tempo, Lucas foi distinguindo quem perdeu trabalho e quem nunca o teve; quem já esteve na cadeia e quem ainda está no começo; quem tentou matar e quem quase foi morto, queimado, esfaqueado, porque cracudo é o fim da linha do Rio de Janeiro. O mundo passa ao largo, e não haverá conversão, nem os Irmãos são uma solução, apenas um shot para manter os mortos-vivos do lado dos vivos, o limiar em que eles saem do buraco, piscam na luz e o açúcar entra no sangue: um pouco mais de vida.

De vez em quando, um deles diz que quer sair dali, então é acolhido pelos Irmãos no Cosme Velho ou no Centro. Escapa à próxima incursão, ao Blindado do Batalhão de Operações Especiais, vulgo Caveirão do BOPE, porque o símbolo do BOPE é uma caveira mesmo (SÓ MOLEQUE E TIROTEIO / DÁ TIRO PRA CARALHO / E QUEBRA O CAVEIRÃO NO MEIO).

Mas nada de Taís. Aliás, faz semanas que ela não aparece, sumida em caminhão ou na *internação involuntária*? No fundo da bolsinha de pelúcia ainda deve ter o último desenho de Lucas, feito aqui no meio do lixo, os dois sentados num papelão. Depois do desenho dela com cocar de índio, ele continuara na Amazônia: sereia, sucuri, peixe-boi. E dessa vez um boto cor-de-rosa, deixando o rosa para a imaginação.

Um baixinho de boné pega uma manga, arranca um pedaço como se fosse carne crua. Uma mulher de cabelo amarelo chega estremunhada, pergunta, tem bolo?, depois diz bom-dia como quem lembrou de repente. Lucas não conhece nenhum dos dois. Cracolândia tem alta rotação.

   – CRACUDO NÃO PRECISA DE ÁGUA! CRACUDO NÃO PRECISA DE IR NO BANHEIRO! TÁ ENTENDENDO?? – grita uma velha saindo de um buraco na parede, entre gente agachada, gente fumando, tábuas, sacos, um Rato Mickey encardido.

   Irmão Sério tenta falar:

   – Que pena que...

   Ela grita por cima:

   – PENA É DELES, QUE OS FILHOS SEJAM TODOS MACONHEIROS, LADRÕES. VAI SER TUDO PIRANHA, VAI DAR TUDO BUCETA, DEPOIS VAI CAIR NO MUNDÃO. DÁ LICENÇA.

   E desaparece pra dentro da parede.

•

Ventoinha na cara de Judite, aquilo a que ela e a mulata entre as pernas dela chamam ventilador. É o clássico brasileiro da mulher nua, geralmente branca, estendida numa maca com uma mulher de uniforme, geralmente mulata, no meio das pernas dela. Não médica, não enfermeira, mas uma mulata que com sorte vem de uma favela da Zona Sul e ainda não tem filhos, e com menos sorte vem da Baixada e deixa os filhos com a mãe porque o marido levou um tiro: Janaine é o nome dela. Ou Wanderleia, Dulcimeide, Suelen.

— Como é seu nome, meu bem? — pergunta Judite, checando a virilha, eufemismo que no vocabulário das depiladoras designa toda a gama de possibilidades anteriores e posteriores.
— Deusarina.
— Deusarina, pode tirar tudo.
— Mais gostoso, né? Meu esposo também prefere virilha limpa.
O narrador quase escreve novilho limpo, mas aguenta firme.
Até que Deusarina diz:
— Vamos pro ânus?

•

Acontecimentos nunca registados na cidade do Rio de Janeiro: nevar. Acontecimentos já registados na cidade do Rio de Janeiro: um jacaré atravessar a rua. Portanto um jacaré atravessar a rua no Rio de Janeiro é comprovadamente possível, embora a probabilidade seja acabar atropelado.

Mais que possível, com várias ocorrências, é jacaré em canal de esgoto do Rio de Janeiro. Tanto que quem lhe atirar um pedaço de pão corre o risco de ver aparecer mais dez. E a tendência vai ser para aparecerem cada vez mais, baralhando o possível, o provável e o comum, como é próprio do apocalipse. Quanto mais a cidade entrar pela natureza, mais a natureza vai entrar pela cidade, respondendo ao que os homens fazem em terra, mar, ar, do Rio de Janeiro à China.

E no item antiguidade não é fácil bater o jacaré, porque ele estava lá antes de tudo, conviveu com os dinossauros. Vamos pôr duzentos milhões de anos nisso. Aliás, o maior boom de construção na história da cidade está a ser catapultado a partir daquela zona carioca chamada Jacarepaguá, nome indígena que significa enseada dos jacarés. Eis a base dos Jogos Olímpicos que esperam atrair 350 mil visitantes, além de todos os que já mudaram e mudarão para lá, por causa de tudo o que se construiu e construirá.

Essa Zona Oeste tem sido campeã no avistamento de jacarés de papo amarelo, a espécie nativa do Rio de Janeiro. Mas perante a invasão anunciada não será impossível que eles nadem de esgoto em esgoto até Ipanema-Leblon.

•

Jacaré é também um dos vários rios que nascem lá nas alturas da floresta, como o Carioca. O nome vem dos índios e com certeza nesse tempo teria jacarés. A lenda, porém, é que lhe chamaram assim por ser sinuoso. Foi aterrado durante a construção da avenida Brasil, hoje nomeia um bairro e uma favela, e na parte da favela responde pelo diminutivo, já dando um carinho, Jacarezinho. Muito Rio de Janeiro chamar assim a uma favela que não só é grande como tem a maior cracolândia da cidade, entre um viaduto e um canal fétido.

Aqui estou / de joelhos no chão, cantam os Irmãos, a caminho. Já falaram de talismãs que são para-raios, de pesadelos que são espíritos maus, Lucas é o único em silêncio. Às sextas, entra e sai do trabalho uma hora mais tarde, então em geral dá para vir ao Jacarezinho depois da Maré.

Fábricas, uma Assembleia de Deus e a kombi passa por baixo do viaduto, estaciona junto ao canal. Um tubo de esgoto completamente grafitado jorra lá para baixo. No chão há um monte de espuma suja, recheio de poltrona misturado com restos de comida. Cheira a lixeira derretendo ao sol, quase uma da tarde. Dois homens de bermuda e chinelo refrescam-se num cano, corpos ainda musculados, dependentes recentes, e o alerta deve ter ecoado, porque sobem vários outros do barranco, de bermuda e chinelos, um com camiseta da selecção brasileira. Junta-se uma pequena multidão em volta da kombi. Lucas não conhece todos pelo nome, e não há mulheres. Sentado no muro, um rapaz fita o chão, segurando o bolo que acabou de pegar, como se tivesse esquecido o que fazer com ele.

Ao fundo, os morros hão-de terminar no Cristo, mas de tão longe não dá pra ver. O metrô passa sobre o viaduto, rugindo, depois um flap-flap de helicóptero. Lucas levanta os olhos: Polícia Militar.

— VAI TOMAR NO CU, FILHO DA PUTA! — grita uma mulher para o céu, pele e osso, bolsa de pano sujo "I ♥ Rio".

Os Irmãos conversam com um velho conhecido, perguntam se ele tenciona fazer regime, já que não come. Frei Sério aproveita o cano para lavar os pés, esfregando bem os calcanhares. Lucas pensa que num lugar assim jorro de água já é alegria. Vê crianças no barranco soltando pipa de sacolinha, vai lá com fruta.

— Tio, pode pegar? — pergunta um menino descalço, carapinha, covinhas, segurando a sacola debaixo do braço.

Lucas senta de cócoras para ficar à altura dele, estende a caixa. O menino pega uma maçã, apenas uma, sorri e corre.

No fim do baldio, um edifício da prefeitura protegido por uma rede tem um letreiro que diz EDUCAÇÃO. O suporte é um grande lápis apontado ao céu.

•

— Oi, Tristão.
— Ainda estás em casa?
— Sim, lendo aqui na rede. Judite saiu, ficou uma paz. E vocês?
— Estamos no Morro da Providência. Estou a ligar porque nos cruzamos com aquele teu amigo que veio testar o teleférico.
— Que amigo?
— Aquele que é prefeito do Rio de Janeiro.
— O Paes tá aí? Posando no teleférico? Muito cara de pau.
— Era só para dar uma levantada no teu dia.
— Fiadaputa. Pra onde vocês vão a seguir?
— Subir o Morro da Conceição.
— Escuta, ainda quero ir correr na Lagoa no final do dia, quando passar o calor, então encontro vocês no Nova Capela depois das nove e meia. Fechou?
— Ok.
— Já almoçaram?
— Não.
— Tem um boteco lá no final do Morro da Conceição, sabe? Calabresa com cebola.

•

— Seu Adriano, me vê o bacalhau à brás, mas pêloamordideus sem cebola? — Judite a entrar num daqueles restaurantes-corredor da Real Grandeza, e já pedindo antes de sentar, nem precisa ver a lista, aliás, menu, cardápio.

Vem à depilação aqui ao lado só para almoçar com o amigo da umbanda, parceiro das viagens até ao terreiro. Ele mora a alguns quarteirões, e está a entrar agora, cara de Chico Buarque na fase *Tanto Mar*, quando lá em Portugal era a festa, pá, mesmo bigode, mesmos caracóis, um palmo mais baixo do que ela, gay:

— Amoooooooreee!
— Ai! Tô apaixonada, Leo.
Sentam-se, de mãos apertadas.

— Jura? Por quem?
— Um sociólogo, mas não como você imagina sociólogo no Rio de Janeiro.
— Como você o conheceu?
— Comendo figo.
— Como assim?
— Sabe aquele figo com catupiry do Villarino?
— Não...
— É porque você vem lá do gelo.
— Hahaha! Célebre, o iceberg de Porto Alegre.
— Todo gaúcho vem do gelo. Já foi no Villarino? O antigo.
— Me falaram tanto e acabou que nunca fui.
— Mas sabe que foi onde o Tom conheceu o Vinicius e tudo isso?
— Pra comporem o *Orfeu*?
— Isso. Cresci ouvindo histórias do Villarino porque meu avô ia lá, era amigo do Vinicius. Bom, todo mundo era amigo do Vinicius. Você tem de comer esse figo, dê-lí-ci-a.
— Mas e aí?
— Aí, eu tinha saído do escritório no começo da noite...
— Quando?
— Terça-feira.
— Essa terça passada?
— Siiiiim, acaba de acontecer. A galera do escritório almoça no novo, que é do lado, mas eu gosto de ir no velho depois do trabalho, comprar um queijo, um presunto cru. Aí, caminhei até lá, pensando em comprar um presunto pra ficar tomando um vinho em casa. Mas quando cheguei me deu vontade de doce, então pedi um figo enquanto fatiavam o presunto. As mesas estavam quase vazias, só um cara lendo do lado. E eu parei na cara dele porque ele tinha um tapa-olho.
— Tipo pirata?!
— É, no olho esquerdo.
— Caraca, nunca encontrei ninguém assim.
— Pois é. Então você não quer olhar mas já tá olhando. E o cara era um mulato com um cabelo meio afro mas curto, uma camiseta do Velvet Underground que eu nunca tinha visto...
— Não a banana.
— Sacou?
— Até eu já tô interessado.
— Não dava pra ficar fingindo que ele não tava ali, né?

— Com certeza.
— Mas ele nem mexeu quando sentei, cabeça no livro. Aí, chegou meu figo e eu perguntei se ele queria compartilhar, porque é enorme.
— E ele?
Judite levanta o arco das sobrancelhas, joga o pescoço para trás, inspira.
— Meu amor, ele me olhou de um jeito, um olho que parecia ter dado a volta ao mundo e tava ali me olhando, do fundo sei lá do quê. E depois sorriu. Mas tudo isso com um tempo, o dono do tempo era ele. Eu devo ter ficado feito babaca, segurando a colher.
— Ele te achando linda...
— Foi isso que ele disse. Não disse nada sobre o figo e disse: você é linda. Eu olhei a colher, pousei a colher, a colher caiu, sei lá. Porque ele me acertou direto, um negócio fulminante.
— Uau!
— Aí, ele mudou pra minha frente e se apresentou.
Judite estende a mão:
— Meu nome é Gabriel.
Leo aperta:
— Judite.
E chega o bacalhau, cheio de azeitona preta.

•

Noé separa a cebola.
— Pode pôr no meu prato — diz Guga.
Estão num boteco da rua Alice. Depois do Largo do Boticário, desceram o Cosme Velho, continuaram a descer Laranjeiras, pararam para comer, conversa de horas.
Ele fora voluntário na candidatura de Marcelo Freixo a prefeito do Rio, o deputado de esquerda que perdeu para Eduardo Paes mas gerou um hype tal que até Chico Buarque fez um show com Caetano Veloso para recolher fundos, e não cantavam juntos havia mais de vinte anos. Então, trabalhando no Facebook da campanha, Guga achou gente pela cidade, uma cidade que não conhecia, cidades pelo mundo. Achou Brecht numa frase: *NADA DEVE PARECER NATURAL. NADA DEVE PARECER IMPOSSÍVEL DE MUDAR.* Depois encarou a derrota de Freixo como etapa, continuou ligado, apenas dois meses e meio e a cabeça vira outra. Além do Rio, o Brasil. Tanto pra mudar no Brasil, diz Guga.

E Noé diz, nem me fala. Porque não tem o que achar errado, o gato parece todo do bem, disposição, interesse. Só que um menino. Não consegue imaginá-lo na sua vida.

•

Zaca procura aquela fotografia do Boticário em 1950, quando o largo era das moradas mais exclusivas do Rio de Janeiro, festas só para quem tivesse smoking próprio, nada de aluguel. É uma foto quadrada, provavelmente da Hasselblad de vovô Bartô, tem uma vaga lembrança de a enfiar num livro, mas qual? Até que avista uma lombada vermelha: a edição que Tristão lhe trouxe de um sebo, na última viagem a Portugal. A fotografia cai logo ao abrir:

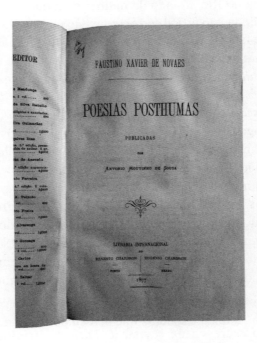

A verdade é que mal folheara esse livro, ainda. E só agora dá pelo aviso na página seguinte:

Porque o autor morreu no Rio de Janeiro, em véspera de se tornar cunhado de Machado de Assis, e o livro já fora publicado aqui, antes de Portugal.

Talvez seja então altura de revelar que aquele remetente que o narrador deixou oculto, lá no começo do primeiro dia, o tal da carta a Camilo Castelo Branco descrevendo a Praia do Flamengo, era este mesmo Faustino Xavier de Novaes, poeta satírico português, emigrado para o Rio em 1858. Foi, aliás, Camilo, seu velho camarada de boemia, quem deixou a mais enigmática explicação sobre a mudança do amigo: Faustino *teve uma doença implacável de coração: um amor baixo, ignóbil até à miséria que se deplora e não se perdoa*, e *essa deformidade moral* é que *o propeliu para o Brasil*. A imaginação do leitor dispara: ópio, pederastia, febre do ouro? Certo é que, se Faustino desembarcou no Rio ao lado da mulher com quem casara, de seu nome Ermelinda, tão difícil seria o convívio que cedo a reembarcou. Mas não lhe faltariam razões para largar Portugal. Embora Camilo diga que *toda a gente lhe queria do coração*, e fale na sua *grande e ruidosa popularidade*, nos *seis anos de triunfos* que *gozou* no Porto como *ninguém*, também diz que ele *tinha a musa ao pé do maçarico* e *mofava dos seus colegas histéricos*, poetas *lacrimáveis*. A veia satírica gerara inimigos, e o pai Novaes, ourives de quem Faustino herdara o ofício, ficara entre os perdedores na guerra que D. Pedro vencera contra o irmão, D. Miguel.

Então, por razões políticas, pelo tal *amor baixo, ignóbil*, ou pela simples vontade de se fazer outro, ser *brasileiro*, em suma, rico, Faustino lançou-se ao Rio da segunda metade do século XIX com toda a gana, e toda a benevolência da elite local, que o alojou e fez rodar (começando pelo também português Rodrigo Pereira Felício, 1º conde de São Mamede). Assim se tornou amigo de Machado de Assis, vinte anos mais novo, pobre de recursos mas já notável no Rio.

Machado escreveu na revista *O Futuro*, dirigida por Faustino. E, quando a morte da mãe Novaes (ou o fim de algum amor funesto?) libertou Carolina para vir cuidar do irmão que adoecera no Rio, o futuro fundador da Academia Brasileira de Letras viu nela a mulher com quem casaria, cinco anos mais velha, já madura. Órfão de mãe desde criança, Machado teria uma fixação por mulheres até bem mais velhas, avaliando pelas paixões anteriores que se lhe atribuem, uma correspondida, a outra não, ambas divas de palco.

Quanto a Faustino, pobre como chegara, *doido* como se dizia, provavelmente sifilítico, morreu três meses antes do casamento da irmã com Machado, deixando manuscritos por publicar.

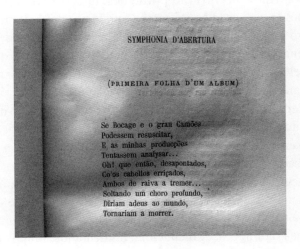

Os poemas póstumos de Faustino Xavier de Novaes são o seu *inverno turvo*, a *história negra* dos derradeiros anos, escreveu Camilo, convicto de que o trópico prejudicara a ironia de Faustino, afundado em lirismos amorosos, *ludibriado com a perfídia brutal de uma cocodette*. Nunca perdeu o arcabuz de macho arcaico, Camilo; nem baixou a guarda face ao Brasil. Logo na chegada do amigo ao Rio, aconselhara: *Não lhes dês pérolas. No dia em que enflorares os teus escritos com erudição fofa, declina a tua estrela.* Foi acompanhando o ocaso de Faustino por carta, e rematou-o assim: *Sacudido pela desgraça e pelo oprobrio imerecido, entrou-se da combustão do desespero que lhe queimou o cérebro. Insandeceu e morreu.*

•

Revelado Faustino, resta o outro refém no bengaleiro, aquele audaz que escreveu *Machado de Assis e o Hipopótamo*, e sobreviveu à enxurrada da biblioteca. Mas o narrador acha que ainda não chegou o momento, talvez para ser capaz de prosseguir, acreditando que restará um leitor lá adiante.

Sejamos dois, é a imortalidade.

•

Rio – Obras, dizem as fardas fluorescentes aos pés do Morro da Conceição, centenas de operários em buracos com escavadoras, ali onde prostitutas, estivadores, filhos de África coincidiram com padeiros, sapateiros, filhos do Inverno português, já o som ao redor era o samba, desde que o samba foi samba, ainda na escravatura.

Tristão e Inês sobem o morro pelo Jardim Suspenso do Valongo, recém-renascido, incluindo estátuas de deuses romanos diante de todo aquele estaleiro, futuro Porto Maravilha. Num tapume ao fundo da rua alguém escreveu: MARAVILHA PRA QUEM?

– Há cem anos, o Pereira Passos fez obras de contenção no morro e aproveitou pra plantar este jardim – diz Tristão. – Mas o nome Valongo vem da escravatura, era um mercado que ia daqui até ao cais.

– Mercado de quê? – Inês fotografa a vista.

– De negros. O maior do Brasil. Armazéns uns a seguir aos outros com centenas de homens em exposição, muitos ainda adolescentes, meninos a partir dos seis anos. Chegavam nos porões, eram levados para a Casa da Engorda, ali em cima, alimentados, limpos e postos à venda. Há desenhos.

– A Abolição foi quando?

– Só em 1888. Então, a todo o momento nos cruzamos com bisnetos de escravos.

– Incrível pensar nisso. Mas o que me surpreende é ver tão poucos negros entre os brancos. Ainda agora, atravessando Botafogo, ou ontem na Urca, ou na praia, os ricos parecem ser todos brancos e não se misturam.

– Há muita mistura de sangues, mas quem é negro mesmo tende a ser pobre, ou artista ou desportista.

– Conheces pares mistos no Rio, branco com preto?

– Em meios mais ativistas, ligados às periferias. Mas na Zona Sul tradicional acho que não conheço nenhum.

– Pensei que ia ser tudo mais misturado. Dá para perceber que não é um racismo ostensivo, porque há uma leveza no trato. Mas ao mesmo tempo algo de feudal, as babás, os porteiros, tantos empregados. Como se fosse assente que uns nascem para servir e outros para serem servidos. Não imaginei que daria para ver tanto a herança colonial.

– Completamente. E quanto mais tempo passo no Brasil, mais sinto que Portugal não é capaz de olhar o seu passado além da aventura, reconhecer as consequências. Choca-me ouvir daqui os discursos sobre os *Descobrimentos* que ignoram a violência do colonialismo. É a História reduzida a auto-estima.

— Eu acho que não tenho noção da escala, que a nossa geração não tem. Crescemos com o que estava mais perto, a guerra em África. O meu avô exilou-se para não combater quem lutava pela independência em Angola, mas o irmão dele fez a tropa lá. Provavelmente matou angolanos, acho que não voltou muito inteiro. Só essa história já é tanta, e tão recente, que o Brasil é como se já não fosse assunto nosso, porque passaram quase duzentos anos.

— Mas continua a ser o presente, é o que estás a sentir, o que sente quem cá vive. Entre o século XVI e o fim da escravatura, Portugal tirou quase seis milhões de pessoas de África...

— Caramba. É o número de mortos no Holocausto.

— E o número de habitantes do Rio, hoje. E uns quatro milhões foram trazidos para aqui, para extrair açúcar, garimpar ouro, diamantes. Tudo isto já em cima do extermínio dos índios. Como é possível que não haja um museu ou um memorial da escravatura em Portugal, quando nenhum país europeu foi responsável por escravizar tantos africanos? Ou dos povos indígenas, quando demos cabo de tantos?

— Sim, nunca vejo isso nos discursos políticos.

— Se não nos virmos nesse espelho nunca seremos capazes de mudar, ir além. Acho cada vez mais que o grande problema português é a incapacidade de transformação. Fomos para o mundo a querer mudar os outros, e incapazes de ser mudados por eles. Ajeitamo-nos, mas não mudamos. Enfim, longa conversa.

Morro acima, Inês para diante de uma fortaleza:

— E isto é o quê?

— Onde a Coroa Portuguesa enfiou uns mineiros que tentaram fazer uma revolução. Tiradentes diz-te algo?

— Há uma praça com esse nome?

— Era um alferes que também tirava dentes. Foi o grande propagandista dessa tentativa de revolução e por causa disso acabou com a cabeça espetada num pau.

— No Rio?

— Em Ouro Preto, que se chamava Vila Rica. Primeiro, foi enforcado, esquartejado e salgado no Rio de Janeiro. Depois pernas e braços foram pregados nos postes do caminho para Minas Gerais. A cabeça devia apodrecer na praça de Vila Rica, mas na primeira noite alguém a enterrou.

— Que história. Isso aconteceu quando?

— Século XVIII, auge do ouro. Portugal vivia disso, então tinha de dissuadir qualquer ideia de independência com um castigo atroz. Calhou a Tiradentes.

— Rua do Jogo da Bola — lê Inês na esquina seguinte. — O Morro da Conceição podia ser Portugal, com estas casinhas, as flores de estuque, as vizinhas a apanhar sol.

— Mas agora vai aparecer a baía — diz Tristão. — Olha só, Corcovado nas costas, Guanabara à frente.

— Que caos!

Ruínas, torres, guindastes, pedaços de favela, navios como lagartos ao sol, o sol como prata.

— A Guanabara é linda — diz Inês.

— Daqui até parece limpa.

— Não dá para tomar banho em lado nenhum?

— Se quiseres uma hepatite, uma febre tifóide. Está cheia de lixo, esgoto, cadáveres. Mas à distância é uma beleza, apesar do que o Lévi-Strauss diz no *Tristes Trópicos*, lembras-te? O Caetano até pôs isso numa canção: *O antropólogo Claude Lévi-Strauss detestou a baía de Guanabara / pareceu-lhe uma boca banguela.*

— Nunca entendi o que era banguela.

— Desdentada. Por causa dos morros, um aqui, outro ali. O Lévi-Strauss tem outra imagem incrível do Rio: uma luva apertada onde mal cabem os dedos.

— Sim, reli esse capítulo agora. Incrível como ele detestou o Rio.

— Mas relê o que escreveu sobre os índios. Mudou a forma como eram vistos os do interior, que os da costa consideravam bárbaros. Chegaste a ler algum volume das *Mitológicas* na faculdade?

— Não.

— No primeiro há uma parte sobre as constelações. Os índios não unem as estrelas como nós, vêem outros desenhos no céu.

— Nunca tinha pensado nisso. Mas faz sentido, por que haveriam de ver os mesmos desenhos que os gregos ou os árabes? Além de que o céu aqui é diferente.

— Reparaste no Cruzeiro do Sul? Não dá para ver de Portugal.

— Pois é, não me lembrei. Será que dá para ver antes de o mundo acabar?

E, Ladeira do João Homem abaixo, chegam ao boteco da calabresa, de onde seguirão para o Largo de São Francisco da Prainha, até à pedra em que os negros descarregavam o sal, curavam as feridas dos grilhões, espalhavam o samba. Hoje acolhe roda de sambistas duas vezes por semana, Bloco dos Escravos da Mauá no Carnaval e um quilombo com descendentes de quando toda esta região era chamada de Reino do Obá, ou Pequena África.

Em 1500, boa parte da costa do Brasil estava dominada por povos de língua tupi que tinham conquistado o litoral em sucessivas guerras, expulsando todos os outros para o interior. À chegada, os portugueses acharam, pois, que havia duas categorias: os tupinambás na costa e uns bárbaros incompreensíveis, ditos tapuias, no interior. Se todos acabaram a ser chamados de índios foi porque Colombo achou que tinha chegado à outra ponta da Índia, e a categoria inventada por engano é que vingou. Embora fossem milhares de povos, de diferentes línguas, costumes, cosmogonias e tipos físicos, viraram todos índios.

Nos primeiros anos após o desembarque de Cabral, os portugueses pouco se aventuraram em chão brasileiro e os tupinambás continuaram a viver como havia muito, uma sociedade sem Estado, em que as aldeias se guerreavam intensamente, e podiam mudar de lugar com frequência, dependendo de alianças e rivalidades. Cada aldeia tinha ocas comunais que chegavam a abrigar centenas. A autoridade do chefe local dependia do prestígio, e o prestígio dependia da coragem contra o inimigo: guerras de vingança para capturar *contrários*, que integravam ritualmente a comunidade durante um tempo, até serem cozinhados numa cerimônia coletiva em que cada homem, mulher e criança recebia a sua parte, enquanto o matador, único a não comer, absorvia o nome do devorado.

Matar um inimigo constituía o grande acontecimento social tupinambá, tal como ser comido era a morte honrosa, prolongando uma longa cadeia de relações rivais. Ao entrar na aldeia dos que o haviam capturado, o prisioneiro dizia: *Chegou a vossa futura comida*. Seria cativo por semanas ou meses, e entretanto comia bem, recebia uma mulher.

A festa começava dias antes da execução, com danças, chegada de convidados e preparação do cauim, a cerveja de mandioca. Na véspera, encenava-se a fuga e captura do futuro comido, ele tinha direito prévio a vingar a sua morte, recebendo frutas ou pedras que podia lançar contra a multidão para mostrar bravura. Na manhã seguinte, era untado com resina ou mel, pintado de preto e levado para o terreiro, onde o amarravam com uma corda, e seguravam de cada lado.

Decorado com penas, o matador aproximava-se, imitando uma ave de rapina, segurando a ibirapema, arma ritual, e esmagava o crânio num só golpe. O cadáver era escaldado, para libertar mais facilmente a pele. Antes de o esquartejarem, enfiavam um bastão no ânus para evitar excreções. Depois, as mais velhas recolhiam o sangue, e as mães besuntavam com ele os seios, de modo a que o bebê provasse do inimigo. Havendo muita gente, fazia-se um caldo com pés e mãos, para ninguém ficar de fora. As partes principais eram braseadas.

Tão hábil foi o cativo alemão Hans Staden que conseguiu não ser comido, e voltou à Europa com um relato ilustrado, best-seller a partir de 1557. Os desenhos (em que ele mesmo aparece, com as suas barbas de branco) moldaram a ideia da América como um éden infernal.

A absorção do inimigo era o acesso à imortalidade. Quanto mais *contrários* eram absorvidos, mais a pessoa se fortalecia, variando de identidade. O mundo tupinambá era assim uma metamorfose contínua, alicerçada na relação com o outro, tendo a vingança como motor. O inimigo representava o futuro, comê-lo garantia a honra, os parentes do comido se vingariam, e por aí fora. Um meio de alcançar a Terra Sem Mal, lugar mítico onde ninguém trabalharia, ninguém morreria e não haveria pecado. Mas também, talvez, um lugar físico,

e por isso houve expedições proféticas lideradas por xamãs, conduzindo colunas de tupinambás em busca do paraíso.

Foi neste caldo milenar que os primeiros colonizadores se acharam, horrorizados com a visão de homens desmembrados, assados e devorados. Cedo aprenderam que a antropofagia tupinambá nada tinha de impulso, acaso ou fome, era cuidadosamente planeada, assentava num cânone. Ainda assim, vários brancos mais desafortunados que Staden acabaram na barriga dos tupinambás. Tal como outros foram tomados por caraíbas, profetas que chegavam em fabulosas canoas aladas, e talvez conhecessem algum caminho para a Terra Sem Mal. Antes de serem pressionados, agredidos e contaminados em massa, muitos tupinambás receberam bem os primeiros portugueses, de acordo com o interesse indígena no outro, aquele que traz coisas diferentes, boas para ficar mais forte.

•

— Sétimo, mermão.

Lucas aperta o 7 e escuta os dois rapazes da Sky TV no elevador.

— Olha só — diz um, apontando a foto de uma morena sorrindo no jornal.

— Bonita — responde o outro.

— Foi atingida por uma bala num ônibus.
— Caralho. Onde, isso?
— Entre o Méier e o Centro. No acesso à favela do Lins rolou um tiroteio, o ônibus passou no meio. Ela ia para o trabalho.
— Novinha, né?
— Vinte e seis, filha única, recém-formada.
— Morreu?
— Tá no hospital.

Quinto, sexto, sétimo. Os rapazes saem, entra um senhor corcunda. Lucas aperta o T de Térreo, baixa os olhos para o livro no colo: *lagartas-espírito / em nossos corpos / vão-se revolvendo / enquanto eu conto.*

•

Eric entra em casa de joelho ferido.
— Opa... vamos botar um negócio aí? — Gabriel larga o livro que tem na mão, caixotes abertos por toda a sala. — Onde você andou?
— Por aqui mesmo, até onde começa a trilha do morro. Mas essa parada é foda. De repente eu já tava no chão.
— Pensa no surf, você cai pra caramba antes de conseguir ficar em pé.
— Mas skate não devia ser tão difícil, o chão não fica se mexendo.
— Deixa eu achar os curativos.
Eric coxeia atrás dele.
— Já tá arrumando os livros?
— Finalmente, né?
— E depois eu já vou indo pra casa da minha mãe.
— Tá bom, não esquece a chave.
Gabriel abre o caixote no chão do banheiro, Eric fecha a tampa da sanita, senta-se, observa a ferida.
— Vai ficar em casa arrumando esses livros?
— Até sair pra jantar.
— Onde?
— Pertinho, Cosme Velho.
— Tem restaurante no Cosme Velho?
— É a casa de uma amiga — Gabriel olha o filho. — Que é que há? Você nunca faz perguntas.
— Minha mãe diz que você tá com cara de namorada.
— Muito bom, faz tempo que ela nem vê minha cara, a gente só falou ontem no telefone. Você respondeu o quê?

– Ué, que não sabia.
Gabriel volta a remexer no caixote.
– Isso mesmo. Ó aqui, o Merthiolate.

•

Quatro da tarde. Noé senta no degrau de casa, que ainda ferve. De manhã, o sol bate direto, depois a beira do telhado faz uma sombra, já é possível sentar. A mãe saiu para ir a casa da mãe de Gabriel, no Complexo do Alemão, nem se cruzaram. Está sozinha, deixou Guga seguir no táxi, lá em baixo. Não viu sentido em subir o morro com ele. Não viu sentido em dizer que ia ter um filho com ele.

•

Zaca sabe que a herdeira do Largo do Boticário continua viva, e lá dentro, numa dessas casas em ruínas. Chama-se Sybil, nome de cinema, Sybil Bittencourt, sobrenome que mudou a imprensa, a literatura e o Brasil. Pois o avô de Sybil, Edmundo Bittencourt, foi uma espécie de Cidadão Kane carioca, fundador em 1901 do *Correio da Manhã*, um jornal que fazia e desfazia ministros, onde um poeta como Carlos Drummond de Andrade dividia espaço com um dramaturgo como Nelson Rodrigues, e os repórteres principiantes, os *focas*, se chamavam, por exemplo, Ruy Castro.

Além, claro, de Lima Barreto, que na história das letras brasileiras terá sido uma espécie de avesso de Machado de Assis, ambos mulatos e órfãos de mãe: um, cauteloso, ambíguo, triunfando sobre a exceção até ser a coroa do próprio sistema; o outro, impetuoso, polêmico, internado num hospício durante a Primeira Guerra, não poupando o próprio patrão no que escrevia, até se tornar um maldito dos Bittencourt.

A Edmundo sucedeu Paulo, o filho educado em Cambridge, pai de Sybil. No tempo das grandes festas, os Bittencourt ocupavam duas casas do Boticário reformadas por Lúcio Costa, às quais se somaram outras reformas. O poeta Manuel Bandeira, que conhecera o velho largo, nunca as perdoou, achando que o velho colonial passara a colonial fingido. Sybil herdou quatro casas e em 2012 mantém um braço de ferro com os técnicos da prefeitura. Eles dizem que ela impede a recuperação do Boticário, ela diz que nunca foi ajudada. Aliás, não ela, o advogado. Sybil não fala à imprensa. Sybil mantém-se reclusa. Aos noventa anos, Sybil está algures atrás desta porta de madeira, Zaca sabe, e Zaca não é imprensa. Anda há séculos para bater à porta. E, antes que o mundo acabe, vai ser agora.

•

— Boa tarde, décimo quinto, por favor.
Lucas aperta o 15. Desta vez são duas meninas da idade dele, branquinhas, magrinhas, bonitinhas. Intelectuais, decide Lucas, por causa do piso que pediram.
— E funciona como livraria normal, abre todo dia?
— Sim. Só que num décimo quinto. Louco, né? Quem me falou foi o Mauro. O Breno tinha falado pra ele.
— Surreal, um negócio só de poesia.
— Mas parece que o cara é português.

•

Corpos tostados no chão, crostas negras, unhas de bicho, um velho de olho amarelo com um cartão: HOJE É O FIM DO MUNDO.
O sol ainda vai alto na praça Tiradentes. Tristão enrola um cigarro, Inês observa a calçada portuguesa em volta da estátua.
— Então este é o Tiradentes.
— Não, D. Pedro I. O mesmo que está em Lisboa, só que lá é D. Pedro IV.
— Aquele do Rossio? Aqui dá para ver melhor. Mas tanta gente sem abrigo, impressionante.
— Quando cheguei ao Rio havia grades aqui à volta, por causa disso. Foram tiradas no ano passado.
— Ainda não entendi qual é a praça principal do Rio.
— Difícil dizer. A Cinelândia será a mais nobre, mas não é tão antiga. A praça Tiradentes é que era o Rossio do Rio, aparece nas gravuras do Debret com um pelourinho.
— Quem é o Debret?
— Um francês que estava cá quando D. Maria morreu. Retratou o funeral dela, depois a aclamação de D. João VI e acabou por se tornar o grande retratista do Rio. Foi ele quem desenhou os escravos no Mercado do Valongo.
— Ok, e D. Maria estava cá por causa das invasões francesas.
— Exato, a corte fugiu de Lisboa para o Rio em 1808. D. Maria, louca, o filho D. João, mais uma tropa-fandanga, talvez quinhentas pessoas.

— Que loucura.

— Metade das coisas ficaram no cais, bibliotecas, joias de família, um caos. Os relatos da viagem são tremendos, tudo enjoado. E o Rio era quase uma aldeia, imagina aquele carnaval de gente a desembarcar. Viveram uns tempos aqui no Paço, depois mudaram-se para um palácio em São Cristóvão, que hoje é o Museu Nacional. O tal bastião da antropologia carioca.

— Já sei, onde ensinava o Gilberto Velho. Li coisas dele em Antropologia Urbana.

— E onde estão o Viveiros de Castro, o Omar Farah, pai do Zaca. Já agora, para arrumar D. Maria, foi ela quem assinou a sentença de Tiradentes, antes de vir para o Brasil.

Contornam um colchão queimado com uma negra deitada de bruços, roupa interior encardida, uma perna fletida, a outra esticada. *Como se tivesse acabado de cair*, é a estranha imagem que ocorre a Tristão, e em seguida pensa: *cair de onde*? Mas o que mais o impressiona é ter o direito de a olhar em roupa interior. Quer dizer que ela perdeu o direito a não ser olhada. Está de roupa interior porque já não é bem uma pessoa.

Inês gira 180°, da fachada do Carlos Gomes à fachada do João Caetano.

— Acontecem coisas nestes teatros?

— Só cá vim em festivais, tipo o Panorama, de dança, que aconteceu agora em novembro. Mas acho que sim, há uma tradição de teatros e gafieiras nesta praça.

— E qualquer coisa de abandonado.

— Todo o Centro do Rio está meio abandonado. À noite e ao fim de semana é um terreiro de fantasmas. Vamos ao Real Gabinete? É aquela fachada ali ao fundo.

— Com as bandeiras? Parece um pedaço dos Jerónimos.

— Era essa a ideia, foi fundado há quase 200 anos por portugueses no Rio. O presidente era o irmão do Ramalho Ortigão. Morava no Cosme Velho, então o Zaca vai pô-lo no livro.

— Esse livro é sobre o Cosme Velho?

— Ninguém sabe. Nem ele.

— Tens de me mostrar a biografia do Leão.

— É ótima. Toda a convivência familiar sem perda de sentido crítico, porque isso o Zaca tem demais.

— O que é que lhe falta?

— Talvez foco. Numa biografia, o gênero já é um foco, num romance é mais difícil. Ou talvez o problema seja que nos dias maus ele acha que já fez o seu melhor, e nos dias bons vai fazer o Grande Romance Carioca.

•

Zaca bate à porta. De novo. E de novo. Ouve passos, a porta oscila, um moço abre, arrelampado, fala de caipira, macia nos erres. Zaca explica que é vizinho, que mora ao cimo da ladeira, que está a escrever um livro, que quer falar com dona Sybil. O moço diz que dona Sybil não fala com jornalista, Zaca diz que não é jornalista, o moço diz que dona Sybil nunca fala, Zaca pergunta se pode deixar um bilhete, o moço coça a cabeça. Pela abertura da porta Zaca vê um colchão, móveis velhos, sobras, uma escada. Todo um crepúsculo. Abre o caderno, escreve uma nota cerimoniosa, rasga a folha, dá ao moço. O moço olha a folha, Zaca diz-lhe que voltará no dia seguinte para uma resposta, a porta fecha-se.

Na casa à direita pendem trapos da varanda, um colchão sujo, espólio de mendigos. A casa à esquerda está imóvel desde que Zaca se lembra. Vovô Bartô contou-lhe a história no último passeio que deram juntos pelo bairro: um antiquário inglês morara ali e a sua mulher aparecera morta na banheira. Na versão de vovô, era uma jovem Ofélia, longos cabelos ruivos boiando na água. Na verdade, do que Zaca depois soube, não era jovem nem ruiva, mas uma beatnik que bebia e fumava pra caramba, tinha um monte de amigos que a amavam, e um humor oscilante.

E, saindo para a rua Cosme Velho, é como se alguém carregasse de novo no botão de 2012. MC FRANK, BOQUEIRÃO, PROJETO RAP SOUL FUNK, 21 DEZEMBRO, lê Zaca, parado na passadeira. Uma faixa de plástico, na esquina dos motoboys. Com ou sem fim do mundo, vai ser o dia mais longo do ano.

Van lotada descendo da favela. Negão de boné, manco de uma perna. Neguinhos de chinelo, tronco nu, camiseta jogada no ombro, no calor das seis da tarde.

E o 569 vindo na curva, Zaca corre.

•

— Cacete, nem no Alemão tinha esse barulho — murmura Gabriel, fechando a janela, 183 roncando no ponto. O ponto fica na pracinha por baixo da janela, e a janela é de madeira velha, com um vão entre a parte de cima e a parte de baixo, o que quer dizer que Gabriel escuta tudo, 24 horas sobre 24: a garotada do skate, rolando, estalando, travando (aaaaaaêêêêêê!!!); o pessoal da feira orgânica que chega na noite de segunda para terça; o pessoal da feira com roda de chorinho que chega na noite de sexta para sábado; o pessoal de todo o Rio de Janeiro que vem para as duas feiras; e nas outras noites o morador de rua que acampa um palmo abaixo da janela, e acende o radinho às seis da manhã. Além, claro, dos ônibus roncadores que só existem no Rio de Janeiro, de manhã à noite.

O mundo operário que fez a rua sumiu para o subúrbio em 1938, quando um novo proprietário encerrou a fábrica de tecidos, loteou o terreno e mandou construir um conjunto de prédios que se tornaram clássicos da arquitetura dos anos 1940-50. Nessa metade nobre, a mais recuada, a General Glicério é hoje o doce da vida carioca entre o boteco e o bistrô, a feirinha e a praça, copas vermelho-flamboyant, calçada branca e preta, bem ampla, florida.

Gabriel só não se lembra de dormir uma noite seguida desde que mudou. Este calor também não ajuda. Há três semanas que espera pelo ar condicionado, esgotado em todo o estado do Rio de Janeiro. A cada verão é isto, Gabriel não entende: se o vendedor sabe que todo mundo vai comprar, como é que todo o verão sempre esgota? Resta o velho ventilador, contemporâneo da janela, que agita os papéis em cima da mesa (*Crime organizado e crime comum no Rio de Janeiro: diferenças e afinidades; Beyond 'infernos' or 'paradises': the politics of precariousness; Bringing the State to the Slum: Confronting Organized Crime and Urban Violence in Latin America*, vários textos de Luiz Eduardo Soares).

Seis meses para fechar um estado-geral da violência no Rio e semana sim, semana sim há um momento em que Gabriel pergunta por que aceitou esse treco, contrato, adiantamento, o cacete, vai devolver o dinheiro, cancelar o projeto. Aí, a polícia sobe o morro, rola morto, vingança, briga e Gabriel lembra. Aliás, lembra a cada manhã que olha no espelho, com o seu único olho. Não dói mais, mas é ele pra sempre.

Tem um rap, MC Funkero: *Cresceu olho igual a sapo, no mangue vai ser jogado / chuva de bala, rasgando a escuridão/ chuva de bala, na tua direção.* Entra no banho, já vai atrasado.

•

Do chuveiro Judite vê os micos pulando de galho em galho, com sorte vem até tucano (mas é muita sorte). Vovô Bartô mandou bem quando fez essa casa, vista para o jardim do chuveiro, da cama, da mesa. Esses modernistas sabiam se cuidar, vovô tem até foto em Pacific Palisades, nome gostoso, pensa Judite debaixo dos cem furinhos que dão a sensação de chuva. Alguns chuveiros da casa ainda são os originais, mas Judite atualizou o seu. Há um por quarto, cinco suítes. Vovô Bartô queria a família por perto.

A cozinha mantém-se bastante 1954, incluindo cozinheira interna, a mesma desde que Judite nasceu. Quase já não cozinha, dormita, reza: Rosândera. Mateus cuida dela como mãe. Que vai Judite arrumar na cozinha de Rosândera para o seu Anjo Gabriel? Não é boa de cozinha mas é boa apaixonada, tem champanhe no gelo, peixe no gelo que aprendeu a cortar, gengibre finíssimo do seu sushiman, figo pingo-de-mel do Villarino.

Entretanto, o narrador, que já esteve na cama dela, na maca da depilação dela, e agora no chuveiro hi-tech, está à beira de literalmente cair amoroso. Por que só Judite nua, entre tanta personagem? Sempre ela, logo ela, a que desde a Babilônia caminha até o inimigo com toda a sua beleza.

•

18:39 no primeiro relógio para quem vem do Cosme Velho. Zaca saltou do ônibus, atravessou as duas vias de automóveis e começou a correr na pista que dá a volta à Lagoa, sete quilômetros e meio em forma de bota (ou amendoim, ou coração, depende do ângulo). Corre no sentido dos ponteiros do relógio, ainda que este seja digital, piscando *18:39*, depois *29°* graus. Esse calor a essa hora?

Coxas de garota, penugem dourada, shortinho de lycra: aquele ponto de fuga que lembra a tanga de Gal Costa

e, a propósito de tanga, Caetano Veloso em 1973

Eu quero essa mulher assim mesmo / baratinada!/ Eu quero essa mulher assim mesmo / alucinada!, cantava Caetano, elétrico. Zaca corre com cem canções no ouvido, e essa é só a Playlist I do romance. Nada de mais: *Leão – Um século de Brasil* cita boa parte dos setecentos sambas que o biografado compôs. *Só setecentos porque parou de compor cedo.* Havia tempo nesse tempo, pensa Zaca, logo pensando: mentira, trapaça, sempre há tempo no passado. Só há tempo no passado.

Uma bacana de bicicleta com cesto, um careca de bicicleta elétrica, dois neguinhos na mesma bicicleta, milagre é agora, o MP3 diz: *Atenção ao dobrar uma esquina/ uma alegria, atenção menina/ você vem, quantos anos você tem?* Vestido esmeralda: loura. Alcinha cruzada: alva, malva, rosa. Nuca tatuada: sequência de DNA ou sistema solar? Zaca olha o sol sobre a Pedra da Gávea, faltam dois dedos para o poente, o MP3 diz: *Atenção para as janelas no alto / atenção ao pisar o asfalto, o mangue/ atenção para o sangue sobre o chão.*

Uma família para subitamente, um ciclista quase cai sobre eles, Zaca quase cai sobre ele, a família fotografa a Árvore de Natal, o ciclista volta a cabeça: colega de colégio. A Zona Sul é uma unha.

Ele segura a bicicleta, Zaca tira o fone do ouvido, abraçam-se:
— Rapaz!
— Quanto tempo!
— Pois é! E aí?
— Tudo em cima! E você?
— Beleza! E a família?
— Tudo ótimo!

— Pô, vamos se ver, cara!
— Passa lá em casa!
— Falou, te ligo!

Pendurada no fone, Carmen Miranda canta: *Anunciaram e garantiram/ que o mundo ia se acabar / por causa disso minha gente / lá de casa começou a rezar.* Leão do Morro contou a Zaca que teve um romance com Carmen. Ela tinha 14 anos quando Leão a conheceu, trabalhava numa chapelaria da Lapa, atraía clientes a cantar, ele era dez anos mais velho, já malandro de muita história. Nem Ruy Castro, que garimpou toda a Carmen Miranda, achou rasto do tal romance. Porque era segredo, dizia Leão, e Zaca fazia que acreditava.

Beijei a boca / de quem não devia / peguei na mão / de quem não conhecia, canta Carmen, de volta ao ouvido. Zaca faz a curva que leva ao Parque da Catacumba e acelera na reta.

•

Além de operário na Fábrica Aliança, o pai de Leão do Morro era um exímio violonista, sempre chamado para saraus na chácara dos Souza, a mais animada da vizinhança. Então, quando lhe nasceu um filho, o violonista-operário pediu ao trisavô de Judite e Zaca que fosse padrinho, e Silvestre Souza não só escolheu o nome como o mandou gravar dentro de um violão, hoje no acervo do Museu da Imagem e do Som.

Silvestre era um admirador do cristianismo comunal de Leão Tolstói, à distância que um carioca sempre terá de qualquer vocação ascética, e no tempo em que se traduziam nomes próprios. O batismo foi mais um entusiasmo do que uma filosofia, Silvestre achou bonita a ideia desse nome continuar num carioca pobre. Não podia imaginar como continuaria cem anos depois, mais célebre do que qualquer Souza.

•

— Esse povo só fala em fim do mundo.
— Tava lendo que até tem gente zunindo tipo abelha lá no México.
— Onde isso, filha?
— Em Chichén Itzá, um templo dos maias. Estão esperando o fim do mundo.

Noé e a mãe no degrau de casa, Corcovado nas costas, Pão de Açúcar na frente, trilha sonora: funk de putaria misturado com novela das sete, misturada com choro de nenêm, misturado com birosca (meio boteco, meio mercearia). Favela nem sempre é morro mas sempre é ruído, saindo pelo zinco, pelo tijolo.

O nome da mãe é Luzalina, todo o mundo chama de Luz, Adventista do Sétimo Dia desde que Noé nasceu. Têm só 18 anos de diferença, o que faz de Luz uma negra que ainda não fez 40, delgada como a filha, mas cabelo preso, óculos.

— Amanhã esse fim do mundo ainda vai ser assunto.
— A senhora vai no culto das nove?
— Quer vir comigo?
— Depende de como acordar. Tô um pouquinho enjoada.
— Que é que você comeu?
— Sei lá. Como estava o Alemão?
— Tranquilo. Dona Mari mandou um beijo. Sempre esperando que Gabriel arrume uma mulher.
— Ela nunca tentou casar vocês? Vocês têm a mesma idade.
— Imagina. Gabriel sempre foi dele mesmo. Lembra que foi ele que começou te chamando de Noé?

Noé solta as havaianas, estende as pernas no colo da mãe, depois inclina o tronco, abraça-se a ela.

— Mãe...
— Filha.
— ...
— Tá namorando?
— Não.
— Alguém te machucou?
— Não.
— ...
— Engravidei e não vou tirar.
— ...
— ...
— Minha filha. Claro que não vai tirar.

•

Lapa. Lucas pisca os olhos, pisa a calçada. Ao fim de seis horas dentro do elevador, sair à rua é vir à tona. Cheira a cerveja choca, ao lixo amontoado na calçada, sacos, caixas, restos esperando a coleta do lixo, um automóvel velho a apodrecer na berma, as fachadas a apodrecerem em volta (varandins, balcões, balaustradas, portadas, ripinhas, arcos, ogivas, rosáceas), cenário de noites brancas desde que a boemia era oitocentista (tísicos, sifilíticos, cocotes, coristas, capoeiristas, sambistas, transformistas, batoteiros, bicheiros), tudo a desabar agora por cima das oficinas, dos armazéns, das portas de ferro urinadas a cada noite na Rua Mem de Sá, o epicentro da balada em massa, milhares de bebedores de chope, neste último dia do mundo.

Lá no século XVI, Mem de Sá teve direito a 3058 versos pela conquista da Guanabara, mas o seu meio-irmão Sá de Miranda, poeta pioneiro em Portugal, não viveu para ver esse feito literário, atribuído ao jesuíta José de Anchieta: *O que dantes vivia escondido em sombrias florestas aos templos do Senhor já pressuroso corre. / O que há pouco, cão feroz, roía ossos humanos, sacia com o pão dos anjos o coração já manso.* Lucas não conseguiu passar daqui. Desenhou o padre Anchieta a treinar um cão. Está por aí, numa esquina da Lapa.

•

Os portugueses levaram um tempo para conquistar a Guanabara. Pouco assentaram no Brasil até 1534, e só então a costa foi dividida em quinze capitanias hereditárias, doadas a fidalgos para que as colonizassem, do Maranhão ao que hoje é Santa Catarina.

Na Guanabara predominavam dois tipos de tupinambás: tamoios e temiminós. Os primeiros tinham encurralado os segundos na ilha do Gato Grande, hoje do Governador, onde está o Aeroporto do Galeão. Portanto, os tamoios dominavam, e os temiminós, também chamados maracajás, ou homens-do-gato-grande, queriam vingança. Tudo isso foi aproveitado por Portugal, mas também pela outra potência que havia décadas sonhava plantar ali a França Antártica. E, em 1555, o obstinado cavaleiro Nicolas de Villegaignon conseguiu solidificar a aliança com os tamoios, fundando um forte na ilha hoje colada ao Aeroporto Santos-Dumont.

Cada conquistador tinha a sua abordagem aos índios. Os portugueses tentavam convertê-los e concentrá-los em aldeias. Os franceses não estavam interessados numa coisa nem na outra, mas forçavam-nos com chicotadas a vestir roupas. O que era tão difícil para os índios, conta o cronista Jean de Léry, que de noite eles se despiam para caminharem nus. Entre muitas outras notas, Léry descreve o cuidado corporal dos tupinambás, cada pelo arrancado, os ornamentos, as pinturas, a pele banhada a toda hora. *Caminho pela avenida Rio Branco onde outrora se erguiam as aldeias tupinambá, mas trago no bolso Jean de Léry, breviário do etnógrafo,* escreve Lévi-Strauss.

Calvinista de Genebra, Léry era um jovem quando desembarcou naquela ilhota proclamada França Antártica, onde os ocupantes se digladiavam por causa da Bíblia. A rixa entre católicos e protestantes francófonos tornou-se tão feroz que Villegaignon decidiu matar os protestantes à fome. Eles refugiaram-se com os índios no continente, e desse longo convívio nasceram as notas de Léry, que acabou por regressar à Europa num barco de piratas. Famintos, devoraram os papagaios, macacos e ratos a bordo para não morrerem à fome. Entretanto, na Guanabara, Villegaignon tocava o terror, até que o forte caiu para os portugueses, em 1560. O franciscano André de Thevet escreveu um livro-testemunho dessa Guanabara. Jean de Léry publicou o seu em resposta. Índios foram levados à corte francesa. Montaigne misturou tudo no ensaio *Os Canibais*. O mundo tupinambá fascinou a França do século XVI.

As aldeias indígenas estavam longe de ser pequenas. Léry narra, por exemplo, uma guerra de milhares, entre tamoios e maracajás: *Acompanhámos certa vez os nossos selvagens em número de quase quatro mil. E vimo-los combater com tal fúria como nem a gente mais insana, alucinada faria. Logo que avistaram os inimigos, a quase um quarto de légua, principiaram a urrar tão alto que nessa hora não teríamos ouvido o trovão. À medida que se aproximavam, redobravam os gritos, soavam as cornetas, levantavam os braços em ameaça, mostrando uns aos outros os ossos dos prisioneiros que haviam comido, e os colares de dentes ao pescoço.* Thévet descreve como se mordiam e arranhavam, mesmo *derrubados no chão,* e *davam fortes dentadas nas pernas dos inimigos, até nas partes pudendas,* ou enfiavam *o dedo no buraco do lábio do adversário feito prisioneiro,* e assim o puxavam. Iam para a batalha de pé, em canoas chatas, com tocadores de flautas feitas de tíbias de inimigos, para encorajar a luta, as mulheres carregando redes e víveres.

Com os franceses aliados aos tamoios, os portugueses aliaram-se aos teminimós, que por sua vez viram nos portugueses um instrumento de vingança contra os tamoios. E a rivalidade europeia não se limitou a aproveitar as guerras indígenas, multiplicou-a de modo a obter prisioneiros para a exploração de pau-brasil e cana-de-açúcar.

Os tamoios eram liderados por Cunhambebe, portanto símbolo do índio mau para os portugueses,

enquanto Araribóia, que liderava os temiminós, era o índio bom, sem pedras nem ossos na cara (e também sem direito a um retrato como o de Cunhambebe por André Thévet).

Ao mesmo tempo, o governador-geral Mem de Sá ia devastando aldeias indígenas, quando não se queriam render, e juntava os rendidos em grandes concentrações, que depois serviriam à conquista da Guanabara. Assim tomou em 1560 o forte dos franceses. Foi nesse clima de triunfo que o seu sobrinho Estácio subiu o litoral com Anchieta, soldados portugueses, índios temiminós e outros aliados da Bahia, do Espírito Santo e de São Paulo de Piratininga. Estácio desembarcou na Urca e a 1 de março de 1565 fundou São Sebastião do Rio de Janeiro. Um pequeno arraial de gente, ainda sujeito a ataques constantes. Faltava a tal grande batalha de Uruçu--mirim, quando Mem de Sá se juntou ao sobrinho, trazendo todos os seus exércitos.

Então, adeus franceses, adeus tamoios, cabeças cortadas, espetadas em estacas. Quem sobrou, ficou súbdito. E Estácio, olho furado por uma seta, morreu da infecção um mês depois. Não chegou a viver muito a cidade que fundara, nem a mudança por precaução, mais para dentro da baía, no morro do Castelo.

Na costa brasileira, entretanto, as epidemias trazidas pelos europeus já galopavam. Em 1562, tinham morrido 30 mil índios em apenas três meses. No ano seguinte, a varíola matou 10 a 12 por dia. E no seguinte era a fome geral, porque nada se plantara. *A gente que de vinte anos a esta parte é gastada nesta baía parece cousa que não se pode crer*, escreverá o padre Anchieta.

•

Mas Estácio ainda teve tempo de entregar as terras do futuro vale Laranjeiras-Cosme Velho a um fidalgo amigo, Cristóvão Monteiro. E desde o século XVI tudo foi pegando ali, além das laranjeiras: pau de sândalo, noz-moscada e trigo; rosas, cravos e cana-de-açúcar; hortaliça, milho, batata, cebola, mandioca, alface; marmelos, figos, lima, limão, melão, rábano, maçã, pêssego, uva, pera, ameixa, morango, jambo, jaca, manga, fruta-pão, fruta-do-conde, pinha, pinhão, araticum, cambucá, araçá, caju, abacaxi, maracujá, goiaba, coco, grumixama, banana de várias espécies.

Além das plantações, o primeiro casarão colonial do Cosme Velho tinha um moinho. A farinha era o alimento dos escravos, e a eles cabia levar aquele éden para a mesa, e para a bolsa dos brancos.

•

Judite desce a rampa do jardim, duas asas atadas na nuca, soltas nas costas. O vestido é uma seda, levanta no bico de cada peito, abre a partir da coxa. Quase não dá para sair à rua, de tão aberto, só sendo noite, sendo verão.

É preciso descer ao portão quando alguém toca, o negócio quebrou, ninguém consertou, se não fosse Mateus seria tudo assim no jardim. As luzes da escada também não funcionam mas Judite conhece os degraus de cor. Baixa a cabeça sob a pitangueira, sentindo nos pés o estalar da fruta caída. Gabriel ligou antes de estacionar a moto, ela ainda ouve o ruído na ladeira, depois silêncio. Aperta o interruptor do portão, agarra a barra de ferro, puxa de um golpe, tudo tem um truque. Só mesmo o chuveiro foi atualizado, o resto mora na filosofia de 1954.

Panorâmica: a ladeira desce da esquerda para a direita, chão de paralelepípedo; em frente é a casa-fantasma, cheia de cães e gatos, comprada há um ano por gente invisível; em cima, copas, que já começam a chover amarelo-manga; mais acima o azul-marinho; nenhuma grade, nenhuma câmara. Judite, um caule branco no portão, cabelão até à curva da cintura; Gabriel, camiseta com um James Joyce de tapa-olho e a legenda *WHAT A DAY*.

– Onde você arrumou essa camiseta?!

Ele vem na direção dela, para em frente ao portão, é um palmo mais alto, mas ela está no degrau, ficam à mesma altura. Um, dois, três segundos, Judite inspira, Gabriel agarra-a pela cintura, sobe pelas costas. Ela encaixa uma coxa entre as coxas dele, com a outra abraça-o, sandália caída, pé nu. Então fecha os olhos, expira fundo, a tensão desce, vai desmaiar.

•

Para quem vê a Lagoa do céu, Zaca está na ponta da bota. É a hora da contraluz, a água fica uma chapa de cobre, e o rastilho do sol, que sumiu atrás da Pedra da Gávea, une a margem de cá à margem de lá, onde o pico mais alto é o Dois Irmãos, todo em silhueta. Em caso de fim do mundo, o melhor mesmo é estar no Rio de Janeiro. Porque se os maias dão o fim para hoje, para alguns índios da Amazônia o Rio é o começo de tudo.

Zaca tenta lembrar-se dessa cosmogonia que Tristão contou, mas só lhe ocorre que índio não tem pelo porque acaba de ver um gato sem pelo aterrar de skate, e com ele um poema de Vinicius, memória de infância: *Com um lindo salto/ leve e seguro/ o gato passa/ do chão ao muro/ logo mudando/ de opinião*. Gato era gato mesmo, então. Agora é gato de bermuda na contramão, ombros, axilas, abdominais, impacto no baixo-ventre. Zaca nunca transou com homem mas pensa nisso. Pensa nisso porque quer escrever ou quer escrever porque pensa nisso? Jamais resolveu essa equação, fosse qual fosse o assunto.

Selêucido, paraíbano vendedor de coco, varre seu pedaço de Lagoa. Até à meia-noite vai estar aqui, noite em dezembro não tem perigo, tem gente demais: a Árvore de Natal. Zaca para, toma uma água de coco, sabe toda a história: 25 irmãos de pai e mãe, morreram sete, foram criados 28. Na Paraíba, quem pode cria quem precisa. A coadjuvante Zumerilda exibe o *Guia Carioca da Gastronomia de Rua*, onde Selêucido posa de malabarista, um coco em cada mão. São 21 anos de Lagoa, sabendo a diferença entre coco de Pernambuco e do Espírito Santo, por isso o coco dele está a quatro reais, quando na outra margem se acha a três.

Último trago no canudinho, nuvens sobre o Cantagalo num esfumato onírico, contraponto à rocha abrupta, hirsuta, pré-câmbrica: mais de quinhentos milhões de anos. Novo Mundo será sempre um ponto de vista. No mapa-mundi da China, Portugal é uma bolota nos confins do Ocidente enquanto o Brasil é um belo naco de Oriente. Cantautor quântico, guru de várias gerações, Jorge Mautner defende, aliás, que Brasil é Oriente.

Um homem desliza com um remo, como num lago em África, cauda laranja por trás do Dois Irmãos. As primeiras janelas acendem, dentro em pouco será o presépio. Zaca arranca entre carrinhos que parecem barracas de praia e surfistas-ciclistas de prancha. Passa o piquenique de duas garotas numa toalha aos quadrados; o quiosque daquela festa em que um beijou o outro que beijou o outro; um quarteto a tocar violão numa canga; um trio de tai-chi ao poente. Curva para a primeira reta de Ipanema, e céu, luz, cor, forma, tudo gira no caleidoscópio.

Agora na sola da bota, o rosa ficou roxo, o dia ficou noite, ilumina-se o que Zaca chamaria de cisco branco ou pinguim: o seu Cristo favorito. E por fim a Árvore de Natal, azul-elétrica à tona da água, que já está negra: chapa de vinil.

•

A tensão sobe, Judite abre os olhos, está nas mãos de Gabriel. Ele roda um braço para apanhar as pernas dela, ela roda um braço para contornar o pescoço dele, ele sobe o jardim com ela ao colo, cabelão a balançar até ao terraço, onde a mesa já está posta. E enquanto o narrador repara na mesa, o par some dentro de casa.

•

Lucas olha para cima: novela no barraco. Novela, comercial, novela, comercial. Favela começa do nada, um barraco e já é. O quintal da Oca dá para essa favela sem nome, tijolo sem reboco, os invisíveis: quem na hierarquia do asfalto os ouviria? Só a van do hospital sobe esta ladeira, condução até ao mundo da lei (ônibus, metrô, trem). A van e gringos em safari na ladeira indígena. Quando cruzam Lucas, batem foto; quando ele olha já estão a ver se a foto ficou bem. Vêm de hotéis onde um pianista canta *Rio, I like you / the morena is going to dance samba*, esperam no átrio pelo jipe. Alguns vestem camuflado, é prático, não se suja. Sabem cinco palavras, incluindo caipirinha (teve até aquele americano que bebeu duzentas e setenta caipirinhas e foi para o Galeão sem pagar). Depois tem o gringo a pé na ladeira, festeiro alternativo que pensa comprar um barraco no Vidigal, melhor relação vista/preço nas favelas, ahn, pacificadas. Mas quanto a cariocas, pergunte lá quantos subiram até aqui, a maior parte nem sabe onde fica. Cadáveres eram largados por perto não há muito tempo, e nas trevas é o expressionismo tropical, vultos bruxuleantes, frutas-mamute, casebres. Quem garante que não estamos em dezembro de 1912? Aquele que foi neto de preto hoje é avô de pobre. Preto e pobre ainda são sinônimos.

Sentado no quintal da Oca, um cone de luz na noite do fim do mundo, Lucas lê: *Bem-aventurados os pobres de espírito, porque deles é o reino dos céus. Bem-aventurados os que choram, porque eles serão consolados. Bem-aventurados os mansos, porque eles herdarão a terra.* Tudo ao contrário daquilo em que acredita. O discurso apaziguador do Novo Testamento tem o mesmo efeito nele que o discurso eufórico do Rio de Janeiro. O que Lucas sabe, hoje como ontem, é: estamos em guerra.

•

Na alvorada da noite em que se conheceram, Judite e Gabriel subiram o Cosme Velho de moto antes que alguém acordasse, ela agarrada ao tórax dele, ali de onde saem as canções, ele cantando

Cartola. Tinham trepado toda a noite em Laranjeiras, ele ia deixá-la em casa, mas primeiro ela quis seguir a ladeira além da chácara, passando a velha caixa de água, as traseiras do hospital, a Oca dos frades, curva contra curva, até ao alto da Floresta, onde o sol, que nasce na Guanabara, já vinha vindo de morro em morro. Primeira manhã.

Foi apenas anteontem. E agora ele pousa-a na cama, sem que ela saiba o que lhe aconteceu.

•

Esse violão que antecipa o verso: *Ôbaaa... lá vem ela...* O verso rebenta em cuíca-pandeiro-percussão e a própria Lagoa faz coro: *Ôbaaa... lá vem ela / estou de olho nela...* Araras, garças, biguás, socozinhos, savacus, pescadores, remadores, observadores de árvores de Natal, tudo apaixonado por ela, por ele, por ela, por ele, seja ela quem for, no fone de ouvido de Zaca: *Não me importo que ela não me olhe / não diga nada e não saiba que eu existo, quem eu sou / pois eu sei muito bem quem ela é / e fico contente só de ver ela passar (ôôôbá... ôbá!).* Que garota de Ipanema que o quê, Jorge Ben aos 25 anos, sambalanço, soulzaço, até quem voa já dança, o quero-quero, o pianguá-guaçu, a rolinha-roxa, a estrilda astrild de bico vermelho conhecida como beijo-de-moça. Zaca canta enquanto corre, pensa enquanto canta: *A noite é linda e ela mais ainda...* Nenhuma outra canção lhe dá a euforia instântanea desse suingue, nada para ler, tudo para dançar. Então vamos lá, baiacu, xerelete, caranguejo-uçá, peixarada da Lagoa em geral, todos torcendo para que neguinho não lance a rede, e o mar possa vir pelo Jardim de Alah trazer oxigênio ao mundo: *Ela tem o perfume de uma flor que eu não sei o nome / mas ela deve ter um nome bonito igual a ela. / Ôbá Ôbá Ôbá Ôbá Ôbá Ô... bá!*

E quem diz ela, diz ele.

•

— Você vê igual a mim?
— Ninguém vê igual a você.
— Você sabe o que eu quero dizer.
— O que é que você quer dizer?
— Você vê tudo?
— Quer dizer que *você* vê tudo?

Judite sorri, desiste, Gabriel tapa os olhos dela, beija-a na boca. Estão na mesma posição desde que ele a pousou na cama, ela deitada, ele sentado, os dois inteiramente vestidos. Ela nunca tinha desmaiado, talvez não tenha chegado a desmaiar, talvez não tenha bebido café, talvez não tenha dormido. Nunca ficou tão quieta na cama com alguém. Nunca soube tão pouco o que está a acontecer.

E levantam-se para jantar.

•

Lua quase cheia. Skatistas na pista, rasa ao meio, oblíqua de lado. Zaca para, tira o fone do ouvido, fica no meio do clamor. É a utopia do novo carioca, pensa, aquele que circula na transversal, do preto para o branco, do morro para o asfalto, pernas e braços voando contra o brilho do Leblon.

Adiante, entre churros, salsichões e tapioquinhas, a berma transborda de selfies com a Árvore e com flash, até a reta do Heliponto. Mas à porta do Clube Naval, ainda há sócios a entrar de camisa social e vestido longo, herança de um Rio de Janeiro contranatura, tão exclusivo quanto espaçoso, dedicado à náutica e à hípica desde que o povo tomou os estádios.

O irmão de Nelson Rodrigues que dá nome ao Maracanã, Mário Rodrigues Filho, tem todo um livro sobre a árdua entrada dos negros no futebol. Era no tempo em que um dirigente podia dizer que entre um preto e um branco, os dois jogando igual, ficava com o branco porque o preto era só «para a necessidade». E era dirigente do primeiro clube a admitir negros, que diriam os outros. Ninguém mais fala assim, mas os clubes privados continuam a ser as zonas cegas da cidade, joias de família que 99 por cento dos cariocas nunca usarão. No Rio, espaço é dinheiro, mais do que o tempo. O Jockey Club roubou 400 mil metros quadrados de Lagoa na construção de um hipódromo há quase cem anos. Visto do Corcovado nada é tão plano, tão árido, tão contra a genética da cidade do que essa pista hípica gigante. E nem uma invasão de pobres desde então.

Carioca sempre está no fio dessa navalha, o morro vai descer, partir essa porra toda, mas nunca desceu e na lógica governamental será o novo consumidor. Quando puder, muda para a Barra. Tanto sambista por metro quadrado, Barra da Tijuca. Se bobear o próprio Jorge Ben, agora Jorge Ben Jor, dando show no Barra Music, pensa Zaca.

E vai para o último sprint, passa o sovaco do Cristo.

•

— Ok, onde você arrumou essa camiseta?
— Ganhei de presente.
— Ah, presente de namorada. Me conta das namoradas, você matou todas?
— Não, algumas eu guardo no quarto dos fundos.
— Putz, você é muitos. Pirata, mensageiro e ainda Barba Azul?
— Para lhe servir, senhorita Judite.
— Quero o mensageiro. Mais que astro, mais que orixá, o próprio do Anjo Gabriel.
— O que é que você sabe desse cara?
— Ué, que ele anunciou Cristo.
— Um muçulmano diria que ele anunciou o Corão. O meio não é mais a mensagem. O receptor é a mensagem.

Já houve uma mesa entre eles, depois Judite contornou a questão. Puxou a cadeira até à cadeira de Gabriel, pôs os calcanhares nas coxas dele e agora agarra a camiseta com os dedos dos pés: dez pitangas à luz da vela.

Rolou champanhe, sashimi, figo, sobra o saquê em cima da mesa, velinhas em todas as fases da vida, acabadas de acender, quase extintas, amarelo-citronela, repelente natural. O terraço atrai os mais ínfimos vampiros sempre que há calor humano nele.

Como a antiga chácara acompanha a encosta do Corcovado, o jardim na frente da casa é todo em declive. O terraço começa em terra firme e avança no vazio até metro e meio do chão, uma placa de cimento sem pilares nem varandim. Quando existiam crianças, tinha uma protecção em volta, mas Karim, Zaca e Judite foram as últimas crianças da chácara.

•

Aquela frase de terramoto, *sepultar os mortos, cuidar dos vivos*? Do Real Gabinete aos Arcos da Lapa, do dia para a noite, Inês pensa que nunca viu tantos vivos sepultados, embrulhos contra a parede: sem-teto, sem-abrigo, morador de rua, mendigo: ainda são gente, respiram? Ao mesmo tempo, nada do que viu garante que os mortos estejam a ser cuidados neste dezembro de 2012 em São Sebastião do

Rio de Janeiro. E daqui a pouco, febre de sexta à noite, serão vinte reais só para estacionar o carro.

— Sabes porque é que viemos parar ao Brasil? — pergunta Tristão, soprando fumo para as estrelas, ao longo do aqueduto.

— Eu e tu?

— Um bocadinho mais cedo, em 1500.

— Diz lá.

— Porque queríamos acabar com os teus árabes.

— Como assim?

— Tudo somado, é isso. Viemos parar ao Brasil porque queríamos acabar com os mouros, expulsá-los de Jerusalém, conquistar Meca, até.

— Meca?!

— Afonso de Albuquerque tinha um belo plano para isso, mas foi rechaçado no Mar Vermelho.

— Antes ou depois de despachar o rinoceronte?

— Antes. O rinoceronte foi em vésperas de ele morrer.

— E isso de Jerusalém era a sério?

— Muito a sério. D. Manuel ia limpar os infiéis e instalar-se lá como imperador da cristandade. Os messiânicos com quem crescera chamavam-lhe Emanuel, que quer dizer Deus Conosco. A divisa dele era A Espera, várias pessoas tinham caído na linha da sucessão para que ele cumprisse o destino de chegar ao trono de Portugal, com os seus braços compridos demais, como um marcado pelos céus.

— *What*?!

— É factual. Claro que Portugal precisava de dinheiro, por isso o Gama, o Cabral foram enviados à Índia para desfazer o domínio dos muçulmanos no comércio de especiarias, mas o fim era vencê-los de todas as formas, juntar os exércitos cristãos para os derrubar numa Cruzada Final.

— Sempre pensei que era mais ao contrário, que a busca dos cristãos do Oriente era o verniz moral do saque econômico.

— Isso foi o que o Salazar tentou vender, o folclore da busca de Novos Mundos levando Cristo. A verdade é que queríamos tudo, as terras, o dinheiro, o conhecimento, o poder, as especiarias, o tamanho que não tínhamos. Acho que na base disso está uma megalomania ingênua, que talvez exista em Portugal como em nenhum outro lugar. Porque somos a última lasca da finisterra, cercada de mar por todos os lados, e ao longo da história acreditamos não poucas vezes ser *the special ones*. Se não pode ser na divisão do planeta ao meio, que seja com futebol, ou fado.

– Embirrações tuas, por acaso.
– Pensa bem. Portugal nasce como um país conquistado aos mouros. E depois vai pelo mar, investindo contra os mouros, com a ideia de dominar o mundo, impondo Cristo e acumulando riquezas.
– Que fatal. É a profecia maia que te inspira?
– Quem sabe. D. Manuel ia dar-se bem num dia assim. Há muitas semelhanças entre 1500 e agora. Desembarcamos no Brasil em tempos apocalípticos. Talvez o apocalipse sopre de meio milhar em meio milhar de anos.

•

Sem nenhuma ilusão, Machado de Assis imaginou o diabo, e não deus, a sentar-se no alto do Corcovado, para dizer aos homens: comei-vos uns aos outros.
Morreu antes de ver lá o Cristo.

•

Judite enfia os dedos dos pés por baixo da camiseta de James Joyce, tateia o morno da barriga, a penugem em direção ao pênis. Nunca soube tão pouco o que lhe está a acontecer mas sabe algo sobre pés, por exemplo, que o dedo grande se chama halux e a sua polpa corresponde ao cérebro. Se agora subir os dez dedos até ao peito, os dois pés ficarão dentro da t-shirt, 144 mil terminais nervosos deslizando pela pele depois do banho, macia, quente, sem pelos. Na polpa da planta do pé estão plexo solar, estômago, coração, diafragma, tiróide. No calcanhar, trompas, útero, ovário, bexiga. No côncavo, os rins. Uma Judite completa agitando a cara de James Joyce, enquanto o pirata de carne e osso se mantém imóvel.
Ela pousa um dedo grande em cada mamilo de Gabriel, sente o bico ficar duro, o arrepio do tórax, o começo do suor. Desliza os dois pés para as axilas e assenta-os na lateral, num *plié* de balé, joelhos bem afastados, o que significa que a bacia dela avança até à pélvis dele. A simples pressão da calcinha contra o volume nos jeans tem um efeito de descarga elétrica, veias irrigando tecidos, sinapses, aquele músculo entre o púbis e o cóccix, hibernador de grande porte. Tudo entre ele e ela se dilata, o que no caso de Gabriel é já manifesta redundância.
Judite levanta os pés das axilas, totalmente suadas, recua a bacia, equilibrando-se em cima dos joelhos dele, pousa a mão sobre o

pau, abre o fecho e introduz os dedos no calor, até à extrema delicadeza da glande, fora de toda a contenção. Só então o pirata se move, para a levantar até ela ficar de joelhos, depois mais ainda, de pé na cadeira, pélvis à altura da cara dele. Ela puxa o vestido para a cintura, ele puxa a calcinha para os tornozelos, ela levanta uma perna, depois outra, a calcinha cai no chão.

É o terraço, Gabriel voltado para o jardim, Judite voltada para a sala às escuras, vendo o reflexo do seu próprio corpo no vidro, com um homem agarrado ao meio.

•

O ruído no Nova Capela está ao mais alto nível carioca: gritos, gargalhadas, bateria de pratos, copos, talheres. Zoom: cabrito com arroz de brócolis em mesa de dois, triângulo de chopes, Inês e Zaca frente a frente, Tristão no lugar extra.
— Este cabrito está esturricado – brada Inês, investigando a travessa.
— Os cariocas acham crocante – brada Tristão.
Zaca prova um pedaço da perna:
— Delícia. Já foi no Saara, Inês?
— Ainda não.
— Tem de ir dia de semana, cheio que nem ovo.
— Tanto como aqui? – Inês quase grita.
— Daqui a pouco você se acostuma – diz Zaca. – Sexta não tem jeito, tudo lotado, Lapa, Baixo-Gávea...
— ... o baile da Praia Velha – acrescenta Tristão.
— O que é a Praia Velha? – pergunta Inês.
— Uma favela no fim da Maré. Ou no começo, para quem vem do Galeão. Passamos por lá quando aterraste. Tem um dos maiores bailes funk do Rio. Como muitas favelas foram tomadas pela polícia, os bailes vão acabando, então este é uma espécie de último grande reduto. Vem gente de todo o lado, milhares de pessoas toda a sexta.
— Já foste?
— Duas vezes.
— Cara, próxima vou com você – diz Zaca, roendo um pedaço de cabrito.
— Quem organiza esse baile? – Inês investe no arroz.
— O tráfico, comandado por um tipo a quem chamam Dedo Grande, porque ele tem uma coisa com polegares. Corta sempre o polegar da vítima.

— Que vítima?
— Os tipos que o tráfico mata, para mostrar quem manda. Por exemplo, há umas semanas Dedo Grande esquartejou um DJ, foi por isso que acabei por ir lá fazer umas fotos.
— Esquartejou como? — Inês de garfo no ar.
— Vivo, à porta de casa.
— Caraca, não sabia disso — Zaca rouba o cabrito de Inês.
— Esse DJ era um fanático de Michael Jackson, nome de guerra MC Mike. Fez a fama do baile da Praia Velha, atraía muita gente, aí chamaram-no para um baile numa favela da milícia. Dedo Grande não gostou, avisou que ele não podia trabalhar para a milícia. MC Mike ignorou o aviso e os traficas apareceram-lhe à porta. Acusaram-no de ser um X9, ou seja, delator, esquartejaram-no à vista de toda a gente. O polegar apareceu pregado na parede, depois a polícia achou o tronco.
— E tu foste fazer fotos do quê?
— Da Praia Velha em geral, para uma revista. Não consegui fotografar nenhum dos traficantes. A polícia anda atrás de Dedo Grande há imenso tempo. Quando lhe mataram o cunhado no ano passado ele já era um alvo.
— Não entendi. Quem matou o cunhado? — Inês desistiu do prato, só bebe.
— A polícia. Uma cena tipo Rambo, dois helicópteros sobre a favela, Falcão 1, Falcão 2. Falcão 2 vai dando informações sobre a evolução do alvo, depois quatro atiradores a bordo do Falcão 1 disparam, e já era. O cunhado de Dedo Grande ficou de barriga no chão. Chamavam-lhe Goleiro, não sei porquê.
— Putz, lembrei da história — Zaca chupa os dedos. — Esse Goleiro não era o braço direito do Robinzinho da Lagoa?
— Quem? — Inês quase grita.
— O maior traficante do Brasil — Tristão aproxima-se do ouvido dela. — Segundo a lenda, foi abandonado à nascença nas encostas da Lagoa e uns pescadores cuidaram dele. Está na cadeia desde 2001, já o mudaram de prisão um monte de vezes, mas ele dá ordens de onde for. Deve ter até mandado um presente para o casamento do Goleiro com a irmã de Dedo Grande, no Complexo do Alemão. Então, quando a polícia ocupou o Alemão em 2010, o Goleiro refugiou-se na Praia Velha e Dedo Grande acolheu o cunhado. Tudo território do Robinzinho.
— E o baile?
— Também.

EXTERIOR, NOITE (JANEIRO 1992)

Um Chevrolet Opala desliza por uma ladeira do Complexo do Alemão até encostar junto a um muro semidetonado. Ninguém à vista, mas três garotos por acaso estão atrás do muro fumando um baseado. Quando o condutor do Chevrolet acende um cigarro, o garoto mais velho sussurra, caralho, esse é o Robinzinho da Lagoa?, o do meio aperta os olhos, diz, parece muito, e o mais novo remata, que nada, o cara está na Bolívia. Um ruído de moto cresce no escuro, o cara do cigarro puxa de uma AK-47, uma moto aparece, depois uma segunda, o cara do cigarro dispara, a primeira moto cai, a segunda trava, responde com outra AK-47 na direção do Chevrolet, noventa balas por minuto, algumas batem no muro, voam estilhaços.
    O nome do garoto mais velho é Gabriel.

•

Qual a probabilidade de um estilhaço furar o olho de um garoto na periferia do Rio de Janeiro? Diária. Qual a probabilidade de esse garoto vir a usar uma pala vinte anos depois? Remota. Qual a probabilidade de o narrador avistar alguém usando uma pala quando medita se isso será possível? Mais do que remota mas acaba de acontecer, e entretanto o primeiro oftalmologista em quem tropeça conta a uma paciente que em garoto foi assaltado por garotos da favela, que um deles tinha um buraco no lugar do olho, e que talvez por isso se tornou oftalmologista. Qual a probabilidade de, entre todos os oftalmologistas do Rio, o narrador tropeçar logo nesse? Diária ou mais que remota, acontece no Rio de Janeiro. E sobretudo acontece que essa bala tanto pode vir de um traficante como da polícia ou do Exército, ou seja do Estado que deixou o morro entregue ao tráfico.

•

    — Dedo Grande não quer zumbis na Praia Velha, então montou um sistema de crack delivery — conta Tristão. — Os *aviõezinhos* levam o crack para fora da favela. Assim não tem cracudo dentro.
    — Que são *aviõezinhos*? — pergunta Inês.

— Os meninos que fazem pequenos transportes para o tráfico. O crack dá problemas, magotes de mortos-vivos. Além de que Dedo Grande tem uma costela evangélica, gosta de ordem.

— Pobre é conservador — sentencia Zaca. — Vota na direita, vai na igreja, é contra gay, aborto...

— Diz quem é rico, e portanto estudou, e tem saúde — corta Tristão.

— Não, cara, diz o Censo. E o bom senso. Pobre no Brasil, em geral, é conservador.

— Quem fatura com a ordem é o rico. A ordem mantém no lugar, e rico não quer deixar de ser rico. Só o pobre quer mudar.

— Não, pobre quer comer, ter geladeira. Me diz o nome de um revolucionário pobre.

— Jesus Cristo.

— Pô. Me diz um revolucionário pobre nos últimos cem anos.

— Gandhi. Mandela.

— Não cresceram pobres.

— Lula.

— Não é revolucionário.

— Não sei se não é, cedo pra dizer. Malcom X? Órfão de pai, mãe num hospício, muito pobre.

— Luta negra, cara. Viu no Brasil?

•

Lucas salta do ônibus na passarela que dá acesso à Praia Velha. O troço só esquenta bem depois da meia-noite, mas ele quis chegar antes, checar o fim do mundo aqui, último grande baile do tráfico, desafio e certificação, parada e culto, show ritual.

A esquina está atulhada de gente, ônibus, van, feirinha de fruta, centenas esperando condução, centenas voltando a casa, trabalhadores noturnos. Entretanto, em cima da passarela rola outro trânsito, um exército de sentido único, da esquerda para a direita. Jovens negros, mulatos, cabelo rapado de lado, alto em cima, brinco reluzente, por vezes corrente, bermuda, camiseta e tênis: cruzam a avenida Brasil por cima dos carros, desaguam na entrada da favela.

O narrador diz *exército* porque vê na cena um uniforme e uma marcha. Lucas não o diria porque acha que isso faz equivaler opressor e oprimido, automatismo de boa parte da mídia. A mesma mídia que escreve *bandido* a propósito de qualquer alvo policial, confundindo favelado e suspeito, suspeito e réu, réu e condenado. Favelado é facilmente condenado como bandido antes de haver motivo para ser suspeito. Mais difícil escolher se a mídia é assim por causa de quem a lê, ou se quem a lê é assim por causa da mídia. O ovo é a galinha.

Lucas segue o fluxo para o interior da favela, motos de fuzil na garupa guinando loucamente, botecos, restaurantes, lojas, tudo aberto como se fosse hora de ponta, auge do mercado; e é, hora de ponta, auge do mercado; fila para comprar droga na boca de fumo. O número de homens supera muito o de mulheres mas não parece haver espaço para alguém ficar de fora, por exemplo dormir, o baile reina em absoluto. Sexta à noite é a purga dos demônios, a catarse que mantém o estado das coisas. Então, mesmo que a aparência indique o contrário, talvez este baile sirva afinal os interesses do poder oficial, que foi quem guetizou o funk, empurrando-o para o tráfico, como interessará que as drogas nunca sejam legalizadas. Tudo isso ajuda a que milhões de pessoas não se emancipem, mantendo o pressuposto de que boa parte não teria mesmo lugar fora da periferia, pelo menos sem a minoria perder muito espaço. Uma democracia exclusiva, ou seja, um totalitarismo seletivo gerando totalitarismos reflexos, à semelhança dos ex-escravos que se tornam escravagistas, dos abusados que se tornam abusadores. E o fato é que, se Lucas rejeita equivalências entre opressor e oprimido, também é incapaz de aceitar a pressão de pertença que o tráfico impõe, cada um igual ao outro, comungando do baile. O silêncio apurou nele um libertarismo visceral, e esta missa pré-coreografada dá-lhe claustrofobia. Onde tem revolta aqui? Onde está a raiva dos Racionais? (*A lavagem cerebral te fez esquecer que andar com as próprias pernas não é difícil / Mais fácil se entregar, se omitir*).

A meio da rua principal, volta à direita, sempre seguindo a multidão. Aparecem as novinhas, já preparadas, sexualmente orientadas, top, salto alto e shortinho, coxas fletidas, bunda arrebitada, pronta a vibrar no pau do refrão, porque macho come é dama, papo de bambi é na Zona Sul. Passando rente, mais motos, mais fuzis, mais machos entre banquinhas de comida e templos de geração espontânea, *Igreja Celestial do Combate a Satã, Divina Igreja Contra a Serpente do Mal*. Pastor neopentecostal prega em boca de fumo, confessa traficante, goza de prestígio. Céu ou inferno são as suas armas, consoante o ponto de vista.

Um cartaz anuncia uísque energético. Rapazes respiram de uma garrafa: cheirinho-da-loló: éter & clorofórmio, alucinógeno de pobre. A rua vai dar a uma espécie de painel, e do lado de lá tudo fica mais escuro. Galera alinhada à esquerda e à direita, uma alameda de bundas trepidantes, quem chega passa no meio. O som vem de uma parede de colunas, pancadão dentro do peito, Lucas sente-o em todo o corpo. Ao fundo, o palco com DJ, à direita outra parede de colunas ainda mais alta, centenas de rapazes chegando, novinhas bem novinhas, traficas de fuzil a um canto. Um mulato ruivo dá as boas-vindas a um cara grisalho com uma camiseta do Flamengo. Lucas ouve quando o cara diz à mulher que o acompanha, *esse ruivo é um génio do passinho*, impossível não ouvir porque o cara grita por cima do pancadão e a mulher grita de volta. São os dois únicos com pinta de Zona Sul, e quanto a gênio, sim, o passinho dá um baile nesse baile.

Festa, entrega ao coletivo, diluição do indivíduo que dilui o conflito: Lucas achou na internet o livro de 1988 em que Hermano Vianna convoca tudo isso para resgatar o funk, um mundo carioca construído em torno da *alegria*, reinvenção da música de Nova York para multidões, quando arma não passava da porta e *pouquíssimas* vezes se percebia consumo de droga. Mas, bem no meio do funk-agora (*bunda no pau / bunda no pau, eu soco teu cu / arrebento teu cu*), Lucas pensa que não só a dança se mudou para o passinho, como neste último baile de 2012 não resta muito da música. Armas, droga, lucro, o que preenche o buraco do Estado, e é seu fruto bastardo.

•

À saída do Nova Capela, Inês vê um cartaz de teatro: *Capivara na luz trava*.

— O que é capivara?

— Um rato gigante — responde Tristão, enrolando um pouco mais as mangas da camisa.

— Que rato, cara! — ri Zaca. — Neguinho caça ele lá pastando, cinquenta quilos de carne.

— Foi o que eu disse, rato gigante. Não acham que está cada vez mais calor?

— Você acha que o mundo ainda vai acabar? Faltam só 15 minutos.

Milhares de pessoas em frente aos Arcos da Lapa. Riponga sentados no passeio, vendendo colar, pulseira, flauta. Neguinho catando latinha, vendendo latinha. Gringos com mochilas demasiado grandes para serem cariocas. Os microvestidos mais justos do hemisfério sul.

Inês, Tristão e Zaca passam por baixo dos Arcos, entram na fila para o show do Circo Voador, onde cada quilo de alimento não perecível vale meia entrada, e entregam os três sacos de arroz que Zaca trouxe, vindo da Lagoa sem tomar banho. Ficara tarde para voltar a casa, não quis atrapalhar a irmã.

●

Judite e Gabriel na selva escura do Cosme Velho, silêncio de mergulhador, flutuação de plâncton na água.

●

E cinco, quatro, três, dois, um, zero. Com meio mundo em cima do palco à meia-noite, o buda Hermeto Pascoal dirá: que o mundo não acaba, que esperar nunca é errado, que a coisa é o amor é o amor é o amor.

(2013)

O Trovão do Céu desceu para o Lago de Leite

COSMOGONIA TUKANO

QUARTO DIA

Sábado

9:00, Cosme Velho

O título emerge no ecrã em letra caprichada, *apocalipse: o amor restaurado*, e fica a ondular sobre picos de neve e abetos. Noé baixa a cabeça para não rir, sempre aquelas paisagens alpinas quando neguinho só vai ver neve no apocalipse, mesmo. Espreita a mãe pelo canto do olho: ela segue atenta o filme, escutando a voz colocada do locutor, como se isto fosse a plateia do *Fantástico* e não o culto adventista

> *(DESDE O ÉDEN À TORRE DE BABEL, DEUS INVESTIGOU ANTES DE AGIR. AGORA, ANTES DE SUA VOLTA, JESUS ESTÁ INVESTIGANDO A VIDA DE TODOS QUE JÁ VIVERAM).*

Para os adventistas do Sétimo Dia é um sábado como outros, mas para os católicos será a maior concentração da história do Rio de Janeiro. O papa Francisco está na cidade: 27 de Julho de 2013, um recorde que Copa ou Olimpíada não vão igualar.

> *(DEUS QUER DEIXAR CLARO PARA O UNIVERSO QUE NINGUÉM VIVE UM DESTINO QUE NÃO ESCOLHEU)*

Noé sente o celular vibrar pela terceira vez no bolso, então sussurra para a mãe que já volta, e sai abençoando estarem na penúltima fila. A igreja fica mesmo ao lado da recepção do Hospital Adventista, basta atravessar o pátio, mas depois uma pessoa pode perder-se nos 50 mil metros quadrados que todo o parque hospitalar ocupa no alto do Cosme Velho, desde as traseiras, lá na ladeira dos Souza Farah e da Oca, até esta entrada, no ponto de confluência das favelas, tão coladas que parecem uma.

    A novidade deste ponto é a UPP: nas vésperas da chegada do papa, o governo decidiu *pacificar* o único morro da Zona Sul que ainda não tinha polícia. Porque, claro, embora o governo não o diga, o Cristo fica já ali em cima, serão milhões de peregrinos a subir, e do outro lado está o casarão onde Francisco vai dormir. Portanto, no começo de maio o BOPE veio com os seus blindados, a sua tropa de elite. Tudo bem negociado, a ocupação deu-se em meia hora sem um tiro. Capeta, o cara que ameaçara armar o fuzuê em Copacabana, e ficara pela ameaça, andava sumido, Noé nunca mais o viu. E agora há sempre um carro da polícia lá em baixo, junto aos motoboys, e cá em cima contentores brancos com letras azuis a dizer UPP.

Bem menos concorrido era o morro no fim dos anos 1940, quando os adventistas inauguraram os hospitais particulares no Rio de Janeiro. O currículo deste vai do primeiro transplante de pâncreas no mundo a milhares de tratamentos para quem não os podia pagar.

Ao contrário do locutor, do pastor ou do recepcionista sentado por baixo de um retrato *naif* de Jesus Cristo com madeixas de rock star, rubras maçãs do rosto, Noé não espera a Segunda Vinda do Filho de Deus. Mas jamais levantará a voz contra a igreja de sua mãe. Senta-se num dos sofás no átrio, onde alguém deixou uma cópia de *A Grande Esperança* de Ellen G. White (*edição internacional com mais de 40 milhões de exemplares vendidos*) e tira o celular do bolso. Sabe que é Lucas, têm este sinal, ele dá um toque para se escreverem no chat, se não tiver retorno dá mais dois para ela o identificar, porque a maior parte do tempo, aula, biblioteca, reunião, Noé tem o celular no bolso.

Conheceram-se na manhã de 22 de março, como esquecer essa data. Já se conheciam de vista, Noé a caminho da favela, Lucas a caminho da Oca. Então, não demorou para se reconhecerem nessa manhã, há quatro meses. Noé pensou: aquele gigante; Lucas pensou: Noé. Fixara o nome ao ouvir os motoboys, oi, Noé, e aí, Noé, e Noé foi tomando a forma do macio, do açúcar.

A 22 de março, estava ela a meio da sua 17ª semana de gravidez, barriguinha pontuda que de frente quase não se notava, 140 gramas lá dentro, já abrindo os olhos, ainda escondendo o sexo, quando o Batalhão de Choque da Polícia Militar do Estado do Rio de Janeiro cercou a Aldeia Maracanã para executar o despejo ordenado pelo governador Sérgio Cabral

(PRA MATAR ÍNDIO
QUEM CHEGOU DE CARAVELA?
CABRAL! CABRAL! CABRAL!).

Entre um Cabral e outro, o Rio guarda as ruínas: em 1864, o príncipe alemão Ludwig August de Saxe-Coburgo Gotha chegou à cidade com a missão de desposar a princesa Isabel, filha de D. Pedro II. Antes do fim desse ano, estava de fato casado, mas com a princesa mais nova,

Leopoldina. E onde isso entronca na vida de Noé é que o casarão de Ludwig no Rio veio a ser a Aldeia Maracanã onde ela conheceu Lucas. Por isso o edifício tem algo de saxão.

Mais amante de caça que do trópico, Ludwig cedo desandou para a Áustria, doando o casarão ao Império para que fosse dedicado à cultura indígena. Assim aconteceu em 1910, quando um militar mestiço fundou o Serviço de Proteção ao Índio, hoje Funai. Chamava-se Cândido Mariano da Silva Rondon, e entrou para a história do Brasil como o sertanista que ligou o país por telégrafo, do Oiapoque ao Chuí, expressão inventada por ele que ainda é sinônimo de Norte a Sul. Depois da morte de Rondon, o Serviço mudou para Brasília, o palácio ficou para o Museu do Índio, sob a direção do antropólogo Darcy Ribeiro, e durante anos o museu conviveu com o Estádio do Maracanã (entretanto ali inaugurado) até se mudar para Botafogo em 1977. Seguiram-se décadas de abandono: foi esse vazio que índios de várias etnias vieram ocupar em 2006, fundando lá dentro uma aldeia única na cidade. Chamaram-lhe Maracanã, nome tupi de um pássaro parente do papagaio, e do rio que aqui corria limpo, tal como o Carioca.

E lá estavam os sucessores dos tupis na Aldeia Maracanã quando Sérgio Cabral comprou o casarão ao governo federal, hesitou em demoli-lo e depois anunciou que o iria transformar em Museu Olímpico, enfurecendo ativistas já em guerra contra Copa, Olimpíada, remoções, ultimatos. O prazo do governador para os índios saírem era 22 de março. Organizaram-se vigílias de contestação, todo o mundo ficou ligado na iminência do cerco policial e o alerta correu no Twitter ainda de noite. Então, quando Noé chegou lá, a Radial Oeste frente à Aldeia Maracanã era já uma zona de guerra, com o batalhão do Choque a disparar bombas de gás lacrimogêneo, spray de pimenta, radares sonoros, balas de borracha, arrastando manifestantes pelo chão. Ela não queria crer no que via. Não antecipara nada assim

(ASSASSINOS!
FILHOS DA PUTA).

Um helicóptero zumbia por cima da multidão, o ar estalava com balas, bombas, fumo, jatos de água, estudantes corriam entre as vias da Radial e a entrada do casarão, adolescentes de lenço na cara por causa do gás, índios de tronco nu e cocar, celulares na ponta de muitos braços

*(FILMA TUDO,
CARALHO!
FILMA TUDO!).*

Noé acionou a câmara no momento em que Lucas veio correndo de trás, pano negro enrolado na cara, só os olhos à vista, como um tuaregue. Ele parou quando a viu ....
....
puxou o pano para baixo, sorriu, puxou o pano para cima, continuou a correr. Ficou tudo no filme.

Cruzaram-se várias vezes ao longo das horas seguintes, Noé sempre mais recuada do que se não estivesse grávida, defensores públicos, procuradores, deputados chegando para negociar, vans prontas a levar os índios. A meio da manhã um acordo parecia ter sido alcançado, índias tinham saído com crianças mas uma parte da aldeia continuava no jardim, onde um fogo ritual seria feito, Noé ainda filmou a chegada dos bombeiros, e de repente aconteceu aquilo. O Choque entrou de assalto, agarrando índios, arrastando-os à força. E no tumulto seguinte, com a polícia a lançar spray de pimenta a eito na multidão (índios defensores, procuradores, deputados, jornalistas, estudantes), alguém de olhos a arder correu às cegas contra ela, e ela caiu para a frente.

*(PRA MATAR ÍNDIO
QUEM CHEGOU DE CARAVELA?
CABRAL! CABRAL! CABRAL!*

*PRA MATAR POBRE
QUEM CHEGOU LÁ NA FAVELA?
CABRAL! CABRAL! CABRAL!)*

Quando Noé acordou, era já o protesto frente à Assembleia Legislativa do Estado do Rio de Janeiro, transmitido na rádio que alguém escutava no corredor do hospital. O porta-voz do Choque alegara que manifestantes tinham ateado fogo ao prédio e agredido de dentro, portanto a polícia agira para garantir a segurança, com muita serenidade. Marcelo Freixo, um dos negociadores atingidos com spray de pimenta, contrapunha que os últimos índios iam sair após a fogueira ritual, já extinta quando o Choque entrara.

Dias mais tarde, um índio (*no registro civil brasileiro obrigatório, Daniel, da etnia Puri*) falou perante a Câmara de Vereadores:

> *É de se perguntar por que é que temos um Museu do Índio em Botafogo, com vídeo sobre índio, fotos de índios, produtos culturais sobre índios, que acho muito bem que existam, mas não se tem o índio vivo. O índio vivo, passamos a ter na cidade do Rio de Janeiro em 2006, a partir do momento em que indígenas de várias etnias entraram no prédio do antigo Museu do Índio.*

Noé seguiu estas palavras no sofá de casa, computador em cima de uma pilha de livros, absorvente entre as pernas. A hemorragia durou dias, depois de sair do hospital nesse 22 de março, atravessando este mesmo átrio onde agora está sentada, e onde então Lucas a esperou até a noite cair. Quando Noé apareceu com a mãe, ele leu na cara delas o desfecho. A mãe apertou a mão dele, disse, muito obrigada por trazer minha filha.

Não haveria mais bebê.

Foi apenas há quatro meses mas parece outra vida. Entretanto, o Brasil rebentou em protesto nas ruas, e hoje, 27 de julho, manifestantes e peregrinos vão cruzar-se em Copacabana. Lucas acaba de mandar por SMS o que escreveu nos cartazes. Noé lê, guarda o celular no bolso e volta ao culto, no auge da locução.

> *(OS PRIMEIROS MIL ANOS APÓS O RETORNO DE JESUS SERÃO TEMPO DE RENOVAÇÃO NO CÉU. A TERRA ESTARÁ VAZIA DE PESSOAS, E ABRIGARÁ SOMENTE SATANÁS E SEUS ANJOS.)*

A mãe sorri, dá-lhe a mão. Vai ser um longo dia.

Na manhã em que Lucas a levou ao colo da Aldeia Maracanã, a última coisa que Noé viu foi um cara de tronco nu e cocar, imóvel frente a um pelotão do Choque. No peito dele estava escrito:

ISSO É SÓ O INÍCIO.

10:45, Cosme Velho

Cinco cartazes formam um puzzle, Lucas alinha-o no chão. Não tendo outros móveis além da cama, os quartos da Oca são espaçosos o bastante. Nos últimos dias, o espaço vital de cada um diminuiu para abrigar peregrinos da Jornada Mundial da Juventude que vieram ver o papa, e dois deles, argentinos de Ushuaia, estão acampados no quarto de Lucas. Mas como nunca na história houve tanta gente no Rio de Janeiro, e há que caminhar horas entre o trânsito parado e as ruas cortadas ao trânsito, os peregrinos saem de madrugada com as suas mochilas amarelo-radiante, os seus corações estampados, e só voltam tarde da noite, esta noite nem isso, vigília em Copacabana até de manhã.

*QUEM NÃO SE MOVIMENTA
NÃO SENTE AS AMARRAS
QUE O PRENDEM.*

Lucas leu esta frase de Rosa Luxemburgo numa camiseta, no meio da rua, no mês passado: junho de 2013, ou o momento em que o Rio de Janeiro interrompeu a sua preguiça gostosa para entrar no mundo, coincidir com a história, Occupy Wall Street, praça Tahrir, Atenas.

*(No fundo do mato-virgem
nasceu Macunaíma, herói de nossa gente*

*Sio incitavam a falar exclamava:
— Ai! que preguiça!... e não dizia mais nada.)*

Cronologia: março, abril, maio, junho: Porto Alegre, Goiânia, Natal, São Paulo, Rio de Janeiro: o Brasil abre enfim a boca, no espanto do que dela sai, e o Rio é o que mais espanta.

Os transportes públicos acendem o rastilho. A 3 de junho, primeiro ato contra o aumento de R$3 para R$3,20 dos ônibus, do trem e do metrô em São Paulo. Por vinte centavos, a maior cidade da América Latina começa a sair à rua, e já nesse dia o Rio está ligado, manif contra o aumento dos ônibus de R$2,75 para R$2,95, os mesmos vinte centavos que põem o dedo na segregação brasileira: cidades onde os transportes coletivos são maus porque só os pobres andam horas de transporte coletivo, porque só os pobres moram na periferia, porque a periferia é a escrava da cidade, como explicará um Prêmio Pritzker quando lhe perguntarem:

> *A ideia de que a periferia é necessária é um engodo para manter uma estrutura de repressão do homem pelo homem. Se o operário não precisasse gastar três ou quatro horas por dia no transporte, teria três ou quatro horas para estar aqui conversando sobre esses temas. Portanto, uma das formas mais eficientes da opressão é manter o outro constantemente aflito: como fazer com a criança, como arranjar comida para amanhã, como ir para casa e voltar. Manter um estado de desequilíbrio e desorganização é uma forma de escravatura mascarada.*

Paulo Mendes da Rocha, bem na linha Racionais MC's:

> *O trabalho ocupa todo o seu tempo*
> *hora extra é necessário pro alimento*
> *uns reais a mais no salário*
> *esmola de patrão cuzão milionário*
> *ser escravo do dinheiro é isso, fulano*
> *trezentos e sessenta e cinco dias por ano sem plano*
> *se a escravidão acabar pra você*
> *vai viver de quem? Vai viver de quê?*

Os vinte centavos eram o direito à cidade. Lucas saltou no skate e foi. Havia um álcool no ar, o chão estava se levantando, aquilo ia enfim rebentar? Aquilo: por onde começar?

A 15 de junho, em Brasília, vaia monumental para Dilma ao lado do presidente da FIFA na abertura da Copa das Confederações, seguida de protestos por todo o Brasil, com os cariocas tocando a bola. Lucas foi, foi, foi, a euforia civil chegou a cem mil no dia 17 (Cinelândia, Rio Branco), um milhão no dia 20 (Presidente Vargas, Candelária), o regresso do Rio à política vinte anos depois, ou, para quem tem vinte anos, a revelação. E então, como nunca antes para quase todos eles, o pau desceu nas ruas, entrando por bares, até por hospitais: brancos de classe média encurralados, gaseados, alvejados pela polícia, igual a favelados só que com bala de borracha.

Portanto era a guerra, mas qual?

Vândalos, baderneiros, irrealistas, grupelhos, pseudorevolucionários: foi assim que os jornais paulistas trataram as primeiras manifestações convocadas pelo Movimento Passe Livre (MPL). A mídia pedia ordem, a polícia reprimiu, o que o Estado não previa era que fosse estalar por baixo, e aí veio tudo, como a enxurrada de um esgoto com quinhentos anos. Guerra pela saúde, pela educação, pela reforma política, por um Estado laico; guerra contra o monopólio da mídia e o monopólio da soja, a extinção da Amazônia e a extinção dos índios, a descriminação dos gays e a criminalização do aborto, a proibição da maconha e o abuso de mulheres; guerra do #nãovaiterpapa, #nãovaitercopa, #nãovaiterolimpiada, contra a remoção de favelados, sem-teto e sem-terra, o favorecimento feudal, a violência policial; mas também a corrupção, as alianças do sistema, o sistema em geral, jornalistas em geral, partidos em geral. Extrema-direita-centro-esquerda-anarquistas-black bloc, quem era quem nas ruas? A vanguarda da revolução? Nostálgicos da ditadura? Uma nova geração? Politizados violentos, violentos não politizados ou infiltrados da polícia? Cocktail molotov: causa ou consequência? Vinagre anti-gás lacrimogêneo: legítima defesa ou intenção bélica? Cara tapada: covardia ou proteção? Quebra-quebra de símbolos do Estado e do capital: ação direta ou depredação?

Uma explicação para quem não entende por que os Black Bloc usam tácticas militantes que destroem propriedade corporativa: o vídeo corria em inglês no YouTube, uploaded by rageunderground, chegou a junho no Brasil, Lucas viu.

(Os Black Bloc NÃO SÃO manifestantes.
Não estão lá para protestar, mas sim para a
ação direta contra os mecanismos da opressão.
Essas ações são concebidas para causar dano
material a instituições opressivas. Mas, muito
mais importante, destinam-se a ser um teatro.
Como uma ilustração dramatizada de que, mesmo
face a um estado policial esmagador, as pessoas
ainda têm o poder. De que a polícia e os bancos
não são tão poderosos como nos tentam fazer crer,
de que está realmente ao alcance do nosso poder
contra-atacar se eles se virarem contra nós.
E de que desafiar a autoridade, subvertendo
«lei e ordem», não tem de significar
o abandono da ética, da humanidade,
da preocupação com o próximo.)

Tudo isso, mas não o morro enfim descendo, isso não.

Quando a classe média foi a maioria na rua e jornalistas de carteira e contrato foram feridos pela polícia, a mídia tradicional empatizou com a rua. Lá pelos fins de junho, quando a massa voltou para casa, porque tudo ia acabar em pizza ou ficara violento demais, grande parte dessa mídia tirou os pés do chão: topo de prédio, helicóptero. Aos que a criticavam por estar distante do real respondeu ficando mais distante do real. Bingo para os mídialivristas, ninjas da transmissão em streaming, celular na mão até à delegacia, até enfiados no camburão, onde a polícia transporta os detidos.

Nesse meio tempo, a caveira do BOPE continuava a circular. Por exemplo, vingar a morte de um dos seus na Maré com uma invasão maciça da Maré: oito moradores mortos, todos os moradores reféns, dois dias sem luz. Aconteceu há um mês, ali junto à esquina onde no Natal de 2012 Lucas pensou naquele grafite:

Enfrenta com força a morada terrestre

E há duas semanas, a polícia militar da UPP na Rocinha levou para interrogatório um ajudante de pedreiro que nunca mais apareceu.

CADÊ O AMARILDO?

Tornou-se a pergunta do Rio de Janeiro que agora segue a Mídia Ninja nas redes sociais, acampa entre os condomínios do Leblon onde mora Sérgio Cabral, protesta à porta do Copacabana Palace quando o herdeiro do magnata dos transportes no Nordeste (um Feitosa) casa com a herdeira do magnata dos transportes no Rio (um Barata) a bem dos negócios benquistos pelo Estado. Lucas viu com os seus olhos um dos jovens Barata de casaca, priminho da noiva, lançar notas de vinte reais aos manifestantes do alto da varanda do Palace. Baratas, essas sobreviventes, nos lançando amendoins do alto do Titanic, pensou Lucas: mas estamos aqui para morrer antes.

E então entendeu toda a extensão daquela frase ouvida logo depois da morte da mãe, quando voltou de Marabá para o Rio e vagueava pela cidade, sem lenço nem documento, sem morada:

Estou aqui para dizer não
e para morrer.

Aí, ainda eram os primeiros dias de 2012. Calhou certa noite subir a Ladeira da Glória, haver gente a uma porta. É um teatro, sorriu uma moça, Lucas entrou, ela deu-lhe um cartão, ele leu: *Antígona*. Assistiu. No fim, pediu uma caneta à moça para escrever a frase na palma da mão.

E quase morreu, na intifada do Leblon, bem mais literal que *sob a calçada, a praia* do Maio de 68: calçada frente à praia a voar, pedras black bloc, bombas da polícia, gás-fumo-fogo-água-sirenes-rebentamentos no metro quadrado caviar do Brasil, faz hoje dez dias. Lucas voltou a casa com um golpe na cabeça, camiseta apertada para conter o sangue, a mesma que usa como pano tuaregue. E essa noite do Ocupa Cabral começara bem tribal, rodas rituais, chocalhos de xamã

A ALDEIA RESISTE!!!

quase a Aldeia Maracanã transferida para o asfalto do Leblon, entre os prédios dos bacanas da Zona Sul, há anos enjaulados por barras de metal que só deslizam quando um veículo topo de gama emerge da garagem, vidros escuros, portas trancadas, equipado para a selva; ou abrem quando uma gatinha sai passeando com um biquíni de trezentos reais, um gatinho sai passeando com uma prancha de surf, uma babá sai passeando com dois querubins, porque tratamento de infertilidade dá muito gêmeo, e apesar de o planeta não comportar nem mais um soldado para o futuro, muito menos a Zona Sul, que só pode crescer para cima, claro que o Rio de Janeiro não vai deixar de ter filhos, isso aqui não é a China, tem democracia.

CABRAL DITADOR

NÃO ADIANTA REPRIMIR, ESSE GOVERNO VAI CAIR!!

diziam os refrões do Ocupa Cabral, barricadas, trompetes, malabarismos, fogo e giz no chão, ali onde os grã-finos gastam mais na ração do cão do que Lucas ganha no elevador por mês. Então entrou em cena o Choque, quadrigas de escudos e capacetes contra bandos de capuz e mochila

VINAGRE, VINAGRE!!!

Porque o vinagre atenua os efeitos do gás. FSSST: pedras, PAH-BUUUM: bombas, aquilo a que a polícia chama *efeito moral*, gente a correr dentro de nuvens cinza, cabeças curvadas, cabeças tapadas, vultos galgando calçadas, gritos de guerra ao Choque

FASCISTAS!!!
COVARDES!!!

Entrincheirada atrás de tapumes, a entrada da Rede Globo foi alvejada com pedras, placas, tudo o que pudesse ser lançado contra o grande dopping do Brasil. Um encapuçado aproveitou uma brecha nos projéteis para ir lá espancar o tapume, raiva de toda a vida mesmo, aquela que Lucas não viu no baile funk

(MUITA POBREZA, ESTOURA VIOLÊNCIA
NOSSA RAÇA ESTÁ MORRENDO
NÃO ME DIGA QUE ESTÁ TUDO BEM!).

PAH-BUUUM!!! Gás-chamas-jatos-de-água, pedras contra o reduto de Cabral, black blocs caídos, sendo arrastados por outros, saltos de gato no vazio, no escuro, PAH-BUUUM!!! PAH-BUUUM!!!, centenas de pessoas em dispersão de capacete e celular, guerrilheiros digitais. E Lucas corria entre os fogos, tentando respirar o vinagre na camiseta, quando de repente sentiu ferro a rasgar-lhe o pescoço, não sabe se um pedaço fixo ou em movimento. Cambaleou até à parede, a vitrina dizia:

LIQUIDAÇÃO

Tudo isso apenas quatro dias depois de o casamento da Menina Barata ter custado uns dois milhões no Copacabana Palace. Os mais otimistas dos pessimistas viram nisso os últimos fogos do regime, tipo 1889, quando a monarquia brasileira gastou todo o orçamento para a seca do Ceará no seu último baile.

Claro que em 2013 o gasto não é do Estado. Ou não diretamente. Pois, quanta coincidência, eis que o magnata Barata, Rei dos Ônibus, é coproprietário do terreno onde o papa deveria celebrar a vigília de hoje e a missa campal de amanhã, lá em Guaratiba, confins da Zona Oeste. De modo a preparar tudo, o Estado desdobrou-se em desmatação e outras valorizações (e ainda há-de comprar o terreno). Mas como a chuva de anteontem alagou o campo, vigília e missa foram transferidas para Copacabana, onde ao longo da semana Francisco já desfilou e conduziu a Via-Sacra. Ao todo, serão trezentos milhões de dinheiro público gastos na visita papal, uma parte consumida logo à chegada, na recepção para 650 convidados no Palácio da Guanabara.

Se Francisco é frugal, as autoridades brasileiras nem tanto, e horas antes dos cocktails já suavam frio quando o mais franciscano dos jesuítas insistiu em vir do Galeão num Fiat Idea de janela aberta e sem cinto: pois, num genuíno flagrante da falta de mobilidade urbana, Sua Santidade ficou engarrafada na Presidente Vargas entre filas de ônibus e povo enfiando as mãos pela janela. Uma festa para quem já perdeu anos de vida a vir da periferia, ou mora nos morros da Zona Sul, como a Rocinha.

A propósito, uma destas noites um pouco do morro desceu, sim: quinhentos moradores da Rocinha vieram a caminhar junto ao oceano, pelo meio apanharam os do Vidigal, então à chegada ao Leblon seriam uns mil, pele negra, roupa branca, até à esquina do condomínio do governador, para dizer que não queriam teleférico mas saneamento. Sem black bloc, sem pedras, sem máscaras, um pedacinho do morro filho de Gandhi. Tão pacífico como quando a Maré saiu à rua por causa dos mortos pelo BOPE. A exceção que confirma a regra, porque morro descendo todo, só mesmo agora, para ver Francisco.

Lucas não tem o papa nos cartazes. O seu combate é o Estado, ausências e violências, de Eldorado dos Carajás à Rocinha, de Marabá à Maré. A igreja não lhe interessa, mas a fé sim, essa fé que leva os Irmãos onde mais ninguém, muito menos descalço, reconhece humanos, muito menos irmãos. Se um bolo ou uma maçã não são arma, tiram um pouco da dor. Quem for capaz de ir descalço na sarjeta atire a primeira pedra. Lucas não é da facção herdeiros-de-esquerda, sabe como a fome come por dentro.

(Sou o terror dos clone
esses boy conhece Marx
nós conhece a fome.)

E Noé sabe que ele sabe, nem precisa falar, ou precisa mas ainda não aconteceu.

Há quatro meses que é assim, ela entra no hospital pela favela, atravessa todo o parque, sai na ladeira da Oca, sobe os cem metros até ao portão, manda um SMS a Lucas, ele fecha a porta do quarto, atravessa as velhas balaustradas, os móveis gastos, o pátio à sombra da mangueira, inclina-se para beijar Noé, e seguem juntos, ladeira acima.

É o que vão fazer agora, que ela já saiu do culto adventista: subir à curva em que a linha férrea aparece no céu entre as copas. Aí, aos pés de uma figueira, há um muro coberto de musgo, e eles ficam naquela suspensão da floresta no Rio de Janeiro, cobertos pela folhagem, tudo tão verde que o passado recua, milhões de moléculas absorvendo a luz, lá onde a fala se fechou em concha, Lucas-arca-de-Noé e milhões de moléculas, luz, escuridão, luz, escuridão, quinhentos anos para dentro, enxerto de liso em crespo, nó ancestral, tupi-iorubá

(abaruna abaré
abarebêbê-atô
abadá, abalá
abalaú-aiê)

até que o Trenzinho ruge por cima deles, a caminho do Cristo Redentor.

13:30, Laranjeiras

Gabriel para a ver os vinis de Seu Feliciano. *Mamãe, estou agradando!* (Gordurinha), *Música com tok de pilantragem* (Edgar e os Tais), *Na brasa viva* (Os Velhinhos Transviados), *Depois do drink* (Djalma Ferreira e os Milionários do Ritmo). Dá para várias sociologias do Brasil: *Os Tatuís, Os Bossais, Os Diagonais, Os Farroupilhas, Os Uirapurus*. O uirapuru é aquele passarinho da Amazônia que canta como flauta, inspirou Darwin e Villa-Lobos. Ou, ainda no reino alado: *Os abutres atacam* (Os Abutres), *Os anjos cantam* (Nilo Amaral e os Cantores de Ébano, também seguidores do uirapuru

(Uirapuru, ô, uirapuru
a mata inteira fica muda
ao teu cantar).

Sábado na General Glicério é isto, feirinha, chorinho e Seu Feliciano alinhando vinis na calçada, tomando como encosto a agência bancária na esquina, agora entaipada por causa dos black blocs. Não deixa de ser acção direta usá-la para este estendal, ao lado de todos os vendedores ambulantes diários (abacaxi, cachorro quente, óculos de sol, guarda-chuva) mais todos os que vêm ao sábado, aproveitando a feira. Seu Feliciano fica no meio-termo, dois dias da semana e sempre ao sábado.

Gabriel também foi fixando um ritual em torno da feira porque quase dá para pedir uma tapioquinha da cama, portanto não dá para ignorar. De sexta para sábado, carros e caminhões estacionam na sua janela às quatro da manhã, e gritam uns para os outros como se fossem quatro da tarde enquanto descarregam cocos e cocadas, estrelícias e limas-da-pérsia, galinhas caipiras e aipim, óleo para os pastéis com caldo de cana da Barraca do Bigode e alfaces de portuguesas que moram há sessenta anos no Méier, e ainda falam *achim*.

Tudo isto ao som das barracas sendo montadas com trilha sonora, mais o radinho do morador de rua que continua a dormir por baixo da janela, numa espécie de lona com rodas, embora até hoje Gabriel não lhe tenha visto a cara. Todas as manhãs já só resta a lona dobrada, portanto as rodas devem ser posto de trabalho móvel durante o dia, resposta carioca para três problemas de uma assentada, habitação, transporte e emprego. Este furtivo morador da calçada é assim um retrato do Rio de Janeiro, engenho humano ao deus-dará. E, pensando bem, como Eric dorme metade da semana em casa da mãe, e Judite *já era* há uns meses, nenhum ser humano dormiu tantas noites tão perto de Gabriel desde a mudança para a General Glicério como aquele morador de rua. Quem não se conforma com isso é Dona Lucimeri, que todas as manhãs elimina vapores de urina noturna com lixívia, aqui chamada de água sanitária, porque essa mesma calçada faz de esplanada às duas mesas da sua lanchonete, melhor café expresso do bairro, aliás, mesmo por baixo da janela de Gabriel. Em suma, uma janela onde um narrador pode passar a vida, desde o carnaval de todo o sábado à solidão de quem à noite se cobre com uma lona.

Ritual de Gabriel: acordado desde as 4h, ruminou na cama o esboço do que dirá segunda-feira na Academia de Polícia Militar D. João VI, que forma os oficiais do Estado; às 6h30, já com sol, foi tomar banho passando a porta de Eric, que se deitou pouco antes de o pai acordar e não acordaria nem com um caminhão no quarto; às 7h abriu a porta de serviço, a única que funciona desde que chegou ao prédio, desceu pelas traseiras onde há um nicho para a santinha da porteira, e, respirando fundo, atravessou o congestionamento tropical da feira, saturação de todos os sentidos entre o verde e o maduro.

Só por disfunção ou golpe súbito dá para não ter apetite em São Sebastião do Rio de Janeiro. Nisso, a transa com Judite era o pleno, mais apetite seria a morte. O problema foi todo o resto ser como sempre é. Noé tinha razão: ele sempre se cansa. Mas pensa que só até o dia em que *a tal* aparecer, também se não pensar isso não tem a menor graça. E talvez entretanto seja mesmo assim, uma foi, outra vai ser. Por exemplo, no dia da manifestação na Presidente Vargas, quando aquele milhão parecia um presépio até à Candelária, Gabriel esbarrou na aluna que o entrevistara na véspera para a Rádio Pulga, o posto de escuta dos estudantes do IFCS transformado em base da revolução

*(mais amor por favor,
mais vinagre no descaso,
mais nietzsche e cartola
e baganha no baseado)*

e ela tinha só um lenço cobrindo o peito, deixando à vista a ikebana tatuada nas costas: duas flores carmim. Seria o destino? O fecho do círculo de vinte anos atrás, quando a meio de uma manifestação Gabriel conhecera a burguesa revolucionária, hoje apenas burguesa, que é a mãe do seu filho? Não, só tesão mesmo, aquele eterno círculo entre o dorso e o torso de uma mulher, por sinal com metade da sua idade.

A propósito de ikebana, às 7h30 já voltara da feirinha, trazendo jornais, coco, tapioca, e, depois desse café da manhã, segundo round no esboço para a Academia de Polícia Militar. A relação da ikebana com os futuros polícias é a mesma de Gabriel: tudo parte de um grande plano de reforma. Os futuros oficiais vão ouvir Gabriel tal como estão a fazer ateliês de ikebana inspirados pela polícia japonesa, na esperança de que as flores arejem o espírito, em contraponto às armas. Para quem conhece a polícia carioca do ponto de vista do alvo, será uma anedota. Para quem a conhece por dentro, é o tudo por tudo.

O convite da Academia aconteceu graças ao estudo sobre violência no Rio de Janeiro que Gabriel devia ter fechado há um mês. Claro que na noite de 20 de junho, quando voltou da manifestação na Presidente Vargas e viu as imagens de várias cidades do Brasil, pediu ao editor que esperasse até o chão parar de mexer. Amigos ligados a favelas com UPP sugeriram, entretanto, o seu nome ao coronel

Ápis, o homem encarregado de formar os novos oficiais, incluindo uma série de 12 palestras com pensadores a partir de agosto. A ideia era que Gabriel fizesse uma síntese da violência pós-ditadura em jeito de prefácio a essa série. E ele aceitou por reconhecer em Ápis a combinação de três influências: infância na periferia, Teologia da Libertação e a *Ética* de Espinoza. Não mudará a massa mal paga mas talvez mude indivíduos. Se a polícia nas ruas foi moldada como militar desde o século XIX, e no século XX os generais a usaram para sequestros, tortura e morte, há que desmontá-la, isolando a banda podre que aos métodos da ditadura ainda junta corrupção, extorsão, tráfico. Com todo o pé atrás de quem vem do fundo, Gabriel acredita que Ápis quer, sim, polícias que vejam cidadãos em vez de inimigos e não subam o morro de caveira no blindado. Isto, num país em que a fantasia mais vendida no Carnaval de 2010 foi o uniforme do BOPE, porque o povo queria ser o Capitão Nascimento do *Tropa de Elite*. BOPElatria, ou o fascínio pelo agressor que parece alojado na coluna vertebral do Brasil. Séculos de dominação, exploração e escravatura colonial, seguidos de ditaduras intermitentes, seguidas de vinte anos de democracia que estabilizaram a moeda, tiraram milhões da pobreza, mas mataram ou fizeram desaparecer cada vez mais pobres: a jovem democracia brasileira tem um milhão de mortes violentas e cem mil desaparecidos, maioritariamente jovens e negros. Por isso, Gabriel está disposto a acreditar que o plano em curso não seja fogo de vista. Vindo do Complexo do Alemão, perdeu tanto para a violência que estudá-la é ajuste de contas para a vida, e, na linha do seu antigo orientador Luiz Eduardo Soares, vê a desmilitarização como requisito da própria democracia. Será isso ou desistir do Estado, virar black bloc feito aquele grandão que Noé está namorando, o que aliás Gabriel não entende, porque o cara não fala.

Aqui nascem os pacificadores!

dizia o painel à entrada da Academia de Polícia Militar, batido pelo sol da manhã, ontem.

Anunciadas em 2008 como a cara da pacificação nos morros controlados pelo tráfico, as UPPs bifurcavam-se em duas possibilidades. A idealista era que reformassem a estrutura da polícia. A cínica era que fossem cosmética para Copa e Olimpíada. Como a cínica vence à vista de toda a gente (ou nem isso, já que as UPPs abrem brechas por todos os lados, tiroteios, mortos, desaparecidos), resta uma terceira via: que apesar do risco de desmoronamento, ou mais ainda por causa dele, sejam aproveitadas para a desmilitarização, agora que todo o país discute polícia militar, a direita pedindo dureza, a esquerda querendo que acabe.

No gabinete de Ápis, Gabriel deu de cara com Beethoven, Alain Badiou, Alberto Manguel, Mário de Andrade. Mas este é um país triste, atalhou o coronel, então não basta trazer cultura para a polícia, porque não é a razão que escolhe o bem, há que cultivar *paixões alegres*: amizade, amor. Espinoza aplicado ao Brasil, Gabriel ficou a matutar nisso esta manhã, até que pelas 12h30, com o chorinho já entrando pela sala, embalando a praça, foi à estante desencantar aquele *Retrato do Brasil* que começa assim:

> *Numa terra radiosa vive um povo triste. Legaram-lhe essa melancolia os descobridores que a revelaram ao mundo e a povoaram. O esplêndido dinamismo dessa gente rude obedecia a dois grandes impulsos que dominam toda a psicologia da descoberta e nunca foram geradores de alegria: a ambição do ouro e a sensualidade.*

Paulo Prado, em 1927, pouco antes de Lévi-Strauss ter visto aqui o triste trópico, bem antes de Caetano Veloso cantar que a tristeza é senhora, e o samba o seu poder transformador.

Assim chegou a hora em que Gabriel sempre ronda os vinis de Seu Feliciano, aperitivo à roda de chorinho que de repente vira samba: pandeiro, flauta, oboé, violão, percussão, cavaquinho; mais sanfona, se a vizinha trouxer uma; mais voz, quando a sambista pode; bebê dormindo no ombro, velho tirando velha para dançar, branco, preto, gordo, magro, todo o mundo cantando em volta, pastel finíssimo a ferver de tão fresco, cana feita caldo acabada de triturar, quase um almoço por menos de dez reais, mais dez para tomar umas cervejas, duas horas de utopia sob o flamboyant, e o Rio de Janeiro existiu de verdade. Então Gabriel bateu a tampa do laptop, inspirando fundo, e dessa golfada veio o remate. Ca-ra-lho, pensou, a caminho de acordar o filho: chorinho que vira samba é o ouro que o português nunca achou.

14:50, Praça XV

Num antigo cartão-postal de Laranjeiras, Zaca reconhece a esquina onde hoje está aquele restaurante italiano que é um clássico do bairro, mas só em caso de emergência. Fora o Cardosão e a General Glicério, os restaurantes de Laranjeiras são assim, clássicos só em caso de emergência, e no Cosme Velho nem isso, porque não existem. Felizmente, pois se o Cristo já tem mais de cinco mil visitas por dia imagina na Copa, na Olimpíada. Falta de restaurante é vassoura natural, a turistada desce do Trenzinho, desaparece com fome, e Zaca agradece.

Os últimos meses comprovaram que ainda vai acabar reacionário: nem restaurantes, nem revolução. O Cosme Velho está caindo, sim, mas melhor não pensar que um dia a prefeitura acordará para isso ao estilo Porto Maravilha.

De resto, no pedaço mais caído de todos, madame Sybil Bittencourt acabou por nunca aparecer para o seu close-up. Quando Zaca voltou ao Largo do Boticário, o caipira atrás da porta entregou-lhe um velho envelope *Par Avion* às riscas amarelo e verde, colado com fita-cola, o seu nome manuscrito por fora, lá dentro uma folha pautada, tratando-o por *prezado senhor*, em que Sybil dizia estar a convalescer de uma cirurgia recente, remetendo para uma próxima vez.

Ao fim de um mês bateu outra vez à porta, mas ninguém abriu, depois algo o levou noutra direção, acabou por esquecer, nada de novo, só cada vez mais tudo a escapar entre os dedos. A única grande notícia desde o Natal foi Karim ter sido obrigado a sair da Síria para o Líbano, onde agora está a trabalhar com refugiados. Um alívio já não ter de temer que alguém telefone anunciando o pior.

De resto, neste sábado do inverno de 2013 em que prometeu encontrar Tristão e Inês entre três milhões de peregrinos, o futuro autor do Grande Romance Carioca não está a rebentar de compaixão. Ex-futuro autor? Futuro-ex autor? Assim de cartão-postal na mão, no meio da feira de antiguidades da Praça XV, o que Zacarias Souza Farah *realmente* queria era correr para a estação das barcas a tempo de apanhar a das 15h para Paquetá, pedir asilo lá, no meio da baía de Guanabara.

> *O Sol vermelho é o clarão do dia*
> *da ilha longa de Paquetá*
> *domingo santo ou qualquer dia*
> *pra aquietar, pra aquietar.*

Enquanto Luiz Melodia canta na cabeça de Zaca, centenas de carros passam no viaduto que cobre toda a feira sem que ele os escute, de tão habituado.

A Praça XV é o Terreiro do Paço carioca: aqui se instalou D. João VI com a sua corte quando veio às pressas para o Brasil, fugindo a Napoleão. O edifício do Paço tornou-se sede do império, que rapidamente se tornou só brasileiro, e a partir de então a história da independência cirandou por esta praça aberta à baía e aos morros de Niterói, com a Ilha Fiscal logo em frente, onde a monarquia se acabou no tal baile.

O cais onde tudo e todos atracavam chamava-se Pharoux.

Até que nos anos 1950 a ligação periferia-centro-Niterói engendrou o Elevado da Perimetral, um megaviaduto que veio cortar a Praça XV do horizonte e da Guanabara, e debaixo do qual os cariocas foram exercendo o seu poder transformador. Por exemplo, a feira de antiguidades, anos de sábados da vida de Zaca a remexer fotografias sem dar pelo trânsito em cima da cabeça, porque a Perimetral está aqui desde que ele nasceu. E, com toda a sua aversão ao formigueiro pré-Olimpíada, nunca vai admitir que a anunciada demolição devolverá a praça ao horizonte e à Guanabara antes ainda do Natal.

> *Jardim de afetos*
> *pombal de amores*
> *humildes tetos de pescadores*
> *se a Lua brilha*
> *que bem nos dá*
> *amar na ilha de Paquetá.*

Paquetá, Paquetá, suspira Zaca, eu queria ser *crooner* feito você, Orlando Silva, deixar crescer até o bigode nessa doce mentira de casinha e baobá, ao menos por um fim de semana.

> *O povo invade a barca e lentamente*
> *a velha barca deixa o velho cais*
> *fim de semana que transforma a gente*
> *em bando alegre de colegiais*
> *lalalalala lalalalala.*

Wilson Simonal, seu pilantra, até parece que você não morreu sozinho, fala sério. Mas um monte de gente te resgatou depois, deu pra ouvir daí Marcelo D2 cantando *Nem vem que não tem?* E Los Hermanos, meu chapa, aqueles barbudos com mel que fazem as gatinhas dar chilique, Marcelo Camelo, Rodrigo Amarante, ouviu falar? Olha que mesmo eles têm uma canção chamada *Paquetá*, embora não fale de Paquetá, quem sabe do que aconteceu em Paquetá

> *Ah, se eu aguento ouvir*
> *outro não, quem sabe um talvez*
> *ou um sim*
> *eu mereço enfim.*

Zaca ia prosseguir o solilóquio mas ocorre-lhe que Los Hermanos não só se separaram como estão largando o Rio, o que de repente lhe parece um claro sintoma de desintegração. Pois se os mais pop dos sentimentais batem em retirada é porque este inverno das nossas vidas mal começou, e aí nem Paquetá resolve. O Rio de Janeiro deixará de ter lugar para a doce mentira que era a verdade de poucos: a verdade está a implodir em mil, rua para todos, spray de pimenta para todos, e finalmente uma loja do Leblon valerá menos do que uma vida na Maré.

> *NÃO HAVERÁ RETORNO*
> *AO NORMAL*
>
> *NOSSA CONFIANÇA*
> *É EXPLOSIVA*
>
> *ESTAMOS NA RUA PORQUE*
> *OS POLÍTICOS ESTÃO NO*
> *AR CONDICIONADO*

Frases que Zaca pode tirar do bolso, anotadas ontem no estúdio da Mídia Ninja. Foi quando teve uma epifania, não por concordar ou discordar do que via, justamente o contrário: de repente, fastio. Streaming, You Tube, Facebook, Instagram, Twitter, milhares de curtidores dando like na revolução? Putaquepariu, nada daquilo lhe interessava. Casa comunitária, roupa comunitária, guerra comunitária? Quanto mais juntos e em movimento mais ele queria ficar sozinho e parado. Julgava entender enfim o herói sem nenhum carácter: no fundo, no fundo, o futuro dava-lhe preguiça.

Sim, tinha havido entrega carioca em junho, cem mil na Rio Branco, um milhão na Presidente Vargas, mas depois o gás dispersou em todos os sentidos, e no que toca a Zaca o tédio fez a sua parte.

Então, ontem, entre o caos das paredes hip-hop e os ciberninjas na aura dos laptops, caiu essa ficha de que toda a sua atenção era esforço.

Claro, não se vê como o filho da puta de um egoísta (quem se vê como o filho da puta de um egoísta?), deseja a todos a-paz-o-pão-a-habitação daquela canção portuguesa que Tristão lhe mostrou num destes dias. Mas o que *realmente* queria agora era um gancho que puxasse a porra desse romance encalhado na revolução. Só que, claro, não faz a menor ideia como, porque não consegue ver ao longe. Na cabeça de Zaca, o presente é um black out, bloqueia a visão em frente. Nunca lhe pareceu tão fácil ter feito a biografia de Leão: só tinha de olhar para trás. E talvez o gancho seja mesmo esse, o passado que largou para seguir o terramoto de 2013: Machado, Carolina, Faustino, Largo do Boticário, o álbum de família dos Souza Farah, tudo o que no Cosme Velho pertence a outrora, e portanto já dá para recuar com distância, para ver o que antes não se via. Um milhão nas ruas do Rio, três no Brasil, será um pico, mas é agora. Ainda não dá para ver se foi terramoto

Saca?

Eis o refrão do ícone da revolução, rosto tão magnético que hipnotiza antes mesmo da voz: *saca?* Veio de São Paulo, mas antes disso de Cuiabá, centro geodésico do Brasil, *o lugar mais longe de tudo*, disse ele na noite em que Zaca o viu pela primeira vez, terça-feira, na Urca.

Foi uma rara noite de chuva e neblina aos pés do Pão de Açúcar e poucos cenários seriam tão góticos quanto o antigo Hospital Nacional de Alienados. Até metade do século XIX, os loucos do Rio de Janeiro tinham duas alternativas, errarem ao abandono ou serem imobilizados com correntes. Em 1852, por iniciativa de D. Pedro II, inaugurou-se o casarão onde podiam entreter-se a fazer sapatos, imprimir textos, pintar aguarelas. Pelo menos quando não estavam dentro das camisas de força, imaginou Zaca ao patinhar pelo labirinto, agora campus universitário, que nessa noite recebia a reunião aberta da Mídia NINJA sobre os protestos da véspera, dia da chegada do papa Francisco ao Rio

(ESTADO LAICO!!!

USO CAMISINHA!!!

JÁ FIZ ABORTO!!!).

Os protestos haviam começado com um Beijaço Gay no Largo do Machado, candomblé, topless e nu integral a um quilômetro do Palácio da Guanabara, onde os 650 convidados da recepção a Francisco comiam canapés. Depois, a multidão que se concentrou junto ao palácio terá chegado a mil, sobrevoada pelo *apocalipse now* dos helicópteros destacados para a segurança papal

(DO PAPA! DO PAPA!
DO PAPA EU ABRO MÃO!
QUERO É MAIS DINHEIRO
PRA SAÚDE E EDUCAÇÃO!!).

Após a saída dos convidados, as bombas de dispersão da polícia expandiram a batalha desde o Palácio da Guanabara à praça São Salvador. Às tantas, voou um cocktail molotov e o Choque investiu sobre os manifestantes com balas de borracha, bastões e detenções. Um black bloc foi acusado de lançar o molotov, mas nas imagens o lançador tinha uma máscara branca. Intervenção da Ordem dos Advogados e cobertura em streaming da Mídia Ninja, que no Facebook ia a caminho de cento e cinquenta mil likes. Um dos ninjas relatou ao vivo a sua própria detenção com a bateria do celular a caminho de zero. E, antes mesmo de a polícia o enfiar no camburão, mão amiga estendeu-lhe um celular pronto a emitir. A campanha pela libertação começou logo aí

(não há imparcialidade,
há um mosaico de parcialidades).

Portanto, na noite seguinte, a tal terça-feira gótica, Zaca quis ver com os seus olhos a reunião da difusão da revolução. Mas, fosse pela neblina ou pelos fantasmas, deu várias voltas ao velho jardim do hospício. De tanto imaginar, quase podia ver Lima Barreto vagueando pelo seu próprio desastre, numa das vezes em que o internaram aqui. Até que finalmente avistou vultos de carne e osso entrando por uma porta.

Era um contentor equipado como sala de aula, com aquelas cadeiras de tomar notas já quase todas ocupadas. Zaca sentou-se numa das últimas e o contentor não parou de encher, a ponto de não restar espaço no chão ou em pé. A partir daí, a plateia foi-se amontoando do lado de fora, junto à porta e às janelas, de casacos, botas e guarda-chuva a pingar, alguns só mesmo de jeans, all star, casaco adidas, como um magrela de trunfa aos caracóis que furou até ao fundo da sala.

Então, o magrela sentou-se, e quando levantou a cabeça o fundo da sala era já o palco, porque toda a plateia olhava para ele, vendo uma mancha vermelha no centro do rosto: hemangioma, excesso de vasos sanguíneos sem cura. Ou a marca do escolhido, aquele que desperta o desejo de entrega, de sacrifício, pensou Zaca, tentando processar o que via. Aí entrou a voz, gutural, plástica, um ninja da fala em espiral, organizando o caos desde o início do terceiro milênio, lá no Mato Grosso do Sul, quando *a gente,* porque ele nunca dizia *eu,* começara *a sistematizar a broderagem nas ruas* tomando como eixo a música, um circuito alternativo que deu origem a um coletivo, o Fora do Eixo, que agora tinha 2000 pessoas em 200 cidades do Brasil, rede-mãe da Mídia Ninja: Narrativas, Independentes, Jornalismo e Acção. Todo um contentor de gente hipnotizada, começando pela anfitriã, diretora da Escola de Comunicação, futura Secretária de Cidadania e Diversidade Cultural em Brasília. E ao rosto e à voz, que magnetizavam todo o mundo, juntava-se a figura contorcionista do orador, uma perna enrolada na outra, um pé enrolado no outro, mãos como batutas.

Como chama esse cara?, sussurrou uma rapariga aos pés de Zaca, também não entendi, sussurrou o rapaz do lado, que sussurrou ao seguinte, que também não tinha entendido, até que alguém escreveu num papel

PABLO CAPILÉ!!!

15:12, Copacabana, Posto 5

Uma mulher nua enfia uma camisinha num crucifixo. Quando Inês se aproxima vê que não é bem assim, uma imagem religiosa tapa os genitais da mulher, além de que ela tem um pano enrolado na cara e calça um par de botas pretas, portanto não está completamente nua. De resto, sim, enfia uma camisinha num crucifixo.

Em volta, há uma roda de mãos dadas, e em volta da roda bandos de hula-hoop, trios de megafone, fantasias de diabinho, mix de freira com diabinho, uma faixa de arco-íris pedindo

ESTADO LAICO,
VENTRE LIVRE

um cartaz a dizer

    O MACHISMO
    DÓI, ESTUPRA, MATA
    No ano passado foram estupradas
    16 mulheres por dia no Rio de Janeiro,
    outras 87 sofreram violência doméstica

garotas de camiseta e sem camiseta, de sutiã e peito nu, todo o tipo de peito, empinado, caído, farto, chato, escrito a batom ou caneta

      VADIA

      VÂNDALA

      VAGABUNDA

      BADERNEIRA

      PUTA COMUNISTA

      MEU CORPO
      É MINHA
      REVOLUÇÃO

      NASCITURNO NO
      ÚTERO
      DOS OUTROS É
      REFRESCO

      I ♥ BUCETA

      FORA CABRAL

garotos de camiseta e sem camiseta, alguns de sutiã, outros de peito nu, todo o tipo de peito, peludo, rapado, escrito a batom ou caneta

      ELA É COMPANHEIRA
      E NÃO MINHA

*MAMILO MASCULINO
NÃO É CENSURADO?*

ABORTO TAMBÉM TEM PAI

SOU UM HOMEM FEMININO

*OS MAIORES VADIOS
ESTÃO NO PODER*

FORA CABRAL

Porque este sábado a Marcha das Vadias, manifestação antimachista contra a ideia, por exemplo, de que as mulheres têm o diabo no corpo, pelo menos na roupa, coincide com a concentração papal em Copacabana. Mas foi a agenda do papa que mudou de Pedra de Guaratiba, a marcha estava marcada aqui há um ano, polícia avisada como manda a lei. Então, ao começo da tarde vadias e vadios começaram a juntar-se no Posto 5 para se despirem, vestirem, pintarem, de modo a tirar todo o partido da coincidência, calor bastante para seminus, nuvens no azul, torres de um lado, mar do outro, asfalto fechado ao trânsito. A multidão inclui católicos que vão marchar por ateus, heteros por LGBT, brancos por pretos, homens por mulheres, e, dado que Francisco é argentino, cartazes na língua do vizinho

*QUEREMOS UNA IGLESIA
QUE NO CONDENE A LAS
MUJERES QUE ABORTAN*

*POR UNA SEXUALIDAD
SIN CULPA NI PECADO*

É no meio de tudo isto que está a mulher enfiando a camisinha no crucifixo, receptor irregular, além de passivo, a que o látex manifestamente não adere. Inês consegue chegar tão à frente que vê a cena completa: o chão cheio de cacos de santos e cruzes que a mulher vai calcando, e um homem de nuca e omoplatas no chão que segura a própria bunda contra o céu, pernas abertas, nádegas peludas. Está vestido como a parceira, ou seja, botas, pano na cara, imagem sacra nos genitais. Quando finalmente ela consegue fixar a camisinha, apoia uma mão nas nádegas do homem e penetra-o com determinação. Ele bem ajuda, alçando a bunda, pernas fletidas para trás a meia cambalhota, mas não há meio de o crucifixo avançar, talvez falta de lubrificação, então a mulher retira-o, ajeita a camisinha, e volta a segurar uma nádega enquanto empurra a cruz, agora com um pouco de saliva, empurra-lubrifica-empurra, parceiro de cotovelo nos cacos, nem ai nem ui, enquanto no primeiro círculo da Via Sacra as mãos se mantêm dadas, fotógrafos agachados para melhor ângulo.

Em dias normais, bastaria um vislumbre de mamilo feminino para a lei ser acionada, polícia repondo a decência em São Sebastião do Rio de Janeiro, a cidade com maior amplitude de pundonor no mundo: bundão de fora, pode, deve; mamilo, nunca. A Marcha das Vadias é a exceção contra a regra, nenhuma farda a interditar peitinhos, portanto nenhuma interrompendo o coito com crucifixo, e no regresso à posição vertical homem e mulher ainda chutam um pouco mais os cacos religiosos. Palpita ao narrador que vão acabar denunciados no Ministério Público mal a história correr. Mas onde os diligentes verão vilipêndio, Inês só vê inconsequência. De resto, se vadias e vadios em geral parecem apanhados de surpresa pela performance do par, enquadram-na rapidamente na liberdade de manifestação.

Inês vive fascinada pela forma como o conflito no Rio de Janeiro dispersa feito óleo, uma espécie de frivolidade da violência. Consoante os dias, que já somam sete meses na cidade, isso parece-lhe a mais refinada sabedoria, tolice ou tragédia. E entretanto, com tudo isto, o *statu quo* carioca parece não sair do lugar. Ou será agora?

Nem de propósito, alguém abre um guarda-chuva sete-maravilhas-do-Rio cheio de buracos do tamanho de bolas de pingue-pongue, um deles mesmo na cara do Cristo. É hora, a marcha arranca do Posto 5, em direção ao Arpoador. Um rapaz de calcinha preta na cara leva um andor contra a criminalização do aborto: boneca deitada de pernas fletidas, bata, touca, como numa maca

ATÉ MARIA FOI CONSULTADA,
GRAVIDEZ SÓ DESEJADA

O repórter da Mídia Ninja reconhece-se pelos fios que saem da mochila, mas sobretudo por segurar o iPhone o tempo todo em frente à cara. Está a usá-lo para emitir, enquanto os cartazes passam na mão de mulheres

SE SER LIVRE É SER CACHORRA,
LATE QUE EU TÔ PASSANDO

e na mão de homens, vários de boca vermelha, alguns de cabeleira, pelo menos dois de *negligé*, pelo menos um de máscara de gás e *bustier*, outro de Virgem tatuada no braço, até homem-pássaro, penas na cabeça, passarinho do Twitter num cartão

@papafrancisco
#perdãochupei

Vai ter beijaço, boda gay, apelo aos peregrinos

PAPAI-VOS UNS AOS OUTROS

Os garotos de *negligé* são uma banda, sopram trompete, trombone, batem prato, tambor, e alguém emprestou o batom ao repórter ninja, porque agora ele ri feliz, boca vermelho-chanel, unhas roídas, camiseta *SOS Mata Atlântica*. A banda para junto a uma amálgama de garotas no chão, pernas entrelaçadas, algumas agarradas a um hula-hoop, uma agarrando a legenda

BATISMO QUEER

O céu está uma Renascença, nuvens mais lentas do que os cartazes

(MEU CU É LAICO
MAS MEU GRELO É POLITEÍSTA)

Sete meses no Rio de Janeiro chegam bem para saber que grelo aqui é o próprio do clitóris, e Inês tem a vantagem de o frequentar biblicamente. Entre o show de Hermeto Pascoal no Circo Voador e esta JMJ com o papa Francisco houve, para começar, o réveillon, com seu amplo parangolé de flertes e cantadas, logo dando razão a Tristão sobre a marquinha do biquíni: mais do que lei, religião. Mas, da amostra que entretanto cresceu, Inês continua a não ver uma carioca capaz de eclipsar o Sol, quanto mais Yasmine, Yasmine, Yasmine. Ainda esta manhã, escutando a canção na vitrola do vizinho

(tua ilharga lhana
mamilos de rosa-fagulha)

pensou que era verão em Baalbek, em Beirute, como há um ano, quando *tudo* aconteceu. Mas tudo o quê? Carioca de classe média diria ter dado uns pegas lá no Líbano, deixava o resto para o analista. Carioca de classe média não carrega peso nem larga nos amigos, paga a um estranho. Também sobre isso Inês acha coisas diferentes consoante o dia. Vida de peso leve, talvez a que permite a tal frivolidade da violência, vai saber, sabe-se lá. Se correr o bicho pega, se ficar o bicho come, de qualquer jeito não terá jeito.

E aqui está ela, a dez mil quilômetros de Beirute, ainda amassando aquele capítulo da tese que mete libaneses do Rio, ao lado de Bruna, a *roommate* que virou um caso, e agora desfila com uma frase entre os mamilos

JESUS AMA AS VADIAS

Pedestres voltam costas ao mar para ver a marcha. São joggers, famílias, turistas tirando fotos, mas sobretudo peregrinos de colarinho, sobrancelha erguida, ruga horizontal, tentando decifrar, por exemplo, a versão vadia da sigla JMJ

XOTA EM XOTA

Para quem achar que xota é nome do diabo, que nem xana, xereca e mais quatro mil variantes de buceta, então xoxa-em-xota será o diabo a dobrar.

Mas eis que um mulato de tranças louras, sutiã de lacinho, vem baralhando tudo isso, branco no vermelho

EU QUERO
UMA XOTA BEM VADIA

enquanto duas noivas simulam casar, véu, beijinho e buquê. Pelo meio, Inês repara numa máscara anonymous, talvez porque o Rio tenda mais para zapatista. Até que uma loura de boca vermelha, unha vermelha, sutiã vermelho, rouba a cena, rosa no branco

A BARBIE NÃO ME REPRESENTA

seguida de bandeira comunista, seguida de camiseta anti-Putin

FREE PUSSY RIOT

O beijaço dá-se antes da curva. Muita flor no cabelo, muito brilho no peito, muito corpo fora da publicidade, balançando pregas e pneus, colares e fitas.

 E, no momento em que a marcha entra na última das três ruas que ligam Copacabana a Ipanema, uma coluna de motos da Polícia Rodoviária Federal abre caminho para um incógnito VIP, logo cercado de assobios, gritos contra os abusos policiais, celulares ninja sondando os vidros escuros, gente pendurada no capô do carro. Uma mulher de camisa aberta, sutiã à mostra, grita nas costas de um oficial, brandindo o cartaz

O PAPA É BOPE,
O BOPE NÃO POUPA NINGUÉM

Um polícia a pé tenta ajudar os motorizados a passar. A coluna avança para Copa, a marcha para Ipa. Eis senão quando

OLHA SÓ QUE FEIO,
NOSSO DINHEIRO QUE
PAGOU O SEU PASSEIO

cantam vadias e vadios, porque a meio da rua fica a Paróquia da Ressurreição, com poster de Francisco na fachada e concentração de peregrinos da JMJ na escadaria. A marcha detém-se, mostra cartazes, peitos, barrigas

PAPA LIBERA A CAMISINHA

ASSASSINA É SUA HIPOCRISIA

SEXO SÓ É MAU
QUANDO NÃO É CONSENSUAL

Os peregrinos levantam terços, cruzes e a palma das mãos, em modo exorcista. É o duelo ao pôr do sol, Morro Dois Irmãos já recortado ao fundo. Mas não há embate, as vadias voltam costas à igreja, os peregrinos mantêm-se em silêncio, e a marcha desagua na orla, onde a vista até à Rocinha está feérica, no pico da fotogenia, pregas, pneus, peitos, tudo envolto numa cinza dourada, desfilando ao longo do cordão policial da PM que aguardava aqui, mulatões de farda vendo passar mulatonas com a palavra

VADIA

no meio do peito.

De súbito, silhueta no poente, um cara de passa-montanhas empunha uma arma, uma estranha arma com um fio. Aponta-a para Inês, que em contraluz só vê uma esfera negra, e depois para o cordão de polícias: é um secador de cabelo.

O tumulto na praia está pronto a evoluir para protesto junto à casa de Sérgio Cabral. Estrela a batom no peito direito, coração a batom no peito esquerdo, um fauno corpulento debate o estado das coisas com um oficial da PM, enquanto o repórter ninja, que não perdeu o batom chanel na boca, faz uma panorâmica no celular, e uma travesti tira partido do fio dental, glúteos gloriosos.

Mas o que brilha é a purpurina no cartaz

DEU É AM♥R

pois se não há frase mais comum no trânsito que *DEUS É AMOR*, e não há equivalente mais comum a *fodeu com* do que *deu para*, então *DEU* não poderá ser menos que DEUS no amor.

Além de que estamos em São Sebastião do Rio de Janeiro, única cidade que o narrador conhece onde num mesmo adjetivo, por exemplo, irado, se juntam deus e o diabo. Quando algo é foda, é sinistro (péssimo), quando algo é foda, é sinistro (ótimo). E, claro, nada mais sinistro e mais foda do que esse brilho no coração

AM♥R

Só de ver, Inês fica de mau humor. Copa-Ipa, orla maravilha, tanto faz. Tem a cabeça no Líbano.

17:45, Alto Gávea

Flutuando de braços abertos, Judite mira o paredão à sua frente, cem metros de rocha, quantas toneladas? O ouro da tarde na piscina, os gramados fofos, finos, a tecnologia silenciosa, o Piranesi, o Perugino, os Vik Muniz, as Varejão: tudo isso é a fortuna do dono da casa. Mas o muro do jardim ser a rocha em que assenta o Rio de Janeiro será acordar com vista para o Paleozóico, em noite de insônia sair a fumar um cubano, a filosofar em italiano, sabendo como a natureza do sistema solar é que tudo rebente, e improvável foi a vida.

Um urubu sobrevoa os jequitibás rumo ao Cristo, Judite segue-o até ao último ponto negro. Indiferente à extinção da espécie, eis o maior luxo do homem que tomará por marido.

Vieni dal Libano, o sposa!

Judite corrigiu-o antes mesmo de o conhecer, quando eram os dois únicos mortais na formosa igreja de Nossa Senhora da Glória do Outeiro, que os barcos avistam da Guanabara desde o século XVIII. Lá fora, janeiro de 2013 queimava, ela subira a pé desde o Museu de Arte Moderna deixando Gabriel a meio de uma frase, porque nenhum homem lhe dissera essa frase, e aquele não seria o primeiro. Gabriel ia terminar com ela como terminara com dez, vinte, padrão de chama que queima rápido, e vira chão que já deu uva. Só nunca acontecera com Judite. Então, partida, largada, fugida, de tanta fúria ela só parou ao cimo do Outeiro 15 minutos depois, sem olhar para trás ou para a frente. Vultos na folhagem, eternos alvos da polícia, viram pernas voando pela fenda da saia. Talvez algum orixá a levasse, decerto mais moreno do que os anjos nos azulejos, mas anjo moreno era tudo o que Judite não queria. Achou a porta da igreja aberta, um silêncio, um fresco, que alívio. E, quando os saltos soaram no soalho, um ogre ergueu-se, lançando chispas, pelas barbas, pelo cabelo. Tapou o Sol com a mão até distinguir Judite, poalha de muitos anos-luz, depois a voz de barítono encheu a nave

Vieni dal Libano, vieni!

Judite espantou-se com a sua própria voz:

Síria!

O ogre ruivo cedeu de imediato

Síria!

e desceu a mão numa vênia digna de 1730, década em que, vencidas as marés e o escorbuto, acostou ao Rio de Janeiro uma nau trazendo os mais de oito mil azulejos que hoje decoram a igreja: cânticos bíblicos para a nave, caçadas ao javali para a sacristia, tudo pintado a azul por Valentim de Almeida, mestre com oficina na Madragoa, então dita Mocambo, o bairro africano de Lisboa. Nesse tempo, o futuro Museu de Arte Moderna do Rio de Janeiro era água da Guanabara, e sobre a baía, altaneiro, ficava o Morro do Castelo, onde quase dois séculos antes Mem de Sá refundara a cidade, concentrando nele a população, então menos de mil, segundo a lógica de que os índios tinham medo de morros.

Fortalezas, igrejas, sé catedral, os restos mortais de Estácio, tudo morou no Morro do Castelo, e durante séculos correram lendas sobre o tesouro que o colonizador escondia em galerias subterrâneas. Coube aos anos 1920, na sua ânsia antilusitana, aplainar morro e lenda com argumentos higiênicos, como a circulação do ar. Foram-se os santos, os casarões, os cortiços de proletários que não favoreciam o progresso (e os planos para a Exposição do Centenário da Independência), como hoje certas favelas não favorecem o futuro (e os planos para as Olimpíadas). Os ossos do fundador acabaram na Tijuca, a terra removida foi aterrar a Urca, a Lagoa, o Jardim Botânico, e hoje dificilmente alguém vivo se lembrará da cara que o Rio de Janeiro teve até essa remoção facial, a que se seguiram várias.

Isto para dizer que qualquer donzela antes de 1921 teria um morro do lado direito ao entrar na igreja de Nossa Senhora da Glória do Outeiro, nunca sozinha e largada como Judite, mas também nunca tão bela como a avistou o fulvo ogre, demiurgo, colecionador e, arredondando as contas, fabricante de alimentos bio-eco-sustentáveis. Ser milionário basta-lhe, deixa os bilhões para quem se dedica ao dinheiro. O que lhe interessa é a metamorfose, costura de gênesis e apocalipse. Nasceu já com penugem ruiva, numa família que emigrou faminta do Veneto, segunda geração no Brasil. Os pais chamaram-lhe

Rosso, mas ele seria comunista em último, anarquista em penúltimo, acima não acha o termo, capitalista parece-lhe vulgar. Acredita que o bem é a beleza do estilo. Aquela tarde na igreja era uma fuga ritual, acabava de comprar um frontal de altar, vinha comparar azulejos. O painel à direita de quem entra, com Salomão cercado de anjos, Sulamita tocando harpa, lembrava-lhe a avó para quem lia a Bíblia, sua *nonna* favorita. Depois, na aparição de Judite viu um apogeu levantino: Líbano, Síria, não errou por muito. Mas para a conquistar levaria meses, anos, toda a vida, insistiu ele. E bingo, ao fim de incontáveis amantes e um quilo de cocaína ela disse sim.

Aconteceu no jardim dele, hoje. Uma nuvem pousava nas costas do Cristo, estranho vê-lo assim de costas, pensara Judite, quando sempre o tivera de braços abertos. Claro, o Alto Gávea não é o Cosme Velho, do ponto de vista do Cristo são uns 180° de diferença, e de repente esse pensamento libertou-a. Adorava a sua selva, trinta anos a morar nela, mas o Cosme Velho ficara cheio de Gabriel em todas as posições, desde a primeira noite em que tinham subido a ladeira de moto, memória roendo o osso até ao dia em que ele começou a inventar uma desculpa. Nas semanas seguintes a esse dia, Judite saiu pelo quinto dos infernos a cheirar pó, cada *inferninho* sua privada, sempre acompanhada, para não chorar, não olhar o celular

*(Ela matou o figurão,
foi pra Copacabana,
roubou uma joaninha
e pelo rádio da polícia,
manda o seu recado
get out, get out!).*

Gostaria de deletar Anjo Gabriel da lista de contatos? Sim, por gentileza, mas primeiro gostaria de deletar a existência dele. Lamentamos, essa opção não se encontra disponível. Ok, me passa ao seu superior? Gargalhada na privada, com alguma Kátia Flávia entre as pernas, algum traficante no posterior, e roda o rodo, troca

*(Talk about sad girls
Talk about bad girls
Talk about sad girls
Freakout!).*

Gargalhada na privada de noite, ressaca na privada de dia, porque depois das férias o escritório abrira. A coisa melhor da noite era que não existia o dia, a coisa pior do dia era que só existia a noite. Uma carreira de coca entre janeiro e o Carnaval.

Vai passar
nessa avenida
um samba
popular

Que nada, ficou de bode. E ainda teve de explicar para aquela Inês amiga de Tristão que bode era grilo, chateação. Esses lusitanos, sempre tão literais, querendo ir em bloco, desfilar na avenida. Aliás, de repente todo o mundo estava indo em bloco? Que negócio era esse de Viemos da Grécya, Korpos do Olympo? Não tinha mais dor no mundo, só a dela? O Carnaval de 2013 foi punk. Mas depois Rosso começou a ganhar, é a vocação dele. No fim de fevereiro levou Judite para uma ilha, de dia o mar da Bahia, à noite música em Trancoso. Ela não lhe dera um beijo e continuou sem dar, nem em março, no spa de Vals, nem em junho, no castelo da Provença, e a lavanda estava linda. Ele não tinha urgência, dizia que só a fome tem urgência. A fome era dos artistas, o tempo era dele.

Rosso julgara captar o essencial no umbral da porta de Nossa Senhora da Glória do Outeiro: Judite fora feita para caminhar até ao inimigo com toda a sua beleza. Apenas esse inimigo nunca aparecera, porque inimigo não se entrega, como acontecera com os homens antes de Gabriel, nem se afasta, como acontecera com Gabriel. Inimigo ocupa e fica, tira vida do ocupado, colhe-o na estação: Judite era a costela, a uva, a vinha. O que Rosso viu foi a sua criação futura.

Primeiro beijo? Mais de seis meses depois do primeiro encontro, hoje mesmo, preâmbulo ao sim. Rosso mandara o motorista buscar Judite para um brunch, recebera-a no deque da piscina, aproveitando que o sol saíra, os peregrinos iam enfim lotar a praia, comentou. E, a propósito de praia, e da mesa posta, Judite lembrou-se do Fausto que certa noite de *inferninho* dividira com ela um pernil às três da manhã no calçadão. Onde andaria ele, Fausto Fawcett, cronista do sub-reino de Copacabana, sacro-profano trovador de putas, quitinetes, taxistas, turistas, cientistas marginais, nesta jornada das jornadas? Quem sabe atravessaria o Armagedão ouvindo um concerto de Bach. Sim, decidiu Judite em silêncio, Bach rematado às três da manhã por um pernil do Cervantes.

A mesa luzia à beira da piscina. De tanto provar a inexistência de pão no Rio de Janeiro, Rosso tinha o seu próprio forno de lenha; mais queijos dos Alpes, frutas da Amazônia, doces de Minas; e champanhe no gelo, flor comestível; e por baixo da flor, o anel. Um diamante, duas safiras, nem precisaria de ajuste. Sim, Judite deixou que ele o experimentasse. Portanto era sim? Algo dentro da cabeça dela ainda cantou

No, no, no,

porém Rosso beijou-lhe a boca, como o criador que reconhece o último instante de rigidez antes de o açúcar subir. E não se enganou: no fim do beijo, Judite perguntou se podia mergulhar com o anel, quando veio à tona lá estava a nuvem nas costas do Cristo, o pensamento libertador de que Gabriel nunca ali estivera, de que a vida podia rodar 180°, voltar-se para os antípodas. Então Rosso entrou na água, pela primeira vez apertou o corpo dela e ela disse sim. Mudaram-se para o quarto no topo da casa, claraboia de estrelas já extintas ou prestes a explodir, Lepus e Orion, caça e caçador, mas que sobre isso caia o pano até ao momento em que Judite voltou à piscina e ao Paleozóico, deixando a ressonar o homem que tomará por marido.

Porque o narrador, que só vê o que lhe dá na gana, quer declarar agora que ama Judite. Não pela beleza que todos podem ver, mas pela insuficiência que a limitaria, por exemplo, no exercício da advocacia criminal: fraca percepção do abismo. O narrador ama, em suma, o ponto cego de Judite. E, imortal como um orixá, sopra de leve a água onde ela flutua, jura ser o seu bordão, o seu cordão, o seu colar de santo, o seu cão celeste.

Beat that, Rosso.

19:57, Copacabana, Lido

Tristão fotografa um peregrino pendurando o desenho de um feto nas grades da praça do Lido. Em cima, a citação

O que fizestes a um
destes pequeninos,
foi a mim que o fizestes
Mt 25, 40

Por baixo, a mensagem

> *A nação que legaliza o aborto*
> *não merece ser chamada de cristã.*
> *Aborto é homicídio a sangue frio!*

Mas quem te deu o monopólio, amigo?, pensa Tristão, vendo o peregrino afixar a imagem seguinte, desta vez uma fotografia hiper-ampliada da cara de um feto e a legenda

> *Criança com cinco meses de vida.*

Terrorismo tem muitas caras. Como o peregrino está de costas, e é noite escura, Tristão vê sobretudo o verde da mochila JMJ. As mochilas desta jornada são verde-bandeira, amarelo-radiante, azul royal, o que resulta na maior concentração simultaneamente internacional e patriótica de que há memória em Copacabana, milhões de mochilas compondo uma mancha com as cores do Brasil.

Copacabana é um arco de quatro quilômetros do Posto 1 ao Posto 6, vários sub-bairros e submundos, malandros e bacanas, locais e turistas, morro e asfalto, frente e fundo, então que sensacional coincidência o palco principal do papa calhar logo no primeiro círculo dos *inferninhos*: o Lido. E, portanto, onde aquele terrorista pendura os seus cartazes é a vizinhança do strip, da pole dance, do sexo ao vivo, dos travestis de peito e pau feito, das mães solteiras que botam silicone para sacar a grana do aluguel aos gringos da Cicciolina, da Barbarella, da Erotika, tudo boates entre a praça do Lido e a Princesa Isabel.

Foi justamente pelo túnel da Princesa Isabel que Tristão chegou a Copa, caminhando como todos aqueles milhões. Se não fosse a festa seria a catástrofe, que outra explicação para avenidas sem carros, um dilúvio humano nas quatro faixas de asfalto, passando frente ao Shopping Rio Sul, por baixo da placa que diz

> COPACABANA
> BARRA
> ↓

O arco da entrada em triunfo, para os receber

BEM-VINDO.
AO FINAL DO TÚNEL,
A CELEBRAÇÃO DA JORNADA.

BIENVENIDO.
AL FINAL DEL TÚNEL,
LA CELEBRACIÓN DE LA JORNADA.

WELCOME.
AT THE END OF THE TUNNEL
THE CELEBRATION OF THE EVENT.

Aquele bruaá que vem do ar livre e de repente bate em paredes, eco esfuziante de canções e orações, aqui bandeiras do Canadá, ali uma da França, na retaguarda o México, pelas laterais Brasil, bandeira atada ao pescoço, fazendo de manto, de asa, uns erguendo os braços, batendo palmas no refrão, outros oscilando a palma das mãos, rindo para os desconhecidos, entusiasmo de escuteiro, euforia de multidão, quantos países mesmo, 175?

Quanta confiança. Tristão já chorou que nem um parvo. Primeiro, passara dias a fotografar o Rio de Janeiro nos preparativos da chegada. Sim, todos os anos tinha réveillon, Carnaval, e este papa não era o primeiro a vir. Mas a sua visita parecia encaminhar-se para algo inédito, pela quantidade de gente, pelo estilo de Francisco, pela comunhão digital, em tempo real: a cidade maravilhosa ia casar com o papa maravilha.

E o momento não era qualquer um, além da guerra política havia a batalha dos fiéis. Nos últimos vinte anos, os católicos tinham descido de 75 para 57 por cento no Brasil, enquanto os evangélicos se fortaleciam num lobby capaz de chamar pecadores aos gays, e covarde a Francisco por lhes estender a mão. Do Palácio do Planalto ao Congresso, a democracia brasileira dava um passo à frente e dois atrás, refém de pastores *ad hoc* e sem escrutínio. Malgrado o histórico em defesa de pobres e perseguidos, a Igreja Católica não conseguira evitar que milhões de brasileiros povoassem 14 mil novas igrejas evangélicas por ano, aumentando o bolo da dízima e do poder. *Papa do Povo* na capa da *Time*, Francisco também vinha ao grande gigante católico da América do Sul para isso, pôr o dedo no furo por onde os crentes estavam a sair, pensar no que os faria voltar.

Por acaso, a primeira paroquiana que Tristão fotografara no acolhimento aos peregrinos era o exemplo do contrário, uma ex-evangélica que se tornara católica, mas ele acredita que não foi acaso.

E assim, na segunda-feira da chegada do papa esperou com o povo no centro da cidade, esmagado entre a pirâmide pastiche da Catedral e a sede cubista da Petrobras, freiras à Madre Teresa e adolescentes à Neymar, mais velhos, cadeirantes, caipiras, favelados, além das mochilas, além das bandeiras. Quando avistou portugueses, apresentaram-no à mascote da Diocese de Viseu, que se chamava Jonas. Uma mulata mostrou-lhe a costura no tronco, onde uma bala lhe levara parte dos órgãos, e disse

Eu sou um milagre.

Tristão fitou o chão como se tivesse deixado cair algo, mas o narrador viu os olhos dele. Era muita gente, muito abandono, muita entrega, na cidade onde fizera trinta anos. Era a sua cidade, já. E era a sua ideia de Cristo.

Confirmara isso na favela de Manguinhos, três dias depois da chegada do papa. Hora e meia para chegar lá, pegando um ônibus para a Central, outro da Central para a Passarela 6 da avenida Brasil, mais meia hora à chuva perdido pelos canais atulhados de lixo, até desembocar numa rua cheia de impermeáveis negros, brilhantes como o asfalto onde nada mais brilhava: os soldados da Força Nacional. Portanto o papa estava perto, bastava seguir o fluxo de guarda-chuvas a partir dali, mais canais, mais lixo, céu de chumbo em cima, avós de calça de lycra, pneu na barriga e músculo na barriga da perna, vidas de andar a pé para ganhar a vida, pares de passear ao domingo no canal, não fossem os barracos na margem, as cascas, as latas, os restos, o cheiro.

O fluxo desembocava no Campo de Futebol, que já virara um lamaçal onde os ambulantes vendiam bandeirolas do papa, pipoca doce e salgada. Quatro gerações em que a mais velha podia ter só sessenta, porque na favela é outra demografia; pardos claros e escuros, negros em geral, porque na favela é outra raça; meninos voando sobre as poças, porque todo o ano tem enchente, e no verão é pior. Nem dava para dizer quem mandara aquele mundão de gente morar ali, terra de mangue, já que fora o Estado a trazê-los, removidos de outros lugares, já que o Rio de Janeiro tem mais peças do que encaixe, deixa amontoar, remove, amontoa. Alguém distribuíra balões, colorindo a plateia frente ao balcão onde o papa apareceu. Então, na frente dele, bocas abertas, pupilas onde se via o céu, celulares parcelados até dez vezes no cartão, ou mão no peito, chorando só de aquilo estar a acontecer, e então, por segundos, Tristão fitava a lama.

O casal escolhido para intervir antes do papa falou das enchentes, do descaso, do conflito armado, décadas de tráfico, UPP agora. Depois Francisco, naquele seu mel de *porteño*, disse que queria ter batido em cada porta, bebido um *cafecinho*. E foi golo no campo, muito amor na torcida. Porque, ainda que ele estivesse dizendo que não bebia cachaça, já estava falando a mesma língua. E mais ele disse: que não haveria paz sem a periferia.

Ao lado de Tristão, um matulão chorava convulsivamente, apertando o canto dos olhos entre o polegar e o médio, enchente de sete dias por semana, 365 dias por ano com falta de luz, de paz, de casa, de escola, de médico, de transporte, de uma língua em comum com quem não põe os pés aqui. À saída, um cano de esgoto dizia, branco no preto,

Proibido jogar lixo

toneladas de lixo boiando por baixo.

Da avenida Brasil, Tristão voltou de ônibus para a Central, e daí para o Humaitá, mais hora e meia de trânsito, mesmo quarto que em dezembro, mesma dona do apartamento, mesma vista para o Cristo. Foi o tempo de tirar as galochas e comer a sobra de um aipim com carne-seca antes de voltar a sair para enfrentar a tarde da estreia do papa em Copacabana, primeiro milhão de celulares no ar correndo atrás do Papamóvel, primeiros peregrinos atados por cordas para não se perderem, primeiras danças do Congo e do Japão, primeira histeria beatleriana. Podia ser uma revolução, e era só uma pessoa.

Quando o desfile terminou, a chuva trouxe vento, então um milhão de plásticos bruxulearam na noite, fantasmas translúcidos, alados, sentando-se na areia, botando o pé na água, como o papa pedira que botassem fé, como quem bota sal, azeite. Ia ser o purgatório para sair dali, filas que davam a volta a vários quarteirões antes de entrarem no metrô, carruagens lotadas e só para quem já tinha bilhete, e por isso, desde o primeiro dia, em Copa houve quem fosse ficando pela praia, fazendo tempo, bandeira hasteada, por exemplo a da Síria, à chuva, ao vento. Mas hoje fez sol todo o dia, o céu está limpo, última noite do papa no Rio, sábado virando domingo. Inês mandou uma mensagem da Marcha das Vadias, entretanto deve ter ficado sem bateria. Zaca ficara de vir tomar algo, Tristão acha que ele vai ficar na intenção. E acaba de encontrar Lucas (que conheceu há semanas numa visita a Pancho, o analista do Humaitá), continua mudo mas a namorada falou. Só nesta cidade Noé seria uma garota black power atravessando o dilúvio de mão dada com um índio.

A mesma cidade, pensa Tristão, ainda parado nos cartazes, onde morrem meninas de aborto, quando não sofrem escondidas, quando não têm dinheiro para ir ao México ou à Europa, quando não têm 13 anos e são mães, quando não têm 15 e são mães pela segunda vez, quando não têm 13 ou 15 e são estupradas, porque o caminho era perigoso, ou estavam de shortinho, ou foi o vizinho, o tio, o pai, o avô, o irmão, o bicheiro, o chefe do tráfico, o chefe do escritório, o patrão, o filho do patrão. Caro Gilberto Freyre, o senhor nem imagina como ainda tem senzala por aí.

Tristão não espera que o papa aceite o aborto, e espera não ter de passar por um, mas sente repulsa por um sistema que atira as mulheres para a clandestinidade, as mata na clandestinidade, e assim perpetua a clandestinidade. Um milhão de abortos por ano no Brasil, uma mulher morta de aborto a cada dois dias, depois num sábado à noite chega um militante, dois, três, dez, vinte, penduram um cartaz na cara de quem passa chamando criança a um feto de semanas, depois dois, três, dez, vinte cartazes cobrindo as grades do Lido, chamando homicídio ao aborto, excomungando quem o pratica, decretando quem é cristão e quem não é, condenando pílula do dia seguinte porque a criança começa a existir duas horas após a relação sexual

NÃO MATE
UMA CRIANÇA INOCENTE!

e ninguém os detém. Mas Tristão está quase capaz disso.

A vigília começa rente a estas grades do Lido e continua pelo asfalto, tomando as faixas da avenida Atlântica, incluindo o posto da Petrobras no separador central, peregrinos de tenda armada entre o calibrador de ar e a bomba de etanol, verdes fluorescentes na escuridão, dos plásticos, dos impermeáveis; tendas individuais e familiares, colchões insufláveis, cadeiras de campanha, sacos-cama, esteiras, lancheiras, tudo lotado como praia no feriadão, difícil distinguir que aqueles jeans não pertencem àquela camiseta com o número 10 e a legenda *Deus faz, Deus junta*. Amanhã os jornais, e já hoje as TVs, as rádios, as redes, vão dizer que esta será a noite dos três milhões em Copacabana, um terço de Portugal. As árvores servem de corda, porta-bandeira, bengaleiro; há quem coma, durma, cante, sentado ou deitado, de barriga para cima ou de bruços, pés balançando no ar, câmaras, celulares, batuques, violão.

E como ontem manifestantes irromperam pela Via Sacra, logo cercados por fardas, escudos, capacetes, hoje é fácil avistar as fardas, provavelmente reforçadas, mas nada de manifestantes, pelo menos que Tristão veja no seu instável avanço, um pé no chão, outro no ar, tentando achar o próximo intervalo entre os corpos, até que chegando à areia deixa de haver intervalo, tudo colado. Proeza digna de JC, o próprio do Cristo, caminhar assim, mais que sobre as águas, sobre a Humanidade, que aliás sorri quando lhe passam por cima, alguns acenam até para a fotografia.

Isoladas do contexto, nas suas zonas escuras, onde a câmara só capta um amontoado de corpos na orla de uma cidade, estas imagens são o prenúncio da vaga de refugiados que em breve tentará alcançar a Europa.

Mas em Copacabana, por agora, nem a fome nem a fé correm atrás de ninguém, além de que, ao contrário do narrador, Tristão não pode ver o presente a partir do futuro. Quando o papa chegar ao palco, todo o espectro humano de cor, volume e forma se vai levantar, quilômetros de gente em pé para as orações, e os ambulantes ainda darão um jeito de vir, banca de espetinho, latinha gelada.

De manhã, o sol baterá no lixo da noite, caixotes a transbordar, incontáveis filas para os banheiros químicos, todas as marcas de que três milhões ali dormiram, e continuam para a missa final, mãos levantadas, joelhos no chão, prostrados contra grades, contra árvores, contra o calçadão frente ao Copacabana Palace. E do fervor, ou do calor, uma fiel sairá desmaiada, levada em ombros por socorristas, no meio da eucaristia, do sofrimento dos fiéis, caras contraídas, corpos encolhidos, como se alguém acabasse de morrer, ou dentro deles acordasse o pecador. Incluindo o fiel vendedor de mate, mate--limão, Mate Leão (qual era mesmo o nome daquela peça de teatro dos anos 70?

(*Trate-me Leão*,
Asdrúbal Trouxe o Trombone).

Tudo se cruzará na cabeça de Tristão, sob o azul-nublado de julho.

Quero ser mais santo

dirá uma camiseta, e logo outra, citando Francisco

> *Não tenham medo*
> *de ir contra a corrente.*

Três milhões em penitência na praia mais profana do planeta, até a dor terminar de súbito, como o fim de um exorcismo. Então o pecador abrirá os olhos, será hora de abraçar quem está perto, voluntários virão com guarda-sol protegendo os ministros da comunhão, que por sua vez virão com taças cheias de hóstias, centenas de filas à sombra das palmeiras, milhares em cada fila para comer o corpo de Cristo. O sol estará forte, haverá freiras de óculos escuros, os fiéis tomarão a hóstia para de novo se prostrarem na esperança do milagre, plantas dos pés lado a lado, imaculadas, imundas. Tristão levantará os olhos, os painéis digitais indicarão *21º graus*.

Daqui a dois invernos, de volta à América do Sul, dessa vez a mais recôndita, Paraguai, Equador, Bolívia, o papa Francisco falará da *ditadura sutil* do dinheiro, do *capital* como *ídolo* que mata, exclui e destrói o planeta, da *fé revolucionária* que desafia esse novo colonialismo, e pedirá *humildemente perdão* pelos *crimes* da Igreja Católica *contra os povos nativos durante a chamada conquista da América*. Palavras que os índios do Brasil poderão retomar na batalha, já que daqui a dois invernos a Aldeia Maracanã continuará onde estava, e interdita. Nesse futuro próximo, a guerra na Síria terá atingido o ponto em que deixou de haver Síria, centenas de milhares de mortos, milhões em fuga, prisioneiros, escravas sexuais, crianças-carrasco, execuções em massa, decapitações em vídeo, explosão de templos milenares, tudo isso arrastando Médio Oriente, Ásia Central, Norte de África, até encher de náufragos as ilhas, os portos, as estações, as fronteiras da Europa que cem anos antes os colonizava, e entretanto saíra, entrara, saíra, entrara. Francisco instará cada paróquia europeia a acolher uma família, além dos governos, da indecisão e do medo. E em plena derrocada abrirá espaço para *conceder a todos os sacerdotes a faculdade de absolver do pecado de aborto quantos o cometeram*, em concreto as mulheres que trazem *no coração a cicatriz* dessa *escolha dolorosa*, esse *drama existencial e moral*. Não sendo o fim do pecado, será um princípio de empatia terrena, pelo menos um papa que se põe no meio dos homens e das mulheres, como no começo de julho de 2013 esteve na Ilha de Lampedusa para rezar com os náufragos do Mediterrâneo

(O Santissima dei naufragati
vieni a noi che siamo andati
senza lacrime senza gloria).

Francisco aterrou no Rio de Janeiro trazendo fresco o solo de Lampedusa.

E aqui está Tristão na vigília final dessa visita, sábado, 27 de julho, verão lá no Mediterrâneo, quando os traficantes enchem os porões de gente, inverno junto ao Lago de Leite, como alguns índios vêem a Guanabara.

Por causa da Guanabara é que os portugueses inventaram o nome Rio de Janeiro. Quando a primeira nau avistou a boca da baía, o ano de 1502 acabava de começar, era o dia 1 de janeiro. Mas, na sua mistura de gnaisse e granito, o Pão de Açúcar já lá estava desde que a América se separou de África, e a vida era aquática, peixes, esponjas, moluscos. Num dos mitos de criação que Tristão ouviu na Amazônia é das bordas do Pão de Açúcar que sai a Cobra Canoa, ou Cobra do Surgimento, para dar origem aos homens.

Os ancestrais estavam preocupados
em como fazer surgir a humanidade.
Um deles transformou-se em Pa'mîri piro,
uma grande cobra fêmea que se fixou em
uma das bordas recurvas do Lago de Leite.
A casa de Pa'mîri piro é o morro do
Pão de Açúcar, no Rio de Janeiro,
e a baía de Guanabara é
o próprio Lago de Leite.

Se estes índios tukano estivessem certos, o Rio de Janeiro seria o lugar do gênesis, pensa Tristão. Pensa no condicional por só levar a hipótese a sério do ponto de vista antropológico, ou seja, por não ter fé nela. Já o narrador não entende porque seria menos credível o homem surgir de uma cobra do que a mulher da costela do homem, mas no meio destes fiéis de Cristo não vai iniciar esse argumento. Em vez disso, acompanhará Tristão até ao apartamento de um amigo que anda por aí escutando Bach, um tal Fausto Fawcett, bardo de Copacabana.

Melhor comer um pernil, cochilar uma hora, porque amanhã tem missa e três milhões deixando o Rio de Janeiro. Foda.

QUINTO DIA

Domingo

O quarto de Rosso é uma alcova-planetário. Um black out desliza sobre a cama, e eis a abóbada celeste, com Orion, o Caçador de cabeça para baixo, como se fosse a cair.

— Onde você enxerga um caçador? — pergunta Judite, percorrendo as constelações do hemisfério Sul uma hora antes do amanhecer.

— Você fixa as três estrelinhas juntas, são o cinto — aponta Rosso, que acordou para a insônia dela. — Aí, o braço esquerdo segura um escudo.

— Ahhh, estou vendo. Mas esse escudo parece um arco.

— O que você quiser.

— Acho que é um arco. Putz, por que você não me mostrou isso antes?

— Começo do verão é a melhor época, fica visível a noite inteira. Agora fixe o outro braço, que segura a espada.

— Ou flecha.

— Isso. Está vendo a estrela nesse ombro?

— Meio vermelha?

— Minha favorita.

— Por que pisca tanto?

— Vai explodir em breve.

— Tá de sacanagem.

— Dentro de uns cem mil anos, talvez um milhão. No tempo sideral isso é em breve. Ela está viva há uns dez milhões de anos e é jovem. Mas estrelas como ela vivem pouco.

— Como ela, como?

— Supergigantes. Caberiam dez milhões de Terras nela. Se a gente botasse ela no lugar do sol, ia ocupar todo o espaço até Júpiter. E quanto maiores as estrelas, menos tempo elas vivem, consomem mais depressa todo o combustível interior.

— Que combustível?

— Hidrogênio, depois hélio. Essa tem um coração de hélio do tamanho da Terra. Vai perdendo massa por colapsos em série, contrações e expansões que estão formando um véu de cinzas em volta do núcleo.

— Até acontecer o quê?

— Explodir numa supernova. É a forma de ela morrer.

— Vai impactar a Terra?

— Não, porque está a 640 milhões de anos-luz. Só seríamos varridos por uma explosão a uns vinte milhões.

— Ca-ra-lho. Seríamos varridos?

— Se ela estivesse a vinte milhões todo o nosso sistema solar seria varrido.

– Como chama essa estrela?
– Betelgeuse.
– Irado. Amei.
– Vem do árabe. A Síria do seu avô já estudava as estrelas quando a gente aqui nem conhecia a escrita. Os omíadas fundaram um observatório em Damasco em 700. E no século seguinte tinha um cara chamado Al Battani em Raqqa corrigindo Ptolomeu.
– Onde fica Raqqa, mesmo?
– A oriente de Alepo, junto do Eufrates. Agora, no meio de toda essa guerra, caiu nas mãos de uns jihadistas que estão tocando o terror lá, escravatura, execuções. Não vai sobrar muito maomé estudando estrela.

•

Inês sente algo no pé. Quando olha para baixo, um cara está chupando o dedão dela. Não vê a cara dele, só a cabeça saindo da água como um jacaré, pensa, talvez porque essa piscina tem jacaré insuflável, coberto de ouro, e com certeza de razão, quem é ela para discutir com um jacaré às 5h17 da manhã num morro do Rio de Janeiro, depois de tomar um emedê, cinco doses de cachaça e mais bocas na sua boca do que em toda a sua vida?
– Ei, larga o meu pé – grita por cima do axé-trance que mil pessoas dançam por toda a casa, até dentro da piscina.
Está de pé na beira da água, já teve um vestido mas agora só tem a calcinha, a bolsinha e um lamê dourado que alguém atou em volta do peito dela, e portanto deixa metade do peito de fora.
– Amo seu pé, pula aqui! – grita o cara.
As luzes da pista lançam sombras no muro, relances de esmeralda na água, pele molhada, brilho de purpurina, todo o mundo coberto de ouro e de razão, amando o jacaré insuflável, vai ter boato de que ficou até grávido, kkkkkk, a festa tá nesse nível ecstasy: metilenodioximetanfetamina, o artista outrora conhecido por MDMA, pode chamar só de emedê, muito prazer, se você não passar dos 150mg fica assim, amando jacaré, dedo do pé, com sorte sem aquela ressaca do cão. Todo o careta já foi embora, todo careta nem vem, lugar de careta não é no Olympo.

•

— Tem mais estrelas com nomes árabes?
— Um monte.
— Como chamam as outras em Orion?
— Rigel, Bellatrix, Mintaka, Meissa, Alnilam, Alnitak, Saiph...
— Putz, parece ficção científica.
— Lembra do *Blade Runner*?
— O quê? Faz tempo que vi.
— Tem uma fala famosa sobre Orion. O replicante salva o humano de morrer. Os dois estão cobertos de sangue, no topo daquele prédio, debaixo daquela chuva que cai o tempo todo. Então, antes de morrer, o replicante diz: *Eu vi coisas em que vocês humanos não acreditariam, naves de guerra em chamas junto ao ombro de Orion.*
— Ele está falando de Betelgeuse?
— Poderia ser Bellatrix, o ombro que segura a espada, ou arco. Mas gosto de pensar que é Betelgeuse, pelo vermelho-fogo. Sabe como Ptolomeu chamou essa cor? Rubedo.
— Isso me lembra algo da análise.
— Seu analista é jungiano?
— Lacaniano. Mas Jung falou de quatro cores, é isso?
— Nigredo, albedo, citrinitas, rubedo, as quatro etapas alquímicas. O rubedo seria o auge, e para Jung o ser completo. Betelgeuse é a estrela das estrelas.
— Ruiva, né, Rosso? Sua cara.

•

Deuses do Ryo de Janeiro! Fechando 2013 com Chuva de Ouro, o Viemos da Grécya convoca todos os Apolos y Atenas para a grande celebração da massa Kósmyca Dourada. Venha subir na Akrópole da Guanabara, mergulhar nas Ilhas Lysérgicas, brilhar y bailar no Olympo! Sim, a revolução será baylada, meu amor! Furte as cores!!!

O próprio convite parece bailar na tela que Inês tem na mão. Tinha tirado o celular da bolsinha para mandar um SMS, pensando que já era uma hora decente em Beirute, euforia espalha dor tipo purpurina, você nem queria mas quando olha já tem, e ainda teve o *glitterrorismo* na entrada, que é que o acontece aos quase-caretas que chegam de vestidinho preto, sem coroa de Afrodite ou asa de Hedonê, joga glitter nela, baixa um glam do Saara, quilos de ouro em pó, penas, plumas, corpete, cinturão, Ziggy plays Zeus tropical, Grécya Antiga fio dental, para não dizer que essa é a festa mais transgênero do Rio de Janeiro, alegria, alegria. Então, de pé na borda da piscina, zonza de emedê e de cachaça, Inês reativara a tela do celular, ainda congelada no convite com o endereço, nem bem notando o quanto avançara na borda, dedos bailando no ar, sem comunicar com a cabeça. Para quem gosta de pés, os de Inês já são uma parada, mas esta noite ela ainda tem as unhas pintadas de ouro, o único que trouxe de casa, então quando as luzes rodam na piscina, a ponta dos dedos vira pepita, e foi atrás desse brilho que veio o cara.

— Pula aqui dentro!
— Sou casada!
— E daí?
— Com mulher!
— Chama ela!
— Tá longe!
— Onde?
— Pra lá da Grécia!
— Bom pra ela! Pula!
— Não pego homem!
— Quem disse que sou homem?
— Essa barba?
— Quer ver meus peitos?

•

O sol nascerá às 6:05, o Caçador está por um fio.
— E lembra da profecia maia, quando o mundo ia acabar?
— Claro. Putz, fez um ano ontem.
— Então, segundo alguns daqueles malucos new age o que a profecia anunciava era a explosão de Betelgeuse. Claro que mesmo que tivesse explodido não seria o fim do mundo, mas astrofísica é íman de maluco mesmo. Cem anos atrás teve um poeta americano que situou o Inferno em Betelgeuse, por ser *um pária celestial, o maior de todos os cometas ou sóis fora da lei no universo.*
— Que poeta era esse?
— Jean Louis de Esque. Tem nome francês, mas o poema se chama *A Trip Through Hell.*
— Fala do quê?
— É uma descrição interminável do Inferno, você ia achar um saco. Na introdução ele antecipa o futuro de Betelgeuse, diz que talvez dentro de cem anos ela será um planeta negro, invisível até pelo mais

poderoso telescópio, onde o informe vai reinar por eras e eras, servido por uns demônios blasfemos que irão buscar todos aqueles que perderem o paraíso.

— Medo! Não sei se eu queria tanta informação logo hoje.

— Mas veja bem, querida, cem anos depois desse poema é agora, e Betelgeuse continua tão cintilante como sempre, além de que esse Inferno não existe, você sabe.

— Não. Como você sabe?

— Te conto uma história real para você esquecer dessa. Há 35 mil anos um Homo Sapiens que talvez tivesse acabado de assar o seu mamute pegou num troço de marfim e desenhou dentro da gruta o que via nas estrelas: o mesmo Caçador que você está vendo. A única diferença é que Orion aparece de cabeça para cima no hemisfério Norte.

— E esse Homo Sapiens estava onde?

— Numa gruta da Alemanha. Quer ir lá?

— Só depois de Palau.

— Claro, depois de Palau tudo fica perto. Tem certeza que não tem nada mais longe do Rio de Janeiro que Palau?

— Antípoda mesmo é no meio do Pacífico, e tem umas ilhas japonesas que até seriam mais perto disso...

— Okinawa?

— ... e Iwo Jima, negócio de Segunda Guerra, navio afundado, sei lá. Mas em Palau você pode passar um ano vendo corais diferentes a cada dia, caverna de mil peixes, lagoa de anêmona, resto de navio. Além de que deve ter um super céu de estrelas. O que você acharia de a gente dividir o céu? Você fica com a ciência, eu fico com a adivinha.

— E deixamos os ossos para os cães ao cimo da Terra.

— Rosso, você é sinistro. O que tem de pensar é que em Palau vai achar tudo. Acho que até li sobre gruta com gravuras, como a do tal Homo Sapiens.

— É mesmo? Será que os caras dos resorts vão lá dar uma de rupestre no meio da noite?

— A gente não vai ficar num resort, deixa comigo.

— Em janeiro não tem tsunami?

— Nem chove. Reservei as passagens pra dia 2, tudo bem? A gente acorda do réveillon e já some, Nova York, Tóquio, Palau.

— Isso são o quê, cinquenta horas de viagem? Tudo bem, comparando com minha estrela fica do lado. Pensar em estrelas relativiza até o governo do PT.

— Ahaha, não vem com essa de que o governo do PT não foi bom pra você, Rosso. Foi bom pra todo o mundo que tem dinheiro no Brasil. Vejo isso no escritório, ajudando seus amiguinhos a poupar uma nota preta em imposto.
— Escritório que você vai largar, lembra?
— Olha só, sua estrela sumiu.
— Ela sempre faz isso, assim da noite pro dia.
— Não diga. O que você acha mesmo que ela te dá?
— Hummm, algo como um antípoda do inferno? Tudo o que é humano lhe é estranho, incluindo o PT.
— Por que você não começa pelo PMDB? Ou por esses ladrões de terra no Congresso?
— Porque eu nunca tive uma fase oral esquerdista, querida. Mas faz parte do seu charme, não mude nada, continue acreditando no progresso e jamais corte seu cabelo.
— Não pose de machista. Você não acredita no progresso?
— Só no progresso para o big bang, ao pó voltaremos. Aquele poeta inverteu a coisa, inferno é aqui.
— Putz, fala sério. Pra que casar hoje, então?
— Por isso mesmo. Como tudo está perdido só resta ganhar, e você é a mais bela.

•

Primeira madrugada do verão de 2013 no hemisfério Sul. Amanhã um asteróide passará pela Terra a 26 mil quilômetros de altitude, muito abaixo de qualquer satélite. Terá acabado de ser detectado, terão acabado de lhe chamar 2013 YB, e quando ler isso Rosso lembrará a Judite de um meteorito na Rússia, no começo deste ano
(você lembra de um meteorito na Rússia no começo desse ano, ele dirá, que meteorito, ela dirá, uma rocha de 12 mil toneladas, ele dirá, entrou na atmosfera a 70 mil quilômetros por hora e se desfez numa bola de fogo trinta vezes mais brilhante do que o sol, putz, ela dirá, um troço aí com uns seiscentos quilos atingiu o solo, abrindo um buraco, ele dirá, isso onde, ela dirá, uns 2000 quilômetros a oriente de Moscou, ele dirá, por cima do Cazaquistão).
No princípio, era a energia. A energia concentrou-se. Virou matéria, hidrogênio, hélio. A matéria formou estruturas. Somos a descendência disso, e a única certeza é que a singularidade do começo terá um fim. Entretanto, damos nomes às coisas, ligamo-

-nos. Betelgeuse, também conhecida como Alpha Orionis, por ter sido erradamente considerada a mais brilhante da constelação, responde ainda pelas designações de hr 2061, bd +7 1055, hd 39801, sao 113271 e ppm 149643, mas nenhum desses nomes a faria entrar num diálogo entre dois humanos deitados num pequeno planeta azul orbitando uma pequena estrela, que mais logo vão casar, e agora fecham os olhos.

•

Explosão tchacabum / com a dança do verão / o caldeirão fervendo / entrará em erupção. Um passo atrás e Inês pisa na grama, pé a salvo de bocas de jacaré com barba, com peito, vai saber, no Olympo tem de tudo.

— Sua geração é liiiinda — diz uma mulher trêbada que alguém lhe apresentara na pista, microshort, coxas de rapaz.

— O que você acha lindo? — pergunta Inês, tentando lembrar-se do nome da interlocutora.

— Você poder amar homem ou mulher — ela sorri, apertando os olhos míopes.

— Isso não é da minha geração, já tinha — Inês sorri de volta.

— Não, antes tinha grilo, querida. Tinha até suicídio. Meus pais nunca aceitaram minha irmã, ela se matou por gostar de mulher.

Durante segundos só se ouve o axé vindo da pista (*rebola rebola / corpo de mola / no caldeirão*). Então, ligeiramente oscilante, a mulher estende o braço e passa o indicador na ponta da franja de Inês, como os adultos fazem às crianças quando estão a pensar noutra coisa. O gesto não coincide com o pensamento.

— Oi!

Inês sente uma mão nas costas. No instante em que volta a cabeça a mulher some. O interruptor é um cara de cabeça rapada.

— A gente se conheceu no arraial em junho, lembra?

Na mão dele há um copo, no braço um tridente tatuado. Ok, lembrou.

— Claro, você tinha um chapéu gigante, por isso de repente não te reconheci.

— Ah, meu chapéu de palha, eu mesmo que fiz.

Chapéu de palha, saia de retalho, dança de quadrilha, petisco, fogueira, toda a fantasia do interior brasileiro como se o Rio de Janeiro fosse uma roça lá em Goiás, cheia de caipira falando *cumê*, *drumi, trabaiá, arraiá*. Esse arraial em que Inês conhecera o cara foi a introdução dela à amplitude festiva de São João no Brasil.

Tudo porque Bruna, a sua sempre antenada *roommate*, queria conhecer o hedonismo do helenismo que virara bloco de rua, arraial junino, então lá foram para o *Arrayá* do Viemos da Grécya na Estação Leopoldina, ruína pichada do império, onde desde o milênio passado nenhum trem chega ou parte, pilhas de sacos de areia para descansar da quadrilha, comer uma canjica, igual a todo o arraial, mas com esse extra helênico-hedonista do poliamor, aliás, polyamor.

— E olha que engraçado, hoje já fiquei fechado num banheiro com um dos seus amigos do arraial, um gato de cabelo cacheado — diz o cara de cabeça rapada.

— O Zaca? Saiu daqui há pouco.

— É mesmo? Que pena. A gente estava cheirando e tinha um problema com a fechadura desse banheiro. Aí veio uma moça, soltou a gente.

O cara continua mas Inês deixa de ouvir, não quer que ele fique enchendo o ouvido dela quando ela quer pensar em Beirute. Mentiu para dentro da piscina, claro, não casou aqui nem em parte alguma. Eterna candidata a namorada, Bruna dança sozinha na pista, e não por falta de formosura. É a habitual quadrilha de que Drummond fez um poema, um ama o outro que ama a outra que ama o outro que não ama ninguém. Sempre tem uns crentes fora do segredo que nasceram para amar quem não ama ninguém, mirem-se no exemplo de Inês e Yasmine. E para esses eternos leigos não haverá contemplação, eles são o desperdício da espécie, a dispersão da energia, perdem-se, matam-se, como a irmã da mulher de há pouco cujo nome Inês não lembra. Se deus é tudo também é o diabo?

Perto disso, poliamor parece pulverizador de água, tipo aquela frase que alguém disse na festa: *Eu estou mini-afim dele*. Quando todo o mundo está *mini-afim* de todo o mundo isso multiplica o amor ou a falta dele? Claro que o pó do poliamor vem do Saara carioca, arsenal de carnaval, tudo em geral, depois você faz um upgrade, dá uma levantada, trinta quilos de purpurina e anfetamina até encher tudo de ouro e de amor, sempre acima das nossas possibilidades, quem não quer o impossível? Eu vou pegar touro no braço, meu nome é Aquiles, meu nome é Electra, você me acha no Face ou em algum aplicativo de sexo-pelo-sexo, e nem por isso sou apolítica. Por exemplo, você concorda que família é composta por homem e mulher ou FAMÍLIA É AMOR? No *Arrayá* tinha até cartaz com o deputado Eduardo Cunha, que diz que descriminalizar o aborto só por cima do cadáver dele, dentro em pouco vai estar dirigindo culto evangélico no Congresso, dando golpe na Presidente. Inês jogou bola ao alvo nele: CADÊ O ESTADO LAICO?, e saiu para a tenda dos desejos, centenas de post-its pedindo xoxota no plural, piroca com k ou ser viado pra sempre, tudo com muito axé, na guerrilha. Inês já fez um ano no Rio de Janeiro, está bem a par do vocabulário. Xoxota, sexo de mulher, piroca, sexo de homem, viado, homem que gosta de homem. O único problema é que tudo isso no plural, multiplicado, só funciona para quem não entrega o coração pelos sete buracos do corpo.

— ... quando acho que vou me machucar, eu fico na elegância — diz alguém por trás dela.

Mas não tem jeito, ela já se machucou, mil pessoas não substituem uma, ao contrário, fazem com que valha mil, a multiplicação da falta em vez do amor, ou o estupor de amar quem não ama. Aí, qualquer diluição na massa, amálgama, comunhão é o contrário do erótico: anestesia. Em vez de um corpo que faz sentir mais e mais, mil corpos que fazem sentir menos e menos.

Foi o que Inês concluiu esta madrugada, para celebrar o seu primeiro ano carioca, línguas ásperas, rijas, amargas de baseado, ou pelo contrário, dá igual.

•

Num romance de grande orçamento, dois helicópteros levantariam agora da Lagoa Rodrigo de Freitas para unir a panorâmica das duas cenas ao nascer do sol:

EXTERIOR, DIA

Falcão 1 ruma a sudoeste, sobrevoando Jardim Botânico, Baixo Gávea, Alto Gávea, até avistar a alcova-planetário onde Rosso e Judite acabam de adormecer. Enquanto isso, Falcão 2 aponta a nordeste, sobrevoando Lagoa, Humaitá, Laranjeiras, Santa Teresa, até avistar uma, duas, três piscinas vazias, no instante em que Falcão 1 aparece no rádio:
— Alô Falcão 2?
— Na escuta, Falcão 1.
— Os caras do planetário dormiram, zero de ação. E aí?

— Tem um monte de piscina vazia, mas estou vendo outra, peraí, deixa eu descer um pouco...
— Que ruído é esse, Falcão 2?
— ...
— Alô Falcão 2?
— ...
— FALCÃO 2, TEM UMA SIRENE AÍ?
— ALÔ FALCÃO 1, NÃO CONSIGO ESCUTAR VOCÊ, A MÚSICA ESTÁ MUITO ALTA.

Com um mergulho de cabeça, Falcão 1 inverte a direção para ir socorrer Falcão 2. Sobrevoa o charme discreto do Horto, onde um mané nordestino varre o lounge de uma daquelas vilas ex-operárias. Segue pela Cachoeira dos Primatas, onde os madrugadores naturebas mergulham entre os chapados, cheirados que vieram da *Grécya*. Alcança a ruína do Hotel das Paineiras, onde Lucas vê a alvorada com Noé, antes de ir cozinhar para duzentos moradores de rua. Passa ao largo da mão esquerda do Cristo, que está na paz do sol, fazendo a fotossíntese antes dos turistas. Desce para a ladeira dos Souza Farah onde Zaca chega com um jovem orfeu de lira ao ombro que conheceu na festa. Cruza a General Glicério quando Gabriel se vira na cama, encaixando o pau na curva de uma bela adormecida. E enfim sobe pela rua Alice até avistar Falcão 2 à saída do túnel, zumbindo por cima da piscina.

— ALÔ FALCÃO 1! VOU SUBIR PRA ESCUTAR VOCÊ.
— OKAPA, FALCÃO 2, TE ACOMPANHO.

Zoom up mas não tanto que não dê para ver a cena lá em baixo.
— Caralho, Falcão 2, aquilo na piscina é um jacaré?
— Cara, o que esse jacaré viu. Até eu devo estar grávido.

•

Quanto a Tristão, o único dos sete que hoje ainda não foi mencionado, pôs o despertador para daqui a meia hora no Humaitá. Falcão 2 passou por cima dele ao levantar da Lagoa.

•

O jovem orfeu de lira ao ombro é pernambucano.
— *Véio*, que lugar é esse?!
Zaca fecha o portão, sobe as escadas, aquela sensação de coisa esborrachada.

— É cheio de pitanga aqui, cuidado.
— Esse jardim todo é de tu?
— Casa de família, mas tem vários morando fora.

Não vai entrar em detalhes com estranho, contar dos pais na Amazônia, de Karim com os refugiados, de Judite que casa hoje. A partir de agora estará sozinho, foi por isso que deixou esse orfeu chegar aqui, mais do que deixar, se jogou nele? Curva-se a apanhar pitangas no fim da escada, começo da rampa, bem debaixo da árvore. O chão está tão cheio que dá para passar dias sem pisar na maior parte.

— Quer provar?

Meia dúzia, vermelho-vibrante na palma da mão, branca, comprida.

— Tu é muito gostoso.

É o que Orfeu diz, e avança até o encostar à cerca, às plantas que rebentam por cima. Quando Zaca fecha a mão com as pitangas, a língua do garoto enrola-se na sua e tudo conflui em simultâneo, fresco e rijo na mão, quente e convulso na boca, as folhas na cara, na nuca, como se Orfeu o afundasse no jardim, se afundassem juntos, nos verdes, nas veredas.

E visto assim, de baixo para cima, à luz que cai das copas como purpurina, o jardim parece existir para isso, ser o sonho que o sol não terá.

•

— Gente, eu até...
— ... se bobear...
— ... vai que rola...
— ... arrasou.
— ... mas sabe o que o Nietzsche fala...

Inês desperta na última frase.

— ... da erupção dos espíritos livres?

Nietzsche às 6:30 da manhã, numa pista que cola nos pés, de tão suja? Ela abre os olhos para ver: um cara careca de barba negra debruçado sobre outro cara careca de barba negra. É a filosofia da atracção *bear* ou vice-versa, o que funcionar. Já ela só gostaria de atrair um táxi que a levasse daqui para fora. A pista tem quatro colunas gregas de isopor, aquilo a que, ao fim de um ano no Rio de Janeiro, Inês ainda chama esferovite: encostara numa delas e assim passou um minuto ou a eternidade. Entretanto, o que sabe desde a primeira noite carioca não mudou, os taxistas continuam a evitar Santa Teresa, com seus cumes de paralelepípedo. Bruna desdobra-se no celular, ligando para todo o número possível e nada dá certo. O jeito é ir a pé, diz Inês, e Bruna insiste, continua a ligar: porque aqui é morro, é floresta, tem estupro, tem assalto, tem de passar o túnel, descer tudo até Laranjeiras, nem pensar em ir a pé.

Mas claro que é isso mesmo que vai acontecer. E com a vantagem de o real estar suspenso a grande altitude. Porque quando despencar para metade, acabando com o oba-oba da sexta economia do mundo, levantará de novo esse vento de arrastão que a Zona Sul tanto teme, e de cada vez a fará dizer que o Rio está violento. Está porque é, como toda a pirâmide desde o Egito: a base aguenta o cume, e quanto mais abaixo mais peso.

•

As cachorras ladram atrás da cancela de madeira, ao fundo da rampa. Ladram e volteiam, para a esquerda, para a direita, caudas na emoção de avistar Zaca.

— Não mordem, tranquilo — diz ele, vendo Orfeu estacar.
— Como chamam?
— Una e Porã.
— Bonito.
— Nomes tupis. São irmãs.

Mal Zaca abre a cancela, saltam em cima dele, arfando de felicidade, línguas de fora. Filhas, netas de cachorros da casa, moram aqui desde que nasceram, então voltar a casa é sempre o momento Ulisses de Zaca, estes olhos sem distância onde o amor nunca acaba. Amor de cachorro é imortal, e cachorro sempre morre, o que é terrível para os humanos mas do ponto de vista do cachorro está certo, morrer quem ele ama seria insuportável. Amor é: ser evidente que preferimos morrer antes. Zaca aprendeu isso com os cachorros, e pensa nisso quando fica assim olhos nos olhos com eles, mas quanto a humanos, vai esperando. Às vezes, rápida como o meteorito de amanhã, essa angústia passa por ele, se valerá a pena viver não querendo morrer antes de alguém.

— Eita, jabuticaba! — diz Orfeu, observando o rastro carmim na sola da sandália.

— É porque você está mesmo debaixo da árvore, olha aí.

O garoto apalpa o tronco cheio de bolinhas pretas, arranca uma, chupa.

— Isso é um cogumelo gigante? — aponta a raiz. — *Véio*, tu tem floresta, cogumelo, caminho de folhinha, parece que a gente está dentro de um conto.

— Quer ver o Corcovado?

Sobem entre mangueiras e gengibre-vermelho. A cascatinha está nos fundos da casa, coroada de floresta, coqueiros crescendo na direção do Cristo, que só é visível de um certo ângulo: Zaca ajusta a posição de Orfeu, até ele acertar em cheio.

— Massa, *véio*. Bonito demais.

— Me amarro nesse sotaque. Você nasceu em Recife mesmo?

— Nasci. No Coque, conhece?

— Acho que não. Só fui uma vez em Recife, detesto pegar avião. Coque é um bairro?

— Favela, né? Tipo, no espaço desse jardim teria umas cem famílias.

— E veio morar no Rio quando?

— Moro no Rio, não. Uns amigos vinham ensaiar, tocar, aí rachamos o combustível.

— Combustível? Mas de onde vocês vieram?

— Ué, de Recife.

•

No terraço do antigo Hotel das Paineiras, Noé apoia as mãos na balaustrada, senta-se num pulo, e roda 180°, até as pernas balançarem no abismo. Seria perigoso demais no corrimão, mas há vários pilares e aí a base é mais larga. Então, Lucas num pilar, Noé noutro, a floresta diante deles faz um V, como se toda aquela massa fosse abrir ao meio, gênero Mar Vermelho.

E através desse vale de copas pinceladas, pontilhadas, no meio do qual, aqui e ali, explode a estrela de uma bananeira, avistam o topo direito do Jóquei, todo o Leblon, o começo da Rocinha, o morro Dois Irmãos, que daqui parece um, e, no meio do Atlântico, as Cagarras.

•

— Você veio do Recife numa kombi? São quê, dois mil e quinhentos quilômetros?

— Por aí, mas a gente dá umas paradinhas.

Orfeu pousa a lira, puxa Zaca pela camisa, encosta a boca na boca dele, respiração na respiração, assenta a palma da mão entre as pernas dele, sente o pau, sorri:
— Tudo isso? Me dei bem.

O suor escorre pela testa de Zaca, boca, barba, pescoço, Orfeu lambe, boca, barba, pescoço, abre o fecho da bermuda, enfia a mão, tira o pau de Zaca:
— Tesão da porra.
— Escuta...
— Tu tava louco pra...
— ... tem gente por aí, o jardineiro.
— Domingo?
— Ele mora aqui.
— E aí? Gosto de gente olhando. É gostoso?
— O quê?
— Teu jardineiro, *véio*.

Pingam gotas das sobrancelhas de Zaca.
— Você é maluco.
— Fala que tu não tá gostando.

Zaca inspira.
— ...
— Não escutei. Fala.
— Eu estou gostando.

O braço de Orfeu acelera:
— Fala na minha orelha.

Zaca sente o sangue todo na mão dele:
— Cara...
— Fala.
— Assim eu vou gozar.
— Tão rápido? Tu tava só me esperando?

Zaca sorri.
— Para...

O braço desacelera, Orfeu sussurra:
— Não tem ninguém te comendo direito, *véio*?

Zaca fecha os olhos, ri:
— É.
— Um cabra tão gostoso.
— Deixa eu falar uma coisa.
— Fala.
— Na sua orelha.

Orfeu cola a orelha na boca dele, Zaca murmura:
— Eu nunca peguei homem.
— Porra, arrepiei.
Agarra na mão de Zaca, enfia-a dentro da boxer.
— Pega no meu pau. PEGA.
Olhos nos olhos dele, Zaca fecha os dedos, sente a dilatação, quente, úmido, macio, duro. Como o seu mas não o seu.
— Você já tinha percebido?
— Que tu nunca pegou pau? Claro, né, *véio*? Tou até com inveja.
— Do quê?
— De como tu vai gozar quando eu meter no teu cu.

•

Gabriel dorme, acorda, dorme, acorda, dormita na vigília de quem trepou noite dentro, o pau naquela fenda onde ele moraria para sempre, no final da curva de uma bela adormecida. Esta é tatuada da cintura para cima, então o tronco é uma espécie de coroa dessa fenda, dessa curva, uma coroa Carmen Miranda porque as tatuagens dela são flores, são frutos, vermelho, azul, verde, laranja, um jardim. Gabriel passa a ponta dos dedos ao longo da coluna, afunda, levanta, ela estremece, e com ela as flores, os frutos.
— Hummmmmmm... — ronrona, descolando dele, e rola até ficar de bruços, joelho fletido do lado de lá.
Do lado de cá, logo abaixo do cotovelo, tem uma maçã.

•

O momento da festa em que Zaca soube que aquilo ia acontecer foi no meio da pista, no meio do *trance*, quando a luz incidiu na cara do jovem orfeu que dançava na sua frente, fazendo-o abrir os olhos: duas esferas escuras, uma centrada, a outra divergente, como um planeta fora de órbita. Zaca estava fixo no corpo, ombros, peitos, braços, coxas, mas quando veio a luz viu aqueles olhos de curto-circuito. Aí, o garoto sorriu, disse, oi, meu nome é Orfeu, e o pau de Zaca quase doeu, no afluxo instantâneo do sangue. Sorriu de volta, eufórico, confuso, pensando ao mesmo tempo que Orfeu era estrábico e que aquilo ia acontecer.
Agora, junto da cascatinha, à luz do dia, tem o pau na mão dele, mas nunca se achou tão velho.

— Que idade você tem?
— Por que tu tá perguntando isso?
— Vinte? Me diz.
— Ué, tu não tava me vendo antes?
— Me diz, vai.
— Quase dezoito.
— Caralho, isso quase dá cadeia.
— *Véio*, tu mora em que planeta?
— Como assim?
— Agora sou eu que vou te falar uma coisa. Vem cá. Mais perto.

Zaca encosta a orelha na boca dele. Orfeu murmura:
— Tu sabe que idade eu tinha quando dei a primeira vez?
— ...
— Doze. Eu tinha doze anos, sacou? Então te liga que o novinho aqui é tu.

•

O vale, a varanda, o interior da ruína, Noé ia filmar tudo isso e acaba de ver que não tem memória na câmara. Teria de apagar as imagens dos últimos dias no Rio de Janeiro, quando Lucas ainda nem as viu porque passou a semana em vãos e viadutos nos preparativos para o almoço de hoje. Por causa do almoço também não têm muito tempo aqui, agora, mas ele queria que Noé visse este lugar na primeira alvorada do primeiro solstício desde que se conhecem.

Noé vê, e vê Lucas nele. Assim suspenso, como quem a qualquer momento pularia, é bem o perfil da onça na floresta, nariz agudo, boca protuberante, tudo o mais puxado para trás, olhos, testa, orelhas, queixo. Para um estranho, seria talvez feroz, mas o que Noé pensa é que, depois da mãe, Lucas será a pessoa em quem mais confia. A segunda pessoa que não pode morrer antes dela.

•

— Unaaaa! Porããã!

A voz de Mateus chamando as cachorras do outro lado da casa. Orfeu solta a mão, Zaca guarda o pau, fecha a bermuda, diz:
— Vem.

Atravessam a grama até uma porta de vidro camuflada na folhagem. A cascata fica na parte mais elevada do terreno, e entrando na casa por esse nível há uma escada que desce para os quartos. O de Zaca é o primeiro depois da escada. Ele entra por último, fecha a porta, tranca.

— Essa casa é tudo janela? — diz Orfeu, percorrendo a parede de vidro com a mão.

— Quase — Zaca puxa os black outs.

— Posso pousar a lira nessa mesa? — Olha a pilha de livros. — *Machado de Assis e o Hipopótamo*... Esse cara tinha um hipopótamo?

— Era um sonho.

— E por que tu tá fechando tudo? — Orfeu atira-se na cama. — Com medo do jardineiro? Que idade ele tem?

— Cinco anos menos que eu.

— Por que você nunca pegou ele?

— Você parece minha irmã, sempre pensando nisso.

— Em pegar o jardineiro?

— Não, deixa pra lá.

Zaca está de pé, mãos nos bolsos, Orfeu sobe o tronco, encosta na cabeceira:

— Por que tu tá aí parado?

Zaca tira as mãos dos bolsos, Orfeu pousa a mão entre as coxas:

— Tira a roupa.

Zaca desaperta um botão, Orfeu diz:

— Não é isso que tu quer?

— O quê?

— Que eu decida.

•

Fresco do banho, Tristão desce a David Campista sem cruzar ninguém, feliz de acordar cedo no domingo. E não é de ser católico, ou será? Domingo de manhã tem uma clareza. De certa forma, todo o domingo é de manhã.

Em criança, domingo de manhã ia com o pai à missa nos Jerônimos. Às vezes, desciam a travessa de casa e seguiam por baixo, vendo os barcos ao longo do Tejo, mas mais vezes subiam, por entre as ruas com nomes de navegadores, até às traseiras do mosteiro. Tristão preferia subir, porque em cada esquina tinha um pedaço do mundo, e assim conheceu Belém achando que Portugal era o país das aventuras. O pai contava-lhe como Duarte Pacheco Pereira, que dá nome à avenida onde compravam pão, navegara às escondidas até ao Brasil dois anos antes de Pedro Álvares Cabral; ou como Pêro da Covilhã, que dá nome à rua por trás da ermida, fora em busca do rei cristão da Etiópia, e se disfarçou de muçulmano em Meca. Até hoje, Tristão acha que alguém devia escrever a biografia imaginária de Pêro da Covilhã, dado que é preciso imaginar quase tudo. E entre as duas metades do passeio de domingo, para lá e para cá, adorava entrar na igreja dos Jerônimos como se fosse a continuação do bairro, não ter de esperar na fila com os turistas.

Aos 12 anos, começou a ir para o Museu Nacional de Etnologia a seguir à missa, porque a mãe de um colega trabalhava lá e bastava subir a rua dos Jerônimos. Entre as reservas do museu e o que a partir daí foi lendo, a sua visão infantil das façanhas portuguesas sofreu várias convulsões. Já adulto, a estudar fotografia em Londres, ainda pensava naquela Amazônia subterrânea, na penumbra de um labirinto: as máscaras e as maracas dos xamãs; os colares de osso de capivara ou dente de cotia; as panelas em forma de sapo, pato, gavião, morcego, tartaruga, tatu, pacu, pirarucu; as grandes urnas marajoaras; os raspadores de mandioca; as joias de penas e plumas; os cocares, as coroas, as flechas, as tangas, as redes, os cestos, os amuletos. Centenas de peças coletadas pelo viajante Victor Bandeira em várias regiões, do Xingu à Ilha de Marajó, durante uma expedição em 1964, por encomenda de Ernesto Veiga de Oliveira e Jorge Dias, fundadores do museu. Depois, todo o vigor do debate pós-colonial em Inglaterra contribuiu para que Tristão acabasse por decidir estudar Antropologia. Somando licenciatura, mestrado e doutoramento suspenso, passaram nove anos. Mal acredita que tem trinta.

Este agosto, a seguir à visita do papa ao Rio, foi a Portugal por duas semanas e voltou à missa nos Jerônimos. Achou que havia mais turistas do que nunca na praça, enquanto dentro da igreja tudo continuava igual, o coro, as velas, a luz a balançar nos vitrais, as famílias que conhecia de pequeno, os vizinhos da sua idade agora com carrinhos de bebês, os irmãos mais velhos a ajudarem os mais novos a ajoelharem-se. Mas a leitura desse domingo falava em *Nós, os dos fins dos tempos*, e quem cantou foi uma soprano mestiça que ele nunca vira; tudo pareceu ligar-se, passado, presente, descendentes do Império.

No fim da missa, deu uma volta pelo claustro, queria fotografar os animais e vegetais petrificados desde o século XVI. E de súbito voltou àquela noite dos seus nove anos em que os pais o trouxeram a um concerto: uma pequena orquestra, um pequeno coro de mulheres, um homem ao piano. Quando a música começou, toda a gente cantou, e toda a gente parecia feliz: *Pois há menos peixinhos a nadar no mar / do que os beijinhos que eu darei / na sua boca.* Era Antônio Carlos Jobim no claustro dos Jerônimos. Vinte anos depois, entre os turistas que em agosto lotavam o mosteiro, Tristão deu graças por lhe ter acontecido isto na vida, morar na mesma cidade de onde aquela música vinha, ainda que pelo instante breve de um sabiá.

À saída, subiu a rua como na adolescência, para avistar o Tejo entrando no Atlântico. Por ali partiam 1500 homens de uma vez, naus de enfrentar o mar-oceano, caravelas de explorar a costa, despedindo-se em rezas e adeuses, talvez para sempre. Então, parado no topo da colina, vendo o sol da manhã na água, Tristão teve a certeza de que durante a sua vida brasileira voltaria aos índios, ao começo.

•

Nunca na foz de Belém a excitação fora tão grande como na manhã em que partiu a frota de Pedro Álvares Cabral, depois de na véspera toda a gente se ter ajoelhado junto de el-rei D. Manuel, na missa da partida.

Ao outro [dia], que foram nove de Março de mil e quinhentos, de madrugada, ventando muito bom vento, para a frota sair do rio, fez a capitania sinal às outras naus que levassem âncora, que logo começaram de levar com grande matinada da salamea dos marinheiros, narra Fernão Lopes de Castanheda. *Quando veio as oito horas do dia, estando já todas levadas, desferiam as velas com grandes gritas de boa viagem, que a gente toda deu juntamente.* E aí a crônica vira música: *Os bombardeiros nas alcáçovas das naus, caçando com os cabrestantes as escotas do papa-figos; os marinheiros e os grumetes deles nos castelos davante, alando bolinas, bardaus e cuetes; outros no convés atesando escotas dos traquetes, e traquerinhos, e cevadeiras, e mareando outros aparelhos destas velas, e assim na tolda, e chapitéus dos das mezenas, e traquetes das gáveas, e alargando troças, apertando driças e guardins, e fazendo e desfazendo palancos, e atesando amantilhos e amantes. E era muito para espantar ver tanta diversidade de serviço em tão pequena quantidade como é a largura e comprimento de uma nau.*

     Gávea   - *Velacho* -

      Grande   - *Traquete* -
- *Mezena* -
Botaló   *Monetas*
          - *Cevadeira* -

 Se as velas triangulares se chamavam *latinas*, as quadradas, ditas de *pano redondo*, respondiam pelo alegre nome de *papa-figos*. Todo um vocabulário para abarcar o planeta, o que não impediu que, entre mar e guerra, quase metade da frota cabralina morresse, incluindo Pêro Vaz de Caminha.

 Mas antes, claro, a frota havia desembarcado pela primeira vez no Novo Mundo, visto os primeiros índios, as primeiras índias. Cabral deixou dois degredados lá entre os tupiniquins, aprendendo língua e costumes para uma futura exploração. Ficaram chorando de desespero, consolados pelos índios que acabavam de os conhecer, ao contrário de dois grumetes que aproveitaram para fugir das naus sem mais serem vistos. Se quem estava na puberdade preferia o selvagem desconhecido à vida a bordo, o horror que não seria a vida a bordo, entre fome, doença, abuso, tudo o que foi menos digno das crônicas.

 E naquela foz de Belém, então fora dos muros da cidade, em breve se levantaria o Mosteiro dos Jerônimos, para santificar a conversão do mundo pelos portugueses.

•

— Detesto domingo — murmura Inês, dentro do táxi parado em frente ao Varandas, melhor restaurante de Laranjeiras aberto 24 horas, à exceção de todos os outros, que não existem.

— *Detesto domingo por ser oco.* Sabe quem disse isso? — pergunta Bruna, a seu lado.

— Não faço ideia.

— Clarice Lispector.

Inês fecha os olhos, deixa cair a cabeça para trás.

— Eu nem me lembro do meu nome.

Meia hora a caminhar pelas curvas que descem de Santa Teresa, favela, asfalto, mato, muros, grades, primeiro na Almirante Alexandrino, depois Júlio Ottoni abaixo, nomes de quem há cem anos comandava couraçados, hoje apenas ruas que podem desembocar em escadinhas.

E mais meia hora teria sido se, entretanto, não aparecesse um táxi. Então, em vez da escadinha, aceleraram pelo asfalto da rua Alice, assim sem título nem apelido, apenas porque o homem que mandou abrir a rua há cem anos tinha uma mulher com esse nome: *Esposa de Eduardo Klingelhoefer, diretor da Cia Ferro Carril*, diz a placa.

A toponímia é um bom cutucante para os estudos de gênero, pensa o narrador que Inês pensaria, não fosse a ressaca da festa, o álcool, o emedê, o sono, estar parada em frente ao Varandas, e ainda por cima ser domingo.

•

O que aconteceria se o táxi não tivesse aparecido é que Inês e Bruna desceriam a escada que Manuel Bandeira tanto pulou, na sua adolescência de poeta a cirandar por aqui.

E, vencidos os 283 degraus desde Santa Teresa, pisariam na rua Marechal Pires Ferreira, onde o bairro já é o Cosme Velho, em pleno quintal de Machado de Assis. Defunto de há cento e tantos anos, o marechal está reduzido à placa com o seu nome. O nome de Machado, ao contrário, dá a volta ao mundo. Mas quem chegue a esta esquina onde ele casou, morou e escreveu a sua trinca de obras-primas não achará mais do que cabe numa placa.

Porque, de um lado da rua, a capela do casamento foi alugada à Fox TV, que aí instalou a sua Fox Sports, redação entre a nave e o altar, até a mudança para a Barra da Tijuca, seguindo o fluxo da Olimpíada. As palmeiras do jardim rivalizam com as parabólicas, cercadas por grades: propriedade privada. E do outro lado, no lugar do chalé romântico de Machado, demolido nos anos 1930, há um prédio com mais de dez andares, em baixo cabeleireiro, supermercado e café. É na fachada do café que estão as datas em que ele morou aqui, com a sua Carolina de Novaes.

Naquele tempo, era tudo propriedade dos condes de São Mamede. A viúva do 1º conde, Joana, veio a casar com Miguel, irmão de Faustino e Carolina, portanto os Novaes tornaram-se parte da família. Artista, daguerreotipista, Miguel tivera um ateliê de fotografia no Porto. Talvez por isso sobrevivam vários retratos de Carolina jovem.

O 1º conde de São Mamede, o português Rodrigo Pereira Felício, não apenas encorajara Faustino a vir para o Brasil, como o protegeu durante toda a estadia, e depois apadrinhou o casamento de Carolina com Machado na sua capela, em 1869. Quinze anos mais tarde, já Rodrigo morrera, a viúva cedeu a Machado e Carolina um dos vários chalés da propriedade. Foi quando eles se mudaram para o Cosme Velho, onde morariam até ao fim da vida.

Desses chalés sobrevive um, hoje parte do tradicionalíssimo Colégio Nossa Senhora de Sion, onde Judite estudou, e antes dela sua mãe, suas tias. Para irem à escola, as meninas Souza apenas tinham de descer a velha chácara, Rio Carioca cantando subterrâneo, debaixo dos pés.

O íntimo inédito. Como é aquele papo? *Eu é um outro.* Zaca nos braços de Orfeu, aliás mordendo o íntimo e inédito bíceps dele.
— Como é seu nome de verdade?
— Oz.
— Oz!
— No papel é Ozias, mas me chamam de Oz. Tu tá rindo do quê?
— Nada.
— Tá me zoando?
— Não, acho lindo você ser Orfeu de fantasia e Oz no real.
— Próxima vez tem de dizer, me come, Oz.
— Quando vai ser isso?
— Depois do café?
— Vou pegar algo lá em baixo.
— E tem cigarro?
— Vê aí na gaveta, do lado.

Oz busca, bota um cigarro na boca, agarra a cabeceira da cama, alonga um braço, esguio, teso. Zaca aperta a camisa, fixo nele.
— Caralho, quase que eu podia ser seu pai.
— Tu é mas é novo, *véio*, tô te dizendo. Eu tenho tesão em caras que podiam ser meu avô, sacou? Mas como achei tu gostoso quis te dar uma chance. Aí dei sorte... – alonga o outro braço – e vim parar nesse xangrilá.
— Muito sabido para dezessete anos. Como você sabe o que é xangrilá?
— Tem um negócio, não sei se tu já ouviu falar, chama Internet.
— Acho que alguém já me falou. É, se você tem dezessete anos já cresceu lá dentro.
— Terei dezoito antes do réveillon.
— Já? Que dia?
— 31 de dezembro. Mas antes de Internet tem outro negócio.
— O quê?
— Quando tu já nasce fudido tu aprende rápido. Tem fogo? Não acho na gaveta.

•

Gabriel teria matado o padrasto na noite em que ele sumiu do Complexo do Alemão. Acha que teria, nunca deixou de achar. Já usava tapa-olho, já tinha o tamanho que tem.

Nessa noite chegou a casa e tinha uma vizinha botando gelo na cara da mãe. A vizinha escutara os gritos, na favela dá para escutar trepada, pancada, pancadão, saber quando é o-de-todo-o-dia, quando não. A vizinha nunca gostara desse homem que rondara Dona Mari até ela o botar dentro de casa, depois de tantos anos de viúva, Gabriel estava com 18. Então, nessa noite fazia meses que o homem era seu padrasto, não no papel, mas em casa, na cama da mãe. Gabriel saíra da faculdade já tarde, pegara trânsito, via cortada, hora e meia desde o centro, e ao entrar tinha essa vizinha com um pano, a mãe desviando a cara, vai embora filho, que é que foi mãe, vai embora Gabriel, aí Gabriel correu para ela, viu o olho negro, a boca cortada, inchaço do lado, que foi isso mãe, eu caí, filho, a vizinha abanando a cabeça, caiu não, foi seu padrasto.

Gabriel sabe que nesse instante teria acabado com o cara, mas ele nunca voltou, e Gabriel não achou o rasto dele. Até que um dia reconheceu o nome numa notícia, morto lá no sertão por uns macumbeiros que praticavam sacrifício, vendiam empadinha de carne humana. Se Gabriel acreditasse em deus, acreditaria que deus entregara essa morte ao diabo para lhe poupar a si o inferno. Mas Dona Mari acredita em Deus, portanto Gabriel contou à mãe que o cara morrera num acidente, para ela nunca mais temer, ou desejar, um regresso. Dona Mari sempre disse que agradecia a Deus esse homem ter ficado tão pouco na sua vida que nem dera para acostumar. Gabriel ainda teve pesadelos com macumba por uns dias, depois passou.

Hoje diria que não sonha com nada, ou então não lembra ao acordar. Muito menos acordando no morno dessa curva tatuada, nesse jardim.

•

Tristão para na padaria da esquina, compra um pão de queijo, segue na direção da Lagoa. Vai pegar o 439, saltar na praça da Bandeira, caminhar até ao Maracanã. Pediram-lhe uma foto da reforma do estádio e todo o entorno para um perfil da queda de Eike Batista. O homem que no ano passado era o sétimo mais rico do mundo na lista da *Forbes* está a abrir buracos no solo feito meteorito. Eike, comprador por oitenta milhões do Hotel Glória, símbolo centenário do Rio de Janeiro, para o ressuscitar com todo o *tcham* na Copa. Eike, despoluidor da Lagoa até poder provar com o seu próprio mergulho que bom seria nadar nela. Eike, benfeitor da pacificação nas favelas, financiando estruturas e equipamentos para as UPPs. E olha só que estranho, projeto a projeto ruiu tudo. Então, na pequena fatia de Complexo do Maracanã que há meses Eike ganhou em concurso, incluindo gestão, operação e manutenção por 35 anos, toda a incerteza é pouca. A bolha de sabão divina, maravilhosa ainda pula e avança, mas dentro dela Eike Batista já vem anunciando o estouro.

•

— Hummmmm... — A bela adormecida roda de novo e cola a Gabriel, que está a adiar levantar-se, pensar no debate que tem ao fim da manhã, lá na Cidade de Deus. Tanto domingo bom para debater o futuro do Brasil e tinha de calhar logo hoje, com toda essa promessa na cama.

Literalmente tropeçou nela no teto do palácio do Parque Lage. Era uma daquelas festas de festival, DJ set, vídeo set, arto lindsay & piquenique. Havia instalações de som e luz pelo jardim, os troncos estavam azul-elétrico, as copas rubi, laranja, todo um bosque sobrenatural, falante. No palácio, centenas dançavam em volta da piscina, debaixo das arcadas. Subindo para o teto, telas brancas com projeções, e tatamis para ficar deitado, olhando o filme ou o céu, onde o Cristo, incandescente, dominava. Aí, Gabriel tropeçou numa perna transbordando de um tatami, e caiu para cima dele, rente à dona da perna, que ainda assim não acordou. Mas à luz do filme, e do Cristo, ela refulgia, cabelo afro dourado, pernas intermináveis, tronco de flores, de frutas. Vestia apenas um top e um short, e adormecera ao primeiro copo por estar a pé desde manhã cedo. Conheceram-se, pois, já deitados, ela abrindo os olhos para aquele negão de pala no olho. Oi, isso é uma fantasia, ela disse, não, quer dar um mergulho comigo, ele disse, onde, ela disse, lá em baixo, ele disse, mas isso não é proibido?, ela disse, só até ao primeiro, ele disse, e quando ela ia pensar no que dizer já Gabriel se debruçara num beijo que acabou onde ele tinha dito, com os dois a pularem dentro da piscina do Parque Lage, perante o Cristo e centenas de testemunhas. Cinco minutos depois a piscina estava cheia, gente pulando de todas as formas e feitios, calcinha, boxer. Porque o verão no Rio nasceu para isso, e essa era a primeira noite do verão. Sim, de ontem para hoje, 22 de dezembro de 2013. Conhecem-se há horas, Gabriel e a bela, de sua graça, Andressa.

•

O céu está tão dramático que Noé olha o bruto das imagens dos últimos dias, tentando abrir espaço para filmar algo da ruína com esta luz, e antes que os turistas cheguem. Tem dezenas de sequências na câmara, começando por quinta-feira passada no Humaitá, quase três horas no palco onde o poeta Chacal sempre faz de anfitrião com uma cabeça de minotauro: tira, põe.

Quando a mãe de Noé nasceu já Chacal era um mito da poesia marginal, e quando Noé nasceu já Chacal fazia o CEP 20.000: 23 anos de sessões, uns mil poetas. Nenhum projeto carioca deve durar há tanto fora do mercado. CEP no Brasil significa Código de Endereçamento Postal, seguido de um número, o que também dá para Centro de Experimentação Poética, seguido de um número bárbaro. E o CEP é pai de todos esses saraus que no terceiro milênio alastram pelo morro, pela periferia, trinetos de escravos escrevendo livro em celular, dizendo tudo de cabeça, geração extra e além do papel. *Empoderamento pela literatura.*

No alinhamento desta última quinta-feira, entre novos e nem-tão-novos, havia mais de vinte poetas, das 20h30 até depois das 23, quando o CEP ia seguir *na rua, na cidade, no mundo, no espaço*. Noé gravou tudo, a somar a muitas horas de outras quintas-feiras, incluindo alguns destes mesmos poetas, portanto tem por onde apagar.

E sabe o que acima de tudo quer manter: aquela aparição de raiz escura e caracóis amarelos, corpete, bota de cabedal até ao joelho, coxa poderosa, carioca da periferia decidida a não ser menos do que deus, o contrário da garota sempre cabendo na palma da mão do que se espera dela. Quando pisou naquele chão, frente àquela plateia ala-esquerda-da-zona-sul, cortou o silêncio como Zaratustra, e era assim que ela falava, ciciante:

— *Não tenho sangue de barata, nem de cor azul. / Não preciso provar nada. / Não aturarei desdém.*

•

Nega de coxa poderosa, laço de biquíni na nuca, um filho pela mão, outro no braço; boia nos ombros do negão, lancheira, isopor, piscina de borracha, a periferia carioca cruza-se com Tristão na praça da Bandeira, ele vindo da Zona Sul, eles vindo da Zona Norte. Vão lotar o metrô, saltar em Copacabana, pegar a praia. Domingo pode.

Urubus planando sobre um jequitibá, que vêem eles no chão da Floresta da Tijuca? Não tem árvore mais alta nem mais antiga aqui, várias centenas de anos. Vieram as naus, foi o pau-brasil, o açúcar, o café, e o jequitibá vendo tudo.

Libertada a memória da câmara, Noé foca no mar e vai rodando sobre si mesma, até ficar de frente para a assombração do Hotel das Paineiras, monumental, enegrecida, como se um incêndio tivesse acontecido agora. Num dos primeiros chats que trocaram, pouco depois de se conhecerem, Lucas contou-lhe que costumava vir para aqui. Como quase todo o mundo, Noé só vira isto de raspão, e quer filmar o que amanhã sumirá.

O futuro Centro de Visitantes já existe em maquete, incluindo *espaço para eventos e garagem para 395 carros*. Não indo a tempo da Copa, garante abrir para a Olimpíada. E entretanto o marketing toma conta. Onde antes Lucas só era surpreendido por aventureiros, agora há um estacionamento de vans, bancos e guarda-sóis, barraquinha de ingressos, enchentes daqui a nada.

O acesso à ruína está vedado por uma chapa com um guarda em permanência, mas Noé puxa um papo de futebol, inventa um avô fotógrafo que retratou a selecção brasileira concentrada aqui nos anos 1970, será que não daria para bater uma foto de recordação? O guarda libera cinco-minutos-cinco, ela avança pelo alpendre ao longo de todo o piso térreo, lajes de mármore no chão, portas de vidrinhos e moldura azul, ainda com vidros e ainda azul, apesar do teto podre, do mofo. JESUS DONO DO LUGAR, alguém escreveu com o dedo no pó. Mais à frente, como um refrão, DEUS, DEUS, DEUS no vidro de uma porta aberta. Noé olha para trás, o guarda está distraído com o celular, ela entra. Salões abrindo para salões, paredes cor de salmão com lambris cor de cinza, o fantasma do que foi o soalho em losangos, vitrais arte nova, arcos, capitéis, escadaria, tudo devorado, esburacado, sujo. E por entre as sobras dos mendigos, painéis acabados de imprimir: LOUNGE PAINEIRAS.

•

Oz saiu a correr mas Zaca continua a chamar-lhe Orfeu. É demasiado forte, demasiado tarde, deixa Oz para os outros. Orfeu, o do curto--circuito, será seu.

Tinham comido, trepado outra vez, aí Orfeu pegara no celular para ver a hora e viu um monte de chamadas dos amigos de Recife que haviam seguido da festa para a Cachoeira dos Primatas e perdido lá a chave do apartamento emprestado. Estavam todos na porta do prédio no Andaraí, eram dez da manhã, queriam entrar, dormir, a chave alternativa estava com Orfeu, ele saiu correndo.

E, ao ver a lira esquecida na mesa, Zaca estica o corpo de prazer, quase grita. Agora não entende porque *isto* não aconteceu antes. É como o fim súbito de um zumbido, ou de uma contratura, algo se distendeu no sistema central. Há o problema da quase menoridade, quase crime, Orfeu ainda nem vota, mas quem diria. Se essa cama fosse um ringue, estaria na sua categoria, peso-médio, corpo de muita capoeira, tudo aquilo que chamara a atenção de Zaca na pista, somado a tudo aquilo que o Cosme Velho revelou. Salve Pernambuco, dionisíaco será pouco, o próprio Dionísio não trocaria você nem por todo o Teatro Oficina (salve, salve!), com suas plateias arrancando a roupa.

•

Difícil apanhar o nome todo na fotografia, só em panorâmica:

E S T Á D I O   M Á R I O   F I L H O

Os bons de bola deram cabo dos intervalos de Tristão na escola. Uma centenária escola pública lisboeta, garbosas janelas, amplos pátios, mas isso de pouco serviu na educação física dele. Os bons eram magros, tinham a bola e geralmente a rapariga, nunca conseguiu marcar um golo, em nenhuma das balizas. Diante do Maracanã, a sua emoção é, pois, toda adulta, construída. Bloqueou o futebol da adolescência, só voltou lá antropólogo. Quando se mudou para o Brasil, o estádio já entrara em obras para Copa e Olimpíada, e como a reforma durou até 2013, e agora dizem que está irreconhecível, foi adiando ver um jogo. Em suma, nunca pisou ali dentro.

Então este é o momento em que a infinita misericórdia de algum deus faria viajar Tristão até 1950, quando o maior jornalista desportivo do Brasil, Mário Rodrigues Filho, conseguiu fazer inaugurar aqui o maior estádio de futebol do planeta. Acontece, no entanto, que o narrador tem aquela costela não brasileira de ser ateu, sem deixar de ter aquela costela brasileira do milagre, portanto vai tratar disso ele mesmo, só porque acha bonito. Como fará isso? Misturando a madalena de Proust com aceleração de partículas: a memória de tudo o que Tristão leu, viu e ouviu sobre futebol vindo ao de cima em velocidade cruzeiro. E o toque divino será aquele drible de Garrincha convocando todo o mundo: Pelé, Jairzinho, Tostão, Rivelino, Sócrates, Zico, Romário, Ronaldo, Ronaldinho e Neymar. Só diante do Maraca dá para imaginar esse time.

•

A visão da lira de Orfeu junto aos livros sobre o Cosme Velho faz Zaca pensar num deles, um dos muitos que foi comprando em sebo, e por acaso leu há dias. O título é o endereço do chalé em que Machado de Assis morou: *Rua Cosme Velho, 18*. Contém o relato do restauro do mobiliário, acervo da Academia Brasileira de Letras, Zaca apanha-o e volta para a cama. As páginas iniciais mostram o gracioso chalé de telhado rematado por lambrequim, a rua larga para o trilho duplo do bonde, sombra de muitas copas, casarões; e, ao fundo, a encosta escura do Corcovado.

Tudo imortal e mudo, como só nas fotografias.

Mas entre elas há ecos de quem viveu o ruído e o fim desse mundo. Por exemplo, a carta que Joaquim Nabuco, escritor-diplomata então em Washington, enviou ao também escritor-diplomata Graça Aranha, logo após a morte de Machado, amigo de ambos: *Eu sou muito contrário à ideia de uma estátua. A estátua, para ser digna dele, teria de ser uma grande obra. A melhor ideia, grande demais para nós, seria comprar a casa e conservar tudo tal qual. Essa é a maior prova de veneração da posteridade. Lembra-se da nossa visita à Casa de Voltaire? O pensamento mais delicado desse gênero, que eu saiba, é dos americanos, que em Cambridge compraram o espaço defronte da casa de Longfellow para conservar intacta a perspectiva que tinha o poeta. Quanto ao mais belo túmulo, é para mim uma pedra entre as flores, como o de Shelley, e à sombra de uma grande árvore. Podia-se até ter pássaros. Nós, porém, não temos meios para nada.*

Este *nós* era a ABL, que Nabuco e Aranha tinham fundado com Machado. Renitentes à estátua, impossibilitados de comprar o chalé, menos ainda a vista, optaram por descerrar uma placa em bronze no local, com discurso de um dos poetas que carregaram o caixão. Recém-autor do Hino à Bandeira do Brasil, Olavo Bilac falou então da *sobriedade encantadora* e do *recato severo*, da *dignidade de vida* e da *abnegação modesta*, do *gosto da solidão* e da *escravização ao domínio exclusivo das ideias* em que Machado terá vivido no Cosme Velho, ao lado de Carolina. Espírito que *temia acima de tudo o barulho e a cintilação das palavras vazias*, Machado aproveitou aquele *quieto recanto da cidade, longe de agitações e lutas*, para o *gozo recatado da sua felicidade doméstica e o gozo igualmente discreto da sua arte.*

O Cosme Velho conveio, assim, ao temperamento e ao destino de Machado a ponto de as *folhagens amigas* resguardarem *zelosamente o ninho do seu afeto e a oficina do seu pensamento*, da mesma forma que *o clarão da lâmpada*, quando chegava a noite, *alumiava a sua operosa vigília*. Num derradeiro ímpeto, Bilac falou mesmo em nome dos reinos animal, vegetal e mineral: *Conheciam-no bem estas árvores, estas flores, e as aves que o saudavam ao romper da manhã; todas as coisas inanimadas e todos os seres inocentes deste poético retiro conheciam e amavam aquele austero poeta e aquele meigo beneditino, voluntariamente clausurado na tarefa paciente e no sonho criador.*

Só ao serviço da sua fina ironia teria Machado recorrido a tais medalhões, mas o quadro geral de *felicidade doméstica*, e de como isso foi cimento para a obra, é unânime no testemunho dos próximos. E, ao fim de tantos anos de um casamento sem filhos, Machado enviuvou como se o amor só crescesse. As folhas das árvores, as cadeiras, os livros, os objetos, tudo dava conta de uma *comunhão*. Durante os quatro anos que sobreviveu à mulher, saiu do Cosme Velho a cada domingo para lhe levar flores ao túmulo. Lia, jogava xadrez, ainda publicou um último livro de contos, *Relíquias de Casa Velha*, que abre com o célebre soneto a Carolina, ainda escreveu *O Memorial de Aires*. Mas tão indisfarçável era o abatimento, que os amigos iam vendo chegar a morte, até essa vigília de 28 para 29 de setembro de 1908, descrita no dia seguinte por Euclides da Cunha, também morador do Cosme Velho durante um breve período. E foi em concreto do que Euclides conta que Zaca se lembrou, ao pensar na juventude de Orfeu, ao ver a lira na mesa.

•

Em tupi, *maraka* é chocalho, *nã* é semelhante, e *maraka-nã* é o "pássaro semelhante a chocalho", o tal parente dos papagaios. Ainda havia muitos aqui nos anos 1940, quando quase tudo no Rio de Janeiro se passava entre Centro e Zona Norte, e este terreno ficava bem no meio, cercado por bairros vibrantes: Tijuca, Vila Isabel, Andaraí, Mangueira, Estácio, São Cristóvão. De modo que o Brasil ia receber a Copa do Mundo de 1950, o Rio de Janeiro precisava de um estádio e quem decidiu onde ficaria foi Mário Rodrigues Filho.

Quem era ele? Um dos míticos filhos do mítico fundador de jornais Mário Rodrigues, que deixara Pernambuco por razões políticas para fazer do Rio de Janeiro a sua arena. Isso, num tempo em que o futebol, desporto de elite, não ocupava páginas, muito menos manchetes. Foi Mário Filho quem contrariou isso, no jornal do próprio pai, esgotando edições com futebol. Criou, em simultâneo, as audiências da imprensa desportiva e dos próprios jogos. Não em vão, o seu irmão mais célebre, Nelson Rodrigues, lhe chamou *criador de multidões*. E, com toda essa influência, Mário Filho ganhou o braço de ferro ao todo-poderoso Carlos Lacerda, então vereador, futuro governador do Estado, e futuro apoiante do golpe militar, que queria o estádio em Jacarepaguá, para as bandas onde hoje se ergue a Aldeia Olímpica.

Decidida essa guerra, milhares de operários foram lançados na obra em agosto de 1948, e menos de dois anos depois, a 16 de junho de 1950, o estádio era inaugurado com bênção do cardeal mais uns dez por cento da população do Rio de Janeiro lá dentro. Claro que Mário

Filho deu toda a capa do seu *Jornal dos Sports* ao acontecimento: *A cidade invadiu o Estádio!* E a cobertura não poupou em emoção. *Desde cedo, a romaria da população* a caminho do estádio *emprestava à cidade aspecto fora do comum.* Os portões tinham sido abertos doze horas antes da cerimônia. *De todos os bairros desciam verdadeiras massas humanas, dando impressão de que se tratava de êxodo.* Cada carioca entrava como *em sua casa,* e depois de *visto e revisto o Estádio, todos os cantos esmiuçados, o homem do povo, o operário, o estudante, o granfino – enfim, todos os setores da vida social de uma grande metrópole – demonstravam que tudo estava perfeito.* Apesar de os andaimes ainda lá estarem, e a obra estar para durar mais 15 anos.

Nessa noite histórica, engenheiros e operários terão estreado a relva do estádio. Oficialmente, o primeiro jogo aconteceu no dia seguinte, 17 de junho de 1950, com um duelo de cidades: Rio de Janeiro-São Paulo. Os paulistas ganharam por 3 a 1, mas o carioca Didi honrou a casa, marcando o primeiro golo do Maracanã. Impressionado com os 150 mil espectadores, o presidente da Fifa disse que nunca assistira a nada assim, que aquilo era um Coliseu (só pena os andaimes). E lá veio a Copa do Mundo, com o país anfitrião levando a bola até à final, frente ao Uruguai, a 16 de julho. O Brasil marcou o primeiro golo, os uruguaios empataram, reincidiram na segunda parte, e o marcador manteve-se inalterado até ao apito final. Estavam presentes 199.854 pessoas, recorde de público, e de corações estraçalhados ao vivo. O Maracanã concluía assim a sua primeira Copa, e muitos hão-de lembrar-se dessa derrota quando o Brasil, de novo anfitrião, levar a bola até à final, ao vivo para todo o mundo.

Embora, claro, nem diante do Maracanã Tristão tenha o poder de adivinhar a goleada que vai acontecer em 2014.

•

Segundo a certidão de óbito, Machado de Assis morreu na sequência de uma arteriosclerose às 3h20 da manhã de 29 de setembro de 1908. Não quis padre para a extrema-unção, desde adolescente que não tinha fé, seria hipocrisia.

Horas antes, o seu chalé do Cosme Velho enchera-se de amigos, mães de família, discípulos, todos *aparentemente tranquilos,* descreveu Euclides da Cunha, como se fosse *o contágio da própria serenidade incomparável e emocionante em que se ia, a pouco, e pouco, extinguindo* Machado. Nem na *fase aguda de sua moléstia,* ele se permitira expor sofrimento, para *não magoar* ninguém *com o reflexo da sua dor*. Dissimulava-a, com a *infinita delicadeza de pensar, de sentir e de agir, que no trato vulgar dos homens se exteriorizava numa timidez embaraçadora*. Mas os amigos não se conformavam perante a quietude do cosmos. Como podia estar prestes a morrer o maior dos brasileiros e tudo lá fora como se não fosse nada? Foi neste exato momento que se deu a irrupção transfiguradora, conta Euclides. *Ouviram-se umas tímidas pancadas na porta principal da entrada. Abriram-na. Apareceu um desconhecido: um adolescente de 16 a 18 anos, no máximo. Perguntaram-lhe o nome, declarara ser desnecessário dizê-lo: ninguém ali o conhecia, não conhecia por sua vez ninguém: não conhecia o próprio dono da casa, a não ser pela literatura dos livros que o encantavam. Por isto, ao ler nos jornais da tarde que o escritor se achava em estado gravíssimo, tivera o pensamento de visitá-lo. Relutara contra esta ideia, não tendo quem o apresentasse: mas não lograra vencê-la. Que o desculpassem por tanto. Se não lhe era dado ver o enfermo, dessem-lhe ao menos notícias certas de seu estado. E o anônimo juvenil, vindo da noite, foi conduzido ao quarto do doente. Chegou. Não disse uma palavra. – Ajoelhou-se. Tomou a mão do Mestre: beijou-a num belo gesto de carinho filial. Aconchegou-a depois por momentos ao peito. Levantou-se e, sem dizer palavra, saiu.* Chegou a dizer o nome mas Euclides não o revela. *Qualquer que seja o destino desta criança, ela nunca mais subirá tanto na vida. Naquele momento, o seu coração bateu sozinho pela alma de uma nacionalidade.* Meio segundo bastou. *Ele saiu, e houve na sala, um pouco invadida pelo desalento, uma transfiguração.* Os presentes tiveram a impressão de ver, diz Euclides, *a posteridade*.

A primeira vez que leu este texto, Zaca imaginou a cena, o chalé, a multidão, Euclides, Machado. Agora imagina esse adolescente que numa noite de 1908 subiu o Cosme Velho, bateu a uma casa onde não conhecia ninguém, enfrentou os salões cheios de ilustres, entrou naquela antecâmara da morte, ajoelhou-se e deu a mão a um velho que nunca vira, apertando-a contra o peito.

1908: em Cordisburgo nascia um mineiro chamado João Guimarães Rosa; uma bola de fogo fora vista no céu da Sibéria, antes de uma explosão no Lago Baikal; em Portugal era a convulsão, rei assassinado a tiro; Eça estava morto havia dez anos, Camilo havia vinte, Pessoa começava a dividir-se. Quem seria esse adolescente no Rio de Janeiro? Em que rua morava? Escrevia? Teve filhos, netos? Que sobra dele neste verão de 2013? Euclides chama-lhe criança, mas na época um carioca de 15 anos já dissecava cadáveres na Faculdade de Medicina, para citar um exemplo das ditas classes ilustradas.

Pela primeira vez, Zaca pensa que o seu trisavô Silvestre, parceiro de Machado no xadrez, talvez estivesse essa noite no chalé, esperando como todos os amigos. Sabe que ele foi ao funeral, reconheceu-o na fotografia tirada na escadaria da ABL, quando, no meio de centenas de pessoas, os amigos carregaram o caixão. Mas quando leu este livrinho a primeira vez não pensou que, claro, o trisavô também pode ter visto aquele garoto talvez de 17 anos.

E, de tanto pensar no garoto, ele já tem a cara de Orfeu.

•

Zaca há-de chegar lá, se entretanto não bater asas ou lhe der preguiça, mas esse garoto que visitou Machado na hora da morte chamava-se Astrojildo Pereira Duarte Silva, e o seu nome é parte da história política do Brasil.

Descendente de portugueses, filho de um fazendeiro do interior fluminense, Astrojildo estudou com jesuítas em Nova Friburgo, prosseguiu estudos no Rio de Janeiro, aos 16 largou a escola para se tornar anarquista, e em 1922 fundou o Partido Comunista do Brasil, de que veio a ser secretário-geral. Iniciado na imprensa operária, trabalhou como jornalista e crítico literário, em particular da obra de Machado, sobre a qual publicou textos ainda hoje citados. Quando aconteceu o golpe militar de 1964, já se afastara do PCB, em discordâncias várias, mas foi perseguido pela polícia política, e preso durante uns meses, apesar de problemas cardíacos. Libertado por força de um *habeas corpus*, não hesitou em declarar-se *marxista convicto* e exigir o regresso à democracia, antes de morrer, em 1965. A sua coragem não se fica pela noite em que atravessou a casa de Machado, no meio de tantos ilustres, dias antes de completar dezoito anos.

À distância de mais de um século, porém, essa noite não deixa de ser extraordinária, talvez hoje mais ainda: o garoto que viria a plantar a utopia proletária no Brasil, ajoelhado junto do moribundo que se tornara a coroa literária da monarquia. Podia ser o filho que ele nunca teve.

Tão constante foi a admiração de Astrojildo que, já comunista de carteirinha, quis ver em Machado não tanto o monárquico mas um defensor da unidade do Brasil, avançando o possível na direção de Marx: *Era um dialético inato... Creio também que a essência materia-*

lista do seu pensamento não oferece margem a dúvidas sérias. Todavia, seria em todo incorreto e insensato supor ou concluir que Machado de Assis foi um «materialista dialético». Nem podia ser, num país como o nosso, na época e nas condições em que viveu. Mas dentro de tais limitações objetivas, é evidente que seu pensamento avançou tanto quanto era possível. E nisto reside, a meu ver, um dos mais luminosos sinais da sua grandeza.

Último detalhe, a que nenhum biógrafo do fundador do PCB poderá atribuir tanta relevância: no meio de uma série de pseudônimos, houve um momento em que Astrojildo se chamou Tristão.

•

Em 1950, a rádio contava tudo. Numa cidadezinha operária do interior do Rio de Janeiro (que deve ter ouvido muita sacanagem por causa do nome, Pau Grande), os jogos dessa Copa do Mundo eram transmitidos por altofalante. Então, no domingo da final todo o povo se juntou para ouvir o que estava a acontecer lá no Maracanã. Todo, não: um operário de dezasseis anos aproveitou a folga para ir pescar. Não ligava tanto assim para futebol. Era um troncudo atarracado, duas pernas tortas, uma seis centímetros mais curta. Oito anos mais tarde foi campeão do mundo, e quatro anos depois disso bicampeão. Teve uma escadinha de filhos com a namorada de juventude, que veio a trocar pela swingante Elza Soares. Morreu aos 49 anos, após centenas de mulheres, garrafas de cachaça e dribles tão inexplicáveis quanto o milagre. Chamavam-lhe Garrincha.

Só não foi o melhor jogador brasileiro porque em 1940 nasceu, lá nas voltas do Rio Verde, o mineiro que veio a ser eleito melhor jogador do século. Os pais chamaram-lhe Edson, em homenagem a Edison, mas desde criança que todo o mundo lhe chamou Pelé. Apenas sete anos mais novo que Garrincha, foi bem a tempo de jogar com ele na selecção, e de juntos nunca deixarem o Brasil perder. Para o álbum de retratos de Pelé no Maracanã: Bob Kennedy cumprimentando-o após um jogo com a URSS em 1965; a rainha Isabel, entregando-lhe uma taça em 1968; o milésimo golo, em 1969. Até hoje é o maior artilheiro do planeta, embora o maior do Maracanã tenha sido Zico, com 333 golos.

De resto, o Maraca fez notícia além das balizas. Teve queda de grades, com mortos, feridos, redução de lugares. Teve missa campal de jeovás e de João Paulo II. Teve vaia de Lula e Sérgio Cabral. Teve show brega com Sandy & Júnior, show de Xuxa e de Roberto Carlos, show de Sinatra, Stones, Kiss, Police, Paul McCartney, Tina Turner e Madonna à chuva.

E até hoje, mesmo com reforma, é o campeão mundial dos estádios, pouco importando que não o seja em números. Pois, se sete mil milhões de terráqueos tivessem de nomear um estádio, o narrador aposta que o Maraca ganhava até na China.

— Dá um cigarro, mermão?

Tristão quase pula, do susto: um velho cafuzo de tronco nu, ou não tão velho assim, só ao deus-dará. Estende-lhe o cigarro que por acaso tinha acabado de enrolar quando o ônibus aparecera, e, entretanto, ficara na bolsa do tabaco.

— Tá fotografando? Devia ter vindo era na enxurrada.

— Aquela chuva faz duas semanas? Vi nas notícias.

— Os cara gasta uma grana na Copa mas cai uma água no Rio de Janeiro e nego se afoga, entendeu?

— O senhor estava onde?

— Eu moro por aqui. Agora o Sérgio Cabral tá dizendo que já não vai demolir esse entorno, quem sabe aqueles índios da Aldeia Maracanã voltam. Sabe como é que resolve o problema do Brasil?

— Como?

— Devolve pros índios.

•

Elza Soares, a ex de Garrincha, está vivíssima, neste verão de 2013. E não apenas isso, como um dia desses, quase aos oitenta, vai voltar com disco novo, vai chamar-lhe *Mulher do Fim do Mundo*, ela que sobreviveu a tudo com a sua grandiosa voz rouca, e tem um recado para quem quer acabar com a gente: *Pra cima de moi, jamais, mané.*

•

Noé nunca viu a Oca assim cheia. Centenas de moradores de rua, ex-dependentes, vagabundos; brancos, negros, sobretudo mulatos; homens, mulheres, velhos, mas também crianças. Acaba de chegar, foi a casa passar para o computador o que tinha na câmara enquanto Lucas vinha direto cortar barbas, cabelos, porque almoço de Natal aqui tem barbeiro, enfermeiro, defensor público.

Agora é meio-dia e a missa chega até ao portão, transbordando da capela para o pátio. Noé fura para conseguir entrar na capela. Lá dentro cheira intensamente a cera e a incenso, a umidade pesa no ar, apesar das janelas abertas, das ventoinhas ligadas, todo o mundo batendo palmas, cantando:

– *Entra na minha casa / entra na minha vida / mexe na minha estrutura / sara todas as feridas / faz um milagre em mim...*

Mochilas e camisetas de futebol, ombros nus e lenços de freira, os Irmãos de dalmática por cima do hábito, bordados brancos, brilho de candelabros. Um jovem negro sobe ao púlpito para falar, Noé lê nas costas de uma camiseta: *O mundo pode viver sem sol mas jamais sem missa.* Quando chega a hora, os Irmãos saem a dar comunhão pelo pátio, quem os seguiu cá fora faz fila, mas os outros ficam onde estão, esperando em volta da grande mangueira. Nódoas negras nos braços e nas pernas, uma mulata de meia-idade dorme deitada no banco por baixo da copa da árvore. A copa foi enfeitada com balões coloridos, por sua vez enfeitados com laços, e em cada mesa há um vaso que é a base de uma garrafa de plástico com uma flor feita de filtros de café, obra de uma das voluntárias da Oca. São dezenas a ajudar no almoço, muitas a esta hora na cozinha, avós suburbanas, brancas e negras do Méier, de Benfica, do Grajaú, como a decana de todas elas, que neste Natal dos seus noventa anos fez uma coleta para comprar centenas de camisetas e bermudas para os moradores de rua. Ou aquela que todos conhecem pelo nome:

– Viu a Magnólia?
– Chama a Magnólia.
– Olha aí a Magnólia!
– Magnóóólia!

E a todos ela trata por Amor.

Os voluntários de organismos públicos atendem entre a capela e a mangueira, encaminhando o que podem: certidões de nascimento, identidade, casamento, óbito; segundas vias em caso de roubo; regularizações da situação penal; habilitações para dirigir. Um dos presentes é coordenador da Defensoria Pública lá em Bangu, bairro da Zona Oeste notório pelas prisões e pelo calor. Prisões, são dez, Bangu 1, 2, 3, e etc., embora tenham mudado oficialmente de nome, para evitar o estigma; quanto a calor, se o Cosme Velho está sempre dois ou três graus abaixo da média, Bangu está sempre dois ou três acima, na outra ponta da cidade; e este defensor público ainda prescinde do domingo para vir aqui.

Há uma árvore de Natal no pátio, estrelas douradas ao longo do alpendre, muitos moradores de rua já ocupando as mesas de almoço em volta da mangueira, embora as flores-de-filtro-de-café pareçam ser a única animação à mesa. Vizinhos de lugar olham o nada, uma mulher mergulha a cabeça nas mãos; outra gesticula sozinha; muito braço cruzado, muita boca calada. Todos um pouco além, um pouco fora, como se só restasse a fome. Quando um dos Irmãos vai ao microfone anunciar que o almoço será servido, quebra-se a letargia, sorrisos, dentes, corrida, quase briga, num minuto compõe-se a fila.

Um dos primeiros é a caricatura do trafica fanfarrão, corpo musculado, correntes no pulso e no pescoço, brinco e anel grosso, óculos de sol, alguém lhe terá falado que tinha almoço aqui. De resto, há algo caído em todos, na cara, no corpo, roupa velha, avulsa.

– Droga come você.

Noé olha a voluntária que falou de repente a seu lado. Voz de trovão, mulherão. Ou não? Já a tinha visto no pátio, talvez 1.80m, cabelo à la Amy Winehouse, camiseta dizendo *Jesus Sacramentado/Nosso Deus Amado*. Mas agora repara na anca lisa, no músculo do braço.

– Oi, sou Noé.
– Prazer, querida, meu nome é Amy.
– Seu cabelo está igual ao dela.
– E ela tinha a voz grossa.
– Você que escolheu o nome?
– Eu mesma. Estou tentando mudar no registro.
– No registro é como?
– Sócrates.
– Entendi.
– Meu pai era muito fã dele.
– Do jogador?
– Dos dois. Primeiro, era fã do jogador. Um dia escutou ele dizer que chamava Sócrates por causa de um grego e ficou fã do grego.
– Tem uma história do Sócrates.
– Qual deles?
– O jogador. O pai dele deu nome de grego a vários filhos, era um grande leitor. Aí, quando os milicos fizeram o golpe em 64, ele ficou com medo pela família e queimou livros. O Sócrates viu o pai fazer isso. Por isso que virou tão político.
– E como ele era bonito?
– Era bonito.
– Virgem Maria, chorei quando morreu, tão novo. Meu pai tinha um poster dele bem novinho no Corinthians. Corinthiano doente, meu pai. Veio do interior de São Paulo, mas eu sou carioca. Por conta de droga...

– Amy!

Uma voluntária chamando da porta que leva à cozinha. Lá vai Amy, ex-Sócrates, com seu cabelo-colmeia, todo negro, armado.

O alpendre virou um grande bufê, travessas de farofa, arroz, carnes vermelhas, frango assado, saladas, pão. De colher na mão, freiras e frades servem pirâmides de comida. E as mesas voltam a povoar-se, agora num bruaá voraz, engolir a correr para correr a repetir. Depois, há quem se estenda à sombra, quem meça a tensão, ainda vai ter sobremesa, teatro.

Lucas sai enfim da cozinha, os da casa comem no fim de todos, Noé desliga a câmara, entram os dois no fim da fila dos voluntários e vão sentar-se num degrau, com o prato no colo, observando todo o movimento em volta da grande mangueira. No chão, ao lado deles, vão-se alinhando garrafas vazias de coca-cola de dois litros, que um morador de rua desfaz, transforma em escultura. Enquanto isso, os dois Irmãos que vivem descalços, frei Aleanderson e frei Sério, continuam de mesa em mesa a encher os copos, corda à cintura, coroa da cabeça rapada, alegres por fazerem o que acreditam, ou acreditarem no que fazem. Figuras medievais servindo aqueles que o século XXI destinou a nunca serem servidos.

•

E aproveitando que todo o mundo está naquela moleza pós-almoço, o narrador vai recuar duzentos anos, até ao homem que construiu esta casa e nela morreu, como diz a placa debaixo da grande mangueira. Porque aqui mesmo, bem no centro do pátio, junto ao banco onde há pouco dormia a mulata cheia de nódoas negras, e agora um dos Irmãos se empoleira a conversar, há uma lápide que diz:

DIRK VAN HOGENDORP
1761-1822

NEDERLANDER
KOLONIAAL HERVORMER
GENERAAL VAN NAPOLEON
STIERF HIER

É uma discreta lápide de granito. Assim, por baixo da árvore, pode passar despercebida a quem atravessa o pátio ou circula entre as mesas: apenas uma forma sombria contra um tronco escuro. As letras foram gravadas a vermelho, em traço fino, semidesbotado. Para ler há que chegar perto, buscar o ângulo da luz. O muito ocasional visitante deduzirá então que um holandês, general de Napoleão, morreu aqui. E a isto fica resumida a epopeia de um homem que combateu a escravatura quando raros o faziam; quis mudar o sistema colonial holandês, depois o francês; foi tão fiel a Napoleão na vitória como na derrota; deu conselhos ao príncipe de Portugal que veio a ser imperador do Brasil; e acabou eremita, mas ainda disposto a lutar, se o chamassem. A sua lenda correu entre os que o conheceram, a que se seguiram os que tinham ouvido falar dele, a que se seguiu o esquecimento. Agora, o século XXI corre atrás de si mesmo, e quem mal sobrevive a cada dia está confinado a um permanente estado de urgência.

Mas se a história for o arco, o narrador será o arqueiro que liga os mortos aos vivos. Os índios sabem que os mortos dão flor e fruto, e a sombra deles vai longe no horizonte. Talvez o narrador tenha nascido índio, ou se tenha transformado num; talvez a ponta da sua flecha seja de osso de onça, talvez de dente de tubarão ou ferrão de arraia. Seja como for, na floresta como na orla apontará ao claro-escuro da Holanda, lá onde floretes e espartilhos copularam há duzentos anos. E eis a gênese do primogênito que nesta encosta do Cosme Velho achou a sua última morada.

Prepare-se então o leitor para um salto em comprimento, se a urgência correr atrás de si, porque a partir daqui serão 11 páginas de Hogendorp & cia. Quanto ao que isso diz do Rio de Janeiro, e do futuro de algumas das personagens, só ficando para saber.

•

Dirk van Hogendorp foi habituado desde cedo a conviver com figuras eminentes no salão de casa. Um avô era burgomestre de Amsterdã, o outro embaixador e poeta, o pai deputado, a mãe baronesa. Ao lado do irmão, futuro primeiro-ministro, ingressou na Escola de Guerra de Königsberg, capital da Prússia Oriental. O treino para oficial não o impediu de frequentar a reputada universidade; aí estudou história, economia política e, sobretudo, antropologia com Kant, de quem ficou discípulo.

Assumiu então funções nas Índias Holandesas, onde chegou a ser preso por criticar o feudalismo em que os colonos eram mantidos. Além de se opor à escravatura, propunha redistribuir a terra para a tornar mais produtiva, incentivando os javaneses no cultivo de arroz, café e pimenta, enquanto europeus e chineses alugariam terras. Mas a metrópole não estava interessada em dar direitos aos nativos nem vantagens a outros estrangeiros. Entre naufragar em tempestades e enfrentar piratas, ser governador de Java Oriental e fugir num navio rebelde, Hogendorp dedicou 16 anos a esses mares do Sul.

Era a viragem do século XVIII para o XIX, Napoleão expandia-se pela Europa, incluindo a Holanda. Cercado de bajuladores, reconheceu em Hogendorp um homem de carácter a quem poderia confiar o braço direito. Nomeou-o ajudante de campo, posto cobiçado por todos os generais, e de São Petersburgo a Viena, de Hamburgo a Vilnius, o holandês foi a espada e a lei de Bonaparte, que fez dele conde. Dirk van Hogendorp passou, pois, a usar a forma francesa do seu nome próprio, Thierry, em honra do Corso. Combateram juntos até Waterloo, sofreram juntos a derrocada, e, quando os ingleses desterraram Napoleão para Santa Helena, Hogendorp só não o acompanhou por ter sido impedido. Viu Luís XVIII voltar ao trono em França, e a sua segunda pátria deixar de ser bonapartista. Além de todas as guerras, perdera a família numa sucessão de mortes: pais, irmãs, uma mulher, depois outra, seis filhos. Sobrevivera o mais velho, também oficial de Napoleão, que decidira voltar à Holanda.

Foi assim que Dirk/Thierry, conde de Hogendorp, partiu para o exílio sozinho. Desembarcou no Rio de Janeiro aos 55 anos. E no alto do Cosme Velho, longe do clamor da cidade, fundou um sítio a que chamou Nova Sião, laranjeiras, pés de café, uma cabana, exatamente onde agora almoçam centenas de moradores de rua, avós suburbanas, frades descalços, um par de apaixonados e uma transexual de cabelo à la Amy Winehouse.

Aqui viveu de forma espartana entre 1816 e 1822, a pagar salário aos escravos nas colheitas, morrendo sem saber o que Napoleão ditara, um ano e meio antes: *Ao general Hogendorp, holandês, meu ajudante de campo, refugiado no Brasil, cem mil francos*. O seu nome consta da última vontade do ex-imperador, que francos já não tinha mas decidiu como se os tivesse. E, enquanto Hogendorp viveu, o elo com Napoleão pôde ser testemunhado aos pés do Corcovado por visitantes que iam dar à sua cabana. O Rio vivia aquele breve lapso histórico em que, graças a Napoleão, foi capital de Portugal. Aliás, do Reino Unido de Portugal, Brasil e Algarves. Os anos cariocas de Hogendorp coincidem assim com a corte que oito anos antes se lançara ao mar, lá em Lisboa, para fugir às invasões francesas. Só São Sebastião do Rio de Janeiro para enlaçar tais contrários, uns chegando exilados porque tinham sido alvos de Napoleão, outros porque eram o seu braço direito, e tudo acabando na taberna da esquina.

O próprio príncipe D. Pedro, que se disfarçava de povo para ir às tabernas, casou com a irmã da segunda mulher de Napoleão, e, ao enviuvar, com a neta da primeira, ligando-se à árvore de Bonaparte por dois casamentos. Entre um e outro, deu o grito da independência, passando a ser Pedro I do Brasil. Ou seja, D. João VI teve um sucessor que, além de filho desobediente, era fã do Corso, o inimigo que os desterrara.

De resto, o Rio de Janeiro, que nessa época tinha a maior população escrava da América, fervilhava de franceses explorando a Floresta da Tijuca em grandes plantações, milhões de pés de café que já tinham engolido a Mata Atlântica. Com vinte ou trinta mil, a cota de Hogendorp era pequena mas não deixava de ser parte do desbaste: quando ele aqui morava, o horizonte ia sem obstáculos até à Guanabara. E assim o viram os visitantes que o narrador agora vai convocar, um francês, uma inglesa e um par de alemães.

•

O francês não é Debret (nem Taunay, Montigny, ou qualquer outro dos artistas que chegaram ao Rio exatamente no ano de Hogendorp, integrando a Missão Francesa contratada por D. João VI), e sim um jovem que embarcara numa expedição naturalista como desenhador: Jacques Arago.

O prefácio à sua obra mais famosa é um diálogo entre dois casmurros, autor e editor, um a teimar que não haverá prefácio, o outro a teimar que sim. Arago parece ter sido um humanista bem-humorado, sempre disposto a espantar-se, e nem a cegueira aos 47 anos pôs fim a isso. No ano seguinte publicou *Souvenirs d'un aveugle*, onde o Brasil é descrito como uma natureza eufórica, à parte: *Aqui, nadam demasiados peixes nos rios, voam demasiados pássaros nos céus, pesam demasiados frutos nas árvores, deslizam demasiados insetos na erva.*

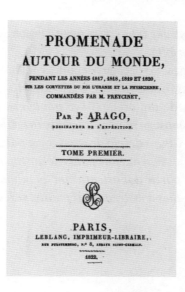

E grande plano das encostas do Corcovado, onde o autor anda em passeio quando depara com uma cabana. Não vendo ninguém, aproxima-se, empurra a porta e dá de cara com o retrato imponente de um herói militar, óleo sobre tela, peça de museu. Aparece o dono da casa, que esclarece: *Este retrato, prova da amizade de Napoleão, é o retrato de um homem que quis viver para proteger a memória do Imperador; é o general Hogendorp, sou eu.* Jacques Arago fica atônito. Claro que ouvira falar em Hogendorp. *Deus, como o exílio muda os homens! Os olhos do bravo defensor de Hamburgo estavam semi-extintos; rugas profundas sulcavam a fronte e as faces emagrecidas, os cabelos eram já raros, a tez macilenta, queimada. O infortúnio não poupara nada, nem a alma nem o corpo; havia miséria neste arcabouço que se aguentara contra tantas tempestades, mas uma miséria nobre e dignamente suportada.* Hogendorp era uma daquelas ruínas graves e solenes diante das quais não nos detemos sem descobrir a cabeça.

O ex-general conta-lhe que, além de café, faz carvão e vinho de laranjas, uma tradição francesa. Não apenas perdeu tudo como foi caluniado: *Disseram que eu roubara um banco, quando mal tive dinheiro para comprar a minha passagem para o Brasil. Publicaram que eu possuía plantações imensas aqui e comandava trezentos negros, quando Singa é o meu único empregado doméstico; e se der cinquenta passos em volta desta casa, construída por mim, terá percorrido todo o meu domínio.* Conversam longamente. Hogendorp está a terminar as suas *Memórias*, pede ao viajante francês que as leve e edite. *Quero que se saiba, antes de tudo, que sou pobre, infeliz, exilado, e estou pró-*

ximo do túmulo, mas que renascerei forte e jovem se o meu país ainda tiver necessidade de mim.

Referia-se à França. Só décadas depois as *Memórias* saíram, e quem restará hoje para ler, por exemplo, o tributo a Kant, que Hogendorp conheceu no salão de um amigo? *Era um homem simples e amável, falava sem pedantismo nem pretensão, quase fazendo esquecer o homem de gênio. Manifestei-lhe o desejo de o ouvir em público, e, aceitando a sugestão que me deu, segui as suas aulas de antropologia. Delas extraí os princípios que a partir daí orientaram as minhas relações com os homens. Reconheço-lhes a justeza pelas muitas vezes em que os apliquei, de forma feliz.*

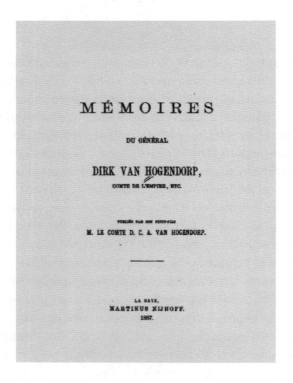

Arago adiou para a posteridade a edição das *Memórias* de Hogendorp, punham em causa gente viva. Entretanto, escreveu mais do que uma vez sobre o Brasil, quando ficou cego passou a ditar os livros, e o último, *Curieux voyage autour du monde*, é um *tour de force* em que nunca usa a letra *a*. Chegou, no entanto, a cumprir a promessa que fizera ao general de o rever em breve. Pouco depois da primeira visita, num dia em que decidira subir enfim todo o Corcovado, fez uma pausa na cabana. Hogendorp descreveu-lhe o cume como *um espectáculo mágico* e recomendou *atenção aos escravos fugidos,* que ali eram *numerosos, sobretudo audaciosos,* mas tinham *grande medo de armas de fogo.* Sabia do que falava, com eles partilhava estas encostas remotas. O ruído apavorava-os *mais do que a morte,* disse a Arago.

Setenta anos antes do fim da escravatura, o Corcovado era assim um labirinto de proscritos, negros dos quilombos mano a mano com o branco neto de burgomestre, ajudante de campo de Napoleão, que sobrevivera à Prússia, às Índias, a Waterloo, e aqui viera morrer.

•

A Prússia! Burgomestres! Ajudantes de campo! Para um carioca do século XXI, um mundo mais irreal do que qualquer Darth Vader. Sim, hoje, a cidade chega aqui, ao fundo da ladeira tem engarrafamento, carro da PM, faixa de baile funk, mas no Rio de Janeiro basta a ladeira entrar na floresta e a cidade já ficou remota.

Quem sabe da Oca? Quem leu a lápide? Quem ouviu falar em Hogendorp? Como se decide que um homem será lembrado, se não basta a obra e não basta a vida? E, no entanto, é bem possível que a história de Portugal e do Brasil se tenha jogado neste pátio, sempre que D. Pedro vinha visitar o eremita, acompanhado ou não pela mulher. Leopoldina conhecera o general em Viena, e Pedro tinha nele alimento para todo o seu fascínio por Napoleão. Não será abuso pensar em Hogendorp como uma espécie de vitamina militar de Pedro I, um suplemento napoleônico que terá contribuído para o Grito do Ipiranga, e ainda se mantinha ativo quando o imperador abdicou do Brasil e partiu a combater o irmão Miguel em Portugal. Nessa guerra civil, os miguelistas representavam tradição, latifúndio, igreja, mas quem ganhou foi o admirador de Bonaparte, embora já tuberculoso, à beira da morte.

Hogendorp morrera 12 anos antes. E é do seu último ano de vida no alto do Cosme Velho que dá conta o *Diário de uma viagem ao Brasil,* de Maria Graham, viajante, escritora, desenhadora e, por um tempo, preceptora da filha mais velha de Pedro e Leopoldina, a futura rainha D. Maria II.

Esta inglesa começa por contar o primeiro encontro que teve com o general, no fim de 1821, e os desenhos que acompanham o texto revelam bem como a floresta quase sumira:

Uma manhã da semana passada, andando a cavalo com dois dos nossos oficiais, chegamos a uma agradável casa de campo, no alto da encosta do Corcovado, e à porta vimos uma figura impressionante, à qual imediatamente pedi desculpas por invadir o terreno, dizendo que éramos estrangeiros, e estávamos ali por acaso. Com modos que revelavam não ser uma pessoa vulgar, saudou-nos, perguntando-nos os nomes, e ao sabê-los disse que ouvira falar de nós, e já nos teria procurado não fosse estar doente. Insistiu em que nos apeássemos, e abrigássemos sob o seu teto, visto que se aproximava um aguaceiro. Compreendi então que ele era o conde Hogendorp e perguntei-lhe se estava certa. Ele respondeu que sim, e acrescentou algumas palavras querendo dizer que os seguidores do seu Imperador, mesmo no exílio, conservavam qualquer coisa que os distinguia dos outros homens.

    O conde é a ruína de um homem outrora belo. Não perdeu o ar marcial. É alto, mas não magro demais; os seus olhos cinzentos brilham de inteligência e a linguagem pura e enérgica ainda é transmitida em voz clara e bem timbrada, mesmo que um pouco gasta pela idade. Conduziu-nos a um alpendre espaçoso, onde passa a maior parte do dia, mobilado com sofás, cadeiras e mesas. Mandou então que o criado nos trouxesse pequeno-almoço, tomamos leite e café, comemos manteiga fresca, tudo feito na fazenda, depois assistimos à passagem do aguaceiro, através do vale que conduz a vista até à baía, lá em baixo. O general mergulhou na conversa, durante o pequeno-almoço, enquanto chovia, falando quase incessantemente do seu senhor imperial. Napoleão, claro está. *A devoção do conde a Napoleão é excessiva, eu diria mesmo inexplicável, se ele não me tivesse mostrado uma carta que o Imperador lhe escreveu pelo próprio punho, depois da morte do seu filho, na qual, além da amabilidade de circunstância, há uma nota de afeto que eu não esperava encontrar.*

Napoleão escreveu milhares de cartas. O narrador não supõe o que será feito desta, provavelmente referente ao primeiro filho que Hogendorp perdeu. Nesse tempo, as crianças morriam de parto, de frio, de epidemia, todas as famílias perdiam filhos, era o comum. Ainda assim, Napoleão achou compaixão no meio da guerra, e um momento, para escrever ao seu general.

Mostrou-me então a casa, de fato pequena, apenas três divisões, além do alpendre; o estúdio, com alguns livros, dois ou três modelos de baixos-relevos, mapas e gravuras, revelando o retiro de um cavalheiro; o quarto, cujas paredes, de gosto caprichoso, tinham esqueletos brancos pintados num fundo preto em todas as atitudes alegres, lembrando uma das Danças da Morte, *de Holbein; e a última divisão ocupada com barris de vinho de laranja, e potes de licor de grumixama, pelo menos tão saboroso quanto o de cereja.*

Maria Graham ainda descreve um velho criado prussiano e uma empregada com uma joia no nariz à moda de Java, certamente inédita no Corcovado. Depois, no dia 1 de janeiro de 1822 volta a visitá-lo, debatem o Brasil, país *do qual, com prudência, tudo de bom se pode esperar.* O exilado diz-lhe que está a escrever as Memórias, ela acha-o em sofrimento. *A idade e as enfermidades parecem ameaçá-lo com um fim rápido.* Assim foi, Hogendorp morre em outubro.

•

Carl Schlichthorst, um militar e escritor alemão desembarcado no Rio três anos depois, relatou: *Esta residência campestre pertenceu antes ao Conde de Hogendorp, que ali terminou tragicamente a sua trabalhosa vida. Num quente dia de verão, foi tomar fresco numa gruta existente entre penhascos, um dos lugares mais altos do terreno, ao pé da montanha. Parece que a brusca mudança de temperatura fez com que perdesse os sentidos e morresse. O fato é que os seus escravos só o encontraram dias mais tarde, quase devorado pelos animais selvagens e pelos vermes.* Mas o corpo de Hogendorp ficou intacto o bastante para isto: quando o despiram, preparando a sepultura, apareceu um homem tatuado. O distinto filho da Holanda fizera-se nativo de Java.

Por um tempo, a aura do general eremita alimentou os relatos mais variados, por vezes divergentes. Um contemporâneo que o visitou em 1819, Theodor von Leithold, descreve assim a casa: *Havia uma pequena divisão que servia ao general de quarto de dormir. A sua cama tinha o formato de um sarcófago, envernizado de preto.* Nenhuma referência à parede preta com esqueletos de que fala Maria Graham três anos depois. Mas é sempre possível que em 1819 Hogendorp dormisse num sarcófago e depois tenha pintado os esqueletos.

Von Leithold prossegue: *Conduziu-nos dessa pequena casa para outra bem menor, habitada por um escravo, sua mulher e uma criança de oito anos. «Este é o meu único criado e jardineiro», disse ele, apontando o negro, «e esta é a minha cozinheira», indicando a negra.* Nenhuma referência ao velho criado prussiano de que fala Maria Graham, nem à mulher de joia no nariz. *Comemos na sala de entrada, como única divisão grande da casa; a refeição constava de uma substanciosa sopa, de ovos com espinafre, de um fricassé de galinha com molho de pimenta nativa muito forte, e de um cozido de carneiro com salada; por fim, laranjas e biscoitos. O porto e madeira com que o anfitrião nos regalou não eram maus e, depois do café, provámos os licores por ele mesmo destilados, que lhe faziam honra. Apesar de o jantar ter sido servido duas horas depois da nossa chegada, foi excelente e apresentado pelo negro e sua mulher com a máxima limpeza e ordem. À mesa, só faltava pão; desculpando-se, o general pediu que trouxéssemos a nossa porção da próxima vez, já que ele só mandava vir da cidade o necessário para o seu consumo.* Arago e Maria Graham também falam da falta de pão. *Quando lhe quis fazer uma observação sobre a sua vida de eremita, cortou-me a palavra: «Já sei o que me vai dizer, isto é, comparar-me a Robinson Crusoé! É o que fazem todos os que me visitam.» Eu que tinha visto Hogendorp na Prússia e depois, como comandante chefe em Vilnius, encontrá-lo agora num lugar perdido entre altas montanhas a dizer adeus à vida e suas excelências! Ó brilho! Ó grandeza!*

•

Pedro I mandou enterrar com honras Dirk van Hogendorp no Cemitério dos Ingleses, na Gamboa, por se tratar de um protestante. A casa do holandês conheceu então sucessivas obras, e hóspedes:

— O alemão Eugenio Meyer, sogro de Emilio Goeldi (fundador do lendário Museu Goeldi em Belém do Pará).

— Cesário de Melo, delegado do segundo presidente do Brasil, Floriano Peixoto.

— O próprio Floriano, que tomava o último bonde no Largo da Carioca, saltava na última estação, Águas Férreas, e seguia a cavalo morro acima.

— Getúlio Vargas, quando era ministro.

— Oswaldo Aranha, um dos engenheiros do plano de partição da Palestina da ONU, de que veio a sair o Estado de Israel.

Nesse tempo, esta zona ainda era conhecida como Morro do Inglês, porque pelas redondezas havia três, de seus nomes Chamberlain, Britain e Young. Mas também lhe chamavam Morro do Pindura-Saia, em honra das lavadeiras do Rio Carioca, que por causa disso também se chamava Rio das Caboclas.

Finalmente, em 1949, ilustrando um artigo no *Cruzeiro* sobre Hogendorp, a sua cabana, futura Oca dos frades e morada de Lucas, foi fotografada assim:

Já a mangueira era descomunal.

•

— Tem rato, tem barata, tem morcego, tem esgoto, mas isso aqui fica lotado, vem gente de toda a Cidade de Deus, sacou?

O trânsito ruge sobre a cabeça de Gabriel e da garota que fala com ele, ambos debaixo do viaduto que atravessa a favela, enquanto uma igreja evangélica monta palco, som e plateia, para a missa da tarde, ali mesmo.

Um dia, lá nos idos de 1960, o mesmo Carlos Lacerda que perdera o braço de ferro da localização do Maracanã quis ligar Zona Norte e Zona Oeste. Trinta anos e vinte quilômetros depois, uma serpente de cimento cortou os bairros de Jacarepaguá, Gardênia Azul, Cidade de Deus, Freguesia, Pechincha, Água Santa, Encantado, Engenho de Dentro, Abolição, Del Castilho, Pilares, Inhaúma, Higienópolis, Bonsucesso, Manguinhos, Complexo da Maré e Cidade Universitária, unindo uma periferia a outra pelo interior: chamaram-lhe Linha Amarela. Dá para passar meses de vida nela sem nunca ver a tal cidade maravilhosa.

Neste ponto, o viaduto tem três faixas de cada lado, e um vão tão espaçoso que a igreja o elegeu quando perdeu o barracão que alugava na favela. Todos os domingos os acólitos se sentam em cadeirinhas de armar, apesar dos ratos, dos morcegos, das baratas. O lado de lá do pilar é do hip hop, grafites, skatistas, batalhas de MCs. E o mais corpulento de todos os MCs circula entre os dois mundos, sendo rapper e pastor de outra igreja, a que ele próprio criou.

Um intelectual de esquerda dirá que o assistencialismo mina a insurreição, a emancipação e, portanto, a revolução. Um Irmão da Oca dirá que cozinhar para quem não tem casa é parte da revolução. E um pastor rapper traduzirá a língua dos anjos debaixo dos viadutos. Quanto a Gabriel, que apesar do nome não é dado a anjos e cozinha só para o filho, ficou cético demais para revolucionário, mas está disposto a fechar 2013 festejando a repolitização do Brasil.

A garota à sua frente tem pele negra, cabelo duro, o nome dela é Império, nada menos. Convocou o debate para este domingo em dezembro, dia de pegar praia lá na Barra, e o debate encheu: A RUA E AS REDES, dizia o convite. Como faltou luz, Gabriel falou sem amplificação. Se a luz faltasse na Barra como falta na Cidade de Deus, a Barra já teria mudado para Miami.

— Nunca tinha tido tanta mulher na plateia — comenta Império. — Inclusive, algumas vieram de Rio das Pedras.

— Como está Rio das Pedras? — pergunta Gabriel. — Não vou faz muito, desde que um amigo do Alemão foi morto lá pela milícia.

— A milícia continua a matar, e fatura uma grana. TV a cabo, venda de gás, transporte, os caras dominam tudo. Faz quanto tempo que o Marcelo Freixo entregou o relatório sobre as milícias lá na Assembleia? Cinco anos?

— Por aí.

— Indiciava mais de duzentos caras, incluindo vereadores, e nada mudou. Mas tem uma galera se mobilizando na Zona Oeste. Fico feliz de ver essas mulheres aqui.

— Bem a sua geração.

— O único jeito é tomar a rua. Você olha esse Congresso de corruptos, misóginos, homofóbicos, vendidos ao agronegócio e às mineradoras. Esperar o que deles? Não vai ter Brasília tocando o futuro.

— Mas vocês fazem falta lá. Se não, como vai mudar os partidos?

— Cara, política não são os partidos, é tudo. A gente debatendo debaixo desse viaduto é política.

— Claro que é. Mas se você não leva isso para dentro dos partidos toda a representação continua na mão dos caras errados, no governo, no Congresso, nas assembleias estaduais.

— O problema é que não são só os caras errados, tem de mudar a própria lógica de representação, de governo. Todo esse sistema vive numa bolha enquanto o real está na rua, nas redes, tem um milhão de coisa acontecendo. O Congresso, a Dilma, o Cabral, o Paes, a polícia, todos estão fora disso. Não caiu a ficha que são eles que estão fora.

— Não acho que estejam fora. Eles podem não saber o que está acontecendo com você, mas têm poder sobre você. E é esse poder que precisa ser mudado por dentro.

— Acredito que é ao contrário, esse poder precisa ser mudado a partir da rua. Nossa ação é que tem de atuar neles, mostrando que o sistema está minado, ficou oco. Eu sou até filiada no PSOL faz tempo...

— Quantos anos você tem?

— Vinte e cinco, me filiei com dezoito. E eu gosto do Freixo, votei nele para prefeito do Rio, acho que a gente precisa dele.

— Precisa mesmo.

— Mas nunca serei candidata.

— Por que não?

— Porque sinto que aprendo mais, faço mais, fico mais forte aqui. Sabe o que estou pensando? Numa plataforma online. Essa cidade com seis milhões não tem uma revista pra pensar. Cultura, pensamento, ação. Você não acha?

— Acho. Vou até te apresentar uma menina.

— Sua aluna?

— Não, bolsista da PUC. Conheço desde que nasceu porque a mãe dela era minha vizinha no Alemão. Começou por filmar poesia da periferia para um documentário, mas com esse levantamento a coisa foi se alterando.

— Massa, nos põe em contato. Não sei como é que ainda tem esse monopólio da mídia conservadora.

— Porque quem tem dinheiro não está interessado no que acontece em baixo do viaduto. Quer ler sobre bandido na cadeia e o último restaurante.

— Quero ver quando a bolha estourar, eles tentando entender em que mundo estão.

— Quando a bolha estoura eles se salvam, quase todos, quase sempre.

— Cada vez mais, não. Por isso que a gente está na luta. É que antes não estava.

O amplificador chia nas costas deles, igreja testando o som.

— Quer tomar uma cerveja? — diz Império — Te apresento minha avó, moradora da Cidade de Deus desde o começo.

•

— *As trufas brancas do Royal Monceau são de ajoelhar* — lê Judite em voz alta, antes de amarrotar a folha de jornal.

— Caralho, melhor que Maria Antonieta — diz Zaca, à porta do quarto dela, onde foi deixar o jornal. — Tem fome no Rio? Coma em Paris.

Judite enfia a folha amarrotada na caixa de cartão, amparando a taça lá dentro, cerâmica indígena que os pais lhe ofereceram quando fez 18 anos. Todas as suas coisas foram para casa de Rosso nos últimos dias, menos a taça que é talismã, ficou até à última. E a última é agora, Judite veio despedir-se do Cosme Velho. Aqui tomará banho, será penteada e vestida, colar de Iansã ao peito, para casar às 19h na igreja de Nossa Senhora do Outeiro da Glória, onde conheceu o noivo. Mas antes vai descer à Bica da Rainha, como no tempo em que vovô Bartô a levava nos ombros. Nunca morou noutra casa. De certa forma esta é para sempre.

Os pais vieram da Amazônia para ajudar nos preparativos, acabam de ir pegar vovó Fátima, a mãe do pai, que está com Alzheimer, mora em Botafogo como se morasse em Damasco. Omar Farah só não conduzirá a filha ao altar, porque isso é mais do que um convertido a indígena seria capaz, atravessar lentamente toda aquela nave de burgueses. Seu filho Zacarias vai assumir a condução, e já anunciou que planeia fazê-lo de tênis.

Inês bate a tampa do laptop, encosta a cabeça nele. Precisa de horas para recuperar de cada skype com a mãe, lá em Lisboa, e logo tinha de falar com ela hoje, na ressaca do Viemos da Grécya/Korpos do Olympo.

A mãe arrumou um novo namorado. A mãe acha que isso de a filha ter namoradas é uma fase. As namoradas da filha acham a mãe linda. E a melhor amiga da mãe é a única pessoa que sabe como tudo isso consome Inês. Têm as duas cinquenta anos, a mãe e a melhor amiga, mas a mãe é mais gira. Usa aqueles jeans que já não servem à filha. Já a amiga da mãe não arrumou um novo namorado, só amantes. Ganha a vida a rever livros, comprou uma ruína no Alentejo, muda-se em março. Em tardes como esta, Inês pensa que também se podia mudar para o Alentejo, plantar coentros, qualquer coisa que se faça com as mãos. Mas isso é quando, na verdade, e por um momento, fica sem vontade de fazer nada, largar os árabes do Rio, a própria tese.

Ainda há isso, não dá para falar a sério com a mãe sobre árabes, mesmo brasileiros, porque ela tem uma hierarquia, acha que o Sul não tem cabeça nem maneiras. O mundo dela é todo anglo-saxão, na metade superior do planeta.

•

As pitangas brilham, escada abaixo, até ao portão. Ajoelhada no patamar onde esta manhã Orfeu abraçou Zaca, Judite abraça Una e Porã, que a seguiram pelo jardim mal saiu de casa. Sabem, como os cães sabem sempre, que ela vai partir. Os cães protegem sem se protegerem, quando amam é só entrega, Una, quase cega, Porã, radiante. Judite enfia a cabeça entre elas, e fecha os olhos, sentindo o calor, o coração. Os seus longos braços fazem das três um novelo.

•

Você não tem nada / mas tem a brisa / a brisa faaaz carinho, canta o vizinho. Inês levanta a cabeça do laptop. A canção vem pela janela, voz e violão. A janela abre para uma árvore na calçada, a luz bate em cheio na copa, aquele verde-tinta fresca que não tem na Europa. Rua Eurico Cruz, uma travessa no começo da Jardim Botânico, achado da **roommate**, amiga de uma amiga da dona da casa, metade do preço no mercado.

O sovaco do Cristo está bem lá em cima, o Parque Lage do lado, esta cidade é a pior do mundo com exceção de todas as outras. *Tem futuro pra ninguém / mas tem a brisa / e a brisa faaaz carinho*. Talvez porque a selva seja tão perto, talvez porque o morro seja tão alto, talvez porque a vida seja tão perigosa, no Rio de Janeiro sempre tem algo nos levantando a cabeça, como se ficar em baixo fosse para principiante.

•

Judite corre pelos paralelepípedos da ladeira, roçando a ponta dos dedos pela hera do paredão, passa o carro da PM e os motoboys, volta à direita na rua Cosme Velho, o primeiro prédio na calçada ainda guarda o velho nome de Águas Férreas, as portadas azuis do casarão de Austregésilo de Athayde continuam fechadas. Mas lá dentro ainda existirá a fonte que irrigou todo um pomar de mangas, carambolas, abacates, tamarindos, cambucás, de cujas águas ele bebia todos os dias, oferecia até em galões, acreditando nas virtudes férreas de todo este vale. E a verdade é que morreu aos 94.

— Aus-tre-gé-si-lo — soletrava vovô Bartô.

— Gi-lo — repetia Judite, sacolejando nos ombros dele.

Era o nome mais difícil de todos os amigos de Bartolomeu. Vovô acompanhara-o até Nova York, quando Austregésilo foi coredigir a Declaração Universal dos Direitos do Homem, enviado pelo Brasil. Vovô tinha muitos amigos e era muito alto, achava Judite quando iam assim, cumprimentando todo o mundo pela rua, incluindo os que já estavam mortos, nas placas. Com ela sentada nos seus ombros, aliás, vovô era o mais alto dos homens. E ela também achava que o dirigia.

— Agora por onde? — perguntava ele.

— Por aqui. Não, por aqui — apontava ela.

Já havia o Rebouças, claro, foi só há uns 26 anos, mas não tinha esse trânsito todo. Judite faz a curva do Museu de Arte Naif, desemboca no largo do Trenzinho, com o seu estendal de ambulantes, volta na Smith de Vasconcelos, onde o palacete da esquina está abandonado, um tronco gigante partindo o muro de alto a baixo, como um Hulk. Logo adiante, há um muro de trepadeiras, copas por cima, escondendo uma casa. Vovô Bartô sempre parava ali, dizendo que naquela casa morara uma amiga muito linda. Judite já sabia que ele ia dizer isso. Já sabia até o nome de cor: Cecília.

•

Austregésilo foi feroz oponente de santificar o Corcovado em pedra e cal. *Por que obrigar o Cristo a ser o grande guarda noturno desta Sodoma incorrigível? Não compreendo que se gastem mil e duzentos contos com uma estátua a um Deus que deve viver no coração de todos, em espírito.*

Seja qual for a crença de cada um, o narrador tira o chapéu à bravura, qualidade a que o terceiro milênio é indiferente, como algo próprio de otários, pelo menos de iludidos.

•

Tristão veio a caminhar desde o Maracanã. Agora, fotografa os trilhos da estação de São Cristóvão: publicidade a cerveja no trem, prédios mortiços, viadutos. Há duzentos anos era a corte, morada do príncipe de Portugal, Brasil e Algarves. Provisoriamente alojado na Praça XV, D. João VI precisara urgentemente de casa, e um cidadão cedeu-lhe a propriedade em troca de benesses.

E quando Tristão ler o capítulo brasileiro da tese de Inês vai encontrar lá o nome desse generoso cidadão. Porque o homem que entrou para a história como Elias Antônio Lopes, proprietário desta quinta, era um libanês que em 1790 desembarcou no Rio de Janeiro, provavelmente o primeiro de que há registo. Sabe-se que tinha um açougue de carneiro na Prainha, onde desembarcavam os navios, e um comércio na rua Direita, hoje, Primeiro de Março, então a mais importante da cidade.

As coisas ter-lhe-ão corrido bem: em 1803 já ganhara o bastante para erguer uma mansão.

Pouco usufruiu dela, visto que cinco anos depois D. João VI já a ocupava. Mas por tê-la cedido passou a ser a) moço-fidalgo da Casa Real, b) oficial de tabelião de escrivão da Câmara, c) deputado da Real Junta do Estado do Brasil e Domínios Ultramarinos d) comendador da Ordem de Cristo.

E agora a Quinta da Boa Vista é parque, zoológico, lago de pedalinhos e Museu Nacional ligado à UFRJ. Tristão veio aqui várias vezes assistir a palestras de antropologia, mas não se lembra de as acácias estarem assim em flor, rubras, largas, cobrindo o gramado de pétalas, um caminho todo verde e vermelho até à estátua de D. Pedro II, na entrada do palácio. Balaustrada, jarrões, casarão, fácil imaginar o auge, mas é preciso imaginar porque está tudo um pouco despenteado, grama errática, ora espessa, ora gasta.

Entre mostra permanente e temporária, o percurso inclui: meteoritos de Minas, cerâmica de Marajó, máscaras indígenas, cestaria, múmias; tetos pintados, relevos imperiais, madeiras nobres; janelas de vidrinhos dando para o jardim, e para as traseiras cor-de-rosa a descascar; até às grandes borboletas azuis que havia no Cosme Velho antes do Rebouças. O momento *gore* da visita são os retratos do colonizador enquanto acepipe: os índios esquartejando o corpo, à espera que o fogo aqueça; o topo da vítima já dentro do caldeirão, com anões atiçando o lume; mulheres trazendo pernas e braços que ainda escorrem sangue; a cabeça prostrada no prato, enquanto vísceras são degustadas, uma mãe dando um naco ao filho.

De volta ao parque, Tristão não vê vestígios de bacanas da Zona Sul. Negras empoleiradas na balaustrada fazem um lanche, um show está a ser preparado junto ao lago, um painel gigante diz que é *expressamente proibido tomar banho e lavar roupa*, adolescentes correm, um velho de carapinha branca descasca uma manga.

Então o celular vibra no bolso e Tristão tropeça, quase cai quando vê quem mandou a mensagem. Alma! A sua pluma-punk do Rio Negro!

Hoje 15:15

tristão querido tudo bem?
chego no rio amanhã vc
está aí? beijo alma

alma! sim! q bom!
vens pro reveillon?

mais a trabalho ☺
logo te conto

claro, quero te ver!
ficas até qd?

até 30 a princípio

30 tem uma coisa,
talvez te interesse

o quê?

vou tomar ayahuasca

é mesmo?
nunca tomei

queres vir? só
preciso avisar antes

até qd vc
teria de saber?

até amanhã?

•

Judite volta ao largo do Trenzinho, que também é de São Judas Tadeu. A igreja, colossal; a estação, graciosa, toda em branco e azul, *Jan 1882*, diz a data.

Quantas vezes cruzou o trilho, primeiro atrás dos irmãos, depois com namorados, porque toda esta margem direita do Cosme Velho tem fundos de casas dando para o trilho, morro acima. Sempre que o trem vinha, colavam-se aos muros, às vezes subiam em varanda, em laje, nos pontos onde o trem passa rente. Ainda hoje devem aparecer em álbuns lá no Japão, lá na China, nos filmes de quem vem de câmara à janela o tempo todo.

E houve aquela rara noite de neblina em que Judite transou entre o trilho e o muro, como se estivesse dentro de uma nuvem.

•

Hoje 10:28

abriu?

11:15
dormiu?

13:37
sumiu?

15:13
me diz algo...

16:02
oz, orfeu?

Zaca pousa o celular pela enésima vez. Olha o celular. Pega o celular. Escreve.

Hoje 16:04

tesãããããão

•

No fim do largo do Trenzinho tem um prédio horrendo, mas logo depois, como duas épocas lado a lado, sobrevive a casa do primo que escreveu a história da família Souza, um terreno em socalcos, com copas altíssimas, duas vezes mais altas do que o telhado, que já é alto. E a massa escura do morro por trás, cor e forma de vulcão.

– Isso é um vulcão? – perguntou Judite, mão dada a vovô Bartô, num dia em que já estava grande demais para sentar nos ombros dele, e tinha acabado de voltar com os pais do Chile.

– Não, a gente não tem vulcões – respondeu Bartolomeu.
– A gente no Brasil?
– É, a gente deu os vulcões aos vizinhos.
– Por quê?
– Porque eles são menores. A gente é muito grande, já tem muita coisa.
– Mas todos? Eu queria um.
– É mesmo? E se for um cachorro chamado Vulcão?

Foi assim que Judite ganhou um beagle. Viveram juntos 12 anos a correr no jardim de casa, enlouquecendo os adultos e os outros animais, até ele morrer. Ela passou uma semana a chorar, quis enterrá-lo junto à jabuticabeira da janela do seu quarto. Até hoje quando olha para ela lembra de Vulcão.

•

Gabriel estaciona a moto na esquina da Glicério com a rua das Laranjeiras, compra *O Globo* na banca em frente ao Melone, pede um copo de açaí para a menina que sempre está por ali, filha de uma ambulante que vende fruta no outro lado da rua, e senta-se na esplanada. Quer ir pedalar, faz uma semana que não pega na bicicleta, mas está sem comer desde o debate na Cidade de Deus, então, enquanto espera um misto quente, folheia o *Segundo Caderno*. Na página da coluna social vê a foto de um ogre de cabelo vermelho que vai casar no Rio de Janeiro, e de repente vê o nome da noiva.

Relê a frase desde o começo. Não tem erro: Judite casa daqui a três horas.

•

Quando a Segunda Guerra Mundial estava a começar lá na Europa, o futuro homem mais poderoso do Brasil comprou uma casa no topo do Cosme Velho, depois mais quatro mil metros quadrados de terreno, incluindo um trecho do Rio Carioca a céu aberto. A casa foi demolida e no seu lugar nasceu uma mansão com bosque, carpas, flamingos, tratamento especial para as águas do rio. Aí morou Roberto Marinho desde o fim da guerra ao fim do século XX, e um pouco além, recebendo VIPs mais ou menos temporários, de starlets a chefes de Estado. O seu pai, Irineu, fundara o jornal *O Globo* em 1925, mas foi Roberto quem fez da Rede Globo o sistema mais influente do Brasil. *O sistema.*

•

Recuando ao século XIX, a tal bica descoberta pelo boticário, dita Águas Férreas, ficava perto do que viriam a ser os portões do imperador Marinho, ali onde a rua Cosme Velho termina em cotovelo.

E quando a eletricidade chegou ao Rio de Janeiro a viagem do bond passou a terminar ali também. Então o nome *A. Férreas* estava escrito em cada bondinho que vinha do Centro, a ponto de se tornar sinônimo do próprio bairro. Demolida há um século, da bica só sobra o nome.

Há quem a confunda com a da Rainha, mais antiga, um pouco abaixo, que até hoje está de pé, rodeada de vizinhos, a começar por aquele primo de Zaca e Judite que fez a história da família. Sendo nonagenário, ele lembra-se das filas para encher vasilhas. Entretanto, a água secou, uma grade impede o acesso, lá dentro há uma acácia gigante e uma raiz que parece elefantíase a transbordar. Desde pequena que Judite ouve a história de como aqui foi achada a primeira nascente *com virtudes terapêuticas*. No século XVIII acreditava-se que curava anemia. Quando a corte de D. João VI veio para o Rio, a consorte Carlota Joaquina descobriu estas águas e partilhou-as com a sogra, a já insana rainha-mãe, D. Maria.

Judite só nunca viu o desenho da bica que está no diário de Maria Graham. O narrador bem gostaria de lho dar em mão. Quem sabe ela ficava no Cosme Velho, desistia do casamento com o ogre. Mas como em seguida não lhe pode dar o braço, o tronco, o coração, ser, em suma, todo dela, deixa o desenho aqui

cantando para dentro, *prenda minha*.

•

Na capa d'*O Globo*, uma mulher de peito de fora. O toplessaço de ontem contra a proibição do topless não foi muito concorrido, lê Gabriel. Entretanto, noutra página, a Lagoa está *infestada* de capivaras. Nenhuma relação entre as duas notícias, apenas coexistem a 22 de dezembro de 2013. Sobre o futuro próximo das capivaras, o narrador nada adianta. Quanto às mulheres, vão tomar mais do que as praias, as praças. Mas, para o presente imediato de Gabriel, as capivaras são relevantes, porque é na Lagoa que planeia pedalar à hora do casamento de Judite. Ou planeava, antes dessas nuvens escuras.

•

Ao lado da Bica da Rainha ficam as casas geminadas, uma em tom pastel, bem tratada, a outra rosa-bebê, maltratada. A bem tratada é a do Templo da Transparência Sublime – Sociedade Taoísta do Brasil. A maltratada é a que foi de Portinari, com o ateliê nos fundos projetado por Niemeyer (que, aliás, nasceu já ali abaixo, numa rua íngreme de Laranjeiras). As duas casas integram um edifício só, mas a metade da esquerda está desabitada, janelas partidas, portadas desfeitas, mato no jardim, ateliê ao abandono.

Judite almoçou toda a vida olhando para uma pintura que Portinari ofereceu a vovô Bartô. É uma daquelas telas solares, com crianças dando cambalhota, fazendo a roda, três crianças e um burro, Judite deduziu que eram os irmãos e ela, e passou anos pedindo aos pais um burro. Portinari deve tê-la pintado por trás deste portão que tapa a vista até o ateliê, lá ao fundo. Tudo o que Judite vê é por um buraco no metal.

Nisto batem os sinos de São Judas Tadeu, uma, duas, três, quatro, cinco badaladas, e ela ali de havaianas. Portanto, desde que viu a estrela vermelha no ombro de Orion passaram doze horas, uma eternidade cá em baixo, menos de um milionésimo de segundo na vida das estrelas.

Instintivamente, Judite olha para o céu. Caralho, pensa, vai cair um toró.

•

Noé e Lucas tomam uma cerveja na Birosca Silvestre. *Toda vez que o desejo me chama é vocêêê...* Sentados no degrau, vêem o pré-fabricado da UPP, a montanha de lixo na ladeira que desce para a rua Cosme Velho, a malha apertada das barracas para o lado oposto, o refrão que sempre tem em volta de tudo. *Tô querendo um contrato com o seu coraçãooo...*

De repente desaba a chover e tudo se mistura, o cheiro do lixo com o cheiro do álcool velho com o cheiro da terra. A água bate no beiral

de zinco, Lucas e Noé recuam para dentro, sentam-se entre os homens que bebem, jogando porrinha, moedas na mão, seis mãos fechadas, tem de adivinhar a soma. Noé nunca entendeu direito esse jogo.
— Três pontos!!!
— Quatro!!!!
— Saideira!

E nova rodada. *Não vê que essa é a nossa saída...* Um velho corre no meio da chuva, vem pegar uma quentinha, feijão com arroz, linguiça, sai correndo na chuva com a caixa de alumínio.
— Quatro pontos!!!

Dois policiais militares entram a pingar, o jogo para, botas molhadas, bocas caladas, eles pedem cerveja. Agora, além da chuva só se ouve a música. *Vem cá, vou te prender no meu colo...* Se continuar assim, vai inundar tudo na favela, como sempre. Lucas anota no caderno: *Qualquer hora, será lama.*

SEXTO DIA

Segunda-feira

09:45, Alto Gávea

Numa mão, a mensagem de Zaca acabada de chegar

> Como n casei c 1
> milionário vou na Barra
> pegar carro emprestado
> pro ayahuasca. Qq coisa
> quero ser cremado

na outra o diário da bisavó de quem Judite herdou o nome.

Quando os médicos deram semanas de vida a vovô Bartô era verão, como agora. Ele chamou os três netos ao seu cadeirão favorito, debaixo da jabuticabeira onde Vulcão fora enterrado, e entregou um maço a cada um, papéis, cartas, cadernos, atados por fitas de cor diferente. A de Judite era azul, entre os cadernos havia este diário, vovô disse-lhe que gostaria que ela o guardasse para depois de casada. Bartolomeu Souza vibrava com as vanguardas modernistas, mas nunca deixou de achar que mulher vira adulta é no casamento. Judite cumpriu, guardou o maço na arca aos pés da cama e só voltou a tirá-lo hoje.

Assim, estendida no jardim, cercada de prados até ao maciço do Paleozoico, ocorre-lhe que Rosso é o oposto da selva com favela do Cosme Velho, doma tudo ao redor. Mas como ele está a fechar as contas do ano, ela tem o caos de um dia todo para si. Acabava de desatar a fita azul quando o telefone apitou com a mensagem de Zaca. Ele tentara convencê-la a juntar-se ao grupo que hoje vai subir a serra para tomar ayahuasca. Em vão: amanhã será o primeiro réveillon de Judite com Rosso, ela não quer passar a noite a vomitar.

Eis uma palavra que a bisa nunca deve ter ouvido, ayahuasca. E daí, quem sabe, Judite lembra de repente aquela paixão dela por uma amiga a que alude o álbum da família. É possível que o diário vá mais longe, se assim for será a primeira a saber. A autora pediu explicitamente que só fosse aberto pela bisneta, para os mortos terem tempo de partir.

*Cosme Velho,
7 de Fevereiro de 1916*

Queria retratar o meu casamento como essa Virginia Woolf retrata os ingleses num navio. O livro saiu faz pouco em Londres, Bel me deu ontem, ao chegar, com uma violeta de Hampstead, e a dedicatória
Para Judy, para sempre

Judy. Sua bisavó foi Judy para uma Bel que veio de Londres a meio da Primeira Guerra Mundial. Judite nunca leu Virginia Woolf, como terá ela retratado os ingleses? Para onde ia o navio? E quem era Bel? Só pelo começo do diário, fica com vontade de retratar o seu próprio casamento, cem anos depois.

Por exemplo, esse Tomás que Rosso escolheu como padrinho. Judite nunca o vira antes, nem sabia o sobrenome. Rosso falara dele chamando-lhe só Tomás: um ex-campeão de natação que o salvara de morrer afogado no Recife. Nem conviveram muito depois, mas Rosso jurou que se casasse, ou tivesse um filho, Tomás seria o padrinho, em jeito de talismã. E como Tomás continua morando em Pernambuco, onde agora trabalha com negócio de petróleo, chegou ao Rio na própria tarde da boda.

O que acontecia entretanto no Cosme Velho era que, tendo ouvido as cinco badaladas, Judite correra para casa, ia a meio da ladeira quando veio o toró. Graças a Iansã, não chegou a chover meia hora, e uma hora depois disso a noiva estava pronta. Mãe no volante, pai do lado, carro alugado de véspera, porque o último na família fora vendido há séculos, Judite sentou-se no banco traseiro às 18h50. Zaca segurou a cauda da irmã, entrou atrás dela de tênis e gravata-borboleta, todos se olharam por um minuto, no meio da mobília quebrada da garagem, Mateus de terno em cima da moto, Una e Porã na expectativa. Então Zaca viu uma gota no olho de Judite, aparou com o polegar, reparou o rímel, disse, olha só, tem muito cabra macho que ainda vai querer usar esse vestido, não suja, aí ela riu, a lágrima caiu, a mãe arrancou, Mateus idem, Una e Porã ladrando rampa abaixo, tipo circo cigano.

Quando chegaram, o adro de Nossa Senhora da Glória do Outeiro estava apinhado, 150 convidados para 120 lugares sentados, nem vestígio de chuva, o Cristo lá em cima, no dourado da hora. Judite caminhou até à entrada pelo braço de Zaca, erva entre as lajes, picos de arroz na cara, depois os azulejos azuis da nave. Mais flamejante do que nunca, Rosso beijou-lhe a mão. Por exclusão de partes, Tomás, o padrinho, era o que se inclinava numa vênia. Parecia um pouco o joker do Batman, pensou Judite. O padre não se alongou, para alívio dos pais da noiva, que encaravam tudo como experiência antropológica, a começar por aquele genro wagneriano.

Mas entre sair da igreja e receber os convidados à noite, no jardim de Rosso, Judite acabou por só conversar com o padrinho já no meio da festa. De perto, ainda o achou mais parecido com o joker, um joker com ombros de ex-nadador-campeão. Ela perguntou como estava Recife, ele perguntou se ela conhecia a cidade, ela disse que fazia muito tempo que não ia lá, e nesse instante um cara que o conhecia veio apertar-lhe a mão, tratando-o por Cavendish.

Era a primeira vez que Judite ouvia o sobrenome dele, e repetiu-o mentalmente, enquanto o cara que os interrompera se despedia. Porque é impossível ouvir esse sobrenome sem pensar em Fernando Cavendish, o CEO da Delta Construções, protagonista de manchetes nos últimos anos: fraude, desvio de verbas, envolvimento com jogo ilegal, lavagem de dinheiro público, negócios com o governo do Rio de Janeiro, e ainda a trágica queda de um helicóptero cheio de mulheres e crianças a caminho do seu aniversário. Ele próprio e o governador do Rio embarcariam no próximo.

Só agora entendi que seu sobrenome é Cavendish, disse Judite. E pensou no Fernando Cavendish, sorriu o Joker. Ele também é de Pernambuco, não é mesmo?, disse Judite. Pois é, mas no nosso ramo Cavendish o último pirata foi no século XVI!, disse o Joker, com uma gargalhada. E enquanto Judite arqueava as sobrancelhas, ele passou a contar que Thomas Cavendish, um corsário a soldo de Isabel I de Inglaterra, deixara genes no Recife depois de pilhar parte da orla brasileira.

Há divergências quanto à morte desse inglês, alguns relatos dizem que sucumbiu a uma flecha envenenada ao largo de Pernambuco, outros contrapõem que sobreviveu num porão até à Ilha da Madeira. Em qualquer dos casos, segundo este seu tetraneto, a continuação da espécie já tinha sido assegurada. O narrador não se vai meter na disputa histórica, e o crédito que dá ao Joker está perto de zero, mas como faz tudo para entreter Judite desencanta um desenho da esquadra Cavendish.

Até porque, claro, nem só com lusas naus se fez a exploração do Brasil. Dentro e fora da lei, passageiros ou dominadores, ingleses, franceses, holandeses tiveram o seu quinhão, e se mais não levaram, e outros não vieram, foi porque Portugal calou a boca e fechou os mares.

    Entretanto, o Joker já mudara de assunto, falava do petróleo do pré-sal, esse novo el dorado brasileiro, anunciando que Pernambuco entrara no jogo. É mesmo?, disse Judite, lembrando que ainda na véspera, acabado de chegar da Amazônia, o pai lhes passara um manifesto contra o impacto do petróleo na atmosfera, emissões de carbono, aquecimento global. Pois é, a gente vai ser um hub de equipamento e serviços para a exploração aqui no litoral Rio-São Paulo-Espírito Santo, disse o Joker. Entendi, disse Judite, pensando que tinha o copo vazio, não via nenhum garçon passando, e precisava largar uma bomba nesse papo. É a maior reserva do mundo abaixo da camada do sal, então você imagina de quantos milhões estamos falando, disse o Joker, tem de ter navio-sonda, construir plataforma. Ah, por falar em construção, aproveitou Judite, acabei não entendendo a origem do Fernando Cavendish, ele vem de onde, afinal? Atordoado por um segundo, o Joker recompôs-se. Querida, ele é um descendente do sertão, o bisavô dele era um coronel em Salgueiro, a quinhentos quilômetros de Recife, Veremundo se chamava, Veremundo Soares, dono da terra, dono da gente, disse o Joker, e o pai dele, Inaldo Soares, é que fundou a Delta Construções. Quer dizer que o sobrenome Cavendish vem da mãe?, ia dizer Judite, mas aí apareceu uma loura de escarlate, sorriso esticado no bisturi.

Minha esposa, Larissa, disse o Joker. Muito prazer, disse Judite, jurando que no próximo garçon largaria Mr. e Mrs. Joker. Judite estava-me perguntando sobre Fernando Cavendish, meu bem, disse Mr. Joker. Ah, querida, que tra-gé-dia, você sabe que a gente tinha estado naquele resort da Bahia onde o Fernando Cavendish ia comemorar o aniversário, disse Mrs. Joker. Quando o helicóptero caiu?, disse Judite. Isso!, então a gente conhecia o piloto, porque você sabe que foi o dono do resort que pegou eles de helicóptero em Porto Seguro, quando eles chegaram no jatinho do Eike Batista, disse Mrs. Joker. Ah é, eu não lembrava, disse Judite. Imagina, o Sérgio Cabral, o filho do Sérgio Cabral, o Fernando Cavendish, todos deixando mulheres e crianças voarem na frente e o helicóptero cai, disse Mrs. Joker. Se tivesse acontecido com o voo seguinte, Sérgio Cabral não teria governado o Rio desde 2011, já pensou?, disse Mr. Joker. A namorada do filho do Cabral, a esposa do Cavendish, a irmã dela, iam todas nesse voo, disse Mrs. Joker. Inclusive as babás, não era mesmo?, disse Judite. É, acho que tinha alguma, disse Mrs. Joker. E essa esposa do Cavendish era linda, disse Mr. Joker. Não sabia que você achava ela linda, disse Mrs. Joker. Ah, meu bem, no gênero garotinha, disse Mr. Joker. É, no gênero, pode ser, disse Mrs. Joker, jogando o cabelo para trás. O Eike também ia no aniversário?, disse Judite. Não, só tinha emprestado o jatinho, disse Mr. Joker. Ina-cre-di-tável, hoje deve estar pedindo carona, de tão quebrado, disse Mrs. Joker. E o Cabral voltou como ao Rio depois, o Eike mandou o jatinho?, disse Judite. Não, o governo fretou um, disse Mr. Joker. Enfim, um horror, mas não é incrível como o sul da Bahia ficou lotado?, disse Mrs. Joker. Porque tem muito mais gente no Brasil podendo viajar, disse Judite. To-tal, eu não sei onde essa gente arruma tanto dinheiro, disse Mrs. Joker. Como não?, estão pagando a crédito desde que o PT tomou o poder, disse Mr. Joker. É, ontem eu e Tomás ficámos cho-cados com as filas no freeshop, até a menina que faz minha unha estava viajando para um resort, está nesse nível, disse Mrs. Joker. Se o outro Cabral chegasse agora não ia ter espaço pra nau dele lá!, disse Mr. Joker. E quando Judite já sonhava com cicuta, Rosso veio salvar aquele nanossegundo na vida das estrelas, que para a sua noiva era o vislumbre da eternidade enquanto castigo.

Então nesta penúltima manhã de 2013, ela inspira fundo e afunda de prazer na cadeira do jardim, pensando que felizmente Rosso não convive com o padrinho nadador-campeão do hub do petróleo, além de que ele fica lá em Recife. E não haverá mais piratas de qualquer espécie enchendo o ouvido dela no escritório da Barros, Gouvêa & Meyer.

Foi para isso que correu até à igreja de Nossa Senhora da Glória do Outeiro na manhã em que conheceu Rosso, agora tem certeza. Iansã ia conduzi-la a este maciço do Paleozoico, planetário sobre a cama. Estava escrito que a segunda vida de Judite Souza Farah seria voltada para as estrelas. E a primeira decisão de 2014 vai ser essa, largar a advocacia da fuga ao fisco, aprender a fazer mapa astral, como sempre quis.

Os pais têm uma casa com selva mas não têm um tostão. Ao contrário dos irmãos, que nunca se preocuparam em ganhar, e sempre foram ganhando, Judite cresceu no afã de juntar até ao dia em que largasse o emprego. Tinha medo de ser pobre e não ser forte o bastante. A atração por Gabriel vinha daí, julga entender agora. Ele tinha a força de quem vem do fundo, saberia tudo sobre ser pobre. A pala no olho puxava-a para o fundo e para dentro, tal como a claraboia no teto a puxa para fora e para o alto, acha ela. Judite casou convicta de que Rosso vai mantê-la à tona. A atração do fundo sempre voltará, como a sua bisavó Judy devia saber, mas sem pôr em causa o casamento, porque a tendência da espécie é perpetuar-se: todas as outras opções são um estado de alerta, ou seja, de guerra.

E por mais que custe ao narrador ainda tem isto: sendo o amante mais feio que Judite já teve, Rosso é o mais interessado no prazer dela, talvez por só lhe interessar o inalcançável, a anos-luz.

11:30, Saara

Inês olha a estátua *O Mascate* na pracinha em triângulo da rua Buenos Aires. Nas costas tem o Saara Grill, o Centro Empresarial Saara, a faixa *Bem-Vindo ao Saara*. Os céus do Saara já estão cheios de bandeirinhas coloridas, contagem decrescente para o Carnaval. Daqui a umas semanas será impossível abrir caminho entre plumas, perucas, paetês, purpurina, milhões em busca de fantasia, máscara, tiara, lantejoula, onze ruas que são basicamente três, sem carros, só gente, uma loja em cada porta, mais de mil lojas, e por cima de cada, ou quase, um sobrado arte nova, portadas de ripinhas fechadas, varandins desertos. Dois mundos: os vivos no rés do chão, os fantasmas no primeiro andar; 2013 em baixo, 1913 por cima (ou antes, 1890, 1880).

Se nas narrativas míticas do Brasil independente o bandeirante foi o branco, guerreiro, que desbravou o mato e seus perigos, o mascate, menos branco, fez o mesmo, só que sem chacinar índio e levando como arma tecidos, botões e toda a panóplia de corte & costura a que os brasileiros chamam *armarinho*. Por isso, esta estátua do Mascate mostra um homem de chapéu com um metro, um pedaço de tecido e uma arca aberta, espécie de caixeiro-viajante do oeste selvagem: onde não havia comércio é que ele tinha a ganhar. Os primeiros a mascatear foram portugueses, seguidos de italianos, mas quando chegaram os árabes o mascate entrou no imaginário. Num ápice, eles inventaram o comércio a crédito, do mascateio passaram à loja fixa, e no Rio de Janeiro isso aconteceu aqui, em torno da rua da Alfândega.

Os primeiros árabes que a ocuparam vinham de Belém, Palestina, um em 1851, vendendo Inês não sabe o quê, depois dois irmãos em 1874, que abriram uma loja de artigos religiosos, provavelmente em madeira de oliva, como ainda hoje os palestinianos junto à Basílica da Natividade. A partir daí, o grande fluxo passou a ser da Síria, do Líbano, e a pequena e rica comunidade palestiniana acabou por regressar quase toda. Aliás, metade dos árabes voltavam quando reuniam dinheiro, no caso dos libaneses, um terço.

Os bisavós de Yasmine ainda tiveram filhos no Brasil, mas os netos já voltaram a nascer em Beirute, para onde o resto do clã Khoury se mudara depois do declínio da seda no Monte Líbano. Por isso, Yasmine ouviu palavras em português do Brasil desde criança, no meio de todos aqueles emigrantes retornados, e foi assim, pó de pirlimpimpim, que há um ano Inês se ligou a ela num bar de Beirute.

Inês tinha a tradução portuguesa d'*O Orientalismo* de Edward Said em cima do balcão, uma rapariga veio do fresco de dezembro, cumprimentou o barman, viu o livro, e exclamou, *bondjia!* Os olhos dela não acabavam, o cabelo, o queixo, a boca, o júbilo, Inês estava muda. E quando Yasmine desenrolou o cachecol, desapertando o casaco, a camisa abriu no movimento, relance de rosa-fagulha. Era a rapariga mais excitante do planeta, com o senão de toda a Beirute também achar, mas isso Inês ainda não sabia. Respondeu em português, boa noite, mudaram para francês, os pais dela tinham ido para Baalbek, foi a primeira de duzentas noites juntas, entre umas tantas distribuídas pelos contingentes de almas penadas que seguiam Yasmine, mais as outras em que ela ficava sozinha.

E um ano mais tarde, do outro lado do mundo, Inês senta-se na praça do Mascate a observar o vaivém num dos ícones do Saara, a Casas Pedro, com os seus tonéis de pós, grãos e sementes

> (*O VERDADEIRO
> ARMAZÉM ÁRABE
> Especializado em artigos
> natalinos, orientais e doçarias*)

sabendo como Yasmine adoraria ver o Rio de Janeiro, ela que até sonhava abrir uma pousada nos mares do Sul, só pena que não a seu lado.

No fim do século XIX, esta era a fronteira dos bordéis, contou o autor daquela história dos *Árabes no Rio de Janeiro* que Inês leu ao chegar, Paulo Hilu da Rocha Pinto, antropólogo neto de sírios, agora seu amigo. Do quarteirão onde hoje está a Casas Pedro até à praça da República sucediam-se prostíbulos cheios de polacas e negras, a que os árabes foram tomando território. E em breve tudo isto passou a ser chamado de Pequena Turquia ou Turquia-Mirim. Portanto, enquanto Machado de Assis ia ali à rua do Ouvidor saber das novidades literárias, ou ao Teatro Lírico inflamar-se por atrizes maduras, à distância de apenas uns passos o Rio de Janeiro era uma diáspora do Império Otomano.

Rua da Alfândega fora, paralelas e perpendiculares, as lojas foram-se desdobrando

(HADDAD
SAFADY
NADER
SAAD
NEME)

Os *k* da transcrição francesa ou inglesa viravam *c*

(KHALIL:
CALIL,
CHUKRI:
CHUCRI,
KHOURY:
COURY).

Nos cafés, os homens jogavam gamão e táuli, as famílias moravam por cima, ao serão traziam cadeiras para a rua, a noite enchia-se de guturais, árabe em cada esquina. Os ortodoxos celebravam a sua Páscoa, os muçulmanos matavam os carneiros no Eid, todos fumavam narguilé até na praia de Copacabana, e todos cozinhavam o que os avós haviam cozinhado

(Quibe, esfiha,
babaganoush,
hummus, tabulê,
fatoush, falafel,
kafta, michuí, ataif,
knefe, malabiê).

Havia uma imprensa em árabe; escolas de árabe; missas, casamentos e batizados em árabe, siríaco, grego; clubes maronitas, alauítas, ortodoxos. Chegou a haver um clube fenício, mas, tal como as escolas de árabe, acabou cedo. A primeira geração queria que a segunda fosse aceita, bem-sucedida, longe do tempo em que qualquer emigrante que chegasse do Império Otomano era o *turco*, e o filho dele podia ser chamado de *turco sujo* na escola, e a carne crua do quibe quem sabe seria de criança, quem sabe os turcos eram antropófagos como os índios em tempos, esses tempos selvagens que o Brasil queria esquecer porque queria ser branco, e queria ser branco porque queria esquecer, e, por falar nisso, ninguém sabia bem de que cor eram aqueles *turcos*, nem pretos, nem amarelos, nem índios.

Depois, os *turcos* subiram de vida, passaram a ser sírios, depois libaneses, depois sírio-libaneses, até se diluírem no caldo carioca. Quando o bisavô de Yasmine chegou ao Rio de Janeiro, então capital do Brasil, a cidade tinha pouco mais de um milhão de habitantes e um quinto eram estrangeiros, sobretudo portugueses, mas também italianos, espanhóis, japoneses, alemães, russos, parte dos quais judeus. A Pequena Turquia, ou Turquia-Mirim, aliás, fez-se de árabes mas também de judeus, e parte do mito de fundação assenta no bom convívio, judeus indo às festas dos árabes, árabes indo às festas dos judeus, isso numa altura em que quase todos os árabes que chegavam eram cristãos.

Não deixavam de parecer estranhos aos católicos brasileiros, porque tinham padres que se casavam, línguas e alfabetos esquisitos, as igrejas por fora e por dentro eram diferentes, as festas também. Mas, ainda assim, menos estranhos do que pareciam os muçulmanos. E quando em 1932 a Liga das Nações quis que o Brasil abrigasse refugiados assírios do Iraque numa região despovoada do norte do Paraná, a oposição foi tão forte que Getúlio Vargas recuou, a Liga das Nações abandonou o plano e a história da assimilação brasileira ganhou uma nódoa. Sendo cristãos, a campanha contra transformara-os em muçulmanos, estigma acrescido. Nos anos 30 foram criadas cotas, a entrada de imigrantes diminuiu. Só após a Segunda Guerra Mundial veio uma leva maior de árabes muçulmanos.

Tudo somado, neste fim de 2013 os brasileiros com alguma identidade árabe são sobretudo cristãos, do Rio Grande do Sul a Manaus, de Goiânia a Pernambuco, de Minas Gerais ao Paraná. Na cidade de São Paulo rondarão três milhões, com milhares de centros de convívio, associações e mesquitas segundo a estimativa do arabista paulistano Paulo Farah, que aponta para um total de 16 milhões no Brasil. Já o carioca Paulo Hilu faz um cálculo de dois milhões em todo o Brasil, considerando os 16 uma narrativa mítica. Inquestionável, sejam quais forem os números, é que os árabes mantêm enorme poder de inscrição na paisagem do Brasil: ao mascate sucederam comerciantes, industriais, políticos, cientistas, mecenas, artistas. Grandes escritores do século XX, como Raduan Nassar, são brasileiros de origem árabe, e há dezenas de personagens árabes na literatura brasileira.

Voltando ao Rio de Janeiro, a força da comunidade árabe foi suficiente para no começo dos anos 1960 impedir a construção da avenida que ligaria a Cinelândia à Central do Brasil, destruindo estas ruas, e a memória da Pequena Turquia. Com a ajuda de judeus, portugueses, italianos, gregos, armênios, alemães, os árabes do Rio de Janeiro derrotaram o projeto e criaram *a* S.A.A.R.A.

*(Sociedade dos Amigos
das Adjacências da
rua da Alfândega)*

que rapidamente passou a nome do lugar, o Saara. E até hoje, de Madureira a Campo Grande, do Andaraí à Tijuca, de Copacabana à Lagoa, a visibilidade árabe vai da classe média-baixa à alta burguesia. Assim como o hospital mais sofisticado de São Paulo se chama Sírio-Libanês, o Monte Líbano continua a ser um clube de elite no Rio de Janeiro. Provavelmente seria frequentado pelos primos de Yasmine, se os Khoury tivessem continuado no Rio. Quem sabe algum espalhou genes, e Inês ainda acha uma Yasmine carioca.

Animada pela ideia, deixa o banco da praça do Mascate aos pássaros, continua pela Regente Feijó até à Senhor dos Passos, vira à direita e, entre plásticos e joias, roupa infantil e brinquedos, entra na Charutaria Syria, que se tornou um dos seus lugares favoritos no Rio de Janeiro. Tristão e o resto da trupe querem estar na serra antes das 15h, o plano é arrancar de Botafogo às 13h, então até ir ter com eles de metrô ainda pode sentar-se aqui uma hora. O ritual da ayahuasca pede roupa branca, mas ela trouxe um vestido de algodão para trocar, está pronta a seguir.

Estreita, funda, alto pé-direito, como é comum no Saara, a Charutaria Syria não parece muito diferente das fotografias de 1920 com os fundadores da família Neme, ainda hoje proprietária. Cá está o chão de mosaico original, com grandes flores caleidoscópicas em carmim, branco, verde-oliva; o anúncio *Phosphoros Marca Olho* pintado na parede, com o telefone dos primórdios, 4686; as velhas ventoinhas de ferro e a claraboia de vidrinhos; as prateleiras até ao teto cheias de caixas de cartão, algumas em árabe; por baixo, as vitrines de tabacos e acessórios. E tudo o que não é de origem, como as torteiras, a máquina de café, a música clássica em fundo, se conjuga com o que já lá estava. Na última sala há um narguilé, embora não se fume, e as mesas são um pouco maiores, com tampos de vidro cobrindo velhos reclames, páginas ilustradas gênero Lawrence da Arábia de cigarro entre os dedos.

O lugar favorito de Inês é junto à porta, para ler com luz natural e ver a multidão passar. Ricardo Reis poderia ter escrito aqui uma das suas odes de monárquico exilado, o próprio Fernando Pessoa não teria desdenhado uma cachaça. Mas o que Inês traz na bolsa, junto ao vestido para o ritual, é anterior a isso, um livro que descobriu há semanas e ontem lhe chegou de São Paulo, *Deleite do Estrangeiro em Tudo o Que É Espantoso e Maravilhoso*.

Será o primeiro caderno de viagem em que um árabe descreve o Brasil, onde morou por três anos, começando pela *magnífica* cidade do Rio de Janeiro. Era um imã, chamava-se Abdurrahman al-Baghdadi, nascera em Bagdá, e estudara árabe, persa, literatura, jurisprudência e teologia em Damasco.

O nome Al-Baghdadi ainda não leva Inês a pensar em nada além de Bagdá, porém daqui a seis meses, quando as notícias da captura de Mossul encherem manchetes, ela verá pelo YouTube, incrédula, o discurso de outro Al-Baghdadi anunciar o retorno ao Califado. Pensará então neste seu homônimo que tantos anos antes, e sendo uma autoridade islâmica, escreveu sobre o espanto e a maravilha do estrangeiro. É possível assinalar a coincidência dos dois Al-Baghdadi no fim de 2013 porque as bandeiras negras do ISIS já flutuam na cidade síria de Raqqa, como Rosso disse a Judite há uma semana, a propósito dos astrônomos árabes. Mas se no Brasil é fácil perder o rasto do noticiário exterior em geral, Inês tentou perder em particular o do Médio Oriente, para se concentrar no Rio, então ainda não deu pelo ISIS. Do ponto de vista dela, neste penúltimo dia de 2013, Al-Baghdadi é só um, o viajante.

Este imã partiu de Istambul em 1865, num navio otomano que foi dar ao Rio de Janeiro depois de um furacão. Curiosos acorreram ao cais. E o homem com *traje de erudito* chamou a atenção de negros, escravos e libertos que eram muçulmanos às escondidas. Subiram ao navio a vê-lo, o primeiro disse *Salam Aleikum*, os outros, um a um, *Eu, muçulmano*. Prisioneiros de guerras tribais africanas, haviam sido traficados para o Brasil muito jovens, julgavam ser os únicos muçulmanos do mundo, e só vendo o navio otomano entenderam que havia outros além-mares.

Pediram então a Al-Baghdadi que ficasse no Rio para lhes ensinar árabe e os preceitos do Islã. O imã aceitou, mesmo não o podendo fazer às abertas, e o navio voltou sem ele. Nas orações e palestras nunca teve menos de quinhentos crentes. Viviam um Islã na clandestinidade porque a grande Revolta dos Malés, como os negros muçulmanos eram conhecidos, acontecera na Bahia havia pouco, liderada por iorubás. As autoridades brasileiras continuavam a perseguir sinais corânicos.

Quando uma valsa de Strauss toma a Charutaria Syria, Inês chega à parte em que Al-Baghdadi retrata o Brasil, um território *conquistado pelos filhos de Portugal, que despenderam um grande esforço para erguer e embelezar suas construções e sua arquitetura*. Segue-se uma alusão intrigante: *A primeira vez que essa região foi descoberta e passou a ser conhecida foi no ano de 1500 da era cristã. Conta-se que, antes disso, o povo de Djin já a conhecia*. Na tradição muçulmana, os Djin são os seres celestiais, criados a partir de uma chama, anteriores a Adão. Que quis dizer Al-Baghdadi, ao certo? E alguém lhe terá chegado a falar dos índios?

Escrevendo como quem revela um mundo à sua futura audiência otomana, ele descreve o Rio Amazonas onde as sucuris engolem bois e depois dormem *como uma montanha*. Elenca fauna e flora, superfície e população do Brasil. E demora-se na descrição do Rio de Janeiro, a *mais grandiosa* das suas cidades. *O clima é bom, a água abundante, as construções maravilhosas e foi moldada com base em premissas geométricas. Seus jardins são prazenteiros e seus passeios perfeitos*. Como todos os que chegam do mundo mediterrânico, assinala a ausência de pão, troca-o por mandioca. *O alimento da maioria é carne bovina, não valorizam ovelha nem cabrito*, as frutas são espantosas, os legumes, variados, embora caros. De resto, os cariocas *são muito civilizados, mas não alcançaram o grau de refinamento da Europa*.

Após ano e meio no Rio, já falante de português, e antes de voltar para Istambul, Al-Baghdadi aceita o convite de muçulmanos na Bahia e em Pernambuco. Em Salvador vê uma baleia ser caçada e convive com um papagaio que imita a oração. Natureza, homens, tudo lhe interessa enquanto manifestação de Deus.

Quando Inês soube da existência deste texto, reparou no nome do tradutor, o tal paulistano Paulo Farah. Ligou a Zaca, perguntando se era um primo, mas não que ele soubesse, tantos foram os Farah a vir para o Brasil. Na análise anexa à tradução, esse arabista cita o elogio da viagem e do estrangeiro que é possível ver no Corão:

Busca o conhecimento, ainda que na China.

ou

> *A sabedoria é a propriedade perdida de um crente, é dele, onde puder encontrá-la.*

ou

> *O Islã começou como um estrangeiro e voltará como começou, um estrangeiro. Abençoados sejam os estrangeiros.*

Trechos não elegíveis pelo outro Al-Baghdadi, o do ISIS, porque os livros sagrados são a oferta de cada procura, paz de quem a busque, arma de quem se arma. Dependem dos homens.

Uma das coisas que o imã Abdurrahman al-Baghdadi disse aos negros do Rio de Janeiro que em 1866 praticavam o Islã às escondidas foi que na oração deviam cumprimentar o anjo à sua direita e o anjo à sua esquerda. Inês gosta desta ideia, está a pensar adotá-la fora da oração, até porque não reza, dentro ou fora do Islã: passar a cumprimentar todos os dias o anjo à sua direita e o anjo à sua esquerda, trazê-los às ruas do Saara, à Bateria da Mangueira, àquela hora em que as garças levantam da Lagoa como se o redondo da América ainda encaixasse na curva de África, dormir com eles nas próximas duzentas noites, encaixando o redondo na curva, o côncavo no convexo, na sequência do primeiro anjo que se deitou com a primeira mulher e com o primeiro homem, trindade da cópula original.

Inês também gosta desta ideia, que não achou em nenhum livro sagrado, acaba de inventar. E quem sabe nessa primeira vez os anjos até já fossem dois, quarteto de mulher, homem, anjo à direita, anjo à esquerda. Por muito menos do que isto certamente lhe cortariam a cabeça lá no Vale do Eufrates, onde as cidades começaram e hoje não sabemos quem grita, e se alguém ouvirá.

12:15, Cosme Velho

Só sobra o manto do Cristo saindo da nuvem. Nuvem adora cobrir ponto alto, ficar lá horas fazendo não se sabe o quê, tanto lhe faz que seja pedra em bruto ou em forma de filho de Deus. Assim de repente, fumando um cigarro na Laje do Toninho, Noé também não se importaria de ser coberta por uma, sumir naquela existência sem corpo, capaz de fazer desaparecer o sol e as estrelas.

Não foi nada disto que imaginou há menos de uma semana, na noite de Natal, quando, depois de jantar, veio com Lucas ver a festa aqui no bar da laje, melhor varanda da favela, alto do alto do Cosme Velho, luzes de *inferninho* girando no cimento, no plástico das cadeiras, vermelho, azul, verde

(Eu
tenho orgulho
da minha cor)

DJ tocando forró, funk, rap

(do meu cabelo
do meu nariz
sou assim,
e sou feliz)

nem um branco fletindo joelho, coxa, quadril, tudo moreno;

(índio
caboclo
cafuzo
crioooolooo)

gurizada de chinelo, dente de leite e camisetas dizendo *rock*; sem um dente da frente e dançando passinho; as avós sentadas dando risada; máquinas de flipper enferrujadas a um canto; laje feita no improviso, mal acabada; a cidade lá em baixo e o Cristo cá em cima, irradiando sua aura até à Guanabara, como um farol

(sou brasileiroooooo!).

Não, seis dias atrás, aqui na laje, Noé não imaginou que só fumar este cigarro já pudesse ser errado. Uma linha, negativo, duas linhas, positivo, como é que isso foi acontecer de novo? O período devia ter vindo no dia de Natal, mas tem vezes que atrasa, e por aí foi, 26, 27, 28, 29 de dezembro, nada. Então hoje de manhã Noé saltou da cama, desceu na farmácia. Lucas estava no elevador desde as seis, trocara de turno para poder sair da Lapa às 12h, a tempo de chegar a Botafogo meia hora depois, combinara com ela num boteco frente ao metrô, comeriam algo juntos antes de subir a serra, o amigo de Tristão marcara com todo o mundo às 13h frente à Fundação Getúlio Vargas, iam ser seis mas daria, o carro era grande.

Noé esmaga o cigarro no cimento, com fúria de si mesma e do sistema, esse Cristo cartão-postal, esse país que alimenta favela, esse negócio de mulher no Brasil, esse padrão hormonal, vontade de se jogar da laje só de fúria. Porque logo ela não pode tomar pílula sem aquela enxaqueca da porra, e porque logo ela engravida assim, usando camisinha quase sempre, só com uma relaxada de três dias após o período, mas não é suposto engravidar três dias após o período, filho de Deus, ou é? Alô, você aí dentro da nuvem, não finge que não escuta, sabia que já não tenho saco para essa pose de me-crucifiquem, essa cara de bondade eterna, esse cabelo? Por acaso você conhece alguém na Galileia com esse cabelo? Aliás, por acaso você conhece alguém na Galileia *ainda*? E aqui, vai me dizer que conhece alguém? Minha mãe, por exemplo, você conhece? É que ela conhece muito bem você, mas eu ainda não vi uma prova de que você mereça. Está me escutando, seu filho de Deus? ALÔÔÔÔÔÔÔ?

O eco desce o morro, bate no zinco, no tijolo. A moça na barraca do bar leva um susto, contorna a geladeira Guaraná Antártica para vir espreitar ao balcão, por baixo daqueles plásticos pendurados como presuntos, cheios de sacos de salgadinho, batata frita, chocolate. Que foi Noé, tá passando mal? Não, desculpa, tô experimentando um negócio aqui, responde Noé.

E logo ontem Gabriel cismou de vir pegá-la de moto para lhe apresentar essa Império em que agora anda de olho, irem até à Cidade de Deus, sentarem lá na praça, naqueles bancos de cimento com vista para os contentores da UPP e para os policiais zanzando de fuzil, tarde cheia de moleques, família, fumo de churrasquinho porque era domingo, galera tomando cerveja em copinho, uma Original após a outra, falando horas da tal plataforma online.

Império queria expor a forma como a violência colonial da índia e da negra estupradas evoluiu para a mestiça gostosa, macama agradando ao dono, espécie de gueixa dos trópicos, amaciada até ao paradoxo nacional pelo Brasil, um país que erotiza as mulheres desde crianças, na favela como no asfalto, do baile funk aos shows da Globo, as molda para enxugar a barriga, espetar a bunda, alisar o cabelo, fazer a unha, depilar a xota, manter a marquinha do fio dental, e depois assedia, xinga, estupra, espanca, abusa, larga, deixa morrer, se não morre bota na cadeia, aí Império perguntou a Noé se ela não gostaria de, por exemplo, pegar a pauta do aborto.

Então, hoje de manhã, fechada no banheiro de casa, vendo as duas tirinhas aparecerem no papel, Noé pensou nesse acaso, a proposta de Império surgir na véspera de saber que estava grávida. Deveria ver isso como um sinal? E em que sentido? A única coisa de que estava certa era que não ia subir a serra, claro que não ia subir a serra, tomar ayahuasca agora, vomitar esse mundo e o outro, não tinha a menor disposição, portanto mandara uma mensagem a Lucas dizendo que ainda estava de tpm, o período não viera, dor de cabeça, ele escreveu ohhhhhhh, acrescentou, eu fico com você, Noé respondeu, de jeito nenhum, prefiro que você vá, nem nunca subiu a serra. Teresópolis, Petrópolis, Nova Friburgo: ela própria só fora uma vez em criança, numa excursão para ver o palácio de verão de D. Pedro II, e outra em 2011, um aniversário na fazenda de uma colega da PUC semanas depois de um monte de gente morrer numa daquelas chuvas que derrubam morro. Noé ficou com a memória de nomes tenebrosos, Serra dos Órgãos, Dedo de Deus

mas talvez seja das histórias que ouviu lá, e se sobrepuseram às que sempre ouvira, da serra-paraíso onde Tom Jobim escutava os passarinhos, e compunha como eles.

> *(Passarim quis pousar, não deu, voou*
> *porque o tiro partiu, mas não pegou*
> *passarim, me conta, então me diz*
> *por que eu também não fui feliz?)*

Na noite de Natal, nesta laje suspensa entre o Cristo e o Rio de Janeiro, Noé abraçou Lucas pensando que não queria que ele fosse embora nunca, porque claro que um dia ele iria falar, o amor seria tanto que ele falaria, ela dissera isso mesmo, para ele não ir embora nunca, e isso não deixa de ser verdade seis dias depois, e no entanto o que ela se pergunta agora é se quer mesmo ter um filho com esse homem, um homem que não fala desde que perdeu a mãe há dois anos. Noé só sabe que foi um crime, nada mais.

E ela, que sempre pensou que não queria engravidar, e quando isso aconteceu por acidente abortou por acidente, talvez porque estivesse escrito que não fosse pra ter filho, engravida agora do cara que então a levou em braços.

Será que afinal está escrito é que esse filho era só pra ser agora, porque esse cara é que era pra ser o pai dele? Mas pai, como, se não fala? Pai, como, se ficou preso na morte da própria mãe? E como é possível num segundo estar perto de alguém, e no segundo seguinte tão só como todo o mundo nasce, vive e morre? Há seis dias amava Lucas e agora não sabe se quer ter um filho dele, não sabe se é isso mesmo, não sabe muita coisa dele, talvez não saiba o essencial? De repente tem medo do que não sabe? Não saber já é não amar? Há uma distância mínima? Quanto recuo sem perder o caminho de volta? Depois de tudo isto vai olhar Lucas do mesmo jeito? E depois de tudo isto será o quê, se ela não consegue pensar o que dizer? Dizer como, se Lucas não pode responder?

ALÔÔÔÔÔ seu filho de Deus, sai dessa nuvem, pô, chega de bancar o zen, dá uma acordada, eu acredito em minha mãe e minha mãe acredita em você, quer que eu peça à moça do bar pra subir o rádio?

> *(O samba deu conselhos: ouça*
> *jacaré que dorme vira bolsa)*

A noite de 24 para 25 de dezembro é sempre igual às outras em casa de Noé. Os adventistas não acreditam que seja a data do nascimento de Cristo, ela cresceu acostumada a que o jantar nunca seja especial. Então, nessa noite voltou do centro já perto das oito, saltou do ônibus junto ao Varandas para comprar cervejas, porque só o Varandas para não fechar no Natal, e um homem cabeceava sozinho com um chope na mesa. Talvez fosse o décimo, talvez ele tivesse muito sono, talvez não tivesse outra vida.

Noé saiu com as cervejas numa sacola, subiu a pé até ao Cosme Velho, pouco antes da ladeira começou a chover, mas na esquina ainda havia um mototáxi, um cara chamado Moisés que ela conhecia de outras vezes. Se fosse ficção ninguém ia acreditar, pensou, Moisés me levando pra casa na noite de Natal.

Moisés lhe passou o capacete extra e arrancaram morro acima, aquelas curvas que de noite ficam épicas, chuva furando a terra, trazendo o cheiro do fundo, a água escorria pela cara de Noé e pelo blusão de Moisés que ela agarrava com as duas mãos, sacola pendurada no braço, dois reais no fim da corrida como sempre, sem aumento de Natal ou de chuva, Noé pagou quatro, valeu Moisés, te cuida, feliz Natal. Felizmente parara de chover, só uma pequena amostra de apocalipse, e Moisés arrancou de volta ao fundo da ladeira, quem sabe seria também adventista, uma noite igual a outra.

Noé olhou as fitas de Natal em alguns barracos, por cima de um grafite, por baixo de uma janela de alumínio, sempre o lixo amontoado na rua mas essa noite mais, ou só mais podre, alô ratinhos, baratinhas, seus filhos de deus, que bênção esse tal de Natal, quanto lixo gostoso, hem? E foi descendo a rampa para chegar à primeira escada que leva a sua casa, aqui e ali um quadrado de luz no tijolo bruto, uma TV ligada, uma gargalhada, alguém empurrando uma porta de chapa, ficando em contraluz, o vale por uma fresta, as luzes lá em baixo, espécie de presépio ao contrário, pobres olhando de cima os ricos. Depois subiu os degraus de casa entre duas paredes estreitas, na escuridão de todas as noites, só pior quando chove e escorrega, passou a laje onde dona Creusa cria plantas, três vasos que já fazem de jardim, e o cão de dona Creusa tremia em cima do telhado como se visse tudo boiando, o fim do mundo a seus pés. Calma, cão, ainda não é agora, ainda estamos vivos, pensou Noé.

Chegando ao patamar de cima, conseguia ver a rua Cosme Velho no abismo, prolongada pela rua das Laranjeiras, uma avenida de luz, com pontinhos de cada lado, a montanha escura à esquerda, o Cristo ainda mais à esquerda, tapado. E quando abriu o portão de casa Lucas já estava lá dentro pondo a mesa, a mãe de avental na cozinha, radinho ligado

(Quando disser que vi Deus ele era uma mulher preta).

Noé ficou parada, sentindo a roupa colada, o cabelo como lã úmida, reluzente da chuva, pensando que não precisava de mais nada, caralho, não precisava de mais nada e tudo daria certo enquanto aqueles dois estivessem ali. Aí Lucas veio, levantou-a como uma criança, ela abraçou a cintura dele com as pernas. Ele era mais do que uma onça, pensou, era uma floresta.

Por isso, depois de jantar, na festa da laje, neste mundo preso por fios de arame que é a acrobacia de milhões do nascimento à morte, Noé achou que o amor não acabaria nunca até Lucas poder falar.

14:10, Serra dos Órgãos

Ainda bem que o carro está cheio, Zaca teria dificuldade em alimentar uma conversa com alguém a seu lado, neste momento. Também, quem vai a seu lado, dado o comprimento das pernas, é Lucas, que em geral não falaria, e adormeceu ainda no trânsito de Botafogo. Tinha acordado cedíssimo para trabalhar, explicara Tristão, sentado no banco traseiro, entre Alma e Inês.

Portanto, a seu lado, um mudo adormecido; e atrás, antropologia de sobra para três, embora Zaca não tenha a certeza de que Alma também seja antropóloga, só sabe que ela estuda pintura corporal e tatuagem. Tristão nunca a mencionara antes do Natal, aparecera com ela de repente, dizendo que se tinham conhecido na Amazônia.

Zaca ainda ouviu o início do que Alma está a contar desde que começaram a subir a serra, sobre um general de Napoleão que fez umas tatuagens em Java: ela estivera na Indonésia a pesquisar e ouvira falar dele lá, o cara morrera no Rio, ao limparem o corpo acharam os desenhos, um médico passou-os para um caderno que agora está na Biblioteca Nacional. Alma veio consultá-lo, parece que o tal general tem relação com o Cosme Velho, Zaca vai querer ouvir essa história, mas não agora.

Não com a cabeça cheia do que se passou esta manhã, quando voltava da Barra da Tijuca, onde fora pegar o carro emprestado. E o que se passou foi que à vista da Rocinha sentiu o celular vibrar no bolso, nem ia atender, só ver o nome, aí viu

Orfeu

O coração é um órgão oco, sístole, diástole: sessenta batidas por minuto. Zaca rejeitou a chamada, infletiu para São Conrado, parou frente à praia, bateu a porta do carro, saiu para o calçadão, ligando de volta: cem batidas por minuto

te-tum
te-tum

Caralho, cara, como você some assim?, disse, sem fôlego, quando Orfeu atendeu. Mal conseguia falar. E a partir daí quase só escutou, para trás e para diante no calçadão, todo vestido de branco, caracóis amarrados no alto da cabeça. Teria continuado, aliás, até a bateria acabar não fosse a viagem para a serra. Pedira a todos para estarem às 13h em Botafogo, não dava para chegar atrasado.

O que Orfeu começou por contar foi que na manhã depois do Viemos da Grécya, quando saiu do Cosme Velho a correr para ir abrir a porta aos amigos, lhe tinham roubado o celular no caminho. Culpa sua, a maior burrada, parara numa banca de jornais para comprar cigarro, tirara o celular do bolso onde guardava o dinheiro, pousara-o em cima de umas revistas, o vendedor demorara a dar o troco atendendo gente em volta, quando foi ver não tinha mais celular. Só então caíra na real de como estava zonzo, com sono, ainda bêbado, chapado. Apaixonado, não?, disse Zaca, mas Orfeu já passara à fase seguinte. Aberta a porta, jogou-se na cama depois de contar aos amigos do celular e dormiu direto até ao final da tarde. Acordou todo misturado, Recife, Viemos da Grécya, Cosme Velho, aí lembrou do celular perdido, e com ele o número de Zaca. Claro que queria ligar, mas como? Sabia que àquela hora ele já estaria no casamento da irmã, não sabia em que igreja, nem onde era a festa, Zaca só mencionara que seria em casa do noivo. Daí saíra com os amigos, foram na Lapa, comeram, escutaram samba, tomaram umas e outras, um amigo queria porque queria pegar travesti, caminharam até à Glória mas o amigo queria Copa, tinha um travesti que ele pegara lá uma vez, queria porque queria esse travesti, foram pra Copa, rodaram o Lido, calçadão, esquinas, não acharam o tal, mas tinha outros, o amigo pegou um, eles continuaram tomando umas e outras, ali no meio dos travestis indo e vindo dos quartinhos, entrando nos carros topo de gama, e aí aconteceu aquilo.

Zaca parou numa sombra, o mar estava verde, o sol batia nele

te-tum
te-tum

Orfeu se apaixonara, pensou, por isso tinha ligado, não queria que Zaca ficasse no pé dele. Ali, frente à onda que se erguia no mar, estava tão certo disso que quase desligou para não ouvir. Mas o que Orfeu disse foi que tinha de contar uma história primeiro, para Zaca entender o que acontecera em Copacabana.

Era a história da moça mais bonita da sua favela, lá em Recife, filha de tapioqueira, doceira de mão cheia aos 18 anos. Todo o mundo queria namorar ela e ela queria casar direito. Um dia, saindo de um restaurante da orla onde fora levar brigadeiros, ouviu um tumulto na praia, atravessou a estrada pra ver, um turista tinha sido atacado por um tubarão, estavam levando ele para o hospital, explicou um homem que assistira a tudo. O homem devia ter o dobro da idade dela, mas de calção de banho, todo atlético, parecia galã de novela. Ele a convidou pra tomar um coco, depois pra almoçar, e pra almoçar no dia seguinte, até que ela deu pra ele. Era um cara casado, com filhos, o cara errado pra tudo o que ela queria, e portanto o cara com quem tudo daria errado, mas ele disse que estava apaixonado e ela se apaixonou. Ele alugou uma casinha de pescador em Olinda, sugeriu que ela se mudasse pra lá, estariam mais à vontade, ela poderia arrumar trabalho fácil, tanto restaurante, pousada, turista em Olinda. Ela contou tudo em casa, o pai brigou, a mãe chorou, e a moça mais bonita da favela foi embora, se instalou em Olinda, começou a fazer docinhos por ali. Meses depois estava grávida, ligou pro galã contando. Aí o cara já veio com um maço de notas, disse que tinha um monte de reuniões, surgira uma viagem, um projeto, negócio milionário, ia ter de ficar fora de Recife uns tempos, quem sabe meses, melhor ela tirar esse bebê. Foi embora no jipão em que sempre vinha. Ela caiu em prantos, pegou duas conduções até à favela, queria morrer, amava ele, a mãe disse pra ela sumir de Olinda como se sumisse na vida, ter o bebê ali com eles, esquecer que o cara existia, logo arranjaria um marido. Ela assim fez, amassando brigadeiro enquanto a barriga crescia. As águas rebentaram na noite de São João, e ela morreu de uma septicemia após o parto, moleques pulando fogueira na rua. Tinha acabado de fazer 19 anos.

Sua mãe, disse Zaca. Minha mãe, disse Orfeu.

Vai, vai, vai!

Gritos, risos na água, um surfista levantou e foi, Zaca começou a chorar em catadupa, de tristeza por Orfeu nunca ter conhecido a mãe, de alegria por ele lhe contar isso, de descobrir que estava apaixonado por ele, de tudo o que rebenta no instante seguinte? Paixão é o sobressalto do seu próprio fim, pensava Zaca, vendo a onda rebentar. Nunca quisera tanto nada como aquela voz no seu ouvido. Descobria isso pelo sobressalto de a perder.

E seu pai?, perguntou. Do outro lado, Orfeu respirou fundo. A avó sempre dissera que não conhecia, que era um homem de fora, um estrangeiro. Até que detectaram um câncer nela, não faz nem um ano, ele já estava dando aula de capoeira, revirou conhecidos e desconhecidos pra arrumar um médico, ficou do lado dela durante a quimio. Aí, uns seis meses atrás, caminhavam juntos pra tomar um sol e a avó disse que não queria morrer com essa mentira, que assim perto da morte achava que não tinha o direito, então contou que o pai não era estrangeiro coisa nenhuma e sim um cara rico de Recife que vira e mexe aparecia no jornal, mexia com negócio de petróleo, ela disse o nome, ele foi procurar, achou fácil. Não sabia o que sentir, o que fazer, fez como se não sentisse nada, tentou só ficar do lado dela o tempo que ainda houvesse. Ela continuava viva até agora, Orfeu até hesitara nessa viagem ao Rio, mas havia meses que não saía, e tinha mais gente de família cuidando. Então, nessa viagem acontecera: vira o cara lá na noite de Copa. Nenhuma dúvida, o cabelo para trás, os ombros de nadador, nas entrevistas sempre lembravam disso, que ele tinha sido campeão de natação, não dava para confundir, era o mesmo cara das revistas, do negócio do petróleo, ali, às quatro da manhã, numa esquina, olhando os travestis, os meninos, até que parou nele.

Zaca fechou os olhos, demasiado sol pra tudo isso.

te-tum
te-tum

Ele parou em mim, *véio*, repetiu Orfeu. O cara queria me comer, tá entendendo? Esse fiadaputa queria me comer, como comeu minha mãe com 18 anos, e agora come bicha, traveco, vai ver que sempre comeu, que gosta mesmo é de novinho gostoso.

te-tum
te-tum

Tudo debaixo desse sol, pensou Zaca. Tudo debaixo do mesmo sol, porque não tem outro.

Orfeu não disse o nome Tomás Cavendish, mas ainda que tivesse dito isso não diria nada a Zaca. Ninguém lhe apresentara o padrinho no casamento da irmã, ela só explicara que era um velho conhecido de Rosso, Zaca não estava nem aí para os velhos conhecidos de Rosso, e de qualquer forma Tomás, aka Joker, enchera a cara depois de encher o ouvido de Judite, saiu cedo.

Talvez com uma garrafa de uísque por noite sobreviva ao seu próprio casamento, sem nunca saber que a doceira gostosa teve um filho gostoso, e assim vá sobreviver à queda, quando a corrupção desses anos pré-Olimpíada estourar. O futuro de Tomás 'Joker' Cavendish não cabe aqui, mas o narrador desconfia que ele nunca pisará numa daquelas prisões brasileiras onde até um ministro da Justiça não conseguiu mentir

(*Do fundo do meu coração,
se fosse para cumprir muitos
anos em alguma prisão nossa,
eu preferia morrer.*
José Eduardo Cardozo,
novembro de 2012).

No casamento de Judite, Zaca ficara bêbado antes dela e do padrinho, mandara 23 mensagens a Orfeu, fora encontrado de madrugada, caído junto à quadra de tênis. E por essa hora já Tomás Cavendish vagava por Copa, enquanto a *esposa* dormia numa suíte do Fasano, camas bem separadas. Em noite de verão ficava mais fácil, Tomás dizia que ia dar um mergulho, hábito antigo, ela não acreditava, tomava mais um comprimido. Desde que nada fosse feito na cara dela, Mrs. Joker continuaria a tomar comprimidos de noite e a esticar a cara de dia. Mas disso sabe o narrador, não os amantes ao telefone, Recife-São Conrado.

O que Orfeu contou a Zaca sobre o momento em que Tomás Cavendish parou nele, ali no meio dos travestis de Copa, foi que olhara de volta o cara até ele desviar o olhar, talvez pelo desdém que viu em Orfeu, talvez pelo curto-circuito nas pupilas dele, e que o cara acabou indo embora com um adolescente de meia arrastão, coxa de bailarino, uns 200 cl de silicone no decote. Orfeu não falou nada pros amigos, tomou um emedê, nem lembra de chegar no apartamento, na manhã seguinte já era fim da tarde de novo, já estavam atrasados horas, o amigo que dirigia a van teve de parar duas vezes pra compromissos durante a viagem de volta, chegaram em Recife já na sexta à noite. Aí veio o fim de semana, só essa manhã Orfeu conseguira comprar um celular novo, ver as mensagens.

Zaca olhou a tela, 12h45. Ainda teria de atravessar o túnel para o Leblon, fazer toda a praia até Copa, atravessar o túnel para Botafogo, pegar os documentos do carro ao lado da Fundação Getúlio Vargas. Já ia chegar atrasado, não dava pra perguntar um milhão de coisas a Orfeu, nem dizer um milésimo do que queria. Então disse, quer vir passar o réveillon no Rio?

18:20, Laranjeiras-Linha Vermelha

Gabriel para a moto no cruzamento da Glicério com a rua das Laranjeiras, ensanduichado entre dois ônibus que bufam como se fossem explodir. No da frente, vê aquele anúncio que está em todas as traseiras de ônibus da cidade, um canguru vestido de Pai Natal segurando uma gostosa na bolsa da barriga

(MOTEL CANGURU
O PULO MAIS QUENTE).

Motel é tão do sistema carioca como fio dental, um olho na moral, outro no malandro, e o Rio balança as suas curvas. Aí, quando a traseira do Canguru recua num solavanco, quase derrubando Gabriel, ele pensa que não dá mais pra enfrentar o trânsito com essa moto vagabunda, o motor gripa direto, na véspera de Natal quase morreu na Linha Amarela, quem sabe ano que vem ganha para uma Triumph, dá uma de Marlon Brando.

Acaba de enviar ao editor *Essa Guerra – violência e democracia no Rio de Janeiro*, o estudo que era para ter publicado em junho. Cedo para dizer se o que então rebentou mudará algo ou era já o anúncio do que mudou, mas valeu a pena esperar pela cauda do incêndio. E, *in extremis*, por Império, embora ela não saiba como contribuiu para Gabriel decidir fechar-se em casa nos últimos dias a reescrever as conclusões.

O sinal abre, ele volta à direita, entre as mesas cheias do Melone e as mesas cheias do Varandas, aquele clima de pré-réveillon que é finalmente verão, férias pós-stress natalício, praias apinhadas, cinquenta graus de sensação térmica, ruptura no stock do ar condicionado, a cada fim de ano igual. Mas esse fim de ano Gabriel substituiu os janelões de madeira que deixavam entrar o calor, o radinho do morador de rua e a feirinha de todo o sábado. O adiantamento da edição, na verdade, já foi nisso, não sobra grana nem pra bicicleta.

Contorna a concha do chafariz na esquina da Cardoso Júnior, também chamada de *Portugal Pequeno*, que até hoje tem cara de vila operária; passa o cruzamento da rua Alice lembrando que precisa de ir ao correio enviar o recibo ao editor; para na passadeira onde sempre fica fascinado com os meninos do Instituto de Surdos, o silêncio do riso deles no meio do ruído da cidade, quase uma pausa no planeta; dá a volta por cima da Pinheiro Machado, que depois de junho virou campo de batalha; desce ziguezagueando a Ipiranga; e acelera para entrar no Santa Bárbara, pioneiro dos grandes túneis. O trânsito lá dentro está parado, mas no Rebouças estaria igual, e a volta é muito maior para quem vai no sentido Zona Norte.

Gabriel está indo ao Complexo do Alemão visitar um afilhado ferido no 7 de Setembro, quando o Choque carregou sobre os manifestantes na Presidente Vargas. Sempre há protestos no 7 de Setembro contra a parada militar do Dia da Independência, mas este foi o 7 de Setembro depois das manifestações de junho, deputados querendo proibir cara tapada, polícia em alta tensão. O garoto do Alemão estava de lenço na cara e acabou com a mão quebrada por um cassetete. Desde então, reuniu imagens de violência policial no Rio de Janeiro filmadas com celular em 2013 e terminou a montagem agora, quando as contas do ano carioca vão fechar em 416 mortos pela polícia, ou seja, oito por semana. Gabriel ainda tentou convencer Eric a vir na garupa para verem o filme juntos, mas o filho preferiu ficar no computador.

A relação pai-filho evoluiu para o monossílabo. Sempre que Eric não está a dormir ou a comer está em frente a uma tela, muitas das vezes em que está a comer também. Já teve a fase tablet, trocou-a pelo laptop, na véspera de Natal os avós maternos ofereceram um smartphone. E no dia seguinte, em casa da avó paterna no Complexo do Alemão, Eric quebrou a tendência monossilábica para dizer, sem tirar os olhos da nova tela, que estava ficando chato isso de mudar de casa toda a semana, se não podia ficar só na mãe.

Foi quando a blindagem de Gabriel falhou. Ali estava ele, na favela onde crescera, superadas as desvantagens de nascimento e acidente, ruptura rara na dinastia carioca, prestes a publicar um estudo contundente, requisitado por academia, movimentos, imprensa, mulheres; e de repente nada, a sua vida era uma merda.

Como sempre, Eric celebrava o 25 em casa da avó, dona Mari feliz na sombra da mangueira, travessas de bacalhau em memória do falecido esposo, que até hoje ela venera com velinha junto ao retrato, primos, parentes, toda a família do Alemão espalhada pelo quintal segurando o prato, cerveja gelada, papo de futebol. E quando dona Mari perguntou a Gabriel se era noite de Eric dormir na mãe ou no pai, Eric disse aquilo, sem parar de teclar, se não podia ficar só na mãe. Gabriel ficou olhando a cabeça do filho, carapinha raspada rente, mas o que via era o sem-fundo da cena. No dia de Natal, o seu único filho de 15 anos falava em ir morar só com a mãe no mesmo tom em que pergunta o que é o almoço, nem levantando os olhos. Não morar com o pai não era sequer encarado como algo simbólico, apenas uma questão prática.

Que lugar ocupava Gabriel naquela enigmática existência? De que valia a sociologia se não decifrava uma frase inteira do filho, na hipótese remota de ele a pronunciar? E que homem via o filho quando levantava os olhos, um cara que a cada duas semanas tinha uma namorada? O que é que esse cara fizera da última década, além de insuflar a espuma cá em cima?

Foi esta crise que Império veio afundar sem saber. No dia do debate na Cidade de Deus, Gabriel partira de Laranjeiras mais do que relutante, mal-humorado por não continuar a usufruir da Andressa da noite anterior, que, afinal, nunca seria retomada. Conhecer Império, a firmeza dela, sacudiu-o de forma tão inédita que ele nem tentou seduzi-la. Primeiro, entre o debate e o Natal, arrumou o assunto decidindo que Império devia gostar de mulheres. Depois da cena com o filho deu por si a pensar nela, o que ela acharia dele, o que ela acharia do estudo, e decidiu reescrever as conclusões, corrigindo um viés cínico que de repente lhe pareceu só preguiçoso, álibi fácil para não exigir mais do debate. Entretanto, ao voltar ontem à Cidade de Deus, percebeu que o assunto não está nada arrumado, e talvez Império goste mesmo só de mulheres, ou talvez simplesmente Gabriel não lhe interesse.

O que ela o fez sentir desde o primeiro dia, e ontem se clarificou de forma aguda, foi a inconsistência da sua vida: acadêmico de sangue negro, cosmopolita, politicamente empenhado e ao mesmo tempo o clichê do carioca descomprometido, aliás, um fiadaputa de um machista. Não que Império o tenha dito, tenha dito algo sequer sobre ele, mas foi assim que Gabriel se viu em tudo o que ouviu dela. E que vê ele em Império? A resolução? A revolução? Tudo o que ele achou que tinha e perdeu? Virou um preguiçoso, um cínico ou ambos?

À saída do túnel, o Sambódromo surge à esquerda, hibernando no seu sono até ao Carnaval. Gabriel odeia Carnaval, tudo o que seja Carnaval e em especial o Carnaval do Sambódromo, a encenação para as TVs, os enredos para o patrocínio. Neste último Carnaval fugiu com uma maranhense, ela viera fazer uma pesquisa no Rio, tinham-se conhecido na faculdade, voaram para São Luís, e daí para as dunas de Atins, melhores camarões que Gabriel já comeu. Mas ontem, na Cidade de Deus, Império contou que se chama Império por causa de escola de samba, a Império Serrano: um dos seus avós nascera no Morro da Serrinha, como Clara Nunes

*(Mesmo quando
perde o povo grita
é o vencedor
porque o povo tem
coração de imperador)*

e em março ela desfilaria pela Império, como sempre.

Gabriel disse que só por isso valeria a pena não fugir do Carnaval, o que não espantou Noé, muito acostumada a vê-lo dizer qualquer coisa para conquistar uma mulher, mas espantou o próprio, de tão sem cálculo que foi, impulso mesmo de não querer perder Império sambando na avenida. Tão carioca e nada carioca, quem sabe ela será a nova carioca, lúcida e pós-otimista, pensa ele, dando a volta na Presidente Vargas para pegar a Linha Vermelha.

Na memória de Gabriel, Império é também a única mulher com quem conversou que não fez qualquer menção ao tapa-olho. Talvez seja o seu feitio, uma espécie de distância, parece haver nela algo impermeável, de fora para dentro e de dentro para fora. Mas um dos amigos acabou por perguntar o que acontecera, como as pessoas sempre perguntam ao fim de algum tempo, e Gabriel disse que tinha sido um estilhaço de bala vinte anos atrás no Alemão, sem entrar em detalhes. Qualquer morador da Cidade de Deus sabe que isso pode acontecer no seu quintal, fogo real de traficante ou polícia, no asfalto é que a polícia usa bala de borracha, e pode atingir brancos de classe média, como inclusive aconteceu em 2013, a diferença é que branco tem seguro de saúde, conhece médicos, move gente. Aí a conversa voltou às mulheres, Império falou de aborto, perguntou se Noé pegaria essa pauta.

A propósito de Noé, aquele negócio de ayahuasca na serra era hoje, lembra Gabriel passando a Feira de São Cristóvão, onde os nordestinos que são a mão de obra do Rio vêm matar saudade num forró, num feijão de corda com galinha. Gabriel não é chegado em rituais, não tem saco para místicos, nunca tomou ayahuasca, nem pensa nisso.

Lá na Cidade de Deus, no encontro com Império, Noé ficara tomando água de coco porque os caras do ritual pediam abstinência de álcool e de sexo antes e depois, explicou ela. Gabriel rira ao ouvir isso, iiih, fodeu, estou fora, disse. E agora, furando o ar e o universo a noventa à hora, Guanabara do seu lado direito, o que lhe ocorre é que essa frase diz tudo o que não cogitava sobre si mesmo há uma semana: está fora e fodido. Antes de entregar o manuscrito, tudo se ia resolver quando o entregasse. Acaba de o entregar e é o vazio. Não tem a menor ideia do que fará com a vida.

Tão absorto vai que nem levanta a antena, essencial para quem anda de moto no subúrbio, sobretudo a partir de dezembro, quando as escolas fecham e o maior barato para os moleques longe da praia é encher o céu de pipas. Um por cada pipa, dá mil fios rivalizando lá no alto, então para cortar o fio do inimigo há quem use fio de cerol, mistura de cola com pó de vidro ou ferro que torna o fio uma guilhotina. O topo de gama no item cortante, porém, é o fio chileno, com pó de quartzo e óxido de alumínio, que se vende em carretéis de meio quilômetro pelo preço de um lanche: corta quatro vezes mais do que cerol. Um pescoço a noventa à hora, por exemplo, é manteiga, tanto que passou a ser obrigatório usar essa antena no guiador da moto, de forma a cortar o fio antes de o fio cortar o pescoço, embora aconteça o fio entortar a antena e ainda atingir o condutor. O ideal são duas antenas, ou seja, dois paus no campo de visão, que no caso de Gabriel já é limitado em profundidade e estereoscopia. Por isso, ele tem apenas uma antena do lado esquerdo, o do olho perdido, de modo a deixar o outro sem obstáculos. Enquanto trafega pela Zona Sul, onde as crianças estão na praia, na piscina, no playground, mantém a antena recolhida, e ao avistar o subúrbio levanta-a.

Foi o que esqueceu de fazer agora.

21:43, Serra dos Órgãos

Ao primeiro gole, espesso, granuloso, um arrepio sacode a espinha, ahaaaaaaaaaaaaaaaaaaaaaaaaaaaa. É como se alguém tivesse dissolvido terra em vinho do Porto, pensa Tristão, apertando os olhos. Tão mau que bebe o copo todo sem respirar, copo bem grande, uns 33 centilitros de ayahuasca. Leu a bibliografia, sabe da multiplicação de receitas, sempre fervidas durante horas, mas como colaborou nos preparativos desta, e em princípio nenhum espírito extra se precipitou nos caldeirões, o que acaba de tomar é a mais canônica das misturas: cipó *Banisteriopsis caapi*, conhecido como ayahuasca, e folha *Psychotria viridis*, conhecida como chacrona. Desde as três da tarde, ele próprio, seguindo as instruções dos veteranos, pegou em pés de cipó, encarquilhados, ondulantes, lavou-os com jatos de água para eliminar fungos, esperou que secassem até os lançar um a um na trituradora, e depois escolheu, lavou e secou montanhas de folhas, uma a uma.

O cipó potencia a percepção, sempre houve quem o fervesse sozinho, e alguns povos, como os marubo, continuam a fazê-lo. Mas a folha é que contém o fogo de artifício da coisa toda, a dimetil-triptamina (DMT). Fervida sozinha, não faz efeito porque as enzimas do estômago inibem a DMT. Fervida com o cipó, ele inibe essas enzimas, permitindo que a DMT mostre o que vale. Ou seja, cipó e folha disparam para o auge quando se juntam. Um *coup de foudre* extraído das entranhas da Amazônia, num desdobramento de misturas, conforme certos xamãs foram respondendo à oferta da selva e ao objetivo: rituais masculinos, apurar a caça, curar males. O fim curativo terá estado sempre lá, com o xamã transitando entre mortos, espíritos e ancestrais para identificar o mal. Em quéchua, língua anterior aos incas, ayahuasca significa *corda dos mortos*

> *(aya: morto, ancestral, espírito*
> *huasca: corda, cipó, liana).*

Mas antes das epidemias trazidas pelo colonizador, e do colonizador pôr termo às guerras indígenas, a ayahuasca serviria também, ou sobretudo, para incorporar espíritos de animais, visualizar inimigos, preparar a guerra. De uma forma ou de outra, um motor de busca, uma espécie de Internet dos índios que no século XX se tornou igreja e terapia de não índios, a partir dos seringais da Amazônia. Aí, onde a borracha era extraída à custa da maior violência, é que emergiram cultos como o Santo Daime, fundado pelo seringueiro Raimundo Irineu Serra em 1930. Negro imponente, descendente de escravos, ele tivera uma visão da Virgem Maria como Rainha da Floresta ao experimentar ayahuasca entre os índios. Mudou o nome da infusão para Daime

(dai-me amor,
dai-me cura
dai-me fé)

e começou a dedicar-lhe um ritual cristão, com elementos afro-brasileiros e esotéricos. No final do século XX, a mística daimista atraíra já milhares de adeptos pelo Brasil, incluindo atores da Globo, Ney Matogrosso ou Sting. Iniciou-se um movimento defendendo que a ayahuasca era não um alucinógeno com fins lúdicos, mas sim um *enteógeno* com fins espirituais, além de não viciante e antidepressivo. E, em 2004, o Brasil legalizou plantação e consumo no contexto de *rituais religiosos*, sem *comercialização*, *publicidade* ou *substâncias proscritas*.

Então, ao todo, oitocentos quilos de cipó, mais duzentos quilos de chacrona plantados aqui em volta, para um total de cem pessoas que vieram do Rio de Janeiro, contornaram a baía de Guanabara até Magé, pegaram a estrada para a Serra dos Órgãos e depois um caminho de terra, pelo meio da floresta

(juçara, pindobinha, samambaia
samambaiaçu, murici, jacatirão,
faveira, embaúba)

troncos prodigiosos, enlaçados por flores e lianas

(jequitibá-rosa, ouriceiro, canela, canela-santa, bromélia, begônia, baguaçu, orquídea)

até uma cancela de madeira.

Seguiram-se sete curvas, assinaladas em tabuletas como *os sete chakras da energia*, cada um com sua cor. No fim da última havia um terreiro para estacionar, pouco adiante um bambuzal denso, e do lado de lá uma casa de fazenda toda na horizontal, alpendre com mesas, cestos de fruta, camas de rede; jardim com baloiços, piscina, deque.

Quando viu todo o mundo esvoaçar naquele éden, o que Tristão pensou foi que todo o mundo era branco menos Lucas, o único com sangue índio, e certamente o único que morara em favela. Brancos de classe média virando índio no meio de brancos de classe média, mais jovens do que velhos, mais bonitos do que feios, levemente bronzeados, vestidos de algodão orgânico. Partilharam as tarefas do cipó e da chacrona num pavilhão heptagonal chamado Casa do Feitio, encaixado a meia encosta, com toda uma tubulação subterrânea, 11 bicos de gás para 11 caldeirões de inox resplandecente. Enquanto a infusão fervia, dispersando um cheiro a mel queimado, voltaram a subir para o alpendre, comeram arroz, feijão, carne, massa, ovo, salada, cada um lavou o seu prato, alguns balançaram entre sinos e espanta-espíritos, alguns tinham crianças que mergulharam na piscina, pequenos shots circularam em jeito de aperitivo, um gole de ayahuasca muito diluído. Tristão bebeu sem sentir nada, achou que sabia a mau vinho do Porto, viu as crianças beberem, até bebê mama leite com ayahuasca, riu uma mãe de flor na cabeça. Uvas, maçãs, abacates foram preparados para a noite, com fumo de incenso e hinos que todos conheciam, menos os estreantes. E, agora que anoiteceu, todos fazem fila cá em cima para receber o grande copo, já bem apurado, concentrado, qual hóstia da missa, à luz de tochas, no meio da floresta fluminense.

Lucas, Zaca e Inês vêm atrás de Tristão, vão beber. Alma vai à frente mas ainda bebe devagar, nuca na penumbra, bruxuleando à medida que a fila avança e o fogo a ilumina. Quando volta a cara para Tristão, ele vê o fogo nas pupilas, com um pouco de boa vontade seria o rasto de uma onça. Alma Onça, ou aquela que acordou encaixada no seu corpo esta manhã. E que milagre ter aberto os olhos para ela. Acordar junto é o mais próximo de nascer junto, pescoço, espinha, orelha

(o nó da tua orelha
ainda dói em mim).

Queria encaixar os dedos nos dedos dela agora, sentir a pequena mão alada, mas foram instruídos para não comunicarem uns com os outros. O objetivo será comunicar com o outro mundo através d'O Sacramento. Para favorecer a introspecção, aliás, os casais serão separados quando a fila chegar à Casa do Feitio, onde passarão as próximas horas. Na nomenclatura do grupo, a ayahuasca é O Sacramento, o ritual é O Feitio ou O Trabalho, os anfitriões são O Mestre e A Mestra, os acólitos são Os Vigilantes, os membros são Os Viajantes, os convidados são Os Visitantes. Tristão podia antever esta retórica a partir do que leu, mas vê-la incorporada por adultos de carne e osso só com observação participante.

Ah, o acaso, esse captador de quem o busca. Não faz nem um mês que, ao sair do metrô junto ao Odeon, em pleno centro do Rio de Janeiro, Tristão topou com um amigo de muitos sábados no Samba da Ouvidor, muitas segundas-feiras no Samba do Trabalhador, aquela comunhão de mil, dois mil cariocas cantando juntos

(Tire o seu sorriso do caminho
que eu quero passar com a minha dor).

Ora, esse bamba do samba combinara encontrar um primo ali no Amarelinho da Cinelândia e convidou Tristão a sentar para um chope. Papo solto, rolou que o primo passara pelo Santo Daime e agora frequentava esse outro grupo na serra. O lance bacana é que não era tão igreja, mais *um xamanismo de fusão*, ele disse, sempre tinham visitantes em cada ritual, encorajavam a experiência. Semanas antes o bamba do samba até experimentara, mas não era a praia dele, aquele negócio de todo o mundo vomitando, dia seguinte não conseguira nem levantar da cama.

Ouvindo isto, Tristão teve um flash dos seus 16 anos, a noite em que fumou um troço no Algarve, até hoje não sabe o quê, estava demasiado bêbado: após uma noite a errar pela praia, chão e céu trocando de lugar, acordara em pânico no apartamento onde a turma acampava, todos em busca de um coma rápido, e não conseguiu sair do sofá, horas que pareceram eras, visões tenebrosas. Nunca mais tocou sequer em erva, nem ao aterrar no Rio de Janeiro, onde até os pais dos amigos fumam baseado. Um dia, já em 2013, leu que

Caetano Veloso também não era chegado em drogas, depois de um trauma do gênero. Isso deve ter ajudado a quebrar o seu próprio trauma, porque falou dele, primeiro a Inês, depois a Zaca. E tudo terá formado um limbo na cabeça, como as camadas no chão da selva, onde a morte fertiliza a vida.

Portanto, durante o chope casual no Amarelinho, quando o primo do bamba lhe perguntou se gostaria de tomar ayahausca, respondeu que sim sem vacilar. Para tornar tudo irreversível chamou os amigos até, Inês, Zaca, Lucas. E Alma apareceu ao fim de um ano! O acaso devia saber que ele estava pronto. Aliás, o acaso será só uma forma de Deus. Nenhum contato desde o Rio Negro, e de súbito ela aparece.

Claro que Tristão podia ter tomado ayahuasca com os índios do Rio Negro, seria fácil se estivesse para aí virado. Mas também não calhou estar numa situação em que lhe fosse oferecido, ou seja, nunca aconteceu recusar. O xamanismo não era o foco da sua pesquisa, as semanas de estadia não coincidiram, por exemplo, com o ritual do Jurupari, onde a ayahuasca tem um papel decisivo. Acompanhara pajelanças, os ritos de cura ou adivinhação dos pajés, como também são chamados os xamãs, mas só o pajé tomara ayahuasca. Entre os índios com quem esteve, não é qualquer um que toma, feito bebida de todos os dias, cuia circulando de mão em mão. Exige dieta, preparação, nada de pimenta, açúcar, sexo, seja o que for que espicace o corpo, além de que mulher, em geral, não pode tomar, em certos casos nem chegar perto. Que teria feito Tristão se o houvessem convidado? Tomado, acredita. De qualquer forma não aconteceu. E se hoje aqui está, no meio da Serra dos Órgãos, será para 15 anos depois não ter medo de um alucinógeno. E por tudo o que lhe aconteceu no Brasil, e o fez parar o doutoramento.

Parou quando soube que nada sabia, eis o que aconteceu. Aquele clássico de conseguir escrever sobre algo ao fim de duas semanas, mas não conseguir ao fim de dois anos. E quanto tempo terá de passar agora para o carrossel dar a volta? Alguma vez saltará de novo para o lombo desse alazão, com a suprema lata, o supremo desplante do branco que se acha capaz de dizer algo sobre o índio? Ainda por cima, um branco da terra que há quinhentos anos se atou a esta por uma corda de mortos? Toda a história colonial é um cipó ligando os vivos aos ancestrais, liana de dois galhos, um enroscado no outro, espiral infinita. De qualquer forma, ex-colonizador ou não, hoje não dá para ir comprar mis-sangas ao Saara, trincá-las para ter a certeza de que a cor não sai, carregar colares, anzóis ou espelhos em cima de bois e chegar a uma tribo raramente contatada, como Lévi-Strauss em 1930. Quase cem anos, centenas de antropólogos e milhões de árvores depois, mais fácil ser um antropólogo em Marte, sem bagagem nem bibliografia, antes mesmo de lá haver vida.

A propósito, Tristão levanta a cabeça: última oportunidade para ver Vênus no hemisfério Sul. Júpiter estará visível toda a noite, Marte vai nascer à uma, Saturno às três e meia. Pobre Plutão, no seu exílio gelado, despromovido a planeta-anão, nem aparece mais nas previsões que os esotéricos da serra partilham com os seus visitantes. E lá nos confins gélidos, para além de Netuno, haverá mais algum corpo capaz de dar a volta ao sol, ainda que demore vinte mil anos? Algum nono planeta que substitua Plutão? Derradeira noite de quarto minguante, escuridão sem Lua. Será preciso imaginar o recorte do que ainda há pouco se via, por exemplo o pico de 1692 metros a que os alpinistas, e não só, chamam Dedo de Deus.

Uma manhã, pouco depois de se conhecerem, Zaca voltou da feira da Praça XV com um selo do Dedo de Deus para zoar de Tristão, o Cristão:

Tristão usou-o como marcador num par clássico da antropologia amazônica, os livros de Christine e Stephen Hugh-Jones que resultaram da estadia com os barasana, índios de língua tukano, nos anos 1970. Habitantes daquele pedaço junto ao Rio Negro onde a fronteira entre Colômbia e Brasil parece a cabeça de um cão, os índios já lá estavam quando a fronteira os atravessou, e continuam a viver de ambos os lados. No lado colombiano, trabalhado pelos Hugh-Jones, chamam *yagé* ao ayahuasca, no lado brasileiro, trabalhado por Tristão, chamam-lhe *caapi*.

Outros indígenas, brasileiros, peruanos, equatorianos ou bolivianos, podem variar de nomes, mas ayahuasca é o mais transversal para designar tanto o cipó como a infusão. E em volta desse nome é que os esotéricos desdobram a nomenclatura, de Sacramento a Nave-mãe.

Ah, por falar em nave-mãe, a astronomia será sempre uma solução quando a antropologia já não der conta. Fala aí, Vênus, o que é que você acha, ainda é possível fazer antropologia? Dizer alguma coisa sobre a tribo humana? Sim, já não dá para ser como era no tempo de Lévi-Strauss com os bororó, os nambiquara; ou no tempo dos Hugh-Jones com os barasana; ou mesmo de Viveiros de Castro com os arawetê. Mas, por isso mesmo, não dá para ser como é? Mistura de cidade na floresta, de floresta na cidade, o índio não será o futuro de Tristão?

O futuro também muda o passado, talvez Tristão não esteja no Brasil para outra coisa. O passado não é como Plutão, não está congelado, nem requer apenas correcção de estatuto ou escala, mas outra ordem das coisas, outra galáxia, conforme varia a perspectiva, mediante quem o olha. Tal como o perspectivismo ameríndio, essa bomba que Eduardo Viveiros de Castro lançou no meio da antropologia: onça será homem quando olha homem, e homem será caça quando é olhado por ela, porque humano é sempre quem olha. Em suma, e revolvendo até Shakespeare, um homem não é um homem não é um homem. Depende se alguma onça (jaguar, gavião, jacaré, sucuri) estiver olhando.

Tristão sorri no escuro, avistando os mantos brancos d'Os Vigilantes. A linguagem new age é feita de palavras que querem dizer tudo e dizem nada, fachada do vazio, nenhum fio por trás, nenhuma ligação. O contrário do xamanismo indígena, feixe de ligações, literalmente hiperlink. Um adepto da new age já diria que Tristão, o Cristão, tem um preconceito contra a new age. Tristão podia responder que não é preconceito, mas a impossibilidade de ser penetrado por ela. Seja como for seria impiedoso, não responderia. Quando aterrou no Brasil, o que sabia sobre ayahuasca era que William Burroughs tomara os seus chás nos anos 1950, e entretanto o cipó fora adotado para curar dependência de droga, depressão, trauma, ou iluminar yoggis, budistas, leitores de Carlos Castañeda.

Talvez só um ateu pudesse estar mais longe dessa nebulosa, e se nem o Brasil mudou isso, nada mudará, mas desde então Tristão aprendeu um bocado sobre xamanismo indígena, incluindo não atirar a distância à cara do primeiro desconhecido. A implicação entre brancos e indígenas, cidade e floresta, era mais complexa, mútua e irreversível, foi percebendo. Não apenas os adeptos da new age se indigenizaram, como *indigenizam* índios nas periferias das cidades amazônicas, que para corresponderem ao cânone na cabeça dos gringos vestem as contas, penas e plumas que nunca vestiram, aprendem a fazer a ayahuasca que nunca fizeram, são os xamãs que já não eram, bons, maus, assim-assim, há de tudo.

Até quem misture ervas danadas, brugmansia, datura, toé, essas primas americanas da mandrágora e da beladona, de modo a garantir que os brancos agnósticos do século XXI, os pós-cristãos das terras ricas, sejam eles quarentões de Silicon Valley ou mochileiros ingleses com acne, tenham o seu quê de Transcendente, o seu acesso ao Outro Lado.

Mas esses alcaloides a mais na receita tendem a acontecer, crê Tristão, sobretudo na faixa peruana que contorna os estados do Amazonas e do Acre: Iquitos, Pucallpa, Puerto Maldonado, turismo ayahuasquero de pacote, jungle lodge & piração, por vezes no limite do gore, com algum autoproclamado xamã assediando gringas ainda a alucinar, aqui um gringo adolescente enterrado às escondidas, ali outro abandonado a delírios, taquicardia, convulsões.

O fim da guerrilha maoista do Sendero Luminoso, parcialmente convertida ao narcotráfico, ajudou a libertar a selva peruana para o boom de *pasajeros*, como são chamados os turistas ayahuasca. A Internet está cheia de blogues, fóruns e chats sobre como comprar cipó e folha, o que misturar, evitar e fazer. O cipó vende-se online, tipo Amazon, cem gramas de cipó em pó, 15 dólares, mas também é possível comprar a folha, em planta ou em semente, apesar de ser proibida nos Estados Unidos.

E gringos viram xamãs, xamãs viram gringos, viajando em turnês pelos Estados Unidos, pela Europa, conferencistas da selva, performers da floresta. Xamãs da selva deixam a sua floresta e vão ganhar dinheiro com os brancos, e alguns repartem o dinheiro com a aldeia, e toda a aldeia ganha, passa a viver dos brancos com que o xamã trabalha. Ou então o xamã não reparte, fica rico, e a aldeia diz que ele se entregou à bruxaria, perde prestígio, passa a ser só xamã dos brancos. Ou então o xamã não quer o circo dos brancos, ou não tem jeito para se anunciar, fica na aldeia, trata os locais, mas os locais não têm dinheiro, são pobres, a aldeia está encurralada, a selva desmatada, os índios perdendo o bom do índio e ganhando o mau do branco, os índios bebendo o álcool dos brancos, que é diferente do álcool da mandioca, e ficando viciados no álcool dos brancos mais do que os brancos, porque DNA de índio também é diferente. E então, o que é melhor, mais autêntico, mais autônomo, e quem tem o direito de decidir?

Branco quer índio de cocar, mas esse mesmo índio quando vai curar família veste roupa de branco. Brancos querem os índios autênticos, só que os índios autênticos são todos, de jeans, de cocar, nas cidades, na selva, todos índios centrifugados pela história dos brancos, vivendo em 2013 das maneiras que os brancos tornaram possíveis, incluindo as novas maneiras, do novo mercado, da nova era, e que o índio aja sobre isso, bote o cocar, vá em turnê, não será uma transferência, uma devolução aos brancos das suas próprias imposições?

Quinhentos anos de centrifugação. Francisco Orellana em busca de ouro e canela, de repente tropeçando naquele grande rio que acabaria por se chamar Amazonas, porque os espanhóis terão sido alvejados por mulheres indígenas que das margens disparavam flechas, sopravam zarabatanas, como as guerreiras amazonas da mitologia grega. Mas mais rápida que qualquer flecha ou zarabatana ia a doença, sempre à frente do invasor, levada pelo ar. Quando os brancos chegavam, em carne e osso, já os índios estavam dizimados.

Quinhentos e treze anos atirando o índio em todas as direções, de todas as formas, a maior parte das vezes, mortais. E boa parte da selva, entretanto, uma desolação. Como disse Calgacus, o líder dos Caledônios, perante o invasor romano: *Criam uma desolação e chamam-lhe paz*. Hoje chama-se Escócia, os romanos nunca a ocuparam totalmente, a prova é que a frase sobreviveu, tal como o nome de quem a pronunciou, citado por Tácito. A desolação não será total enquanto Calgacus tiver a palavra, ainda que através do inimigo.

Em 1980, o antropólogo escocês Peter Gow partiu para as terras do Peru entaladas entre Brasil e Andes. Levaria lá num canto do DNA a frase do indômito ancestral caledônio. E a sua longa pesquisa entre os índios gerou uma visão transformadora na antropologia amazônica ao propor que 1) a difusão da ayahuasca não tem milhares de anos, 2) não se deu da floresta para núcleos urbanos mas ao contrário, 3) foi feita por mestiços, cruzamento de índio e branco, 4) é, pois, fruto da história colonial.

Desenvolvendo. Quando jesuítas e franciscanos se instalaram na Amazônia peruana em meados do século XVII contrataram guias da floresta, que terão trazido consigo ayahuasca. Cada missão ia sendo rodeada por um povoado de convertidos, e em volta era a selva dos indomáveis. Só que os padres mostraram-se impotentes perante as epidemias disseminadas pelos brancos, e os indígenas cristianizados começaram a recorrer à ayahuasca. Poções diabólicas, na visão da igreja católica, que no século XVII condenou o uso de *plantas de poder*. Dois séculos depois, a enxurrada dos seringais, selva adentro, levou de novo a ayahuasca para o interior da floresta, multiplicando-a como nunca. Terá funcionado como defesa, antídoto, mundo alternativo face ao horror da borracha, essa escravatura pós-escravatura de que Ferreira de Castro fez um romance: Amazonas abaixo, Rio Negro acima, Tristão manteve sempre consigo *A Selva*, estrela extinta, supernova, brilhando para quem a leu. Entretanto, a Terra rebenta com milhões de micronovas. THE GREAT 'NEVERMIND FROM WHERE' NOVEL: não tem mais.

A astronomia será sempre uma solução quando a literatura já não der conta. Fala aí, Netuno, o que é que você avista para além desse cinturão polar? É agora que o céu vai cair? Todo o ser da floresta tem medo de que o céu caia. O xamã sabe pelos ancestrais que isso já aconteceu uma vez. Junto com *A Selva*, Tristão levou na mochila *A Queda do Céu*, o livro que o xamã yanomami Davi Kopenawa fez com o antropólogo francês Bruce Albert. E ainda hoje o tirou da estante, onde sempre dorme ao lado do *Tristes Trópicos*. Queria mostrar os desenhos de Davi a Alma, ela nunca vira o livro.

Alma. Talvez amanhã ela desapareça, como quando saiu das águas do Rio Negro. Talvez seja a própria cobra da transformação da cosmogonia tukano. Será que apareceu só para nascerem os dois juntos esta manhã, Alma & Tristão? E o tal general Hogendorp terá tatuado um dragão no tórax lá em Java só para dois séculos depois Alma ler sobre ele em Jacarta, e ser levada pela pesquisa até ao Rio de Janeiro, reencontrando assim este português, batizado com o nome do navegador que *descobriu* um arquipélago *desabitado*? Dá para dizer *descobriu* quando o lugar é desabitado? E dá para dizer *desabitado* quando apenas não há homens? E as plantas, as pedras, aqueles rochedos que não deixaram Tristão da Cunha desembarcar em 1506?

Índio sabe que planta tem espírito, pedra tem espírito, fala com eles através da ayahuasca, transformou-se através de brancos que o quiseram transformar à força, comeu e bebeu deles, corpo e símbolos. Quinhentos e treze anos depois, talvez Tristão procure uma forma de fazer a viagem inversa à da cobra cosmogônica, de volta aos ancestrais, os seus. Chegar ao momento em que Portugal se atou ao Brasil por uma corda de mortos. E isso será *O Descobrimento*.

Alma acaba de beber o seu ayahuasca, deita o copo descartável no cesto já meio cheio, continua a descer a encosta sem voltar a cabeça. Em criança, chegou a ser colocada na ponta brilhante do espectro do autismo, Síndrome de Asperger. O diagnóstico não se confirmou, mas ela sempre preferiu dormir sozinha, contou esta manhã. E, vendo que Tristão não estava a levar a frase à letra, disse, eu nunca tinha acordado do lado de alguém. Então, ainda que Alma desapareça, o mundo está criado, primeira noite, primeira manhã.

Tristão só não sabe se isto será já o apocalipse.

22:37, Serra dos Órgãos

TEM QUE TOMAR. Na fila seguinte à de Lucas, um dos Vigilantes está parado junto a Inês, ela sentada, ele de pé, hábito branco, segurando um jarro numa mão, copinhos na outra, para uma nova dose de ayahuasca. Lucas já ouvira Inês recusar, e agora de novo, obrigada, não quero mais. Marcando as palavras, como se ela não tivesse entendido, o Vigilante insiste, TEM-QUE-TOMAR. Inês olha nos olhos dele, diz, NÃO-VOU-TOMAR, e volta a olhar em frente, o que ajuda a conter a náusea. O Vigilante mantém-se imóvel por um instante, depois avança para a mulher ao lado, uma ruiva vasta, que vira o copo como se fosse shot de vodka.

Lucas busca Tristão com os olhos, mas as cadeiras estão lotadas, demasiada gente pelo meio. O pavilhão da Casa é aberto à esquerda e à direita, para se poder ir vomitar lá fora. Em cada ponta há um pelotão de Vigilantes, prontos a reconduzir toda a gente ao lugar, e a meio da encosta outro, formando um cordão em volta da Casa. Só agora Lucas percebe que todos os participantes vão tomar sucessivas doses e que ninguém sairá do ritual. Mas mais ninguém senão ele parece ter observado a recusa de Inês. A Casa vibra com os hinos adaptados de Mestre Irineu

EU BALANÇO,
E EU BALANÇO
BALANÇO TUDO
QUANTO HÁ!

Ao centro, de azul-celeste, O Mestre e A Mestra seguram ceptros com a cruz oval dos faraós, rodeados por tocadores de maracas, tambores, flautas, violão; fruta e porquinhos da prosperidade a seus pés; pétalas cobrindo o chão. No semicírculo seguinte, a plateia de Viajantes e Visitantes, todos de branco, em cadeiras brancas. E, a fechar, a tribuna dos Veteranos, também de branco, espécie de coro grego

> *EU CHAMO O SOL,*
> *CHAMO A LUA*
> *E CHAMO A ESTRELA!*

Se nas aldeias indígenas os rituais de ayahuasca tendem a acontecer na escuridão, a Casa do Feitio está toda iluminada, lâmpadas além das tochas, das velas, dos anjos que piscam numa árvore-totem, decorada com a bandeira do Brasil, máscaras amazônicas de buriti, cipó e algodão, berrantes em espiral feitos de corno de oblongo, enquanto ao lado os 11 caldeirões continuam a fervilhar numa espuma amarela, concentrando as próximas doses.

Visto de fora, seria o Carnaval de Bosch na Amazônia, mas o que Lucas pensa, num baque de pânico, é que está no alto da serra, no meio da noite, e não pode sair dali. Então a ruiva ao lado de Inês volta-se subitamente para trás, como sacudida por um choque elétrico, e jorra um vômito escuro em cima de quem está mais perto, incluindo as calças de Lucas. Ele respira fundo, fecha os olhos, cai, cai, cai, escuro, frio, uma asa negra, flap, outra asa negra, flap, flap, som de guizos, morcegos em volta de uma cabeça, depois um garfo riscando um tacho, ahaaaaaaaa. No arrepio, Lucas abre os olhos: maracas, tambores, todo o mundo berrando

> *EU CHAMO O VENTO*
> *CHAMO A TERRA*
> *E CHAMO O MAR!*

Por que todo o mundo berra?, pensa, atônito. Ou alguém subiu o som?

> *EU CHAMO O CIPÓ*
> *CHAMO A FOLHA*
> *E CHAMO A ÁGUA!*

Tudo está muito alto, muito nítido, muito ampliado, dentes, gargantas, bocas bocarras que vão dar a tubos que vão dar a estômagos

EU CHAMO A FORÇA!
E CHAMO A FORÇA!
A FORÇA VEM NOS
AMOSTRAR

TODO O MUNDO ESTÁ LOUCO E NÃO DÁ PRA SAIR DAQUI, pensa Lucas. Fecha os olhos: ondas de cor e calor, um caldeirão de lava, uma cabeça de fora, pescoço partido NÃOOOOOOOOOOOOOOOOOOO. Abre os olhos: na árvore-totem, o retângulo verde da bandeira do Brasil destaca-se e vem na sua direção, depois o losango amarelo, o globo azul, as estrelinhas, a faixa branca, Ordem e Progresso. FALTA O AMOR, Lucas quase grita, CADÊ O AMOR DA FRASE ORIGINAL? A FRASE É *AMOR, ORDEM E PROGRESSO*! O globo recua, azul-Portela, azul-royal, Lucas sente algo duro, compacto nas mãos. Baixa os olhos: está agarrado aos braços da cadeira como se fosse levantar voo.

Levanta os olhos: A Mestre deita fumo. Imóvel, no meio das bocas do inferno, segura um cigarro grosso entre indicador e médio, e fuma. Muitas tribos não usam ayahuasca mas todas usam tabaco. Benzendo o corpo, a cura, o tabaco é a mandioca do xamã, alimento-base. Ela fuma, hierática, enquanto em volta tudo brada, vocifera

EQUIÔR EQUIÔR EQUIÔR!
EQUIÔR ME CHAMARAM!

A Mestre tem bochechas de cão velho, pensa Lucas. E de súbito vê: A Mestre é um cão velho. E O Mestre: uma criança velha, toda enrugada. Como não vira isso antes? E junto a um dos tambores, um carrinho de bebê, um bebê muito louro, que dorme. Como não o vira antes? E por que está ali?

FSSSSSST, FSSSSST. Dois Vigilantes, arco em riste, flechas nas costas, disparam sobre os caldeirões, para um tronco ao fundo. Depois guardam os arcos, pegam nos dois berrantes que um dia foram os cornos do mais imponente antílope africano e sopram neles como chamadores de gado, trombeteiros de caça. Depois guardam os berrantes, pegam em martelos e espancam pés de cipó, espancam, espancam

AINDA TEM GENTE
QUE DUVIDA

> *DO PODER*
> *QUE VÓS ME DÁ!*

Os hinos nunca param, tal como o xamã na floresta precisa de cantar, ou de um cantador. Os xamãs peruanos chamam *ícaros* a esses cantos alados, e crêem que as plantas é que os ensinam. Podem ser assobiados ou misturar dialetos, o que importa é o som, não a palavra, porque é a música que amansa os espíritos, os persuade a vir. Os espíritos são atraídos pela música tal como são afastados pelo cheiro a sexo ou o sangue das mulheres, crença antiga. O xamã é assim uma sereia dos espíritos, um isco cheiroso, um corpo pintado, cantando para seduzir. Mas na cristianização do Santo Daime, os cantos transformaram-se em hinário, com as letras no colo de cada um, palavras fixas, que todo o mundo repete

> *EU VIM BEIRANDO A TERRA!*
> *EU VIM BEIRANDO O MAR!*

O transe vai e vem, à semelhança da náusea. Demora a bater e depois fica uma onda. A cada vez que a onda vem, atira Lucas para dentro, como se o corpo fosse o invólucro do universo e tudo se passasse no seu interior, abismos, fauna e flora. Quando a onda recua, Lucas sente o que está à volta num alerta de guerra, antenas, sensores

> *CHOREI DE ARREPENDIDO*
> *CHOREI, CHOREI*
> *CHOREI, CHOREI*

Um dos tocadores cai num choro convulsivo, enquanto os outros ribombam, mais forte do que nunca.

> *CHOREI, CHOREI*
> *CHOREI, CHOREI*
> *CHOREI MAS EU ME FIRMEI!*

Uma aprendiz levanta-se da cadeira, caminha em direção à música, cai no chão. Dois Vigilantes levantam-na como se não fosse nada, hirta, hipnotizada, e sentam-na junto aos Mestres, com um cetro igual ao deles

Ela fica a olhar em frente, petrificada, com as duas mãos apoiadas no ceptro.

PAZ!
AMOR!

clama, brama a tribuna. Lucas volta a cabeça para ver: Os Veteranos balançam braços e tronco para um lado, para o outro, embora alguns já não consigam acompanhar o coletivo, balancem em roda livre, erraticamente, enquanto gritam

PAZ!
AMOR!

E, agora, todo o mundo que não está a vomitar os acompanha, balançando braços e tronco, até o tocador-chorador, que soluça alto

PAZ!
AMOR!

Mas o que impressiona Lucas é a visão de um homem no primeiro degrau da tribuna que balança cada vez mais rápido para trás e para a frente. Tem os olhos arregalados, e a cabeça tão encharcada como se acabasse de sair da água, sua em bica, espuma, baba, ruge, depois começa literalmente a atirar a cabeça para a frente, mais do que balançar, atira-se, e os rugidos ouvem-se acima da música

RAHHHHHHH!
RAHHHHHHH!

até que um jato de vômito quase o faz cair, o tronco pende entre os joelhos, a cabeça para o chão, felizmente é o primeiro degrau, um Vigilante vem a correr com um balde para enxugar a poça escura. Só agora Lucas repara que há vários Vigilantes com baldes e esfregões, circulando entre as cadeiras e a tribuna, os caldeirões e o epicentro, sem que os tocadores esmoreçam

> *TREME A TERRA, TREME A TERRA*
> *TREME A TERRA E GEME O MAR!*

Metade da plateia vomita, a outra está em transe, e as cadeiras vazias são de quem conseguiu levantar-se para ir vomitar lá fora. Lucas volta a olhar o homem no primeiro degrau da tribuna. Parece gelado, treme com arrepios, volta e meia uma convulsão, os olhos saltando das órbitas. O CARA VAI MORRER, pensa Lucas. O CARA VAI MORRER E NINGUÉM FAZ NADA? Talvez seja epiléptico e não saiba. Além de abstinência de álcool e sexo, uma das condições para estar aqui é não usar medicamentos tarja preta, que influam no sistema nervoso central, o que inclui epilépticos, sendo que um epiléptico pode não saber que o é, pode ter um ataque de repente, ou já ter tido durante o sono.

Mas, lembra Lucas agora, quando estavam lavando folhinhas de chacrona, alguém explicou que a ayahausca que os Veteranos bebem no começo do ritual é mais forte do que a dos Viajantes e Visitantes. Então, eles devem saber o que estão fazendo, repete Lucas para si mesmo, eles devem saber o que estão fazendo, e por isso cantam como se o cara não estivesse apoplético

> *TREME A TERRA E BALANCEIA*
> *E VÓS NÃO SAI DO LUGAR!*

Aí vem a náusea, sobe do estômago, chega na garganta. Lucas levanta-se, quase derrubando a cadeira, e atravessa meia fila até uma das saídas. Mal sente terra debaixo dos pés, dobra o corpo e vomita um jorro escuro, mal se ergue de novo, outro jorro, tumores, necroses, feitiços, tudo o que estava lá dentro há meses, séculos, vai saber.

A Purga: sem ela não há cura nem transformação, em algumas cerimônias indígenas o fim é mesmo limpar, uma espécie de *restart* do sistema. Lucas sente todo o corpo latejar, vê os dois pés calcando a serra, quartzito, albita, migmatito, artrópodes de oito patas que sobreviveriam até a 150 graus de calor, a décadas de congelação, tudo isso existindo ao mesmo tempo do que ele neste instante da história do cosmos.

Ergue o tronco, vendo rastros de luzes, um dos Vigilantes estende-lhe lenços de papel, Lucas acena com a cabeça para agradecer. Quando respira fundo sente o gosto acre, nunca vai esquecer deste gosto: terra velha com xarope.

Em volta vê vultos vomitando, ou recuperando, um deles parece discutir com um Vigilante, Lucas aproxima-se. Você tem de entrar, diz o Vigilante, eu não vou entrar, diz o cara, todo o mundo tem de entrar, diz o Vigilante, você não escutou bem, EU NÃO VOU ENTRAR, diz o cara, eu não posso chamar sua mulher, diz o Vigilante, ela é A MINHA MULHER e eu estou precisando dela, entendeu?, diz o cara, assim você vai prejudicar o Trabalho dela, diz o Vigilante, escuta aqui, eu estou vendo ela olhar pra mim, diz o cara. E levanta os braços, acenando para dentro, enquanto o Vigilante tenta bloquear a vista. Lucas vê uma mulher levantar-se da plateia e sair. O Vigilante tenta pôr-se entre os dois, agarra o braço do cara, mas o cara solta-se com um safanão, abraça a mulher e a mulher abraça-o, tratam-se por amor. Lucas sorri no escuro, toda a desobediência é sinal de vida. Um segundo Vigilante vem reforçar o primeiro, tentam separar o casal, vocês têm de voltar para dentro, dizem.

Lucas olha as estrelas: há nuvens. Volta à Casa, aos hinos

RIPI! RIPI! RIPI!
RIPI IAIÁ IAIÁ!
SE VOCÊ NÃO QUERIA
PRA QUE VEIO
ME ENGANAR?

O tocador-chorador agora ri como um diabo, HA-HA-HA-HA, e é a ruiva vasta que chora, e tem convulsões. O carrinho de bebê continua no mesmo lugar mas o bebê sumiu. Foi entregue aos espíritos? Para isso estava ali? Lucas olha em volta, vê-o mamar ao colo da mãe. Um pouco adiante, uma mulher segura uma tocha revirando os olhos, parece não se ter em pé. Novas doses de ayahuasca estão a ser servidas, Lucas toma um copo, pede outro, o Vigilante não lho recusa, talvez achando que com aquele tamanho todo tem de ser.

AS ESTRELAS JÁ CHEGARAM
PARA DIZER O NOME SEU
SOU EU, SOU EU, SOU EU
SOU EU UM FILHO DE DEUS!

Mestre Imperador Raimundo Irineu Serra, *Rei Juramidã*, era um negro possante assim, sempre de queixo levantado nas fotografias, olho puxado de índio, como Lucas. Tão alto que na fotografia do seu casamento parece casar com uma criança. Quando trabalhou na marcação de fronteiras do Brasil, nomeado pelo Marechal Rondon, aprendeu segredos das curas indígenas, para juntar à ayahuasca que conhecera com os índios, na floresta peruana.

> *AS ESTRELAS ME LEVARAM*
> *PRA CORRER O MUNDO INTEIRO*
> *PRA CONHECER ESTA VERDADE*
> *PRA PODER SER VERDADEIRO!*

Lucas baixa os olhos para o livro de hinos, acha a página, canta junto

> *EU SUBI SERRA DE ESPINHO*
> *PISANDO EM PONTA AGUDA*
> *AS ESTRELAS ME DISSERAM*
> *NO MUNDO SE CURA TUDO!*

E de repente a página desaparece. Lucas sente uma cobra dentro do corpo, o seu corpo é do tamanho do Sol, e lá dentro ondula uma cobra gigante, depois o sol fica escuro, líquido, e a cobra nada, nada, a cobra nada dentro de Lucas, vem do seu escroto, por dentro, percorre intestinos, fígado, estômago, é a própria ayahausca, uma seiva irrigando o corpo, levando Lucas de volta à floresta, é de manhã na floresta, folhas cheias de água, como cabem folhas na floresta, zilhões de folhas, e como cabem árvores dentro do corpo de Lucas, e afinal o sol está lá em cima, o sol por cima da floresta, mas de repente algo o tapa, e não é líquido, não é escuro, é uma mão, uma mão tapando a boca de Lucas, ele tenta mordê-la, outra mão tapa os olhos dele, ele não vê, ele não respira, então a cobra vem de novo, engole as mãos que tapam a boca, os olhos. Lucas abre os olhos mas não está na Casa do Feitio, está na floresta, está na floresta naquela noite, uma borboleta cor de anil esvoaça, flap, uma asa negra, flap, outra asa negra, um relance branco entre as folhas, quantas folhas na floresta, Lucas afasta-as, vê uma seringueira, o látex escorrendo para o recipiente, branco como cal viva. Então olha para cima e grita MÃÃÃÃÃÃÃÃÃÃÃÃÃÃÃÃÃÃÃÃÃE através do transe de cem pessoas, dentro do próprio transe e para fora, a voz vinda do lugar que estava mudo há dois anos, desde essa noite na floresta, quando olhou para cima, para a copa da seringueira, e viu a mãe pendurada.

E o Capitão-mor mandou em terra no batel à Nicolau Coelho para ver aquele rio. E tanto que ele começou de ir para lá, acudiram pela praia homens, quando aos dois, quando aos três, de maneira que, ao chegar o batel à boca do rio, já ali havia dezoito ou vinte homens. ¶ Eram pardos, todos nus, sem coisa alguma que lhes cobrisse suas vergonhas. Nas mãos traziam arcos com suas setas. Vinham todos rijos sobre o batel; e Nicolau Coelho lhes fez sinal que pousassem os arcos. E eles os pousaram. ¶ Ali não pode deles haver fala, nem entendimento de proveito, por o mar quebrar na costa. Somente deu-lhes um barrete vermelho e uma carapuça de linho que levava na cabeça e um sombreiro preto. Um deles deu-lhe um sombreiro de penas de ave, compridas, com uma copazinha de penas vermelhas e pardas como de papagaio; e outro deu-lhe um ramal grande de continhas brancas, miúdas, que querem parecer de aljaveira, as quais peças creio que o Capitão manda a Vossa Alteza, e com isto se volveu às naus por ser tarde e não poder haver deles mais fala, por causa do mar.

III

SÉTIMO DIA

Terça-feira

Salve Orion

O Caçador, ou

                                                   e
                                                 t
                                             s
                              G   e
                                a   l
                                  n   e
                                   c c
                                    h c
                                     o

                                                           C   que
                                                             e g o n h a
                                                                                Água

                    d
                     e
vem   C a r a p a ç a   ja
    do   bu
         céu   ti

                    Pedaço
                   de madeira
                  para secar
                   mandioca
                     Perna
                    cortada
Água   Cágado
que vem
 da terra
    Promessa   *
    de peixe
        Grande   *   Três
        garça   velhas
                         *   na roça
                                              Vara
                                              branca

                    Três
                    olhos
                  Marido
                  que
                  persegue
                  amante
                 Homem
                 perneta
                    E s c a r a v e l h o

e todas as suas outras formas

                                                eidi iii ooa

acima do Equador

                                                eidi iii aao

abaixo do Equador

porque a abóbada celeste depende de quem a diminui ou multiplica. Onde um branco vê nublado, um índio talvez veja *sete céus inflados por seus ventos*. Do mesmo modo, as constelações não estão fixas, variam consoante a união dos pontos, o que se avista. E a visão ameríndia foi tão apurada por milhares de anos perscrutando o firmamento que em pleno dia identifica Vênus.

    Aliadas ou não a outras, as estrelas em Orion desenham assim muitas formas, além do Caçador na tradição mediterrânica, braço direito levantado, perna esquerda mais curta. Se os índios bakairi julgam ver um pedaço de madeira para secar mandioca, os karajá verão um pedaço de terra para plantar roça, os tukuna um homem perneta, os bororó uma garça, um cágado, uma cegonha. O desenho, a que corresponde um mito, pode mudar conforme o hemisfério, a latitude, a longitude, a estação, a natureza, os rituais, o cotidiano, o povo, até a aldeia.

    E, como tantos mitos falam de criaturas transformadas em estrelas ou planetas, só a origem dos astros já é um caleidoscópio da sanguínea imaginação indígena, onde humano e animal, terrestre e celeste, totem e tabu se penetram, literalmente e sem fim. Ao prezarem a variação, os índios mantêm o mito ativo, circulando. Talvez por isso não valorizem a escrita.

    Em suma, Orion é um mutante. Mas da Amazônia à Oceânia parece estar sempre numa dança com as Plêiades, Sol e Lua, água e seca. Uma relação comum a povos desligados entre si, ou com laços perdidos no tempo. Não será por acaso que a Amazônia canta os mitos, tal como a Oceania canta segredos de navegação

                              (A suave língua cheia de vogais
                              a ser escutada agora,
                              nunca mais).

Sabe-se há muito que a América foi povoada por fluxos migratórios da Sibéria para o Alasca, quando o Estreito de Bering congelou, formando uma ponte intercontinental de 1600 quilômetros: a Beríngia.

Estudos genéticos revelaram entretanto ancestrais da Oceania, embora seja incerto quando, como e por onde chegaram. Não é impossível que tenham vindo antes da última glaciação, de barco, pelo Sul.

O narrador gosta desta ideia, imaginar que há milhares de anos humanos em canoas atravessaram a vastidão do Pacífico, contornando a Terra em direção à América do Sul. Se os portugueses de 1500, com lemes, sextantes, naus inteiras de provisões, morriam aos magotes, como sobreviveriam esses *homo sapiens* primordiais numa casca de árvore? Que comiam e bebiam? Esperavam a estação das chuvas para terem água doce? Remavam durante meses, orientados pelos astros, os ventos, os peixes, o tom das águas? Eles, o céu e o oceano, antes do comércio, do saque, nenhum outro homem à vista. Não podiam saber que contornavam uma esfera, mas imaginariam que a água teria um fim, que haveria outra terra. Que buscavam nela? Por que haviam partido? Vinham de uma pequena ilha ou da Austrália, da Nova Zelândia? E onde desembarcaram, depois dessa incontada odisseia? Foram de Sul para Norte? Chegaram a cruzar os *siberianos*?

(Tu que usaste
bumerangue e lança
com inimigos obscuros
do outro lado do rio
todos se foram, todos se foram.)

No começo de *Moby Dick*, o narrador tem de partilhar a cama com Queequeg, um amável canibal tatuado que veio da Oceania para conhecer o mundo. Será um arpoador sem rival na caça à baleia, e o que conta dos rituais da sua ilha terá estranhado mais aos poucos leitores contemporâneos do livro do que estranharia a um tupinambá da América do Sul.

Trinetos dos siberianos, mistura de Oceania, seja como tiver sido, o DNA da América do Sul ramificou-se, e os Andes atuaram como separador. Nas montanhas, que Espanha havia de colonizar, desenvolveu-se um tipo de civilização teocrática, altamente centralizada, com aparelho de Estado, classes sociais, agricultura intensiva, construções em pedra, domínio do metal. E entre as florestas e o litoral atlântico, que Portugal ocuparia, alastraram comunidades seminômadas, baseadas no parentesco, na caça, na pesca, na mandioca, na guerra ritual.

Acadêmicos influentes viram nisso uma escala de primitivismo, com o futuro Brasil no fundo: terra pouco produtiva, pequenas aldeias, construções perecíveis, estruturas sociais em geral rudimentares, sem hierarquias nem Estado. Mas a investigação posterior fez emergir um mundo ameríndio pré-Cabral que, sendo uma sociedade sem Estado, tinha aldeias comunais com milhares de habitantes, caçadores e pescadores exímios; fizera da mandioca todo um sistema alimentar; apurara a arte da cerâmica, a canoagem, a plumária, a pintura corporal, os ritos guerreiros; e desenvolvera um pensamento visionário, em que natureza e cultura eram inseparáveis.

Onde os primeiros critérios materiais tinham sugerido fraqueza e escassez, havia uma força e uma metafísica. Cosmogonia e cosmologia aplicadas em constante relação com o outro, ancestral, animal, vegetal, mineral, espírito, divino, inimigo. Ou simplesmente desconhecido, como aqueles seres brancos, cheios de pelos e de carapaças de pano, que os tupinambás viram sair das águas da Bahia, em Abril de 1500.

Esquálidos, hirsutos, os enviados do Velho Mundo ficaram assim diante de homens e mulheres que se lavavam nos rios várias vezes ao dia, porque o mau cheiro afastava os deuses, e arrancavam cada pêlo, como os deuses ensinavam. Tinham corpos fortes, saudáveis, bem proporcionados, inteiramente visíveis por não conhecerem motivo para ser de outra forma. Eis a primeira visão dos portugueses no Novo Mundo: os corpos brilhavam. Você que chegou até aqui, acredite, eu sei.

Aí, aproveitando a pausa do parágrafo, você perguntará para onde vai tudo isso, papo de estrelas e índios quando ainda nem está claro que dia é hoje, para não falar que narrador é esse, o que não deixa de ser verdade. Então eu posso recomeçar assim:

Você que chegou até aqui, salve.

Terça-feira de Carnaval vai amanhecer, o desfile de 2014 está terminando e nenhuma Escola cantou os astros, distraída. Mas sabe o que já escuto, neste último instante noturno? Que no Carnaval da Olimpíada, quando o Brasil parecer se desmoronando, um samba cantará até Judite

(Cruzei Egito, Roma e Judeia
amei Judite, a flor de Cesareia

Oh meu Brasil
cuidado com a intolerância
tu és a pátria da esperança
à luz do Cruzeiro do Sul
um país que tem coroa
assim forte não pode abusar da
sorte que lhe dedicou Olorum).

Olorum, criador do Orum e do Aiyê, Céu e Terra que no começo eram um só, deus dos iorubás que os portugueses arrancaram de África, e aqui tiveram filhos, que tiveram bisnetos, que agora sonham sob as estrelas de São Sebastião do Rio de Janeiro: olha aí o sol já vindo, *colorindo, colorindo,* é hora.

Vai, Tristão.

MANHÃ

Tristão abre os olhos. Sol na cara. Sol?
— Quanto tempo dormi?
Inês abre os olhos:
— Dormiste?
— Ah, ok, tu também, e encostada a mim.
— Sério? — Inês levanta a cabeça.
— Até sonhei.
— Com quê?
— A chegada dos portugueses ao Brasil. Estavam em frente aos índios.
— Como eram os índios?
— Brilhavam, porque estavam nus e não tinham pelos.
— E os portugueses?
— Tinham muitos pelos e cheiravam mal.
— Ok, para — Inês tira o telefone do bolso. — São seis e trinta e cinco da manhã, não há condições.
— Nunca tinha adormecido na Rio Branco.
— Isso é muito específico. Eu nunca tinha adormecido no meio da rua. Qualquer rua.
Tristão levanta-se, estica braços, tronco.
— Como é que isto aconteceu?
Inês estende-lhe a mão para ele puxar.
— Acho que foi quando eu disse que tinha uma bolha no pé, se não nos podíamos sentar na calçada um bocadinho.
— Tipo há meia hora?
— Puxa-me!
E quando ele puxa é que Inês vê: uma avenida de lixo até o fim do horizonte.
— Tristão.
— Sim?
— O QUE É ISTO?
— Achas que é o apocalipse?

•

— Lucas.
— Sim?
— O QUE É ISTO?
— Acho que é uma jiboia.

Noé está paralisada, junto ao poste telefônico, com uma montanha de lixo a seus pés. A cauda da jiboia pende lá de cima, a cabeça está na árvore vizinha, e o meio, pousado nos cabos, é uma barriga gigante, como se fosse parir.

— Cara, aqui é a General Glicério!
— Não, aqui é a selva, a gente só ocupa. Já acharam jiboia até no motor dum carro. Isso é o Rio de Janeiro.
— Mas você reparou na barriga dela? Deve estar grávida.
— Isso é porque você está grávida. Acho que essa jiboia comeu algo.
— Como assim?!
— Tipo um gambá.

•

O canto do cais do Valongo ôôôôôôô
que veio de Angola, Benin e do Congo
tem samba, capoeira e oração.

Ainda com o enredo da Portela na cabeça, Judite caminha descalça até à cozinha, sapatos numa mão, na outra o jornal acabado de entregar, cruzou com o motoboy no portão. Quem diria que um ano depois estaria desfilando no Sambódromo? Um ano depois de correr os inferninhos de Copacabana para esquecer o Anjo Gabriel. Que bom que tudo isso foi noutra vida.

Eu vou da Revolta da Chibata
ao sonho que faz passeata
seguindo a canção triunfal.

Lá fora no jardim, o sol está subindo para o Paleozoico, Judite vê o morro sair do castanho, entrar no dourado, senta em frente à janela, tira um café duplo, folheia o jornal sem ler, cantando

Iluminai o tambor do meu terreiro
ó santo padroeiro
o Axé da Portela chegou.

até parar num título

*SOCIÓLOGO GABRIEL
ROCHA SAI DO COMA
AO FIM DE 63 DIAS*

•

— Quando é que você se muda pro Rio?
— Tá me pedindo em casamento, *véio*?

•

Partindo da Oceania, a América do Sul é um Oriente longínquo. Nunca saberemos por que acaso, há milhares de anos, algumas canoas terão seguido tal direção.

Já a China, quando se tornou China, aprendeu com esses vizinhos de baixo, mas a sua prioridade marítima foram os bárbaros a ocidente. No século I, inventou o leme, passado um século tinha barcos com cisternas, um século depois navios de vários mastros e, vários séculos antes da Europa, bússola e carta astral. Além dos segredos aborígenes, absorveu o que o Sudeste Asiático sabia de navegação, mais o que o Islã sabia. Os muçulmanos não só dominavam o comércio do Índico ao Mar Vermelho, como ocupavam boa parte da Península Ibérica, bloqueando a Europa. O alcance dos europeus não ia muito além do Mediterrâneo. Em saber e poder, a China era o centro do mundo. E foi assim que, no começo do século XV, a dinastia Ming construiu uma colossal frota marítima, com a qual fez sete viagens sem paralelo até hoje.

Os Ming tinham ascendido derrotando o império mongol. Entre os prisioneiros de guerra, levaram um menino de dez anos, filho de muçulmanos. Na corte chinesa, foi castrado para servir como eunuco do imperador, que lhe chamou Zheng He. Tão talentoso quanto forte, Zheng cresceu até dimensões lendárias, e conhecia o Islã, precioso recurso diplomático. Tornou-se o almirante que levaria o esplendor da China pelos mares, em navios de quatro pisos, nove mastros, doze velas.

Perto disto, as naus eram anãs. E os portugueses ainda estavam a aprumá-las quando Zheng iniciou a sua primeira viagem transoceânica, em 1405. Ou seja, quase cem anos antes de Cabral se fazer ao Atlântico com 13 navios e 1500 homens

(CABRAL, 1500:

13   1500
✹   👤)

Zheng He fez-se ao Pacífico, e depois ao Índico, com 317 navios, e 28 mil homens

(ZHENG HE, 1405:

317   28 000
✹   👤)

entre soldados, astrônomos, cartógrafos, geógrafos, cozinheiros, tradutores, médicos.

Não ia em busca de especiarias, muito menos de aliados para combater o infiel, como os portugueses fariam. Acostumada a trocas com a Índia, até com África, a China já recebia todas as especiarias, dispensava aliados e não combatia infiéis. O império Ming não queria instalar feitorias, conquistar terras, não viajava para ter o poder e a grandeza que lhe faltavam em casa, muito menos para enriquecer, ou transformar povos. Ao contrário, aquele espetáculo marítimo era a representação do poder e da grandeza da China, incluindo navios inteiros de oferendas, ouro e prata, sedas e lacas, pérolas e bordados, chá e porcelana, marfim e cavalos. Uma embaixada magnânima e magnificente, para mostrar como debaixo das estrelas ninguém era maior do que o imperador chinês. Pois se a China também se chamava Império do Meio era por estar entre os deuses e os mortais.

E mapearia o mundo.

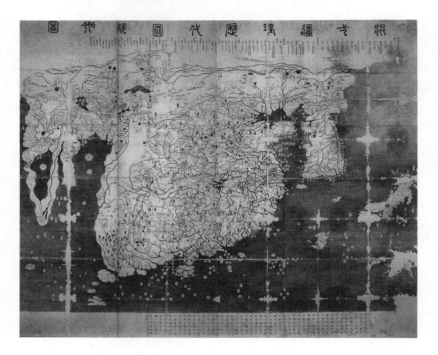

A China do século XV e o Portugal do século XVI são uma espécie de avesso um do outro. Um gigante, o outro ínfimo, um navegando porque triunfou, o outro navegando para triunfar. Haverá quem destaque aquele que tendo tudo ainda assim viajou, haverá quem saliente aquele que tendo nada ainda assim viajou, haverá quem veja dois extremos imperiais no maciço euro-asiático. E, enquanto assim for, o mito continuará a rodar como um prisma desdobrando a luz, multiplicando-a de dentro para fora, para que se desprenda da sua zona de conforto, o núcleo, o centro, a nação. Uma espécie de sabotagem ameríndia, que impeça o nacionalismo de dominar a história.

Cada viagem Ming demorou entre dois e três anos, cada vez mais longe, de Java a Cochim, das Maldivas a Ormuz, de Moçambique ao Iémen. A sétima ficou a um passo de Meca, que o pai e o avô de Zheng He haviam visitado como peregrinos. Ele morreu durante o regresso, ao largo de Calecute. O seu corpo foi lançado às águas. Talvez Ganda o tenha encontrado um século mais tarde, já que os espíritos se reúnem onde a morte acaba.

Até hoje, Zeng He, o jovem eunuco que se tornou um gigante dos mares, é venerado no Sudeste Asiático em estátuas e templos. No seu último regresso à China, escreveu:

> *Percorremos mais de cem mil li de imensos espaços de água, avistamos vagas que se erguiam até o céu, pousamos os nossos olhos em regiões bárbaras, ocultas numa transparência azul de leves neblinas, enquanto as nossas velas, dia e noite enfunadas, altas como nuvens, rápidas como estrelas, singravam ao longo de uma estrada.*

Cem mil *li* é o equivalente a cinquenta mil quilômetros. As viagens haviam custado uma fortuna e pouco depois os Ming perderam o poder. Não só os grandiosos navios não voltaram a partir, como foram destruídos pelo imperador seguinte. Quando o Brasil se chamou Brasil, a China já estava fechada ao mundo.

E agora, nesta manhã de Carnaval, é uma etiqueta planetária

MADE IN CHINA

nos acrílicos e nos sintéticos dos carros das Escolas de Samba, que esta noite viveram o apogeu para que foram criados, e agora vêm vindo estacionar, por entre o lixo do apocalipse.

●

Lixo no asfalto, na calçada, entre os arranha-céus, debaixo dos orelhões grafitados que já ninguém usa para telefonar, ao longo da Rio Branco, antiga avenida Central, o grande boulevard do Rio de Janeiro.

Um velho negro de carapinha branca vagueia de chinelos, bermuda, camiseta com anúncio de cerveja. Um black bloc pula entre poças sujas, mochila, pano de tuaregue à volta da cara. Um corpo estende-se, ossos furando a pele, por baixo de um cartaz eleitoral em que Eduardo Paes sorri:

SOMOS UM RIO.

– Não tive noção deste lixo todo ontem à noite – diz Inês, pisando lata amolgada.
– Porque já tínhamos bebido muito, estava escuro, e cheio de gente – diz Tristão.
– Nem tinha noção da greve dos garis.
– Há vários dias que estão em greve, mas hoje é que as pessoas vão ter noção. Não te contei que os fui fotografar ontem?
– Não entendi que era uma coisa tão grande.
– Apesar dos sindicatos, que no Brasil servem os patrões. A greve dos garis é *apesar* do sindicato.

Um negro empurra um carrinho de supermercado cheio de papelão, até parar junto a outro negro, estendido num papelão, perna fletida, mãos atrás da cabeça. Nem uma farda laranja da Re.Li.Ca à vista.

– Normalmente, tudo isto já estaria a ser limpo?
– Claro, manhã de Carnaval, hora de ponta dos garis.
– Porque é que eles se chamam garis, mesmo?
– Perguntei-lhes isso ontem. Porque quem montou o sistema de limpeza do Rio, no fim do século XIX, foi um francês chamado Gary.
– E o nome passou para quem trabalhava?
– Exato, eram *os do Gary*, ficaram garis. Resumindo, sendo uma greve, ainda não é o apocalipse. Ou já é o apocalipse há muito. Não achas que ganhar oitocentos reais por mês é uma espécie de apocalipse?

— Quem vive com oitocentos reais?

— O Lucas no elevador ganhava setecentos e tal.

— Incrível. Entre limpar lixo e estar fechado num elevador, não sei o que acharia pior. Só o aluguer do meu apartamento seria quatro mil, se não fosse para amigas. Foi o que a dona disse agora à Bruna. Imagina, dois mil euros por uma sala e dois quartos.

— Há cinco anos seria metade. Foi uma subida a pique. Quando vim para o Brasil, era um corrupio de construção, e estrangeiros a alugarem, a comprarem.

— Achas que isso não estourou em 2013?

— Acho que estourou e Brasília não ouviu. O bicho vai pegar, está a ganhar balanço. Talvez aí dê para ver que o apocalipse já é aqui, mas faz tempo.

— O Lucas teve notícias da faculdade?

— Só depois do Carnaval. A novidade é que vai começar a trabalhar num estúdio.

— Que ótimo, estúdio de quê?

— Hip hop. É a cena dele. Ele levava os raps que escrevia ao Pancho, como parte da terapia.

— Essa terapia funcionou mesmo. O Pancho soube que ele ia tomar ayahuasca?

— Soube e era a favor. Encontrei-o há dias na rua, esteve a contar-me que uns neurocientistas ingleses estão a escanear cérebros sob o efeito de LSD. O ego dissolve-se, zonas que nunca dialogam passam a estar ligadas, uma espécie de todo hipercriativo, mais próximo de como funciona o cérebro de uma criança. Ele acredita que os alucinógenos podem ajudar em depressões, traumas.

— Eu não tenho qualquer vontade de repetir o que aconteceu na serra. Talvez tomando com índios.

— Mas vais ter de procurar bem. Entre os índios com quem estive, por exemplo, as mulheres não tomam ayahuasca. O mundo sagrado continua a ser dos homens, o doméstico das mulheres, e elas são excluídas de alguns ritos.

— Então se calhar não é mesmo para repetir. Mas nunca vou esquecer aquele grito do Lucas. Ele gritou por mim, por este mundo e pelo outro.

— E não é incrível que isso tenha acontecido quando a Noé acabava de saber que estava grávida?

— Mas o Lucas ainda não sabia disso.

— Talvez algo nele tenha sabido.

— Algo tipo, a ayahuasca?

— Tipo, tudo se ligou.
— *Oh, please*.
— O fim no princípio, o princípio no fim.
— Sério que acreditas nisso?
— Por que não? O apocalipse também é um gênesis, no mundo judaico-cristão inaugura a era do bem. E os índios de 1500 com que eu estava a sonhar eram apocalípticos. Acreditavam que depois disso viria a Terra Sem Mal.
— Ainda acreditam?
— Não sei. Mas tenho andado a pensar.
— O quê?
— Que nunca fui à Bahia.

•

Os nambiquara do Mato Grosso crêem que após a morte as almas dos homens encarnam nas onças, mas as das mulheres e crianças são levadas para a atmosfera e dissipam-se para sempre. As mulheres são banidas das cerimônias sagradas, da confecção de flautas no início da sementeira, que os homens depois tocam, longe de onde elas possam ouvir. Lévi-Strauss ouviu-as, e escreveu que se uma mulher aparecesse ali morreria *à paulada*. Quando, anos depois, voltou a visitar os nambiquara, achou-os doentes, infectados por parasitas, rabugentos, desconfiados, um quadro que o fez querer lembrar apenas *a expressão mais comovente e verídica da ternura humana* que antes vira neles.

Milhares de quilômetros para noroeste, no Rio Negro, o ritual do Jurupari também envolve flautas que as mulheres não podem ver, ouvir ou tocar, sob risco de morte. É um ritual masculino com inúmeras versões. Segundo uma delas, em tempos muito remotos, quando as mulheres possuíam as flautas sagradas, os homens é que carregavam a lenha e a água e preparavam a farinha de mandioca. Ao ver que as mulheres reinavam no mundo, o sol indignou-se, desceu à selva e fecundou uma virgem. Assim nasceu Jurupari, que roubou as flautas sagradas e as entregou aos homens. Ensinou-os a ocultarem-nas, a celebrarem rituais sem mulheres, a passarem o segredo aos filhos varões. Quando a mãe de Jurupari descobriu o esconderijo das flautas sagradas, ele condenou-a à morte, e com os seus pedacinhos fez as estrelas do céu.

No mundo ameríndio, é frequente que homens e mulheres tenham uma liberdade sexual equivalente, mas o sagrado ainda tende a ser dos homens, como nos monoteísmos dos brancos.

— Também nunca fui à Bahia — diz Inês. — Onde é que fica a Tasmânia?
Tristão para de enrolar o cigarro, olha para ela.
— O que é que a Tasmânia tem a ver com a Bahia?
— Nada, lembrei-me. A propósito de lugares onde nunca fui.
— A Bahia sempre fica um bocadinho mais perto.
— A Tasmânia é em África?
— Isso é a Tanzânia. Acho que a Tasmânia é na Austrália. A sul da Austrália.
— Nem sabia que havia algo a sul da Austrália.
— O que irias lá fazer?
— Sei lá. Nunca pensei na Tasmânia até esta noite.
Tristão acende o cigarro.
— O que é que aconteceu esta noite?
— *Don't ask*. Tens sabido da Alma?
— Não vamos falar mais da Alma.
— É o que eu sinto em relação à Tasmânia.

•

Esta noite, quando milhões de confetes caíam sobre o maior Carnaval da Terra, Inês achou que os seus pés enfim voavam, como os de todo o mundo ali. Nesse instante, no fundo da bolsa que trazia a tiracolo, o telefone iluminou-se com uma mensagem que ela só viu horas depois, ao sentar na calçada da Rio Branco. Era Yasmine dizendo que saíra de Beirute, na mudança encontrara um caderno de Inês, deixara-o com os pais, caso ela precisasse dele. E mandava um beijo da Tasmânia, onde abrira uma pousada.

•

No primeiro andar sobre a praça da feirinha da General Glicério, Noé percorre as estantes de Gabriel, em busca de um livro.
Ao fim de dois meses na UTI do Souza Aguiar, ele acordara do coma anteontem, como num dia qualquer. Noé e Lucas estavam no meio de um churrasco numa laje da Rocinha, e quando o celular vibrou no bolso dela era a mãe chorando, porque acabara de falar com dona Mari, que só chorava, de alívio: Gabriel abrira o olho, per-

guntara o que fazia ali, fala, memória, ainda iam fazer testes, mas graças a Deus tudo parecia normal.

Noé foi da Rocinha para a UTI, Lucas apareceu depois, Gabriel ouviu pela primeira vez a voz dele, e dona Mari recontou o Milagre da Linha Vermelha, porque só Deus para fazer o fio da pipa acertar no capacete em vez de no pescoço, então em vez de perder a cabeça Gabriel apenas perdeu a direção da moto, e quando bateu na mureta lateral já não ia tão rápido, e por acaso não vinha ninguém atrás. Deus estava vendo, rematou dona Mari, e um par de automobilistas também, eles é que tinham acostado, chamado a emergência.

Aí ficaram conversando de tudo e nada, entretendo Gabriel, que nem sabia quando teria alta e já estava entediado só de pensar. Noé contou que a tinham convidado para correr como vereadora nas eleições do Rio de Janeiro em outubro, um lugar não elegível, para ganhar experiência, e que pela primeira vez pensou que talvez sim. Só que não nessa eleição, porque ia ser uma época bem ocupada, aí botou a mão de Gabriel na barriga, disse que já estava com três meses, acelerando no mestrado. Aliás, acabara escolhendo a maternidade como eixo da tese para falar de mulher negra no Brasil, as estupradas que fizeram o país mestiço, as que criaram os filhos dos brancos, as forçadas a abortar e as que morreram por abortar, as que até hoje têm de dar mais tempo aos filhos dos outros para pagar as contas. Tudo isso lembrou Gabriel de um álbum onde guardara umas imagens: disse a Noé para levarem a chave da Glicério, pegarem o álbum, podiam até ficar dormindo lá, porque Erik estava direto em casa da mãe desde o acidente, embora tivesse desistido de mudar para lá, talvez por causa do acidente. Alguma ficha caíra.

Então, como nesta madrugada de terça estavam saindo de um baile de Carnaval por ali mesmo, Noé perguntou a Lucas o que ele acharia de pegarem o tal álbum logo. Foi quando, junto ao prédio de Gabriel, viram a jiboia suspensa. E se o lixo em baixo não os impressionou é porque quem cresceu em favela está acostumado.

– Será esse álbum aqui? – pergunta Lucas a Noé.

Ela está em cima de um banco, para chegar às prateleiras de cima. Ele ficara olhando os vinis de Gabriel e só agora foi olhar as estantes.

Noé abre o álbum, vê as imagens guardadas dentro.

– Caralho, como você achou logo isso?

– O Gabriel me disse onde estava.

Mesmo em cima do banco, Noé continua mais baixa. Para olhar no olho de Lucas tem de dobrar a cabeça para trás. Olho de siberiano,

de austronésio, de onça ameríndia. Como é mesmo o nome tupi para onça? Iauaretê, lembra ela. Meu amor, o Iauaretê, corpo de iorubá.
— Verdade?
— Claro, pra eu impressionar você.
— Mentira.

Ele agarra-a por baixo dos braços, ela agarra-o com as pernas e vão colados até ao sofá, gigante, cheio de almofadas, onde se esconde um vinil que Erik comprou para a primeira menina que o fez perder o sono, na véspera de o pai quase voar na Linha Vermelha. Uma semana depois, a menina mudou para o Piauí, nem lembrou de dizer adeus, e o vinil, com um barbudo na capa, ficou largado ali

> *(Eu quis te conhecer*
> *mas tenho que aceitar*
> *caberá ao nosso amor*
> *o eterno ou o não dá).*

— Sabe o que eu estou pensando? — diz Noé, caindo com Lucas nas almofadas.
— Que a gente já não vai sair desse sofá?
— Que eu quero casar com você.

•

— Você quer casar comigo?
— Eu quero que tu tire tua roupa, *véio*.
— Essa praia não é deserta, só pra você saber.
— Tu sabe virar estrela?

•

A notícia sobre Gabriel não roubou o sono de Judite. Ela dorme por baixo de Orion, de bruços como sempre, joelho fletido, porque a cama dá para isso, e para o peso-pesado de Rosso, que desde o começo do ano viu um sócio ser preso, outro sumir com dez milhões, e hoje vai atravessar o Atlântico, só para pegar um negócio no seu cofre lá da Suíça.

•

Tristão e Inês chegam à esquina da Rio Branco com a Presidente Vargas, o cruzamento mais monumental do Rio de Janeiro.

— Lembra-me o que é que vamos fazer agora em vez de irmos dormir?

— Não sei se chegamos a tempo, mas já vais ver.

•

Sentindo uma coisa dura por baixo da cabeça, Lucas apalpa com a mão e pesca o vinil entre as almofadas.

— Como é que esse barbudo apareceu aqui?

Noé arregala os olhos.

— Marcelo Camelo! Não é possível! Eu amava o Marcelo Camelo. Será que o Gabriel ia dar isso a uma menina?

Lucas lança o vinil para baixo do sofá. Noé cai para trás, à gargalhada.

— NÃO!!!

— Esse sofá já estava confortável, mas agora ficou perfeito. Como assim você *amava* o Marcelo Camelo?

Ela volta a sentar-se no colo dele.

— Eu queria pular no colo dele, ficar puxando aquela barba. Ele não era tão popular assim na favela, mas eu amava ele.

— Ok, você era uma criança.

— Não, eu tinha 15 anos. Eu queria ficar com ele.

— Você não tinha um namorado?

— Cara, eu tinha vários.

— Você tinha *vários* namorados?

— E ainda tinha uma menina. Mas a gente era mais amiga. Eles eram todos mais velhos. Os caras novos me enchiam o saco.

— O tal do Freud ia se interessar. E aí?

— Aí, entrei na faculdade e fiquei de saco cheio de todos.

•

A palavra russa para avenida é *prospiekt*, que por vezes em velhas traduções aparece literalmente como perspectiva. A Presidente Vargas é assim, uma verdadeira perspectiva soviética, largura imensa, comprimento que não acaba, até um prédio bolo de noiva bem do lado da Central do Brasil, onde ônibus, comboio e metrô fazem circular os proletários do apocalipse.

Só que estamos naquele pedaço do mundo onde a perspectiva soviética acaba aos pés da Igreja de Nossa Senhora da Candelária. Os moradores de rua conhecem-na bem, melhor do que os noivos que nela se casam com fausto, porque à noite e ao fim de semana, quando o Centro do Rio é a imagem do pós-cataclismo, sujeira em redemoinho onde alguns vêem o diabo, a escadaria da igreja serve de cama a muitos. E por isso, a cada domingo, ao poente, os Irmãos da Oca vêm tocar nesses degraus, e junta-se um coro. Os Irmãos é que contaram a Lucas como, em 1993, policiais militares assassinaram oito meninos de rua que dormiam ali

(Paulo Roberto de Oliveira, onze anos
Anderson de Oliveira Pereira, treze anos
Marcelo Cândido de Jesus, catorze anos
Valdevino Miguel de Almeida, catorze anos
«Gambazinho», dezessete anos
Leandro Santos da Conceição, dezessete anos
Paulo José da Silva, dezoito anos
Marcos Antônio Alves da Silva, vinte anos).

Apelidos de cristãos-novos do Império português, Jesus mais a sua Concepção, e um Gambazinho que ficou na história assim. Só os nomes já falam muito.

Quando os PM dispararam, dezenas de meninos dormiam na escadaria, portanto além dos oito mortos vários ficaram feridos. Tudo moleque *delinquente* que segundo a defesa tinha jogado pedra, quebrado vidro, simplesmente *bandido* para os brasileiros que querem a diminuição da idade penal, de modo a jogar moleques em cadeias que acabarão com eles para sempre, de modo a que as ruas fiquem mais limpas. Quanto aos assassinos, entre foragidos, indultados e não julgados, compensou ser polícia.

Então, o narrador acha que é a este apocalipse que Tristão se refere, quando diz que ele já vem de trás, com as suas nebulosas de luxo, os seus exterminadores de elite, os seus anjos de olhos furados, pernetas, descalços, enquanto alguém samba sobre o lixo, cidadão sem Estado, soberano de si mesmo, brilhante como o índio na praia de 1500.

●

Alguns primos longínquos desse índio vão mais adiantados, já passaram o apocalipse, estão à beira do Juízo Final. Por exemplo, os cem mil habitantes das Ilhas Kiribati, que vivem em atóis e recifes de corais do Pacífico, bem na linha do Equador. O oceano está a subir, o sal ameaça a água doce, as ondas são cada vez mais fortes, desgastando a costa, levando o peixe, que é toda a proteína. Corroídos, os recifes não poderão mais conter as tempestades, os ciclones multiplicar-se-ão. Em 2050, parte de Kiribati não existirá, em 2100 talvez não reste nada, nem os coqueiros velhos, nem as mangueiras novas, nem os muros de pedra que o Banco Mundial financiou contra a catástrofe. Nesta terça-feira, o presidente de Kiribati já comprou um pedaço das Ilhas Fiji, mais elevadas, mais estáveis, por estar iminente que o seu país seja o primeiro a desaparecer nas mudanças climáticas, leia-se, destruição do planeta.

Entre o crescer do Pacífico e o lixo da Presidente Vargas, os índios veriam linhas que os brancos não vêem, como acontece no céu, com as constelações.

•

— Ah! Chegamos a tempo, olha!

Um carrossel gigante desliza no meio do lixo, a toda a largura da Presidente Vargas. Meio carrossel, meio tenda de circo, meio caixa de música. Traz soldadinhos de bochechas rosadas, palhaços de meias às riscas, ursos de peluche sentados, tudo sob um céu azul cristalino. Feito para espantar num samba-enredo, em nenhum momento da sua curta vida será tão espantoso como agora, sozinho e fora de contexto, aos olhos de Inês.

Parada no asfalto da perspectiva soviética, ela não sabe se há-de rir ou chorar. Tristão põe-lhe o braço à volta dos ombros:

— Está a voltar do Sambódromo!

— Mas como sabias que ia passar aqui agora?

— Pelo meu amigo gari, que vai ao volante. Vamos correr?

Nem precisam de correr rápido, porque a velocidade do carro também é infantil, até estacionar junto aos colegas de escola. Um estacionamento único, robôs misturados com carruagens-abóbora, tudo o que um bom carnavalesco inventar, porque os carnavalescos estão para o samba-enredo como os treinadores para o futebol: têm de lutar pelo título. E, porque nada chama tanta gente quanto samba e futebol, a máfia tem uma perna em cada lado.

— E aí, Paquetá? — diz Tristão, cumprimentando o negão que salta do volante como se não houvesse maior alegria na vida do que serem oito da manhã no Carnaval, no meio da maior greve de garis do Rio de Janeiro. O melhor para cada pedaço de lixo é mesmo morar no Rio de Janeiro, ser varrido por alguém sambando enquanto limpa. Virou mito por ser verdade.

— Paquetá, essa é a minha amiga Inês — apresenta Tristão.

— Muito prazer — diz ela. — O seu nome é Paquetá como a ilha?

— Isso. Me chamam assim porque quando eu era criança me levaram para Paquetá, e eu sempre falava de Paquetá, Paquetá... Aí ficou.

— É bonito.

— Já foi lá? Quando eu era criança aquelas águas eram muito limpas, tinha cavalo-marinho na Guanabara, siri. Pra mim, o Rio é que era uma ilha.

— Quantos anos o senhor tem?

— Vou fazer sessenta, se Deus quiser. Já tomaram café?

•

Quem decidisse aparecer agora na praia mais linda do Rio de Janeiro, teria uma remota chance de avistar dois caras nus jogando capoeira. Mas como essa praia está a mais de cinquenta quilômetros da Presidente Vargas, e não tem bloco, nem baile, nem desfile, além de que tem uma boa extensão de areia, além de que o narrador decide como quer, não vai aparecer ninguém, não.

Dois caras nus jogando capoeira, quer dizer Orfeu a ensinar a Zaca o que em Portugal é fazer a roda, no Brasil é virar estrela e na capoeira é aú. Vai, berimbau

(Nasceu a capoeira
no tempo da escravatura
negro arrebentou correntes
depois de tanto mau trato
meu berimbau me falou)

atabaque, pandeiro, agogô, ganzuá. Orfeu tem tudo isso no telefone para casos como esse, porque a música é que dá a ginga: joelhos fletidos, coxas de pedra, mudando o peso para a direita e para trás; para a esquerda e para a frente; um pé no ar, depois outro, aproveitando cada dobra, cada articulação; em cada pé, dez pontapés diferentes; em cada extremidade, um apoio, pés, mãos, cabeça; em cada combinação, um golpe, esquiva, rasteira ou floreio; até o corpo voar em todas as direções, disparando raios, chispas, curvas, rodando sobre si mesmo no ar, literalmente virando mais do que estrela: constelação.

Capoeira foi o escravo levando a galinha para o mercado, parando no caminho para uma luta. O quilombola resistindo ao Império, em Pernambuco, na Bahia. E o malandro no Rio de Janeiro, literalmente fora da lei até 1940. Se tem outra arte marcial, que seja também musical, e dê tantas formas ao corpo

*(armada, bananeira, bênção, cocorinha,
folha seca, martelo, meia-lua,
pião, ponteira, queixada, rabo de
arraia, relógio, rolê, saca-rolha,
tesoura, voo do morcego)*

o narrador não conhece.

Aos 12 anos, Orfeu fazia duplos mortais no ar, algum vizinho no berimbau, os meninos em roda. Aos 16 era mestre não encartado, contrato à espera que ele fizesse 18, completados no réveillon passado. Mas Zaca nunca o vira jogar capoeira, nunca vira alguém jogar capoeira nu, nem nunca estivera nu assim, de cabeça para baixo, em todos os ângulos. Difícil dizer o que é mais excitante.

E de repente, vendo o corpo de Orfeu arquear para trás, prata do mar em fundo, pau no vértice do ângulo, ligeiramente ereto, muito moreno, uma memória veio lá do subterrâneo, e Zaca lembrou de umas férias na Bahia aos 13 anos. Os pais tinham achado uma pousada bem remota, uma praia bem tranquila, e um dia, andando sozinho ao amanhecer, ele vira uma roda de capoeira, troncos escuros, calça branca. Ficara olhando hipnotizado, primeiro a acrobacia, depois os músculos, os peitos duros, aquelas costas que pareciam cantar, aquela calça branca cingindo a cintura, o volume no meio das pernas. Até que o volume no meio das pernas virou o ponto de fuga de toda a cena, e Zaca ficou de pau duro, pensando no pau dentro daquela calça. Foram as férias em que descobriu as glórias e derrotas da masturbação, várias vezes ao dia.

•

Judite ronrona mas não acorda quando Rosso levanta da cama. O celular dele vibrou antes do alarme, e nestes tempos de alerta o sono dele é uma vigília. Não há muita gente no mundo que tenha aquele número, menos gente ainda ligaria a essa hora numa terça-feira de Carnaval. Rosso desce os degraus da alcova até ao banheiro com o celular na mão, tranca a porta, vê um beija-flor pela janela, no topo de uma árvore, aquele prodígio da suspensão no ar, dá um minuto ao beija-flor, como se soubesse o que tem na mão, e então liga de volta.

•

— Já ouviu falar na Funabem? — pergunta Paquetá a Inês.
Sentaram num boteco vagabundo, tomando café da manhã.
— Fundação Nacional do Bem-Estar do Menor, fundada no ano do golpe militar. Eu morava na rua, então me levaram pra lá. Não conheci pai nem irmãos. A única pessoa da minha família que conheci foi minha mãe. Minha mãe era dependente de álcool e foi internada numa fazenda do Estado, me mandava cartas, só depois fui dar conta que era analfabeta, e quem escrevia era outra pessoa. Ela já estava morando na rua quando eu nasci. Não me conformo que num país rico assim as pessoas não têm direito a morada, ou são enviadas para fora do centro do Rio de Janeiro.
— Por que o senhor acha que o Brasil é um país rico? — pergunta Inês.
— Então não é? Todos esses prédios, esses negócios, Copa do Mundo, Olimpíada. E nenhuma cidade virou tão cara de rico como o Rio de Janeiro. Removem os pobres, privatizam a cidade, a Re.Li.Ca até arrumou um uniforme azul para empresários como Eike Batista, descaracterizando o símbolo do nosso trabalho. Eu conheço todos eles, esse sindicato, as negociatas por baixo dos panos, os trabalhadores sendo ludibriados. A categoria precisava de um basta, mas a gestão desse sindicato não representa a categoria. Quando começamos nos juntando na Central do Brasil, o sindicato tinha a polícia fazendo a segurança deles. A Re.Li.Ca é uma empresa voltada para o capital e vive um processo de automação, os trabalhadores estão sofrendo de assédio moral, sendo transferidos. Isso, quando nosso trabalho é de alto risco, porque os garis caem do caminhão, quebram perna, estão em contato com rato, barata, substância tóxica, vidro solto, seringa com HIV, se contaminam com hepatite.
— O senhor já ficou doente?

– Nunca, dei sorte. Só uma vez me rasguei num vidro, perdi dois dedos, mas graças a Deus foi na mão esquerda.

E só então tira essa mão do bolso, onde Inês não tinha reparado que ela estava.

•

Fresco do banho, sobrecasaca de veludo azul, como quem vai para a Europa do século XVIII, Rosso desce a escadaria do salão principal e atravessa-o até ao canto onde há um biombo namban com uma nau portuguesa a desembarcar em Nagasaki: marinheiros de narizes compridos, alguns de pele preta com cabelo duro, coisas nunca vistas por ali. A arte namban nasceu para retratar os bárbaros que um dia foram dar a uma praia do Japão, e a partir daí mandaram naus. *Namban-jin* significa *bárbaros do sul*. Montaigne escreveu (e Rosso tem um exemplar anotado pelo próprio) que os homens chamam bárbaro a todo aquele que não tem os mesmos costumes.

Por trás do biombo, o chão abre para uma escada de ferro a pique, vinda de um antigo navio baleeiro de Nantucket. É a passagem ao porão da casa, um semi-subterrâneo com vinte mil livros, alguns milhares de primeiras edições. Os mais preciosos estão dentro de vitrinas, e nenhuma das estantes apanha sol. Há apenas uma entrada de luz natural, junto à qual está a secretária, esculpida numa peça única de peroba-rosa por um artesão de Minas Gerais. Rosso senta-se, pega na sua caneta favorita, com as iniciais *R.A.* gravadas: *Rosso Adami*. Enche o tinteiro e escolhe o papel, trazido de Florença.

•

Ao fundo da rua do boteco vagabundo onde Paquetá toma café com Tristão e Inês, desliza um carro que não esteve no Sambódromo esta noite. É um estranho carro humano, um estrado sobre rodas cheio de seres imóveis, totalmente silenciosos, cobertos de trapos, cacos, penas, plumas, caras pintadas de urucum e genipapo, coroas de plástico e papelão, com uma tábua na frente a dizer

BAILE PRIMITIVO

e uma cauda de lata, chocalhando no asfalto.

— Sabe quem é o Renato Sorriso? — pergunta Paquetá.
— Acho que não — diz Inês.
— Seu amigo aí sabe, porque já morava no Rio quando Renatinho foi a Londres.
— É verdade — diz Tristão. — Vi na TV.
— Renatinho é o passista dos garis. Ele samba bonito. Um dia foi varrer o Sambódromo, ficou sambando com a vassoura, alguém tinha uma câmara, virou figura. Então, na Olimpíada de Londres, em 2012, quando chegou a hora do anfitrião seguinte se apresentar, o Renatinho era parte do enredo do Brasil. Apareceu na frente daquela gringalhada toda, sambando, como se estivesse aqui com a gente. Ele não fica nervoso. Até que entrou um cara-mistério na apresentação, chapéu bem enterrado na cabeça, e foi ter com o Renatinho. Sabe quem era?
— Quem?
— Pelé. Pode ver na internet. Mas o que eu quero lhe dizer é que Renatinho também tá nessa greve. Ele é famoso, ele tava do lado do brasileiro mais famoso, recebendo esse negócio de Olimpíada, e agora tá aqui com a gente, lutando por nossa dignidade.
— O senhor acha que vai dar tudo certo na Olimpíada?
— Minha filha, eu não sei, mas eu vou rezar.

•

Rosso pousa a caneta, dobra o papel, escolhe um envelope, escreve um nome. Depois abre a única gaveta que está sempre trancada, e tira o estojo de pau-santo com fecho de prata que trouxe de Veneza quando ganhou o primeiro milhão. Lá dentro há uma peça inteiramente feita à mão no século XVIII. Calça o par de finas luvas de couro que traz no bolso da sobrecasaca e retira-a do estojo. Esperara para a comprar, era a sua eleita, a pistola que foi de Giacomo Casanova.

No ano antes de mudar para Laranjeiras, Gabriel juntou fotografias ligadas ao tempo da escravatura para um curso que ia dar no Complexo do Alemão. Sempre que achava algo, imprimia ou recortava. Não era tão frequente, os negros não eram muito fotografados, faltavam nomes, lugares, datas, mas ele foi guardando tudo num álbum sobre engenhos de açúcar, e pelo meio havia alguns retratos de amas, pré e pós-Abolição.

Nem um sorriso, pensa Noé, alinhando as imagens em cima da mesa, enquanto Lucas ainda dorme no sofá. O que a impressiona é a ausência de esforço, a imperscrutável altivez daquelas mulheres. Sabem que estão a ser fotografadas, olham a câmara de frente, têm os filhos dos brancos junto ao corpo, crianças que elas conhecem como ninguém e que delas recebem tudo, mas não posam de felizes no país dos brancos.

NÃO TEM ARREGO, anota Noé no celular, lema das ruas, agora

> (garis em greve: NÃO TEM ARREGO, estudantes ocupando escolas: NÃO TEM ARREGO, mulher estuprada, gay queimado, negro morto: NÃO TEM ARREGO).

Não haverá cedência. Depois, continuando a olhar os retratos além das mulheres, pensa noutra palavra

Banzo, a nostalgia dos negros arrancados de África que levou muitos à morte no Brasil Colonial.

> *(Do português, banzar: pasmar pela pena.*
> *Do quimbundo, mbanza: aldeia.*
> *Falta da aldeia.)*

Escravos com *banzo* caíam na apatia, recusavam alimentos, tomavam veneno, morriam afogados, enforcavam-se. Muitos comiam terra, forma arcaica de atenuar a fome que era associada a infecções, definhamento, vontade de morrer. Para não ter perdas, o proprietário forçava-os a usar a máscara de folha de flandres, uma mistura de ferro, aço e estanho. Funcionava como burka facial, impedindo que também bebessem cachaça, ou engolissem pepitas e diamantes.

Jean-Baptiste Debret desenhou:

Desenhador da Corte Portuguesa, Debret ressalvou diplomaticamente que o Brasil era *a parte do Novo Mundo onde se trata o negro com mais humanidade*. Mas em nenhuma parte do Novo Mundo havia tantos negros escravizados, e ele retratou muitos, rotos e janotas, brincando e sofrendo, sendo batizados e torturados, desde os recém-chegados esqueléticos, à venda no Mercado do Valongo. Também fez descrições contundentes: como a cada manhã, no centro do Rio de Janeiro, passavam filas de homens acorrentados, a caminho dos pelourinhos que havia *em todas as praças mais frequentadas*; como nas chácaras existia o *tronco*, instrumento de tortura que imobilizava os escravos pelo pescoço, pelas mãos e pelos pés; como a preguiça era *reprimida a toda a hora com uma chicotada, ou enormes tabefes distribuídos de passagem*; como nas chicotadas em série o couro arrancava a pele à primeira, tornando *mais dolorosa a continuação*, até a chaga ser lavada com vinagre e pimenta, para evitar que apodrecesse; como o hábito de comer terra era uma resolução *heróica e desesperada*, própria de *nações negras apaixonadas pela liberdade*, e a máscara de folha de flandres o indício dos que preferiam morrer a ser cativos.

Tão comum era que havia mais do que um modelo. No tempo em que visitava o general Hogendorp lá no Cosme Velho, Jacques Arago desenhou este:

Da cidade aos engenhos de açúcar, a escravatura era um inferno de vários círculos. O império vivia como um cafetão, à custa dos negros que punha a render, e os negros *gastavam-se* muito. Para atender à procura, navios negreiros aportavam sem descanso, com os porões cheios de novas *peças*, eufemismo oficial.

Portugal foi assim o maior escravagista do Oceano Atlântico. Sendo o menor em tamanho, não apenas inventou o tráfico negreiro Europa-África-América, como assegurou sozinho quase metade (47 por cento), enquanto as outras potências europeias, Espanha, França, Inglaterra e Holanda, dividiam o resto. Ao todo, o Império Português tirou 5,8 milhões de pessoas de África para usar como escravas, a grande maioria, talvez quatro milhões, destinadas ao Brasil. Com elas fez a exploração intensiva de pau-brasil, cana-de-açúcar, tabaco, minério, café, e sobre muitas exerceu toda a espécie de violência, ao longo de trezentos anos.

Mas, dos manuais escolares ao discurso público, a tônica portuguesa, hoje, é celebrar *Os Descobrimentos* como se não tivesse acontecido o extermínio de pelo menos um milhão de ameríndios e o tráfico de quase seis milhões de africanos. Lisboa oferece evocações grandiosas dos séculos XV-XVI em monumentos, memoriais ou museus, sem que a antiga sede do império reflita o que aconteceu a milhões de pessoas.

Tudo isso faz da *Expansão* uma trincheira infantil de bandeirinhas e heróis, que empunha os feitos dispensando as consequências. O sangue não foi a sério, os mortos eram bonecos e não tiveram filhos. Apesar dos estudos de terceiros, da multiplicação de investigadores no Brasil e de várias gerações de acadêmicos e artistas em Portugal terem reunido já vasta matéria para pensamento, a mortandade ameríndia e a escravatura africana tendem a ser desvalorizadas, a começar pelos líderes políticos. Quarenta anos de democracia não parecem ter sido suficientes para iniciar uma reflexão alargada pós-colonial, com tudo o que isso implicaria de enfrentamento dos demônios, e transformação. O fim do Império, a 25 de Abril de 1974, poderia ter sido o começo do diálogo sobre o que aconteceu desde o século XV, esse *dia inicial inteiro e limpo / onde emergimos da noite*. Em vez disso, os demônios mais antigos foram empurrados para o fundo antes de virem à tona.

Todos os impérios são uma história da violência, caberá a cada um atravessar a sua para ser mudado. Quando isso não acontece, o filho do que foi morto falará e o filho do que matou não conseguirá entendê-lo, porque o lugar do outro está por experimentar, nunca houve transformação. Quem teme deixar de ser quem é não vai saber quem foi nem quem vai ser. De olhos e ouvidos fechados aos espíritos, continuará a cobrir-se com as mesmas palavras.

O MUNDO ERA ASSIM
SEMPRE HOUVE
ESCRAVATURA
OS PRÓPRIOS AFRICANOS
TAMBÉM ESCRAVIZAVAM
PORTUGAL NÃO INVENTOU
O TRÁFICO COLONIAL
PORTUGAL
NÃO FEZ NADA QUE
OS OUTROS NÃO FIZESSEM
PORTUGAL ERA MUITO
MAIS BRANDO DO QUE
OS OUTROS
PORTUGAL
NÃO ERA RACISTA
MISTURAVA-SE

A ditadura salazarista que dominou o centro do século XX português empenhou-se neste tipo de propaganda, e para isso fez uso do pernambucano Gilberto Freyre, segundo o qual a propensão miscigenadora dos portugueses teria engendrado um colonialismo único, de onde se ergueria o admirável mundo novo.

Autor pródigo, prismático para além de qualquer redução, Freyre chegou a ser apoiado por comunistas (em Pernambuco) e a inspirar independentistas (em Cabo Verde), mas serviu tanto o golpe militar da ditadura brasileira como a estratégia colonial de Salazar pós-Segunda Guerra. E não que Salazar o tenha feito pela calada: Freyre foi hasteado com louvor e distinção, passeado pelas Áfricas e Ásias do Império Português entre 1951 e 1952, carimbando aquilo a que chamara Lusotropicalismo. Deu a Portugal o arcabouço teórico que Salazar tanto podia usar na diplomacia, como traduzir em miúdos para novas levas de *povoadores* irem lavrar esse *mundo que o português criou*, do Minho a Timor. Embora, lamentavelmente, o próprio Freyre não tenha sido autorizado a ver Timor.

Era uma união improvável, Freyre & Salazar, tão distantes em origem, feitio, convicções. E até à Segunda Guerra, de fato, Freyre não foi um sucesso no salazarismo. O seu *Casa-Grande & Senzala*, de 1933, continha duas ideias subversivas: a mestiçagem ser uma coisa boa, e a singular capacidade de adaptação dos portugueses vir do convívio com africanos e asiáticos, sobretudo *maometanos*. Para uma nação que se formara no combate ao mouro, era difícil de engolir. E as elites políticas portuguesas, incluindo opositores, ainda tendiam a acreditar em raças atrasadas, risco de degenerescência, não queriam a mestiçagem da antiga colônia brasileira aplicada nas colônias africanas e asiáticas. De resto, a lógica continuava a ser colonial: o Império existia para que o Império existisse, em proveito da metrópole.

Mas o mundo que saiu da Segunda Guerra deixou Salazar num impasse e aproximou-o de Freyre, que também estava num impasse. Sentindo-se menosprezado pela academia do eixo Rio-São Paulo, o pernambucano acreditou que Portugal alavancaria as suas teses. Pressionado nas Nações Unidas, o português acreditou que Freyre alavancaria o seu *Ultramar*. Um desbloquearia o outro.

A recente Declaração Universal dos Direitos do Homem, com o direito à autodeterminação dos povos, oficializara a reprovação dos regimes coloniais. Salazar percebeu que precisava de fazer algo para continuar orgulhosamente só, antiliberal e anticomunista, não pró EUA e nunca pró URSS, afirmando a diferença de Portugal, essa predestinação que o levara pelo mundo. Algo que mantivesse as colônias argumentando que não eram colônias. Foi assim que pragmaticamente passaram a *províncias ultramarinas*. E aí, a tese da miscigenação & adaptação já calhava que nem ginjas, distinguindo os Lusitanos da maralha colonialista.

Se Freyre precisava de Portugal para a afirmação internacional e teórica da sua tese, Portugal precisava de Freyre para legitimar o Império como nação única, cristocêntrica e não etnocêntrica, em que todos seriam iguais perante *Deus e a lei*, independentemente da cor.

Só que, claro, não. Indígena tinha estatuto de indígena, salário de indígena, futuro de indígena. Apenas em 1961 o estatuto do indígena foi abolido, mas o racismo continuou. A metrópole pregava a *assimilação amorosa*; entretanto, educação, que seria bom, não vinha, e amor era o que se via: os próprios inquéritos levados a cabo pelos intelectuais do regime em Angola, Moçambique, revelaram colonos racistas, mais outras brechas no edifício, que o próprio Gilberto Freyre criticou.

Freyre não era um servidor. Tinha a sua visão de longo prazo, e os seus objetivos não coincidiam com os de Lisboa. Ao regime salazarista interessava salvar o *Ultramar* acima de tudo, povoar a *nação intercontinental* fazendo jus a essa *vocação irresistível de transmitir a outros a verdade de que está possuído*. Espantosa frase de propaganda que era parte da verdade há quinhentos anos: a mesma cândida, impositiva megalomania. Tão cega que quando os movimentos de libertação rebentaram nas colônias, Salazar mandou as tropas esmagarem a rebelião, dando início a uma longa guerra colonial, depois continuada pelo seu sucessor, que matou 8831 militares portugueses e talvez cem mil africanos, a grande maioria dos quais civis. Foi, antes de mais, para acabar com esse horror que os militares fizeram a Revolução dos Cravos a 25 de Abril de 1974.

Do ponto de vista de Salazar, nunca houve outro protagonista a não ser Portugal. Enquanto que, do ponto de vista de Freyre, Portugal representava o tempo superado: o Brasil é que seria o protagonista do Lusotropicalismo, a civilização do futuro.

Essa é a visão inaugurada por *Casa-Grande & Senzala*, obra que sobrevive a uma apropriação e ao seu contrário. Lida à distância de quase cem anos, continuará a ser acima de tudo um tributo à mistura racial, o que em 1933 era uma bofetada nos aspirantes a um Brasil branco, crentes na inferioridade *científica* dos negros. Freyre é aquele que tira o estigma do mestiço, lhe diz que a mistura não diminui.

Mas essa valorização não implica o apagamento da violência colonial. *Casa-Grande* também é um retrato pungente de como a miscigenação não foi português-suave. O horror que o salazarismo tentou limpar da história colonial está lá, alicerce do que até hoje faz e desfaz o Brasil. Freyre acredita é que dessa história resultou uma mistura única que pode ser o contrário disso, se olhar para si mesma como força. Ou esta é a leitura antropofágica que o narrador faz de Freyre em *Casa-Grande*: devorar o horror colonial para ficar mais forte.

Oswald de Andrade daria voltas no túmulo a ouvir isto, porque o que ele queria mesmo era mandar o colonizador para as cucuias do inferno, um desporto saudável entre os modernistas brasileiros dos anos 1920. Bem fizeram, já tardava. Mas como o narrador tem razões para acreditar que os espíritos livres não ficam trancados nos túmulos, come de Oswald, de Freyre, do que eles tinham comido e de quem os comeu, moqueca geral. Mais, usa *Casa-Grande* como pimentinha anti-racista, porque também tem razões para acreditar na mistura, e já viu dias em que isso foi mais uma festa do que agora, neste lusco-*fosco* da volta às identidades, à crispação dos casulos. Noé e Lucas terão outra visão, por exemplo não usam a palavra *mulato*, quem sabe ainda vão falar do assunto, o narrador deixa pra eles. Mas entretanto bota para fora duas ou três coisas que Salazar jogou para baixo do tapete.

O rapazinho louro não é Gilberto Freyre, esta casa não é a sua. Mas, descendente de colonos, Freyre era uma criatura deste mundo, casa-grande & senzala. Quando a mulher com quem queria casar finalmente disse sim, ele recuperou um velho engenho arruinado em Apicucos, arredores do Recife. E aí, no velho casarão com janelas de guilhotina, pátio de azulejos, jardim tropical, continuou a trabalhar essa *história íntima de quase todo o brasileiro*, que inaugurara anos antes em *Casa-Grande & Senzala*, recusando empregos, quase sem dinheiro, em dedicação total ao livro.

Nas plantações, casa-grande era a morada dos senhores e senzala, a morada dos escravos. Brancos aferrolhando negros, todos se implicaram, muitos tiveram filhos. Com mais ou menos açúcar, era sempre violência: alguém livre porque nasceu branco a exercer poder sobre alguém escravo porque nasceu negro. Essa é a fundação da sociedade brasileira, a sua estrutura inicial.

Quem leia *Casa-Grande* vai achar escravas assadas, com peitos cortados, unhas arrancadas, olhos postos num frasco, em cima da mesa de jantar, pelas sinhás brancas enciumadas, que nelas se vingavam do que os maridos haviam feito, ou desejariam fazer. Relações sádicas dos maridos com as mulheres, das sinhás com as escravas, da menina branca roçando o moleque negro, que depois era castrado, salgada a ferida, ou enterrado vivo. Uma aristocracia de colonizadores semianalfabetos, indolentes, entediados. Casamentos consanguíneos entre tios e sobrinhas para garantir o patrimônio, estreitando as relações familiares em vez de as alargar.

Se a metrópole era simbolicamente cafetã, a casa-grande era literalmente proxeneta: meninas negras de 10 e 12 anos enviadas para o cais, esperando os marinheiros alvoroçados, depois trazendo o lucro. Ou, na rua da Alfândega, meninas seminuas, à janela. Com as negras se defendia a pureza das brancas. A virtude da senhora mantinha-se pela prostituição da moleca. Por isso, também era melhor que os escravos não casassem, ou tivessem famílias estáveis. O que D. Pedro I cirandou, *desvirginando* negrinhas, aquilo a que hoje se chamaria abuso. E como chamar-lhe à luz de então? Tradição, costume, direito usufrutuário de soberano? Alô Lisboa, praça do Rossio, o cavalheiro no alto do pedestal que aí responde pelo nome de D. Pedro IV.

Engravidar escravas era, aliás, um método comum de aumentar *peças*. Gilberto Freyre cita um lema: *A parte mais produtiva da propriedade escrava é o ventre gerador*. Aliciante extra para o estupro. Mas havia outros, e foi assim que o negro se sifilizou no Brasil, não ao contrário, explica Freyre. Senhores das casas-grandes contaminavam as negras das senzalas, *tantas vezes entregues virgens, ainda molecas de doze e treze anos, a rapazes brancos já podres da sífilis das cidades*. Isto, na crença de que para curar sífilis nada como uma negra virgem. Outra citação da época: *A inoculação deste vírus em uma mulher púbere é o meio seguro de o extinguir em si*. Porque a sífilis, então, cegava, enlouquecia, matava.

Fácil de entender que *Casa-Grande* não tenha sido a obra predileta do salazarismo, pelo menos na íntegra. Se o colono português foi melhor do que o espanhol, inglês, francês ou holandês porque não tinha pejo em dormir com índias e negras, também não teve pejo em que elas morressem disso.

Mães negras, como as que Noé viu há pouco, foram contaminadas ao amamentar o bebê branco sifilítico, depois contaminaram o seu próprio bebê. O bebê branco era a extensão mais macia do colonizador, e podia já ser mortal. Gilberto Freyre não hesita em descrever a sociedade escravocrata como *alagada* de sífilis e gonorreia. A sifilização começara no século XVI, *mas no ambiente voluptuoso das casas-grandes, cheias de crias, negrinhas, molecas, mucamas, é que as doenças venéreas se propagaram mais à vontade, através da prostituição doméstica*. Rio de Janeiro, a corte da sífilis. Até mosteiros infectados.

Moldada pela dominação sexual, imersa num constante sensualismo de posse (da natureza, dos escravos, das mulheres), a colonização do Brasil não foi, assim, uma *assimilação amorosa*. O que não exclui o amor, ao contrário, diria o narrador, o amor distendeu o horror, de alguma forma sustentou a continuação de tudo.

Casa-Grande evoca a doçura de muitas relações domésticas, dos meninos e das mucamas, das velhas negras alforriadas que eram parte da família, como até hoje no Brasil muitos dos empregados, gerações e gerações criadas na lógica de um afeto benevolente. Freyre viu a subjugação que sabia ser paternal, maternal, familiar, de que forma os cativos iam tentando sobreviver pelo melhor, a resiliência, o jeito que os mais afortunados ganham. Tratando-se de um cativeiro que durou para cima de trezentos anos, haverá um DNA que se foi configurando, e o *jeitinho* brasileiro terá nascido aí.

Ao mesmo tempo, diz Freyre, era no ambiente das casas-grandes, entre escravos brutalmente castigados, no meio de relações de poder, que os meninos brancos aprendiam cedo *o sadismo*, por exemplo, pondo lâminas ou cacos no fim da pipa. Sadismo que o autor de *Casa-Grande* relaciona com uma característica única da colonização portuguesa.

É que, ao contrário dos seus rivais, Portugal fez a primeira base da colonização sobretudo com homens. Misturou-se muito porque levara poucas mulheres? Levara poucas mulheres porque se misturava muito? Pouco importa, pragmatismo ou vocação, para os otimistas tinha uma capacidade única de mistura. O reverso desse otimismo é que a mistura se fez à custa de mulheres que não estavam livres. Ou seja, o que alguns tomam por ausência de racismo, pode traduzir-se como violentação. Onde uns vêem adaptabilidade, pode ver-se imposição da vontade. E aqueles Lusíadas desprendidos e corajosos, largando tudo por um mundo novo, podem ser afinal Lusíadas imaturos e misóginos, que mantinham as mulheres em casa, na conta de indefesas ou incapazes. Notas do narrador, à margem de *Casa-Grande*.

Mas foi nesta base masculina da colonização que Gilberto Freyre detectou uma fonte de sadismo. Aí, e no sistema escravocrata que dividiu a sociedade *em senhores todo-poderosos e escravos passivos*, escreveu ele, *é que se devem procurar as causas principais do abuso de negros por brancos, através de formas sadistas de amor que tanto se acentuaram entre nós*. A atual violência contra as mulheres no Brasil, começando pela frequência do estupro, terá raízes aqui.

E, dada a atual violência contra homossexuais, valerá a pena lembrar o que Freyre conta sobre *essa forma de luxúria* que *lavrava intensamente* no meio de *portugueses ou espanhóis, judeus ou mouriscos* da Península do século XVI. Nas listas de *pecadores do nefando*, como os inquisidores chamavam à homossexualidade, incluem-se *frades, clérigos, fidalgos, desembargadores, professores, escravos*, vários deles enviados como degredados para o Brasil. Órfãos trazidos pelos jesuítas também apareciam citados *com frequência*. Os exemplos eram nobres e muitos, diz Freyre:

> *Entre os próprios homens de armas portugueses sabe-se que nos séculos XV e XVI, talvez pelo fato das longas travessias marítimas e de contatos com os países de vida voluptuosa do Oriente, desenvolveram-se todas as formas de luxúria. Lopo Vaz de Sampaio faz crer que o próprio Afonso de Albuquerque teria tido os seus requintes libidinosos.*

Talvez Ganda esteja a par de algo, desde a sua breve estadia com o lendário governador da Índia.

•

Uma das características das casas-grandes, até hoje, é que uma pessoa pode estar a dormir lá em cima, e outra dar um tiro na cabeça dois pisos abaixo. Nenhuma perturbação do sono, nem é preciso usar silenciador. Mas claro que Rosso, um esteta, nunca usaria silenciador, ninguém gasta um quarto de milhão a comprar a pistola que foi de Giacomo Casanova para estragar tudo aplicando-lhe um silenciador antes de morrer. Se Rosso comprou a pistola foi para um dia ser senhor e encenador da sua própria morte.

É cedo para saber o que a morte vai fazer de Rosso. Certamente não será assunto para este sétimo dia. Leva tempo, como a preparação de um grande jantar, há que marinar o tempero, repousar as farinhas, levedar o álcool. O que o narrador pode adiantar é que a morte não é o fim da vida, mas o fim da morte. Como só há uma morte, quando ela acontece, acaba-se. Uma pessoa fica livre para outras coisas, por exemplo, escrever um romance a partir da vigésima quarta estrela mais cintilante do céu noturno. O que são 880,6 trilhões de quilômetros se a morte já acabou? Apenas 88,6 anos-luz. Um nano-segundo.

E sem limitações de orçamento. O narrador só teria de pensar agora que realizador, vivo ou imortal, contrataria para filmar o flashback do suicídio de Rosso. Ou, melhor ainda, dar carta branca a quem chegou até aqui.

Algumas indicações:

INTERIOR, DIA

O corpo de Rosso jaz no chão da biblioteca desde manhã, sangue já seco. Caiu aos pés da única entrada de luz, uma abertura horizontal, com vista para orquídeas raras, ao fundo as encostas do Paleozoico. A coronha de madeira está sob a mão esquerda enluvada, porque o suicida era canhoto. A câmera segue o piso de jacarandá e pau--brasil, uma faixa clara, outra escura, sobe pelo pé da secretária em forma de pata de onça, alcança o tampo onde o estojo da arma ficou aberto, com a assinatura *G. Casanova* gravada. O envelope está lacrado com o selo de Rosso. Para ver a quem se destina é preciso voltá-lo ao contrário.

E o narrador deixa a cena, sobe à alcova, onde Judite vai acordar.

•

Entretanto, Gabriel acorda na UTI do Souza Aguiar pela enésima vez desde que o sétimo dia começou, sem saber se é dia ou noite, se já veio o dia seguinte ou ainda é o mesmo dia em que há pouco, no rádio, alguém anunciou que o Exército ia ocupar as favelas da Maré. O que estava prometido era uma Unidade de Polícia Pacificadora, mas a Copa do Mundo está aí à porta, muito trânsito do aeroporto para a cidade, a Maré é um local sensível, e do jeito que tudo está já não tem cosmética. Vai de exército, mesmo.

•

Cabeleira cor de cobre em lençóis brancos, sempre brancos, algodão egípcio de mil fios, cetim de algodão, nada é mais macio, vindo mesmo lá do Nilo, daquela porção do melhor algodão em que nenhum egípcio dormirá, porque é todo para exportação. Rosso importou-o até antes disso, diretamente do Egito, e sobre ele a pele morena, perfumada de tangerina, do banho que Judite tomou esta manhã antes de cair na cama.

Os espíritos são atraídos por pele perfumada, vêm por essa Via Láctea fora, desde Orion, desde as Plêiades, meus primos das estrelas, meus *maï*. Gostamos de Judite.

E gostávamos que os mortais deste planeta azul que dormem com mulheres entendessem um dia o orgasmo de uma mulher. Acreditamos que é possível isso acontecer ainda antes do Juízo Final. Pois como pode haver uma Era do Bem, uma Terra Sem Mal se para tantas mulheres, da Bíblia ao Cosme Velho, o orgasmo ainda é um bem tão pessoal que a maioria dos homens não sabe como, quando e onde ele acontece, e isso quererá dizer, provavelmente, lamentavelmente, que não aconteceu com a contribuição deles.

Você, mortal deste planeta azul que me seguiu até aqui, eu sei que com certeza você faz parte da minoria que toca as aleluias, e isso é muito bom, irmão, no meio de milhares de milhões de mortais será qualquer coisa, embora esteja demasiado calor para calcular exatamente quanto, seria pedir muito a uma terça-feira de Carnaval, até a um imortal. Mas caso, na mera, remota hipótese de você ter um parente distante, um amigo lá nos confins, que talvez, não estou afirmando, possa eventualmente estar na maioria, diga pra ele perguntar à mulher com quem dorme. Porque, acredite, ela sabe tudo o que ele nem sabe que não sabe. Está muito acostumada, há milhares de anos acostumada, desde aquelas que vieram de canoa lá da Austronésia, talvez até antes delas, as neandertais que já tinham alcançado o esplendor bípede de uma mão direita, ou esquerda, quando é caso disso. Espalharam-se pela terra e estão aí até hoje

> (Ana, Ane, Ann, Anu, Anna, Anne, Annick, Anika, Anneka, Aneta, Annette, Annie, Aina, Anaïs, Ania, Anya, Anja, Annelien, Anneli, Anouk, Ans, Antje, Anissa, Annie, Anke, Ankica, Anni, Anina, Anniina, Anniken, Annika, Annikki, Annukka, Annushka, Anikó, Annag, Channa, Hana, Hena, Hanna, Hanne, Hania, Hannele, Henda, Hendel, Hene, Henye, Jana, Keanna, Quanna, Ona)

no Facebook, no Instagram, no Tinder, milhões de mulheres na era do ecrã tátil, quando nunca foi tão fácil descartar um homem para a direita ou para a esquerda, dormir com vários por semana. E o que elas dirão, se você quer mesmo saber, é o que as mães, as avós diriam, ou não diriam, porque não era o estilo: raro é o homem que chegou a entender onde entrou e de onde saiu. Aliás: raro o homem que achou que havia algo para entender. Pode perguntar pra elas, as internautas do terceiro milênio que gostam de homens, com toda a probabilidade vai ouvir que, na vida de uma mulher, homem e orgasmo são duas entidades independentes, que se complementam mais do que coincidem.

 O glorioso pé de Judite desliza sobre o algodão egípcio, o joelho desce, ela fica de bruços, afunda a cara nas almofadas, as ondas cor de cobre oscilam como dentro de água, os braços desdobram-se, as pernas abrem a toda a largura, como espargata de ballet, estrela de capoeira, depois uma perna roda, e o quadril vai atrás, Judite fica de barriga para cima, sentindo o corpo latejar no lençol, muito fresco nos pontos que o corpo não ocupou.

 Não tem ideia das horas, alcova escuríssima. Estica a mão para trás, até ao botão do black out, o céu avança sobre a cama, ela pega no celular, vê a hora, tarde da noite na Suíça. Não tem mensagem de

Rosso, ele odeia mensagem. Pior que mensagem, só ☺, pior que ☺, só avião. Tem que ser um negócio importante mesmo, para ele atravessar o Atlântico assim por 24 horas.

Mas tem mensagem do irmão:

Hoje 16:05

to marcando 21h bj

Que bom que Zaca vai fazer esse jantar. Muuuuuuuuuuuuuuita saudade do Cosme Velho. E o corpo de Judite não acaba de se espreguiçar, no prazer interminável dos bíceps e ápices, falanges e falangetas que ninguém fora dela alcançará.

•

— Lembrei da jiboia — diz Lucas.
— Caralho! — diz Noé. — Já tinha esquecido, será que ela continua lá fora?!

Estão nus, deitados no sofá de Gabriel, uma cabeça para cada lado, colados pela planta dos pés, a ponta do pé dela na curva do pé dele, os dois encolhendo e esticando as pernas distraidamente, como um ser que só existisse deitado, uma cobra ondulante de duas cabeças, espapaçada no calor de terça-feira de Carnaval.

Já pediram uma pizza, já voltaram a dormir, já ficaram debaixo do chuveiro de Gabriel, em todos os sentidos da palavra entre dois cariocas, bom chuveiro para ficar, tão espaçoso quanto o sofá, com um degrau que dá para sentar, apoiar. Noé gosta de ficar no colo de Lucas, abraçando-o com as pernas, sentindo as palmas das mãos dele nas costas, vendo o redondo da barriga, já redondo o bastante para não conseguir ver o próprio sexo, só o pau de Lucas, para cá e para lá, como num baloiço.

— Você conhece a história da cobra grande? — pergunta Lucas.
— Que cobra? — pergunta Noé.
— Da Amazônia.
— A sucuri? Você já viu uma?
— Não. No Pará sempre tinha história de sucuri que comia gente, ela saltava da água. E o Pancho me contou que tem índios que acham que o cipó da ayahuasca é a própria cobra grande que trouxe os humanos pro mundo. Mas minha mãe contava história de cobra-mulher.

Cobra tão linda que homem acaba casando com ela e vai morar no fundo do rio. A gente mergulhava no Tocantins e ela me contava.
— Como é o Tocantins? Conta pra mim.
Os pés dele empurram os pés dela até os joelhos fletirem completamente para fora e o sexo abrir. Aí Lucas solta os pés e inverte o corpo, deitando-se de bruços, com a cabeça entre as coxas de Noé, uma palma da mão pousada no interior de cada coxa. Ela sente a boca, a respiração dele, quando ele diz, já dentro dela, para dentro dela:
— Você vai ver.

•

Debaixo da sua árvore favorita do Jardim Botânico, Tristão acaba de decidir onde estará amanhã. Acordara às duas da tarde, a pensar que ainda dava tempo para vir aqui fazer uma coisa, antes que o jardim fechasse. E deu.

A árvore tem raízes gigantes à superfície, o chão ao redor muda de cor, de flor, dependendo da estação. Nesta terça-feira, 4 de março de 2014, está vermelho, como se alguém, lá em cima, tivesse agitado uma copa inteira.

Alguém lá em cima. Tristão olha o sol através da copa. Uma esfera orbitando o centro da Via Láctea, três partes de hidrogênio, uma parte de hélio, mais pó, menos pó. A Terra orbitando o Sol, o Sol orbitando a Via Láctea, a Via Láctea movendo-se com as suas centenas de milhões de estrelas, há treze bilhões de anos. O Sol tem menos de cinco bilhões, sempre o mesmo sol desde o começo da Terra, por cima de homens cada vez mais perto de acabar com tudo debaixo do sol. As plantas recebem a luz, transformam-na em energia, e pelo meio libertam oxigênio para os mortais. Vivem longas vidas com o sol, se durante as suas curtas vidas os mortais não acabarem com elas, já que não conseguem acabar com o próprio sol, muito longe, 150 milhões de quilômetros. E, ainda assim, como se estivesse aqui, apenas oito minutos para a luz viajar, mudar a cor da pele, como muda as flores, a copa no verão. Essa árvore, por exemplo, numa história íntima com o sol desde os tetravós de Tristão. O mesmo sol de março que os tupinambás viam em 1500, estavam as naus de Cabral a sair de Belém.

E que viram eles, os tupinambás, um mês e meio depois, no litoral da Bahia, quando aqueles panos brancos apareceram no horizonte, aquelas cruzes vermelhas avançaram para eles? Estranhas canoas como já tinham visto passar ao longe? Os enviados que os deuses haviam anunciado? Seriam eles a levá-los enfim à Terra Sem Mal? O sol assistiu a tudo lá de cima, esse encontro de Velho e Novo Mundo que atou portugueses e brasileiros. Na escala dele, aliás, isso aconteceu há cinco minutos.

•

— Que horas você começa no estúdio? — pergunta Noé. — Muito cedo?
— Não, depois do almoço — diz Lucas. — Vai depender das gravações, mas a princípio os caras não trabalham de manhã.
— Bacana. Dá pra fazer o horário da manhã na faculdade, melhor que de noite.
— Se rolar essa matrícula.
— Claro que vai rolar.
Voltaram à posição inicial no sofá, a cabeça dele debaixo da janela, a cabeça dela na outra ponta, voltada para ele e para a copa florida do flamboyant lá fora.
Noé amarra a cabeleira, que já secou no calor:
— Sabe o que me deu vontade, vendo aquelas fotos de mulheres na escravidão? De entrar na política.
— Você quer dizer num partido. Ficou pensando naquele convite.
— Fiquei. Quando terminar o mestrado posso trabalhar na eleição seguinte. Aí já não estarei amamentando.
Lucas cruza os braços atrás da cabeça, não fala nada.
— Não vai falar nada?
— Estou te escutando.
— Eu sei que você tem o maior pé atrás com partidos. Mas, cara, pensa comigo, quantas mulheres tem na Assembleia Estadual? No Congresso Nacional?
— Tem uma no Palácio do Planalto.
— Tem uma presa no Palácio do Planalto. Refém de Brasília.
— É o que eu quero dizer. Esse sistema está podre. Não faz diferença ter uma mulher presidente.
— Por isso que não pode ser só uma. E quantas negras, você já contou?
— Marina Silva é mulher, e negra, e você não votaria nela.
— Porque ela é evangélica.
— Como cinquenta milhões de brasileiros. E por que esse número cresce todo o dia? Porque o sistema não está nem aí pra eles. Porque os políticos sugam o sangue deles.

– E é o que vão continuar fazendo se a gente deixar.
– Meu voto seria no DDT.
– Que DDT?
– Um DDT ecológico, de fumigar vampiro político. Todo o PMDB, todo o PSDB, todo o PT. Brasília.
– E os edifícios do Niemeyer?
– Viravam escultura. Não é isso que eles já são? Tudo o que está lá dentro estragou. Brasília estraga o Brasil. Quantas vezes você foi a Brasília?
– Nunca.
– Taí, eu também não. A gente não cogita ir a Brasília porque Brasília é um cenário, não existe pra gente. Nem pros milhões lá vivendo, morrendo, que nunca couberam no cenário. Brasília-Capital só existe na TV. Melhor fumigar tudo, Palácio do Planalto, Esplanada dos Ministérios, Congresso Nacional, virar tudo totem de uma era extinta. Aí, leva nossos filhos pra andar de skate.

Noé senta, sorrindo. Lucas sorri de volta:
– Que foi?
– Nada. Quero olhar mais de perto esse pai do meu filho. Ainda não me acostumei a ver ele falando. Quando dou conta parece um milagre.
– Você não acredita em milagres.
– Quem disse? Eu não acredito num Deus, acredito em muitos. Milagre é minha mãe. Esse flamboyant no meio do lixo, esses garis sem medo. Não ter arrego, isso é milagre.
– Verdade.
– E a gente ser dois, e depois três.

•

Na manhã seguinte ao ritual da ayahuasca, Zaca voltou dirigindo, bem devagar, todo o mundo atordoado dentro do carro, ainda na ressaca do cipó, e ninguém fez nenhuma pergunta a Lucas. Talvez só Inês, aliás, tivesse a certeza de que aquele grito acontecera mesmo. Lucas veio sentado à frente, no mesmo silêncio em que tinha ido, até o carro parar no portão da Oca, já com o banco de trás vazio. Aí, ao abrir a porta, falou:
– Valeu, irmão.

Primeiras palavras em dois anos.

Zaca ficou vendo aquele gigante atravessar o pátio, os barracos do lado, a floresta em volta, enquanto algo pousava no fundo da ressaca, algo feliz por estar começando, a voz de Orfeu na véspera ao telefone. Inverteu a marcha, arrancou.

À entrada da Oca, Lucas tirou os sapatos, queria sentir a tábua nos pés, sala de entrada, sala de jantar, a pedra do corredor até ao quarto. A manta do Irmão mineirinho ainda tapava a janela como se fosse noite, ficara assim desde a última vez que dormira lá, a última vez que não dormira com Noé, fazia tempo já. Caiu na cama sem tirar a roupa e a última coisa que pensou foi que a manta parecia um eclipse, porque o sol já estava tão forte que irradiava em volta.

Sonhou-acordou-sonhou-acordou, sono de ayahuasca. Só ao fim da tarde saiu para encontrar Noé um pouco acima, na mureta junto à ponte do trenzinho onde tantas vezes tinham ficado em silêncio. Ela já lá estava, black power contra o sol, vestido curto de alcinha, toda ela ombros e braços, pernas e pés, toda ela, também, um eclipse. Quando Lucas chegou perto, saltou da mureta, foi ao encontro dele. Não tinha pensado o que falar, onde, como, mas aí ele falou primeiro, abraçando-a, e ela nunca tinha ouvido a voz dele:

– Querida.

Então, como se só estivesse à espera disso para decidir o que fazer, porque afinal só faltava isso, Noé colou o corpo nele, ouvido contra o peito, e falou:

– Três corações.

•

O cipó viu que chegara uma grande razão para o veneno sair, celebrou Pancho, quando soube de tudo.

Lucas só o visitou uma semana depois do ritual. Foi falando aos poucos, como alguém imobilizado começando a andar. E demorou semanas a contar a Noé o que acontecera à mãe. Além dela, só Pancho sabe.

•

A mãe de Lucas foi estrangulada com um cinto por um homem que fora seu namorado aos 18 anos. Antes de a estrangular, ele violou-a até ela perder os sentidos, depois de a ter forçado a entrar no mato com um canivete encostado à garganta, que largou durante o estupro, e não achou mais no escuro. Isso aconteceu na noite do réveillon de 2011, perto de Marabá, no Pará, onde se tinham reencontrado por acaso dias antes, ao fim de vinte anos, ele cheirando a cachaça antes do começo da tarde. Ficara no pé dela todos os dias, mas ela conseguira sempre escapar-se, e achou que não havia chance de ele a encontrar no réveillon, fora da cidade, numa povoação vizinha. Havia muita gente nessa festa, parentes, vizinhos, mais de cem pessoas, trio de carimbó, todo o mundo dançando. Quando Lucas deu pela falta da mãe, correu a multidão fazendo perguntas, até achar um velho meio louco que vira passar um par na direção do mato. Lucas entrou no mato com a luz do celular, vagueou mais de meia hora, deu com o corpo da mãe pendurado numa seringueira. Nesse instante, sentiu o cabelo sendo puxado, um braço grosso na garganta, um pano na boca. O cara que matara a mãe era quase tão alto quanto ele e tinha o dobro da largura, tentou sufocá-lo durante vários minutos, pouco faltou para lhe arrancar o escalpe, de tanto puxar o cabelo, forte como crina, atado atrás. Lucas lutou para respirar, cuspir o pano, revolveu-se como uma fera, quase desmaiou. Até que algo dentro dele o fez atirar-se para trás com toda a força do seu tetravô iorubá, guardada por séculos e séculos. O cara embateu contra uma árvore, um galho furou a carótida.

•

Tem coisas que o narrador deixa para as personagens, tem coisas que elas deixam para ele. A gente se cria uns aos outros, não tem sentido único.

•

Quando Lucas apareceu cambaleando na festa já não falou. Ao voltar ao Rio, rapou o cabelo, nunca mais deixou crescer. Os hematomas no pescoço duraram meses. Mas tudo isso era nada comparado com aquela imagem da mãe. E o que se seguira à imagem fora o puxão no cabelo, o oxigênio cortado. Um garrote até à noite em que a cobra grande veio do começo do mundo, do fundo do Tocantins, pelo escroto dele, veias, coração, garganta, e fez o veneno sair.

•

Inês acorda a gritar. Está sozinha no quarto. É o seu quarto da Eurico Cruz. É terça-feira de Carnaval. Quantas horas dormiu? Ouve os garotos baterem bola do lado de fora, o violão do vizinho

> *todo dia*
> *quando cai a noite*
> *você vem*
> *e diz:*
> *— esperei o dia todo*
> *a noite cair*
> *pra eu vir.*

A sombra na parede diz que o dia está caindo, já conhece essa sombra. Respira fundo, fecha os olhos. Não. Abre os olhos. Ainda está muito perto do pesadelo para ficar de olhos fechados. É a segunda vez que tem um pesadelo semelhante desde a noite da ayahuasca. De onde vêm essas imagens? Voltam para onde quando ela acorda? Sonhar com elas é sinal de que estão a chegar ou a sair?

Nunca devia ter tomado ayahuasca. Ou talvez deva tomar de novo. Difícil saber se algo está acabando ou começando.

•

O narrador diria isso de quase tudo.

•

Judite desce da alcova, pronta para sair, e atravessa a sala em busca dos óculos escuros que deixou não lembra onde. Linda a luz do poente nesse biombo japonês, Rosso lhe contou a história. Acha os óculos na mesinha junto à janela e corre para o jardim, porque o táxi já está no portão.

•

No Cosme Velho, Zaca e Orfeu saíram da cama a meio da tarde. A ideia do jantar fora de Zaca, mas quem ia cozinhar era Orfeu, filho de doceira, neto da melhor tapioqueira do Recife, na opinião dele e de todo o mundo que já provou as tapiocas da avó: segredo da farinha, do fogo, de quanto queijo coalho para quanto coco fresco. E depende do coco, da mão, do que ela aprendeu com a mãe, que aprendeu com a avó, neta de índia, herança desde antes de Cabral, de milhares de milhões de beijus, como os indígenas chamam ao bolo achatado de farinha da mandioca, e tem muita variação

beiju - içã
beiju - marapatá
beiju-tinin   beiju-tininga
beiju-cica   beiju-peteca
beiju-cambraia beiju-pixuna
beiju-poqueca   beiju-ticanga
beiju-carimã   beiju-teica
beiju-tacinga beiju-carau
beiju - curucaua
beiju - açú

aquilo a que um europeu basicamente chamaria um crepe, e no recheio, além de coco e queijo coalho, pode levar tomate, carne-seca, castanha-de-caju, castanha-do-pará, melaço, banana, manjericão, tudo em geral. Então, Orfeu pediu a Rosândera, a cozinheira que vem do tempo de vovô Bartô, para ver o que tinha na despensa, foi às compras, contornando montanhas de lixo, voltou, conferiu com Zaca o que Rosândera mais gostava de cozinhar, ele disse que feijão mesmo, Orfeu perguntou se ela faria um feijão com linguiça, e agora estão os dois na cozinha, ele desmanchando coco fresco, cortando queijo coalho, picando castanha, fatiando banana, e ainda vai fazer um bolo de rolo, toda aquela massa finíssima, enrolada sobre si mesma, recheada a cada volta com goiabada cascão.

•

Zaca aproveita para dar uma limpeza no romance, resolver uns troços pendurados. Quer terminar logo isso, Orfeu veio libertá-lo, já não está nem aí para o peso, seu primeiro romance depois de todo o bate-boca da biografia, que se foda.

Um dos troços pendurados é o tal livro que salvou da enxurrada quando era criança, *Machado de Assis e o Hipopótamo*, do tal autor que seria *o maior prosador da língua no consenso do Brasil moderno*, e que, ao todo, somando os seus vários títulos, terá vendido um milhão de livros. Ele mesmo assinou o prefácio deste, já em quinta edição, afirmando que antes *não havia uma compreensão de Machado*, e a sua obra permaneceria *como indestrutível monumento*.

O que fascina Zaca é como alguém se convence disso, em vida vende um milhão de livros num país que pouco lê, e apenas meio século depois já ninguém sabe o seu nome. *Sic transit gloria mundi*, ou o ar da época saindo de um balão. De alguma maneira, Zaca encara o *Hipopótamo* como amuleto, aviso de quanto o presente se pode enganar, e os homens perdem o pé. Cada qual em seu tempo, *Moby Dick* foi um fracasso, o *Hipopótamo*, um sucesso. Cambalhotas formidáveis do tempo que passa, e vê melhor, quando vê. Todo o oposto de Machado, imortal já em vida, cedo, e até hoje. Concluindo, não há conclusão. O presente reconhece, e não reconhece, os imortais.

Entretanto, que fazer com esta relíquia de infância? Zaca já tentou dar-lhe todas as voltas. O autor do *Hipopótamo* foi tão capaz de grandes traduções de poemas como de insultar gente de forma pedestre. Tanto voou para os Açores na busca rigorosa de certidões das origens maternas de Machado como insuflou leituras psicanalíticas que são, elas mesmas, todo um caso psicanalítico. Quando Zaca leu enfim o livro, muito depois da infância, ficou fascinado com a dimensão da extravagância, a fixação do autor na *fixação anal-sádica* de Machado. O onírico hipopótamo do título, que vem do romance *Memórias Póstumas de Brás Cubas*, é revirado freudianamente, até se transformar na figura paterna, mas a tutela de Freud vai muito além disso, e da *fixação anal* parece vir tudo, factual ou especulativo: a gagueira de Machado, a sua *histeria* epiléptica, o *sadismo voltado contra si mesmo*, os distúrbios gastrointestinais e oculares, uma costela *bissexual*, a masturbação *tardia*. Não duvidando da grandeza de Machado como escritor, ao contrário, dedicando-lhe uma biografia *revolucionária*, o autor vê-o, porém, como *insensível à dor humana, egoísta sem limites*, um perfeito *anticristão* que *nos infelizes* admirou apenas *a perfídia, a desforra, a pequenez de alma*, alguém com *aversão às causas grandiosas*, cheio de *atencioso desdém*, mais do que *cético até a medula*. Um homem, em suma, para quem *o entusiasmo era mais repugnante do que o crime*.

Frase magnífica, que o tal autor absorveu de um contemporâneo, mas a que Zaca não sabe o que fazer, idem para todo o resto. Que revelam as páginas do *Hipopótamo*? A megalomania do autor? A sobrevalorização de Freud? A impossibilidade de psicanalizar um morto? Como a obra de Machado deixa para trás a biografia? Ou, simplesmente, que esta biografia não sobreviveu? Deve então ser lida como estilhaço da época? Um espelho do tal *Brasil moderno*, à beira de inaugurar Brasília? Que sobra desse Brasil, onde ela foi um best-seller? Ahhhhhhhhhhhh. Zaca inspira fundo, encosta-se para trás, balançando a cadeira.

Um post-it na parede diz que *a ideia de texto definitivo não corresponde senão a religião ou cansaço*, assinado Jorge Luis Borges. Zaca quer lembrar-se sempre disso, de que os livros não acabam quando ficam prontos, mas quando os autores não aguentam mais. Assim será também com as partes dos livros, muita preguiça desse *Hipopótamo*, chegou a hora. Clica na pasta com o nome do autor, e faz delete.

•

No Inverno antes de se mudar para o Rio de Janeiro, Tristão recebeu um email a dizer que o seu pedido para consultar a carta do *Achamento* do Brasil fora autorizado.

A carta está guardada na Torre do Tombo, em Lisboa, quase desde 1500, quando uma das naus de Cabral voltou de imediato para levar ao rei a notícia daquela terra, provisoriamente chamada de Vera Cruz. É um dos manuscritos mais preciosos da História de Portugal, e o primeiro manuscrito na História do Brasil. Por isso, raramente viaja, poucas vezes fica exposto, e nem sempre os investigadores são autorizados a vê-lo. Tristão convencera-se de que não seria. Mas tinha motivos plausíveis, o doutoramento sobre os índios, a ida em breve para o Brasil. Os responsáveis do Arquivo Nacional da Torre do Tombo marcaram-lhe uma data, 16 de fevereiro, às 15h30. Desceu a travessa de casa, apanhou o elétrico para o Cais do Sodré, depois o metrô para o Campo Grande, subiu a Alameda da Universidade contra o poente, silhuetas indo e vindo, falando ao telefone, entrando em carros. E ele ia ter na mão a carta de Pêro Vaz de Caminha?

Em 1500, o rei morava no Castelo de São Jorge, a Torre dos manuscritos ficava lá dentro. Hoje, é um bunker contemporâneo com mais de vinte salas e oito casas-fortes, incluindo a dos tesouros. Tristão foi conduzido a um gabinete, onde julgou que esperaria até ser levado à carta. Mas era ao contrário, a carta é que viria até ele, chegara primeiro, aliás. A arquivista que o acompanhava apontou uma mesa redonda, onde havia um par de luvas brancas e uma pasta escura de cartão. Incrédulo, Tristão inclinou-se para ler a etiqueta: aquela cota igual há séculos, como uma morada:

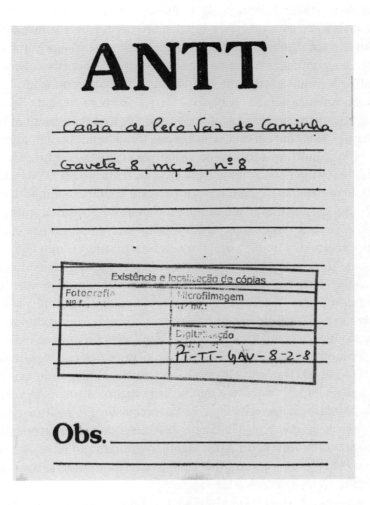

Calçou as luvas, abriu a pasta, e lá estava: mais alta, mais nítida, mais inteira do que imaginara. Sete folhas de papel dobradas ao meio, formando um caderno de 27 páginas de texto e uma com o endereço. Cantos carcomidos, já restaurados, mas a tinta perfeitamente clara, mais escura nos pontos em que a pena mergulhara no tinteiro, letra densa, elegante, bem alinhada. Ao passar da primeira folha para a segunda, Tristão viu a luz através de incisões verticais no papel, quatro em cima, quatro em baixo, porque o caderno fora dobrado, envelope de si mesmo, e uma fita atravessara as incisões, fechando-o.

    Assim chegou a carta em 1500, para logo ficar esquecida nos labirintos do castelo. Os primeiros relatos conhecidos do Novo Mundo vieram a ser, pois, os do parlapatão Américo Vespúcio. A Corte Portuguesa não divulgou o texto de Pêro Vaz de Caminha, e ele próprio não podia contar mais nada: nunca chegou a voltar, morrera em Calecute, massacrado. Talvez o seu registo cristalino tivesse feito diferença numa Europa que estava a configurar o mundo especulando sobre monstros além-mar. Talvez a influência de Américo Vespúcio tivesse sido menor, talvez hoje a América nem se chamasse América. Resta a vantagem física de, por falta de manuseamento, o manuscrito de Caminha estar bem conservado. Mas também estaria se logo à chegada o houvessem copiado.

Tão rápido foi o ocaso da carta que cronistas portugueses do século XVI já nem a citam. Terá sido entregue ao rei D. Manuel, e em algum momento seguiu para a Torre do Tombo. Caminha não era um protagonista, estavam sempre a chegar missivas de capitães de mar e escrivães, toda uma correspondência. Na própria nau em que veio a carta de Caminha vinham outras, o rei tinha muito que ler. E aquela terra *achada* a ocidente não era, em 1500, a primeira preocupação. Sim, D. Manuel queria assegurar a sua posse, e anos antes os portugueses tinham dividido o mundo com os espanhóis já acautelando a probabilidade de haver terra ali. Mas, nesse começo do século XVI, a primazia era a Índia, que prometia riqueza e derrota dos mouros. Para além disso, as potências europeias rivalizavam nos mares, D. Manuel cultivava o secretismo, Portugal tinha pressa e poucos meios, acabava a descurar o registo. *A condição natural dos portugueses é nunca escreverem coisa que façam, sendo dignos de grande memória*, disse Garcia de Resende, que coletou a poesia da época num *Cancioneiro*. Gil Vicente, o dramaturgo da Corte, resumiu: *Pouca gente e muito feito.* Tudo isso terá contribuído para que a carta de Caminha ficasse na sombra.

Em 1755, Lisboa sobreviveu ao Terramoto com enormes perdas, incluindo provavelmente cartas da viagem de Cabral. Na década seguinte, o Marquês de Pombal nomeou para a Torre do Tombo um seu adjunto, José de Seabra da Silva. É a este guarda-mor que se deve a redescoberta de Caminha: identificando a raridade do texto, mandou copiá-lo de imediato. Sem a sua visão, talvez hoje não soubéssemos como foi a primeira semana de europeus com ameríndios. No entanto, bastou uma rasteira palaciana para Seabra ser desterrado, encarcerado na Guanabara, a seguir em Angola.

Pombal deixou-o cair. Não era o primeiro e não seria o último. Aconteceu anos mais tarde a Alexandre Rodrigues Ferreira, que a Coroa mandou à Amazônia em missão dupla de inspetor colonial e naturalista, para depois deixar ao abandono a coleção que ele arduamente enviara, até hoje lendária, entretanto dividida, ainda à espera de boas condições para ser vista. Acontecera a Pedro Álvares Cabral, que, depois de voltar com metade dos homens e um desastre em Calecute, envelheceu em Santarém, excluído da Corte, com fama de altivo por ter recusado as condições da missão seguinte, e nem os apelos do influente Afonso de Albuquerque, tio de sua mulher, convenceram o rei a reacolhê-lo.

O que hoje faz o nome de Seabra, Ferreira e Cabral não foi distinguido então. Na época, a intriga sobrepôs-se ao discernimento, a inspeção colonial ao conhecimento científico, as aspirações no Índico ao *Achamento* do Brasil.

Mas a morte de Pombal salvou José de Seabra da Silva. A rainha D. Maria libertou-o, ele voltou ao governo, e a ser guarda-mor da Torre do Tombo. Ainda fundou a Biblioteca Nacional, impulsionou a Academia das Ciências, encomendou estudos sobre o Brasil. Graças ao seu cuidado, uma cópia da carta de Caminha acabou no Arquivo da Real Marinha do Rio de Janeiro, provavelmente levada pela família real na fuga de 1808.

E no Rio é que a carta foi finalmente publicada, integrando o primeiro livro impresso na colônia: *Corografia Brazilica, ou Relação Histórico-Geográfica Do Reino Do Brazil*. O autor, Manuel Aires de Casal, copiou o texto de Caminha numa nota de rodapé ao longo de 22 páginas. Era geógrafo e historiador, mas também padre. Omitiu passagens.

Para saber que passagens, Tristão consultou essa edição em Lisboa, cotejando-a com o texto completo da carta. Viu assim, antes mesmo de morar no Brasil, como a depilação é todo um assunto da história luso-brasileira. Caminha refere-se várias vezes à visão inédita das *vergonhas* dos índios, homens e mulheres, *limpas de suas cabeleiras*. Realça não apenas a nudez, mas a beleza, a pureza, de sexos que pela primeira vez os portugueses viam sem pelos. Tão perturbadora terá sido esta visão para o padre Casal que ele cortou especificamente as referências a pelos, aliás, ao efeito de não os haver. Cortou que nas *vergonhas* dos homens *as cabeleiras estavam bem rapadas e feitas*. Que as *vergonhas das mulheres eram tão altas, tão cerradinhas e tão limpas das cabeleiras que, de muito bem as olharmos, não tínhamos nenhuma vergonha*. Que uma índia era *tão bem feita e tão redonda, e sua vergonha (que ela não tinha) tão graciosa, que a muitas mulheres da nossa terra, vendo-lhe tais feições fizera vergonha, por não terem a sua como ela*. Mas manteve as referências à nudez, ou ao fato de os homens, tal como os cristãos, não serem circuncidados. Ou seja, o maior problema do padre Casal não era os índios estarem nus, mas os sexos deles, inteiramente descobertos de pelos, serem graciosos e inocentes.

É todo um outro achamento dentro da carta: o que Pêro Vaz de Caminha, quase um ancião, viu com os seus olhos límpidos e registou sem censura, revelando uma graça tão livre do que seria o deboche na época, como do que hoje chamaríamos machismo e etnocentrismo.

Ao longo da carta, a maior ganga da época parece ser a cristocêntrica, quando Caminha aconselha D. Manuel a converter os índios. Seria a sua forma de interessar o rei, beato, naquela *ilha* deslumbrante? Seja como for, o rei não chegou propriamente a interessar-se, 1500 era o ano redondo do pensamento milenarista, D. Manuel estava mais preocupado com a Jerusalém reconquistada em que reinaria.

Portugal lançou-se ao mar por várias razões, geografia e temperamento, dimensão e lucro, mas a guerra ao mouro foi a fundação e um fuel. Os portugueses *acharam* o Brasil porque estavam, de fato, decididos a vencer os mouros, no bolso como na fé. E logo mandaram mais naus explorar o *Achamento*. O braço de ferro no Índico estava, porém, no auge, e só com o rei seguinte, D. João III, se iniciou a colonização no Atlântico Sul. Depois, durante todo o tempo em que o Brasil foi colônia, as palavras de Caminha continuaram a não circular. A carta só foi publicada na íntegra 326 anos após ser escrita no litoral da Bahia.

E hoje, ao começo da tarde, Tristão acordou no Rio de Janeiro a pensar que nunca mais a voltara a ler, desde o inverno em que foi à Torre do Tombo. Trouxera-a de Portugal, na melhor edição que conhece, ela estivera sempre no seu quarto, como uma janela, ou uma porta, mas jamais a abrira.

O presente do Brasil é tanto que se basta a si mesmo, fácil esquecer o resto do mundo, passado, futuro. Tristão não conseguiu sair dele ao longo destes anos, talvez por isso fosse impossível fazer a tese, e ainda bem. Não vivera o bastante para recuar aos índios. À primeira descrição do Brasil. Viu as horas: dava tempo. Contornando montanhas de lixo, apanhou um táxi do Humaitá para o Jardim Botânico. Debaixo da sua árvore favorita, releu o texto de Pêro Vaz de Caminha finamente transcrito. Ainda deu para tomar sol na cara. Aquele inverno em Portugal parecia a anos-luz; por outro lado nunca se sentira tão perto de 1500, como se a sua vida no Brasil tivesse trabalhado para isso, sem ele dar conta.

Minutos antes de o jardim fechar, tirou o telefone do bolso e comprou uma passagem para a Bahia.

•

Orfeu acaba de pôr o bolo no forno.

Ta-ta-ra-tá-tá-tá-tá! Ta-ta-ra-tá-tá-tá-tá!

– Que é isso???

Una e Porã pulam pela janela do quintal e aterram aos pés de Orfeu, que com o susto pula para a bancada. Quando Judite aparece na porta, a cabeça de Rosândera está caída na mesa e as duas cachorras estão escondidas por baixo, a arfar.

Ta-ta-ra-tá-tá-tá-tá!

Orfeu ouve o riso convulso de Rosândera: a cabeça caiu na mesa porque ela caiu na gargalhada. E aquele mulherão que chegou do quintal e também ri? Ele não entende nada.

Ta-ta-ra-tá-tá-tá-tá!

– Isso não é tiro! – diz Judite. – É foguete na favela, aqui na frente.

Orfeu pula para o chão, sacode a bermuda cheia de farinha.

– Me assustei com as cachorras.

Judite ajoelha-se, para as fazer sair de baixo da mesa – Una! Porã! Está tudo bem! Tudo bem!

Abraça-as, olha para Orfeu, sorrindo.

– Pode fazer uma festa, elas estão ficando velhinhas, morrem de medo de foguete, trovoada.

Orfeu passa a mão em cada uma, sente o alvoroço no lombo.

– Cachorro ouve muito mais que a gente, isso pra elas é o fim do mundo – explica Judite. – Que cheiro gostoso, tem bolo?

– Bolo de rolo, estou assando. É bem rápido, cinco minutos.

– Que delícia! Amo bolo de rolo – estende a mão para ele, por cima das cachorras. – Sou a Judite. Achei que o Zaca ia te esconder pra sempre.

– É que eu moro em Recife.

– Ah, claro, ele me falou. Puxa, casei faz dois meses e agora sempre que falam em Recife lembro do padrinho. É um velho amigo do meu marido.

Orfeu levanta-se, pega num garfo.

– De Recife? Como é o nome dele?

– Cavendish. Tomás Cavendish. Conhece?

Orfeu olha a porta do forno por uns segundos. Depois, abre e espeta o bolo.

– Não. Nunca ouvi falar.

•

Lá em cima, no quarto, Zaca continua a resolver problemas. Centenas de pastas com milhares de coisas que nunca vai usar, quer jogar tudo no lixo, logo. Agora que começou, é só um clique, texto, imagem, som, uma grande pira funerária, talvez comer um pouco das cinzas, como alguns índios ainda fazem com os seus mortos.

Por exemplo, onde encaixar esse português genial

contemporâneo de Machado, desenhador, ceramista de toda uma fauna & flora, pratos-peixe, taças-meloa, couves, nenúfares, esquilos, sardinhas, louça de comer e de ver, como a monumental Taça Beethoven com 2,6 metros de altura que hoje está no Museu Nacional de Belas Artes, no Rio de Janeiro? Rafael Bordallo Pinheiro: durante os três ou quatro anos em que viveu no Brasil, satirizou toda a sociedade da época, com ilustrações para o *Mosquito*, o *Psitt*, o *Besouro*, a *Gazeta de Notícias*. Zaca deu com ele numa caricatura de D. Pedro II

ao pesquisar sobre a época pré-Abolição, quando Bordallo desembarcou no Rio.

Nas décadas que antecederam o fim da escravatura, o estado do Rio de Janeiro tinha a maior proporção de cativos talvez desde o Império romano. Do outro lado da Guanabara, os negros chegavam a ser quatro em cada cinco habitantes. Era este o país, quase continente, herdado por um imperador louro de olhos azuis, descendente de Braganças e Habsburgos, que teria sido muito mais feliz apenas como o erudito que também foi, patrono da arte e da ciência, taciturno por natureza, o oposto do seu impetuoso pai. Mas já vinham de Pedro I as reservas em relação à escravatura, que Pedro II considerou *uma vergonha nacional*. A monarquia do Brasil foi abolicionista num tempo em que isso não era popular.

E teve em Machado de Assis um aliado. Mais abertamente monárquico que combatente abolicionista, aliás, pensa Zaca. O combate frontal não era o estilo de Machado, a sátira sim, a ela recorreu nos seus retratos da escravatura. Como a passagem de *Brás Cubas* em que o protagonista vê um ex-escravo de seu pai espancar o negro de que se tornou proprietário.

> *Eu, em criança, montava-o, punha-lhe um freio na boca, e desancava-o sem compaixão; ele gemia e sofria. Agora, porém, que era livre, dispunha de si mesmo, dos braços, das pernas, podia trabalhar, folgar, dormir, desagrilhoado da antiga condição, agora é que ele se desbancava: comprou um escravo, e ia-lhe pagando, com alto juro, as quantias que de mim recebera. Vejam as sutilezas do maroto!*

O branco fora um tiranete e o ex-escravo reproduz a tirania que sofreu. Que quer dizer Machado? Que o mal prevalece? Que a natureza humana aproveita a oportunidade? Que a escravatura é tão insidiosa que vai ser perpetuada por quem a sofreu? A cena mantém-se como um dissecador humano, espelho da ausência de ilusões de Machado de Assis nesse Rio de Janeiro em vésperas da Abolição. O mais célebre brasileiro neto de escravos será também o maior cético.

E bastará abrir o jornal agora para lhe dar razão, porque todos os dias há notícias de jovens negros tratados como *bandidos*, mortos até como *bandidos*. Por exemplo, cinco jovens negros vão de carro comemorar o primeiro salário do mais novo, por alguma razão a polícia desconfia, dispara 111 tiros contra eles, 50 acertam. E talvez esses polícias sejam o resultado do sistema, repressão militarizada, salários baixos, ou talvez o Secretário de Segurança ilibe o sistema, puna *esses* policiais. Entretanto, os jovens negros estão mortos

> *(Roberto de Souza Penha*
> *Carlos Eduardo de Souza*
> *Cleiton Correa de Souza*
> *Wesley Castro Rodrigues*
> *Wilton Esteves).*

Aconteceu na Candelária faz mais de vinte anos, vai acontecer na Zona Norte ano que vem. Isso Zaca ainda não pode saber, mas nas pastas dele não faltam notícias assim. Apesar da manchete de 1888, a mais importante que já se publicou no Brasil.

Coube à princesa Isabel assinar a Abolição porque o imperador, seu pai, estava entre a vida e a morte em Itália, onde fora tratar-se. Pedro II recuperou a tempo de ouvir a notícia nove dias depois, e conta-se que terá dito, antes de desabar num pranto: *Demos graças a Deus, grande povo!*

Já Machado, guardou o que sentiu. A sua crônica seguinte, nesta mesma *Gazeta*, é uma caricatura primorosa dos que no pós-Abolição diziam já a praticar antes. Mas nem um vislumbre do que o autor achou ou fez no histórico 13 de Maio

> *(e, anos mais tarde, recordará:*
> *Houve sol, e grande sol, naquele*
> *domingo de 1888, em que o*
> *senado votou a lei, que a regente*
> *sancionou, e todos saímos à rua.*
> *Sim, também eu saí à rua, eu,*
> *o mais encolhido dos caramujos,*
> *também eu entrei no prestito,*
> *em carruagem aberta, se me fazem*
> *favor, hóspede de um amigo*
> *gordo ausente; todos respiravam*
> *felicidade, tudo era delírio.*
> *Verdadeiramente, foi o único dia*
> *de delírio público que me lembra*
> *ter visto).*

A 17 de maio, a Missa de Ação de Graças pela Abolição juntou trinta mil pessoas no Campo de São Cristóvão. Antonio Luiz Ferreira, que vinha acompanhando a campanha abolicionista, retratou o acontecimento.

Cento e vinte e oito anos depois, quando até Zaca já tiver terminado o livro, alguém com uma lupa julgará ver Machado na foto.

Ali, na tribuna da princesa Isabel, espreitando entre o cavalheiro barbudo das medalhas e o cavalheiro calvo com uma faixa:

Será mesmo ele, Machado de Assis, a caminho de imortal? Se sim, nada sabemos do que lhe ia na alma. Mantém os homens intrigados pelo que escreveu, e pelo que não escreveu.

NOITE

As garotas dos colégios usavam sapato de vela, minissaia azul-marinho, meias azul-marinho até por baixo do joelho, os joelhos nus para lá e para cá, colarinhos brancos por dentro do pullover, com o símbolo do colégio bordado. Tristão andava na escola pública mas parava nos mesmos cafés que elas, naquelas ruas, onde as famílias antigas iam à missa aos Jerônimos. Belém, anos 1990.

    Nas avenidas principais, certos casarões de embaixadas eram guardados por polícias. Muitas casas tinham sebes densas, avisos de alarme; outras, muros baixos que davam para ver os jardins. Em alguns havia chuveiros, às vezes, piscinas, raramente grades ou cães ferozes. No verão cheirava a jasmim, no Inverno os limoeiros transbordavam. Empregados cortavam as sebes, reparavam a calçada, o telhado. Cozinheiras cabo-verdianas saíam de bata e jeans, tilintando as chaves no bolso da frente. As garagens guardavam jipes, por vezes barcos. Jovens mães entravam pelos portões em carrinhas bem lavadas, bebês no banco de trás, crianças saídas da escola. As avós, louras progressivas, liam revistas do coração nas esplanadas.

    Ao fundo da avenida, debaixo do sol, o Tejo piscava as muitas vidas possíveis de quem fosse por ali fora, era o que Tristão pensava ao descer para casa. Morava na parte de baixo do bairro, nas travessas que há cem anos eram praia, numa casa antiga a precisar de obras, com uma capela semicaída e tantos livros quanto humidade. A família era antiga, sem jipe, nem barco, mas o que os colegas do filho achavam mais espantoso era não haver televisão. Parte da biblioteca vinha dos avós, alguns deles viajantes, e um dia, já a começar o doutoramento, Tristão fez uma descoberta. Sempre vivera debaixo do mesmo teto que este livro, publicado no Rio de Janeiro, em 1943:

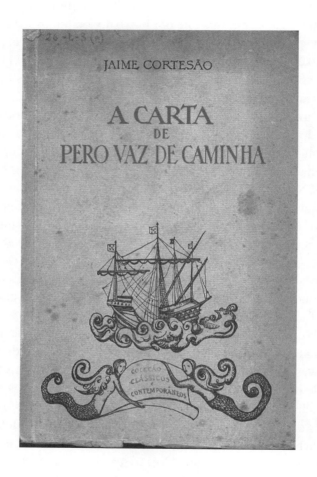

Jaime Zuzuarte Cortesão, português das redondezas de Coimbra, viveu várias vidas antes de se exilar no Rio de Janeiro.

Médico de formação, esteve como voluntário na Primeira Guerra. No regresso fez-se homem de letras, e revolucionário: mesmo diretor da Biblioteca Nacional, tentou derrubar a ditadura militar portu-

guesa em 1927. Pagou com demissão e exílio; em França, até 1931; em Espanha, até 1939. Quando Franco triunfou em Espanha, voltou para França; quando Hitler invadiu França, considerou a América. Mas havia que passar por Portugal, onde Salazar estava no poder. Foi preso e, pela segunda vez, banido do seu país.

Jaime Cortesão chegou assim ao Rio de Janeiro, em outubro de 1940, como exilado político. Tinha 56 anos, e duas filhas adultas, Maria Judith, Maria da Saudade. Ecologista pioneira, Maria Judith veio a casar com o também exilado Agostinho da Silva, um utopista que extraía da história lusitana uma missão libertária. Poeta e tradutora, Maria da Saudade casou com o poeta Murilo Mendes, juntos correram a Europa, moraram em Roma.

A História está espalhada por aí, podemos tropeçar nela a qualquer instante, gente cruzada com gente, gerando gente. Se o narrador agora puxar as pontas da árvore de Tristão, calha que uma grande amiga da mãe dele foi afilhada de Maria Judith e Agostinho, ele chegou a ouvir histórias deles. E este Carnaval conheceu a sobrinha-neta de Maria da Saudade e Murilo, na qual, aliás, viu mãos iguais às de Alma, leves como se não tivessem ossos. Uma beleza de moça, diria Pêro Vaz de Caminha, em qualquer lado do Atlântico.

Nesse mesmo ano em que Cortesão desembarcou no Rio, chegava igualmente o casal de pintores Vieira da Silva e Arpad Szenes, também exilados. Apesar de ela ser portuguesa e ele judeu húngaro, ameaçado pelo avanço nazi, Salazar recusou nacionalidade a ambos. Foi Murilo Mendes quem os acolheu na pensão boêmia do Flamengo onde vivia, tocando Mozart entre gatos. Isso, antes de Murilo casar com Maria da Saudade e Vieira e Arpad se mudarem para Santa Teresa, onde viveram *como uma borboleta*, prontos a partir. Ficaram sete anos. Jaime Cortesão, 17. O Rio de Janeiro abriu-lhes os braços.

Durante o exílio na Europa, Cortesão continuara a investigar, o Brasil fazia parte dos seus interesses há muito. Semanas após a chegada, já estava a dar conferências. Depois tornou-se um perito na formação territorial brasileira, dedicou-se ao ensino, escreveu para *O Estado de S. Paulo*, dirigiu a coleção Clássicos e Contemporâneos, de que a *Carta de Pêro Vaz de Caminha* foi a primeira pedra.

Simbólica, em todos os sentidos, porque Jaime Cortesão não acabava apenas de ser banido outra vez. Acabava de ser banido em plena megaoperação de propaganda do Império, a Exposição Universal de 1940, em que Salazar inaugurou o Padrão dos Descobrimentos: 32 ilustres portugueses da *Expansão*, numa grandiosa nau de pedra, encabeçados pelo Infante D. Henrique. E que fez Cortesão, quando chegou ao exílio? Partilhou a sua leitura do *mais belo e puro testemunho do humanismo universalista dos portugueses*. Ele acreditava que os *Descobrimentos* tinham deixado na literatura e na história das ideias um universalismo humanista mais amplo, renovador e crítico que o de Erasmo, algo que ia muito além da fixação na Europa, na Antiguidade Clássica, abrangia todo o planeta.

Tristão vê nisso a utopia de um humanista, Cortesão, honrando outro humanista, Caminha, apesar dos desgovernos imperiais, e por causa deles. E, sim, a melhor herança possível dos *Descobrimentos*, contra a tentação do ufanismo infantil, seria um universalismo humanista capaz de honrar os mortos, os escravizados e os filhos deles. Talvez isso ainda possa ser um combate. Mas sabendo que a utopia acaba onde Caminha achou que ela começava, em 1500.

•

— Que estás a fazer aí às escuras?

Toalha enrolada na cabeça, Inês acaba de sair do banho. Escureceu entretanto, e Tristão não acendeu a luz. Ficou deitado no sofá, a olhar para a janela.

— Nada. A pensar neste lugar.
— A minha sala?
— A tua sala, o Brasil. Mas olha, estamos atrasados.
— Como é que tu moras no Brasil há anos e ainda achas que vais chegar atrasado? Toda a gente vai chegar uma hora atrasada. Vou só secar o cabelo.
— O céu está incrível. É noite de Lua Nova, vais ver bem o Cruzeiro do Sul lá do Cosme Velho.
— Quantas cervejas compraste?
— Muitas.

Inês liga o secador.

— FINALMENTE VAMOS CONHECER ESSE ORFEU.

E já não ouve quando Tristão diz:

— Queres ir amanhã à Bahia?

•

Um garoto muito alto, muito magro, que é a cara de Barack Obama, com 18 anos e um olho ferido, pálpebra inferior suturada, chega à recepção do Souza Aguiar e pergunta se pode visitar o paciente Gabriel Rocha, embora não o conheça de parte alguma, mas alguém postou no Facebook a história do acidente na Linha

Vermelha, e o que mais interessou ao garoto foi o fato de esse tal Gabriel usar um tapa-olho por causa de um estilhaço: um cara negro nascido na favela que virara sociólogo, professor, depois de perder o olho aos 18 anos, exatamente como ele, com a diferença de que o estilhaço que acaba de furar a retina do garoto não veio de um combate de facções, mas das forças do Estado que faziam uma ronda de *segurança* pela favela, uma hora depois de um tiroteio de traficantes noutra zona, noite bem quente, a galera cá fora, mesa, cadeira, cerveja gelada, TV ligada no jogo do Vasco-Atlético, seriam umas 11 da noite, e aqueles 30 caras fardados avançando, até que julgam ver ou ouvir algo, um deles dispara, a bala bate numa barra de ferro, o garoto sente uma coisa quente, qualquer coisa se apaga, vai ver no espelho do banheiro, tem sangue saindo do olho, tira a blusa, bota em cima do olho, vai atrás dos caras fardados, eles recuam para a praça, o garoto gritando, me socorre, os moradores indo atrás, vendo o garoto segurar a blusa no olho, gente começando a gritar, vocês cegaram morador!, os caras dizendo que foi bala de traficante, o garoto dizendo que não tinha traficante ali, ninguém estava disparando, a mãe do garoto chegando, meu filho, o que fizeram com você?, um oficial dizendo, calma, já pedimos socorro, o tio do garoto, socorre meu sobrinho!, alguém na multidão jogando pau, pedra nos caras, os caras jogando spray de pimenta no tio, gás na multidão, e nisto aparece um vizinho com uma moto, bota o garoto na garupa, corre com ele pra uma Unidade de Pronto Atendimento, chegando lá não tem oftalmologista, então corre com ele pra urgência do Souza Aguiar, o garoto vomita mal entra no hospital, treme de dor, vem um médico com anestesia, o garoto explica que foi estilhaço, levam-no para uma tomografia, suturam o buraco na pálpebra, o garoto dorme sentado num sofá toda a noite, na manhã seguinte médicos indo e vindo, até que o cirurgião diz à mãe do garoto, infelizmente o seu filho perdeu a visão no olho direito, aí o garoto começa a chorar, um amigo pega eles de carro, leva pra casa, depois o garoto faz o boletim da ocorrência na delegacia, o estilhaço continua alojado na retina, vai à consulta no Souza Aguiar, mas lá não tem ambulatório, sugerem a Clínica de Família na favela, mas a Clínica demora de oito meses a um ano pra arrumar médico, o garoto e a mãe vão ao bastião das forças de segurança do Estado, a mãe diz pro cara fardado que os recebe, o senhor é pai?, faz um favor pra mim, investigue o que aconteceu, uma semana depois um oficial visita a casa deles, ouve todo o mundo, mãe, irmã, genro, oficializa o inquérito, noutro dia fazem uma reconstituição, recolhem quatro balas, a barra de ferro, a mãe do garoto assina, confirmando que levaram as provas, o oficial diz que depois liga, a mãe quer entrar com um processo contra o Estado, todo o mundo testemunhou que não estava tendo tiro ali, que o tiroteio fora bem antes, noutra zona da favela, que pacificação é essa em que as forças do Estado atiram, matam, cegam?, quem vai assumir a responsabilidade?, pergunta, é uma mãe como tantas na favela, filha de nordestinos vindos lá da roça, ele pra trabalhar de servente, ela de doméstica e babá, isso, quando tudo na Maré era barraco de madeira com pau na água, aqui tiveram 12 filhos, seis viveram, uma é essa mãe que teve esse filho bonito que parece o Obama, e, se você perguntar quem é o pai dele, ela vai responder, pai ausente, porque história se repete mesmo, vida se repete muito, o duro da vida é a repetição, olho furado não ser só um, pai ausente serem muitos, o descaso do Estado serem milhões, favela servir para a droga que o asfalto consome mas não legaliza, e entretanto essa mãe faz bolo para fora como a de Orfeu, e o garoto joga boxe no projeto Luta Pela Paz

(Cartola virá que eu vi, tão lindo, forte e belo como Muhammad Ali)

ou jogava, agora vai ser mais difícil, tem o estilhaço na retina, o olho esperando ser tirado, cirurgia de evisceração, aprendeu o garoto, mas o que o fez mesmo voltar aqui à recepção do Souza Aguiar, para pedir conselho a quem refez a vida depois de perder um olho, é que até há um mês a sua vida ia ser pilotar avião: completara 18 anos, e se inscrevera na Aeronáutica.

•

Lucas e Noé estão parados em frente ao portão de Zaca. A casa está toda iluminada. Não dá para ver a casa, mas dá para ver o clarão por entre as árvores. Um rumor de música.
— Tem certeza? – diz ele.
— Claro, vamos lá – diz ela.

— Qualquer coisa, a gente vai embora.
— Tudo bem.
— Não vai ter muita gente, acho que só a turma que foi na ayahuasca.
— É esse botão?
— Acho que sim. Passo nesse portão todos os dias, mas nunca entrei.

•

A recepcionista do Souza Aguiar lembra bem do garoto, pergunta como vai o olho, se ele já arrumou um médico, tem idade pra ser avó dele, chama ele de meu filho, infelizmente o horário de visitação já terminou, mas se ele quiser deixar uma mensagem ela entrega pro paciente, o garoto sorri, diz que não precisa não, quem sabe volta no dia seguinte ou um desses dias, e como isso não vai acontecer, porque o impulso vai passar, Gabriel nunca chegará a saber que só daqui a um ano é que será feita a cirurgia para tirar o olho do garoto, e nem então ainda haverá notícia do inquérito das forças de segurança do Estado.

•

— O QUE ESTAVAS A DIZER?
Inês desliga o secador, dá uma última alisada na franja.
Tristão está de telefone na mão.
— Ainda há lugares.
— Onde?
— No meu voo de amanhã. Vamos a Itaquena?
— Amanhã? Tás maluco? O que é Itaquena?
— Uma praia na Bahia. Foi onde os índios viram os primeiros portugueses.

•

De tantas bandeiras, *não parecia um mar mas um campo de flores*, descreveu João de Barros, a partir de quem estivera lá, em Belém, vendo sair os 13 navios de Pedro Álvares Cabral. Trombetas, atabaques, sestros, tambores, flautas, pandeiros, gaitas, *tudo os homens buscavam para tirar a tristeza do mar*, e *o coração de todos estava entre prazer e lágrimas por esta ser a mais formosa e poderosa armada que até aquele tempo para tão longe deste reino partira*.

Três anos antes, Vasco da Gama fora à Índia. Uma viagem cheia de audácia e equívoco, tenacidade e ignorância. Desplante descomunal aliado a obstinação de anos apurando astros e ventos, calmarias e monções.

Havia décadas que os portugueses tentavam chegar à Índia. Em 1415 tinham conquistado Ceuta com um exército de trinta mil homens, o Infante D. Henrique foi armado cavaleiro no chão da mesquita, e daí em diante nada deteve o avanço por mar, e não só. A sobrevivência da nobreza estava em causa, num mundo que saía da Idade Média. O cavaleiro reciclava-se em cavaleiro-mercador, mistura de cruzado e comerciante. Fé impulsionando lucro e vice-versa, porque sem lucro não havia navegações, sem navegações não haveria império da Cristandade. E o papa já reconhecera o direito de Portugal às terras entretanto descobertas, era um projeto abençoado pelo próprio representante de Cristo.

As *Índias* luziam no horizonte, qual miragem mitológica, da África Oriental em diante. Os portugueses sabiam delas por Marco Polo e tinham metido na cabeça que algures pelo caminho haveria um rei cristão, Preste João, futuro aliado no combate final aos mouros. Para as alcançar, muitas dezenas de caravelas naufragaram, milhares de homens se perderam, incontadas odisseias tateando a forma de África, entrando por selvas e sertões, sucumbindo às doenças que ali eram o contrário do que seriam na América: matavam os brancos. O caminho por terra revelou-se mortífero demais, havia que seguir o litoral, vendo onde aquilo ia dar. Até que Bartolomeu Dias contornou o extremo sul de África, tão ao largo da costa que não se estraçalhou no Cabo das Tormentas, doravante da Boa Esperança. Estava provada a passagem para o Oceano Índico.

Então, várias viagens exploratórias depois, em 1497, Vasco da Gama partiu de Belém com três naus e uma caravela. As naus, mais possantes, eram para o alto mar, as caravelas, mais maneiras, para explorar a costa. Levavam bombardas e espingardas, clérigos e escrivães, ampulhetas, bússolas, quadrantes, astrolábios. Se Colombo, cinco anos antes, ao chegar à América achando que estava a chegar à Índia, fizera sete mil milhas com vento a favor, Gama iria fazer 24 mil com ventos contra. Mais do que uma volta ao mundo pela linha do Equador. As viagens anteriores tinham mostrado que no Atlântico era preciso curvar longamente para ocidente, tentando evitar os perigos da costa, as zonas sem vento. Seria a mais extensa viagem marítima alguma vez tentada, que os europeus soubessem.

Atlântico abaixo, um navio perdeu-se, bateram em baixios, partiram lemes; avistaram *homens baços*, os hotentotes, cobertos de peles; foram atacados com zagaias, feridos. Índico acima, não perceberam estar diante de muçulmanos, tomaram os hindus por cristãos, prostraram-se perante a deusa Kali como diante da Virgem, entregaram presentes tão pobres ao samorim de Calecute que ele recusou recebê-los. Brigaram por impostos, partiram perseguidos, frágeis alianças, todo um tecido de hindus e árabes, judeus e persas, que Portugal, impante, vinha rasgar. No regresso, enfrentaram corsários, adoeceram de escorbuto, as gengivas disformes, o corpo a apodrecer, sonhando com laranjas, e, contra toda a urgência de vitaminas, vento parado, nas calmarias. Por certo, o inferno foi ali.

Paulo da Gama morreu na Ilha Terceira, nos braços do irmão, que ficou a cuidar dele enquanto as notícias seguiam para Lisboa. Tudo somado, voltaram literalmente mais mortos do que vivos, menos de metade da tripulação. Mas o feito era já História: tinham *descoberto* o caminho marítimo para a Índia. Além de que na grande curva atlântica para ocidente haviam registado algas e pássaros, sinais de terra. Terão passado ao largo do Brasil algures entre o Rio de Janeiro e Alagoas.

Abraão Zacuto, figura eminente da corte portuguesa desde que Espanha expulsara os judeus em 1492, astrólogo e astrônomo porque nesse tempo as duas coisas ainda estavam ligadas, predissera que a Índia seria alcançada por dois irmãos. Assim foi. E, sempre tendo em conta os conselhos de Zacuto, se armou de imediato a Segunda Viagem à Índia para dar conta de tudo o que faltara na primeira: assentar alianças, levar bons presentes, instalar uma feitoria em Calecute. Talvez mesmo abrir caminho para D. Manuel vir por ali adentro, conquistar Jerusalém.

Talvez a escolha natural para capitão-mor fosse de novo o implacável Gama, mas, tendo ficado a cuidar do irmão, ele atrasara-se a voltar, desembarcara em Lisboa no outono de 1499. D. Manuel estava impaciente, já nomeara aquele cavaleiro da Ordem de Cristo, *fidalgo de leal sangue*, natural de Belmonte, que dava pelo nome de Pedro Álvares Cabral.

Quem era ele? Retratos e estátuas são fantasias posteriores. Sopesando o pouco que sobreviveu da biografia, Cortesão montou o puzzle Cabral assim: forte e ingênuo, grandioso e humilde, sensível e orgulhoso; bravura sem bravata, a ponto de ser prudente em excesso;

grandes barbas pelo peito, estatura desmedida; bem vestido, provavelmente 33 anos. Só depois da viagem casou com uma sobrinha de Afonso de Albuquerque, mas muito recomendado já andaria para o rei lhe entregar o comando de 1500 homens, por mais que coubesse aos pilotos a arte da navegação. E experientes pilotos levava o Cabral, reforçados por essa espécie de arma secreta que era Duarte Pacheco Pereira, o navegador que dois anos antes teria contornado algo do litoral brasileiro, a mando de D. Manuel.

O cirurgião e astrólogo de bordo era Mestre João Faras, judeu também vindo de Espanha (nesses breves anos em que os judeus ainda não temiam ser expulsos também de Portugal, o que em breve veio a acontecer, porque D. Manuel precisou de casar com a filha dos Reis de Espanha, e aceitou as condições deles). Além de marinheiros e capitães, a armada incluía oito clérigos, sete escrivães para a futura feitoria e vinte condenados à morte para ir deixando em terra, a aprender línguas e costumes, visto que se morressem estariam apenas a cumprir a pena. De comer e beber, por dia, para cada tripulante, um tanto de biscoitos, vinho tinto, água, 15 quilos de carne salgada por mês, peixe salgado, cebola, temperos. Mais artilharia, pólvora, presentes luxuosos, cartas de marear, 150 bandeiras, e, claro, os batéis para ir de nau em nau, e a terra. Assim pensavam viajar por ano e meio, com aquela anunciação vermelha em cada vela que era a Cruz de Cristo, também dita de Portugal. Dez naus iriam para a Índia, duas para Sofala (Moçambique) e a de mantimentos seria abandonada pelo caminho (acabou por ter melhor destino, levar as cartas do *Achamento* para Lisboa, conduzida por Gaspar de Lemos). Pêro Vaz de Caminha era, pois, um entre sete escrivães, cidadão do Porto com pergaminhos na vida municipal. Não sendo protagonista a bordo, teria relações de algum à vontade com o rei, pelos conselhos que lhe dá na carta, e o que dele revela conhecer. Já andaria pelos cinquenta, idade provecta para a época.

Assim, na manhã de 9 de março de 1500, depois da missa da véspera, e de D. Manuel ter presenteado Cabral com um barrete que o papa lhe dera, a frota que viria a *achar* o Brasil arrancou de Belém, por aquele *mar* que parecia *um campo de flores*.

Mas engolia homens. Logo ao passarem as ilhas, Canárias, Cabo Verde, desaparece uma nau, talvez um rombo, cem marinheiros a bordo, nunca mais vistos. Grande curva para Ocidente, e a 21 de abril aparecem algas, sinal de costa. Os pilotos sabem perfeitamente onde estão, Caminha regista-o. Talvez as ordens fossem para procurar essa tal terra a Ocidente, talvez apenas para averiguar se algo fosse avistado. Certo é que não estavam ali por engano, e nesse momento voltam para noroeste, ou seja, deixam a direção da Índia de modo a investigar os sinais. A 22 de abril, vêem aves, árvores, um monte que Cabral batiza de Pascoal e ancoram ao poente, a trinta e cinco quilômetros da costa. Mal amanhece, 23 de abril, as caravelas vão à frente, sondando baixios, recifes, ancoram de novo, avistam a foz de um rio e de repente, sim, *sete ou oito homens* na praia.

Seria uma ilha? Madeira, Açores, Cabo Verde, São Tomé estavam desertas quando os portugueses lá chegaram. Ainda não lhes tinha acontecido isto, uma terra de que não havia relatos mas onde havia gente. Descendo os batéis, todos os capitães convergem para a nau de Cabral. As viagens anteriores aconselhavam cautela, ir a terra podia ser fatal. Mas nessa assembleia fica decidido. Mandariam um batel à praia.

•

Zaca foi desenterrar o fogão camping lá da garagem, do meio da tralha de antropólogo do pai. Trouxe-o para perto da cascatinha, onde há uma pedra lisa para isso mesmo, botar comida, bebida, todo o mundo na relva, entrando na água, vovô Bartô sabia das coisas. Na frente da casa, a selva: oitis, sapotis, faveiras-brancas, jabuticabeiras, jaqueiras, mangueiras, pitangueiras. Nos fundos, grama e cascatinha, com a encosta do Corcovado em torno: uma concha.

Orfeu comprou copo e prato descartável, para não ter stress de quebrar nem lavar, só relax. Na verdade, tirando desenterrar o fogão, Zaca não teve de fazer nada. Exterminou o que pôde no computador até Judite enfiar a cabeça na porta, deixou-a matar saudades do quarto de solteira, desceu quando Orfeu estava recheando a última volta do bolo de rolo, teve direito a beijo com goiabada, e, cumprida a missão na garagem, abriu o portão para os caras da entrega do gelo carregarem dois sacos de vinte quilos até junto da pedra. Festa carioca pode não ter mais nada, mas sempre tem tina com gelo, e mais de um bebendo já é festa.

Além do grupo que foi à ayahausca, Zaca chamou um velho parceiro de violão do tempo em que ele mesmo tocava, quando Karim ainda morava aqui e tinha roda de música o tempo todo nessa casa.

Ninguém era bamba como Karim, que toca uns cinco instrumentos de cordas, mas esse cara não fica tão atrás no violão, e Zaca nunca dava muito errado.

— Faz quanto tempo isso, *véio*? — pergunta Orfeu.
— Que o Karim morava aqui? Ihhh, você nem sabia ler.
— Pra tua informação, minha avó me ensinou a ler e escrever antes da escola. Eu ia com ela pra feirinha, escrevia o cardápio da tapioca, sabor, preço.

Judite vem vindo descalça, com uma túnica que Karim lhe trouxe de Damasco, biquíni laçado no pescoço, cabelo amarrado no alto, copa de bananeira.

— E esse calor? Não esfriou nem um pouco, vou passar a noite na água.
— O Lucas? — pergunta Zaca.
— Estão lá na frente, catando jabuticaba.

Fogão, frigideira, farinha, recheios, tudo a postos na pedra. Debruçado sobre a tina, Orfeu solta as escamas de gelo com um pau para começar a soterrar garrafas, várias já geladas, vindas da cozinha. Escureceu totalmente, mas vovô Bartô também pensou nisso, há pontos de luz saindo do chão e dos arbustos, a que Judite juntou um altar com velas de citronela por causa dos mosquitos. Há anos que está ali, em cima de outra pedra, só vão mudando as velas, hoje ela trouxe um carregamento. Vai dar um teatro de sombras, e aquela cor de fogo na pele.

Alguém toca no portão. Judite corre, porque o troço cá em cima continua avariado, volta trazendo o cara do violão, que faz o gênero Tom Jobim 1950, pálido, franja lisa, covinha no queixo. Quando Orfeu aperta a mão dele, o coração de Zaca para um segundo: já não lembrava como esse cara é bonito. Bom sentir isso por um segundo, coração parando de pânico. Uma merda mas bom, como na célebre frase de Tom Jobim sobre morar fora e morar no Brasil. A versão atual de Zaca seria: não estar apaixonado é bom, mas é uma merda; estar apaixonado é uma merda, mas é bom. Como era bonito o Tom.

E, talvez porque apesar de tudo o que está uma merda Zaca nunca esteve tão feliz, pensa que não tem nenhum lugar no mundo em que os músicos sejam tão divinos, maravilhosos.

A Lua está exatamente entre a Terra e o Sol, invisível. Quando Lucas e Noé voltam, Tristão e Inês acabam de chegar, e Zaca foi buscar o violão. O cara bonito insistiu, o nome dele é Daniel, todo o mundo chama de Dan. Afinam o reportório aos pés do altar de citronela, Judite dentro da cascata, Lucas e Noé lavando jabuticabas, Tristão, Inês e Orfeu na grama, por cima a noite, manto de joias.

Zaca olha Dan, Dan olha Zaca, e vão:
— *O barco...*
— *Meu coração não aguenta*
— *Tanta tormenta, alegria*
Tristão sorri, baixa os olhos.
— *Meu coração não contenta*
— *O dia*
Inês tenta lembrar que canção é essa.
— *O marco, meu coração*
— *O porto...*
— *Não!*
Inês lembrou e todos cantam:
— *NAVEGAR É PRECISO, VIVER NÃO É PRECISO!*
Do outro lado do jardim, Una e Porã ladram, na impaciência de saltar a cancela, entrar na festa.
— *NAVEGAR É PRECISO, VIVER NÃO É PRECISO!*
Judite deita a cabeça na água.
— *O barco...*
— *Noite no teu, tão bonito*
Braço esquerdo do Cruzeiro para a Sibéria, braço direito para a Austrália.
— *Sorriso solto, perdido*
— *Horizonte, madrugada*
— *O riso*
Betelgeuse mais brilhante do que nunca.
— *O arco da madrugada*
— *O porto...*
— *Nada!*
E entra o coro:
— *NAVEGAR É PRECISO, VIVER NÃO É PRECISO!*
Esse sotaque, pensa Lucas.
— *NAVEGAR É PRECISO, VIVER NÃO É PRECISO!*
Noé olha Tristão, catando a grama.
— *O barco*

— *O automóvel brilhante*
— *O trilho solto, o barulho*
Tristão não consegue levantar os olhos.
— *Do meu dente em tua veia*
— *O sangue*
Agradece a Deus estar escuro.
— *O charco, barulho lento*
— *O porto...*
E todos:
— SILÊNCIO!

•

Os portugueses desceram à praia, os índios subiram às naus, uma semana durou o espanto, tudo isso é descrito na carta de Pêro Vaz de Caminha. A 1 de maio, ele terminou-a para que seguisse com as outras na nau para Lisboa. Só mais uma sobreviveu, a do cirurgião-astrólogo Mestre João, breve mas importante. Primeiro, porque ele diz a D. Manuel que a terra *achada* aparece num mapa-múndi antigo, de um tal Pêro Vaz Bisagudo (*porém não certifica esta terra ser habitada ou não*). E, sobretudo, porque faz a primeira descrição do Cruzeiro do Sul, constelação invisível para os europeus: *Estas estrelas, principalmente as da Cruz, são grandes, quase como as do Carro; e a estrela do Pólo Antárctico, o Sul, é pequena como a do Norte e mui clara, e a estrela que está em riba de toda a Cruz é muito pequena.* Inclui um esboço:

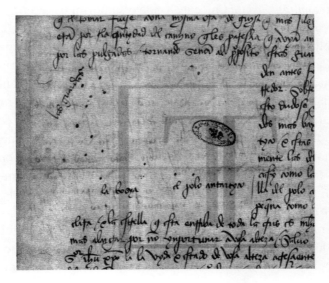

Mas existe uma outra narrativa em primeira mão da viagem de Cabral, concluída depois do regresso a Lisboa. É a única pois que conta a história pós-Brasil, e permite entender o que correu mal na Índia. Em livro, ocupa trinta páginas, sem que até hoje haja certezas sobre o autor (uma das hipóteses será João de Sá, outro dos escrivães a bordo). Por tradição, continua a ser nomeada como *Relação do Piloto Anônimo*, embora pareça certo que não foi escrita por um piloto, dado o carácter não técnico da descrição. Nem sequer temos o original, apenas a versão italiana, publicada em 1507, e retrovertida para português mais de três séculos depois. A parte do Brasil é sucinta, talvez por o autor (chamemos-lhe Piloto) saber que já fora descrita por outros a bordo. Mas depois alarga-se em detalhes impressivos, por vezes dramáticos, e hoje muito menos divulgados do que o *Achamento*, incluindo as circunstâncias em que Pêro Vaz de Caminha veio a morrer.

Quando a nau das cartas parte, Cabral e seus homens retomam o caminho da Índia, durante *oito ou dez noites* vêem *um cometa com uma cauda muito comprida* e depois são apanhados num tufão, conta o Piloto. *O mar embraveceu-se por maneira tal que parecia levantar-nos ao céu*. Aí se perdem quatro naus, incluindo a de Bartolomeu Dias, o mais notável capitão da Armada. Morre a caminho do Cabo que fora o primeiro a transpor, e que por causa dele mudou de nome.

Seguem-se vivas descrições do Índico, entre *ricas e formosas* cidades, curiosos desembarques, amenas partidas, até alcançarem em setembro a *magnificente* Calecute, onde o samorim os recebe enfeitado de *rubis, esmeraldas, diamantes* até o dedo mindinho. Tudo corre melhor do que na vez anterior, presentes, recepções, conversações. Certo dia, aparece um navio com cinco elefantes, o samorim quer muito ter um deles, pede a Cabral que capture navio e homens, nada menos que trezentos, e assim é, a bem da feitoria que os portugueses tanto querem instalar. O Piloto capricha nos retratos, como são as mulheres e os lugares, castas e usos, casamentos e funerais, as mercadorias locais e as vindas de fora, entre as quais pau-brasil, comprovando como a árvore que dará nome ao Brasil já aqui era disputada. E tão grande é o poder, a riqueza dos mouros na cidade que *quase são eles que governam toda a Calecute*.

Palavras que permitem interrogar o que se passou a seguir. A armada do Gama nem tivera tempo de perceber onde estava, tão mal correu a chegada à Índia. Mas os homens de Cabral passaram três meses em Calecute, convivendo, negociando, observando. Como o relato do Piloto mostra, viram a que ponto os mouros eram bem-sucedidos e influentes. Milhares de mercadores de especiarias há muito alicerçados ali. Ainda assim, a teimosa missão que lhes fora dada era essa: ficar com o comércio deles.

E, portanto, ao fim de três meses em que só tinham conseguido carregar duas naus de especiarias, Cabral manda dizer ao samorim que a monção está próxima e tem de carregar mais naus. Segundo o Piloto, o samorim diz que sim, que nenhuma nau de mouro será carregada antes que os portugueses carreguem as suas, e que se virem alguma carregada ele lhes dará as especiarias a bordo pelo preço que os mouros tiverem pago. É possível que os portugueses tenham entendido mal, como é possível que o samorim tenha feito jogo duplo.

O fato é que, a 16 de dezembro, está o feitor Aires Correia com seus escrivães a fazer contas, quando Cabral vê uma nau moura cheia de especiarias e aprisiona-a. Os mouros desembarcam, juntam-se a outros em terra e vão ao samorim fazer queixa, que os portugueses são ladrões que andam pelo mundo, e portanto têm de os matar para que aquilo não se repita, relata o Piloto, supondo que o samorim terá concordado.

De repente vimos vir o povo todo sobre nós, matando e ferindo. Combatem. Logo ali há mortos dos dois lados, depois os portugueses correm para a feitoria, onde se trancam. A multidão tem lanças, espadas, arcos, flechas, tenta forçar a entrada, um cerco de *mais de três mil.* Lá dentro, os portugueses içam bandeiras para avisar as naus, onde Cabral está doente. Os batéis vêm logo, e, da água, tentam atirar, em vão. *Os mouros principiaram a arrombar as paredes da casa, de modo que no espaço de meia hora a deixaram toda por terra, ao som de trombetas.* Aires Correia manda toda a gente correr para a praia, rompendo pelo meio dos mouros, a ver se chegam aos batéis, e alguns ainda se metem na água mas os batéis não ousam avizinhar-se. *E assim, por falta de socorro, mataram Aires Correia, e com ele cinquenta e tantos homens, e nós pudemos escapar, sendo por todos vinte pessoas, porém muitos feridos; e entre estes fugiu um filho de Aires Correia, de idade de onze anos. Assim, quase afogados entrámos nos batéis, cujo Capitão era Sancho de Tovar, porque Pedro Álvares estava doente, e chegámos às naus.*

Quando Cabral sabe do que aconteceu, manda prender dez naus que estão no porto e faz *matar toda a gente que nelas se achava, que seria de quinhentos a seiscentos homens*, mais os que nelas se tinham escondido. *Roubámos e saqueámos o que tinham dentro, achámos numa três elefantes que matámos e comemos.* Acabam a queimá-las.

No dia seguinte, chegaram a terra todas as nossas embarcações e bombearam a cidade de maneira que lhes matámos infinita gente e fizemos muito dano. Ainda dão cabo de mais nove navios, antes de seguirem para Cochim, onde ancoram na noite de Natal. Não sendo uma cidade tão rica, o rei ficara de bem com o Gama. Mas chega a notícia de que uma armada de Calecute vinha atrás dos portugueses, e Cabral decide voltar a casa. Pelo caminho, a nau de Sancho de Tovar arde carregada, salvam-se os homens. Tudo somado, à chegada a Lisboa, trazem especiarias, mas não tantas como a Corte esperaria. E restam apenas seis naus, metade das que tinham rumado à Índia, além das perdas em vidas, e do ataque em Calecute.

Assim morreu o narrador do *Achamento* do Brasil, a 16 de dezembro de 1500, no sul da Índia. O Piloto não o distingue entre os outros massacrados. Pode ter morrido na praia, ou sucumbido na feitoria, de uma flecha, uma lança, uma espada. O seu corpo nunca terá recebido sepultura. Mas, de onde agora nos vê, já saberá que aquela terra *achada* a caminho da Índia não era uma ilha, e que hoje toda a gente nela conhece o seu nome: Pêro Vaz de Caminha.

•

– Claro que é um fado – diz Zaca, trincando a tapioca.
– Claro que não é um fado – diz Tristão, brandindo a tapioca.
Interromperam o violão para fazer honra a Orfeu, que está qual maestro ao fogão, cantando o refrão da discussão. E todo o mundo come.
– Isso é porque você não gosta de fado – diz Zaca.
– Você não gosta de fado? – pergunta Lucas, que vai na segunda tapioca.
– Não, mas isso não tem nada a ver – diz Tristão. – *Os Argonautas* não é fado. É Caetano Veloso cravando o dente no fado. E nas naus. E em Fernando Pessoa.
– Mas Caetano Veloso ama fado e Fernando Pessoa! – diz Zaca.
– Não estou a dizer que não – diz Tristão. – Estou a dizer que o que ele faz com isso já passou de fado, como diria o Noel Rosa.
– Onde é que o Fernando Pessoa entra? – pergunta Noé, trincando uma castanha-do-pará.

— *Navegar é preciso, viver não é preciso* — diz Inês, catando um pedaço de coco.

— Mas a frase não é dele, é de um general romano — diz Tristão. — Ele começa o poema dizendo que vai citar uma frase gloriosa dos antigos.

— É gloriosa mesmo — diz Zaca. — Porque até hoje a gente discute o que ela quer dizer, se é precisar de exatidão ou de necessidade.

— E é a única coisa que a gente ainda discute nesse poema, porque o resto, esquece — diz Tristão. — Aliás, o Pessoa não deixa isso em aberto. A seguir diz: viver não é necessário.

— Você também não gosta de Fernando Pessoa? — pergunta Lucas.

— Não há como não gostar do Pessoa, ele é muitos, é imenso — diz Tristão. — Mas tem poemas maus.

— Quem eram os argonautas, me lembra — diz Judite, que teve direito a tapioca na água.

— Uns caras gregos que iam em busca do tosão de ouro — diz Zaca — Não confundir com tesão de ouro!

— Tesão de ouro! — diz Orfeu, do fogão. — Eu ouvi isso!

— Esse tosão era o quê? — pergunta Noé.

— Hummm... — diz Zaca. — Era o quê, Tristão?

— A lã de um carneiro mítico. Parece que ele mesmo a tosou, antes de partir para as estrelas.

— Lindo! — diz Judite, buscando a constelação do Carneiro.

— Alguns dos argonautas são bem famosos, por exemplo, Orfeu — diz Tristão.

— Ouviu isso, Orfeu? — pergunta Zaca.

— Tinha o Orfeu nesse tesão de ouro? — pergunta Orfeu, limpando a frigideira com papel-toalha, para passar à tapioca seguinte.

— E vários outros famosos, eram uns cinquenta — diz Tristão. — Mataram um bocado de gente pelo caminho. Iam numa nau, tipo os portugueses, a nau Argos. Aí o Caetano convoca eles no título, e mistura guitarra portuguesa, sotaque.

— Mas por que você não gosta de fado? — pergunta Dan, junto do fogão, hesitando entre queijo coalho e carne-seca. — Putz, acho fado a coisa mais linda. Queria tocar essa guitarra.

•

Para vingar os mortos de Calecute, os portugueses mataram dez vezes mais mouros no próprio dia, sem contar o bombardeamento, mas a conta não fechou aí. Prolongou-se num massacre até hoje lendário na costa do Malabar, e pouco presente em Portugal, fora das universidades. Existe o relato vívido de um escrivão que estava lá, Thomé Lopes. Tal como o do Piloto Anônimo, o original perdeu-se após a tradução para italiano em 1507, só três séculos depois foi retrovertido. Desde então, já lá vão mais dois séculos e Thomé não teve direito a nova tradução, apesar de narrar bravamente acontecimentos tão incômodos. E, no entanto, ou por isso mesmo, o protagonista é o navegador português mais mitificado, Vasco da Gama.

Quando Cabral voltou da sua viagem e D. Manuel soube do que acontecera em Calecute, decidiu montar a maior armada de sempre para punir os mouros e impor Portugal.

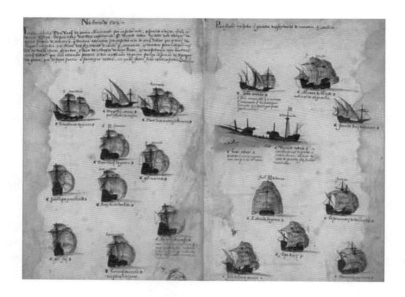

Convidou Cabral a chefiá-la, na condição de que um esquadrão fosse comandado por Vicente Sodré, tio de Vasco da Gama. Mas parte da Corte estava contra Cabral, e Sodré seria um dos oponentes. Talvez a proposta fosse só um *pro forma*, talvez não, certo é que Cabral recusou, Gama foi nomeado. E sob o seu comando chegou à Índia a impressionante armada de vinte navios, com o escrivão Thomé a bordo. Tudo o que se sabe dele é que, à semelhança de Caminha, seria um cidadão do Porto.

A sequência do massacre inicia-se quando avistam o navio Meri, do riquíssimo feitor de Meca em Calecute, Jawar Al Faqui. Relata

Thomé que *andando algumas das nossas naus em procura das que vinham de Meca uma delas viu esse navio que voltava com duzentos e quarenta homens, sem falar nas mulheres e crianças, que eram bastantes, e que todos voltavam daquela peregrinação.*

Os mouros renderam-se às primeiras bombardas, pensando que resgatariam a vida com riquezas. Faqui ofereceu a Gama uma frota de especiarias, caravelas e naus. Gama não quis. Faqui ofereceu-se então como refém, enquanto o neto iria a terra para restituir o roubado aos portugueses em Calecute, e propôs que se assinasse a paz entre monarcas. *O Almirante não quis assentir a nenhum destes partidos*, exigiu tudo o que estava a bordo, mandou rebocar a nau e incendiá-la, cheia de gente. Os mouros conseguiram apagar o fogo e então começaram a combater pela vida, usando até as pedras do lastro contra os portugueses.

O Almirante via o que se passava por uma escotilha; e algumas mulheres tomavam nos braços os seus filhinhos e os levantavam no ar persuadindo-o assim a que tivesse piedade daqueles inocentes; os homens faziam igualmente sinal com a cabeça, que se queriam resgatar a todo o custo, e é certo que com a riqueza que havia naquela nau se podiam tirar do cativeiro quantos cristãos estão presos no Reino de Fez, e ainda sobraria muito para El-Rei. Ainda assim, Gama não quis, e o embate já durava havia dias. *Foi isto em uma segunda-feira, três de outubro de 1502, de que me lembrarei toda a vida.*

Envolvido no combate, Thomé Lopes admirava os mouros a arrancarem flechas do corpo, como se nada fosse: *Era maravilhoso ver o ímpeto com que combatiam.* Até que um deles veio dizer que se lhe poupassem a vida iria a nado atar um cabo ao leme do Meri. *Assim depois de tantos combates, fez o Almirante pôr fogo aquela nau, que ardeu com quantas pessoas se achava dentro, com muita crueldade e sem comiseração alguma.* Alguém capaz de escrever isto sobre o mais poderoso navegador da época merece tributo.

Cronistas posteriores indicam que Gama salvou vinte crianças do Meri para que fossem feitas frades em Belém, tal como crianças cristãs teriam sido convertidas ao Islã.

Mas o relato de Thomé prossegue. Na sua cruzada antimoura, os portugeses descem até Calecute. As notícias sobre o massacre do Meri precedem-nos. O samorim envia uma proposta de paz. A condição de Gama é que deite *fora do seu país todos os mouros de Meca, tanto os mercadores, como os que lá estavam de assento, pois de outro modo não queria fazer a paz nem contrato algum com ele, por-*

que desde o princípio do mundo eram os mouros inimigos dos cristãos, e estes dos mouros, e sempre tinham andado em guerra. O samorim argumenta que os mouros *sempre tinham sido bem-vindos, acatados pelos seus antepassados, tendo-se mostrado sempre leais, e fazendo-lhes muitos serviços*, portanto não os expulsaria, nem Gama o devia tentar. *Mas que faria tudo o que fosse decente, mostrando nesta sua embaixada grande desejo de ter pazes connosco*, relata Thomé. Gama mantém-se *soberbo* e *altivo*, avisa o samorim que D. Manuel o pode destruir totalmente. No dia seguinte manda enforcar a bordo dezenas de prisioneiros mouros e escravos negros, e içar os corpos para serem vistos. Ao começo da noite, ordena que lhes cortem *as cabeças, as mãos, e os pés* e deitem ao mar *os toros dos corpos*. Põe as partes decepadas numa canoa e manda-a à praia com uma carta, enquanto os troncos dos enforcados vão dando à costa. E, espalhado o terror, bombardeia Calecute.

Hoje, o túmulo de Vasco da Gama está no Mosteiro dos Jerônimos, à esquerda de quem entra, com Luís de Camões à direita. Um navegou o que o outro viria a cantar. Pelo meio, célebres cronistas portugueses do século XVI falaram do massacre do Meri, mas depois os *Lusíadas* não mencionam o assunto. Camões terá simplesmente *deitado água benta por cima*, disse um ilustre camoniano quando Tristão lhe telefonou.

Tristão foi dar a Thomé Lopes por causa do Brasil e de Caminha. De alguma forma, é o último nó na sua corda de mortos, desde as costas da Índia às costas da Bahia. Precisou de chegar a esta Terça-feira de Carnaval para entender isso.

•

OMOLU, OGUM, OXUM, OXUMARÉ
TODO O PESSOAL
MANDA DESCER PRA VER
FILHOS DE GANDHI!

Alegria: a grande criação da tristeza, gênesis passando a perna no apocalipse, beijando o desconhecido. Zaca foi com Dan ao quarto-estúdio de Karim, voltaram com o arsenal todo, e a grama virou um terreiro.

IANSÃ, IEMANJÁ, CHAMA XANGÔ
OXÓSSI TAMBÉM
MANDA DESCER PRA VER
FILHOS DE GANDHI!

Dezenas de velas a arder, cada uma à sua altura, na sua velocidade. Aos pés do altar, Zaca e Dan nos violões, Lucas nos atabaques. Em torno, Tristão, Noé e Inês dançando descalços com claves, maracas, pandeiros. No centro, Orfeu gingando capoeira com Judite, ela, túnica branca de Damasco, ele, bermuda branca, tronco nu.

MERCADOR, CAVALEIRO DE BAGDÁ
OH, FILHO DE OBÁ
MANDA DESCER PRA VER
FILHOS DE GANDHI!

Longe da cascatinha, onde antes era a biblioteca, Mateus, o jardineiro-mor, deitou na rede com as duas cachorras por baixo, radiantes porque o céu não lhes vai cair em cima, Oxóssi as protege com o próprio corpo. O quarto dele é um pequeno chalé, está demasiado calor lá dentro, ele detesta ar condicionado e gosta de escutar quando tem música, sempre o chamam pra roda, não vai mas escuta. À sua volta, as mais noturnas das 511 espécies de pássaros do Rio de Janeiro fundem-se com o batuque, sobretudo o urutau, também conhecido como mãe-da-lua. Ladeira acima até à Oca, frei Aleanderson esfrega a sola preta do pé debaixo da torneira do pátio, passou o dia caminhando no Centro, hoje teve bolo extra de Carnaval, ele nunca vira tanto lixo, mas deu a maior força, acha que os garis vão ganhar o aumento, e entretanto um mico pula para a lápide do general Hogendorp. Mais acima ainda, na ruína do Hotel das Paineiras, é hora de cobra-coral e tamanduá, guaxinim e ouriço-cuandu, enquanto serelepes, também conhecidos como caxinguelês, brincam na balaustrada de Sarah Bernhardt. Atalhando para a favela, rola um samba desatado na Laje do Toninho, sendo Carnaval, a mãe de Noé viajou pra ver a irmã que mora no interior, sendo Lua Nova, o Cristo está na sua fase mais visível, um facho. E, voo picado de volta ao asfalto, ao vale que os tamoios desciam de canoa, o narrador cumprimenta os abacaxis do Solar, o muxarabi do Boticário, o rumor das águas do Carioca, essas sombras com cheiro de jasmim que aqui se chamam dama-da-noite, nessa selva onde fim e começo se confundem na tempestade, pelo menos enquanto o século XXI não descobrir o Cosme Velho.

> *SENHOR DO BONFIM, FAZ UM FAVOR PRA MIM*
> *CHAMA O PESSOAL*
> *MANDA DESCER PRA VER*
> *FILHOS DE GANDHI!*

Rewind até São Sebastião do Rio de Janeiro. Segundo a lenda fundadora, o próprio São Sebastião terá sido visto a lutar ao lado de Estácio de Sá contra franceses e tamoios, dando-lhe a vitória em Uruçu-mirim, hoje, Flamengo. Um dos poucos momentos na conquista do Brasil em que os portugueses cederam ao fantástico, nota Sérgio Buarque de Holanda. *O trato das terras e coisas estranhas, se não uma natural aquiescência e, por isso, uma quase indiferença ao que discrepa do usual, parecem ter provocado certa apatia da imaginação, de sorte que para eles até o incomum parece fazer-se prontamente familiar*, escreve o historiador. *No íntimo, sempre se mostrarão os portugueses pouco afeitos às transformações espirituais que, em muitos outros países, se operam simultaneamente com a grande obra dos navegadores.* Um *realismo repousado, quase ascético ou ineloquente*, domina os primeiros cronistas. Ao mesmo tempo, Sérgio Buarque é contra a ideia, cultivada por muitos, de que a colonização holandesa tentada em Pernambuco teria levado o Brasil por melhores caminhos. Acha que os portugueses se adaptaram pragmaticamente, onde não havia pão de trigo comiam farinha de mandioca, e com requinte, porque só fresca, do dia. Distingue assim entre transformação espiritual e adaptação pragmática, diferença importante: pouco propensos à primeira, os portugueses destacaram-se na segunda. À semelhança de Freyre (que por formação e percurso era em muito o seu oposto), Buarque fala na *extraordinária plasticidade social* lusitana; na *ausência de orgulho da raça* (comparando com os povos do Norte, *inimigos de compromissos*); na mistura já feita com mouros, judeus, negros; na proteção a alguns escravos; no tratamento nobre de alguns índios; no incentivo às uniões mistas; na facilidade com que, em geral, o português se americanizou, por contraponto ao holandês; a própria fonética da língua era mais fácil para os nativos, e a religião menos austera, ponto fulcral.

Com Freyre, o modernista Paulo Prado e o marxista Caio Prado Júnior, Sérgio Buarque foi um dos pensadores que no século XX redefiniram a construção colonial do Brasil. Sendo paulista, morou muitos anos no Rio de Janeiro, e é dele a ideia de *homem cordial* como carácter brasileiro. Se isso não se ajusta da mesma forma a gaúchos, mineiros ou paulistanos, tem um bom encaixe carioca. O *homem cordial* será aquele para quem a vida em sociedade é a libertação do pavor de viver consigo mesmo, que ao expandir-se reduz o indivíduo, vive nos outros, tudo isso moldando uma religiosidade de festa, colorida, com proximidade carnal.

Hoje, os ossos de Estácio de Sá estão numa igreja de frades capuchinhos na Tijuca, Santuário de São Sebastião. E até hoje o dia de São Sebastião, feriado carioca, celebra-se por todo o Brasil a 20 de janeiro, dia da batalha em Uruçu-mirim. Na umbanda, religião sincrética fundada na Guanabara há um século, São Sebastião equivale a Oxóssi. No céu seria então Orion, o Caçador. Ou como o santo do Rio de Janeiro faz a triangulação cristo-afro-astral.

Quem sabe, talvez Taís, a menina da Maré com quem Lucas partilhou fone de ouvido, cocar de índio, boto cor-de-rosa, esteja sob a sua proteção. E em algum momento desta Terça-Feira de Carnaval ele possa até saudar a Bahia onde tudo começou, e onde em fevereiro de 1949 estivadores sem trabalho nem dinheiro para fantasia, inspirados pelo pacifista que acabava de ser assassinado lá na Índia, se juntaram debaixo de uma mangueira, enrolando um lençol no corpo, uma toalha na cabeça, para sair num bloco chamado Filhos de Gandhi, que hoje é o maior afoxé do mundo.

OH, MEU PAI DO CÉU, NA TERRA É CARNAVAL
CHAMA O PESSOAL
MANDA DESCER PRA VER
FILHOS DE GANDHI!

E zoom out para o Brasil-Babel.

Brasil-Ao-Deus-Dará, esperando o que vai vir, achando que não tem jeito, mas sempre dando um jeitinho.

Brasil-Interdito & Transgressão, um gerando o outro, mamilo tapado/bunda de fora, tráfico no morro/consumo no asfalto. Uma mão para botar menor na cadeia, outra para alimentar o que faz dele *bandido*. Despenalização das drogas: fim do tráfico. Vai encarar?

Brasil-do-Balanço, que ora sai à rua pela direita, ora pela esquerda, um milhão celebrando o golpe de 1964, e em breve esse milhão de novo na passeata, leitor da revista *Veja*, nostálgico da ordem, cão de raça pela mão, pelo direito à ração que Lula roubou dele, e o direito de fazer um golpe contra a sucessora de Lula.

Brasil-Deus-É-Brasileiro, bonito por natureza, promessa de riqueza, espaço para todo o mundo, homem se potenciando em todas as pontas da estrela heptagonal, os *obusses de elevadores* do otimismo modernista, reza mas técnica, selva mas progresso, violência mas democracia, tristeza mas carnaval, com uma língua de Norte a Sul. E o Rio-Maravilha botando tudo na lapela da dupla Paes-Cabral, Copa-Olimpíada, cidade-desejo, cidade-espectáculo, o maior espectáculo do mundo, mais longe, mais alto, mais forte, até o Estado declarar falência, e o *Aedes* bolar um vírus pior que dengue.

Brasil-Privataria, entregue a empreiteiros. Sistema político blindado contra a sociedade. Economia se modernizando na ditadura civil-militar, potência industrial sob o signo autoritário, e, a partir de Collor de Mello: exportar, exportar, exportar. Entrar na globalização do caos abrindo portas e comportas, vem vindo investimento, e olha aí Carajás, o minério no fundo da terra, o petróleo no fundo do mar, a madeira, a soja, a carne, a vaca comendo e cagando a Amazônia, aquecendo o planeta com gás metano, mais efeito de estufa que automóvel. Movimento dos Sem Terra: derrotado pelo Escândalo do Mensalão, não conseguindo impor reforma agrária, porque Lula ficou refém do seu próprio polvo de alianças políticas. Para não falar nos povos indígenas, inundados por barragens, mortos por ladrões de terra, vendo rios milenares virarem cemitérios. De-sen-vol-vi-men-tis-mo? *Imobilidade em movimento*: Lula garantindo que a margem se tornasse sistema, sem mudar o sistema. Maracanã: estudo de viabilidade de privatização feito pela IMX de Eike Batista, que depois concorre e ganha com a Odebrecht. Prisões futuras na Odebrecht, na FIFA dos estádios-padrão FIFA.

Brasil-País do Futuro no livro do judeu Stefan Zweig, que aqui chegou como refugiado, e menos de dois anos depois se suicidou em Petrópolis, vendo a Europa afundada na guerra, acossada pelo nazismo. Década a década, o seu título foi um bordão, sempre que o Brasil dava uma levantada. Aí, em 2009, a *Economist* botou o Cristo a descolar na capa, qual foguetão, levando a sexta economia do mundo para o céu. Em 2013, repetiu a ideia, só que, em vez de levantar, o Cristo despencava. Mas se esse futuro era, afinal, a promessa do capitalismo chegando a todos, então o que caiu em 2013 não terá sido apenas a mais recente máscara capitalista, o seu avatar tardo-trópico-global?

Brasil-Junho de 2013. O rasgão na blindagem do sistema. A sociedade ligada ao vivo para o planeta. Anonymous misturado com Batman. Os do costume aproveitando a confusão para reblindar.

Brasil-Brasília, não o sonho dos arquitetos, mas o resultado: dissuasão da revolta. *Occupy* Congresso Nacional, Palácio do Planalto? Quem pode pagar avião pra lá?

Brasil-da-Grande Barriga: além de que também, não apenas isso nem aquilo, mas mais ainda: tudo. Capaz de, mesmo com queda, com falência, com mosquito, com bandido no poder, fazer da Olimpíada uma força musical e voar sobre os cacos, no estádio, no morro. País antropófago, comendo o apocalipse, transformando-o em criação: gênesis.

•

Casa Souza Farah > Cosme Velho > Rio de Janeiro > Brasil > América do Sul > Terra > 88,6 anos-luz através da Via Láctea até a vigésima quarta estrela mais cintilante: Gamma Crucis, ou Gacrux: a cabeça do Cruzeiro do Sul.

*

* *
*

*

Uma gigante vermelha, que também responde pelo nome de Rubídea. A mais perto da Terra, e aquela que na bandeira do Brasil representa a Bahia.

Você, que me seguiu até aqui, já percebeu que gosto de gigantes vermelhas. Se deixei Betelgeuse a Rosso foi para ele a dar a Judite, quero a alegria dela até nos encontrarmos cá em cima. Aliás, não planeei a morte de Rosso, ele me pegou de surpresa, avançou por ali fora, vestindo aquela sobrecasaca, botando aquela luva, achando que estava dentro de algum romance do século XVIII. Eu só sabia dos negócios bio-eco-sustentáveis dele, mas aí tem esse troço de as personagens descolarem tipo o Cristo na capa da *Economist*. De repente o cara tinha cofres na Suíça. E que mais? Milícias armadas? Campos de papoulas? Você decide. Algo que deu muito errado, iam limpar o sebo dele. Então ele se antecipou como um esteta, não ia correr o risco de ter botas sujas chutando o biombo namban. E a carta que a essa hora continua em cima da secretária dele? A quem se destina, o que diz? Pois é, já não está na minha mão. Conforme prometido, deixo com você. Mas fique tranquilo, a vingança acaba no cadáver, não vai sobrar para mais ninguém, como também não vai sobrar dinheiro. A casa será confiscada, Judite fará o seu luto, tem trinta e um anos, recomeçará.

Imortalidade é isso aí, esperar que uma mortal viva tudo. Grego tinha aquele negócio de imortal sequestrar mortal, Zeus se disfarçava até de águia para transar, mas o céu do Brasil está bem longe do Olimpo, tão longe que Alexandria ainda era grega da última vez que a Grécia pôs os olhos nestas estrelas do Cruzeiro. Quatro principais e uma intrometida: Ptolomeu achou que não davam para uma constelação, anexou-as à do Centauro. Entretanto, o eixo terrestre foi avançando e elas sumiram da memória do hemisfério Norte. Mais de mil anos anos depois, Marco Polo talvez as tenha avistado ao largo da Malásia, e Dante, que o terá lido, talvez as tenha cantado. Eu certamente nunca as vira até embarcar, só depois de 1500 foram batizadas como constelação, e até hoje são invisíveis na parte de cima do planeta. Enquanto isso, velhas conhecidas de aborígenes, maoris, bushmen, tupinambá, continuam a brilhar *onde os deuses se perdem / por baixo do Cruzeiro do Sul*, conhece a canção? Patti Smith, brava. Tenho acompanhado desde que era menina e moça. Foi virando um índio.

Branco tem medo de deixar de ser quem é, índio come branco para ser mais outro, mudar de perspectiva. Branco tem um saber, vira autoridade, índio se multiplica, sabe mais quanto varia, deixa a coerência para o branco, aquele que tem medo de perder a história, e se perder na história. Um pouco esse tal de perspectivismo ameríndio que balançou a cabeça de Tristão.

E, para os índios, Rubídea não é a cabeça do Cruzeiro mas a cauda do Veado. Porque, olhando o céu nesta direção, e unindo estrelas que os brancos separaram em outras constelações, os índios vêem um grande Veado. Tal como noutras partes do céu vêem uma Ema, a Anta do Norte ou o Homem Velho. Sabe o que aprendi, entretanto? Que bolar um romance é ir achando constelações, unir pontos num novo desenho.

Então, você que chegou até aqui, seja bem-vindo à cauda do Veado, fora de sacanagem. Gosto de pensar neste veado como o Anhangá dos tupis, que protege a caça com seus olhos de fogo. Quando a caça foge, o índio diz que foi Anhangá que avisou ela. Em algumas histórias, Anhangá tem uma cruz na testa. Talvez isso já seja mistura com a cruz que cravamos nas costas da Bahia em 1500. Um Anhangá sincrético, mestiço, algo assim como eu próprio depois de morrer. Tem branco aí em baixo que bem gostaria de ter costela de índio, mas para *ser* costela de índio só morrendo. Porque não tem antropofagia apenas na terra, também tem no céu, canibalismo póstumo. Os *maï* são essas divindades celestes que devoram as almas dos recém-chegados, imergem os despojos num banho que os transforma em imortais. Eles mesmos foram gente, carcaça de mortal, até chegarem cá em cima e serem devorados.

Quase morri algumas vezes. Teve a primeira viagem do Gama à Índia, e era eu que ia na nau menor, a *Bérrio*, sondando adiante, o que é hoje Moçambique, Tanzânia. Cara impressionante, o sultão de Quiloa. Já falei bastante dessa viagem, quase morremos todos, e como o Gama ficou na Ilha Terceira cuidando do irmão, eu é que acabei dando a notícia do caminho marítimo para a Índia. D. Manuel teve um êxtase, ganhei até uma tença anual de cinquenta mil reais e um brasão, posso mostrar, em jeito de espólio antropológico.

Uma vantagem do céu é que não tem muito limite de arquivo. Mas não esperem um retrato, tudo o que corre por aí é suposição. Também me botaram lá no Padrão dos Descobrimentos, fiquei do lado esquerdo do Infante, não só imóvel como ainda tendo de aguentar o Salazar na inauguração de 1940. E vinte anos depois, outra, quando decidiram fazer tudo em pedra, mesmo. Aí já tinha aquele ministro do Ultramar que depois se deu bem na democracia, presidente de partido, e por aí fora. Não me queixo do escultor, porém, fiquei até bonito. Devia aparecer assim diante de Judite, apenas o perfil, sem os barretes, as golas. Um saco, aquelas roupas de 1500, só na cabeça a gente usava três coisas.

Não parei muito tempo em Lisboa depois da primeira viagem, porque logo me vieram propor o comando de uma nau grande, a *Espera*, na armada do Cabral: 150 homens a meu cargo. Eu não conhecia o

Cabral, mas ele contava conosco, Bartolomeu, Sancho, Diogo, Ayres, Duarte, eu, e de novo me coube ir à frente, quando a gente avistou o Brasil. Uma parte do mundo revelada a outra parte, à distância continua a ser incrível pensar nisso. Essa nossa viagem uniu quatro continentes pela primeira vez, já pensou? E como tudo foi duro após o *Achamento*, aquele tufão que levou quatro naus, aquele dia de Calecute quando Caminha e os outros morreram. Eu não estava em terra, ficara reparando a nau. Mas todos participamos no contra-ataque. Tenho os meus mortos mouros. Matei. E depois morri.

Aconteceu na minha terceira viagem, quando fui à Índia com Afonso de Albuquerque, e o primo dele, Francisco. Eu comandava a nau *Faial*, partimos em 1503. Em janeiro de 1504, quando estava voltando com Francisco, me afundei ao largo de Moçambique, ali nas Quirimbas, um daqueles paraísos transparentes, coral, peixinho. Claro que quando você morre, e o corpo está indo ao fundo, água entrando nos pulmões, tudo estourando por dentro, esse não é o seu primeiro pensamento. Sei o que Ganda sentiu, quando foi a vez de ele afundar, e recebi-o quando chegou cá em cima. Não conheceu mais correntes de ferro, vive de estrela em estrela, ali nas Plêiades. Um rino muito alto-astral.

O Cortesão tem aquela frase maluca sobre a minha morte no mar, nem tive coragem de comentar antes, mas agora queria agradecer. Ele escreveu: *A terra não era digna de comer o corpo daquele homem.* Valeu, irmão. Eu sei que você está escutando. Os *maï* te trataram bem. Não vou confirmar o que você disse sobre a *rude face de fauno*, a *alegria bárbara*, mas me anima para a conquista de Judite.

Então, quando morri, aquele *maï* me esperava cá em cima. Não tinha dúvida, era ele, o primeiro índio que vi com uma coroa de penas vermelhas, a 23 de abril de 1500. Na véspera, tínhamos avistado terra, e nesse dia sete ou oito homens junto à foz de um rio. Fomos todos à nau do Cabral para decidir o que fazer, e antes do poente enviaram-me à praia num batel.

Imagina se eu não estava nervoso. Céu de ora sol, ora sombra na água, prenúncio de chuvaceiro. As naus todas atrás de mim, cada vez mais longe, no aguardo. E em frente, aquela praia, cada vez mais perto: dois homens escuros, logo outros acudindo. Eu seria o primeiro branco no mundo a vê-los. E o primeiro que eles veriam.

Quando cheguei à rebentação, eram já uns vinte, todos nus, cabelo corredio. Alguns tinham penas e conchas, pinturas na pele, um osso ou uma pedra furando a orelha, o beiço. Vinham para mim armados, o do cocar vermelho na frente, mas bastou eu levantar a mão para ele pousar arco e flechas, seguido pelos outros. Ali estávamos, corpo a corpo de Velho e Novo Mundo, primeiro contato: eu cheio daquelas roupas, gibão, calção, capa, de pé na proa; eles pisando água, pelados, *pardos*. Dizíamos *pardo* para o que não era preto nem branco, e quem ia adivinhar que isso não mudaria 514 anos depois, continua até no Censo Brasileiro. Quando pardo é a cor do indistinto, nada a ver com o índio, pergunte, por exemplo, aos shipibo. Na cosmogonia deles, o criador fez o homem do barro, e tostou o índio no ponto. Eu estou feliz com a cor que ganhei cá em cima. A minha palidez era tão antiga quanto os lusitanos antes de mouros e judeus, a cara ainda queimava, mas corpo de branco em 1500? Qualquer espírito ameríndio fugiria dele, tapando olhos e nariz, sei hoje.

E, diante de mim, aqueles homens brilhavam. A pele deles não tinha pelos, corpos como eu nunca vira, todos inteiros ao sol. Então, seguido pelos outros, o coroado entrou na água. Ficamos a uma braçada um do outro, eu na proa do batel.

Foi isto numa praia que até hoje se chama Itaquena, na foz de um rio que décadas depois se veio a chamar dos Frades, quando os índios já morriam em força, varíola, sarampo, coqueluche, catapora, difteria, tifo, peste bubônica, gripe. Mas nesse dia, 23 de abril de 1500, tudo ainda era espanto, de um lado e do outro. Chamemos-lhe utopia.

O mar da Bahia rebentava tanto que mal daria para falar, ainda que tivéssemos uma língua. Lancei ao coroado o que tinha na cabeça, sombreiro, carapuça, barrete. Logo ele me lançou o cocar de penas vermelhas, depois um colar de madrepérolas. E enquanto eu pensava se eles teriam uma alma, eles pensariam se eu tinha um corpo. Índio sabe que tudo tem alma, mas debaixo daqueles tecidos, daqueles volumes, que corpo teria eu? Quem comesse a minha carne ficaria dono de espírito-longe, espírito-barco do grande mar? Com tanto objeto mágico, toucados, metais na cintura, pedra no dedo, eu seria um xamã? Com que poderes?

A pergunta que o primeiro branco não supunha que o índio fazia: quem era eu? A pergunta que o primeiro branco não fazia a si mesmo: o que trazia eu? E o que veio a ser a resposta para ambas: eu era uma catástrofe. A maior catástrofe que um punhado de homens alguma vez trouxe a milhões de homens.

— Você já foi à Bahia, nêga?
— Não? Então vá!
— Quem vai ao Bonfim, minha nêga
— Nunca mais quer voltar
— Muita sorte teve, muita sorte tem
— Muita sorte terá
— Você já foi à Bahia, nêga?
— Não? Então vá!

Quase meia-noite no Cosme Velho. O terreiro virou uma praia, porque, depois de uma nova leva de tapioquinhas, Tristão contou que estava partindo de manhã para a Bahia, até convidara Inês mas era muito de repente para ela. Aí Dan pegou o violão, puxou o seu melhor Dorival Caymmi, e ficou aquela beleza.

— Lá tem vatapá
— ENTÃO VÁ!
— Lá tem caruru
— ENTÃO VÁ!
— Lá tem munguzá,
— ENTÃO VÁ!
— Se quiser sambar
— ENTÃO VÁ!

Quando Tristão começou a andar sozinho pelo seu bairro, devia ter uns nove, dez anos, foi dar numa ruazinha onde nunca tinha entrado com os pais, porque é uma rua mínima, possível morar em Belém e nem saber como se chama: a rua que leva o meu nome antigo de português. Nada de casarões, só casinhas, algumas decaídas. Tristão foi atraído por um cão amarrado a uma corda, um velho vagueando, aí viu uma casa abandonada, erva alta, porta comida pelo tempo como se ninguém a abrisse havia séculos. Entrou pela erva, passou pela porta, depois reparou na janela, quebrada. Então quase deu um grito e desatou a correr até à esquina da avenida. Lá dentro havia uma pessoa sentada, olhando a janela, com certeza um fantasma: uma mulher mulata.

— Nas sacadas dos sobrados
— Da velha São Salvador
— Há lembranças de donzelas
— Do tempo do Imperador.
— Tudo, tudo na Bahia
— Faz a gente querer bem
— A Bahia tem um jeito
— Que nenhuma terra tem

Moro num país tropical: a barriga do primeiro índio que me avistou. E ele em mim. Um no outro, mais tudo o que a gente comeu junto, é que a gente veio vindo nessa parada de sete dias. Cheguei a pensar em me disfarçar de Cristo, mas o lance de ficar fixo no Corcovado, ou num único Deus, não dá. Preciso rodar as estrelas, sentar para um dedo de prosa com um Rosa ou dois, descer para escutar os Novos Baianos, ver o Brasil esquentar seus pandeiros, iluminar seus terreiros. Eu digo Pelotas, Aiuruoca, São Gonçalo do Rio das Pedras, Curicuriaí, Vale do Anhamgabaú, Itaquena, e já vou.

Lá tem vatapá
ENTÃO VÁ!
Lá tem caruru
ENTÃO VÁ!
Lá tem munguzá,
ENTÃO VÁ!
Se quiser sambar
ENTÃO VÁ!

O passado que falta comer é futuro. Transatlântico, transmarino, ultramarino: até ficar só o azul. Deixo com você.

— E agora, galera?
— *Alegre Menina*!
— *Feitiço da Vila*!
— *Desenredo*!
— *A Rã*!
— *Coisa Número 4*!
— *Faraó*!
— *Mano a Mano*!
— Sabe aquele samba do Orestes, o que tem aquele verso...

— *A porta do barraco era sem trinco / e a lua, furando o nosso zinco / salpicava de estrelas nosso chão / tu pisavas nos astros, distraída.*
— Lindo, continua!
— Não lembro do resto...
— Lembra do *Acabou Chorare*?
— *Quixabeira*!
— *A Tua Boca*!
— *Xique-Xique*!
— *Baba Alapalá*!
— E o Itamar Assumpção?
— Gente, vamos fazer uma que todo o mundo saiba. *Partido Alto*? Tristão?
— Acho que sim.
— Inês?
— Canta um pouco, para eu lembrar.
— Você sabe, aquela do Chico: *Diz que deu, diz que dá...*

Agradecimentos

Este romance não existiria sem os amigos no Rio de Janeiro, por ordem mais ou menos cronológica: Changuito, Tatiana Salem Levy, Valeska de Aguirre, Manoela Sawitzki, Christiane Tassis, Francisco Bosco, Manoel Ribeiro, Alexandre Brandão, Marta Mestre, Fred Coelho, Ramon Nunes Mello, Marcio Debellian, Theo Dubeux, Paulo Scott, Antonia Pellegrino, Valéria Lamego, Maria Mendes, Júlio Ludemir, Ecio Salles, Diana Klinger, Bárbara Amaral Souza, Viviane de Salles, Monique Nix, Marcelo Moutinho, Mariana Filgueiras, Paulo da Costa, Dimitri Rebello, Marcos Lacerda, Bruno Cosentino, Letícia Novaes, Arjan Martins, Thiago Camelo, Maia Daguerre. Amor, gratidão.

Muito obrigada às anfitriãs das casas onde morei mais brevemente: Tatiana Salem Levy, Cecília Costa (por intermédio da sempre gentil Ana Laet), Maria Mendes e Diana Klinger. E, claro, a toda a gente na casa do Cosme Velho: Paula Rabello e Miguel Sayad, que dançaram em todas as festas; Marcos Lima e Sandra Nascimento, por tantas ajudas e carinho; Preta e Bela, com quem perdi o medo de cães. Sem Murillo Meirelles nunca teria ido parar àquele jardim, a maior gratidão por isso. Obrigada ainda a esse amigo da casa que é Bruce Henri.

Comecei este livro no Cosme Velho, em janeiro de 2013, e terminei-o em Jerusalém, em agosto de 2016. Pelo meio, houve intervalos de muitos meses e ele foi sendo escrito em diversos lugares. Muito obrigada a Daniela Moreau por tantas temporadas de grande amizade, e trabalho lado a lado, em São Paulo e sobretudo Minas Gerais; a Teresa Belo por duas semanas preciosas em Santo Estevão, além da amizade constante. *And infinite thanks to Lisa Katz for taking care of a ghost while I was writing the seventh day of this book.* Em Lisboa, onde uma parte importante foi escrita, muito obrigada a Ana Bandeira, Hélio Morais e Leonor Oliveira, por serem tão bons vizinhos de um fantasma.

Estou grata a Bárbara Assis Pacheco, que depois dos meus textos da Amazônia em 2011 desenhou um boto cor-de-rosa, e o enviou pelo correio. Por peripécias várias só o recebi anos depois, no momento certo de o entregar a Lucas, com a licença dela.

Muito obrigada a Eduardo Sterzi e Veronica Stigger que me trouxeram o belo volume de *O cru e o cozido*, para além das sempre instigantes conversas. E, claro, muito obrigada a Eduardo Viveiros de

Castro, pelos livros que li na Amazônia, pela longa conversa no Rio e por sugestões posteriores. O seu trabalho e o seu pensamento inspiram e atravessam este livro.

Estou grata ao Instituto Socioambiental, em São Gabriel da Cachoeira, Amazonas, que visitei em 2011, na companhia de Jordi Burch, fotógrafo-cúmplice nessa bela e longa viagem, e ao antropólogo Aloisio Cabalzar pela gentil ajuda com as cosmogonias tukano. No campo da antropologia, obrigada ainda a Pedro Cesarino e Carlos Fausto, no Brasil; Carlos Barradas, Susana Matos Viegas, Cristiana Bastos, Maria Cardeira da Silva e Miguel Vale de Almeida, em Portugal; ao Museu de Etnologia de Lisboa; e ao sempre generoso Victor Bandeira, com quem tanto aprendi.

Um agradecimento especial a Paulo Gabriel Hilu da Rocha Pinto, pelos passeios e conversas no Rio, e pela leitura da parte «árabe» deste livro. Estou reconhecida a Paulo Farah, pelo seu livro sobre Al-Baghdadi e todos os esclarecimentos. E ao amável Carlos Etchevarne, arqueólogo que escavou a costa do *Achamento*, pelas indicações sobre tembetás e outros achados.

No campo da história portuguesa, muito obrigada a Francisco Bethencourt, Francisco Contente Domingues, Jorge Couto, José Manuel Garcia, Luís Adão da Fonseca e João Paulo Oliveira e Costa pelas referências ou esclarecimentos. E a André Teixeira por, no meio de férias, ter lido e comentado algumas páginas referentes a Cabral e Gama. No Arquivo Nacional da Torre do Tombo, estou muito reconhecida à chefe de divisão Anabela Ribeiro e ao diretor Silvestre Lacerda pela disponibilidade e gentileza. Um agradecimento também pela amabilidade de Victor Aguiar e Silva.

O rinoceronte Ganda pôs-me em contato com Alexandra Isabel Falcão, do Museu de Lamego, em circunstâncias que não esquecerei. Alexandra e Orlando Lucas Falcão ficarão sempre ligados a Ganda.

Hélio de Seixas Guimarães, estudioso de Machado de Assis em São Paulo, não só esteve disponível para as minhas questões ao longo de anos, como leu versões de todas as partes machadianas deste romance. Os seus comentários foram sempre enriquecedores, os erros que houver são da minha responsabilidade. Estou-lhe gratíssima.

Muito obrigada a Álvaro Jorge por várias conversas e uma visita importante na Rio Branco, que sem ele, e Luciana Terrinha, não poderia acontecer. Tal como eu não os teria conhecido sem Bárbara Bulhosa, visitante habitual do Rio de Janeiro, e primeira editora deste livro, em 2016, na Tinta da China. Nos esclarecimentos médicos, obrigada a Gustavo Elarrat no Brasil e Vasco Freire em Portugal. Um abraço para Odyr em Pelotas, por tantas conversas, e uma canção em concreto. Outro para António Poppe e Joana Fervença, em Lisboa, conversas, desenhos, passos em volta.

Agradecimentos muito especiais são devidos a toda a gente na Toca de Assis, no Cosme Velho, por todas as visitas previstas e imprevistas; a Robert Mota, e a sua família, na Maré; e a Ramon Nunes Mello, desde 2010 e por um momento único em 2014.

O diálogo da última página com títulos de canções contou com sugestões de Maria Mendes, Changuito e dessa fonte do bem que é Marcio Debellian. Muito obrigada a Paulo da Costa por avivar a memória do reportório no Cosme Velho. E a João Paulo Feliciano por uma velha cassete, pelas três playlists que tanto ouvi no Rio, e etc.

Tive dois leitores providenciais enquanto escrevia *Deus-dará*: Changuito, que ainda me ajudou a montar um «onze» mítico para a cena em frente ao Maracanã, e Maria Mendes, que foi o espelho em que pude ir vendo o texto, e ainda me ofereceu o livro de Davi Kopenawa. Gratidão sem fim.

Obrigada a Pedro Serpa, na Tinta da China, por me ter acolhido na diagramação original deste romance ilustrado, ter apurado o que eu desenhara, e refeito a constelação de Orion para a pôr em duas páginas. Um agradecimento extensível a toda a equipa da edição portuguesa.

Em 2018, Ana Cecilia Impellizieri Martins leu *Deus-dará* em tempo recorde e decidiu editá-lo na Bazar do Tempo. Sempre pensei que este livro só estaria verdadeiramente terminado quando saísse no Brasil. E hoje penso que esperou por essa combinação de alegria, saber, entrega e rigor com que Ana Cecilia trabalha. Sonho de quem escreve. Muito obrigada.

Bibliografia

AAVV. *Cidades rebeldes*, São Paulo: Boitempo/Carta Maior, 2014.
AAVV. *Cosme Velho & Laranjeiras*, Rio de Janeiro: Freiha, 1999.
AAVV. *Índios da Amazônia*, Lisboa: Instituto de Investigação Científica Tropical/Museu de Etnologia, 1986.
AAVV. *Os índios, nós*, Lisboa: Museu Nacional de Etnologia, 2000.
AAVV. *Rua Cosme Velho, 18*, Rio de Janeiro: Academia Brasileira de Letras, 1998.
ABREU, Alzira Alves de (org.). *Dicionário histórico-biográfico da Primeira República (1889 - 1930)*, Rio de Janeiro: Fundação Getúlio Vargas, 2015 [verbete sobre Astrojildo Pereira: http://cpdoc.fgv.br/sites/default/files/verbetes/primeira-republica/PEREIRA,%20Astrojildo.pdf].
ALBUQUERQUE, Afonso de. *Comentários*, Coimbra: 1922 (disponível em https://archive.org/details/p1p2comentriosdo0albu).
ALENCASTRO, Luiz Felipe de. *O trato dos viventes - Formação do Brasil no Atlântico Sul*, São Paulo: Companhia das Letras, 2016.
ALMEIDA, Maria Regina Celestino de. *Metamorfoses indígenas*, Rio de Janeiro: FGV, 2013.
ANDRADE, Mário de. *Macunaíma*, Rio de Janeiro: Agir, 2008.
ANDRADE, Oswald de. *Manifesto Antropófago* e *Manifesto da Poesia Pau--Brasil*. (disponível em www.ufrgs.br/cdrom/oandrade/oandrade.pdf).
ARMADA, Fina d'. *Mulheres navegantes no tempo de Vasco da Gama*, Lisboa: Ésquilo, 2006.
ASSIS, Machado de. *Memórias póstumas de Brás Cubas, Quincas Borba, Dom Casmurro*, Porto Alegre: L&PM Editores, 2008.
___. *Casa Velha*, Lisboa: Babel, 2010.
___. *Memorial de Aires*, Lisboa: Cotovia, 2016.
AZEVEDO, Aluísio. *O Cortiço*, Rio de Janeiro: BestBolso, 2010.
BAPTISTA, Abel Barros. *A formação do nome*, Campinas: Unicamp, 2003.
___. *Autobibliografias*, Campinas: Unicamp, 2003.
BARBOSA, Orestes. *Samba*, Rio de Janeiro: MEC/Funarte, 1978.
BETHENCOURT, Francisco. *Racismos: das cruzadas ao século XX*, Lisboa: Temas & Debates, 2015.
BETHENCOURT, Francisco e CURTO, Diogo Ramada (dir.). *A expansão marítima portuguesa, 1400-1800*, Lisboa: Edições 70, 2010.
BÍBLIA SAGRADA, Franciscanos Capuchinhos, Lisboa/Fátima: Difusora Bíblica, 2002.
BORBA, Maria, FELIZI, Natasha e REYS, João Paulo (org.). *Brasil em movimento: reflexões a partir dos protestos de junho*. Rio de Janeiro: Rocco, 2014.

BRANCO, Camilo Castelo. *Coração, cabeça e estômago*, Parceria Antonio Maria Pereira, Porto: 1907.

___. *Narcoticos II*, Porto: Livraria Clavel, 1882 (disponível em https://archive.org/stream/narcoticoso2cast#page/324/mode/2up).

___. *Cinco cartas inéditas a Faustino Xavier de Novais*, Miguel Salles (org.), São Paulo: USP (http://www.revistas.usp.br/viaatlantica/article/viewFile/49240/53313).

BURTON, Richard. *Viagem do Rio de Janeiro a Morro Velho*, São Paulo: Itatiaia/USP, 1976.

CADOGAN, Léon. *Ayvu Rapyta: Textos miticos de los Mbyá-Guarani del Guairá*, São Paulo: USP, 1959.

CARDIM, Fernão. *Tratados da terra e gente do Brasil*, São Paulo: 2015, disponível em (http://www.projetolivrolivre.com/Tratados%20da%20terra%20e%20gente%20do%20Brasil%20-%20Fernao%20Cardim%20--%20Iba%20Mendes.pdf).

CARTA DE MESTRE JOÃO. Arquivo Nacional da Torre do Tombo, Corpo Cronológico, Parte III, mç. 2, n.º 2 PT/TT/CC/3/02/02. Imagem cedida pelo ANTT (disponível em http://antt.dglab.gov.pt/wp-content/uploads/sites/17/2014/08/Carta-Mestre-Joao.pdf).

CARTA DE PÊRO VAZ DE CAMINHA. Arquivo Nacional da Torre do Tombo, Gavetas, Gav. 8, mç. 2, nº 8, PT/TT/GAV/8/2/8 (disponível em: http://digitarq.arquivos.pt/details?id=4185836).

CARVALHO, Joaquim Barradas de. *Esmeraldo de Situ Orbis, de Duarte Pacheco Pereira*, Lisboa: Fundação Calouste Gulbenkian, 1991.

CASAL, Manuel Aires de. *Corografia Brazilica, ou Relação historico-geografica do Reino do Brazil*, Rio de Janeiro: Impressão Régia, 1817.

CASTANHEDA, Fernão Lopes de. *História do Descobrimento & Conquista da Índia pelos Portugueses*, Coimbra: 1552.

CASTRO, Ferreira de. *A selva*, Porto/Manaus: Guimarães Editores, 37ª edição, s/d.

CASTRO, Eduardo Viveiros de. *Araweté: o povo do Ipixuna*, Lisboa: Assírio & Alvim, 2000.

___. *A inconstância da alma selvagem*, São Paulo: Cosac Naify, 2002.

___. *Metafísicas canibais*, São Paulo: Cosac Naify, 2015.

CESARINO, Pedro. *Oniska: poética do Xamanismo na Amazônia*, São Paulo: Fapesp, 2011.

CENDRARS, Blaise. *Brésil, des hommes sont venus. s/l*: Fata Morgana, 2003.

COHN, Sergio (org.). *Cantos ameríndios*, Rio de Janeiro: Azougue, 2012.

___. *Encontros: Jorge Mautner*, Rio de Janeiro: Azougue, 2007.

CORTESÃO, Jaime. *A Carta de Pêro de Vaz de Caminha*, Lisboa: INCM, 2010.

___. *A Expedição de Pedro Álvares Cabral e o Descobrimento do Brasil*, Lisboa: INCM, 1994.

___. *Os Descobrimentos Portugueses III*, Lisboa: INCM, 1990.

COSTA, João Paulo Oliveira e. *D. Manuel I*, Lisboa: Temas & Debates, 2011.

COUTO, Jorge. *A construção do Brasil*, Lisboa: Cosmos, 1998.

CROWLEY, Roger, *Conquistadores: como Portugal criou o primeiro império global*, Lisboa: Presença, 2016.

CUNHA, Manuela Carneiro da (org). *História dos índios no Brasil*, São Paulo: Secretaria Municipal de Cultura, 1992.

DEBRET, Jean-Baptiste. *Rio de Janeiro – cidade mestiça*, São Paulo: Companhia das Letras, 2012.

DIAS, Carlos Malheiro, GAMEIRO, Roque e VASCONCELOS, Ernesto, *História da colonização portuguesa do Brasil*, Porto: Litografia Nacional, 1921-24 (disponível em https://archive.org/stream/histriadacoloniz1922sous#page/n37/mode/2up).

DIAS, Jorge e OLIVEIRA, Ernesto Veiga de (org.). *Arte do índio brasileiro (Colecção Victor e Françoise Bandeira)*, Lisboa: Sociedade Nacional de Belas Artes, 1966.

DIDIER, Carlos. *Orestes Barbosa: Repórter, cronista e poeta*. Rio de Janeiro: Agir, 2005.

DOMINGUES, Francisco Contente (dir.). *Dicionário da expansão portuguesa 1415-1600 – Volume 1: De A a H*, Lisboa: Círculo ed. Leitores, 2016.

DUARTE, Pedro. *A palavra modernista*, Rio de Janeiro: PUC Rio/Casa da Palavra, 2014.

ENDERS, Armelle, *A história do Rio de Janeiro*, Rio de Janeiro: Gryphus, 2008.

ERMAKOFF, George. *Rio de Janeiro: 1840-1900, Uma crônica fotográfica*, Rio de Janeiro: G. Ermakoff, 2009.

FARAH, Paulo Daniel Elias. *Deleite do estrangeiro em tudo o que é espantoso e maravilhoso* [tradução e estudo da viagem de Al-Baghdadi], Argel/Rio de Janeiro/Caracas: Biblioteca Nacional/Biblioteca Ayacucho/Biblioteca da Argélia, 2007.

FAUSTO, Carlos. *Os índios antes do Brasil*, Rio de Janeiro: Zahar, 2010.

FERNANDES, Maria de Lurdes Correia. *Ausência do marido e 'desgoverno'. da casa na época dos Descobrimentos*, Lagos: Comissão Municipal dos Descobrimentos, 1996.

FERREIRA, Alexandre Rodrigues. *Viagem filosófica*, Manaus: Valer, 2008.

FONSECA, Gondin da. *Machado de Assis e o Hipopótamo: uma revolução biográfica*. São Paulo: Editora Fulgor, 1961.

FONSECA, Luís Adão da. *Vasco da Gama: o homem, a viagem, a época*, Lisboa: Expo 98, 1998.

FRADA, João José Cúcio. *A vida a bordo das naus na época moderna numa perspectiva médica e social*, Lisboa: ed. Autor, 1989.

FREYRE, Gilberto. *Brasis, Brasil, Brasília*, Lisboa: Livros do Brasil, s/d.

___. *Casa-Grande & Senzala*, Recife/São Paulo: Fundação Gilberto Freyre/Global, 2013.

GARCIA, José Manuel. *A viagem de Vasco da Gama à Índia 1497-1499*, Lisboa: Academia de Marinha, 1999.

___. *Pedro Álvares Cabral e a primeira viagem aos quatro cantos do mundo*, Lisboa: Círculo de Leitores, 2001.

___. *Terra de Vera Cruz: o Brasil descoberto há quinhentos anos*, Sacavém: Edinfor, 2000.

GERSON, Brasil. *História das ruas do Rio*, Rio de Janeiro: Bem-te-vi, 2013.

GUIMARÃES, Carlos Roberto Buechem. *Cosme Velho*, Rio de Janeiro: Caravana de Livros, 2005.

GUIMARÃES, Hélio de Seixas e SACHETTA, Vladimir (org). *A olhos vistos: uma iconografia de Machado de Assis*, São Paulo: Instituto Moreira Salles, 2008.

HELDER, Herberto. *O bebedor nocturno*, Lisboa: Assírio & Alvim. 2010.

HOLANDA, Sérgio Buarque de. *Raízes do Brasil*, São Paulo: Companhia das Letras, 2010.

___. *Visões do Paraíso*, São Paulo: Companhia das Letras, 2010.

HUGH-JONES, Christine. *From the Milk River*: Cambridge University Press, 1979.

HUGH-JONES, Stephen. *The Palm and the Pleiades*: Cambridge University Press, 1979.

JÚNIOR, Caio Prado. *Formação do Brasil contemporâneo*. São Paulo: Companhia das Letras, 2011.

JÚNIOR, Raimundo Magalhães. *Machado de Assis – vida e obra* (4 vols.), Rio de Janeiro: Record, 2008.

KOPENAWA, Davi e ALBERT, Bruce. *A queda do céu: palavras de um xamã indígena*, São Paulo: Companhia das Letras, 2015.

LABATE, Beatriz Caiuby e CAVNAR, Clancy (ed.). *Ayahuasca Shamanism in the Amazon and Beyond*: Oxford University Press, 2014.

LASMAR, Cristiane, *De volta ao Lago do Leite*, Rio de Janeiro: UNESP, 2005.

LÉRY, Jean de. *Histoire d'un voyage fait en la terre du Brésil*, Tours: Centre d'Études Supérieures de la Renaissance, 2009 (disponível em http://www.bvh.univ-tours.fr/Epistemon/XUVA_Gordon1578_L47.pdf).

___. *Viagem à Terra do Brasil*: Biblioteca do Exército, 1961 (disponível em: http://www.ufscar.br/~igor/wp-content/uploads/lery.pdf).

LÉVI-STRAUSS, Claude. *Mitológicas I: o cru e o cozido*, São Paulo: Cosac Naify, 2015.

___. *Tristes trópicos*, São Paulo: Companhia das Letras, 1996.

LOPES, Thomé. *Navegação às Indias Orientaes*, in *Colleção de noticias para a historia e geografia das nações ultramarinas, que vivem nos dominios portuguezes, ou lhes são visinhas*. Lisboa: Academia Real das Sciencias, 1812 (disponível em https://archive.org/stream/collecodenot1olisb#page/n5/mode/2up).

MARANHÃO, Haroldo. *Memorial do fim*, São Paulo: Planeta, 2007.

MASSA, Jean-Michel. *A juventude de Machado de Assis*, Rio de Janeiro: Civilização Brasileira, 1971.

MÉLON, Pierre. *Le Général Hogendorp*. Paris: Calmann-Lévy, 1938.

MOREIRA, Josefina Teresa Fernandes. *As mulheres na expansão portuguesa no tempo de Vasco da Gama* (texto policopiado), Lisboa: 2003.

MUSSA, Alberto. *Meu destino é ser onça*, Rio de Janeiro: Record, 2009.

NOBRE, Marcos. *Imobilismo e movimento*, São Paulo: Companhia das Letras, 2013.

NOONUCCAL, Oodgeroo. *The Dawn Is At Hand*. Sydney: Jacaranda Press, 1966.

NOVAES, Faustino Xavier de. *Poesias*, Porto: Livraria Chardron, 1879.

___. *Poesias phostumas*, Porto, Livraria Chardron, 1877.

PINTO, João Alberto da Costa. *Gilberto Freyre e a Intelligentsia Salazarista em Defesa do Império Colonial Português (1951 - 1974)*: História [online]. 2009 (disponível em: www.scielo.br/scielo.php?script=sci_arttext&pid=S0101--90742009000100016&lng=en&nrm=iso. ISSN 1980-4369.).

PINTO, Paulo Gabriel Hilu da Rocha. *Árabes no Rio de Janeiro*, Rio de Janeiro: Cidade Viva, 2010.

PRADO, Paulo, *Retrato do Brasil: ensaio sobre a tristeza brasileira*, São Paulo: Companhia das Letras, 2012.

POUGY, José. *O bairro das águas férreas*, Rio de Janeiro: ed. autor, 2009.

RAMOS, Nuno. *Ensaio geral*, São Paulo: Globo, 2007.

RELAÇÃO DO PILOTO ANÓNIMO. *Navegação do Capitão Pedro Álvares Cabral escrita por hum piloto portugez*. In *Colleção de noticias para a historia e geografia das nações ultramarinas, que vivem nos dominios portuguezes, ou lhes são visinhas*. Lisboa: Academia Real das Sciencias, 1812 (disponível em: https://books.google.co.il/books?id=eCsOAAAAYAAJ&dq=editions%3ALCCN05004414&as_brr=1&hl=pt-PT&pg=PA138#v=onepage&q&f=false).

RIBEIRO, Darcy. *O povo brasileiro*, São Paulo: Companhia das Letras, 2006.

RISÉRIO, Antonio. *A utopia brasileira e os movimentos negros*, São Paulo: Editora 34, 2012.

ROSA, João Guimarães. *Grande Sertão: Veredas*, Rio de Janeiro: Nova Fronteira, 1997.

___. *Estas histórias*, Rio de Janeiro: Nova Fronteira, 2001.

SANDRONI, Cícero. *Cosme Velho*, Rio de Janeiro: Relume Dumará, 1999.

SCHWARCZ, Lilia M. e STARLING, Heloisa, *Brasil: uma biografia*, Lisboa: Temas e Debates/Círculo de Leitores, 2015.

SENNA, Ernesto. *O velho comércio do Rio de Janeiro*, Rio de Janeiro: G. Ermakoff, 2006.

STADEN, Hans. *Duas viagens ao Brasil: arrojadas aventuras no século XVI entre os antropófagos do Novo Mundo*, São Paulo: Sociedade Hans Staden, 1942.

SZTUTMAN, Renato (org). *Encontros: Viveiros de Castro*, Rio de Janeiro: Azougue, 2007.

VELHO, Gilberto. *Um antropólogo na cidade*, Rio de Janeiro: Zahar, 2013.

___. (org.). *Rio de Janeiro: Cultura, política e conflito*, Rio de Janeiro: Zahar, 2008.

VIEGAS, Susana de Matos. *Terra calada: os Tupinambá na Mata Atlântica do Sul da Bahia*, Lisboa/Rio de Janeiro: Almedina/Sete Letras, 2007.

VIEIRA, Padre António, *Essencial*, Alfredo Bosi (org), São Paulo: Penguin/Companhia das Letras, 2011.

___. *Uma história do Futuro*: edição digital/pdf Universidade da Amazônia (www.dominiopublico.gov.br/download/texto/ua000253.pdf).

WILLIAMS, Evan Calder. *Combined and Uneven Apocalypse*, Winchester/Washington: Zero Books, 2010.

ZWEIG, Stefan. *Brasil, um país do futuro*. Porto Alegre: L&PM, 2008.

As imagens referentes à escravatura integram o arquivo do Instituto Moreira Salles (p. 290-291; 352 e 356), e os acervos de instituições como Fundação Joaquim Nabuco (p. 355), Museu Imperial de Petrópolis (p. 364), The Peabody Museum of Archaeology and Ethnology (p. 357), e às coleções de George Ermakoff (p. 353), Emanuel Araújo (p. 354/alto) e Apparecido Jannir Salatini (p. 354/abaixo).

Este livro foi editado na cidade de São Sebastião do
Rio de Janeiro e impresso com as fontes Druk e Suisse Works,
em papel Pólen Soft 80 g/m², em abril de 2019.